Horst Bienek:
Die erste Polka
Roman

Deutscher
Taschenbuch
Verlag

dtv

Von Horst Bienek
sind im Deutschen Taschenbuch Verlag erschienen:
Werkstattgespräche mit Schriftstellern (291)
Gleiwitzer Kindheit (sr 5457)

Ungekürzte Ausgabe
Dezember 1979
Deutscher Taschenbuch Verlag GmbH & Co. KG,
München

ISBN 3-446-12641-4
Umschlaggestaltung: Celestino Piatti
Gesamtherstellung: C. H. Beck'sche Buchdruckerei,
Nördlingen
Printed in Germany · ISBN 3-423-01499-7

Das Buch

Ein Tag vor Ausbruch des Zweiten Weltkriegs in Gleiwitz/Oberschlesien: Im Hause des Fotografen Leo Maria Piontek und seiner Frau Valeska deuten nur die einquartierten Soldaten die drohende Gefahr an. Die Familie hat ganz andere Sorgen als Mobilmachung und Lebensmittelrationierung, denn am Abend dieses 31. August 1939 soll im Hotel Haus Oberschlesien das große Fest steigen, die Hochzeit der Tochter Irma mit dem Gefreiten Heiko Birkner aus dem »Reich«. Als ob die Geschichte für einen Tag Aufschub erhalten hätte von der sich ankündigenden Katastrophe, lebt die Familie Piontek noch einmal wie in alten Zeiten. An diese Hochzeit sollen sich alle erinnern. Das Fest wird zum Abschied: für die Erwachsenen von ihren Selbstlügen und Täuschungen, für die Jungen von der Kindheit, für alle vom Frieden. Der »Überfall« auf den Sender Gleiwitz an diesem Abend, eine von Himmler geplante Provokation, dient Hitler nur als Vorwand für seinen Angriff auf Polen. – Horst Bienek hat mit dieser großangelegten Familienchronik zugleich auch die Chronik Oberschlesiens geschrieben: die wechselvolle Geschichte dieses südöstlichen Landes an Oder und Klodnitz, Zankapfel zwischen Deutschen und Polen, das einen Eichendorff und einen Korfanty hervorgebracht hat.

Der Autor

Horst Bienek wurde am 7. Mai 1930 in Gleiwitz geboren. Er war Schüler von Bertolt Brecht. 1951 wurde er aus politischen Gründen verhaftet und zu fünfundzwanzig Jahren Zwangsarbeit verurteilt. Vier Jahre arbeitete er in einem Bergwerk in Workuta. Seit 1956 lebt er in München. Er erhielt zahlreiche Literaturpreise. – Weitere Werke: ›Traumbuch eines Gefangenen‹, Gedichte und Prosa (1957); ›Nachtstücke‹, Erzählungen (1959); ›Werkstattgespräche mit Schriftstellern‹ (1962); ›was war was ist‹, Gedichte (1969); ›Die Zelle‹, Roman (1969); ›Vorgefundene Gedichte‹ (1969); ›Bakunin, eine Invention‹ (1970); ›Solschenizyn und andere‹, Essays (1972); ›Gleiwitzer Kindheit‹, Gedichte (1976); ›Septemberlicht‹, Roman (1977); ›Zeit ohne Glocken‹, Roman (1979).

Gewesen, sagte das Unkraut,
Vergangen, sagte der Himmel,
Tot, sagte der Wald . . .
Truman Capote

Personen und Handlung des Buches
sind frei erfunden.
Vielleicht auch nicht.

1

Valeska Piontek erwachte zu der Stunde, in der das Morgenlicht die Gardinen sanft bewegt und violette Schatten in die Fenster zeichnet. Noch ist der Fußboden ein fahles, rauchiges Weiß, in dem man versinken würde, aber schon treten die Gegenstände aus ihren Schatten, kommen näher und entfernen sich wieder mit dem wandernden Licht, bis ihre Konturen plastischer, ihre Ecken und Kanten schärfer werden; noch etwas mehr Licht, und die gelben Rosen müßten aus den Wänden stürzen.

Valeska lauschte nach nebenan: Es war die Stille, die in den Wänden tickte.

Der Augusthimmel warf die ersten Tauben aus, sie fielen als Schatten in das Zimmer hinein und zersprengten das Licht. Ihr Flügelschlag brachte Valeska die Erinnerung an den gestrigen Abend ... Doch sie wollte sich lieber an die Pflichten des neuen Tages erinnern, die ihr wichtiger waren, und es waren so viele, daß sie bestimmt einige vergessen würde. Der Besuch beim Erzpriester Pattas, der Verkauf der aufgelassenen Ziegelei in der alten Ziegeleistraße, die Überschreibung des Dressler-Ausgedinges, die Trauung ihrer Tochter auf dem Standesamt, die Einladungen zur Hochzeitsfeier im Hotel Haus Oberschlesien – so hatte sie für heute alle Klavierstunden abgesagt. Ohne ein Vaterunser gebetet zu haben, würde sie für all das nicht gerüstet sein, und wahrscheinlich gehörten auch zwei Gegrüßetseistdumaria dazu. Sie sah hinüber auf den kleinen Hausaltar in der Ecke mit der schwarzen Madonna in der Mitte, die sie von der Wallfahrt aus Tschenstochau mitgebracht hatte, und ihr Vertrauen in den neuen Tag begann zu wachsen. Wie würde es erst sein, wenn sie vor der Madonna kniete und den Rosenkranz, den sie in Albendorf gekauft hatte und in Breslau durch den Kardinal Bertram weihen ließ, mit den Lippen berührte.

Die Stille tickte lauter, bis sie an einem Husten im Nebenzimmer zerbrach.

Valeska richtete sich auf, sie bewegte ihren Kopf hin und her, und es war, als schüttelte sie damit die Ängste der Nacht von sich ab und all ihre Träume und auch die Wirklichkeiten, nur mit dieser einen, da gelang es ihr nicht: ihr Mann, nebenan, eingeschlossen in seinem Zimmer, allein mit seiner Asthma-Krankheit, mit seinem Husten und mit seinem Räucherwerk, das durch alle Türen drang, durch alle Flure, durch alle Räume, durchs ganze Haus, Leo Maria Piontek, der Photograph, der nicht sterben wollte. Der Husten hörte nicht auf, und Valeska wußte, daß sie jetzt aufstehen mußte. Die Gardinen bekamen ihre hellgrüne Farbe zurück, die Tapeten zeigten ihre verblaßten Rosen vor, der Fußboden wurde so schwarz und sicher, wie der Fußboden eines soliden schlesischen Bürgerhauses überhaupt sicher sein kann.

Valeska stand auf und ging zum Schrank. Weit war es bis dahin, sehr weit. Dazwischen stand einmal ein zweites Bett, ein Meter breit und zwei Meter lang, und hoch war es gewesen, viel höher als das ihre, jedenfalls in den Kissen, denn er liebte es damals schon, seinen Kopf hoch zu betten, so könne er besser durchatmen, sagte er, so könne er besser träumen, aber vielleicht war es nur deshalb so hoch aufgeschichtet, weil er gern am frühen Morgen, nach dem Erwachen, die Welt, und sei es nur die schmale, enge, dämmrige Schlafzimmerwelt, von oben überblickte. Über zwanzig Jahre lang hatte dort sein Bett gestanden, und so lange sie sich erinnern konnte, war sein Atem schwer und laut gewesen, später wurde er keuchend, noch später fing er mit dem Husten an, und dann spuckte er Blut. Damals ließ sie das Bett in das Zimmer nebenan bringen, das seit dem Tode des Vaters leer stand.

Das Frühaufstehen sperrte sie in eine alte Gewohnheit ein: Sie machte einen großen Schritt, als müßte sie über sein Bett hinwegsteigen.

Als sie am Hausaltar vorbeikam, berührte sie zuerst mit

zwei Fingern den vergoldeten Rahmen des Madonna-Bildes und führte sie dann zurück an ihre Lippen, dann machte sie das Kreuzzeichen, von links nach rechts, und begann lautlos das Vaterunser zu beten. Heute hatte sie keine Zeit, sich vor dem Hausaltar niederzuknien, heute wollte sie ihr Pensum während des Waschens und Ankleidens herunterbeten, sie wollte *nebenbei* beten, wie sie es nannte.

Valeska ging nach unten. Auf dem Treppenflur war es noch dunkel, weil die Fenster kein Licht hereinließen, wegen der Verdunkelung waren sie mit schwarzem Papier überklebt; Josel hatte das gemacht, er fand das praktisch, am Tag könnte man einfach die Fenster offenlassen, dann wäre es hell, und bis zum Winter würde es ja wohl mit der Verdunkelung nicht dauern. Valeska öffnete ein Fenster, um das Licht hereinzulassen.

Sie wusch sich über dem Ausguß. Mit beiden Händen schüttete sie sich das kalte Wasser übers Gesicht, über ihre weichen Brüste; das Haar in den Achselhöhlen seifte sie ein. Sie vermied es dabei, in den Spiegel zu sehn, es gelang ihr ganz gut, es war ihr seit Jahren zur Gewohnheit geworden. Sie drehte den Zopf, der lang über die Schulter bis zum Rücken herabhing, zu einem Nest zusammen und steckte es mit schwarzen langen Haarnadeln fest, und erst jetzt beugte sie sich näher zum Spiegel und drückte mit dem Kamm vorn eine Welle ins Haar zu beiden Seiten über den Schläfen, dann tauchte sie den Kamm ins Wasser und zog damit noch einmal die Wellen nach. Den Seifenschaum unter den Armen ließ sie eintrocknen, sie schwitzte dann nicht so leicht.

Valeska überlegte einen Moment, ob sie nicht doch zum Friseur gehen und sich den Zopf abschneiden lassen sollte, die Hochzeit heute von Irma, die wäre doch ein Anlaß dafür. Alle ihre Freundinnen und Bekannten hatten jetzt schon eine Dauerwelle, und sie stellte sich vor, auch Leo Maria würde sich freuen, wenn sie eines Tages mit kurzem Haar käme, aber natürlich hatte sie nicht mit ihm darüber gesprochen. Sie wollte sich den Zopf schon seit einiger Zeit abschneiden lassen, aber dann kam immer irgend etwas dazwischen, und außerdem konnte sie ja schließlich nicht zu dem Friseur um die Ecke in der Breslauer Straße gehen, nein, da müßte sie schon nach Hindenburg fahren oder nach Richtersdorf, wo sie niemand kannte, denn irgendwie genierte sie sich, einfach zu sagen: Bitte schneiden Sie mir den Zopf ab und machen Sie mir eine von diesen Dauerwellen, die so lange halten sollen, ein halbes Jahr hab ich gehört sollen sie halten, und wenn man festes Haar hat, sogar ein ganzes Jahr. Das hatte ihr Rosa Willimczyk gesagt, die als Buchhändlerin freilich viel mehr unter die Leute kam. Es drang Valeska jedenfalls nur halb ins Bewußtsein, daß sie immer neue Ausreden vor sich selbst erfand, weil sie wohl nicht fest genug dazu entschlossen war, und indem sie ihr Haarnest noch einmal festdrückte, schob sie so die Entscheidung ein weiteres Mal hinaus.

Valeska war mit ihrem Gebet zu Ende. Sie hatte allerdings an ganz andere Dinge als an Gott dabei gedacht, was sie erst an der abschließenden Formel merkte, die sich geradezu mechanisch über ihre Lippen stülpte. Sie nahm sich vor, das Gebet später zu wiederholen, aber dann doch besser oben, kniend vor dem Altar.

Im Haus war es still, Leo Maria hatte mit dem Husten aufgehört. Valeska blieb auf der Treppe stehen und lauschte: Auch aus der Küche kamen keine Geräusche, sie war also heute noch vor Halina aufgestanden, das geschah nicht sehr oft; es befriedigte sie. Sie nahm sich vor, selbst das Frühstück vorzubereiten.

Im Schrank schob sie die Kleiderbügel beiseite und überlegte, welches Kleid sie anziehn sollte. Es war Irmas Hochzeitstag, ein festlicher Tag für Irma, auch wenn sie nur auf dem Standesamt getraut wurde und nicht in der Kirche – vielleicht auch ein halbfestlicher Tag für sie, nachdem sie sich mit der Hochzeit abgefunden hatte, aber natürlich nicht damit, daß Irma sich (immer noch) weigerte, kirchlich getraut zu werden. Damit würde sie sich niemals abfinden können, denn die Ehe ist ein Sakrament und kann nur von der Kirche beglaubigt werden, es wäre eine Sünde, mit einem Mann zusammenzuleben, ohne von Gott getraut zu sein, auch heute noch, davon war Valeska überzeugt, und sie hatte es keineswegs aufgegeben, auch Irma und Heiko davon zu überzeugen. Sie wollte sich jetzt mehr an Heiko halten, denn Irma weigerte sich, mit ihr darüber zu sprechen, und ging ihr, wo sie konnte, aus dem Wege, und sie war sich sicher, daß sie bei entsprechender Hartnäckigkeit auch Erfolg haben würde, und vielleicht, sie wollte sich das selbst nicht eingestehen, brachte das Fest, das sie heute abend im Ballsaal des größten Hotels der Stadt für das Brautpaar ausrichtete, ihren Plan ein Stück weiter. Sie hatte für alle Fälle beim Erzpriester Pattas die Trauung für Sonntag bestellt.

Valeska nahm aus dem Kleiderschrank den Kleidersack heraus, in dem sie die Wintersachen aufzubewahren pflegte und auch die Kleider, die sie nur selten trug. Sie knöpfte ihn an der Seite auf, dabei stieg der Geruch von Mottenkugeln ihr so schwer und so beißend in die Nase, daß sie husten mußte. Sie versuchte das zu unterdrücken, um Leo Maria nicht zu wecken, der vielleicht wieder eingeschlafen war, aber damit machte sie es nur schlimmer, es wurde ihr ganz heiß im Kopf, und die Faust, die sie sich vor den Mund hielt, sprang hin und her. Sie zog schließlich ein Kleid heraus und schwenkte es vor dem offenen Fenster ein paarmal durch die Luft. Es war das dunkelblaue Kasackkleid mit den zweihundert winzigen schwarzen Perlen, die auf Brust und Schultern aufgestickt waren, das sie zur Hochzeit ihres Bruders Willi Wondraczek gekauft und dann niemals angezogen hatte, denn die Hochzeit wurde damals zwei Tage vorher abgesagt. Heute würde sie es anziehn, zum ersten Mal, aber sie wußte nicht, ob sie sich darüber freuen sollte. Sie hielt das Kleid vor ihren Körper, um sich ganz rasch darin einmal zu sehn, aber sie hatte nur einen Handspiegel im Zimmer, und so versuchte sie es mit der Fensterscheibe. Sie sah einen schwarzen

Schatten und viel Glitzerndes, das waren die Perlen: Das Schwarz auf Schwarz gefiel ihr besonders daran. Valeska hängte das Kleid an die Türklinke draußen im Flur, weil aus ihm immer noch der starke Geruch der Mottenkugeln ausströmte und langsam in ihr ein Ekelgefühl auslöste. Sie wollte später Halina bitten, das Kleid im Garten aufzuhängen, damit es bis heute abend gut durchgelüftet war.

Am Tag wollte sie das hellbraune Kleid mit den dunkelbraunen Biesen und Stulpen anziehn, und es dadurch aufwerten, daß sie einen weißen Spitzenkragen um den Hals legte. Sie suchte danach im Wäschekasten und fand nicht gleich den richtigen, sie probierte andere vor dem Fenster aus, sie kramte neue hervor, und dabei fiel ihr ein kleines geschnitztes Schiffchen aus Baumrinde in die Hände, und sie überlegte, woher sie das hatte und wie es hier in den Wäschekasten geraten sein konnte, die Erinnerung kam langsam und von weither und erzählte ihr eine Geschichte, die sie zum Kichern und einmal zum Erröten brachte, während sie weiter in den Kästen suchte und vor der Fensterscheibe immer neue Kragen anprobierte. Dann nahm sie auf einmal das Schiffchen und versteckte es in einer Schublade, ganz hinten, unter einem Berg von Servietten und Tüchern. Das Schiff hatte ihr Erich Stroheim geschenkt, und es sollte ihr Geheimnis bleiben, sie trug Geheimnisse so gern wie weiße Kragen, sie vergaß sie aber auch ebenso gern, deshalb waren die Schubladen und Schränke, die Kästen und Kommoden voll mit weißen Kragen und voll mit Geheimnissen: da eine rote Schleife, da der Stumpf einer abgebrannten Wallfahrtskerze, da eine alte silberne Kopeke, da ein Briefumschlag mit einer Marke aus Italien drauf, da eine getrocknete Kreuzotternhaut, da eine goldschimmernde Marmel, da ein kleines geschnitztes Boot. Und wenn sie jemand danach fragte (Leo Maria: Diese scheußliche pierunnische Kreuzotter, wie lange soll die noch auf dem Vertiko liegen?), dann antwortete sie nicht darauf, sondern setzte ein vieldeutiges Lächeln auf, und sie schwieg mit glänzenden Augen und halboffenem Mund, und die Arme ließ sie herunterhängen, so als ob gerade die Träume und Geheimnisse sie verlassen würden, weil zu laut nach ihnen gefragt wurde. Das war das stumme Zeichen für die andern, ihre Neugier aufzugeben.

Valeska hatte jetzt den passenden Kragen gefunden, einen weißen, durchbrochenen, der zusätzlich weiß bestickt war, das sah besonders einfach und kostbar aus. Valeska ging in die Küche, sie zog sich eine Schürze über das Kleid, dann zündete sie das Gas an und setzte den Wasserkessel auf, sie tat es unbewußt, ganz mechanisch, als eine Wiederholung von etwas, was immer getan wurde, sie setzte den Kessel auf und wartete, daß das Wasser singen würde.

Da war ein Geräusch. Josel kam die Treppe herunter, im Nachthemd, ganz langsam und mit großen runden, verzögerten Bewegungen, als ginge er im Wasser. Valeska drückte ihn stumm an sich, und Josel ließ es sich gefallen, obwohl er schon fünfzehn war.

Aber heute roch er nicht ihr Haar. Er liebte es, am frühen Morgen, wenn er aufstand, oder am späten Abend, wenn er schlafen ging und Mamuscha schon ihr Haar aufgelöst hatte, sich von ihr zu verabschieden, dann hing der Zopf lang herunter und ihr Haar roch nach Sommer und verblühten Lilien, er empfand das jedenfalls so, das kam von dem Wasser, das sie manchmal hineinspritzte, und schließlich war noch ein leichter Schweißgeruch dabei, den er, seitdem ihm die ersten Haare unter den Achseln und am Pullok gewachsen waren, auch bei sich entdeckte, er roch das gern, und manchmal ertappte er sich dabei, wie er mit der linken Hand die rechte Achselhöhle abschirmte und dann seine Nase heranführte, um den Geruch ganz intensiv und direkt aufzunehmen. Er rieb auch mit der Hand an seinem Pullok und schnupperte dann an den Fingern, da kam noch ein scharfer Geruch nach Seche*

* Urin

dazu, den er an manchen Tagen ebenfalls an Mamuscha wahrnahm, aber dies nicht sehr oft.

Heute hatte sie ihr Haar schon zusammengesteckt. Mit einer Hand den Schlaf und das Licht aus seinem Gesicht reibend, sagte er: Du bist früh auf, Mamuscha!

Valeska wollte etwas anderes sagen, aber dann sah sie, daß er barfuß in der Küche auf den Fliesen stand, und sagte: Du hast wieder keine Potschen* an! Es machte ihr nichts aus, wenn die Kinder den ganzen Sommer über draußen barfuß herumliefen, aber auf den Steinfliesen im Flur oder in der Küche konnten sie sich schnell erkälten, wenn auch nicht jetzt, im August. Sie ärgerte sich auch gleich über ihren mahnenden Satz und fügte hinzu: Wir trinken jetzt eine Tasse Tee zusammen, und dann gehst du wieder ins Bett und schläfst dich richtig aus, du mußt ja nicht zur Schule. Vorsichtshalber hängte sie noch an: Oder doch?

Josel schüttelte den Kopf. Ich glaub, solange die Soldaten da sind, wird's nichts mehr mit der Schule. Irgendwann müssen die ja mal verschwinden, entweder dorthin, woher sie gekommen sind, oder rüber nach Polen. Aber das sagte er nicht, das dachte er nur; er wollte sich jetzt nicht auf Diskussionen einlassen, dazu war es noch zu früh. Um diese Zeit würde er vielleicht mit einem Freund diskutieren, also zum Beispiel mit Andreas, der noch schlief, aber niemals mit der eigenen Mutter.

Valeska fand nichts Ungewöhnliches daran, daß ihr Sohn an diesem Morgen im Nachthemd in der Küche auf einer Ritsche** saß, mit den Augen ihre Bewegungen verfolgte und schwieg, sie fand überhaupt nichts Ungewöhnliches an den Menschen, solange sie nicht von einem Tag zum andern verkündeten, sie wollten jetzt heiraten und niemand in der Welt könne sie daran hindern, und wenn es jemand versuchen sollte, und sei es die eigene Mutter, dann würden sie aus dem Haus gehen, in den Arbeitsdienst

* Hausschuhe
** Fußbank

oder als NS-Schwester oder in die Partei. Sie glaubte, schon darüber hinweg zu sein, aber sie wußte, daß es nicht so war. Sie sagte: Was wird uns der Tag heut alles bringen? Der Seufzer, den sie hinterherschickte, zeigte, daß dies keine Frage war, eher eine Feststellung. Und zu Josel gewendet: Ist dir etwas für heute abend eingefallen? Ich meine, für den Bunten Abend? Sie goß das heiße Wasser in die Teekanne und sah dem Wasserdampf nach, der in dünnen weißen Wolken aufstieg und sie an irgend etwas erinnerte; sie würde schon dahinterkommen, an was.

Ich weiß nicht, ob ich rechtzeitig da bin, sagte Josel. Er zog die Knie an und streifte das Hemd darüber.

Mußt du sogar am Tag der Hochzeit deiner einzigen Schwester zur Hajott? Es gefiel ihr nicht, daß er die letzten Abende immer so spät nach Haus kam und immer bei der Hajott war. Sie werden ihr den Sohn nehmen, wie sie ihr auch schon die Tochter genommen haben.

Andreas iss doch da, sagte Josel mit träger Stimme. Ihn interessierte der ganze Bunte Abend nicht, außer Onkel Willi als Zarah Leander, aber den hatte er auch schon ein paarmal gesehn.

Andreas iss für so was Feuer und Flamme, sagte er, vielleicht hat der was in petto.

Valeska hatte die Organisierung des Bunten Abends ihrem Bruder Willi überlassen, der verstand sich darauf. Sie wollte zum Abschluß zwei Lebende Bilder beisteuern, das war ihre Spezialität, der *Angelus* nach Millet und die *Wolgaschlepper* nach Repin, beide Bilder hingen schon seit langem in Reproduktionen im Klavierzimmer. Ich könnte Andreas für die Wolgaschiffer nehmen, sagte sie.

Sie rührte mit einem langen Löffel den Tee um, ließ ihn aber dann noch weiter ziehen. Ja, sag ihm doch, sagte sie, er soll am Nachmittag hiersein, da probe ich die Wolgaschiffer, der Erich Pfeiffer und der Willi Konsalek müssen ersetzt werden, die haben sie doch schon eingezogen.

Josel langweilten die Lebenden Bilder von Mama. Aber sie war ganz entzückt davon und zeigte sie überall vor, wo es irgendein Familienfest gab, und den Leuten schienen sie sogar zu gefallen, denn es gab dafür immer richtigen Applaus wie bei einer Theatervorstellung. Josel hatte Mama allerdings im Verdacht, daß sie auch noch den Beifall organisierte.

Vielleicht bekomme ich heute frei, sagte er.

Er würde dann wohl seine Baracke zumachen müssen, schließlich heiratete seine Schwester Irma nur einmal, und er würde ja auch seinen Spaß dran haben im Hotel Haus Oberschlesien. Also, sagte er, ich könnte mit Andreas und Ulla mein Lieblingslied singen, du weißt doch: Flieger, grüß mir die Sonne, Ulla könnte dazu am Klavier spielen.

Das müßt ihr aber noch vorher proben, sagte sie. Im Grunde interessierte sie sich bei dem Bunten Abend nur für ihre Lebenden Bilder. – Bist du jetzt abends immer bei der . . . Hajott?

Josel hielt es für besser, jetzt einen Tee zu bekommen, als darauf zu antworten. Er streckte auch schon die Hand danach aus.

Wann bist du gestern nach Haus gekommen? fragte sie. Sie zog unterm Tisch einen Stuhl hervor.

Nich spät, sagte Josel. Er setzte sich auf den Stuhl, zog einen Fuß an und schob ihn so hin, daß er darauf zu sitzen kam.

Valeska erinnerte sich, daß er zwar gestern nacht um zwölf Uhr da war, als sich alle noch einmal im Klavierzimmer einfanden, um die letzten Nachrichten zu hören, aber nur kurze Zeit vorher, als sie ihn suchte, war er nicht aufzufinden gewesen. Für einen Fünfzehnjährigen war das ziemlich spät. Sie wollte ihm daraus keinen Vorwurf machen, aber der Hajott, und wenn es noch eine Weile so weitergehen sollte, dann müßte sie wohl einmal zur Hajott hingehn, der Junge bekam ja schon schwarze Ringe unter den Augen.

Am Ende, sagte sie, während sie sich selber hinsetzte, wollen sie aus euch Kindern auch noch Soldaten machen!

Josel dachte daran, vielleicht jetzt doch lieber wieder

zurück ins Bett zu gehn oder mit der Teetasse in der Hand seinen kranken Vater zu besuchen, sich an sein Bett zu setzen, den Tee auszutrinken und mit ihm zu schweigen, oder mit ihm noch einmal über das Länderspiel am Sonntag in Preßburg zu reden, das sie gegen die Slowakei 0:2 verloren hatten. Mamuscha hatte er genug von der HJ erzählt, also auch genug geschwindelt, in der Hoffnung, Ruhe vor ihren Fragen zu haben, aber sie fragte immer die gleichen Fragen, es war nicht so sehr ihre Neugier, als ein demonstratives Bekenntnis ihrer Anteilnahme.

Müßt ihr da etwa schon an die Gewehre ran? Valeska zog die Tasse zu sich heran. Sie nahm Zucker, sie rührte in ihrer Tasse und legte den Löffel klirrend auf den Tisch. Sie tat dies absichtlich etwas energisch, denn sie wollte jetzt energisch auf ihre Fragen eine Antwort haben.

Aber ich hab dir doch gesagt, Mama, daß es nicht so ist. Wir werden jetzt nämlich und überhaupt überall gebraucht, aber natürlich haben wir nichts mit Waffen zu tun. Wir üben ... wir üben da so mit Sanitätersachen, weißtu ...

Das müßte sie doch befriedigen. Mamuscha war gegen den Krieg, das hatte er schon herausgekriegt, obwohl er's nicht ganz begriff, jetzt, wo doch alles danach aussah, daß sie den Krieg gewinnen würden, und gegen den Krieg ist man doch nur, wenn man alle Aussichten hat, ihn zu verlieren, das ist doch klar. Und solche Leute sind dann immer fürs Rote Kreuz und für die Sanität und ähnliche Sachen, also das sollte sie ruhig haben.

Weißtu, sagte er, so Luftschutz und Sanität, das iss alles. Denn das mit der Baracke konnte er ihr ja nicht erzählen. Er tat zwei Löffel Zucker in den Tee hinein und rührte um, er blies am Tassenrand entlang.

Ich würde mir richtig Sorgen machen, Josel, sagte Valeska mit wirklich bekümmerter Stimme. Heute konnte man ja nicht mehr über seine eigenen Kinder bestimmen, heute waren ja diese Organisationen und diese Partei viel mächtiger. Heute heiratet ein Kind, obwohl es noch nicht

21 Jahre alt ist, einen Soldaten, den sie gerade eine Woche kennt, und das andere Kind fängt vielleicht schon an, mit fünfzehn Jahren zu lernen, wie man auf andere Menschen schießt. Außerdem kam das mit der Kirche ausgehandelte Gleichheitssystem durcheinander, zwei Stunden in der Woche Don-Bosco-Bund und zwei Stunden Hajott – schließlich hat es den Don-Bosco-Bund schon vor der Hajott gegeben –, darauf hatten sie sich damals alle geeinigt, mehr konnte man den Kindern neben der Schule auch nicht zumuten, aber kaum fiel die Schule aus, da hatten die in der Organisation gleich den Dienst verstärkt. Vielleicht sollte sie heute auch darüber mit dem Erzpriester reden, die könnten ja jetzt die Don-Bosco-Stunden zweimal in der Woche ansetzen, ihr wäre es lieber gewesen. Valeska sah auf die Begonie auf der Fensterbank, deren Blätter bis zum Tisch herunterhingen, in ihrem satten, glänzenden Grün reflektierten die Sonnenstrahlen: Das versprach einen heißen letzten Augusttag.

Josel hätte seiner Mutter ganz gern eine Frage gestellt, die er ihr schon seit langem stellen wollte, aber er hatte bisher niemals den Mut aufgebracht. Vielleicht würde es bald zu spät sein dafür, also müßte er jetzt damit anfangen, nämlich und überhaupt, ob das stimme, was Ulla ihm da erzählt habe, daß man, wenn man ein berühmter Pianist werden will, in die Kreuzkirche nach Warschau gehen müsse, um dort das Herz von Chopin anzubeten und den Stein zu küssen, in dem es begraben ist. In Gedanken bekam er die Frage schon zusammen, aber er brachte sie nicht über die Lippen. Ulla könnte ihn als Verräter beschimpfen, und Mama würde ihn auslachen, und, was er mehr als alles andere fürchtete, sie könnte vielleicht wieder damit anfangen, ihm Klavierunterricht zu geben. Er fragte also etwas, was ihm weniger phantastisch erschien:

Stimmt es, daß du eine Anweisung bekommen hast, ihr dürft im Unterricht nicht mehr Chopin spielen?

Valeska war überrascht. Es wunderte sie, daß Josel sich dafür interessierte, das konnte er doch nur von Ulla

Ossadnik gehört haben, mit der sie gerade jetzt das zweite Scherzo in b-moll op. 31 einstudierte, und davon würde sie sich von niemandem abhalten lassen, auch nicht von so einer Anweisung aus Beuthen, und wenn sie von der Reichsmusikkammer kam. Sie lächelte, aber vielleicht sah das nur so aus, weil ihr gerade die Sonne ins Gesicht schien.

Ja, da kam so ein Rundschreiben an alle Klavierlehrer, von der Reichsmusikkammer, die deutschen Klavierpädagogen sollten mehr das deutsche Klaviergut pflegen, als eine deutsche Pflicht . . .

Valeska bekam plötzlich mehr Mut zum Leben, denn darüber sprach sie gern: Weißt du, bei mir üben die Kinder auch heute noch Etüden von Mendelssohn-Bartholdy, und dafür können sie dir im Reich schon die Lehrerlaubnis entziehen, und so lange noch ein Pianist irgendwo in Deutschland ein Chopin-Stück im Konzertsaal spielt, werde ich mit meinen Schülern Chopin einstudieren, das ist doch klar.

Am liebsten wäre sie jetzt nach oben gegangen und hätte das Scherzo gespielt, aber es war wahr, sie selbst hatte schon lange nicht mehr Chopin gespielt, aber nur deshalb, weil Ulla Ossadnik, dieses Kind, das Scherzo Nr. 2 jetzt schon so brillant spielte, daß sie sich daneben geradezu stümperhaft vorkam.

Außerdem war das Rundschreiben noch keine amtliche Verfügung, und der Name Chopin war nicht ausdrücklich genannt. Und schließlich wurde sie von niemandem kontrolliert. Bei der jungen Gmyrek, deren Vater in der Partei war, würde sie in Zukunft eben ein bißchen aufpassen, damit sie zu Haus nichts zu erzählen hatte. Schmeckt dir der Tee? fragte Valeska.

O ja, danke, sagte Josel höflich. Er wußte, daß seine Mutter diese Antwort von ihm erwartete, jedenfalls am frühen Morgen. Aus einer Tasse Kakao freilich machte er sich mehr.

Josel ließ sich eine zweite Tasse Tee eingießen. Es

stimmte also, was Ulla ihm erzählt hatte. Es gefiel ihm, daß seine Mutter sich davon nicht einschüchtern ließ. Er sah den Lichtstreifen nach, die im Zimmer wanderten und in Mamuschas Haar aufblitzten, gerade als sie eine Nadel nachsteckte. Es war ihm seit langem aufgefallen, daß sie keinen Ehering mehr trug. Außer, daß ihre Hände schöner waren ohne Ring, fand er keinen Grund dafür. Er konnte sie wohl auch nicht danach fragen. Aber etwas anderes konnte er sie fragen, wenn auch jetzt nicht die richtige Stunde dafür war, aber wer weiß, wann er wieder seine Mutter allein für sich haben würde. Wenn die Schule wieder losging und ihre Klavierstunden, dann sah er sie höchstens mal sonntags allein. Also war es besser, jetzt zu fragen. Er streifte mit der Zunge an seine oberen Zähne und hatte den Mund dabei schon halb offen, was es ihm leichter machte zu fragen: Glaubst du nicht, Mama, daß es mit Papusch langsam zu Ende geht?

Valeska, die ihr Gesicht gerade den Blättern der Begonie nähern wollte, zuckte zurück, als hätte sie einen Schlag erhalten. Was heißt das? was für eine Frage? so ein Unsinn! wie kommst du darauf? so spricht man doch nicht darüber! wer hat dir das gesagt? – wollte sie fragen. Aber sie merkte schon, daß dies eher Reflexe, aber keine Antworten waren, jedenfalls keine von denen, die ihr fünfzehnjähriger Sohn Josef Leo morgens gegen sechs von ihr abverlangte.

Ich glaube, die Räucherkerzen, die Onkel Willi besorgt hat, helfen ihm. Sie verstummte. Sie merkte, das war es nicht, was er von ihr hören wollte.

Dabei hatte Josel nur seinen Fuß heruntergenommen, weil er fürchtete, er könnte ihm in dieser Stellung einschlafen.

Sie sagte: Du hast recht. Sie wollte, daß ihr Mann in diesem Haus starb, vielleicht sogar in ihren Armen – wenn er schon sterben mußte. Wenn es irgendwo ein Krankenhaus gäbe, das ihn gesund machen würde, so würde sie ihn sogar auf ihrem Rücken dorthin schleppen, aber sie glaubte nicht mehr daran. Zweimal schon war er im Krankenhaus gewesen, und beide Male war er nicht gesünder nach Haus gekommen, nur einsamer.

Sie sagte: Die Krankenhäuser sind überfüllt, jetzt mit den Soldaten ... Ich habe mit dem Chefarzt telephoniert ... ich kann es noch einmal tun, wenn du meinst ... Sie resignierte. Ihm hilft ein normaler Arzt nicht mehr ...

Sie hatte ihren Tee ausgetrunken. Sie hatte jetzt keine Kraft mehr, sich neuen Tee einzugießen. Sie hatte auch keine Kraft mehr, weitere Fragen von Josel zu beantworten. Sie hatte überhaupt keine Kraft mehr, denn seitdem Leo Maria sich ins Bett gelegt hatte und nicht mehr aufgestanden war, hatte er auf eine nicht erklärbare Weise es verstanden, die Kraft aus ihr herauszusaugen. Auf einmal sah sie in den Blättern der Begonie nicht mehr das Grün, sondern nur noch das braune Geäder.

Ans Krankenhaus hatte Josel nicht gedacht, wenn es auch beruhigend sein mußte, für alle, den Vater in einem Krankenhaus zu wissen, wo ständig Ärzte oder Krankenschwestern um ihn waren. Andererseits, er tot in einem fremden, weißgekalkten Zimmer, in einem Krankenhaus mit langen Korridoren und hinter allen Türen Kranke, die bald sterben würden: das wollte er sich auch nicht vorstellen. Ihm war aufgefallen, daß in den letzten Tagen die Hustenanfälle sich häuften und daß Vater, wenn er ihn besuchte, erschöpft in den Kissen lag und nur noch wenig sprach, und manchmal war seine Stimme so leise zwischen dem lauten, rasselnden Atem, daß man sich herunterbeugen mußte zu ihm, um ihn zu verstehen.

In seiner Tasse war am Boden noch etwas unaufgelöster Zucker übriggeblieben, den kratzte er heraus. Das machte Geräusche, die ihn an etwas anderes erinnerten als an das, woran er gerade gedacht hatte. Er hätte sich gewünscht, Mamuscha würde ebenfalls irgend etwas tun, was ein Geräusch verursachte, damit er merkte, daß sie noch da war und am Leben.

Sie riß zwei Begonienblätter ab, die verwelkt waren.

Er hatte recht, der Josel. Sie war beunruhigt über die Hustenanfälle, die schwerer geworden waren, beunruhigt war sie vor allem darüber, daß er wieder Blut spuckte, aber sie hatte es sich gegenüber Leo Maria nicht anmerken lassen. Sie hoffte, mit der Zeit würde das neue Mittel dämpfend auf seinc Hustenkrämpfe wirken. Sie hatte schon daran gedacht, den Arzt kommen zu lassen, aber Leo Maria wollte davon nichts wissen, und so wagte sie es nicht, denn jedesmal, wenn sie gegen seinen Willen einen Arzt holte, bekam er neue Hustenkrämpfe, und er machte ihr Vorwürfe, daß sie schon damit rechne, es würde mit ihm zu Ende gehen ... Vor solchen Szenen fürchtete sie sich. Aber sie würde dem Arzt etwas von seinem Auswurf zur Untersuchung schicken, ja, das wollte sie tun.

Es lag jetzt wohl an den Ereignissen der letzten Tage, die ihn aufgeregt und anfällig gemacht hatten. Nicht etwa die Hochzeit von Irma, die ihn kaum zu interessieren schien, ja, er hatte zu ihrer Überraschung es sogar abgelehnt, Irma zur kirchlichen Trauung zuzureden, obwohl sie, Valeska, ihn unter Tränen darum gebeten hatte; es waren die politischen Ereignisse. Sie wußte nicht, was sie jetzt tun sollte. Leo Maria lag oben und hustete, und sie saßen hier beide am Tisch und dachten an nichts anderes, ja, als an seinen Tod.

Sie zerrieb die welken Blätter zwischen ihren Fingern und roch daran. Sie rochen nach Kardamom und Vergänglichkeit.

Ihr blieb nichts, woran sie sich hätte halten können. Josel hatte ihr durch seine Art, sich hinzusetzen, die Füße herauszustrecken oder einzuziehen, durch seine Art, den Zucker aus der Tasse zu kratzen und Fragen zu stellen, alles weggenommen.

Josel hatte hingegen einiges, was ihn tröstete, zum Beispiel Andreas, mit dem er nachher durch die Stadt radeln wollte, und Ulla Ossadnik, die sich heute abend für die Hochzeit wie Martha Eggerth zurechtmachen wollte, er hatte die rauchigen Kartoffelfeuer oder die Schwenker-

Zeit, die jetzt bald wieder beginnen würde und in der sie in durchlöcherten Büchsen rote Glut in die Nacht schleuderten, er hatte vor allem seine Baracke an der wilden Klodnitz, die ihn so sehr beschäftigte, daß er alles andere vergessen konnte. Er drückte mit einem Finger gegen die Backe, er schämte sich jedenfalls ganz tief innen, was er alles schon darüber vergessen hatte.

Josel rutschte vom Stuhl hinunter. Er hatte sich jetzt entschlossen, heute abend nicht zu *seiner* Baracke zu gehn; seine Mutter wäre imstande, so lange herumzufragen, bis sie herausbekäme, daß er in dieser Woche nur zweimal, und das jeweils nachmittags, im HJ-Dienst gewesen war. Das würde nur Ärger geben. Es war für ihn zwar ein glatter Verlust von fünf bis zehn Mark, doch darauf mußte er es wohl ankommen lassen. Vielleicht hatte er bis abends Andreas so weit, dann könnten sie sich unter Umständen mit der Wache abwechseln, und ihr Wegbleiben würde nicht so auffallen. Das wollte er mit ihm klären. Bisher hatte er nicht den Mut aufgebracht, mit ihm über die Baracke zu reden, aber er fühlte, er war in den paar Stunden, die Andreas hier war, ihm ein ganzes Stück näher gekommen.

Ich gehe heute nicht zur Hajott.

Valeska nahm das zur Kenntnis, aber doch eher so, als ob es etwas ganz Selbstverständliches für sie wäre. Wie sie überhaupt die Eigenschaft hatte, sich anfänglich gegen neue Dinge zu wehren, waren sie aber zur Tatsache geworden, dann wurden sie auch selbstverständlich für sie.

Noch einen Tee? fragte sie. Sie griff schon nach der Teekanne, und sie war froh, etwas in den Händen zu halten, was sich nicht verflüchtigte.

Josel wollte keinen Tee mehr. Er trank überhaupt lieber Kakao. Aber für Mama war Tee etwas ganz Besonderes, das sie sich nur zu besonderen Gelegenheiten gönnte, eine Art Genußmittel, beinahe wie Champagner. Josel dachte, vielleicht muß man richtig erwachsen sein, um hinter den Geschmack zu kommen; vorläufig mußte er jedenfalls noch zwei volle Löffel Zucker nehmen, damit der Tee ihm schmeckte.

Josel wollte nach oben gehen und sehn, ob Andreas schon wach geworden war. Später wollte er ihm mit dem Fahrrad die Stadt zeigen. Um drei Uhr würden sie wieder zurück sein, vielleicht könnten sie dann bei den Hochzeitsvorbereitungen helfen.

Valeska staunte, mit welcher Leichtigkeit sich der Junge bewegte, als er wegging, wie schön und harmonisch seine Bewegungen waren, wie bei einem Tänzer, dachte sie, oder lag es nur daran, daß er auf seinem Weg zur Treppe mehrmals durch Streifen von Licht und Schatten hindurchging und sie ihn so noch niemals angesehn hatte? Auf dem Tisch tanzten gelbe Lichtflecken, Valeska rieb langsam mit den Fingern darüber und ein sanftes Glücksgefühl erfaßte sie, daß das Holz richtiges Holz war und unter ihren Fingern heiß wurde.

2

Josel blieb auf der Treppe stehen, es war ein fremdes Geräusch, das ihn dazu veranlaßt hatte, und fremde Geräusche waren für ihn wie Eindringlinge. Er lauschte. Er kannte alle Geräusche in diesem Haus, und jedes neue Geräusch, das aufkam, wurde erst einmal von ihm registriert, geortet und identifiziert, bevor es zu den vertrauten Geräuschen seines Unterbewußtseins gelegt wurde. Zu viele neue Geräusche auf einmal konnten ihn ganz durcheinanderbringen, wie etwa jüngst, als die Soldaten zur Einquartierung in das Haus kamen, und er brauchte ein paar Stunden, bis er gelernt hatte, sie nach ihren Geräuschen zu unterscheiden. Wenn er jetzt an den Feldwebel dachte, so fielen ihm zuerst dessen Geräusche ein, (die er beim Gehen, beim Essen, beim Autofahren machte) er hätte sie genauer beschreiben können als etwa dessen Gesichtszüge. Das Geräusch eben hatte sich angehört, als ob jemand einen Korken aus einer leeren Flasche gezogen hätte, nur sehr viel lauter. Josel wartete, daß das Geräusch sich wiederholte. Aber es wiederholte sich nicht. Viele Geräusche gab es nicht um diese Zeit im Haus, aber lauter neue Gewohnheiten, gestern nacht hatte er, als er auf dem Klo war, den Heiko aus dem Zimmer von Irma herausgehn sehen, und es würde ihn nicht wundern, wenn irgend jemand hinter einer der braunen Türen schon jetzt eine Flasche Schnaps öffnete. Josel ging noch leiser die Treppe hinauf als vorher.

Das Geräusch eines unterdrückten Hustens nahm er kaum wahr, denn das gehörte zu den allervertrautesten Geräuschen. Es war aber noch ein leises, metallisches Klirren dabei, und da die Tür einen Spalt weit geöffnet war, schlüpfte Josel hinein. In das Zimmer des kranken Vaters. Der Vater lag da, aufgerichtet in seinem Bett, der rechte Arm hing herunter, mit einem Finger rührte er in der Waschschüssel, die er auf einer Ritsche zu sich herangezogen hatte, und immer, wenn er mit dem Ringfinger an die Wandung kam, erzeugte es dieses metallische Geräusch.

Als er Josel sah, winkte er ihn mit den Augen heran, die graue Haut seines Gesichts leuchtete. Vielleicht hatte sich sogar zwischen Wangen und Nasenwurzel ein Lächeln gesetzt.

In der Waschschüssel schwammen im Kreise bunte japanische Papierblumen, eine gelbe Narzisse, eine violette Lilie, eine silberne Rose, und noch ein paar andere exotisch aussehende Blumen, die Josel noch niemals gesehn hatte, er kniete sich hin und vor seinen Augen zogen auf dem Wasser die Blumen ihre Kreise und die Farben vermischten sich und gingen ineinander über. Leo Maria nahm aus einer Schublade eine kleine weiße Papierkugel heraus und gab sie Josel, der noch eine Weile wartete, bis das Wasser ruhig war und die Blumen sich nicht mehr bewegten, dann warf er sie hinein in die rechte Wasserhälfte. Leo Maria warf ebenfalls eine hinein, auf die linke Seite.

Sie sahen beide weg; man mußte bis fünfundzwanzig zählen und sich erst dann umsehen: da waren die Blumen aufgeblüht! Zuzusehn wie das Papier langsam aufweichte und sich öffnete, wie die Blume sich entfaltete und aufrichtete, das hieße dem Wunder das Geheimnis nehmen, das würde Unglück bringen. Jeder kannte die Regel, denn die Papierblumen aus Japan waren seit einiger Zeit in Mode, und nicht nur die Kinder entzückten sich daran, wie in Sekundenschnelle aus weißen, unscheinbaren, klobigen Papierkügelchen farbwilde und phantastische Blumen wuchsen. Es gab Erwachsene, die daraus ihre Zukunft deuteten.

Beide wendeten sich jetzt um und sahen in die Waschschüssel.

Paddum, sagte Leo Maria.

Fantastitschnek, sagte Josel.

Links im Wasser schwamm eine hellrosa, sich nach oben rankende, kunstvoll ineinander gedrehte Orchidee, auf der rechten, auf Josels Seite, eine blaue einfache Sternblume, die sich nicht ganz geöffnet hatte, und mit einem leichten Fingerschnippsen half er nach. Der blaue Stern tänzelte auf dem Wasser.

Die hat mir die Wassermilka mitgebracht, sagte Leo Maria.

Man kann sie jetzt überall kaufen, sagte Josel, eine ganze Tüte voll davon kostet zehn Pfennige. Aber Ulla Ossadnik sagt, man dürfe sie nicht kaufen, man müsse sie sich schenken lassen, dann bringen sie Glück, oder beim Haderlok* Podmanitzki eintauschen gegen alte Lumpen oder Knochen.

Der Vater holte die blaßrosa Orchidee und den blauen Stern aus dem Wasser und stellte beide auf den Nachttisch. Tu die andern weg, sagte er zu seinem Sohn. Wenn Mamuscha kommt, lacht sie uns vielleicht aus.

Josel fischte die andern heraus und legte sie aufs Fen-

* Lumpensammler

sterbrett. Er war glücklich darüber, daß sie, die beiden Männer, ein Geheimnis hatten vor den Frauen, wenn es auch ein ganz lächerliches war, denn sie hatten in der letzten Zeit nicht mehr viel Geheimnisse miteinander gehabt. Und Sohn und Vater sollten immer ein paar Geheimnisse haben. So war das auch bei seinen Freunden. Jedenfalls redeten sie so. Er hätte zum Beispiel seinem Vater gern das Geheimnis der Baubaracke an der Wilden Klodnitz erzählt, und vor drei oder vier Jahren hätte er es auch unbedenklich getan, aber jetzt wagte er es nicht, denn die Geheimnisse wuchsen mit dem Alter, und dieses hier war schon zu gewaltig für einen Menschen, der nicht mehr aus seinem Zimmer herauskam. Geheimnisse waren nichts für einsame Menschen, man konnte sie eine Weile mit sich *allein* herumtragen, aber nicht allzulange ... So dachte er jedenfalls darüber. Und er hoffte, er würde in dem neuangekommenen Andreas jemand finden, dem er das Geheimnis mit der Baracke anvertrauen könnte.

Er sagte: Mamuscha ist schon in der Küche, sie kann vor lauter Aufregung nicht schlafen.

Ja, das mit der Hochzeit von Irma, das ist ihr zu schnell gegangen, aber weißt du, ich hab da nichts dran ändern können, deine Schwester Irma ist alt genug.

Er sinnierte einem Gedanken nach: Ich glaub, Mamuscha hat dafür gebetet, daß Wojna* noch alles verhindern würde, aber nun hat der auf sich warten lassen.

Mamuscha kümmert sich um zu viele Dinge auf einmal, sagte Josel, sie will immer alles allein machen. Darin steckte auch der Vorwurf, daß sie ihn, Josel, zu wenig für die Hochzeitsvorbereitungen herangezogen hatte. Er ging um das Bett herum und setzte sich auf die Seite der Bettkante. Jetzt war er den Papierblumen näher. Auch seinem blauen Stern. Was ein blauer Stern wohl bedeutete? Er wollte noch heute Ulla eine Papierblume schenken und warten, bis sie im Wasser aufblühte.

* Krieg

Heute nacht, wenn ihr zurückkommt von der Hochzeit, wird es für Mamuscha schon besser aussehn, aber jetzt kann ihr keiner helfen ... Und morgen kommst du zu mir und erzählst mir von der Hochzeit, ja? Leo Maria legte sich tiefer in den Kissen zurück.

Josel dachte: Ich bin gespannt, ob meine Blume und die Blume von Ulla zusammenpassen werden.

Der Vater rutschte noch tiefer in die Kissen, er atmete schwer und mit einem leisen Pfeifen, als ob er sich überanstrengt hätte. Aber so atmete er schon seit langem. Und Josel fragte sich insgeheim, wie lange das noch so gehen würde.

Josel besuchte seinen kranken Vater einmal am Tag – wenigstens einmal am Tag. Meist häufiger. Er versuchte es schon am Vormittag einzurichten, wenn er aus der Schule kam, manchmal auch schon bevor er in die Schule ging. Oder auch am frühen Abend, jedenfalls noch bevor die Dunkelheit das Zimmer seines Vaters verwandelte, da kam es ihm immer ein wenig unheimlich vor. Bisweilen auch schon am Tag, wenn Mama mit den Räucherkerzen zu kokeln anfing und die grünen Schwaden Gesichter und Fratzen bildeten, wenn man lange hinsah. Er liebte seinen Vater eher im Hellen, im Licht; manchmal, wenn er in das Krankenzimmer eintrat, stellte er den Fensterflügel so ein, daß die Glasscheibe das Sonnenlicht auf ihn spiegelte und seine graue schuppige Haut silbern blinken ließ. Ein schwarzer Scherenschnitt vor einem weißen Horizont: so hatte er ihn gern in Erinnerung, als er ihn beim Photographieren begleiten durfte, draußen, bei den Türmen, wenn er, eingezwängt in seinen schwarzen Salonik*, mit langen ausgreifenden Bewegungen die Entfernungen maß, die Geräte auf- und abbaute und immer neue Perspektiven suchte, und er trug ihm geduldig irgend etwas nach, das Stativ, eine Platte, ein Stück Holz, manchmal auch nur seine Freude, dabeisein zu dürfen.

* der beste Anzug

Josel hatte diese Gänge mit seinem Vater geliebt, weil sie ihn auch weiter von diesem Haus entfernten, das er eine zeitlang gehaßt hatte mit seinen Geräuschen, vor allem diesem Klaviergeklimper, das einen überallhin verfolgte, sogar bis in den Schlaf hinein. Weder er noch seine Schwester Irma hatten etwas von der Begabung der Mutter geerbt, aber Mamuscha fing schon früh an mit den Klavierübungen, noch bevor einer von ihnen eine Note hinmalen oder lesen konnte, und nachdem Irma auf dramatische Weise sich dem quälenden Klavierunterricht (und damit auch der Mutter) verweigert hatte, indem sie einfach ihre Hände in heißes Wasser hineingehalten hatte und dann wochenlang mit dicken, weißen Verbänden an den Händen durchs Haus gelaufen war, beinahe triumphierend, hatte sie ihre Hoffnungen auf Josel gesetzt, und einmal, im Zorn, hatte sie ihm den Klavierdeckel auf die Hände geschlagen und weinend behauptet, der Deckel sei zugeklappt, unglücklicherweise, er aber hatte seitdem keine Klaviertaste mehr angerührt. Und erst Ulla Ossadnik war es gewesen, die ihm eine neue, schüchterne Freude an der Klaviermusik beigebracht hatte. Sie konnte sich auf ihrem Grammophon die Schallplatte mit den *Vier Nocturnes* von Chopin wieder und wieder abspielen, ein dutzendmal hintereinander, ohne ein Wort zu sagen, nur zu lauschen mit geschlossenen Augen und den Namen *Gieseking* wie den der Heiligen Mutter Anna zu flüstern.

Damals war er oft bei seinem Vater im Kabinettschik, wie er das nannte – Mamuscha sagte dazu ›Papuschs Ateljer‹ –, und half ihm bei einfachen Arbeiten, am liebsten hockte er neben der viereckigen Wanne und schwenkte die weißen Blätter in einer klaren durchsichtigen Flüssigkeit, die Vater vorher aus Wasser und verschiedenen Chemikalien zurechtgemischt hatte, und er sah gebannt hin, wie auf den weißen Flächen, ohne daß jemand etwas dazu tat, erst graue Konturen sichtbar wurden, dann dunkle Punkte, Schatten und Flächen, die sich nach und nach zu Gesichtern, Uniformen, Bäumen, Hüten, Türmen und Mauern zusammensetzten. Es war die einzige Zeit seines Lebens gewesen, in der er kein Geheimnis mehr hatte vor einem Menschen, und das war sein Vater.

Aber Vater hatte *sein* Geheimnis nicht weggeben wollen, das eine, das große Geheimnis: warum er eines Tages, und das war noch nicht so lange her, sich ins Bett gelegt hatte, den Atem pfeifen ließ und die Handtücher naß kutzaute.* Er würde ihn auch nicht danach fragen. Aber seitdem war etwas zerstört zwischen ihnen, und Josel näherte sich seinem Vater jetzt so, wie andere Kinder sich ihrem strengen Vater nähern: leise, scheu, mit Ehrfurcht.

Vielleicht sollten wir dich in den Rollstuhl setzen, sagte Josel leise, und dich ins Haus Oberschlesien fahren, für zwei, drei Stunden, wenigstens für den Bunten Abend, mit Onkel Willi als Zarah Leander ... Josel hätte am liebsten laut aufgelacht, wenn es nicht so früh gewesen wäre. Er merkte es am Licht, das hell und aufdringlich durchs Fenster hereinkam. Er spürte es an den Geräuschen.

Leo Maria wehrte ab. Ich hab's schon Maminka gesagt: das wär der Tod für mich. Nein, nein, laßt mich ruhig hier allein. Vergnügt euch, und denkt dabei nicht an den kranken Vater, nein, nein. Er rutschte noch tiefer in seinem Bett und zog die Decke höher, nur sein Gesicht ragte weiß aus den weißen Kissen heraus. Als ob er sich verbergen wollte.

Is schon gut, Papusch, sagte Josel, etwas erschrocken. Er fürchtete, der Vater könnte sich soweit entfernen, daß er nicht mehr zurückzuholen war. Also holte er ihn gleich zurück. Josel sagte: In Preßburg haben sie doch nur verloren, weil sie den Schaletzki nicht eingesetzt haben.

Leo Maria rutschte unter der Decke näher heran. Ja, es war Schaletzki, der das Länderspiel vorher ..., in Reval war das, nich wahr? ... gegen Estland entschieden hatte, mit seinem Tor.

* hustete

Schaletzki war Vaters Favorit. Er selbst schwärmte mehr für den langen Torjäger Schön, er hatte die Zigarettenbilder von R 6 gesammelt und das Bild von Schön in seinem Zimmer an die Wand geheftet. Aber das war schon eine Weile her. Jetzt fühlte er sich dafür bereits zu erwachsen.

Papusch unterstrich – seitdem er sich für Fußball interessierte – in den Zeitungsberichten über die Länderspiele der deutschen Nationalmannschaft die Namen der Spieler aus Oberschlesien mit einem Kopierstift, und bei Schaletzki feuchtete er den Kopierstift so oft an den Lippen an, daß sein Mund ganz violett wurde und Mamuscha fürchtete, eines Tages würde er sich noch einmal an dem Kopierblei vergiften. Wenn es nach ihm gegangen wäre, hätte er eine Nationalmannschaft aufgestellt aus Schaletzki und Tibulski, Kuzorra und Bialas, Kaburek und Dzur, Durek und Zolanowski, Kobierski und Willimowski, und im Tor Lachmann, der das Sportgeschäft in der Bahnhofstraße hatte. Leo Maria war niemals auf einen Fußballplatz gegangen, auch nicht zu *Vorwärts Rasensport;* erst als er im Bett lag, hatte er begonnen, sich für Fußball zu interessieren und die Berichte darüber in den Zeitungen zu lesen.

Gibst du mir noch eine Papierblume, fragte Josel den Vater so sanft, daß jener, in seinem Gedankengang gar nicht unterbrochen, wie abwesend aus der Schublade ein weißes Papierkügelchen herausnahm und es Josel in die Hand drückte.

Ich sag dir, sagte er zu Josel, wenn sie bei dem nächsten Spiel gegen Budapest den Schaletzki wieder nicht dabeihaben, werden sie auch dort verlieren. Er sagte es so, als ob er schon wüßte, daß sie Schaletzki nicht mehr nehmen werden.

Draußen flogen zwei Vögel so nah am Fenster vorbei, daß Josel geglaubt hatte, das Geräusch ihrer ausgestreckten flatternden Schwingen zu hören. Gestern abend waren die Stare ganz tief ums Haus geflogen, sie hatten beinahe den alten Landgerichtsrat gestreift, der hinten versteckt im Garten gesessen hatte. Mamuscha hatte ihn von einem andern Fenster aus gesehn. Das Wetter wird bald umschlagen, hatte sie gesagt. Vielleicht wollte sie nur rasch etwas sagen, aus Verlegenheit, weil sie sich von Josel beobachtet gefühlt hatte, wie sie den Landgerichtsrat beobachtete. Dabei hatte der Landgerichtsrat nur dagesessen auf einer Ritsche, zwischen den Sträuchern, die Zeitungen unterm Arm, und auf den Einbruch der Nacht gewartet. Sonst nichts.

Aus dem Flur kamen die Geräusche von Lebenden.

Josel stand auf. Andreas, du weißt doch, möchte dich ganz gern auch mal sehn, wann kann ich ihn dir mal raufbringen?

Leo Maria zog den Waschlappen durchs Wasser. Nach der Hochzeit, da ist es besser. Heute werden so viele Leute kommen ... Er klatschte sich den nassen Lappen aufs Gesicht, als bereite ihm das kalte Wasser eine Linderung. Vielleicht war es auch das Geräusch.

Ja, morgen früh, sagte er. Den Andreas nehmt ihr doch auch zur Hochzeit mit?

Aber ja, sagte Josel. Er hatte zwar noch nicht viel von seinem Cousin Andreas gehabt, aber daß er zur Hochzeitsgesellschaft gehörte, das war für ihn *naturalnie*. Also morgen früh, wiederholte Josel.

Langsam setzte er seine Schritte. Langsam ging er aus der Gruft. Ich werde dir später von der Hochzeit erzählen, Papusch.

Er war froh, daß er das sagen konnte.

3

Durch Dekret des polnischen Staatspräsidenten Mościcki vom 1. Juli 1930 wurde der polnische Sejm aufgelöst, der schlesische auf unbestimmte Zeit vertagt. (Seine Auflösung erfolgte am 26. September.) Es wurden Neuwahlen ausgeschrieben. Am 10. September 1930 wurden auf einen

Schlag fast sämtliche hervorragenden parlamentarischen Führer der Oppositionsparteien, achtundachtzig an der Zahl, verhaftet. Unter ihnen auch Wojciech Korfanty als Vorsitzender der Christlich Demokratischen Partei. (Nach einer anderen Quelle war es am 26. September, das mußte er also noch kontrollieren, er malte mit roter Tinte ein Fragezeichen an den Rand.) *Der Kommissar Ryczkowski, Leiter der Öffentlichen Sicherheit in Kattowitz, verhaftete ihn morgens gegen acht Uhr in seiner Villa in Kattowitz. In Begleitung des Militärgendarmen Chomerański fuhren sie in geschlossenem Auto durch Kattowitz, Bogutschütz, Rozdzien, Sosnowitz (alles Orte seines ehemaligen Triumphes) bis nach der Festung Brest-Litowsk.*

Dort wurde er dem Festungskommandanten, dem Oberst Kostek-Biernacki vorgeführt. Das Verhör beschränkte sich auf die Personalien. Alle Wertsachen, auch Hosenträger und Schnürsenkel, wurden ihm abgenommen. Er erhielt einen Eßnapf und wurde in eine Einzelzelle eingeschlossen. So behandelte Polen seinen »zweitgrößten Sohn«, so dankte es ihm den Erwerb Oberschlesiens! Aber es sollte noch besser kommen . . .

In der Freistunde traf er auf gute Gesellschaft in Brest. Da waren auch der frühere Ministerpräsident Witos, in dessen Kabinett er Vizepräsident gewesen war, der Abgeordnete Adam Pragier, welcher im Marschallgericht über Korfanty gesessen hatte, der berühmteste Rechtsanwalt Warschaus, der Sozialist Dr. Libermann, Professor Barricki, Vizepräsident der P. P. G., der frühere Innenminister Kiernik, Aleksander Dąbski von der Rechtsopposition und andere mehr.

Jetzt erfuhr Korfanty erst, wie gut er auf dem Transport behandelt worden war. Nicht ein einziges Mal war er aus dem Auto gerissen, nicht ein einziges Mal mit Kolben und Seitengewehr geschlagen worden, während Dr. Libermann zum Beispiel zwanzig blutende Wunden am Kopf und am ganzen Körper davongetragen hatte, wie später von der Juristischen Kommission des Sejm festgehalten wurde.

(Er hatte darüber einen Zeitungsbericht, den wollte er heraussuchen.) *In der Festung selbst ging es Korfanty nun auch nicht besser als den übrigen. Er mußte, wie diese, Kasematten scheuern und die Aborte der Offiziere reinigen.*

Ganz undankbar war Polen gegen Korfanty nicht. Er wurde immer noch besser behandelt als mancher seiner Leidensgefährten; denn er wurde zwar geschlagen, aber nicht halb tot geschlagen wie der Abgeordnete Popiel, es wurde an ihm auch keine Scheinexekution vorgenommen wie an Libermann und Popiel. Allerdings wurde er in jener berüchtigten Nacht der Scheinexekutionen vom 10. und 11. November 1930 in die Dunkelzellen mit hinabgeführt, er mußte sich dort entkleiden und wurde von den Wärtern grausam geschlagen.

Montag dachte über den letzten Satz nach und fand keine Fortsetzung dazu. Er strich den zweiten Teil des Satzes aus und schrieb statt dessen ... *soll auch er in die Dunkelzellen gebracht und dort geschlagen worden sein.* Er hatte dafür keine Belege, außer der Zeugenaussage eines POLONIA-Mitarbeiters, der aber nicht genannt werden wollte. Und die POLONIA-Leute waren ihm zu parteiisch. *Die Mehrzahl seiner Leidensgenossen wurde wegen Vorbereitung einer gewaltsamen Staatsumwälzung angeklagt und abgeurteilt, Korfanty wurde entlassen, nachdem im neuen schlesischen Sejm als erstes der Dringlichkeitsantrag von den Christlichen Demokraten eingebracht wurde, Korfanty zu entlassen. Auch die Deutsche Partei hatte dafür gestimmt.* (Er konnte sich nicht enthalten, drei Ausrufezeichen dahinter zu machen.)

Er überlegte eine Weile, dann strich er *»seiner Leidensgefährten«* aus und schrieb darüber: *»der verhafteten Oppositionspolitiker«.*

Er war sich nicht ganz klar darüber, aber irgendwie spürte er, daß seine Sätze mehr und mehr eine sentimentale Färbung bekamen, seitdem er sich in diesem Kapitel mit K.s Verfolgungen, seiner Verhaftung, seinen Erniedrigungen beschäftigte. Er nahm sich vor, das zu überprüfen, diesen Teil mit dem Anfang zu vergleichen. Es war so viel Zeit seither vergangen, und gerade in den letzten Monaten hatte er zwar nicht gänzlich andere, aber doch gewandelte Ansichten dazu gewonnen, und erst vor einigen Tagen hatte er zum ersten Mal darangedacht, das Kapitel über die Abstimmungskämpfe noch einmal zu überarbeiten, vielleicht sogar neu zu schreiben, er hätte hier vielleicht doch mehr polnische Stimmen zitieren müssen, statt sich hauptsächlich auf die deutschen Protokolle und Aussagen zu verlassen.

Er hielt immer noch die Feder überm Papier, bis er merkte, daß die Tinte längst getrocknet war. Er legte den Federhalter hin, schraubte das Tintenfaß zu, er wollte für heute Schluß machen. Er lehnte sich im Sessel zurück. Das erging ihm jetzt schon eine ganze Weile so, je weiter, je tiefer er in die Biographie des Wojciech K. hineingeriet, um so verwirrender wurde sie für ihn, das hing gewiß mit der so schillernden Person K.s zusammen, mit dem (manchmal überraschenden) Wechsel seiner politischen Positionen – aber es fehlte ihm selbst auch die Entschiedenheit, mit der er noch zu Anfang seiner Arbeit K.s Handlungen beurteilt und kommentiert hatte. Und wieder überkamen ihn die Zweifel, wie so oft in den letzten Wochen und Monaten, sich überhaupt auf dieses Unternehmen eingelassen zu haben. Und er könnte wohl auch jetzt niemandem eine Antwort darauf geben, warum er vor drei oder vier Jahren anfing, sich mit der Figur des Wojciech K. zu beschäftigen und seit einiger Zeit sogar dabei war, Aufzeichnungen darüber zu machen, Stichworte, Skizzen, und von einer Erfahrung zu schreiben – nicht einmal sich selbst. Er war K. nur einmal begegnet, und das war schon beinahe dreißig Jahre her, und während der Abstimmungszeit, als sein Name zu einem Begriff, zu einem (gehaßten oder bewunderten!) Symbol, zu einer Legende wurde, war er gar nicht in Oberschlesien gewesen. Seine Meinung über ihn unterschied sich lange nicht sehr von der der meisten Menschen hier in dieser Gegend, für die K. so etwas war wie der Leibhaftige, ein Djobok*, über den man Spottlieder sang und den man verfluchte, den man den Kindern an langen Winterabenden als Schreckgespenst an die Wand malte (Du mußt noch ein Vaterunser beten, sonst kommt dich der Korfanty holen!) und über den man sich, bei drei Gläsern Bimber**, auch mal lustig machte – jedenfalls ernsthaft sprach niemand über ihn, die Frauen machten ein Kreuzzeichen, wenn sie den Namen hörten, und wenn sie ihn aussprechen mußten, schlugen sie gleich drei, die Männer spuckten dabei auf den Boden.

Sein spezifisches Interesse an K.s Person begann erst, als er in den polnischen Zeitungen heftige Angriffe gegen K. zu lesen bekam, als sie K. verhafteten und ihn schließlich ins Exil trieben, einen Mann, der, nachdem er das östliche Oberschlesien zu Polen gebracht hatte, von der polnischen Presse als »Polens zweitgrößter Sohn«, gleich hinter Pilsudski, gefeiert und mit George Washington, dem Schöpfer der nordamerikanischen Republik, verglichen wurde. (Er hatte da Zitate.) Damals fing er an, Material über ihn zu sammeln, nicht systematisch, eher kursorisch, wie es sich so ergab, Berichte aus deutschen, aus polnischen Zeitungen, die er ausschnitt und aufbewahrte, Broschüren, Flugblätter aus der Abstimmungszeit, Manifeste. Er abonnierte die POLONIA, in einem Kattowitzer Antiquariat erwarb er die alten Nummern, in der Stadtbibliothek las er in Zeitungen und Zeitschriften, in denen K. vor dem Weltkrieg publiziert hatte. Er hatte auch im polnischen Oberschlesien mit ein paar Leuten gesprochen, die K. gesehn und erlebt hatten, auch mit K.s letztem Sekretär in der Kattowitzer Zeit, aber sie alle reagierten so mißtrauisch auf seine Fragen, daß er es dann lieber unterließ – im deutschen Oberschlesien hatte er es

* Teufel
** selbstgebrannter Schnaps

erst gar nicht gewagt. Er wollte nicht, daß jemand von seinem Interesse, von seiner Arbeit erführe, und außer Valeska Piontek hatte er es auch niemandem gesagt.

Es war zunächst ja auch nichts weiter als ein Plan gewesen, nach den vielen polnischen Versuchen, ihn zu feiern, zu rühmen oder zu verdammen, ihn nun von der deutschen Seite aus zu beschreiben, ihm Objektivität, vielleicht sogar Gerechtigkeit widerfahren zu lassen. Er hatte den Küchentisch freigeräumt und daraus einen Schreibtisch gemacht, er hatte Papier gekauft und eine Schachtel mit LY-Federn, dazu rote, grüne und schwarze Tinte, die er zur besseren Unterscheidung für Text, Zitate, Anmerkungen verwenden wollte, und nun versuchte er aus dem gesammelten Material (»Ein Wust von Meinungen, Verleumdungen, Hymnisierungen, gefälschter, verdrehter, zurechtgebogener Geschichte«) die Tatsachen herauszuschreiben: Geburt, Kindheit, Schule, Universität, Mannesalter.

Er begann mit einfachen Sätzen: *Adalbert (Wojciech) Korfanty ist am 20. April 1873 als Sohn eines Häuslers und Bergmanns in Zawadze (das heißt Hindernis), einem Vorort von Laurahütte, welcher dicht an der russischen Grenze lag, geboren. Er stammte aus einer deutschgesinnten Familie. Sein Vaterbruder aus Przelaika legte, wenn er zur Kirche oder aufs Gericht ging, stets die Kriegsgedenkmünzen an, die er sich in den Kriegen Preußens erworben hatte. Bis zum vierzehnten Lebensjahre besuchte er die Volksschule in Laurahütte.*

Er hatte die erste Seite aufgeschlagen und las den Anfang. Er gefiel ihm jetzt nicht mehr. Er wußte, es bedurfte anderer Sätze, um K.s Kindheit zu begreifen.

Die katholische Kirche hat immer ein offenes Auge für intelligente Knaben aus dem Volke gehabt, so fiel auch der kluge und aufgeweckte Korfanty einem Kaplan in Laurahütte auf, dieser gab ihm Privatunterricht, und Ostern 1888 wurde er in die Quinta des städtischen Gymnasiums von Kattowitz aufgenommen. Dem Vater Korfanty fehl-

ten die Mittel, um den Sohn in Kattowitz in Pension zu geben, und so mußte der Knabe wohl den zwei Stunden weiten Weg von Zawadze nach Kattowitz an den Schultagen zweimal zu Fuß zurücklegen. Das war nicht etwa, wie in anderen Gegenden Deutschlands, ein Weg, schön durch Wald und Flur zu wandern, sondern Korfantys Schulweg führte durch reizloses Bruchgelände, an den Schloten der Laurahütte und der Hohenlohewerke vorbei, über offene Chaussee, die weder im Winter vor den rauhen russischen Winden noch im Sommer vor der heißen Sonne Schutz gab. Viele Kinder hätte die Mühsal dieses Schulweges nach einiger Zeit vom weiteren Schulbesuch abgeschreckt. Korfanty hielt durch, schon hier die Willenskraft und Zähigkeit zeigend, die ihn im späteren Leben zu seinen Erfolgen geführt hat.

Solche Sätze erschienen ihm auf einmal zu einfach, zu gradlinig, sie blieben alle an der Oberfläche. Ob er heute noch einmal einen solchen Satz wie diesen: *seine Familie war deutschgesinnt* niederschreiben würde? Bei Skowroński hatte er gelesen, welche Rolle das berühmte Buch ›Zywoty Swiętych‹ (Lebensläufe der Heiligen) von Piotr Skarga in der Erziehung des jungen K. gespielt hatte, seine Mutter brachte ihm damit das Polnischlesen bei. Und hatte er nicht in seinem ›Aufruf an das oberschlesische Volk‹ 1931 geschrieben, er, der zwar nur deutsche Schulen besucht habe, verdanke seine nationalpolnische Erweckung seinen Hakatisten*-Lehrern im Gymnasium, die alles Polnische verächtlich machten?

Montag machte die Mappe zu. Eine Explosion von Sätzen verbarg sich hinter diesem einen Satz.

Vielleicht hätte er das mehr in eine erzählerische Form bringen sollen, jetzt war jeder Satz eine Behauptung, scharf und spitz wie ein Messer: Atmosphäre würde die Sätze gefälliger machen. Er nahm ein Buch aus dem Regal,

* HKT, Anfangsbuchstaben der Namen der Gründer des Ostmarkenvereins, Hansemann, Kennemann, Tiedemann. Daher ›Hakatisten‹ als polnisches Schimpfwort.

schlug es auf und blätterte; an einer Stelle las er sich fest: Im Sommer war der Junge barfüßig des Wegs gegangen, im Winter trug er ein paar alte Schuhe mit vielen Löchern darin, und der kalte Schnee drang hindurch und berührte seine Füße, beschwerlich war's, ach wenn der Junge nur was Rechtes lernen wollte, dann wäre es ja nicht vergebens, aber wer wußte das schon. Der Frühling kam, der Schnee tröpfelte emsig vom Dache, die Sperlinge zwitscherten und tummelten sich dazwischen; ich saß auf der Türschwelle und wischte mir den Schlaf aus den Augen; mir war so recht wohl in dem warmen Sonnenscheine. Da trat der Vater aus dem Hause; er hatte schon seit Tagesanbruch in der Mühle rumort und die Schlafmütze schief auf dem Kopfe, der sagte zu mir: Du Taugenichts! da sonnst du dich schon wieder und dehnst und reckst dir die Knochen müde und läßt mich alle Arbeit allein tun. Ich kann dich hier nicht länger füttern. Der Frühling ist vor der Tür, geh auch einmal hinaus in die Welt und erwirb dir selber dein Brot. – Nun, sagte ich, wenn ich ein Taugenichts bin, so ists gut, so will ich in die Welt gehn und mein Glück machen. Und eigentlich war mir das recht lieb, denn es war mir kurz vorher selber eingefallen, auf Reisen zu gehn, da ich die Goldammer, welche im Herbst und Winter immer betrübt an unserm Fenster sang: Bauer, miet mich, Bauer, miet mich! nun in der schönen Frühlingszeit wieder ganz stolz und lustig vom Baume rufen hörte: Bauer, behalt deinen Dienst! – Ich ging also in das Haus hinein und holte meine Geige, die ich recht artig spielte, von der Wand, mein Vater gab mir noch einige Groschen Geld mit auf den Weg, und so schlenderte ich durch das lange Dorf hinaus. Ich hatte recht meine heimliche Freude, als ich da alle meine alten Bekannten und Kameraden rechts und links, wie gestern und vorgestern und immerdar, zur Arbeit hinausziehen, graben und pflügen sah, während ich so in die freie Welt hinausstrich. Ich rief den armen Leuten nach allen Seiten recht stolz und zufrieden Adjes zu, aber es kümmerte sich eben keiner sehr darum. Mir war es wie ein ewiger Sonntag im Gemüte.

Montag schlug das Buch zu, auch damit kam er nicht weiter, das war eine Welt, die sich ein Eichendorff ausgedacht hatte, die hat es im Industriegebiet von Oberschlesien, rechts der Oder, niemals gegeben, da ging keiner mit der Geige in die Welt hinaus, da wurde man, ein grobes Leinensäckchen über der Schulter, mit ein paar Habseligkeiten darin, hinausgetrieben, ins Ruhrgebiet etwa, oder an die Saar, weil hier für so viele Esser kein Platz war. Das hier waren härtere Tage.

Es sollte ja auch keine Biographie werden, das war ein viel zu großes Wort für seine Versuche, für diese Fragmente, für nichts anderes als ein paar Annäherungen an eine Person, die ihn jetzt, auf einmal, faszinierte, er war ja kein Historiker. Er wollte eher die Spuren festhalten, die man, wie es die Geschichte zeigte, auf beiden Seiten zu verwischen versuchte, und damit mußte man jetzt beginnen, denn später bekäme man doch nur offizielle, sanktionierte, orthodoxe Ansichten. Waren denn Historiker nicht solche Leute, die sich für eine Person erst dann interessierten, wenn sie tot war, am besten sogar schon eine ganze Weile, vielleicht zehn, fünfzig, vielleicht hundert Jahre?

Montag streckte seinen Rücken und sah dabei auf die weißgestrichene Holzdecke, von der ein zerrissenes staubiges Spinngewebe herunterhing, es bewegte sich sanft und machte ihm geheimnisvolle Zeichen.

Montag stand auf vom Tisch, an dem er jetzt beinahe sieben Stunden gesessen hatte, ausgenommen die üblichen Unterbrechungen: wenn er in die Speisekammer ging, um sich eine Fettschnitte zu machen; wenn er aufs Klo ging, um zu pissen; wenn er sich hinsetzte aufs Sofa, die Kopfhörer anlegte und am Detektor drehte, um die Nachrichten zu hören aus Breslau, aus Kattowitz, aus Paris. Er stand auf, wischte die Augen aus und die Brille, weil er sich niemals sicher war, auch am Tag nicht, was seinen

Blick unsicher machte oder verschleierte, waren es die Augen oder die verschwitzten Brillengläser. Er knipste das Licht der Schreibtischlampe aus und ging zum Fenster, er zog den Vorhang am Rande etwas zurück, einen kleinen Spalt nur, eine gewohnte, ja beinahe eingeübte Geste: Er konnte jetzt hinaussehn, aber nicht gesehen werden.

Das Licht überfiel ihn dabei und zeichnete einen hellen Streifen über sein Gesicht. Er hatte sich das mit den Vorhängen so eingerichtet, nachdem eines Tages, es war schon eine Weile her, der Lehrer Skowronnek ihn auf der Straße angesprochen hatte. Ach, ich sehe bei Ihnen sehr spät Licht, wenn ich vorbeikomme von den Parteiversammlungen, um zwölf oder ein Uhr nachts (er ahnte nicht, daß Montag meistens bis drei oder vier, manchmal gar bis fünf Uhr morgens unter der Tischlampe las oder schrieb), was machen Sie da nur?

Und er hatte ihm geantwortet, ohne zu zögern, denn er hatte sich das schon für einen solchen Fall zurechtgelegt: Wenn es mir schlecht geht mit dem Herzen (dabei hatte er alle möglichen Krankheiten, aber nichts mit dem Herzen!), dann lasse ich immer eine Lampe brennen. Er hatte auch noch hinzugefügt: Manchmal schreibe ich auch Briefe, an meine Tochter; sie lebt im Ausland.

Aber gleich danach ließ er die alten Vorhänge abnehmen und neue anbringen, aus einem schweren, grünen Samtstoff, damit kein Licht mehr nach außen dringe. Viel lieber hätte er gleich Rolläden an den Fenstern anbringen lassen.

Er sah jetzt hinaus, auf Licht und auf Schatten, die gerade im Begriff waren, sich voneinander zu lösen und selbständig zu machen und sich auf bestimmte Gegenstände zu verteilen. Das Haus der Pionteks war noch ein nebliges Grau, aber langsam erhielt es jenes satte Gelb zurück, das es von allen Häusern dieser Straße unterschied. Der Weg dorthin war noch ein qualmiges diffuses Grauschwarz, er war beruhigt darüber, ihn jetzt nicht gehen zu müssen, dieser Weg brauchte etwas mehr Licht, um Wirklichkeit zu werden, und sein Gesicht, das sich in der Fensterscheibe als grauer ovaler Schemen spiegelte, brauchte mehr Licht, damit er sich darin wiedererkennen könnte. Vielleicht.

Die Vögel, die sich die Nacht über in den schwarzen Bäumen versteckt hatten, reckten ihre Flügel und flogen, langsam erst, dann immer schneller flatternd, auf, schwarze Striche in die Luft zeichnend, sie kreischten dabei auf eine fürchterliche Weise, als ginge es um ihren Tod oder um ihre Geburt, dabei ging es nur um einen neuen Tag, sie wurden blaßrosa und dann grau wie der Himmel, und als sie ganz hoch waren, verschluckte sie ein flirrendes blankes Weiß. Es war die Zeit, in der die ersten Bergarbeiter auf dem Weg zur Frühschicht waren.

Georg Montag rückte den Vorhang zurecht, er kleidete sich aus, selbstvergessen, bis auf Unterhemd und Unterhose, er ging noch einmal in die Küche, drehte den Wasserhahn auf, formte eine Hand zu einer Kelle und schöpfte Wasser in den Mund. Er urinierte in den Ausguß, das tat er immer, bevor er schlafen ging.

Er hatte es sich angewöhnt, so spät in der Nacht zu arbeiten, vielleicht weil am Tag zu viele Geräusche um ihn herum waren, vielleicht auch – und das hätte er freilich niemals vor sich selbst zugegeben –, weil er an einem Manuskript arbeitete, das in diesen Zeiten mehr der Nacht als dem Tag zuzugehören schien.

Jetzt zog er die Ziche* bis ans Kinn heran, das verlieh ihm Geborgenheit; er bettete seinen Kopf auf den Kissen hoch, das beließ ihm die Klarheit; er legte die Arme auf die Bettdecke und schränkte die Finger ineinander, das hatte er irgendwo gesehn. Georg Montag starrte ins Dunkel und auf vibrierende Lichtinseln, und er bereitete sich darauf vor, einzuschlafen und ein Stück des Wegs weiterzugehn, den jeder gehen mußte.

Er dachte darüber nach, warum er sich über alte Zeitungsausschnitte beugte, über vergilbte Flugblätter, über

* Zudecke

zerfledderte Broschüren, die er mühsam aus dem Polnischen übersetzte (denn so gut waren seine polnischen Sprachkenntnisse auch nicht), warum er sich Bücher aus den Bibliotheken kommen ließ und seitenlange Zitate daraus mit der Hand abschrieb, warum er Briefe hinausschickte, mit Fragen und Rückfragen, mit Korrekturen und Bestätigungen. Vielleicht tat er dies alles, um dazusitzen, zu lesen, zu schreiben und damit ein anderes Leben mitzuerleben, in einer anderen Person mitzuexistieren, wenigstens bruchstückweise.

Was am Anfang auch an vorzeigbaren Motiven zusammengekommen sein mag, das war ihm auf einmal nicht mehr wichtig, jetzt nicht mehr, er hatte es vergessen, verdrängt, und er hatte sich immer neue Motive ausgedacht. Aber am Ende blieb dann doch nur seine eigene Person zurück, am Tisch sitzend, die Hände unterm Lichtkegel der Lampe, davor ein Blatt Papier, ein Federhalter, ein paar Seiten mit hingekritzelten Notizen.

Und die andere Zeit. Seine Zeit.

4

Die Bilder hüpften in Andreas' Kopf, und es brauchte eine Zeit, bis sie sich zu einem andern, größeren Bild zusammensetzten und er begriff, wo er sich befand. Über ihm hing eine weiße glockenförmige Lampe, die im Dämmerlicht anfing, sich zu bewegen, nach rechts und nach links, und er wartete auf den ersten Glockenschlag. Das weiße Federbett türmte sich gewaltig vor ihm auf, und wenn er es mit beiden Händen runterdrückte, blähte es sich gleich wieder hoch – er konnte nicht darüber hinwegsehen. Dahinter mußte irgendwo noch jemand liegen. Der Josel, sein Cousin Josel, in einem andern Bett – er lauschte, und die ruhigen und tiefen Atemzüge in diesem kahlen, ihm fremd gebliebenen Zimmer verrieten ihm, daß er noch schlief.

Sie waren spät schlafen gegangen, es war weit nach zwölf, Josel war den ganzen Abend weggewesen, und erst zu den Spät-Nachrichten fand er sich im Hause ein mit den andern, im grünen Zimmer, wo sie alle, wie er erfuhr, seit ein paar Tagen um Mitternacht noch einmal zusammenkamen, um die politische Lage zu diskutieren. Er war das erste Mal dabei gewesen, und hatte sich neben Valeska gesetzt und der Stimme aus dem braunen Kasten zugehört, die viel von Grenzprovokationen sagte, aber nichts vom Krieg, und nur das war es, worauf sie alle hier warteten, das hatte er herausbekommen. Und danach hatten sie alle durcheinander geredet, wieder über nichts andres als über den Krieg, der kommen wird oder auch nicht kommen wird. Er hatte ihnen zugehört und nicht gewagt, Fragen zu stellen, obwohl er vieles nicht verstand, denn sie gebrauchten Wörter, die neu für ihn waren, wie zum Beispiel – das fiel ihm gerade ein – WOJNA. Später, wenn sie alle wach sind, werde ich Josel oder Tante Valeska danach fragen, dachte Andreas.

Das mit dem Krieg sah für ihn hier ganz anders aus als zu Haus. Als er weggefahren war von Breslau, hatte es zwar schon die Mobilmachung gegeben, ja und unterwegs auf den Bahnhöfen und in den Zügen hatte er immer mehr Soldaten getroffen, aber das war einmal eine Sache der Erwachsenen und zweimal ohnehin ganz weit weg. Doch hier war man jetzt ganz nah dran: Das kann jede Stunde losgehen, hatte Tante Valeska gesagt, wir sind hier nur sechs Kilometer von der Grenze entfernt. Diese Sätze drangen jetzt in seine Erinnerung herein, und je länger er auf die weiße Lampe starrte, um so deutlicher und klarer wuchsen ihm die Bilder des gestrigen Tages zusammen, der damit geendet hatte, daß Josel ein Lied sang, das mit dem, worüber sie vorher gesprochen hatten, irgend etwas zu tun haben mußte. Ihm fiel jetzt nur noch die erste Zeile ein, weil Josel sie mehrfach wiederholt hatte: *Korfanty kam geritten auf einem Ziegenbock,* die andern hatten zuerst geschwiegen und hingehört, wohl aus Betroffenheit, denn plötzlich murrten und zischten sie, bis schließlich Tante Valeska kam und sie beide, Josel und ihn, aus dem Zimmer und zum Schlafen drängte.

Andreas vernahm ein Husten, das aus allen Wänden zugleich zu kommen schien.

Der Vater hatte ihn in Breslau zur Bahn gebracht, und während sie auf die Abfahrt des Zuges warteten, war Andreas es, der ununterbrochen von der Schule, von der neuen Turnhalle und den Luftschutzübungen redete – nur um nicht vom Abschied reden zu müssen. In den winzigen Pausen, die er ihm ließ, fügte der Vater Sätze ein über die Vorzüge von Tante Valeska in Gleiwitz, und Andreas, der seine Tante vor fünf Jahren zum letzten Mal gesehn hatte, als sie zum Begräbnis seiner Mutter, ihrer Schwester, nach Breslau gekommen war, und sie sich gar nicht mehr vorstellen konnte, hätte diese rühmenden und immer gleichbleibenden Sätze wie ein auswendig gelerntes Gedicht nachsprechen können, lange noch nachdem der Zug den Bahnhof verlassen hatte. Da hatte er dann doch zu heulen angefangen, und er war nur froh, daß ihn sein Vater jetzt nicht mehr sehen konnte. Er wußte, der Vater würde ihn nachholen, sobald er eine Wohnung gefunden hatte in dieser neuen Stadt Lebenstedt, die jetzt noch so klein und auf den meisten Landkarten gar nicht verzeichnet war, sie hatten nachgesehn in seinem Diercke-Atlas, irgendwo zwischen Hannover und Braunschweig sollte sie sein, dorthin hatten sie seinen Vater »dienstverpflichtet«, wie sie das jetzt nannten.

Jetzt aber entfernte ihn dieser Zug mit jedem Schienenschlag ein Stück weiter von seiner Stadt, von den vertrauten Straßen und Häusern, von seinem Strom und den Brücken, von seinen Lehrern, dem immer nach feuchtem Moos riechenden Klassenzimmer und den Ebereschenbäumen auf dem Schulweg, die gerade jetzt ihre roten saftigen Beeren zeigten. Und er hatte hinausgestarrt in die vorbeisausende Landschaft, auf die gelben, zum Teil schon abgeernteten Getreidefelder, die sich abwechselten mit grünen Kartoffel- und Rübenfeldern und dann später immer mehr mit den endlosen schwarzen Wäldern. In Oppeln war er zum ersten Mal umgestiegen und in Heydebreck zum zweiten Mal, und er hatte jedesmal seine Mühe mit dem Koffer und mit den richtigen Zügen. Zuletzt waren mit ihm nur noch Soldaten im Abteil, und einer hatte ihn gefragt, ob er schon einmal mit einem Mädel . . . etwas gehabt hätte. –

Andreas drückte das Federbett etwas zur Seite, es war ihm zu warm darunter.

Ist das wirklich der richtige Zug nach Gleiwitz, hatte er nun schon zum dritten Mal die Soldaten gefragt. Sie hatten einen Tornister auf ihre Knie gelegt, auf dem sie Karten spielten, und dort, wo sie die Karten hinknallten, war das Fell abgewetzt und blank. Hosen runter! rief ein Soldat, er stand auf und reckte seine Hand hoch, die Karte zwischen den Fingern, noch höher, daß er schon an die Decke stieß, um sie dann triumphierend und wie einen Blitz herunterfahren zu lassen. Der Donner kam aus dem Tornister.

Andreas hatte am Fenster gesessen, seit langem hatte er nichts andres gesehen als Bäume und Bäume und Bäume, ein unendlicher Wald, der sich in seine Augen einzeichnete. Wenn der Zug hielt, hörte er Namen von Stationen, die ihm fremd und seltsam vorkamen, und er fragte sich, ob er wirklich im richtigen Zug saß. Dann gab er sich aber dem monotonen Rhythmus der Schienenschläge hin und einer Fahrt, in der für ihn die Zeit und die Entfernungen aufgehoben waren, und er wußte nicht, wie lange das noch dauern würde, bis nach Polen hinein vielleicht, bis in den nächsten Tag, bis in eine andere Sprache, bis in einen Traum.

Ihm gegenüber saß ein Soldat, der nicht mit den andern Karten spielte, der, wie er, nur einfach hinaussah in die schwarze unendliche Waldkulisse draußen, der gelegentlich seine Backen aufblies und sich am Geschlecht kratzte und der, nach seinem Gesicht zu urteilen, sich ganz woanders befand als hier in diesem Zug von Heydebreck nach Gleiwitz: Ja, es ist der richtige Zug, ich glaube, es ist noch eine halbe Stunde, dann sind wir da, Kleiner.

Er hatte es nicht gern, wenn man ihn mit Kleiner anredete, er hatte das auch schon vorher einmal laut bemerkt, als sie alle zusammen in das Abteil eingestiegen und damit beschäftigt waren, das Gepäck zu verstauen, die Tornister unter die Bänke, Karabiner in die Gepäcknetze, wo sie schwer und bedrohlich schaukelten, und als er irgend etwas Freundliches zu ihnen sagen wollte, weil sie ihm geholfen hatten. Er hatte gesagt: Das mit dem Krieg wird gewiß nicht lange dauern. Und ein Soldat, der schon die Karten mischte, daraufhin: Was verstehst du schon davon, Kleiner, hast du überhaupt schon mal 'ne Knarre in der Hand gehabt?

Er hatte erst mit der Antwort gezögert. Sie hatten im Jungvolk schon mit dem Karabiner 98 geübt, der allerdings in einem Sandsack lag, und den man nur für die Schießscheibe zurechtzurücken brauchte. In der Hand, freistehend und zielend, konnte keiner von ihnen das Ding halten, dafür war es zu schwer, da mußte man schon etwas größer und kräftiger sein, die im Arbeitsdienst, die probierten schon damit. Er jedenfalls hatte einmal versucht, das Gewehr in die Hand zu nehmen, als der Jungschar-Führer gerade woanders war, aber der Lauf kippte sofort nach unten, so daß er, wenn er jetzt abgedrückt hätte, sich wohl in den eigenen Fuß geschossen hätte. Der Soldat sagte, als Andreas immer noch mit seiner Antwort zögerte: Dann verstehst du nix vom Krieg, Kleiner.

Und jetzt beeilte er sich zu antworten: Doch, doch, wir haben im Sandsack damit geübt, aber nur – wie man so sagt – simuliert. Jetzt komme ich bald in die HJ, da soll es eine richtige Ausbildung am Gewehr geben.

Wie alt bist du denn?

Fünfzehn, sagte Andreas und schwindelte ein gutes Jahr dazu.

Also jetzt fang' sie schon man mit die Kinder an, sagte

ein anderer Soldat. Ich hab's ja immer gesagt, das kann nich gutgehn.

Jedenfalls ist jemand, der schon einmal durch Kimme und Korn geguckt hat, kein Kleiner mehr. Andreas war stolz auf sich, daß er das ohne Stottern herausgebracht hatte. Er kam sich ungeheuer mutig vor. Aber sein Herz hatte heftig geklopft.

Die andern lachten. Dennoch hoffte er, daß sie das mit dem »Kleinen« nun nicht mehr sagen würden.

Was machen Sie denn in Gleiwitz? fragte Andreas den Soldaten. Irgendwie kam ihm diese Frage kühn vor, wo doch jetzt immer, in der Schule wie auch im Radio, von Spionen die Rede war – Achtung, Feind hört mit! –, aber damit waren wohl die Ausländer gemeint, die man ja gleich an ihrem Akzent erkannte, und außerdem würde der Soldat ja wohl nicht annehmen, daß ein vierzehnjähriger Schüler hier den Spion spielte. Trotzdem fügte er altklug hinzu: Sie müssen das natürlich nicht beantworten, wenn es um ein Staatsgeheimnis geht.

Der Soldat wandte ihm sein Gesicht jetzt ganz zu. Er lachte bei dem Wort Staatsgeheimnis und kratzte sich dabei ungeniert am Geschlecht. Hast du mal was von Grenzprovokationen gehört, Klei ... Er unterbrach sich: Und deshalb sind wir unterwegs, wir sin von Osnabrück und ham einen Marschbefehl nach Gleiwitz, wir alle hier, verstehst du, in irgendeine Kaserne, Katzer oder Katzler, dort wern wir wahrscheinlich die nächsten Wochen schmoren, in einem gottverdammten Grenznest, schon halb in der Polackei ...

Von den Kartenspielern schrie einer laut: Das kostet euch ein' Schnaps, das ist doch klar.

Und in der andern Ecke des Abteils fing einer an zu singen:

Das Leben ist ein Würfelspiel,
wir würfeln alle Tage ...

Ich bin auch noch nie in dieser Gegend gewesen, sagte Andreas. Aber ich freue mich darauf. Meine Tante wohnt in Gleiwitz, sie wird mich vom Bahnhof abholen, meine Tante Valeska. Andreas spürte eine unbestimmte Angst, deshalb redete er weiter von seiner Tante: Meine Tante Valeska kommt zum Bahnhof, in einem grünen Kleid, damit wir uns nicht verfehlen, das hat sie meinem Vater geschrieben, sie haben dort ein großes Haus, ganz für sich allein, mit vielen Zimmern und einem Klavier, meine Tante Valeska ist nämlich Klavierlehrerin, und mein Vater hat mir erzählt, sie unterrichtet sogar in Familien von Grafen und Fürsten.

Der Soldat nestelte ungerührt weiter an seiner Hose, und es war für Andreas nicht auszumachen, ob er ihm überhaupt zuhörte. Da überlegte er, ob er dem Soldaten sagen sollte, warum er auf dem Weg nach Gleiwitz sei. Er hatte eine gewisse Zuneigung zu ihm gewonnen, obwohl sie bisher nicht viel miteinander gesprochen hatten, aber sein Gesicht war ihm durch das lange Hingucken vertraut geworden, und auch seine Gesten, besonders die Art, wie er die Backen aufblies, und dann das häufige Kratzen an seinem Geschlecht. Er hätte ihm gern auf irgendeine Weise seine Sympathie gezeigt, vielleicht dadurch, daß er sich ebenfalls so benahm wie der Soldat. Deshalb lümmelte er sich jetzt in seine Bank, blies die Backen auf und prustete dabei die Luft aus und er kratzte sich sogar zwischen den Beinen – wobei er allerdings die andere Hand davorhielt, denn er genierte sich. Obwohl doch keiner zusah.

. . . dem einen bringt das Schicksal viel
dem andern Müh und Plage . . .

Also, ich kann dir nur sagen, sagte der Soldat, das hier, das ist der Arsch der Welt, ich weiß nicht, was dich hierher treibt, aber in deinem Alter gehört man woanders hin als hier in dieses verräucherte Industriegebiet. Glaubst du, einer von uns würde freiwillig hierherkommen, da gibt es doch nichts als Gruben und Hüttenwerke, wir haben uns das vorhin erzählen lassen, und außerdem Wälder, einsame, riesige angstmachende Wälder und sonst nichts, sonst nur ringsum die Polackei, brrrrrr . . .

Andreas erinnerte sich dabei, daß ihm sein Vater zu Haus und auch noch auf dem Bahnsteig, als sie auf den Zug warteten, eingeschärft hatte: Paß ja gut auf, daß du auch beim Umsteigen den richtigen Zug nimmst, da ist die Polengrenze nicht weit, und wenn du erst einmal in Polen bist, lassen sie dich einmal und zweimal nicht mehr zurück ...

Hauptsache, der Zug hier geht nach Gleiwitz, mehr fiel ihm dazu nicht ein. Ich muß nämlich und abserlut nach Gleiwitz ... nach Gleiwitz. Und das Wort Gleiwitz bekam für ihn fast so etwas wie einen magischen Klang.

Der Zug fuhr langsam und hielt plötzlich mit einem Ruck. Er sah nach draußen, konnte aber kein Stationsschild entdecken, und den Zugführer hatte er weder gesehen noch die Station ausrufen hören, weil die Soldaten im Abteil zu laut waren. Sie brüllten immer die gleichen Wörter: achtzehn, zwanzig, zweiviersiebenundzwanzig, dreißig mitzweinspieltdrei Herz kontra – re –: er begriff das nicht. Und als der Zug wieder anfuhr, begann der Soldat auf der andern Seite des Abteils mit einem neuen Lied:

Der mächtigste König im Luftre-e-vier
ist des Sturmes gewa-hal-ti-ger Aar.

Ein anderer fiel ein:

Die Vögel erzittern verneh-me-hen sie
sein rauschendes Flü-ü-gelpaar ...

Andreas drückte sein Gesicht an die Scheibe, aber noch immer war draußen nichts andres zu sehen als die schwarzen vorbeijagenden Wälder. Auf einmal aber sah er große Buchstaben, schwarze Buchstaben auf weißen Tafeln, an Stangen festgemacht. Gucken Sie mal da, sagte er zu dem Soldaten, und er war ganz aufgeregt und versuchte, diese Buchstaben zu einem Sinn zusammenzufügen ... F-F-G-O-T-S-C-H-A-F-F-G-O-T-S-C-H, aber dann kam ein Zaun, und die Buchstaben fingen von neuem an. Sehen Sie das? Das ist ein Name! Und da der Zug jetzt schneller fuhr, setzte sich dieser Name rascher und übersichtlicher zusammen: SCHAFFGOTSCH

SCHAFFGOTSCH SCHAFFGOTSCH. Keine Ahnung, hatte der Soldat nur gebrummt.

Und wenn der Löwe in der Wüste brüllt,
dann erzittert das tierische He-e-er,

schmetterte der Sänger wieder los, die andern dagegen schmetterten bloß die Karten.

Das ist mein Null ouvert! schrie einer, der vorher immer geschwiegen hatte, das ist mein Spiel, ihr könnt euch gegenseitig in den Arsch vögeln, Jungs, aber da könnt ihr nichts machen, ich hab vier Siebenen und eine Fahne, Jungs. Er sprang ganz aufgeregt auf und tänzelte in dem ohnedies auf den Schienen tanzenden Abteil herum. Sein Triumph aber ging unter in dem Lied, das wohl alle kennen mußten, denn jetzt brüllten sie plötzlich wie ein Mann:

Wir sind die Herren der Welt,
die Könige auf dem Meer.
Tirallala-tirallala, tirallala-tirallala.

Schaffgotsch, was kann das sein? fragte Andreas.

Der Soldat zupfte sich noch immer an der Hose herum. Er sah jetzt aber ebenfalls nach draußen und verfolgte die großen Buchstaben. Schaffgotsch, schrie er plötzlich ins Abteil. Schaffgotsch, weiß jemand, was das ist? Hier steht überall Schaffgotsch, und das geht doch wohl schon eine Weile so, nich? Lauter Schaffgotsch!

Vom Nebenabteil kam jetzt ein dumpfes Lied herüber. Einen Augenblick war es hier still, der Rhythmus des Zuges und der Rhythmus der Kartenschläger fielen zusammen. Da schrie einer der Spieler auf: Schaffgotsch! Natürlich, kennt ihr das nicht? Das ist eine der reichsten Familien in Schlesien, denen gehört alles, Kohle, Eisen, Gießereien, Wald, Papier, Holz, Güter, sogar Banken, dem gehört alles – wo du hinspuckst!

Der Stich ist mein! Und danach wieder das harte trokkene Geräusch, wenn eine Karte hingeschlagen wird.

Noch eine ganze Weile flossen die Buchstaben zum Namen SCHAFFGOTSCH zusammen und an Andreas vorbei.

Dann waren Felder zu sehen, Häuser, Straßen. Er nahm sich vor, den Namen Schaffgotsch nicht zu vergessen, er wollte seine Tante danach fragen, Tante Valeska, die würde ihm das genauer erklären können als dieser Soldat da.

Das müßte jetzt Gleiwitz sein, sagte sein Soldat von gegenüber. Er stierte durchs Fenster und kratzte sich dabei wie selbstverständlich am Geschlecht, dann stand er auf und zerrte seine Sachen aus dem Gepäcknetz. Der Zug fing an zu bremsen, ganz langsam, man hörte es am Geräusch, man sah es deutlicher an den Soldaten, deren Körper sich automatisch gegen die Fahrtrichtung neigten. Langsam legten die Soldaten die Karten aus der Hand, langsam erhoben sie sich von der Bank, langsam holten sie ihr Gepäck hervor. Sie sprachen jetzt kaum noch, und Andreas kam es plötzlich vor, als befände er sich in einem anderen Abteil.

Keiner hatte etwas von Gleiwitz oder von Aussteigen gesagt, es war, als hätte es eine stille Übereinkunft zwischen ihnen allen gegeben, wonach die nächste Station die *Stadt* sein müßte, der Hauptbahnhof Gleiwitz OS, das lag wie ein versickerndes Geräusch im Abteil, so deutlich, daß niemand fragen wollte, auch er nicht, obwohl er die seltsame Übereinkunft der Erwachsenen nicht so recht verstand. Er zerrte seinen Koffer unter der Bank hervor und sah den Soldaten zu, wie sie ihre Karabiner aus dem Gepäcknetz herausfischten, sie aufschulterten und zum Ausgang drängten.

Sein Soldat stand jetzt neben ihm. Er hielt sich oben an einer Eisenstange fest, den Tornister hatte er zwischen die Stiefel geklemmt. Was willst du denn hier in der Stadt?

Und Andreas, der diese Frage seit zwei Stunden erwartet hatte, von irgend jemand (nur jetzt nicht mehr!), beeilte sich, aus dem Gedächtnis das hervorzukramen, was er sich zuvor zurechtgelegt hatte: Oh, das ist ganz einfach, ich werde jetzt *einmal* in der Stadt wohnen, bei meiner Tante Valeska Piontek, die Klavierlehrerin ist und in der Strachwitzstraße Nummer 12 wohnt, und *zweimal* werde ich hier weiter in die Schule gehen, meine Mutter ist nämlich gestorben vor einer Zeit, und mein Vater hat gesagt, der Junge muß jetzt in einen Haushalt, weil sie ihn nämlich dienstverpflichtet haben in die Hermann-Göring-Werke nach Lebenstedt, und so bin ich jetzt unterwegs zu meiner Tante Valeska, die mich am Bahnhof abholen wird, zusammen mit meinem Cousin Josel Piontek, ihrem Sohn, das hat sie jedenfalls geschrieben, sie wird einen grünen Hut tragen und ...

Der Zug fuhr in die Bahnhofshalle ein. Gerade fingen die Bremsen an so laut zu quietschen, daß niemand mehr etwas verstehen konnte. Er sah durchs Fenster nach draußen, aber er sah nicht das grüne Kleid seiner Tante Valeska, er sah nur Uniformen, graue Schiffchen und hier und da mal die Schirmmütze eines Offiziers. Der Soldat neben ihm kratzte sich wie zum Abschied noch einmal an seiner Hose, und seine Hand streifte dabei auch Andreas' Geschlecht, und einen Moment blieb sie dort sogar liegen. Andreas wurde ganz heiß dabei, er machte die Augen zu, auf eine bestimmte Weise war ihm das sogar angenehm, und dann hörte er den Soldaten plötzlich sagen: Mach's gut, Junge.

Also dann Salüj, antwortete er, so wie zu seinen Klassenfreunden im Eichendorff-Gymnasium, seitdem sie Französisch hatten, und mit diesem Gruß *Salut* wollte er dem Soldaten zeigen, daß er ihn unter seine Freunde aufgenommen hatte.

Der Soldat blies noch einmal seine Backen auf, er stellte einen Moment lang seinen Tornister auf den Boden, dann kletterte er auf den Bahnsteig herunter und zerrte den Tornister nach. Paß auf, daß du nich auch noch drankommst, Kleiner, sagte er, drehte sich um und verschwand. Andreas hatte keine Zeit mehr, dem Soldaten zu antworten, denn Tante Valeska war herangekommen, in einem grünen Kleid und in einem grünen Hut, wie sie geschrieben hatte, aber für ihn war das alles ein einziges fließendes Grün, in das er vom Trittbrett geradewegs hineinsprang.

Tante Valeska schmatzte ihn gründlich ab, auf beide Backen, dann zog sie hinter ihrem Rücken einen Jungen hervor, der etwas größer war als Andreas, aber ganz dünn, und der vor Verlegenheit noch dünner zu werden schien: Das ist dein Kusäng Josel. Und zu Josel sagte sie: Das ist dein Kusäng Andreas.

Der »Kusäng« rückte mit einer Hand vor, und seine Augen schweiften her und hin, runter und rauf. Also gib deinen Koffer her, An-dre-ass, sagte der Cousin Josel, und man konnte heraushören, daß ihm der Name nicht gerade häufig über die Lippen gekommen war. Er nahm den Koffer und schleppte ihn vor der Tante und Andreas über den Bahnsteig, und sein Körper bog sich dabei wie ein Komma.

Schön, daß du da bist, hatte die Tante gesagt und seinen Kopf zurechtgerückt, damit er sie eine Weile ansehen müßte und sie ihm ebenfalls ins Gesicht sehen konnte. Andreas lachte laut auf, aber in diesem Lachen versteckte er ganz tief unten Verlegenheit und Angst.

Du wirst ganz schön müde sein von der Reise, aber es wird für dich kein Ausruhen geben, denn morgen, ja das weißt du noch gar nicht und dein Vater auch nicht, morgen heiratet nämlich deine Kusine Irma, ja, selbst für uns ist das eine Überraschung, und das wird ein großes Fest werden. Ein großes Fest, wiederholte sie, und ihre Stimme drückte das Gegenteil aus von dem, was sie sagte.

In der Bahnhofshalle begann eine Militärkapelle einen Marsch zu spielen, vielleicht zur Begrüßung einer ankommenden Kompanie, vielleicht zur Verabschiedung einer abgehenden Kompanie. Die Musik war jedenfalls so laut, daß man seine eigenen Worte nicht mehr verstehen konnte.

Josel war stehengeblieben, er wechselte die Hand beim Schleppen des Koffers. Da waren die Tante und Andreas auch schon heran, und er stürzte sich auf die andere

Seite, und so schleiften sie jetzt gemeinsam den Koffer bis nach draußen.

Der Bahnhofsvorplatz war leer. Nur ein paar Militär-Lastautos standen davor. Und ein Tank, der seine Kanone gegen das Gebäude gerichtet hatte.

Hier ist schon Krieg, wie du siehst, hatte die Tante gesagt.

Josel murmelte etwas. Wie bitte, sagte Andreas, und er kam sich dabei ungeheuer vornehm vor.

Ach nichts, sagte Josel, der Panzer steht hier nur ... weil doch die Poler uns überfallen wolln.

Valeska winkte und ein Auto kam herangefahren. Es gibt nämlich und überhaupt keine Taxis mehr, sagte Josel. Und die Tante sagte: Wir haben Einquartierung im Haus, einen Feldwebel, der hat einen Dienstwagen.

Wir haben keine Schule mehr, sagte Josel. Alles ist voll hier bei uns, alle Schulen, alle Kasernen, sogar die Plätze, alles voll mit Soldaten.

Und einem regelrechten Feldwebel wurde er sogleich vorgestellt: Das is er also, unser Neffe aus der Großstadt! Schon fuhr das Auto mit einem aufheulenden Geräusch an. Und er, zwischen Koffer und Josel eingekeilt, sah direkt auf die Schulterklappen des Feldwebels mit dem silbernen Stern darauf, und er spürte das kribbelnde Gefühl, hier in der kleinen Stadt mehr zu erleben als zu Hause. Befriedigt preßte er die Hände zwischen die Beine und tastete durch den Hosensack hindurch nach seinem Pullok.

Andreas war es heiß geworden. Er lüftete die Bettdecke.

Langsame und dumpfe Schritte kamen aus dem Zimmer über ihm. Er machte die Augen auf und blickte nach oben, es war ein schattiges Licht im Raum, die Vorhänge waren noch zugezogen, aber deutlich sah er die glockenförmige Lampe, die jetzt, wie es ihm schien, zu wachsen begann und sich ausdehnte, immer größer, immer gewaltiger wurde und sich langsam heruntersenkte wie eine mächtige Glocke, und es war ihm, als wolle sie ihn aufsaugen und seinen Körper als Klöppel benutzen – und schon dröhnte es von diesem Glockenschlag in seinen Ohren.

Und dann die Fahrt im Auto. Der Feldwebel war offensichtlich betrunken gewesen, denn er streifte in den Kurven die Bürgersteige, einmal stoppte er in einer Straße noch im letzten Moment vor einem Baum. Sie waren ausgestiegen und hatten das Auto zurückgeschoben, weil der Feldwebel in seiner Benommenheit den Rückwärtsgang nicht mehr fand und von den andern keiner etwas vom Auto verstand, jedenfalls nicht so komplizierte Sachen. Als sie endlich vor dem gelben, leuchtenden Haus in der Strachwitzstraße angekommen waren, standen die andern zur Begrüßung schon im Flur und auf der Treppe. Er ging an ihnen vorbei beinahe wie bei einer Parade und alle berührten ihn, so als würden sie sonst nicht begreifen, daß er hier wäre, unter ihnen, der Junge aus der großen Stadt. Sie legten ihm eine Hand aufs Haar oder auf seine Schultern, oder sie berührten eine Wange oder seine Stirn oder sein Kinn, oder sie umarmten ihn sogar: Das war wie eine Zeremonie, und nachdem er durch diese Zeremonie hindurchgegangen war, lachten die andern um ihn herum und redeten durcheinander, und es war, als sei er jetzt in ihren Kreis aufgenommen mit allem, was er mitgebracht hatte, und nicht nur mit dem, was sich in seinem Koffer befand.

Dann kam das Hausmädchen Halina und fragte ihn mit spröder Stimme: Wo du haben Koffer? Er mußte ihn erst suchen und fand ihn schließlich gleich neben der Treppe, wo er ihn stehengelassen hatte, und sie nahm den Koffer und schleppte ihn mühelos, als ob er ganz leicht wäre, nach oben: Komm! Ich dir zeigen dein Bett. Du schlafen mit deine Kusäng in eine Zimmer, weil kein Platz, du haben gesehn, wir haben Soldat in Haus. Sie kicherte vor sich hin und hielt dabei ein weißes, besticktes Schnupftüchlein vor den Mund.

Und Josel war zu ihm gekommen: Morgen früh zeige ich dir die Stadt und auch etwas von der Umgebung, vielleicht die Gleiwitzer Grube, oder unsern Fluß, die alte müde Klodka, und das Beuthner Wasser, vielleicht fahren wir auch bis an die Grenze, da kannst du die polnischen Soldaten mit ihren viereckigen Mützen sehn, fantastitschnek sag ich dir, hatte Josel gesagt.

Und jetzt lag Andreas da, in diesem fremden Bett, in dem er eine erste Nacht verbracht hatte, begraben von einer weißen viel zu hohen Zudecke. Der Soldat im Zug fiel ihm ein, sein Freund, und er steckte die Hand unter die Decke und spürte, daß sein Glied hart war.

Es war ganz still im Zimmer, nur durch die Wände kam ein fernes Husten. Nicht einmal der Atem von Josel war zu hören. Andreas richtete sich auf und sah zum andern Bett hinüber. Das Bett war leer, Josel mußte schon eine ganze Weile vor ihm aufgestanden sein, und es war sein eigener Atem gewesen, dem er vorhin in diesem kahlen fremden Zimmer gelauscht hatte.

5

Valeska war zum Erzpriester gegangen, zum verabredeten Termin, aber es fand sich keine Gelegenheit, mit ihm über den Verkauf der Wiesen am Friedhof zu sprechen. Sie war mit ihm nur kurz zusammengetroffen, und er hatte sich dabei höchst seltsam benommen. Sie sah ihn, als sie in den Pfarrhof eintrat, die Tür war nur angelehnt gewesen. Er war auf dem Weg zur Sakristei, in seiner Begleitung zwei Herren, ganz in Schwarz, aber offensichtlich keine Priester, jedenfalls keine katholischen, sie konnte es an ihren Kragen sehen. Der Erzpriester tänzelte auf eine etwas nervöse Weise zwischen ihnen hin und her, und manchmal blickte er ihnen von unten groß ins Gesicht, als ob er dort mehr und genauere Auskunft erhalten könnte als aus dem, was sie sagten, und daneben ging mit gesenktem Kopf, beinahe in gebückter Haltung, der Kaplan Mikas.

Valeska war ein paar Schritte näher gekommen, und alle hatten sie sie schon bemerkt, so schien es ihr jedenfalls, nur nicht der Erzpriester, und sie wußte nicht, ob es jetzt besser wäre, einfach zu gehen oder irgendwie auf sich aufmerksam zu machen. Sie entschied sich für das letztere und rückte ihren Hut zurecht, den sie gerade erst vor dem Pfarrhaus zurechtgerückt hatte, dann knipste sie die Handtasche auf und entnahm ihr ein paar schwarze Netzhandschuhe, die sie dort wie ein altes Geheimnis begraben hatte. Da sie nicht wußte, was sie tun sollte, zog sie die Handschuhe umständlich an. Sie vermied es dabei, die Gruppe anzusehn, bis sie plötzlich die Stimme des Erzpriesters hörte, der mit kurzen Schritten auf sie zu kam. (Sie würde das schon als Trippeln bezeichnen, ohne ihn damit lächerlich machen zu wollen.)

Gelobt sei Jesus Christus, sagte sie, als er nahe genug war. Es schien ihr nicht so, als ob ihr Besuch ihm eine besondere Freude machte, sondern eher, als ob er ihre Anwesenheit benutzte, um sich von den andern wenigstens für einen Augenblick entfernen zu können. Er nahm ihren Arm und drängte sie noch ein paar Schritte weiter von den andern weg.

Sie kommen wegen der Wiesen, liebe Frau Valeska, ja ich weiß . . . In Ewigkeit Amen. Als ob er sich erst jetzt darauf besänne, Pfarrer zu sein.

Ich störe Sie, Herr Pfarrer?

Der Erzpriester sah zu den andern hinüber, die jetzt stehengeblieben waren, und zog es vor, noch ein paar Schritte weiter zu gehen.

Sie werden heute abend kommen, nicht wahr? Sie fragte es mit vorsichtiger Stimme. Mit allzu vorsichtiger Stimme, wie sie bei sich selbst feststellen mußte.

Oh ja, er berührte ihre Hand. Ich danke Ihnen sehr für die Einladung zur Hochzeitsfeier. Ins Haus Oberschlesien, liebe Frau Valeska! Sie ruinieren sich für Ihr Kind!

Doch auf einmal entzog er ihr seine Hand, und seine Stimme wurde streng, denn jetzt fiel es ihm wieder ein:

Ich werde nicht kommen können! Zu einer Hochzeitsfeier ohne kirchliche Trauung!

Valeska setzte ein Gesicht auf, als kniete sie im Beichtstuhl. Hochwürden wissen doch, es ist nicht meine Schuld, ich habe alles versucht, seit Tagen, ich habe geredet, ich habe geschrien, ich habe gebetet, ich habe gefleht, und ich habe geflennt, es ist reiner Trotz, eine reine Trotzhaltung meines Kindes . . ., aber ich schaffe das noch, ich hab es Ihnen ja geschrieben.

Wie wär's, wenn Sie das Brautpaar einmal zu mir schickten?

Will ich ja, Herr Pfarrer, will ich ja, aber die jungen Leute heute, ach, Sie wissen ja, sie weigern sich einfach. Sie überlegte, ob sie nicht weinen sollte oder vielleicht wenigstens doch so tun sollte. Und schon kramte sie in ihrer Handtasche nach einem Taschentuch, das sie noch vorzeigen konnte.

Ich denke, ich hab die beiden bald so weit, mein Schwiegersohn (sie wollte es nicht, aber sie konnte nicht verhindern, daß dieses Wort einen leichten Kickser bekam) ist schon ganz sanft, also bis Sonntag . . . ja, kündigen Sie die Trauung für Sonntag an, Sonntag um zwei Uhr nachmittag in der Kirche Sankt Peter und Paul, ja.

Dann sollten Sie auch die Hochzeitsfeier am Sonntag veranstalten! Der Erzpriester mußte seine Stimme verstellen, denn er war gegenüber seinen Gläubigen nicht gern streng, außerdem wäre er lieber zu den andern zurückgegangen, die, wie es ihm schien, mißtrauisch herübersahen.

Valeska ließ als letzte Rettung einen Schluchzer los.

Der Erzpriester dachte daran, wie viele seiner Gläubigen in den letzten Monaten aus der Kirche ausgetreten waren, und er besann sich, daß Valeska Piontek, so weit er sich erinnern konnte, bei keiner Sonntagsmesse und keiner Rosenkranzandacht im Oktober gefehlt hatte.

Ich schicke den Kaplan Mikas hin, sagte er, jetzt sogar freundlich.

Hochwürden, sagte Valeska, und sie nahm seine Hand und führte sie an ihre Lippen, es wird uns eine besondere Ehre sein ... Wissen Sie, es ist alles für das Kind ... Ich persönlich wäre natürlich besonders glücklich, wenn auch Sie, Hochwürden, kämen und dort einmal mit Irma sprächen ...

Sie wurde hilflos, das merkte sie. Sie hatte, trotz allem, mit seiner Zusage gerechnet.

Sie haben recht, Frau Valeska, sagte der Erzpriester und entzog ihr seine Hand. Sie wußte nicht, ob ihm der Handkuß peinlich gewesen war hier draußen oder ob er ihr zürnte wegen der Hochzeitsfeier. Es sieht so aus, als ob eine Zeit der Prüfungen auf uns zukommt: sagte der Erzpriester. Aber sie spürte, daß er jetzt an etwas ganz anderes dachte.

Vielleicht kommen Sie doch, wenigstens für eine Stunde, vielleicht zu meinen Lebenden Bildern, da gibt es diesmal den *Angelus* nach *Millet* ... Es wird Sie freuen ... Valeska probierte es noch einmal mit den Wörtern. Einen zweiten Handkuß wagte sie nicht; nicht hier.

Es ist hoher Besuch da, versuchte der Erzpriester abzulenken, aus Oppeln, eine Regierungskommission, von höchster Stelle ... Er sah wieder hinüber, jetzt etwas unruhig.

Valeska mußte sich überwinden, aber es blieb ihr nichts anderes übrig, es ging um das Glück ihrer Tochter: Am Sonntag wird Irma von Ihnen getraut, und Sie werden heute abend gegen neun Uhr kommen, nicht wahr! Sie sagte es so, als bestätigte sie noch einmal, zusammenfassend, was sie mit ihm vereinbart hatte. Ich lasse Ihnen auch die Wiesen am Friedhof billiger, fügte sie noch hinzu, wenn auch mit schlechtem Gewissen.

Zu jeder anderen Zeit hätte er Valeska dafür gedankt, jetzt schien es, als ob ihn das gar nichts mehr anginge. Das andere Unglück war größer.

Die wollen die Kirchenglocken! Der Erzpriester konnte diesen Satz nicht mehr zurückhalten, er brach aus ihm heraus. Und damit die ganze Bitterkeit, die sich in ihm angesammelt hatte.

Valeska riß den Mund auf. Das geschah so deutlich, daß es ihr sicher peinlich gewesen wäre, wenn sie sich so gesehn hätte. Der Erzpriester sah sie so.

Nein, jetzt noch nicht, fügte er rasch hinzu und ging mit ihr noch ein paar Schritte. Sie wollen jetzt erst einmal das Bekenntnis, daß wir deutschen Pfarrer bereit sind, die Kirchenglocken für das Land zu opfern ... wenn es soweit ist ...

Aber der Krieg hat doch noch gar nicht angefangen! sagte Valeska.

Wenn der Erzpriester damit vom Thema der Hochzeit wegkommen wollte, so ist es ihm meisterhaft gelungen, dachte Valeska, denn jetzt erst fiel ihr wieder ein, worum sie ihn gebeten hatten. Sie sollten es nicht unterschreiben! flüsterte sie.

Die andern waren zwar ziemlich weit entfernt, aber sie betrachtete sie jetzt als ihre Feinde, da mußte man für alle Fälle vorsichtig sein.

Ich weiß gar nicht, wie ich mich da verhalten soll, sagte der Erzpriester mehr zu sich selbst.

Das war zweideutig, aber Valeska nahm das gleich für sich in Anspruch. Kommen Sie doch für eine halbe Stunde! Sie können sie auf den Weg Gottes führen ...

Der Erzpriester nickte. Er wollte das erst einmal hinausschieben und sich mit seinen Kaplänen darüber unterhalten. Er dachte dabei mehr an die Kommission und die Kirchenglocken. Er sah sich um und winkte den andern zu, die vor der Kirchenpforte warteten. Wie geht es Ihrem Mann? Er gab ihr die Hand zum Abschied, er tat es ganz deutlich, aber weniger für Valeska als für die andern.

Ich danke Ihnen, Hochwürden! Sie glaubte, sie habe ihn jetzt für die Hochzeitsfeier gewonnen. Sie schnippte von seiner Schulter etwas Spinnweb. Sie hatte ja Handschuhe an. Einen Erzpriester faßte man nicht mit bloßen Händen an, das ist klar.

Wie immer, antwortete sie. Kommen Sie doch wieder einmal vorbei! Sie wissen, ich muß Leo Maria nur darauf vorbereiten, er denkt sonst immer, wenn Sie kommen, es geht mit ihm zu Ende ...

Sie sah den Priester an und wünschte sich, sie könnte noch irgend etwas auf seinem Rock entdecken, was sie wegschnippen konnte, ein langes Haar oder ein Papierschnitzel oder von den Don-Bosco-Jungens angeklebte Lakritze, aber sie entdeckte nichts mehr. Gelobt sei Jesus Christus.

So gingen sie auseinander, beide mit dem Gefühl, in ein schreckliches Geheimnis und in einen furchtbaren Verrat hineingestoßen zu sein, und jeder trug schwer an seinem Geheimnis und noch schwerer an seinem Verrat.

Draußen fiel ihr ein: Über die Wiesen könnte sie heute abend bei der Hochzeitsfeier mit ihm sprechen, oder am Sonntag, nach der Trauung. Unter vier Mark pro Quadratmeter wollte sie auf keinen Fall heruntergehen, sie hatte vor drei Jahren bereits fünfzig Pfennige dafür bezahlt, dreisiebzig wäre das äußerte. Sonst würde sie es lieber dem Grafen Tiele-Winckler verkaufen, der war evangelisch und würde dem Pfarrosch noch zwei Mark mehr draufschlagen.

In Ewigkeit Amen.

Auf der Straße fuhren offene Lastwagen in Richtung Grenze, vollbesetzt mit Soldaten in Uniform und Gewehren in den Händen. Manche hatten Tarnnetze auf ihren Stahlhelmen, einige Blumensträußchen in den Gewehrläufen. Ihre Gesichter waren verschlossen; jedenfalls nicht fröhlich. Sie sangen Lieder. Das vom Westerwald kannte sie schon. Das sang auch der Josel bei der Hajott. Von einem Lied verstand sie nur: Wir lagen vor Madagaskar und hatten die Pest an Bord, in den Kesseln da kochte das Wasser und plötzlich ..., dann waren sie um die Biegung verschwunden. Schade, sie hätte gern erfahren, was da so *plötzlich* geschehen war.

In der Blücherstraße stieg sie in die Straßenbahnlinie

Nummer vier ein. Damit konnte sie bis zum Germaniaplatz fahren, dort umsteigen und zwei Stationen weiter bis zum Bismarckplatz, von dort waren es nur noch fünf Minuten zu Fuß bis zu ihrem Bruder Willi. Ein Taxi würde sie in diesen Zeiten ohnehin nicht bekommen.

Die Straßenbahn war überfüllt. Seit Tagen schon schien es so, als würde niemand mehr arbeiten und als sei die ganze Stadt unterwegs. Die Straßen und Plätze waren voller als sonst, die Cafés, Kneipen und Restaurants überfüllt, heutzutage wollte niemand allein sein und jeder suchte bei den andern Trost. Manche Leute hatten in ihre Fenster ein Radio gestellt, und wenn die Nachrichten kamen, sammelten sich Trauben von Menschen an, die still zuhörten. Und still gingen sie danach auseinander. Die Leute waren nicht bedrückt oder verängstigt, sie waren – ja wie waren sie eigentlich? Valeska sah sich um in der Straßenbahn. Sie sah in müde, ernste erloschene Gesichter ... sie sahen ganz anders aus als etwa 1914. Valeska konnte sich noch an die Tage vor dem Kriegsausbruch erinnern, das war ein großes Fest gewesen für alle, als ob es in eine Hochzeit ginge und nicht in den Tod.

Valeskas Augen tasteten die Werbesprüche ab, ohne sie richtig zur Kenntnis zu nehmen:

Bewunderung ein Schuh erregt
der ständig mit Egü gepflegt

Dazwischen in dicken schwarzen Buchstaben:

HIER WIRD NUR DEUTSCH GESPROCHEN

Sie sah auf ein paar alte Frauen mit weißen Kopftüchern, mit Gesichtern, die das oberschlesische Land gefurcht und versteint hatte, die Lippen dünn und zusammengepreßt, damit ihnen kein Wort entschlüpfte. Sie sahen sich manchmal an, nickten sich zu, eine von ihnen zeigte auch mal mit dem Finger nach draußen. Zu Haus sprachen sie eine Sprache, die hier verboten war. Hier waren sie Stumme. Valeska hätte sie fragen können: *Jak wom idzie?** Aber

* Wie geht es Ihnen?

auch sie traute sich nicht, laut Polnisch zu reden, in dieser Situation. Bei der nächsten Station rückte sie zum Ausgang vor, sie mußte bald aussteigen.

Ihr Bruder Willi Wondraczek hatte in einer der besten Wohngegenden von Gleiwitz seine Rechtsanwalt-Praxis, er war spezialisiert auf Entschädigungsfälle aus den ehemals preußischen, jetzt polnisch-schlesischen Gebieten; er sprach Polnisch so fließend wie Deutsch und kannte sich auch im polnischen Recht aus; sein Klientenkreis reichte von den Grafen Tiele-Winkler und Poremba bis zu kleinen Grundbesitzern und einfachen Bauern. Außerdem beriet er seine Schwester Valeska Piontek, die seit einiger Zeit in Grundstücken spekulierte. Genauer gesagt, sie organisierte all jene Geschäfte, die sich ein seriöser ortsansässiger Rechtsanwalt nicht erlauben konnte. Aber so genau, Valeska überkam ein Lächeln als sie daran dachte, wollte es niemand wissen. Eine Zeitlang waren in der Stadt Gerüchte umgegangen, der Herr Wondraczek habe für eine von den Polen übernommene Gemäldesammlung des Fürsten Pless falsche Zeugenaussagen beigebracht und dadurch Millionengewinne für die Plessens gemacht. Und als die Gerüchte nicht aufhören wollten, strengte er vor der Anwaltskammer ein Ehrengerichtsverfahren gegen sich selbst an – er wurde in allen Punkten rehabilitiert und war seitdem ein gesuchter Anwalt für Entschädigungsansprüche. Seit kurzem war er der Rechtsanwalt *Willy Wondrak*.

Valeska stieg aus. Zum zweiten Mal war sie jetzt auf dem Weg, um den Kaufvertrag mit der Witwe Kupka zu unterschreiben, die im Ausgedinge am Lilienthalweg wohnte, wozu fünf Morgen Land in Flugplatznähe gehörten. Das erste Mal war sie nicht gekommen, weil sie sich plötzlich von allen belagert fühlte, sie hatte sich eingeschlossen, die Fenster und Türen zugenagelt, und erst nach Wochen war sie wieder herausgekommen, als ihre Lebensmittelvorräte zu Ende gingen. Mit einem weißen Tischtuch in der Hand soll sie eines Morgens zu den Nachbarn gegangen sein und sich ergeben haben. Willi konnte gerade noch im letzten Moment verhindern, daß sie zu einer Zwangsuntersuchung in die Irrenanstalt nach Tost gebracht wurde, die Nachbarn hatten sie dafür schon angemeldet. (Dabei war das ein guter Vertrag für die Witwe Kupka, sie konnte in ihrem kleinen Häuschen wohnen bleiben bis zu ihrem Tode, und schon jetzt bekam sie Geld dafür.) Valeska hatte die anderen umliegenden Grundstücke schon früher erworben, ihr fehlte nur noch das Stück der Witwe Kupka, dann war beinahe das ganze Land um den Flughafen herum in ihrem Besitz. Der neue Großflughafen für die drei Städte Gleiwitz, Hindenburg und Beuthen war zwar für das Gebiet im Norden geplant, aber Valeska rechnete damit, daß sich dort der Landkauf so schwierig gestalten würde, daß man leichter den Gleiwitzer Flughafen ausbauen könnte; sie nämlich konnte alles aus einem Besitz anbieten. Das würde das Geschäft ihres Lebens werden.

Als erstes würde sie mit den Klavierstunden aufhören ... dann würde sie mit Leo Maria in die Schweiz gehen, nach Davos, in eines der Wunder-Sanatorien ... dann würde sie nach Italien fahren, nach Capri, dort soll es immer Sommer sein ... dann würde sie Josel in die Hauptstadt schicken, nach Berlin, zum Studieren ... dann würde sie ... sie wollte das nicht zu Ende denken.

In den Gärten blühten die Rosen und Dahlien in der Sonne. Sie schickten ihren Geruch über die Zäune hinweg auf die Straße, Valeska war ganz benommen davon, sie sah in den Gärten Rosenfelder, Rosenmauern, Rosenhecken, Rosenbänke und Rosenzäune ... manchmal blieb sie stehn und atmete den schweren, süßlichen, sonnendurchwärmten Duft ein und dachte, sie könnte sich selbst dabei vergessen.

In einem Vorgarten sah sie eine Frau in einem blauen Kleid, die wie sinnlos mit einer blitzenden Gartenschere in die Rosenstöcke hineinfuhr und die Messer klappern ließ, blühende Rosen und auch knospende Rosen sanken auf den Boden, Valeska stand da, an den Drahtzaun gelehnt, und sah hin, und das gleichmäßige, rhythmische Klicken der Gartenschere begann sie auf eine seltsame Weise zu erregen, sie sah, wie die Frau sich bückte und anfing, die Rosen einzusammeln, mit der rechten Hand hob sie die Rosen auf und stapelte sie auf dem linken Arm, und sie sah, wie die Dornen ein rotes Muster in die weiße Haut einritzten, aber schließlich war alles vom Grün der Rosenblätter überwuchert und die Rosen darin nur noch farbige Flecken, keine Hände, keine Arme, kein Gesicht mehr. Die Frau war immer näher herangekommen, jetzt sah sie durch die grüne Blätterfülle zu ihr hin, wendete sich brüsk um und ging rasch ins Haus hinein, als sei sie bei einer unerlaubten Tat beobachtet worden.

Valeska schämte sich plötzlich, stehengeblieben zu sein und zugesehn zu haben. Sie ging rasch weiter. Aber ihr Schritt war jetzt nicht mehr so sicher. Einmal kippte sie mit dem Absatz um. Es war nicht allein der Stein, gegen den sie gestoßen war.

Sie könnte so etwas auch tun, in ihrem eigenen Garten, das ist wahr, sie hatte zwar nur ein paar Rosenstöcke wachsen zwischen ihrem Haus und dem Gartenhaus des Landgerichtsrats, aber in ihrem Garten blühten die Dahlien und die Levkojen, die Astern und der Rittersporn, die Sonnenblumen und das Schleierkraut. Und sie war sich nicht sicher, ob nicht auch für sie eine Situation eintreten könnte, eines Tages, in der sie hinuntergehen würde in den Garten, mit der grünen Schere in der Hand, um alle Blumen zu köpfen. Ja, vielleicht würde sie es tun, ja. Dann, wenn die Soldaten anfingen zu schießen. Oder wenn es mit Leo Maria zu Ende ginge. Jässus Marija.

Auf der anderen Straßenseite balancierte der »wilde Mönch« den Bordstein entlang, Valeska erkannte ihn schon von weitem, mit seinem ungewöhnlich langen Haupthaar, dem runden Backenbart, der weiten Kutte und seinen schwingenden Bewegungen. Als er Valeska entdeckte, öffnete er die langen Arme wie Flügel, in einer

Hand trug er ein weißes Glas, das in der Sonne blitzte. Valeska winkte zu ihm hinüber, und winkte ihn zugleich zurück, denn sie wußte, er würde augenblicklich die Straße überqueren, ohne nach links oder rechts zu sehn, sie lief zu ihm auf die andere Straßenseite und ließ sich vom Mönch umarmen, und der bitter-naß-faule Geruch seiner Kutte stieg ihr in die Nase. Für den Bruchteil einer Sekunde glaubte sie sogar, sie könnte sich nicht mehr daraus befreien.

Der »wilde Mönch« hielt ein Einmachglas hoch, ganz nah vor ihr Gesicht, in dem winzige Fische schwammen, es war, als ob Farbstreifen hin und her flitzten.

Sind sie nicht schön, lachte der »wilde Mönch«, diese Fische, wie Farbtropfen in einem Meer, nicht wahr? Sein Gesicht leuchtete neben dem Glas, das die Sonne reflektierte, und man hätte glauben können, er würde niemals mehr seine Augen davon abwenden können, so verzückt sah er hin. Sein grobporiges, um die Nasenwurzel stark gerötetes Gesicht erschien ihr heute sanft und glatt. Die hat mir der Doktor Wittek geschenkt, sagte er. Ich werde jetzt Zierfische züchten! Valeska konnte sich nicht vorstellen, wo der »wilde Mönch« die Fische züchten wollte, immer waren sie hinter ihm her, und jedes Jahr mußte er woanders hinziehn, einmal hatten sie ihn bereits in ein Lager gesperrt. Seit einiger Zeit hauste er nun in dem alten ausgedienten Bus am Labander Wald, wo sie ihn zweimal besucht hatte. Das sind wohl sehr seltene Fische? fragte sie, denn sie konnte sich nicht vorstellen, warum sonst der »wilde Mönch« ein paar winzige Fische in einem Einmachglas durch die Straßen trug.

Ja, es sind kostbare Fische, sagte der Mönch. Dieser blaue hier, der kostet in der Zoohandlung Reute am Germaniaplatz fünfundsiebzig Pfennig, und der da mit dem goldnen Schleierschwanz kostet sogar drei Mark, und der grüne dort mit dem Hakenkopf, sehen Sie mal, wie der funkelt, der kostet sieben Mark, hat mir der Herr Doktor Wittek gesagt. Es sind von jedem zwei. Jetzt brauch ich nur noch ein paar Einmachgläser. Wenn ich mir von Ihnen ein paar holen darf?

Aber ja, sagte Valeska. Sie können von mir die großen Zwei-Liter-Krausen bekommen. Sie war ganz überrascht, sie dachte, außer an Gott sei er nur noch an seiner Schnapsbrennanlage interessiert, die er durch mehrere Beschlagnahmungen retten konnte, jedenfalls Teile davon.

Es gibt Fische, sagte der »wilde Mönch«, die kosten hundert, ja zweihundert Mark, wußten Sie das? Es war, als ob der »wilde Mönch« sich ständig das Staunen darüber selbst einredete. Er hielt das Glas in die Sonne, und jetzt funkelten die Fische tatsächlich im Wasser.

Wissen Sie denn, wie man ... wie man Fische züchtet, also füttert und aufzieht?

Ja, sagte der Mönch und drückte ihr das Glas in die Hand. Bin bestens aufgeklärt. Er zog unter der Kutte eine zerlesene Broschüre hervor: Benedek, *Die Aufzucht von Zierfischen* und strahlte dabei übers ganze Gesicht. Seine Stimme hatte eine hohe Tönung bekommen, obwohl er nicht betrunken zu sein schien, so daß Valeska annehmen mußte, er habe sich zu einem neuen Leben entschlossen. Sie wußte nicht, ob sie ihn deswegen loben sollte. Am Ende würde er mit so scheußlichen Dingen wie Fischzucht beschäftigt sein, und man konnte nicht einmal mehr zu ihm hingehen, um etwas über die Zukunft zu erfahren. Sie gab ihm das Einmachglas zurück.

Was gingen sie die Fische an. Es waren so viele Sachen, die sie etwas angingen, und zwar unmittelbar. Meine Tochter heiratet heute abend, sagte Valeska, einen Soldaten und Offiziersanwärter, was so viel bedeutet wie: er wird ziemlich bald Offizier. Und als der »wilde Mönch« das nicht verstand, fügte sie hinzu: Ich versteh das auch nicht. Aber kommen Sie doch, sagte sie, heute abend ins Hotel Haus Oberschlesien zur Hochzeitsfeier, um sieben Uhr, in den Münzer-Saal. Sie sind eingeladen!

Sie dachte: Wenn der Erzpriester nicht kommen will, weil meine Tochter heute standesamtlich verheiratet und erst am Sonntag kirchenamtlich getraut wird, dann soll wenigstens der ausgestoßene, der »wilde« Mönch da sein, so würde sie auf ihre Weise die Kirche strafen.

Soll ich wirklich kommen? fragte der »wilde Mönch«, und jetzt war seine Stimme wieder normal.

Aber ja, bekräftigte Valeska noch einmal. Ich werde dafür sorgen, daß man Sie hereinläßt. Das fiel ihr gerade ein, als sie an seiner ziemlich zerschlissenen Kutte herunter sah. Die Kirche muß auch Rebellen ertragen können, dachte sie, fragte sich aber, was wohl der Erzpriester für ein Gesicht machen würde.

Gut, ich werde kommen, sagte der Mönch. Danke.

Haben Sie Geld für die Straßenbahn? Valeska nestelte an ihrer Handtasche und wollte die Geldbörse herausholen.

Lassen Sie, sagte der Mönch herablassend, ich arbeite jetzt im Altersheim. Ich muß eine Arbeit nachweisen, sonst sperren sie mich wieder ein. Der Herr sei mit dir! Und er schlug mit der rechten Hand, ganz unauffällig, ein Kreuzzeichen. Von links nach rechts.

Valeska hätte nicht gewagt, die Hand des Mönchs zu küssen. Aber nachdem er gegangen war, führte sie nachdenklich die Finger, die seine Kutte berührt hatten, an ihre Lippen.

Er war weggegangen, das Fischglas in der Hand. Er hatte nicht gezeigt, ob er über die Einladung erfreut war. Vielleicht hatte er zuviel Freude für die Fische aufbringen müssen. Sie dachte darüber nach, warum man ihn den »wilden Mönch« nannte. Hätte man ihn nicht eher den sanften Mönch nennen müssen?! Trotzdem war sie sich nicht ganz sicher, ob es richtig war, ihn einzuladen. Für alle Fälle sprach sie ihm nach: Und mit deinem Geiste!

Da begannen die Glocken zu läuten. Es mußte das Mittags-Läuten sein. Valeska dachte daran, wie weit der Erzpriester Pattas jetzt mit dieser Kommission aus Oppeln sein würde? Ob er unterschrieben hatte? Sein Gesicht bei der Hochzeit heute abend, falls er doch noch kommen würde, das wollte sie sich jetzt lieber nicht vorstellen. Valeska beschleunigte ihre Schritte, sie schob sich den Hut zurecht, der ihr verrutscht war. Älter war sie geworden. Sie brauchte deshalb nicht in einen Spiegel zu sehen, sie spürte es, als sie mit der Hand über ihr Gesicht hinfuhr: es war rauher, spröder geworden. Sie dachte daran, daß die Glocken zwölf Uhr schlugen und daß es noch Zeit war für eine ganze Reihe von Niederlagen, bis der Tag zu Ende war.

Als sie in das Büro des Rechtsanwalts Wondrak kam, sah sie dort schon die Witwe Kupka sitzen, die Urkunden waren bereits ausgelegt, sie mußten nur unterschreiben. Die Hand der Witwe Kupka zitterte so sehr, daß Valeska sie mit ihrer eigenen Hand führen mußte. Der Rechtsanwalt nickte dazu und beeilte sich, mit einem Löscher die nasse Tinte abzutrocknen und die Urkunden in einer Schublade wegzuschließen. Valeska entschloß sich, die Witwe Kupka zur Hochzeit einzuladen, die Flabinskis hatten abgesagt, da hatte sie noch zwei Plätze frei. Die Witwe Kupka dankte ihr mit den Augen, in denen etwas Feuchtes blitzte. Aber sie brachte kein Wort hervor.

Der Rechtsanwalt Willi Wondrak brachte auf einem Tablett drei Gläser: Darauf müssen wir einen trinken! Und Valeska nahm ein Glas und kippte es herunter.

Hört denn niemand, dachte sie, hört denn niemand die Glocken läuten?

6

Montag erwachte vom Lärm der Stimmen draußen. Die Kinder hatten einen toten Vogel gefunden und begruben ihn an der Mauer des Gartenhauses, fast vor Montags Fenster. Sie spielten Vogel-Begräbnis. So wie sie früher Schmetterlings-Geburt gespielt hatten oder Maikäfer-Hochzeit, oder Puppen-Kommunion, oder Grillen-Hinrichtung. Montag kannte das schon.

Er zog die Schublade des Nachttisches auf und tastete nach der Taschenuhr, die er dort hineingelegt hatte (es gab Nächte, da störte ihn sogar das Ticken der Taschenuhr, er legte sie dann in die Schublade, oder er deckte sie mit einem Taschentuch zu), er nahm sie heraus und hielt sie ganz nah vor seine Augen: Es war kurz nach zwölf Uhr.

So segne ich dich denn, du armer schwarzer Vogel, und übergebe dich der schwarzen Erde, denn Erde bistu und Erde warstu und Erde wirstu sein ...

Montag hörte ganz deutlich die Stimme von Josel heraus, der die Prediger-Stimme des Erzpriesters Pattas noch übertrieb. Ihr folgte jetzt Ulla Ossadniks pathetische Litanei: ... oh, da bricht mir mein armes Herz entzwei, wenn ich sehe, wie du, schwarzer Vogel, von uns gehst, und wie du hier im Garten der Pionteks verfaulen und den alten Birnbaum düngen wirst. Und wieder Josel: ... ach Staub sind wir alle vom Staub dieser Erde ... Und die andern Kinder kicherten oder machten huhuhu dazwischen, oder wiederholten die einfachen summenden Wörter, die sich in ihren Köpfen festgehakt hatten, und Montag wunderte sich, woher die Kinder das alles wußten.

Montags Vorfahren kamen weither aus dem Osten; jede Generation war ein Stück weiter nach dem Westen gezogen, immer der Sonne nach. So kam er in Myslowitz zur Welt, das damals preußisch war, sein Vater war dort Tuchhändler. Er erinnerte sich noch an das kleine, spitzgieblige Haus am Roßmarkt, mitten in der Stadt, wo es immer nach Pferdepisse stank, obwohl dort schon seit vielen Jahren kein Pferdemarkt mehr abgehalten wurde; er erinnerte sich an einen kleinen Park mit Kastanienbäumen und Karussells und Kinderschaukeln, an Mädchen in weißen, flatternden Kleidern, an Jungen in schwarzen, ungebügelten Anzügen und mit weißen Knien, mit Rasseln in den Händen oder Papiertrompeten am Mund, mit denen sie einen komischen Lärm machten.

Ich war ausgeschlossen davon.

Er erinnerte sich an Ausflüge mit der Kleinbahn im Sommer, an die grünen Birkenwälder, die nicht aufhörten und wohl niemals aufhören würden. Irgendwann stiegen sie aus, auf einer kleinen Station, wo es nicht einmal ein Bahnwärterhäuschen gab, und dann gingen sie hinein in den großen grünen leuchtenden Wald, über weiche, teppichartige, moosige Wege, er den Eltern voran, der Mutter mit einem weiten gelben Strohhut, von dem hinten zwei blaue Bänder herunterhingen, und dem Vater, wie immer in seiner schwarzen Jacke, die er dann auszog und über dem Arm trug. Die einzigen Male, wo er seine Mutter lachen hörte, waren hier auf diesen Spaziergängen. Sie zog dann ihre Schuhe aus, tanzte über das grüne Moos, versteckte sich hinter Bäumen und ahmte die Vogelstimmen nach. Wenn ein Kuckuck rief, fragte sie laut: Kuckuck, wie alt werd ich werden, und zählte dann seine Rufe ihrem Alter dazu, und wenn es viele Kuckucks-Antworten waren, lief sie barfüßig im Kreise herum und zog den Vater mit und lachte, waren es ihr aber zu wenige, dann zog sie ihre Schuhe an, nahm den Vater bei der Hand und ging den Rest des Weges stumm neben ihm her.

Einmal waren sie auf einem der Spazierwege in die Nähe eines Schlosses gekommen, in dessen Fenstern schon am Nachmittag die Kronleuchter brannten. Er war den Eltern ein Stück vorausgelaufen und einen Baum hinaufgeklettert, und schließlich einen dicken Ast entlanggerutscht bis in die Nähe eines Fensters, das offenstand, um vielleicht ein Geheimnis zu entdecken, von dem er dem Vater erzählen könnte. Als er nahe genug heran war, sah er elegant gekleidete Frauen und Männer, die herumstanden und miteinander redeten und spitze Gläser in den Händen hielten, und andere, die an einem großen ovalen Tisch saßen und Karten auflegten, während silberne und goldene Geldstücke auf eine für ihn rätselhafte Weise auf der Tischplatte hin und her geschoben wurden.

Bis ihn jemand entdeckte, einer mit einem buschigen schwarzen Schnurrbart im Gesicht, der seine Hand zum

Fenster herausstreckte und ihn greifen wollte, aber nicht erreichte. Und er sprach jenes Wort aus, das ich lange nicht vergessen sollte: *Schiddok* Judenbengel mach daß du hier wegkommst.

Aber vor allem erinnerte er sich an den Großvater, der damals schon sehr alt gewesen sein muß. Er saß gern auf einem hohen Stuhl am Fenster, hatte einen Taschenspiegel in den Rahmen geklemmt und konnte so, schweigend, die Straße beobachten und die vorbeigehenden Menschen. Von Zeit zu Zeit ließ er einen Seufzer fallen und blickte, die Hand vor den Augen, durch die gespreizten Finger hindurch, in eine ungewisse Ferne. Es waren jedenfalls nicht der katzenkopfgepflasterte Marktplatz, den er sah, und nicht die schmutzigroten Klinkerhäuser gegenüber mit dem neuen Postgebäude, er sah eine andere Straße, andere Menschen, eine andere Stadt, ja eine andere Zeit. Und dann erzählte er dem Jungen in dunklen glühenden Rätseln von Gott, er erzählte ihm vom Räuberhauptmann Mendel Krik und seinen Söhnen Benja und Lwow, die dem Großbauern Propritschin drohten, sein Lieblingspferd, die schwarze Stute Sonja abzustechen, wenn er nicht seine hübsche Tochter Ljubka samt einer ansehnlichen Mitgift dem hinkenden Lwow zur Frau gebe; und er erzählte von der Moldawanka, wo er Zwirnhändler gewesen war und mit einem Ranzen voller Garne (in allen Farben und allen Stärken, auch Knöpfe und Gummiband und Nadeln hatte er dabei) die Stadtviertel von Odessa abgeklappert hatte und jeden Abend ein paar Kopeken und die neuesten Taten der Räuberbande Krik nach Hause brachte.

Wenn der Vater hinzukam, mahnte er den Alten, das Kind nicht zu verwirren, und zu dem Jungen sagte er: Du mußt nicht alles glauben, was dir dein Großvater erzählt, das sind Erfindungen, und ohnehin ist das schon über hundert Jahre her.

Ich jedenfalls glaubte an das was Großvater sagte und eines Tages war ich aufgebrochen nach Odessa, um mich der Räuberschar des Benja Krik anzuschließen, aber ich war nur bis Schoppinitz gekommen über den Fluß und die Chaussee hinweg, dort haben mich die Blauen aufgegriffen und wieder nach Haus gebracht.

Und dann war da noch etwas, das war mehr als nur eine Erinnerung: jene dunklen Ecken in dem Haus am Roßmarkt, in denen es abends wisperte und raunte und stöhnte. Manchmal war dort nichts, gar nichts, nur ein Erschrecken, wenn man mit der Hand in die Dunkelheit und in die Leere hineingriff; manchmal lag dort jemand, ein Bündel, das sich bewegte, ein Körper, der stöhnte, oder es waren nur Geräusche, wie eine Wasserlitanei, und erst später begriff er, daß jemand gekommen war aus Odessa oder Lemberg, einem Pogrom entflohen, und hier zwei Nächte zugebracht hatte, im raunenden Zwiegespräch mit dem Großvater, um dann weiterzuziehen in Richtung Westen ...

Vielleicht kam es von daher, daß er jetzt im Gartenhaus überall Lampen brennen hatte, auch im Flur, auch in der Kammer; immer noch hatte er Angst vor dunklen, nicht gut ausgeleuchteten Ecken.

Er war vier oder fünf Jahre alt gewesen, als der Großvater starb, er wußte es jetzt nicht mehr genau. Kaum war das Kaddisch von den Lippen der alten Juden verklungen, da trat sein Vater zum katholischen Glauben über, ihm selbst wurden die Paijeslöckchen geschnitten, und er wurde katholisch getauft. Seine Mutter wollte das so, sie las ihm die Geschichte der Genovefa von Brabant vor, und sie nannte ihn manchmal, während sie ihm mit der Hand übers Gesicht strich, mein Sohn Schmerzensreich.

Bald darauf sind sie ein Stück nach Westen gezogen. In der Hauptstadt der Provinz mietete der Vater in der Oppelner Straße, nicht weit weg von der Agnes-Kirche, einen Laden, der doppelt so groß war wie der in Myslowitz. Und jetzt kamen Kunden zu ihm, die nur Deutsch sprachen, die machmal auch ein Dienstmädchen mitbrachten, das mit beiden Armen die Stoffe wegtrug, oder die gar einen Kutscher draußen zu warten hatten, der zwei ausgemergelte Pferde mit einer dünnen Peitsche und einer groben Stimme antrieb. Der junge Georg Montag kam jetzt in eine katholische Schule, in das Matthias-Gymnasium in Breslau, seine Mutter hatte ihn selbst dorthin gebracht, und sie sorgte dafür, daß er nicht *Guten Tag* sagte zur Begrüßung, sondern *Gelobt sei Jesus Christus . . .*

Und wenn ich dort einmal *kokolores* sagte, bekam ich eins mit dem Rohrstock auf die Hände, sagte ich zu Haus *meschugge*, gab mir der Vater eine Kopfnuß.

Eines Tages stand der Knabe vor dem Turm der St.-Vinzenz-Kirche und blickte lange nach oben. Er hatte niemals zuvor einen so schlanken Turm gesehn, es schien ihm, als ob die Spitze eine Wunde in den Himmel ritzte, der jetzt, in diesem abendlichen Augenblick, sein Blut verströmte über die Stadt. Es war Karfreitag, und er ging den andern nach, mit hinein in die Kirche, wo alle Kreuze mit lila Tüchern verhängt waren, nur vorn auf den Altarstufen lag ein mächtiges hölzernes Kruzifix, dessen Wunden rot leuchteten. Er sah, wie die andern hinknieten und auf den Knien die Stufen hochrutschten, wie sie sich über das Kruzifix beugten und die Wundmale küßten, Kinder, alte Frauen, auch ein alter Mann mit nur einem Bein, der die Krücken beiseite gelegt hatte. Und dann war er dran, er fürchtete, irgend etwas falsch zu machen, und er wäre am liebsten vorher weggegangen, aber hinter ihm warteten schon die andern, so kniete er nieder und berührte mit seinen Lippen die fünf roten Wundmale, und ein Ministrant kniete daneben und wischte die Stellen mit einem grauen Tuch ab; aber so sehr er auch seine Lippen abwischte, sie brannten ihm noch lange danach. Draußen war inzwischen ein plötzlicher Wind aufgekommen, der graue und schwarze Wolken heranschob und auftürmte und sie mit einem ersten Donner zusammenstoßen ließ. Er wartete auf das Gewitter, er wartete darauf, daß es Blut vom Himmel regnen würde, und als die ersten Tropfen auf seine ausgestreckte Hand fielen, wunderte er sich darüber, daß es nur Regen war wie an allen andern Tagen auch. Für ihn war vieles anders geworden seitdem.

Seinem Vater hatte er gesagt, als er in den Ferien zu Haus war, ich verstehe das nicht, jeden Abend beten wir im Konvikt gemeinsam zu Jesus Christus, unserm Herrn, der von den Juden ans Kreuz geschlagen wurde, aber der Großvater hat mir einmal gesagt, Jahwe, der Gott der Juden, ist auch dein Gott. Und der Vater antwortete ihm ernst: Es ist Zeit für dich, mein Sohn, zu vergessen, was drüben im Osten gewesen ist, du bist katholisch, und im Schutz der Kirche kannst du nur bleiben, wenn du an den Gekreuzigten Christus glaubst, also glaube daran.

An der Universität Breslau, deren Rektor der Historiker Felix Dahn war, studierte er die Rechte und dissertierte über das Thema: Das Bodenrecht unter dem Piastenherzog Władysław II. in Schlesien. Dann heiratete er das Fräulein Erika Weinreich, die Tochter eines Eisenbahninspektors, die auf einer Haushaltsschule eine einfache, aber solide Erziehung genossen hatte. Sie wurden in der katholischen St.-Vinzenz-Kirche in Breslau getraut. Georg hatte seinen Vater schon lange nicht mehr so glücklich gesehn wie an diesem Abend, und als um Mitternacht im Hotel Schwarzer Adler die Kellner französischen Champagner servierten, umarmte ihn sein Vater, und die Tränen liefen ihm dabei die Backen herunter: Du wirst eine große Karriere machen, mein Sohn, sagte er und küßte ihn auf beide Wangen, niemand wird dich mehr daran hindern können. Er wandte sich ab und flüsterte mit einer ganz andern, einer fremden Stimme: Verzeih mir, Vater, es mußte sein, ja, es ist gut so.

Und Georg Montag erinnerte sich an seinen Großvater in Myslowitz, der in den letzten Jahren seines Lebens nicht mehr aus dem Haus gehen durfte, weil er seinem Sohn, der eine Katholikin geheiratet hatte, zu jüdisch aussah. Und jetzt glaubte auch er, daß es so sein mußte und daß es so richtig war. Außerdem liebte er seine Frau. Nur noch nachts träumte er von Mendel Krik und seinen Söhnen, und er wußte nicht, ob er darüber gelesen oder davon erfahren hatte.

Ein paar Jahre später traf ihn wieder dieses Wort, das doch für ihn nicht mehr gelten durfte: Ein Kollege, zu dem er in einem guten, wenn auch nicht gerade freundschaftlichen Verhältnis stand, hatte sich Hoffnungen gemacht, Landgerichtsrat in Gleiwitz zu werden, aber dann hatte man ihn berufen, und als er sich von seinen Kollegen verabschiedete, zischte jener ihm dieses Wort entgegen: Jude! Und sagte: Das ist ein Judenstaat, aber eines Tages wird das schon anders werden, wir werden sie alle verjagen.

Ich bin kein Jude, hatte Georg Montag gekränkt geantwortet. Er hätte das begründen können, aber er schwieg. Er wischte das Wort weg und dankte seinen Kollegen für den Strauß Feuerlilien, den sie ihm überreicht hatten. Er wurde Gerichtsrat am Landgericht in Gleiwitz, später Mitglied des Aufsichtsrates der Gute-Hoffnung-Hütte, Mitglied des Aufsichtsrats der Concordia-Grube, Mitglied des Aufsichtsrats der Oberschlesischen Elektrizitätswerke (OEW), Mitglied des Redaktionskollegiums der Zeitschrift für Rechtsgeschichte, Mitglied des Kirchenvorstands der Peter-Paulskirche.

Seine Frau Erika gebar ihm eine Tochter, die sie Ruth nennen wollte, er aber bestand darauf, daß sie einen katholischen Heiligennamen bekam: In Erinnerung an seine Breslauer Zeit wurde sie Agnes Elisabeth getauft. Seine Frau starb bei der Geburt des zweiten Kindes; es wäre ein Sohn geworden, er überlebte nicht. Der schönste Kranz auf ihrem Grab kam vom Cäcilienverein, in dessen Vorstand sie zuletzt Schatzmeisterin gewesen war.

Georg Montag widmete sich von nun an nur der Erziehung von Elisabeth. Er hatte für nichts mehr Interesse, was außerhalb seines Berufes lag, nach und nach trat er von seinen Ämtern zurück. Seine Tochter schickte er in die Schweiz, in ein katholisches Internat nach Olten.

Georg Montag hatte vergessen, daß sein Vater Benjamin Montag geheißen und in Myslowitz einen kleinen Stoff-Laden gehabt hatte, daß sein Großvater Moischele Ponedjelnik genannt wurde und in Odessa von Haus zu Haus gegangen war, um Zwirn zu verkaufen. Er, Georg Montag, Landgerichtsrat am Landgericht in Gleiwitz, OS, glaubte an Jesus Christus, den eingebornen Sohn, der empfangen wurde vom Heiligen Geist, geboren von Maria der Jungfrau, und er machte bei der Sonntagsmesse, zu der er regelmäßig ging, das Kreuzzeichen von links nach rechts.

Das Gesetz zur Wiederherstellung des deutschen Berufsbeamtentums vom April 1933 betraf ihn nicht, er war schon vor 1914 Berufsbeamter, und außerdem hatte er im Weltkrieg für das Deutsche Reich gekämpft, an der Isonzo-Front wurde er mit dem Eisernen Kreuz Zweiter Klasse ausgezeichnet. 1937, als der Minderheitenschutz für Oberschlesien aufgehoben wurde und das zweite Gesetz zum Berufsbeamtentum herauskam, verlangten sie einen Ariernachweis von ihm.

Georg Montag holte sich bei seinem Pfarrer Rat. Warum rutschte ich da rein, sagte er. Ich denke nicht so wie die Juden, ich bin anders, sie tun mir leid, aber ich habe mit ihnen nichts zu schaffen.

Der Erzpriester versprach ihm den Schutz der katholischen Kirche und auch seinen persönlichen Schutz, und als er ging, hatte der Pfarrer ihn in der Tür gesegnet.

Aber da war wieder dieses Wort: Jude, das sie hervorgeholt hatten aus einer alten Akte und aus einer tieferen, verschütteten Schicht seines Bewußtseins. Er war kein Jude; seine Mutter kam aus einer katholischen Handwerkerfamilie aus Liegnitz, und er war mit dem Namen des heiligen Georg und des heiligen Paul getauft und im katholischen Matthias-Gymnasium in Breslau erzogen worden, er betete das Vaterunser und das katholische Glaubensbekenntnis, und er ging jeden Sonntag zum Hochamt in die Kirche Peter und Paul.

Aber er wollte sich nicht vor ihnen rechtfertigen. Er hatte nur noch drei Jahre bis zu seiner Pensionierung, also ließ er sich schon jetzt pensionieren. Er zog aus dem Haus in der Pruskestraße aus, die sie jetzt in Schlageterstraße umbenannt hatten, er verkaufte seine Möbel und mietete sich für 50 Mark im Monat in das Gartenhaus der Valeska Piontek in der Strachwitzstraße ein. Er besuchte noch einmal seine Tochter in Paris, die jetzt im Lycée St. Veronique Deutsch-Lehrerin war.

Nach der Kristallnacht hatten sie ihn nicht zur Polizei bestellt, er bekam auch kein J in den Paß gestempelt und nicht den Namen Israel in Klammern hinter Georg und Paul geschrieben. Es war auch niemand gekommen, um sein Vermögen zu registrieren, wie sie es jetzt, wie er erfuhr, mit den Juden in der Stadt machten. In den Zeitungen las er von der Einführung von Wohnbeschränkungen für Juden, aber auch in dieser Sache war keiner von den Behörden zu ihm gekommen. Eine Zeitlang hatte er hinter der Gardine gestanden und die Straße beobachtet und darauf gewartet, daß jemand in Uniform den Weg heraufkommen würde zu ihm. Aber es war keiner gekommen.

Ihn betraf es also nicht. Ihn ging es nichts an. Er war damit nicht gemeint.

Er beobachtete sich jetzt häufiger im Spiegel, er versuchte herauszufinden, ob er irgendwelche Eigenschaften hatte, die sie den Juden zuordneten. Er kontrollierte seine Hände beim Reden. Er hörte jetzt weniger Musik. Er untersuchte seine Füße. Er beobachtete seinen Gang und seine Haltung. Er liebte den Wald und die langen Spaziergänge im Wald, besonders liebte er die Birkenwälder bei Zernik. Er konnte Hermann Stehr und Knut Hamsun lesen, ohne darin aufzuhören. Er aß nicht gern Knoblauch. Er sprach sehr deutlich.

Als er darüber nachdachte, lachte er laut auf.

7

Das Haus Oberschlesien war als Symbol der neuen Zeit und der neuen Architektur mitten in die Stadt hineingestellt, dort, wo ihre Häßlichkeit vielleicht etwas weniger häßlich war, als ein mächtiger grauschwarzer stumpfer Kasten, rechts geflankt von der hier in Beton gezähmten und im Sommer auch trügerisch still dahinströmenden Klodnitz, vorn zur Wilhelmstraße umsäumt von ein paar mageren, kohlenstaubbedeckten Blumenrabatten, davor ein Brunnen, auf dessen Rand drei lebensgroße lüsterne Faune tanzten, leuchtend vor Grünspan: Vor dem gewaltigen Steinkasten erzählten sie an warmen Sommerabenden zu dem steigenden und wieder fallenden Wasser von alten polnischen Wassergeistern, und wer Zeit hatte in dieser Gegend und Muße, das waren allerdings nicht viele, der setzte sich auf die Terrasse des Cafés und hörte ihnen zu. Die Leute kamen von überall her, um sich dieses kolossale Gebäude – das höchste weit und breit – anzusehn; die aus der Stadt und der nahen Umgebung standen davor mit einer Mischung aus Stolz und Furcht, und nachdem sie dreimal vorbeigegangen waren, faßten sie Mut und setzten sich wenigstens unten in das Café hinein, um eine Tasse Kaffee und ein Stück schlesischen Streuselkuchen oder eine (gefälschte) Sachertorte oder einen Prasselkuchen zu bestellen. Sie staunten die weißgekleideten Kellner an, die sich wie Pantomimen bewegten, bestaunten die schwarzen, spiegelnden Marmortischchen und die lang herunterhängenden gekräuselten Musselin-Vorhänge, die das Licht und die Geräusche von draußen nur gedämpft hereinließen und drinnen alles unwirklich machten. Wenn dann der Oberkellner, ganz in Schwarz, die Rechnung brachte, wühlten sie blaß und gefaßt in ihren Geldtaschen, um erst hinterher, wieder auf der Straße, über die unverschämten, halsabschneiderischen Preise zu schimpfen; Pierruna, die lassen sich den italienischen Marmor aber teuer bezahlen . . .

Die Leute aus Schönwald oder Ratibor oder Cosel oder Brzezinka oder Pilchowitz oder Schakanau, die mit der Kleinbahn oder mit dem Pferdefuhrwerk hereingefahren kamen, bekreuzigten sich dreimal davor (von links nach rechts) und sagten: O muj Bosche, das ist die Sünde, das ist Amerika! Die Großtante Lucie (Lanolin), die mit ihrem blinden Sohn aus Kalinowitz bei Großstrehlitz zu Besuch gekommen war, sagte: Wer so hoch baut, bis in den Himmel, der wird eines Tages tief stürzen, Jessusmarija. Jässus.

Für Josel war das Haus Oberschlesien ein großes Geheimnis. Er war oft daran vorbeigegangen, aber außer daß er einmal mit Mamuscha auf der Terrasse des Cafés gesessen ist, war er noch nicht tiefer in das Geheimnis eingedrungen. Zum Beispiel nicht durch diese komische runde Tür, die sie Windfang (wasnfürnblödername) nannten. Einmal war er mit Onkel Wondrak ganz oben im letzten Stockwerk in den Büros gewesen, und während der Onkel auf irgend jemand ganz intensiv einredete, der dabei immer tiefer in seinen Sessel rutschte, bis er schließlich vollständig hinter dem Schreibtisch verschwand, sah Josel durch das Fenster über die ganze Stadt, das war, zugegeben, ein Anblick geradezu fantastitschnek, aber er hatte keinen Sinn dafür gehabt: weil sie mit dem Fahrstuhl raufgefahren waren, fühlte er sich um das Abenteuer, endlich in das Herz dieses Steinhauses einzudringen, betrogen.

Also was du hier siehst, ist das Hotel Haus Oberschlesien, wir nennen das einfach HO, rief Josel Andreas zu; er riß heftig an seiner Fahrradklingel, denn beinahe wäre ihm ein kleines Mädchen mit einer roten Mädikappe ins Fahrrad gelaufen. Er bog in die Markgrafenstraße ein und fuhr ganz langsam: Guck dir das mal an, sagte er, beinahe stolz auf diesen Steinkasten, das ist so ziemlich das Größte und Vornehmste, was es hier in dieser Gegend gibt, und da, ausgerechnet, will Mamuscha heute abend meine Schwester verheiraten . . . Josel ließ einen Kikser los.

Ganz schön, sagte Andreas, er meinte damit aber die drei grünen nackten Männer auf dem Springbrunnen. Das Gebäude selbst war für ihn nicht mehr als ein grauer Kasten.

Josel bremste scharf und stieg vom Fahrrad herunter: Sag doch gleich, bei uns in Breslau gibt's so was an jeder Ecke . . .

Andreas war von der Stimme Josels so überrascht, daß er nur mühsam sein Damenrad zum Stehen brachte. Schon als sie an der alten Pfarrkirche vorbeigekommen waren und Josel auf den Turm gezeigt hatte, von dem aus man bei gutem Wetter bis nach Polen und nach Mähren blicken konnte, hatte er nur gesagt: Da müßtest du mal unsere Elisabethkirche sehn, also ich will nicht übertreiben, aber der Turm ist gewiß dreimal so hoch wie dieser, da braucht man eine halbe Stunde, um all die Treppen nach oben zu steigen, und beim Runtergehen wird einem ganz schwindlig davon, weil man immer im Kreis gehen muß, und noch auf der Straße läuft man eine ganze Weile weiter im Kreis, im Kreis, im Kreis, im Kreis. Er lachte.

Ja, ich weiß, bei euch is alles viel größer, schöner und besser, hatte Josel unwillig gesagt, das sagt auch der Heiko immer, der Bräutigam von meiner Schwester, der hat mal den Kölner Dom gesehn, von dessen Turm man gar nicht runtergucken könnte, da würde man glattweg schwindlig werden und abstürzen, so hoch ist der . . . Und Andreas war sich nicht klar darüber gewesen, ob das ein Vorwurf oder vielleicht doch Staunen gewesen war. Jetzt sagte er nur, als er verwirrt neben Josel stand: Also, ich weiß nicht, was du hast, ich hab doch gesagt, daß ich das hier schön finde, den Brunnen da zum Beispiel, mit den drei nackten Männern . . .

Am Sonntagabend, da is der Brunnen sogar angestrahlt, gehn wir dann mal zusammen hierher?

Andreas beeilte sich zu sagen: Aber ja, wir fahrn auch mal zusammen nach Breslau, nichwa Josel, und dann zeig ich dir alles . . .

Josel beobachtete, wie eine elegant gekleidete Dame mit einem grünen, großen Hut in der Windfangtür des Hotels verschwand ... Weißt du, was bei uns schön ist, sagte Andreas: daß überall die Oder ist, um den Dom herum, an den Straßen und den alten Häusern entlang, überall ist der Strom.

Josel schob sein Rad langsam weiter, und Andreas folgte ihm. Du müßtest mal unsre alte müde Klodka sehen, nach der Schneeschmelze, also etwas weiter von der Stadt weg, da überschwemmt sie die Wege und Wiesen und Felder, das ist wie ein Meer. Ja, dieser kleine Fluß, den du da vorhin gesehn hast, Josels Stimme wurde ganz nachdrücklich, der holt sich jedes Frühjahr ein paar Kinder, weißt du das? Beide waren stehengeblieben, direkt vor dem Eingang zum Hotel. Sie hielten ihre Fahrräder fest und sahen hinüber auf die Windfangtür, die sich nicht bewegte; darüber hing wie eine Glocke eine rote Markise.

Jedes Frühjahr ertrinken da ein paar Kinder, die zu nah am Ufer spielen oder auf einer Eisscholle einbrechen. Tante Milka hat gesagt: Das sind die Opfer, die wir dem Fluß geben müssen, damit er sich beruhigt ... Ja, wirklich, ein, zwei Tage nachdem wir in der Zeitung gelesen haben, daß wieder ein Kind ertrunken ist, hört dann das Hochwasser auf ...

Andreas konnte das nicht glauben. Er lachte und sah Josel ins Gesicht, in dem er ebenfalls ein Lächeln entdecken wollte. Aber Josel war ganz ernst. Andreas sagte: Was machen wir jetzt? Gehn wir da rein? Er zeigte mit dem Kopf auf den Hoteleingang.

Nein, nein, die lassen uns da nicht rein, da drin sind lauter dicke Teppiche, da muß man geputzte Schuhe haben ... das iss was für die reichen Leute.

Für Andreas war das Haus Oberschlesien nur ein häßlicher grauer Steinkasten mit einem nüchternen einfachen Hotelportal: Wir könnten ja mal reingehen und uns den Saal zeigen lassen, wo die Hochzeit stattfinden soll? Du sagst einfach, Frau Piontek hätte uns geschickt ...

Für Josel war das Haus Oberschlesien ein steinernes Gebäude, in dem sich tausend Geheimnisse verbargen, und es war ihm klar, daß er nur nach und nach einige dieser Geheimnisse entdecken würde; er erschrak beinahe über den Vorschlag von Andreas. Josel beugte sich über den Fahrradlenker und sagte ganz leise:

Weißt du, ich stelle mir manchmal vor, wie hier die Grafen und Gräfinnen absteigen, die von den großen Gütern kommen, die reichen Leute, denen die Kohlenbergwerke und die Eisenhütten gehören hier in unsrer Gegend, die Barone, Freiherrn und Fürsten und die ganzen von Sowieso ... Ich stelle mir vor, wie sie den großen Ballsaal bevölkern, Musik und Kerzen, und die Mädchen in Weiß und die Männer in Schwarz, und dann stellen sie sich auf in langen Reihen zu einem Tanz, zu einer Polka oder einer Polnese ... Ich hab das mal in einem Film gesehn, es war ›Eine rauschende Ballnacht‹, Onkel Wondrak hat mich da mitgenommen und zu dem Kassierer gesagt, der Junge ist schon achtzehn, den könn' Sie reinlassen, und da saß ich nun da, und da war das so ...

Andreas war erstaunt, was sein Cousin Josel alles wußte, und immer hatte er es aus irgendeinem Film. Er selbst war nicht oft im Kino gewesen, und wenn, dann meistens in Kinderfilmen, von denen man nichts lernen konnte. Aber er war ein paarmal im Theater gewesen, und da war Josel bestimmt noch nie, das wollte er ihm bei nächster Gelegenheit sagen; nicht jetzt. Am liebsten hätte er sich noch einmal bei ihm nach diesem Film da erkundigt: Nimmst du mich mal mit ins Kino? Ich könnte dich auch einladen, ich hab ein bißchen Geld übrig!

Otusch, Josel legte sich noch tiefer in die Lenkstange hinein und schaukelte mit einem Fuß: Also weißt du, mein lieber Cousin und Kupferstecher, ich gehe nur in Filme über achtzehn, mit Kinderfilmen und so, da hab ich nichts mehr zu tun mit ... aber ob sie dich auch reinlassen? Er sah Andreas von oben bis unten an, als müßte er sein Alter neu einschätzen ... Ich nehm dich mal mit, ins *Arena,* das ist das Flohkino bei uns in der Nähe, die kenn' mich schon; am Montag, da lassen sie mich immer rein, da iss nämlich und überhaupt nicht viel los ... Da bist du selbstverständlich von *mir* eingeladen, das ist doch klar ... Weißt du, setzte er in einem ganz anderen Ton hinzu, was mich wundert: Seitdem wir hier stehen, iss niemand mehr aus dem Hotel rausgekommen ...

Josel schob sein Rad noch ein Stück näher an die Hoteltür heran, Andreas folgte ihm, sie waren jetzt nur noch ein paar Meter von der Windfangtür entfernt, man konnte durch das Glas Lichter dahinter sehen.

Hinter der Windfangtür war jetzt ein Junge zu sehen, in einer Uniform mit einem hohen Kragen um den Hals und einem runden Pagenkäppi auf dem Kopf. Dann begann sich die Tür zu drehen, und auf einmal spuckte die Tür einen älteren schwarzgekleideten Herrn aus, der, kaum war er draußen, einen grünen Hut aufsetzte; Josel dachte sofort an Trauerkleidung und an ein Begräbnis – aber der grüne Hut paßte nicht dazu. Die Frau vorhin, hatte sie nicht auch einen auffallend grellen grünen Hut aufgesetzt? In der heißen Augustsonne, die gerade zur Mitte des Himmels hinaufkletterte, sah das komisch aus.

Josel sah dem Mann noch eine Weile nach, der eiligen Schrittes an ihnen vorbeigegangen war, ohne sie zu beachten. Hinter sich hörte er noch das langsam verebbende Geräusch der Windfangtür.

Jetzt sind übrigens die Monumentalfilme aus Italien dran, da gehn wir mal hin, wenn du willst ... Josel sah wieder auf den Eingang des Hotels und entdeckte hinter der Scheibe wieder das Gesicht des Jungen, der unbeweglich, ganz nah an das Glas gedrückt, zu ihnen herstarrte. Josel glaubte einen Moment lang, ihre Blicke hätten sich getroffen und dabei hätte auch ein kleiner unsichtbarer Blitz zwischen ihnen gezündet, er hatte jedenfalls einen Schlag in seinem Körper gespürt, ohne Zweifel. Der Junge könnte in meinem Alter sein, dachte Josel, der scharf zu ihm hinsah, und gewiß kennt er bereits alle Geheimnisse dieses großen steinernen Hauses. Und wenn nicht zwischen ihnen das Glas gewesen wäre, leicht milchig, das sie voneinander entfernte, er wäre hingegangen und hätte ihn danach gefragt. Was ihn freilich noch mehr davon abhielt, war der ernste, fast traurige Ausdruck in diesem Gesicht, das die ganze Zeit unverändert, beinahe maskenhaft, wie hinter der Tür aufgehängt schien. Er glaubte vielleicht sogar so etwas wie Sehnsucht in dem Gesicht des Jungen zu entdecken, die Sehnsucht nach draußen, nach einem Fahrrad, mit dem man in der Stadt und an der Klodnitz herumfahren konnte. Oder war das Ganze nur ein Spiegelbild seiner eigenen Sehnsucht?

Hast du Lust auf ein Eis? fragte Andreas.

Josel spürte am Tonfall, daß Andreas nichts davon begriffen hatte. Vielleicht hatte er den Jungen in der Pagenuniform überhaupt nicht gesehn. Später, sagte er. Es schien ihm, als wäre mit diesem laut ausgesprochenen Wort das Gesicht hinter dem Glas weggezaubert. Langsam drehte er das Fahrrad um in die andere Richtung. Komm, laß uns weiterfahren. Zwei Offiziere gingen an ihnen vorbei, sie steuerten direkt auf den Hoteleingang zu. Josel trat in die Pedale. Wir fahren jetzt nach links weiter, rief er Andreas zu. Beim Einbiegen in die Wilhelmstraße sah er gerade noch, wie die beiden Offiziere in der Hoteltür verschwanden. Bleib immer ganz nah hinter mir, schrie er Andreas zu. Paß auf, da kommt 'ne Straßenbahn! Jässus!

Nachdem Josel mit Andreas beinahe zwei Stunden lang durch die Stadt geradelt war, wußte er immer noch nicht, ob er in ihm einen neuen Freund gefunden hatte. Er hatte sich diese Radtour weniger ausgedacht, um Andreas ein paar Sehenswürdigkeiten zu zeigen, als vielmehr einen Vorwand zu haben, mit ihm allein zu sein und ihn vielleicht sogar zu prüfen . . . Er hatte ihm gezeigt:

die Christ-König-Kirche

die Kirche zum Heiligen Kreuz

den Bahnhof und den Germaniaplatz
die Kaiser-Wilhelm-Straße
das Haus Oberschlesien
das Seidengeschäft Weichmann
die Klodnitz, die Wilde Klodnitz und den Klodnitz-Kanal und alle drei Brücken darüber
das Stadttheater und das Victoriabad
die Niederwall- und die Oberwallstraße, den Ring und das alte Rathaus
und von weitem die Gleiwitzer Grube

Gezeigt hatte er ihm nicht die Baubaracke im Park an der Wilden Klodnitz! Dabei hatte er das Ganze nämlich und überhaupt nur veranstaltet, um ihm das Geheimnis der Baracke anzuvertrauen. Denn nachdem er jetzt fünf Abende hintereinander diese Baubaracke auf- und zugeschlossen und im ganzen beinahe dreißig Mark eingenommen hatte (zehn hatte er im Boden eines Blumentopfs versteckt, zwanzig neben dem Gartenhaus vergraben), drängte es ihn geradezu, sich jemand mitzuteilen. Er war mit Andreas durch den Park gefahren und vor der Baracke stehengeblieben, vormittags gegen halbzwölf, wo sich freilich nichts anderes als das Bild einer üblichen, etwas heruntergekommenen Baubaracke zeigte, die jetzt in der überbelichteten Schärfe des Mittagslichts nichts von ihrem Geheimnis andeutete, geschweige denn verriet, und wenn er nun anfinge, davon zu erzählen, würde ihm Andreas das nicht glauben, jedenfalls jetzt nicht. Vielleicht am Abend, wenn es dunkel wird und das Holz ächzend ein paar Einzelheiten bekanntgibt. Er fuhr also an der Baracke vorbei, ohne mit der Pedale zu zögern; er fühlte kalt den Schlüssel in seiner Hosentasche, mit dem er das Vorhängeschloß an der Baracke und das Geheimnis für Andreas öffnen könnte – aber er tat es nicht.

Er hatte, während der immer wieder abgebrochenen und immer wieder neu begonnenen Gespräche unterwegs folgende Fragen untergebracht:

Glaubst du an Gott?

Was hältst du von Chopin?
Hättest du den Mut, von zu Hause wegzulaufen?
Wieviel Sekunden brauchst du für den 100-Meter-Lauf?
Wie weit kannst du schiffen? (Sie probierten es sogar aus, und Andreas wurde Sieger!)
Wie oft machst du es in der Woche?
Machst du es allein?
(Als Andreas nicht gleich begriff, fügte Josel sofort eine andere Frage an, nämlich und überhaupt:)
Hast du schon mal etwas mit einem Mädel gehabt? Ich meine richtig? Ich meine, hast du schon mal eins geküßt, richtig auf den Mund?

Andreas hatte alle Fragen arglos beantwortet. Nur bei der nach dem Mädchen, da kam er ins Stocken, am Ende bejahte er sie, aber er war nicht bereit, noch mehr darüber zu sagen als dieses karge *ja*.

Josel fragte auch nicht weiter, denn er wußte auf einmal nicht, wie er von hier zu der Geschichte mit der Baracke kommen sollte, und um die Baracke war es ihm schließlich gegangen. Wie lange, dachte er, werde ich mit dieser Barackengeschichte leben können, ohne sie jemand weiterzuerzählen? Er hatte daran gedacht, den alten Landgerichtsrat ins Vertrauen zu ziehn, ihm alles zu erklären, aber das ging wohl erst, wenn die ganze Sache vorbei sein würde – nur, wer konnte ihm sagen, wann das zu Ende sein würde?

Als dann über den Besuch von Andreas gesprochen wurde, verbohrte er sich in den Gedanken, daß er niemand anderem als Andreas das beichten könnte. Denn diese Geschichte wirklich zu beichten, also in das Ohr des Kapelun* Mikas, wäre ihm niemals eingefallen. Dem Kapelun setzte man alle vier Wochen die läßlichen Sünden vor, auf die man sich während des Kommunionunterrichts geeinigt hatte, seitdem war keine neue Sünde hinzugekommen. Das würde vielleicht einmal anders werden, wenn man erwachsen wäre, jetzt jedenfalls noch nicht.

* Kaplan

Hast du schon mal zugesehn, wie andere . . . Er machte eine Pause. Sie waren zum zweiten Mal im Park und vor der Baubaracke angelangt. Josel lehnte das Rad an einen Baum und setzte sich auf eine dicke Grasnarbe. Ihm fiel ein, daß er noch eine Zigarette in der Fahrradtasche versteckt hatte, die angelte er sich jetzt heraus. Hast du Lust, eine zu paffen? fragte er Andreas.

Der wollte nicht. Also mir wird dabei schlecht. Ich hab's ein paarmal probiert, immer wird mir ganz flau . . .

Nein, nein, wehrte Josel ab, du mußt das richtig machen, du darfst das Zeugs da nicht in die Lunge einziehn, nämlich und überhaupt nich, du mußt den Rauch nur eine Weile im Mund behalten und dann langsam wegblasen, da passiert nichts. Josel zündete das Streichholz an seiner Sandale an.

Ja, aber bei uns in der Schule, da sagen sie immer, man muß den Dampf richtig in die Lunge runterziehn, sonst ist das ja wie Kinderrauchen . . .

Sagen sie, sagen sie, sagte Josel und sog den Rauch ein: Er sah Andreas ganz fest an, dann blies er ihm langsam den Rauch zwischen die Augen. Nur aussehn muß es richtig . . . Hier, probier's mal.

Andreas nahm die Zigarette und saugte daran, aber er hatte seinen Mund noch nicht voll mit Rauch, da kitzelte es ihn ganz hinten in der Kehle, er fing an zu husten und der Rauch kam schubweise aus seinem Mund: es muß lächerlich ausgesehn haben. Die Tränen stiegen ihm in die Augen. Andreas schämte sich vor Josel. Und er hustete noch heftiger, obwohl er jetzt keinen Hustenreiz mehr hatte. Entschuldige, sagte er, ich hab's dir ja gesagt. Er lag im Gras und sah nach oben, in eine grüne und immer blasser werdende Baumkrone.

Josel saugte befriedigt an dem feucht gewordenen Mundstück der Zigarette und blickte auf die Baubaracke drüben zwischen den Bäumen. Hast du mal zugesehn, wenn zwei sich lieben, zwei Erwachsene . . . Also, wenn die es richtig machen . . . Er paffte jetzt.

Du meinst . . .
Ja, ich meine richtig duppen.
Duppen, was ist das?
Jessusmarija, du weißt nicht, was duppen heißt? Na wie nennt ihr das?
Ja, was?
Na, ich meine das, wonach man hinterher Kinder kriegt.
Aber man kriegt doch nicht immer gleich Kinder, nich wenn man aufpaßt?
Jetzt war es Josel, der den Rauch aushustete. Er ahnte, daß Andreas von Anfang an gewußt haben mußte, worum es ihm ging. Und er, Josel, paff, war darauf reingefallen, paff, paff.
Also hast du da mal zugesehn?
Also duppen nennt ihr das? Wir nennen das pudern!
Das iss mir doch gleich, wie man das in Breslau nennt, Andreas, ich will wissen, ob du mal zugesehn hast . . . Josel wurde ganz unwillig. Es war ihm klar, daß er Andreas, jedenfalls jetzt noch nicht, sein Baracken-Geheimnis mitteilen konnte.
Andreas schüttelte den Kopf. Nein, nein. Ich würd da auch nich hinsehn, ich glaub, ich hätt da Angst, die würden einen umbringen, also der Mann, wenn er entdeckt, daß ihm dabei jemand zugesehn hat . . . Die Kehle von Andreas schnürte sich zu, Josel hatte die letzten Wörter gar nicht mehr verstanden.
Josel drückte die Glut der Zigarette ins Gras und blies den letzten Rauch aus: Hinsehn, ohne daß die's merken. Ja, das ist es. Würde dich das aufregen?
Andreas sagte nichts. Er wäre gern wieder in die Strachwitzstraße gefahren, zur Tante Valeska. Er hatte jetzt erst einmal genug von der Stadt. Er hatte auch Hunger. Er wollte einen Brief an seinen Vater schreiben, er wollte ihm schreiben, daß er gut angekommen sei und daß die Leute hier immer bei den Nachrichten ums Radio rumstehn und von *Wojna* reden. Er wollte ihm schreiben, daß es überhaupt hier ganz anders als in Breslau sei, aber er würde

sich schon daran gewöhnen. Er wollte zur Tante Milka, damit sie ihm mehr von der Klodnitz erzählte, von der er nicht viel wußte, außer daß sie ein schmaler, schmutziger, träge dahinströmender Fluß war und in der Schule unter den rechten Nebenflüssen der Oder auswendig gelernt werden mußte. Olsa Ruda Birawka Klodnitz Malapane ... Andreas brachte mit einem Stups das Hinterrad zum Kreisen.

Josel beobachtete ihn. Einen Schritt weiter war er schon mit Andreas gekommen, vielleicht, ja vielleicht würde er ihn heute abend doch zu seiner Baracke mitnehmen. Oder morgen. Er wollte es sich noch überlegen.

Wenn du willst, sagte Josel zu Andreas, zeig ich dir nachher mein Mädel.

Andreas mußte vor Überraschung noch einmal husten.

Sie beeilten sich, rechtzeitig zum Mittagessen zu Haus zu sein. Sie hatten zwar keinen Hunger mehr, weil erst einmal der eine den andern, dann der andere den einen, und dann wieder der eine den andern zum Eis eingeladen hatte, und als sie am Kaiserpark vorbeikamen, wo auf dem kleinen Jahrmarkt schon die Tineff-Bude geöffnet war, kaufte Josel zwei Wundertüten, in denen außer ein paar farbigen Papieren, Silberlametta und einem Klebebild jeweils eine kleine Röhre mit Liebesperlen drin war, die sie sich unter prustendem Lachen in den Hals schütteten. Dann bestand er darauf, daß Andreas einmal von der polnischen Waffel probierte, doch Andreas weigerte sich, denn schon zweimal war ihm der süße Eis-Schaum hochgekommen, vielleicht war das die Zigarette von vorhin.

Um drei erst machen die hier auf, sagte Josel. Wolln wir da noch mal herkommen, zum Karussellfahrn?

Andreas sah sein erspartes Geld dahinschmelzen. Wenn er Josel, wie er vorhin versprochen hatte, wirklich am Montag ins Kino einladen wollte, dann mußte er langsam aufhören mit dem Geldausgeben. Josel schien sein Zögern richtig verstanden zu haben. Er aß selbst die polnische Waffel auf, dann sagte er: Also das kostet nichts, rein gar nischt, weißt du, da gehn wir hin zu dem Karussellbesitzer und helfen ihm beim Schieben, dafür läßt er uns dann umsonst fahren ... Er führte Andreas zu einem Karussell mit weißen Pferden vor schwarzen Kutschen.

Hier, das gehört dem alten Konjetzny, der sucht sich immer ein paar größere Kinder zusammen, die innen das Ding da anschieben, der hat gar nicht so viel Geld, weißt du, um sich einen Arbeiter dafür zu leisten.

Josel schwang sich auf das Karussell hinauf, er turnte zwischen den Pferden umher, als kennte er sich hier genau aus. Man kann jetzt nich rein, rief er Andreas zu, der Alte hat alles mit einer Plane zugedeckt und zugeschnürt.

Andreas war vor einem Pferd stehengeblieben, das sich hoch aufbäumte, beide Vorderläufe schwebten in der Luft; eine Eisenstange durchbohrte das Pferd von unten und kam oben auf dem Rücken wieder heraus – daran konnte man sich als Reiter festhalten. Weiß war das Pferd und hölzern, und an den Läufen plump; der Kopf aber war mit Sorgfalt geschnitzt, und die Nüstern waren rot angemalt, feurig-rot. Andreas sah auf einmal seine Mutter vor sich, sie ritt auf einem Pferd und auf einmal brach das Pferd in die Knie und sie stürzte herunter, auf den Boden und blieb reglos liegen ... Andreas griff dem Pferd in die hanfene Mähne hinein und verkrallte sich dort.

Was machen Sie da? Hinter dem mit einer Plane bedeckten Orchestrion kam ein Mann hervor, mit weißblondem Haar und großen teigigen Händen, mit denen er in der Luft ruderte. Andreas erschrak, aber bevor er überhaupt etwas antworten konnte, sagte Josel, ganz nebensächlich: Ooooch, ich hab da immer geholfen beim Schieben, jedes Jahr, ich wollte nur mal sehen, ob der Herr Konjetzny mich jetzt wieder brauchen kann.

Nix, nix, wir nix brauchen niemand, sagte der große Mann mit dem weißblonden Haar, der sich zwischen den hölzernen Pferdchen wie ein Riese ausnahm: Und weg hier, wegwegweg. Nix Konjetzny. Und seine schweren Hände schaukelten hin und her.

Ach, ist der alte Herr Konjetzny etwa gestorben, fragte Josel mit lauernder Freundlichkeit. Der Herr Konjetzny, und er betonte dabei das Herr, hat uns nämlich und überhaupt immer mal umsonst fahrn lassen ... Wo iss denn der Alte?

Nix Konjetzny, sagte der Riese, das sein mein Karussell, mein Karussell, ich nix brauchen böse Kinder, loss, loss, verswinden! Und die großen Hände ruderten immer näher heran.

Josel war schon unten und zog Andreas hinter sich her. Diese tiefe aufgeregte Stimme verhieß den beiden nichts Gutes. Nichts wie weg! Und Josel rief, als sie schon auf ihren Rädern saßen: Heilhitler. So als eine Art Protest.

Vielleicht auch als eine Art von Niederlage, dachte Andreas. Er radelte hinter ihm her, ohne sich ein einziges Mal umzusehn.

Völlig verschwitzt kamen beide zu Hause an. Fürs Mittagessen war es zu spät. Im Hof trafen sie den Feldwebel, der in der einen Hand einen schmutzigen Putzlumpen, in der anderen einen Schraubenschlüssel hielt. Josel hatte ihn seit den Tagen der Einquartierung so oft unter dem Auto liegen gesehen, daß er sich nicht wundern würde, wenn er jetzt wieder hinausginge, zu dem parkenden Auto, um darunter seinen Mittagsschlaf zu verbringen. Hei, sagte Josel. Andreas murmelte etwas. Der Feldwebel sagte nichts, er sah gar nicht auf. Vielleicht war er schon wieder blau.

Halina trafen sie im Flur, sie schüttete einen Eimer aus. *Obiadu nie ma. Każdy bierze z komory co sie da, tak pani kazała.** Verstehn, fügte sie auf deutsch an. Madame in Kirche ...

Ach, Madame in Kirche? fragte Josel und machte Halina nach.

* Heute kein Mittagessen! Jeder nimmt sich etwas aus der Speisekammer, hat Madame angeordnet.

In Kirche, wiederholte Halina. *Dziś nie bydzie brzdąkaniny**.

Josel ging mit Andreas in die Küche und machte für jeden eine Fettschnitte zurecht. Er kratzte die Grieben von unten aus dem Topf heraus und streute reichlich Salz darauf. Er wollte es vor Andreas nicht sagen: aber ihm war eine Fettschnitte lieber als dieses feierliche Mittagessen mit drei Gängen. Morgen würde sicher wieder jemand herummaulen, wer denn die Grieben herausgefischt habe, aber das war ihm nämlich und überhaupt egal. Er sagte zu Andreas entschuldigend: Heute abend gibt's dafür 'n großes Festessen, ich glaube Gänsebraten ... Er biß in die Fettschnitte hinein. Andreas nickte.

Viel redete er nicht, der Cousin aus Breslau. Vorhin, auf dem Karussell, da hatte er sich gewünscht, Andreas würde etwas sagen und ihn unterstützen, aber er hatte sich bloß in der Mähne eines Holzpferdes verkrallt und die Augen aufgerissen. Zu zweit wären sie mit dem groben Flachshaar-Menschen schon fertig geworden. Nun ja, da gibt es ein Gleiwitzer Sprichwort: Der Krebs schneidet mit einer Schere, die nicht klappert. Josel fiel ein, daß er für sein Baracken-Unternehmen jemanden brauchte, der verschwiegen, ja ganz still war – eben wie Andreas.

Alles ist durcheinander, muj Bosche, das gibt eine Katastrophe, rief Tante Lucie (Widera), die durchs Treppenhaus rauschte. Ach da seid ihr ja, sagte sie zu Josel und Andreas, als sie an ihnen vorbeikam. Sie sagte es so, als habe sie schon den ganzen Tag nach ihnen gesucht und sie endlich gefunden. Sie faßte beide mit der Hand an, als ob sie sich erst damit ganz ihrer Gegenwart vergewissern müßte, und ein kräftiger Geruch von Wäschestärke blieb an dieser Stelle haften.

Die Schneiderin ist da, aber nicht die Braut, jammerte sie. Das Fräulein Braut ist weg, zusammen mit dem Bräutigam.

* Heute kein Klavier-Unterricht.

Tante Lucie (Widera) hatte über ihrem Haar aus einem weißen Schal einen Turban gebunden, so wie er gerade jetzt in Mode war, und das Ende des Tuchs war mit einer Brillantnadel zusammengesteckt, die so groß und so aufdringlich war, daß sie nur falsch sein konnte.

Und deine Mutter ist schon wieder beim Pfarrer Pattas, was die nur beim Pfarrer Pattas macht ... Und Besuch ist auch schon da, geh mal ins Klavierzimmer, Josel, dort sitzt schon Besuch von überall ... Tante Lucie (Widera) verschwand in einem Zimmer; sie war wirklich aufgeregt.

So kannte Josel sie jedenfalls nicht, der sie doch ziemlich gut kannte.

Andreas wartete darauf, was Josel sagen würde, Josel aber sagte gar nichts, er biß herzhaft in die Fettschnitte hinein, als ob ihn das Ganze gar nichts anginge. Also, ich hab nicht das Gefühl, daß bei uns hier eine Hochzeit stattfindet ... Du etwa? Komm, wir wolln mal gucken, wer alles schon da ist.

Andreas kaute verlegen. Ich bin zu neu hier, ich kann dazu nichts sagen. Ich weiß nur, als bei uns mal eine Hochzeit war, da ging das schon vormittags los, mit Musik und Kindersingen, und ununterbrochen klingelte es, und Leute kamen und brachten Geschenke ...

Na ja, so ist es ja bei uns auch, aber diesmal, das is 'ne richtige Schnell-Hochzeit. Josel lachte. Ich weiß nich, ob's dir gestern abend aufgefallen is, wie verweint Mamuscha ausgesehn hat, sie wollte doch die Hochzeit verhindern, deshalb rennt sie ja andauernd und überhaupt zum Pfarrer Pattas hin, aber meine Schwester Irma hat sich das so in den Kopf gesetzt ... rein um Mamuscha zu ärgern, ja, um sie zu strafen, wirklich.

Mußt zugeben, 'ne komische Schwester hast du, sagte Andreas. Ich frag sie was, sie guckt mich an und antwortet nicht. Sie sitzt in ihrem Zimmer, die Tür ist offen, sie starrt an die Wand. Ich komm nach einer Stunde wieder vorbei, sitzt sie immer noch so.

Josel grinste: Der Heiko – überhaupt, was fürn Name,

wie kann jemand Heiko heißen, so was gibt's nich bei uns in der Gegend – also dieser Heiko, der heute abend mein Schwager wird, ach, was sag ich ... Er unterbrach sich und sah auf die Uhr ... der wird gerade jetzt meiner lieben Schwester Irma im Standesamt in der Niederwallstraße angetraut!

Oben klappte eine Tür. Tante Lucie (Widera) schrie herunter: Und die Polterabend-Leute wollen auch noch heute abend kommen, sobald es dunkel wird. Da war vorhin einer da und hat sie angemeldet. Irgendwie müssen die es erfahren haben mit der Hochzeit. Ich hab ihnen gesagt, die sind dafür zu spät, aber der Mann hat gesagt, uns könn' se nich um den Polterabend bescheißen!

Josel hüpfte kichernd auf einem Bein im Flur herum: Hochzeit und Polterabend zusammen, wenn das nicht Glück bringt ... Und zu Andreas: Ist das nich eine verrückte Hochzeit?!

Die Brillantbrosche blitzte, und Tante Lucie (Widera) sauste an ihnen vorbei. Die Schneiderin kannst du wieder nach Haus schicken, rief Josel ihr nach: Fräulein Irma Piontek wird nämlich und überhaupt in genau, Josel steckte seinen Kopf in die Küche – in genau acht Minuten auf dem Standesamt in der Niederwallstraße mit dem Gefreiten und Offiziersanwärter Heiko Birkner (na wo kommt der her? Also jedenfalls nich aus unsrer kalten Heimat ... Is ja auch wschistko jedno), er wird ihr jedenfalls angetraut, und Mamusch hat das nich verhindern könn' ... Er hob am Ende seine Stimme, als freute er sich darüber.

Djobok! sagte Tante Lucie (Widera). Und das Kleid? Was hat sie denn angezogen? Sie setzte sich auf eine Treppenstufe. Muj Bosche. Muj Bosche! sagte sie. Beim zweiten Mal schwang Empörung mit. Sie erinnerte sich in diesem Augenblick, daß nicht sie, sondern die Mutter von Irma den Kummer zu tragen hatte. Arme Valeska, sagte sie. Arme Valeska.

Auf einmal war es ganz still im Haus ... Hinter der Tür

zum Klavierzimmer summten die Stimmen; in den wilden Weinranken draußen vor dem offenen Fenster fing jetzt eine Grille an zu zirpen; ganz fern hörte man Hustengeräusche, auf- und abebbend wie eine Brandung. Tante Lucie (Widera) dachte: Morgen früh, wenn alles vorbei ist, geh ich zum Fluß, zu der Wassermilka, und frag sie, was mir die Zukunft bringen wird.

Josel dachte: Vielleicht habe ich Glück, und es dauert noch ein paar Tage, bis der Krieg anfängt, dann habe ich genug Geld zusammen, um mit Ulla nach Warschau zu fahren, zur Kreuzkirche, zum Herzen von Chopin.

Andreas dachte an seinen Brief: Seitdem ich hier bin, habe ich nicht mehr eine solche Stille gespürt, hier passiert an einem Tag mehr als bei uns in einem Jahr, und doch, ich wäre lieber bei dir, Vater.

Sie schwiegen, und das Schweigen bestäubte sie wie mit Schnee und ließ sie reglos verharren.

Josel schüttelte als erster die Kälte ab: Ich gehe rauf zu Papusch. Tante Lucie-In-Klammern-Widera nimm du doch den Andreas mit in den Salong (er nannte das Klavierzimmer manchmal ironisch Salong), und wenn Ulla kommt – er zwinkerte zu Andreas hinüber –, dann soll sie ihm schon mal was vorspieln, bis ich komme. Josel lief die Treppe rauf. Was Klassisches!

8

Montag notierte für später:

Vielleicht ein gesondertes Kapitel über die Rolle der Publizistik einschieben. Das war ihm erst in den letzten Tagen klargeworden: Kein Politiker der damaligen Zeit (schon zu Beginn des Jahrhunderts!), auch kein hauptstädtischer, hat so bewußt und konsequent die Presse für seine Zwecke eingesetzt. Jedenfalls nicht in Deutschland. Das erste, was K. tat, als er sich entschloß, für den preußischen Landtag zu kandidieren, war, sich mit Hilfe der

Zeitungen eine breite Plattform zu schaffen. Er kaufte und verkaufte Zeitungen, er schleuste seine Leute in die Redaktionen ein, er selbst war oftmals Redakteur in drei Zeitungen zugleich (oder Zeitschriften). Zeitweilig gehörte ihm der ›Polak‹, der ›Kurjer Słąski‹, der ›Katolik‹, der ›Dziennik Slaşki‹. Die Zeitung ›Górnoślązak‹ (Der Oberschlesier) baute er in der Nachkriegs- und Abstimmungszeit als sein Kampfblatt aus. In dieser Zeit gründete er auch deutschsprachige Zeitungen, so die ›Oberschlesische Grenzzeitung‹, die ›Katholische Volkszeitung‹, die ›Oberschlesische Post‹ in Gleiwitz und die ›Oderwacht‹. Als satirische Zeitschrift kam unter seiner Leitung heraus ›So seht ihr aus‹, deutschsprachig, und ›Kocynder‹, polnischsprachig. Damit war er bei den einfachen Leuten so erfolgreich, daß die Deutschen sich gezwungen sahen, ein ähnliches Gegenblatt zu verbreiten, ›Der Pjerun‹. Mit dem ›Weißen Adler‹ warb K. zweisprachig bei den zweisprachigen Bewohnern Oberschlesiens. Die Zeitschrift ›Polonia‹ erschien in Kattowitz unter seiner Chefredaktion bis zu seinem Tode; er hat sie auch im Exil vom Ausland her redigiert. Die Auflage soll aber zuletzt nur noch eintausendzweihundertachtzig verkaufte Exemplare betragen haben.

In einem Brief an Tadeusz Nowicki schrieb er im Jahre 1903: Politik und Zeitung sind für mich ein und dasselbe. Ich verstehe nicht, daß die Politiker sich bisher nur in so geringem Maße der Presse bedient haben. Es scheint mir das hervorragendste Mittel in Ländern, in denen der Analphabetismus abgeschafft ist, die Massen zu beeinflussen. Wenn es einem Politiker gelingt, die Kirche und die Presse hinter sich zu haben, dann kann sein Aufstieg überhaupt nicht mehr gebremst werden . . .

Vielleicht wäre es auch ein eigenes Kapitel wert, die Autonomiebestrebungen K.s zusammenzufassen. Aus den Materialien, die ihm zur Verfügung standen (und zum Teil gingen sie über lückenhafte Zeugenaussagen, über

Briefstellen, ja über Vermutungen nicht hinaus), hat K. mindestens dreimal der Zentralregierung in Warschau mit dem Separatismus Oberschlesiens gedroht. Das erste Mal gegenüber dem Militär-Befehlshaber Nowina-Doliwa während des dritten Aufstands. Das zweite Mal 1922, als der Warschauer Sejm ihm die Bildung einer neuen Regierung verweigerte. Das dritte Mal, als Pilsudski den Galizier Michael Grażyński als Woijewoden von Oberschlesien bestellte und wenig später die Autonomierechte der Oberschlesier außer Kraft setzte. K. war, nachdem das östliche Oberschlesien zur polnischen Republik gehörte, auf einen Prozeß der Versöhnung aus, zwischen beiden Teilen Oberschlesiens, dem deutschen und dem polnischen Teil, über Sprachbarrieren hinweg, freilich nicht über Religionsbarrieren. Aber das dritte Mal war das sowieso nichts weiter als ein Rasseln ohne Säbel. Denn Grażyński hatte mit Hilfe des Aufständischen-Verbandes schon überall seine Leute untergebracht und systematisch die Korfantitscheks herausgedrängt.

Es gab keine Beweise dafür, daß K. vor der Abstimmung im Mai 1921 mit dem Gedanken eines Freistaats gespielt habe. Er erfuhr über einen Berliner Mittelsmann aus diplomatischen Kreisen, daß von Matthias Erzberger, der K. aus den Kriegsjahren kannte, ein Vorstoß in dieser Richtung gemacht wurde. Die Kommunalwahlen in Oberschlesien am 28. November 1919 waren katastrophal ausgegangen, die gesamte Landbevölkerung hatte mit großer Mehrheit für polnische Kandidaten gestimmt. Nun bekam es Berlin mit der Angst zu tun, bei einem Plebiszit könnte das ganze Oberschlesien mit den reichen Kohlen- und Erzgruben verlorengehen. Erzberger schlug daraufhin vor, eine Delegation zu K. zu schicken, um zu sondieren, ob K. mit einem Freistaat Oberschlesien, wie man es mit Danzig vorhatte, einverstanden wäre, wenn er dabei eine hohe Position erhielte. Dieser Vorschlag Erzbergers wurde von der Reichsregierung abgelehnt.

Er wollte deswegen an Sopicki schreiben.

9

Valeska war in einer kleinen Stadt an den Ufern eines Flusses aufgewachsen, in deren östlichem Teil polnisch gesprochen wurde, über den Fluß hinweg auf der westlichen Seite, wo sie zu Hause war, hauptsächlich deutsch, jenes breite, die Konsonanten rollende und die Lippen nach unten ziehende Deutsch, das mit vielen polnischen Wörtern durchsetzt war, aber sich nach dem deutschen Satzbau richtete, worauf man gerade in ihrer Familie stolz war, denn die meisten Leute dieser Gegend balancierten ihre Sätze halb in der deutschen, halb in der polnischen Syntax, und denen gegenüber fühlten sie eine gewisse Überlegenheit, die sie freilich nicht hervorkehrten – denn der Vater, als Tuchhändler, war auf sie als Kunden angewiesen –, oder jedenfalls nur ganz selten, bei besonderen Gelegenheiten, in amtlichen Gesprächen bei Behörden etwa oder am Sedanstag, oder wenn Besuch aus dem Reich da war. Dann spitzten sie ihren Mund, befeuchteten ununterbrochen die Lippen, aus Nervosität, aber auch um das harte rollende R geschmeidiger zu machen, und überhaupt sagten sie dabei nur das Nötigste; später würde man die Kinder für ein oder zwei Jahre nach Breslau schicken oder nach Berlin, und dort würden sie schon ihre falschen Betonungen verlieren.

In der Schule wurde der Unterricht deutsch abgehalten, aber wenn ein Schüler auf die Fragen eines Lehrers polnisch antwortete, so wurde das ohne Aufhebens akzeptiert, die Lehrer waren mit der eigenen Sprache ebensogut vertraut wie mit der andern, und der Hauptlehrer Grabowski war es, der immer sagte: Mir ist es *wschistko jedno,* ob ihr ein *polska książka* oder ein deutsches Buch lest, Hauptsache *dzieci,* ist es, daß ihr überhaupt lest. Aber nach 1900 wurde das anders, da kamen strengere Vorschriften aus Berlin, und als sogar der Religionsunterricht nicht mehr in polnisch abgehalten werden durfte, gab es in Posen Schülerstreiks, und auch in ihrer Stadt waren die Kinder von rein polnischen Eltern wochenlang nicht mehr in die Schule gegangen. In der Kirche wurde mehr polnisch als deutsch gesprochen, das hing auch von der Zusammensetzung der Gläubigen ab, die da gekommen waren, der Pfarrer Starczewski übersah das mit einem Blick, wenn er aus der Sakristei in seine kleine Kirche eintrat, und richtete sich danach. Angehalten von den Behörden, deutsch zu predigen, tat er es auch, aber wenn er etwa die Seelenmesse ansagte für die verstorbene Franziska Kandrzyn, die sieben Kinder zurückgelassen hatte und einen Trinker, der sich als Vater dieser armen Würmer bezeichnete, den sie aber schon einige Jahre vorher aus dem Haus geworfen hatte, so spulte er das zuerst rasch auf deutsch herunter, und die Oberkörper der Beter schwankten in den Bänken hin und her, müde und erschöpft von der schweren Tagesarbeit auf dem Gut oder in der Kohlengrube; sagte er es jedoch etwas langsamer auf polnisch, dann hoben sie ihre Köpfe und hörten genauer hin, *Swięta Maria* seufzten sie und sahen sich dabei an, ein Jahr ist es schon her, daß die Franziska weggegangen ist.

Und im März oder April, bei den Kreuzwegandachten, rutschte die Gemeinde von einer Kreuzwegstation zur andern, und wenn der Pfarrer Starczewski vor der neunten Station mit seiner schönen, die ganze Kirche ausfüllenden Baßstimme sang: Und Jesus fällt zum dritten Male unter dem Kreuze, dann beteten die Frauen vor sich her: Wir bitten dich, erhöre uns o Herr, die einen deutsch, die andern polnisch, keiner störte sich daran, nicht einmal der Sprechrhythmus veränderte sich dabei. Jene, die nicht Polnisch konnten, waren meistens Beamte, die aus dem Reich hierher versetzt waren, die waren sowieso protestantisch, und dort in der Luther-Kirche waren sie ganz unter sich ... So kam es, daß Valeska Wondraczek das Alphabet zuerst deutsch, das Vaterunser zuerst polnisch gelernt hatte, und auch heute noch geschah es, daß ihr das Mariengebet auf polnisch leichter von den Lippen ging, und ihre Gottanrufungen konnte sie sich in einer anderen Sprache gar nicht vorstellen: *mój ty Boże kochany* . . .

Bis zum Ende des Krieges war das Zusammenleben der beiden Bevölkerungsgruppen ziemlich friedlich gewesen, es gab gelegentlich Spannungen, nach der Preußischen Verordnung über den Religionsunterricht etwa, oder nach Wahlversammlungen von Korfanty oder nach Kundgebungen der Hakatisten, aber es gab kaum Feindseligkeiten. Valeskas Vater war Tuchhändler, und wenn sein Laden auch auf der westlichen Seite war, so kamen doch zahlreiche Leute von drüben zu ihm, um etwas Besonderes zu kaufen, englischen Tweed oder französische Seidenwaren, Brüsseler Spitzen oder tschechische Kammgarne, Velours, Chenilles, Chintze, Cretonnes, Stores oder Voiles. Im Laden sprach er Polnisch genauso fließend wie Deutsch, ja er konnte, wenn mehrere Kunden da waren, ganz rasch, inmitten eines Satzes, von der einen Sprache in die andere fallen. Valeska hatte das immer bewundert, wie er mit seinen Kunden und vor allem mit seinen Kundinnen umging, sie besuchte ihn manchmal zusammen mit ihrem Bruder, sie setzten sich dann still neben den großen ovalen Spiegel auf eine Ritsche und rührten sich nicht; nicht weil es ihnen der Vater verboten hatte (das auch), aber vor allem, weil es für sie so aufregend war, wenn die Leute hereinkamen, in den Schubladen kramten, die Stoffbahnen hin und her rollten und in den Kartons und Schachteln wühlten, sie vergaßen dabei nicht, wenigstens die Damen nicht, ihre Körper hin und wieder in den Spiegeln zu wiegen und über alles Kaskaden von Wörtern auszuschütten, und manchmal verschwanden sie auch wieder, ohne etwas gekauft zu haben. Dann hatten die Kinder, zusammen mit einem stummen, seine Gefühle nicht verratenden Vater, eine halbe Stunde lang zu tun, um die Sachen wieder ordentlich an ihren Platz zu bringen.

Nie hatte sich jemand daran gestört, wenn der Vater

das Geld etwa in polnisch auszählte, *raz, dwa, trzy, cztery* oder in deutsch, auch wenn er das einem Wschodniok auf deutsch und einem Ostler auf polnisch sagte. Im Grunde war es nie ganz sicher herauszukriegen, wer von seinen Kunden nun Deutscher war und wer Pole, und als nach der Abstimmung und dem dritten Aufstand die ganze Stadt zum neuen polnischen Staatsgebiet gehörte, zogen mit den Wondraczeks auch Familien mit, in denen ausschließlich wasserpolnisch gesprochen wurde, nur die Jüngeren radebrechten deutsch in den Flüchtlingsbaracken von Gleiwitz.

Korfanty hatte allen, die bleiben würden und für Polen stimmten, eine Kuh und Ackerland versprochen, und in Sosnowitz hatte er schon vorher an Gutsarbeiter und Bergleute Vieh verteilen lassen, deshalb waren manche Familien dageblieben, aber nach der Abstimmung übernahmen die polnischen Adligen die Güter der deutschen Adligen, und an eine Bodenreform war jetzt ebensowenig zu denken wie vorher bei den Preußen. So bekamen am Ende, wenn überhaupt, die armen Häusler nur eine Ziege, die seitdem im Oberschlesischen die *Korfantykuh* genannt wurde.

Es war der Fluß, der das Städtchen teilte und zugleich zusammenhielt, der Valeskas Weg zur Schule, zum Tuchladen und zur Kirche begleitete, hell und weich und strömend, ein schmaler Fluß, der im Sommer eher einem Bach glich, den man barfüßig durchqueren konnte. Aber im Frühjahr, zur Zeit der Schneeschmelze, war er unberechenbar, da schwoll er an, da ergoß er sich über die Wiesen, über die Felder, da stampfte, riß und stürmte er, da bäumte er sich auf unter den Brücken und brachte sie zum Erzittern. Und in jenem Jahr fünfzehn, sie würde das niemals vergessen, war sie auf dem Weg zum Tuchladen ihres Vaters gewesen, die Dämmerung brach schon herein, da sah sie von der Brücke aus eine mächtige Eisscholle im Fluß treiben, mit einem Kind darauf, das auf den Wellen des schäumenden Wassers wie ein Korken tanzte. Gerade war die Eisscholle unter der Brücke verschwunden. Sie war auf die andere Seite gelaufen, hatte sich weit übers Geländer heruntergebeugt und die Eisscholle gesucht, ja, da, ihre Augen hatten sie nicht getäuscht, ein Kind von drei, vier Jahren hatte wie eine Raupe darauf gelegen, die Hände in das Eis gekrallt. Auf einmal verschwand die Eisscholle in dem strudelnden, schäumenden Wasser, und als sie wieder aufgetaucht war, war das Kind nicht mehr zu sehen, sie sah nur die Eisscholle noch zweimal aus dem Wasser aufsteigen, bis sie sich in der Weite und im Dämmer verlor.

Sie hätte nicht sagen können, wie lange sie noch auf der Brücke gestanden war, ans Geländer gelehnt, auf die Schaumkronen des Flusses starrend. Damals dachte sie, sie würde niemals mehr davon loskommen. Sie war nach Haus gegangen, als es schon finster war, und sie hatte sich in ihr Zimmer eingeschlossen. Sie hätte keinem Menschen etwas davon erzählen können. Nicht einmal ihrem Vater.

Seitdem haßte sie diesen Fluß. Vielleicht hat er ihr den Abschied von diesem Städtchen leichter gemacht.

10

Montag ging zum Briefkasten ans Gartentor, um seine Post zu holen. Seitdem er sich angewöhnt hatte, bis spät in die Nacht hinein zu arbeiten, zu lesen, Radio zu hören, oder einfach nur dazusitzen und wach zu sein und die Geräusche draußen und drinnen zu registrieren, stand er erst spät auf, manchmal erst gegen Mittag. Sein erster Gang war dann, nachdem er sich gewaschen, angezogen und das Teewasser aufgesetzt hatte, zum Briefkasten.

Er ging den Weg unter den Obstbäumen. Das Mittagslicht blendete ihn so sehr, daß er die Augen mit der Hand beschattete. Augustlicht, das in den silbrig-grünen Blättern der Bäume vibrierte. Er zog die Zeitungen aus dem Kasten, die ›Schlesische Tageszeitung‹, den ›Völkischen

Beobachter‹, die ›Frankfurter Zeitung‹, die er abonniert hatte. Die einzige polnische Zeitung, der ›Kurjer Poranny‹, war wieder nicht dabei, er kam schon seit vierzehn Tagen nicht mehr. Ganz unten entdeckte er einen Brief mit polnischen Marken darauf, das sah er sofort. Er drehte den Umschlag um: Stanislaw Sopicki Katowice. Auf diesen Brief wartete er. Erst vor einigen Tagen, wenn er sich recht erinnerte war es am 20. oder 21. August, hatte er in der ›Oberschlesischen Volksstimme‹ eine knappe Meldung gefunden, die vom Tod Korfantys berichtete. Er fand sie nicht in den andern Zeitungen, auch nicht in den hauptstädtischen, und in der ›Oberschlesischen Volksstimme‹ hätte er sie auch beinahe übersehen, denn sie war nicht länger als drei Zeilen. Es wurde nur mitgeteilt, daß Adalbert Korfanty, der polnische Plebiszit-Kommissar für Oberschlesien, in einem Warschauer Krankenhaus im Alter von 66 Jahren verstorben war. Nichts weiter, kein Kommentar dazu, keine Polemik, nicht einmal ein erklärender Satz. Er hatte im ›Kurjer Poranny‹ gelesen, daß Korfanty aus dem französischen Exil nach Polen zurückgekehrt war, etwa im Frühjahr, und gleich von den polnischen Behörden verhaftet worden war. Er hatte noch am selben Tag an Stanislaw Sopicki geschrieben, mit dem er Anfang der dreißiger Jahre zweimal in Kattowitz zusammengetroffen war und von dem er erst später erfahren hatte, daß er mit Korfanty befreundet und in den Jahren vor dem Exil sein letzter Sekretär gewesen war. Er hatte freilich keine Adresse mehr von ihm, so schrieb er einfach an die Redaktion der ›Polonia‹.

Montag ging zurück zum Gartenhaus. Er wunderte sich über die Stille im Haus der Pionteks. Vielleicht waren sie schon unterwegs zum Standesamt, Irma sollte ja heute heiraten, Frau Piontek hatte ihn eingeladen, am Abend, zu einem großen Hochzeitsessen im Hotel Haus Oberschlesien. Nur der Feldwebel schien da zu sein, er hörte sein Pfeifen durch das geöffnete Fenster im ersten Stock.

Montag überschlug die Schlagzeilen der Zeitungen,

während er den Tee aufbrühte. Im ›VB‹ rot unterstrichen: *Polen treibt zum Krieg. Gesamtmobilmachung in Polen. Bildung eines Ministerrats für die Reichsverteidigung.*

In der Reichsausgabe der ›Frankfurter Zeitung‹: *Der polnische Terror hält an.* Wichtiger war eine kleine Meldung ganz oben: *Sir Nevile Henderson beim Führer.* In der ›Volksstimme‹: *Polens Flucht in die Verzweiflungstaktik. Panikartige Gesamtmobilmachung.*

Aber eigentlich dachte er mehr an den Brief von Sopicki, der ihm mit seinen Pilsudski-Briefmarken in die Augen stach. Die Schlagzeilen der hauptstädtischen Zeitungen waren ja schon einen Tag alt. Er öffnete mit einem Küchenmesser den Umschlag, wobei er darauf achtete, daß er die Marken nicht beschädigte, dann faltete er den Brief auseinander, es waren drei Blätter, und alle vollgeschrieben, in einer etwas nervösen Schrift, mit großen Zwischenräumen zwischen den Zeilen.

Es war die Zeit, in der Leute mit wohlgeordnetem Leben jetzt die Suppe aus der Terrine auf die Teller verteilten, und aus dem Radio das Mittagskonzert hörten, die Ouvertüre zu ›Dichter und Bauer‹. Montag holte aus der Speisekammer die Schüssel mit der Schlickermilch*, er streute etwas Zimt und etwas mehr Zucker darüber und aß sie, zusammen mit einem Stück trockenen Brotes. Dabei las er den Brief.

Sehr geehrter Herr Dr. Montag,
ich schreibe Ihnen noch ganz unter dem Eindruck der letzten Ereignisse, trotzdem will ich versuchen, so objektiv wie möglich zu sein und Ihre Fragen beantworten. Verzeihen Sie auch mein etwas mangelhaftes Deutsch im schriftlichen Ausdruck.

(Ihm fiel ein, daß kein Datum angegeben war, er zog den Umschlag heran und versuchte den Poststempel zu entziffern, 25. 8. konnte er mit einiger Sicherheit er-

* Dickmilch

kennen, der Brief hatte also fast eine Woche von Kattowitz bis Gleiwitz gebraucht, dabei waren es nicht mehr als dreißig Kilometer, aber er war froh, daß überhaupt noch Post aus Polen herüberkam, nachdem sie offensichtlich aus irgendwelchen Zensurmaßnahmen die polnischen Zeitungen sperrten.)

Sie fragen nach Korfantys letzten Jahren. Ich gebe Ihnen ein paar Stichworte. Also: Wojciech Korfanty, der berühmteste polnische Politiker in Oberschlesien, lebte in den Jahren 1935–39 in der Czechoslowakei. Als Hitler am 15. März 1939 den Restteil der Czechoslowakei zu besetzen befahl, da gelang es dem Korfanty zu flüchten. Er fuhr in dem Auto eines französischen Diplomaten. Nur wenige Wochen konnte er in Frankreich die gespannte internationale Lage studieren. Für ihn war es ganz klar, daß Polen an der Reihe ist und sein Platz in dem sehr bedrohten Vaterland.

Gegen Ende April dieses Jahres kehrte er mit einem Schiff nach Polen. Ehe er Gdingen erreichte, hörte er im Rundfunk Hitlers Rede mit Forderungen gegen Polen. Am nächsten Tag war er schon an seinem geliebten Arbeitsplatz, in der Redaktion der ›Polonia‹ in Kattowitz.

Aber schon am nächsten Tag kam ein Polizeiauto, um ihn zu verhaften. Man brachte ihn nach Warschau und setzte ihn ins Gefängnis. Der Staatsanwalt, Herr Michalowski – ich erwähnte seinen Namen hier, damit ihn eines Tages die Schande und das Unglück treffe –, hatte natürlich keine richtigen Gründe, um ihn zu verhaften. Beschlagnahmte Artikel? Unbezahlte Personalsteuer? Alle Fragen waren schon längst geklärt, und es bestand gar kein Grund für eine Verhaftung. Doch der energische Staatsanwalt erklärte: Es ist gleichgültig, so oder so werde ich doch einen Paragraph finden, um Sie im Gefängnis zu halten.

Ja, erwiderte Korfanty, ich weiß, daß Sie im Stande sind, so etwas zu verursachen, aber sagen Sie mir, was hat das mit Justiz (Justiz durchgestrichen) Gerechtigkeit zu tun?

Das hat mir Herr Korfanty später gesagt, sonst würde ich das hier nicht wörtlich zitieren.

Der »ungehorsame« Häftling wurde in die Zelle gebracht. Wenige Wochen später, als sich sein Zustand schon sehr verschlechterte, wurde er endlich freigelassen. Er starb in Warschau in einem kleinen Hospital in der Emilia-Platerstraße am 17. August gegen vier Uhr früh, seine Familie war bei ihm. Er hatte keine sichtbaren Leiden. Am 24. August wurde er auf dem zentralen und schönsten Friedhof an der Francuska-Straße begraben. Es kamen etwa 30 000 (manche schätzten 80 000) Menschen aus Kattowitz und der ganzen Umgebung, so viele Kränze wurden gebracht, daß man sie gar nicht zählen konnte, und drei Musikkapellen spielten abwechselnd, ich sah viele einfache Leute, Bergarbeiter, Eisenbahner, auch Bauern, die weinten. Es war viel Geistlichkeit dabei, auch der Feldbischof Gawlina. Wir alle begriffen, daß mit ihm ein großes Kapitel in der Geschichte Oberschlesiens zu Ende gegangen war.

So verlor Polen gerade in dieser kritischen Stunde den begabten Politiker und Führer der polnischen Massen, der die Psychologie der deutschen Nationalisten so gut verstand wie kein anderer polnischer Staatsmann.

Im Jahre 1873 geboren, lebte er bis 1935 in diesem schönen und dabei sehr reichen Land, das er sehr liebte und wo auch seine ganze Familie lebte.

Sehr viele Deutsche meinten, er war immer ein »Deutschenhasser«. Diese Anschauung war jedoch sehr oberflächlich. Freilich kämpfte er scharf gegen die Deutschen in dem Jahrzehnt vor dem Weltkrieg, er führte auch die polnischen Massen in der Abstimmungszeit (1921) und während der drei Aufstände, aber er wußte, daß beide Völker in diesem kleinen, aber sehr wichtigen Ländchen friedlich zusammen leben sollen, und in diesem Sinne äußerte er sich mehrmals in feierlichen Reden, zum Beispiel bei Begrüßung einrückender polnischer Truppen und Behörden (im Juni 1922) oder bei der Eröffnung des oberschlesischen Landtags in Kattowitz. Er stellte ausdrücklich fest, daß die polnische Republik nicht nur für Polen, sondern auch für Nicht-Polen gerecht sein soll, und daß alle Staatsbürger, alle Minderheiten unter dem Schutz des Weißen Adlers stehen sollen. Eine Zeitlang beschäftigte er sich sogar damit, aus Oberschlesien eine freie Provinz zu machen, so etwas wie der Freistaat Danzig, aber das war nur sehr kurz, als ein Politiker der Realitäten erkannte er, daß er dafür weder die Zustimmung der Polen noch der Deutschen, noch der Alliierten bekommen würde. Aber er hat immer wieder versucht, gewisse Autonomien für Oberschlesien zu bekommen, wie etwa das Nicht-Dienen der oberschlesischen Männer in der polnischen Armee, das der Marschall Pilsudski einfach aufhob. Pilsudski konnte nicht begreifen, weil er die Mentalität der Oberschlesier nicht kannte, was das für Folgen haben würde. Überhaupt wurden von daher viele Fehler gemacht, auf beiden Seiten, in Warschau und in Berlin.

Kurz nach diesem letzten (wie es sich später zeigte) Gespräch mit Korfanty am 26. Juli, in dem er auch davon sprach, ein Buch über seine polnische Gefängniszeit zu schreiben, beschloß ich für einige Tage Urlaub zu nehmen, um etwas auszuruhen. Ich reiste nach Südostpolen, an die rumänische Grenze, um dort im milden Klima ein paar Tage auszuruhen. Ich war davon überzeugt, daß kritische Tage zwischen Deutschland und Polen noch im August kommen werden. Im vorigen Jahr war die zweite Hälfte September die entscheidende Phase des Kampfes um die Sudeten. Da Polen mehr nördlich als die Czechoslowakei liegt, muß man erwarten, daß Entscheidendes über Krieg und Frieden früher, also nicht erst im September, sondern schon im August kommen wird. Wie es scheint, gibt es soviel Vernunft in Europa, daß sich die Staatsmänner doch noch einig werden.

Jedenfalls, als ich an die rumänische Grenze kam, fand ich in der Presse die traurige Nachricht, daß Korfanty gestorben ist. Ich bin sofort nach Kattowitz gefahren, um an dem Begräbnis teilzunehmen. Wenn sich die Menschen und die Politiker zu Lebzeiten über Korfanty stritten, jetzt im Tode waren sie sich alle im klaren darüber, was für ein großer Politiker er gewesen war, und das kam in allen Reden zum Ausdruck, am schönsten in den Worten des Bischofs Gawlina, denn Korfanty war in allem, was er war, immer ein guter Katholik.

In großer Sorge! Stanislaw Sopicki.

Und Montag fand noch einen Zettel dabei, der offensichtlich von der gleichen Hand beschrieben war, aber rascher und flüchtiger, und deshalb mit den Schleifen stark nach rechts neigte; er las:
Hier gehen Gerüchte um, man habe die Zelle Korfantys im Gefängnis von Mokotow (das ist ein Stadtteil von Warschau) mit einer Farbe bestrichen, die giftige Dämpfe absonderte, die hat er eingeatmet, und daran ist er wohl so rasch gestorben, auf diese Weise war die Regierung in Warschau ihn los, denn einen Prozeß hätte sie ihm jetzt nicht mehr machen können. Wenn das stimmt

Montag war überrascht von dieser Mitteilung. Er las den Zettel noch einmal. Er verglich die Handschriften miteinander, sie waren identisch, ohne Zweifel, wenn auch offensichtlich der Zettel in einem andern Grad von Erregung geschrieben war. Es war auch ein anderes, festeres Papier. Er steckte den Zettel mit einer Stecknadel überm Tisch an der Wand fest. *Wenn das stimmt* – dahinter war kein Zeichen; kein Punkt, kein Frage-, kein Ausruf-Zeichen. Er überlegte, ob er der Sache nachgehen sollte.

Es waren drei Blätter, beidseitig beschrieben, auf der letzten Seite wäre gewiß noch Platz für diese Mitteilung gewesen. Warum schrieb Sopicki dies auf einem anderen Blatt? Und war das nicht eine ungewöhnliche, ja fast absurde Mutmaßung? Ein Gerücht, das so nur in Kattowitz entstehen konnte, wo man, wie überhaupt in Oberschlesien, auf beiden Seiten, gern Märtyrer hat? Es war ein Gerücht, nicht mehr, das hatte Sopicki auch geschrieben, aber immerhin, er hatte es so ernst genommen, daß er es ihm, einem Fremden, mitteilen wollte.

Montag goß sich eine Tasse Tee ein, der inzwischen kalt geworden war. Er nahm ein Blatt Papier und einen Bleistift, er wollte etwas aufschreiben, aber er wußte nicht was, irgend etwas, das ihm die Antworten auf solche Fragen vielleicht erleichtern würde. Aber als er wieder hinsah, nach einer Weile flüchtiger Abwesenheit, konnte er nur ein paar wirre Striche und Krakel entziffern. Er wollte den Zettel vergessen und auch dieses naive, törichte Gerücht, das jetzt in den Straßen von Kattowitz diskutiert werden würde. Für ihn, für seine Arbeit, war es ohne Belang. Aber er nahm den Zettel nicht von der Wand.

Ich sollte zurückgehen in eine andere Zeit, von der ich mehr und Genaueres weiß, dachte er. Außerdem könnte er an Sopicki einen neuen Brief schreiben und ihn nach weiteren Einzelheiten fragen. So hätte er gern gewußt, ob einer von der Deutschen Partei oder vom Deutschen Demokratischen Block beim Begräbnis gesprochen hat, immerhin, er hatte gelesen, daß in den letzten Jahren etwa 7000 Emigranten aus dem deutschen Oberschlesien ins polnische Oberschlesien gegangen waren. Ihre Sprache war so sehr nicht anders. Sie konnten einander verstehen. Die Städte, die Landschaften, die Kohlengruben, die Flüsse um sie herum – sie waren sich zum Verwechseln ähnlich. Und die Erde war die gleiche Erde. Andere, die wohl nicht mehr mit einer Wiederkehr rechneten, gingen weiter, bis nach Amerika oder Chile, wie die Paßwegs.

Vielleicht sollte er wieder an den Anfang zurückkehren. Es war ihm klar, daß er im Grunde nur dort den Schlüssel zu K.s politischer Biographie finden würde: in seiner Kindheit. Alles, was er bisher getan hatte, war das nicht Aufzählung, Registratur, Illustration, Abbildung von Ereignissen? Kam es nicht hauptsächlich auf K.s Entscheidung an, die er, irgendwann, für Polen getroffen hatte? Und aus welchen Fakten, Motiven und Ursachen, aus welchem Syndrom setzte sich diese Entscheidung zusammen?

Oder war es gar keine Entscheidung? War es Familie, Erziehung, Geschichte? Waren es die polnischen Lieder, die ihm die Großmutter vorgesungen hatte, die Erzählungen der Bauern beim Kartoffelfeuer an den Herbstabenden, die kleinen roten Hefte mit der *Historia Polski* in 25 Bildern, die ›Zywoty Swiętych‹ von Piotr Skarga, mit denen, nach Skowroński, die Mutter ihn die polnische Schrift lesen gelehrt hatte.

In einem Aufsatz im ›Kurjer Poranny‹ hatte er gelesen: Schon als Kind las Korfanty mit Vorliebe die polnischen patriotischen Dichter, und später verwirrte er seine deutschen Lehrer damit, daß er ihnen Mickiewicz-Verse auswendig zitierte.

Montag war geneigt, das, wie so vieles, in den Bereich der Zweckinformation, der Propaganda zu verweisen. K. hat seine Aufsätze in der Schule in deutscher Sprache geschrieben, auch seine Seminararbeit in der Universität. Aber seine erste professionelle journalistische Arbeit, für die er Geld bekam, sein erster Zeitungsartikel war in polnischer Sprache abgefaßt und erschien im ›Katolik‹ in Beuthen. In seinem ›Aufruf an das oberschlesische Volk‹ (Kattowitz, 1931) erwähnt K., daß er außerhalb der Schule, in einer illegalen polnischen Schülervereinigung, erst richtig polnisch schreiben und denken gelernt habe. Die Unduldsamkeit der deutschen Lehrer gegenüber allem Polnischen und seine eigene Begeisterung für die Größe der polnischen Vergangenheit hätten ihn schließlich zu einem National-Polen gemacht. Das überzeugte Montag nicht, das war zu rational gedacht für einen Knaben von zwölf oder vierzehn Jahren. Ernster zu nehmen war da sein Satz: »Schon als Katholik war man benachteiligt, Katholiken waren nur die Armen. Die Lehrer und Beamten kamen aus Preußen und waren Protestanten.«

K. war in den Jahren des Kulturkampfes aufgewachsen, das prägte ihn. Es war das Verhängnis der preußischen Oberschlesien-Politik, daß sie von Evangelischen gemacht wurde, in Breslau wie auch in Berlin, die niemals begriffen, welche Wurzeln der Katholizismus (z. B. das Mariendogma) im Oberschlesischen geschlagen hatte, da kam es nicht mehr auf die Sprache an. K. war zweisprachig aufgewachsen, wobei seine Bildung ganz von der deutschen Sprache geprägt war, er hätte ebenso wie Rosa Luxemburg in der *deutschen* Politik einflußreich sein können. K. war am Anfang so polnisch wie er deutsch war. Oder umgekehrt. Daran gab es keinen Zweifel. Niemand wird begreifen, der nicht in dieser Gegend aufgewachsen ist oder hier längere Zeit gelebt hat, was das bedeutet: polnisch zu sprechen und Deutscher zu sein. Oder umgekehrt: deutsch zu sprechen und Pole zu sein (was freilich viel seltener vorkam).

Unter seinen Aufzeichnungen war auch eine Notiz, die er bei Scholtis gefunden hatte: Die Tragödie des Oberschlesiers ist, daß er weder Pole noch Deutscher ist, sondern eben Oberschlesier, und daß ihm in jedem Fall Unrecht getan wird, wenn er zu Polen oder wenn er zu Deutschland zugeschlagen wird.

Montag dachte verschiedene Möglichkeiten durch. Er ging im Zimmer auf und ab. Er nahm sich vor, mehr über die Geschichte Irlands zu lesen, über die Geschichte Litauens, des Baskenlands, der Ukraine. Montag blieb stehen.

K. war ein Pole, weil er ein Pole sein wollte.

So einfach war das. Er wollte es zuerst nicht glauben, er suchte nach anderen Sätzen. Aber er kam immer wieder auf diesen lapidaren Satz zurück. Da war jemand, der seine Identität suchte, der zwischen Polen und Deutschland gesetzt war, und der sich dann für eine Seite entschieden hat. Weil er es wollte! Damit würden sich manche Widersprüche im Verhalten K.s aufklären lassen. Auch sein Fanatismus. Das müßte er näher untersuchen.

Er setzte sich hin und schrieb das erst einmal auf. Er begriff K. jetzt besser. Und auch sich selbst.

11

Andreas sah zu Tante Lucie (Widera) auf. Erst jetzt bemerkte er, daß ihre Fingernägel grün lackiert waren. Er starrte darauf, das hatte er noch nicht gesehen. Komm, sagte sie, und ihre Hand legte sich wie eine Krokodilskralle auf seine Schulter. Ihr Kleid war schwarz, der Turban weiß. Sie war Andreas jetzt so nahe, daß er den Geruch von Wäschestärke und Leim einatmete. Da bist du in aufregende Tage hineingeraten, sagte sie und schob den Jungen vor sich her. Aber wie heißt so schön ein Gleiwitzer Sprichwort: Lerne vom Leben! – So und jetzt zeig ich dir mal deine bucklige Verwandtschaft, die schon eingetroffen ist.

Tante Lucie (Widera), das hatte er von Josel erfahren, war keine richtige Tante, sondern eine Jugendfreundin von Valeska, die aber schon so sehr zur Familie gehörte, daß sie von allen Tante gerufen wurde. Sie wohnte in Hindenburg-Mathesdorf, war aber seit der Krankheit von Leo Maria Piontek immer häufiger zu Besuch gekommen und immer häufiger dageblieben, sie kümmerte sich mit Halina um den Haushalt, arbeitete im Garten, half beim Einkaufen. Ganz im Gegensatz zur echten Großtante Lucie (Lanolin), die mit ihrem blinden Sohn in Kalinowitz bei Groß-Strehlitz lebte, zweimal im Jahr bei ihrer Nichte Valeska Piontek in der Strachwitzstraße unangemeldet auftauchte, den ganzen Tag in Zeitungen und Illustrierten blätterte und daraus ihrem Sohn vorlas, zu den Mahlzeiten doppelte Portionen verschlang und nach vierzehn Tagen schließlich wieder verschwand, um das bei irgendeiner anderen Verwandten in irgendeiner anderen Stadt fortzusetzen.

Als Andreas und Lucie (Widera) in das Klavierzimmer eintraten, versickerten die Stimmen im Raum, auch die Bewegungen der Anwesenden verlangsamten sich, bis sie in einer bestimmten Geste erstarrten. Andreas bot sich Stille und folgendes Bild dar: auf dem Sofa, ihm gegenüber, saßen zwei Frauen und hielten ihre Köpfe ganz nah zusammengesteckt, daneben im Schatten der halbgeöffneten Verandatür lehnte der Feldwebel an der Wand, unbeweglich; im Korbstuhl am Fenster saß eine Frau, die eine Illustrierte ganz nah vor ihre Augen hielt, als ob sie kurzsichtig wäre, und daneben mit schwarzer Blindenbrille ein etwas dicklicher, nicht mehr ganz junger Mann. In der Mitte des Raumes ein Junge und ein Mädchen, beide jünger als er selbst, die sich in der Taille fest umklammert hielten und offensichtlich dabei waren, einen Tanzschritt einzuüben, ihre Haltung verriet es noch. Auf dem runden schwarzen Sessel vor dem Klavier saß ein Mädchen mit einem dunklen, streng geschnittenen Pagenkopf, es hielt einen Finger drohend über einer Klaviertaste, als warte es nur auf das Signal, um ihn wie einen Hammer herunterfahren zu lassen.

Tante Lucie (Widera) machte eine vorweisende Handbewegung und tat so, als stellte sie vor: Das ist der kleine Andreas, sagte sie, Valeskas Schwester ihr Sohn, die vor ein paar Jahren (das sagte sie jetzt leiser, und nur zu den andern) bei einem Unfall umgekommen ist, ein durchgehendes Pferd . . . Und wieder lauter: Er kommt aus 'm Reich, aus Breslau.

Sie ließ Andreas los und setzte sich zu den andern Frauen aufs Sofa. Andreas fühlte sich plötzlich allein und schwankend wie ein Artist auf dem Hochseil. Einer klatschte in die Hände, es war wohl der Mann mit der Blindenbrille im Rohrstuhl, die beiden Frauen auf dem Sofa wandten ganz deutlich ihre Gesichter Andreas zu. Tante Lucie (Lanolin), wenn sie es war, und nach der Beschreibung von Josel mußte sie es sein, schlug eine Seite in ihrem Journal um und las weiter. Das Mädchen auf dem Klavier ließ auf einmal den Finger heruntersausen und spielte auf der immergleichen Taste ein Stakkato, und das kleine Tänzerpaar machte ein paar grotesk verzerrte Bewegungen, die an einen Negertanz erinnerten, wie er früher einmal Mode gewesen war.

Andreas ließ die Arme herunterhängen. Es war nicht allein das Wort »DerkleineAndreas«, das ihn in eine fast lähmende Verlegenheit gebracht hatte, denn längst fühlte er sich als »Großer« (sogar in der Schule hatte er Lehrer, die ihn mit Sie anredeten), es war eher die Situation, die ihn hier von den andern abteilte, er allein auf der einen Seite wie auf einer Bühne und sie, die Zuschauer, auf der andern – dabei wäre er viel lieber mitten unter ihnen gewesen. Das Einfachste, nämlich auf den Feldwebel zuzugehen, den er ja schon kannte, oder zu Tante Lucie (Widera), das schien ihm jetzt das Allerschwerste. Er nahm alle seine Tanzstunden-Manieren zusammen und balancierte auf das Mädchen mit dem Pagenkopf am Klavier zu, das wahrscheinlich Ulla war, von der Josel als »mein Mädel« gesprochen hatte, das jetzt, als es den fremden Jungen auf sich zukommen sah, vor Überraschung vergaß, die Taste weiter anzuschlagen. Und Andreas, der sich ohnehin in einem ganz unwirklichen Zustand befand, kam immer näher heran, er nahm die Hand des Mädchens, die noch in der Luft verharrte, und führte sie an seine Lippen, so wie er es gestern abend bei den andern Erwachsenen gesehen hatte.

Später, als Andreas noch einmal an diese Szene dachte, wurde es ihm geradezu schwindlig dabei, und er konnte nicht begreifen, woher er diese Kühnheit genommen hatte.

Er hatte das Gefühl, er müßte jetzt etwas sagen, und ohne lange zu überlegen, sagte er zu dem Pagenkopf etwas, was er einmal irgendwo gelesen hatte: Das Klavier, ja, es ist ein königliches Instrument, nicht wahr, ich bewundere jeden, der dieses Instrument beherrscht . . . Und er wollte noch einmal die Fingerspitzen von Ulla küssen, aber sie entzog sie ihm rasch und warf ihm dabei einen Blick zu, der ihm eher komplizenhaft als abweisend erschien.

Ulla sah sich breit und etwas verlegen in der Runde um.

Der Junge, der immer noch in seiner Tanzhaltung verharrte, rief ihr zu:

*Zagraj, poćwiczmy jeszcze!** Und er machte dabei mit seiner kleinen Schwester wieder ein paar Tanzschritte, die Andreas an die Liliputaner erinnerten, die er einmal zusammen mit seinem Vater im Cirkus Busch am Luisenplatz gesehn hatte.

Ulla blickte zu Andreas hinüber, als ob sie seiner Zustimmung dazu bedürfe, und als er ihr ermunternd zunickte, schlug sie mit einem Mal, als habe sie nur auf dieses Signal gewartet, ein paar Läufe herunter, die nicht nur das kindliche Tänzerpaar zu verrückten Schritten animierten, sondern auch die Aufmerksamkeit der andern auf sich zogen. Andreas trat etwas zurück und beobachtete von dort die Hände, die tänzerisch über die Tasten sprangen. Ulla sah dabei abwechselnd zu den Kindern und zu Andreas hin, und in ihrem Gesicht spiegelte sich das, was Andreas vorhin, als er ihr die Finger küßte, selbst gespürt hatte: Übermut.

Von den Frauen auf dem Sofa kamen Laute des Entzückens, aber offensichtlich mehr über die ungelenken Bewegungen der Kinder als über das Klavierspiel von Ulla. Tante Lucie (Lanolin) hielt die Illustrierte gesenkt und sah über den Zeitungsrand durch eine dicke, spiegelnde Brille den Tänzern zu.

Beinahe unmerklich verzögerte sich das Klavierspiel, der Rhythmus ging unter in perlenden Abläufen, aus denen dann langsam eine schwermütige, beinahe schleppende Melodie emporstieg, die jetzt alle zum Zuhören zwang. Selbst das Kindertanzpaar blieb stehen, man wußte nur nicht genau, ob es aus dem Rhythmus gekommen war oder einfach der Musik lauschte. Andreas hielt sich mit einer Hand am Klavier fest, er schloß die Augen; so hatte er einmal bei einem Schulkonzert die Lehrerin Funke gesehn.

* Los spiel, proben wir noch mal!

Da unterbrach das Mädchen abrupt das Klavierspiel und ließ den Zeigefinger, wie schon am Anfang, aufdringlich und laut auf eine Taste niederhämmern. Nur, was vorhin als Einübung gelten konnte, war jetzt schokkierend, ja quälend, als ob jemand sie alle mit einer Peitsche schlagen wollte. Andreas spürte, wie dieser immergleiche hohe Ton in seinem Kopf immer höher stieg, bis er eine Stelle erreichte, die darauf erst mit Verwunderung, dann mit Staunen, dann mit Ärger und schließlich mit einem spitzen Schmerz reagierte. Da aber brach auch der Klimperton ab. Mit einem heftigen Schlag klappte das Mädchen den Klavierdeckel zu. Offensichtlich hielt es mit dem Fuß noch lange die Pedale, denn ein dumpfer Ton setzte sich eine ganze Weile in dem jetzt still gewordenen Raum fort und hielt die hier Anwesenden in seinem Bann, auch dann noch, als er längst schon verklungen war.

Das Mädchen fing an, den Klavierstuhl in Bewegung zu setzen, es kreiste einmal, zweimal, dreimal um sich selbst herum und sprang dann schließlich in einem Bogen ab, in die Mitte des Zimmers, auf den Boden – und brach in ein Lachen aus. Aber niemand von den andern lachte mit. Sie alle starrten auf es herunter, wie auf etwas Fremdes.

Andreas wußte nicht, ob er zu dem Mädchen hingehen und ihm aufhelfen sollte, es kam alles so überraschend für ihn, und die Gefühle, die sich da so jäh wechselnd in der Musik ausgedrückt hatten, hatten auch ihn verwirrt. Da stand Tante Lucie (Widera) vom Sofa auf und watschelte zu dem Mädchen hin, und das gab auch Andreas den Mut, sich ihm zu nähern. Das, lieber Andreas, sagte Tante Lucie (Widera), ist Ulla Ossadnik, sie spielt Klavier wie die junge Clara Schumann ... das behauptet jedenfalls deine Tante Valeska von ihr, und die muß es ja wissen ...

Andreas gab Ulla die Hand und zog sie vom Boden hoch, und noch lange spürte er die Wärme, die Ulla in seiner Hand zurückgelassen hatte, auch dann noch, als er, von Tante Lucie (Widera) geschubst, den andern die Hände schütteln mußte; von den beiden Frauen auf dem Sofa wurde er sogar auf die Stirn geküßt. Die eine der Frauen, deren Namen er nicht verstand, die mit dem dickverknoteten Haarnetz, stammte aus Sosnowitz, dem polnischen Teil Oberschlesiens, sie war mit den Kindern bei ihrem Bruder in Leobschütz in den Ferien gewesen, und gerade als sie zurückkehren wollte, kamen die Kriegsgerüchte auf; jetzt wollte sie erst einmal hier bleiben und die Entwicklung abwarten. Die andere war das Fräulein Cholonnek, deren Bruder aus irgendeinem Grund, darüber wollte niemand reden, von der Polizei gesucht wurde und deshalb nach Kattowitz geflüchtet war.

Ein großer Junge ist das! Fünfzehn Jahre und so groß, ach ja, die jungen Leute wachsen einem über den Kopf, sagte die eine mehr zu sich selbst. Und die mit dem Haarnetz: *Tak, tak, biedna Rita, czemu nie poszła za kogoś z naszych stron, tylko z Rajchu.**

Kaum hatte er sich von ihnen abgewandt, fielen die beiden Frauen wieder in eine ihm fremde Sprache, es war Polnisch, er hörte jedenfalls das Wort Wojna heraus, das kannte er schon.

Nun hatte er alle begrüßt, jetzt brauchte er niemanden mehr. Außer Ulla. Am liebsten wäre er hinunter in den Garten gelaufen und hätte ihr eine Handvoll Blumen gepflückt. Er wollte ihr wenigstens sagen, wie schön sie gespielt hatte und daß sie (jetzt flunkerte er schon in Gedanken) eines Tages eine große Pianistin sein würde. Dabei wußte er gar nicht, wie er sie anreden sollte. Sie war gerade in dem Alter, vierzehn oder fünfzehn, in dem junge Mädchen besonderen Wert darauf legen, mit Fräulein angesprochen zu werden, das wußte er von seiner Schule in Breslau, aber wenn er sie anspräche: Verehrtes Fräulein Ulla, würde er sich damit nicht lächerlich machen ...

* Ja, ja, die arme Rita, warum mußte sie auch jemand heiraten, der nicht aus unsrer Gegend, sondern aus dem Reich ist.

denn solche Formeln galten doch nur für die Erwachsenen. Er überlegte, ob er einfach: Schön gespielt! sagen sollte, oder vielleicht besser: Sehr schön gespielt?

Da sagte der runde Mund unterm Pagenschnitt: Wetten, du bist der neue Freund von Josel?

Am liebsten hätte Andreas geantwortet: Wetten, du bist Josels »Mädel«. Aber er brachte nur das hervor, was er sich schon vorhin zurechtgelegt hatte: Sehr schön gespielt!

Das da vorhin, Ulla zauberte eine schöne Falte auf ihre Nasenwurzel, das war doch nur ein Jux. *Tadek*, schrie sie auf einmal zu dem Kind, das unterm Tisch auf seiner kleinen Schwester herumritt, *Zofja, dosyć tej bijatyki, bo was porwie policaj.** Der Junge ließ tatsächlich von dem Mädchen ab, und beide kamen hervor, ganz außer Atem, und rückten ihre völlig durcheinandergebrachte Kleidung zurecht.

*Swinia***, sagte das Mädchen.

*Luntrus!**** sagte der Junge.

Schluß damit! schimpfte jetzt Ulla wirklich. Und auf deutsch.

Ist das polnisch, wie du mit ihnen redest? staunte Andreas.

Ja, sagte Ulla, das verstehn die besser.

Und woher kannst du das?

Ooch, das kann hier jeder. Ulla machte das eher verlegen.

Ich möchte das auch lernen, jetzt wo ich hier bin. Er war entschlossen so zu sein wie die Leute hier. Aber er wußte genau, daß es sehr schwer sein würde. Es fing schon damit an, daß Flüche und Beschimpfungen immer in Polnisch ausgedrückt wurden. Merkwürdigerweise mußte Gott in einem polnischen Himmel wohnen, denn er wurde fast nur auf polnisch angerufen, soweit er das mitbekommen hatte – und es endete damit, daß die Leute ebenso

* Tadek, Zofja, hört auf mit der Rauferei, sonst holt euch die Polente.

** Schwein.

*** Biest!

an Berg- und Wassergeister glaubten wie an den heiligen Antonius, der leibhaftig in den Straßen von Gleiwitz unterwegs war, um den Frommen die gerade verlorenen Gegenstände wiederzubringen.

Da hast du dir ja rapide viel auf einmal vorgenommen. Ihre Stimme, so schien es jedenfalls Andreas, klang auf einmal etwas geringschätzig. Wolltest du nicht auch Klavierspielen lernen?

Ja, ja, beeilte sich Andreas zu sagen. Er war trotzdem erstaunt darüber, woher sie das wußte. Darüber hatte er mit ihr nicht gesprochen. Das konnte ihr nur Josel verraten haben.

Ich werde natürlich nie so schön spielen können wie Sie, schwärmte er, ich meine wie du ... Ich hatte bisher keine Zeit, weißt du, ein Instrument zu lernen ... Ich dachte aber, da Tante Valeska Klavierlehrerin ist, wird sie es mir vielleicht beibringen können, ich meine, soweit sie Zeit hat ...

Andreas merkte, daß er sich nicht gerade vollendet ausdrückte, jedenfalls nichts sagte, was Ulla beeindrucken könnte, und er wollte sie doch so gern beeindrucken! Er erinnerte sich daran, daß Josel ihm gesagt hatte, Ulla liebe besonders die Musik von Chopin. Und mit etwas Mut fügte er also hinzu: Ich lie-be Chopin.

Ach was, fiel Ulla ihm nüchtern ins Wort, *clemele dudki!* Klimpern kann jeder, Talent muß man haben. Hast du Talent?

Die Frage verwirrte Andreas. Er wußte, was ein Genie ist (Schiller war ein Genie, sagte immer der Lehrer Hayduk), und ein Talent war etwas weniger als ein Genie, also ein kleines Genie. Er hätte sich freilich niemals als kleines Genie bezeichnet. Als er darüber nachdachte, erschrak er beinahe.

Also weißt du, was da alles zur Frau Piontek herkommt, um Klavierspielen zu lernen, völlig hoffnungslos, das ist Fingergymnastik, nicht mehr ... Und Ulla lachte über das ungewohnte Wort Fingergymnastik, das sie wahrscheinlich irgendwo aufgeschnappt hatte, lachte so laut, daß sie ihre Hand vor den Mund tat, damit es die andern nicht bemerkten.

Also Talent muß man schon haben, sagte sie, Chopin hat genug Leute, die ihn lie-ben (sie machte Andreas nach): spielen muß man ihn können! So spielen, daß die Leute von ihren Stühlen aufspringen, man muß ihn herunterdonnern, daß die Häuser zusammenkrachen, man muß ihn mit den Tasten flüstern, streicheln, hauchen, daß die Leute anfangen zu weinen . . . rapide!

Wie zum Beispiel, Ulla wurde wieder ganz streng, empfindest du das Scherzo Nr. 2 in b-moll op. 31, wie würdest du das spielen? Und sie machte mit den Lippen den Rhythmus des Anfangs nach.

Überrascht von Ullas Leidenschaftlichkeit blieb Andreas zunächst einmal stumm. Man konnte ihm am Gesicht ansehn, daß er überhaupt nicht wußte, was das Scherzo Nr. 2 in b-moll von Chopin ist. Er fand auf ihre Frage auch keine ausweichende Antwort. Er tat jetzt etwas, was er ein paarmal in der Schule, aber häufiger zu Haus gemacht hatte und was die Leute um ihn herum immer zu den seltsamsten Reaktionen veranlaßte: er setzte sich einfach im Schneidersitz auf den Boden. Ulla sah ihn mit staunenden Augen an, sie war einen Moment verwirrt und fragte ihn, ob ihm nicht wohl sei. Die andern wendeten sich überrascht zu ihm hin, die Frau mit dem Haarnetz stieß einen kleinen Schrei aus.

Ach bitte, sagte Andreas und sah nicht auf, spiel jetzt für uns das Chopin-Scherzo! Und Ulla glaubte auf einmal, daß dies die Haltung sei, in der man sich am besten auf Musik konzentrieren könne. Er kam ja aus Breslau, er mußte es wissen.

Pssst, machte Andreas in die Runde. Denn längst war noch nicht jene Stille eingetreten, die ein Künstler braucht, wenn er ein Meisterwerk demonstrieren will; Tante Lucie (Lanolin) schlug gerade wieder eine Seite ihrer Illustrierten um, es war wohl die letzte Seite, nach dem schnalzenden

Geräusch zu urteilen, und die Kinder waren gerade damit beschäftigt, ganz hinten aus den unteren Regalen die Notenbücher herauszunehmen und sich damit gegenseitig zu beschmeißen. Psssst, machte Andreas noch einmal zu den andern. Und zu Ulla: Bitte! Oder willst du warten, bis Josel kommt? Er sagte es lauernd.

Ulla hatte nicht einen Moment daran gedacht, das Scherzo in b-moll, das sie seit Wochen mit Valeska Piontek geübt und inzwischen wohl auch zu einer gewissen Perfektion gebracht hatte, ausgerechnet hier, inmitten der polnischen Verwandtschaft der Pionteks, vorzuspielen, aber der so halb versteckt angebrachte Hinweis von Andreas, sie wolle damit erst beginnen, wenn Josel käme, forderte ihren Protest heraus. Nun, dann würde sie eben spielen, nicht für Josel, nicht für die hier versammelte schwatzende, schwitzende, gesegnete Verwandtschaft, nicht für den Feldwebel und nicht für Frau Lucie (Lanolin), nicht für Fräulein Lucie (Widera), auch nicht für die polnische Frau mit dem Haarnetz oder für Andreas oder Josel, sondern dann eben einfach für sich selbst, für niemanden andern als für sich selbst.

Ulla ging zum Klavier hin, setzte sich auf den Sessel, beinahe traumverloren. Auch ihre Aufforderung an die Kinder, still zu sein, war eher ein Gesang als ein Befehl. Und gerade das war es vielleicht, was die Kinder augenblicklich zur Ruhe brachte. Ulla schlug das dramatische Anfangsthema an, und vor der Wiederholung nahm sie die Hände von den Tasten, ließ die Klänge verhallen und da hinein flüsterte sie, halb zurückgewendet, Andreas zu: Kommst du mit mir nach Warschau in die Kirche zum Heiligen Kreuz, wo das Herz von Chopin begraben ist?

Ja, ich komme mit dir mit, sagte Andreas, der nicht genau wußte, wie weit es nach Warschau war, aber er würde mit ihr gehen, bis ans Ende der Welt, um das Herz von Chopin zu finden. Seine Hände waren ganz heiß, und in den Schläfen klopfte eine Ader, die er vorher dort noch niemals gespürt hatte.

Es war jetzt still im Zimmer. Da begann Ulla mit der Wiederholung des Themas. Ullas Hände waren wie zwei Vögel, die aufflatterten und sich rasch wieder herabsenkten und über die Tasten hüpften und aufstiegen ... Es waren Töne, die einen Berg erklimmen wollten ... Andreas lauschte und fing an zu schweben, er erhob sich höher und höher. Und er wußte, in dem Augenblick, da Josel zur Tür hereinkommen würde – und das müßte nun jeden Moment geschehn –, würde er hinabstürzen, tief hinabstürzen.

12

Die Partei- und Regierungsstellen drängten seit einiger Zeit darauf, die Familiennamen slawischen Ursprungs und polnischer Schreibweise zu verdeutschen. Der Blockwart Gregor (früher Grzegorczyk) aus der Teuchertstraße ging von Wohnung zu Wohnung und machte Vorschläge für Namens-Änderungen. Die Strzelczyks in der Strachwitzstraße 1, die sich weigerten, fanden eines Morgens unter ihren Fenstern, die zur belebten Teuchertstraße hinausgingen, in großen ungelenken Buchstaben das Wort: POLACK. Sie wischten das weg. Ein paar Tage später hatte man ihnen an die Hauswand mit gelber Farbe einen Judenstern hingemalt. Da ging Alfons Strzelczyk noch am gleichen Tag zum Standesamt und ließ den Namen in Strehler ändern. Das Haus mußte er auf eigene Kosten neu streichen lassen.

Zu den Pionteks war der Blockwart nicht gekommen.

Bei Verwandten und Bekannten registrierte Valeska diese Namensänderungen:

Wondraczek in Wondrak
Krsyczek in Kreis
Cempulik in Stempel
Przybillok in Pschibillok
Nieradczyk in Neuhaus

Gwosdz in Nagel
Wosniczek in Wons
Kaczmarczyk in Katzmarzik, auch in Katz
Czempowski in Kempowski
Scholtyssek in Scholtis
Graszowski in Grass
Nowakowski in Nowak, auch in Neumann
Lenczowski in Lenz
Koczulla in Kotulla
Kowalski in Koval
Schmittkowski in Schmitt
Koschniczek in Koschnik
Sczachniczek in Schachtner
Bieniekowski in Bienik
Strycharczyk in Strich
Lipiczynski in Lipinski
Sczodrok in Schodrok
Wittkowski in Wittek, auch in Witte
Schymiczek in Schiemek
Pylaczek in Platschek
Lubosz in Lubos
Grochowiaczycz in Grochowiak
Frydricharczyk in Friedrich
Pollaczek in Pfeiler (Pfeilers änderten im November vorigen Jahres, nach der Kristallnacht, noch einmal ihren Namen in Pfister um. In der Kristallnacht hatte man ihnen die Schaufenster eingeschmissen. Weil draußen, über der Ladentür, in großen Buchstaben PFEILER stand.)

In der Stadt Gleiwitz wurden folgende Straßen und Plätze umbenannt:

Pruskestraße in Schlageterstraße
Ebertstraße in Markgrafenstraße
Lustig-Straße in Reinhold-Muchow-Straße
Zabrzer Straße in Große Hindenburger Straße
Zuckerkandl-Straße in Jägerstraße
Schalschaerstraße in Schenkendorffstraße

Platz der Republik in Platz der SA
Trynnek in Trinnek
Sosnitza in Öhringen
Przeschlebie in Sandwiesen
Zernik in Gröling

13

Bei Otto Ulitz, einem deutsch-nationalen Politiker, hatte Montag folgendes gelesen:

›In Oberschlesien galt das unerblich-lassitische Besitzrecht, d. h. der Bauer besaß kein vererbliches Eigentum, sondern nur das Nutzungsrecht an der von ihm bewirtschafteten Stelle. Der Grundherr konnte frei verfügen, wer beim Ableben des Bauern in den Besitz seiner Stelle gelangen sollte. Die Leistungen für den Grundherrn waren hart. Auf der einen Seite sehen wir willkürlich schaltenden Großgrundbesitz, auf der anderen ein völlig verkümmertes, jedes Aufschwungs unfähiges Landvolk. Die Folge war unsägliche Not. 1766 erheben sich die Bauern im Kreise Rybnik gegen die Grundherren und tragen den Aufstand nach den Kreisen Tost und Gleiwitz, so daß er mit Militär erstickt werden muß. Bauernrevolten wiederholten sich 1799, 1811 und 1848. Preußen hatte für die Notwendigkeit der Regelung der Bodenfrage durchaus Verständnis. Die schon von Friedrich dem Großen eingeleiteten Reformen scheiterten aber an dem Widerstand des bevorzugten Standes im Staate, des Adels. Auch die Bauernbefreiung von 1807 brachte für Oberschlesien rechts der Oder keine Änderung, weil im Gegensatz zu dem übrigen Schlesien der Bauer eigentumslos und deshalb nicht in der Lage war, die bisherigen Lasten gegenüber dem Grundherrn abzulösen. Nach der Bauernbefreiung gingen noch viele bäuerliche Stellen im Großgrundbesitz auf. Erst hundert Jahre nach der Besitzergreifung Oberschlesiens durch Preußen wurde 1849 ein

Ausgleich zwischen den bäuerlichen und grundherrlichen Interessen geschaffen, nachdem Mißernten das Elend gesteigert und eine furchtbare Typhus- und Ruhrepidemie in den Kreisen Pleß und Rybnik im Jahre 1847 die Augen der Öffentlichkeit auf das Gebiet gelenkt hatten. Allein im Kreise Pleß hat diese Epidemie etwa 7000 Opfer unter der ländlichen Bevölkerung gefordert. Die unterlassene Lösung der Bodenfrage in Oberschlesien war einer der schwersten Fehler Preußens. Ein freier Bauernstand ist die Grundlage jedes Staatswesens. Wenn man die Volksabstimmungsergebnisse von 1921 in dem rein bäuerlichen Kreise Leobschütz mit den Ergebnissen in den Kreisen Groß-Strehlitz, Pleß, Rybnik und Tost-Gleiwitz vergleicht, in denen Großgrundbesitz ärmlichem Bauernbesitz gegenübersteht, kann man die tiefgehende Wirkung der Unterlassung einer gesunden Agrarreform ermessen.‹

Das war wichtig zu wissen, um K. zu verstehen. Rechts der Oder hat es direkte Leibeigenschaft noch bis in das Jahr 1850 gegeben, und verschleierte bis 1918. Von daher waren auch die kulturellen Unterschiede in der Bevölkerung Oberschlesiens zu beiden Seiten der Oder zu begreifen. Während Marx und Engels im Auftrag des »Bunds der Gerechten« das Kommunistische Manifest verfaßten, leben die Bauern rechts der Oder, als einzige in diesem Staat Preußen übrigens, wie die Leibeigenen. Mußte das nicht (und noch mehr der Bismarcksche »Kulturkampf«) einen K. hervorbringen?

Er überlegte, wie er das in seine Arbeit über K. einbringen könnte.

Montag hatte die Vorhänge nur so weit aufgezogen, daß sie genügend Licht hereinließen. Er wollte nicht nach draußen sehen, nicht auf das Grün und die Bäume, die sich mit ihren Blättern bis an sein Fenster erstreckten, Natur war ihm auf einmal, er hätte es nicht begründen können warum, zuwider, er wollte sich an die alten, gleichbleibenden, vertrauten Gegenstände halten, die sich nicht veränderten, an den Tisch, der ein Tisch war, stumm, braun, unbeweglich, der nicht wuchs und keine Blätter bekam, der kein Licht brauchte und keine Sonne und kein Wasser. Er strich mit einer beinahe zärtlichen Geste über den Tischrand. Vielleicht wäre er selbst gern so gewesen. Oder wie diese böhmische Vase auf dem Fensterbrett, die ein Stück vollkommene Form war. Oder der Bergkristall auf dem Vertiko, den er von einer Reise aus den Beskiden mitgebracht hatte und der mit seinen Metalleinschlüssen etwas von seiner Herkunft aus einem anderen Zeitalter ahnen ließ.

Er setzte sich hin und arbeitete weiter an der Übersetzung eines Artikels von Korfanty: ›Kapitalismus, Diktatur und Katholizismus‹ aus dem Jahre 1936. Nachmittags fiel ihm nichts ein, da beschäftigte er sich meist mit dem Studium der Quellen oder mit Übersetzungen.

›Immer wenn die Zeiten kritischer werden, melden sich auch die Katholiken zum Wort. Es ist kein Wunder, daß sie es tun, denn jede soziale und politische Frage ist im Grunde doch von ethischer, also religiöser Bedeutung.

Das treue Volk hat auch heute eine klare und bestimmte Aufgabe zu erfüllen: Niemals an der Seite derer zu stehen, die für Kapital und Diktatur eintreten. Wer an seinen Christus glaubt, der sein Evangelium den Armen gewidmet hat, der sich seine Apostel aus dem einfachen Volke wählte, der die habgierigen Kaufleute aus dem Tempel heraustrieb, der den bösen Glanz des Geldes verfluchte, der die absolute Gerechtigkeit und Nächstenliebe als Grundlage für die Entwicklung der zwischenmenschlichen Beziehungen predigte, der die Menschen nach seinem, nach göttlichem Muster prägen wollte, indem er ihnen Gesetze und Würde verlieh – ja, wer an jenen Christus glaubt, kann den richtigen, auch den richtigen politischen Weg nicht verfehlen . . .‹

Er schrieb das auf, aber er dachte an etwas anderes. Nach dem Brand der Synagoge am Wilhelmsplatz war er ein paarmal daran vorbeigegangen, die Fenster waren zersplittert, die Mauern und die Metallkuppel rauchgeschwärzt. Sie hatten Fackeln hineingeworfen und innen alles verbrennen lassen, und als dann die Flammen nach außen schlugen, hatten sie das Feuer gelöscht, weil sonst die andern Gebäude ringsum in Brand geraten wären.

Der Schnee war darauf gefallen, der Frühjahrsregen, das erste Sommerlicht, nichts veränderte sich, es schien, als ob die geschwärzten Mauern als ein Mahnmal stehen bleiben sollten. Die Leute gingen rasch und scheu daran vorbei, meist auf der anderen Straßenseite, als würde die Nähe sie mit einer Schuld zusammenbringen, mit der sie nichts zu tun haben wollten. Er wußte, daß in der Niederwallstraße noch zahlreiche jüdische Familien wohnten, der Block Nr. 17 hatte schon immer der Israelitischen Kultusgemeinde gehört, ein paar Wohnungen waren leer geworden durch Auswanderer, dafür waren aus anderen Bezirken andere Juden dort eingezogen. Er war langsam daran vorbeigegangen und hatte unauffällig versucht, durch die Fenster im Erdgeschoß einen Blick in die Wohnungen zu werfen, aber er hatte nichts sehen können außer dicken Vorhängen hinter den Fensterscheiben, und nur in wenigen Fenstern brannte am Abend ein Licht. In dem Haus an der Straßenfront waren an allen Fenstern im Erdgeschoß die Rolläden heruntergelassen, auch am Tag, als wohnte dort niemand mehr oder als fürchteten die Bewohner, man würde ihnen die Fensterscheiben mit Steinen einwerfen. Montag hatte sich ein paar Minuten lang in den Flur des gegenüberliegenden Hauses hineingestellt und gewartet, bis jemand herauskam, es waren meistens alte Leute, und wenn es Kinder waren, dann gingen sie zu zweit oder in Gruppen, niemals allein, und sie verschwanden schnell in andern Straßen, so als wüßten sie, daß sie beobachtet werden, und nicht nur von ihm. Es war ihm nur einmal gelungen, einem alten Mann nahezukommen und ihm dabei ins Gesicht zu sehen, ohne daß er es merkte, und er war überrascht davon, ein Gesicht zu entdecken, das sehr viel jünger aussah, als es die greisenhaft gebeugte Haltung des Mannes vermuten ließ. Erst später fiel ihm ein, daß ihm an diesem Gesicht sonst nichts aufgefallen war; er vermied es dabei, die Frage zu Ende zu denken, was ihm denn daran hätte auffallen sollen. Es hätte das Gesicht von Arthur Silbergleit sein können, der früher in dieser Straße gewohnt haben soll, aber wahrscheinlich war er ausgewandert; bis vor ein paar Jahren konnte man im ›Oberschlesischen Wanderer‹ hin und wieder ein Gedicht von ihm lesen, er hatte sich einmal sogar einen Gedichtband von ihm gekauft, ›Alte Stadt‹ hieß er oder so ähnlich, das war freilich schon ziemlich lange her, er erinnerte sich nur, daß ihm einige Gedichte darin gefallen hatten.

Das letzte Mal war er im Juni dort gewesen. Da trugen sie gerade aus der Nr. 17 einen Sarg heraus und luden ihn auf einen Leiterwagen, der von einem Pferd gezogen wurde. Hinter dem Wagen gingen vielleicht zwanzig, fünfundzwanzig alte, gebückte Menschen her, und niemand hätte ihnen ansehen können, daß es Juden waren. Montag hatte auch gar nicht daran gedacht, er war schon an ihnen vorbei, als er plötzlich vom Ende der Straße Halbwüchsige schreien hörte: Jude! Jude! *Schiddok!*, und das hörte sich an wie ein Schimpfwort, so etwa, wie man in seiner Kindheit *Djobok* oder *Kurwa* oder *Swintoch* fluchte. Und während er erregt durch die Straßen gegangen war, fragte er sich, wie es dazu kam, daß das bloße Wort *Jude* zu einem Schimpfwort werden konnte, und wie lange es wohl noch dauern würde, bis es mit dem Wort *Katholik* so weit sein würde.

Und das ging ihn mehr an.

Kurz danach hatte er von seinem Vetter, der jetzt in Dänemark lebte und an den er sich nur undeutlich erinnerte, einen Bildband über Kopenhagen bekommen. Er blätterte lange darin. Die schön geschwungenen Brücken gefielen ihm, die Straßen mit den schmalen, hochgiebligen Häusern, aus denen viele kleine Fenster blinkten, Schlösser, die aus Wiesen und Wassern aufstiegen, und

Schiffe, die zwischen Himmel und Meer anlegten, ein großer Lunapark mit einem Riesenrad und vielen Karussels, mit Luftschaukeln und Schießbuden und vollgedrängt mit Menschen, die Lampions in der Luft schwenkten. Vielleicht würde er eines Tages nach Kopenhagen fahren.

Niemals dachte er daran, seine Tochter in Paris zu besuchen, obwohl sie ihn oft eingeladen hatte. Es bedurfte zahlreicher Briefe von ihm, um ihr eine Reise nach Gleiwitz auszureden. Eines Tages hatte sie ihm mitgeteilt, daß sie einen Pariser Bilderhändler heiraten werde, der zwölf Jahre älter sei als sie und zwei Kinder aus der ersten Ehe mitbringe, sie selbst wolle nicht zum mosaischen Glauben übertreten, das hätte ihr Mann auch nicht von ihr verlangt, sie wollte aber versuchen, die Kinder in diesem Glauben weiterhin zu erziehen. Dies alles hätte sie am liebsten mit ihm persönlich besprochen, aber da er ihr nun schon seit längerer Zeit von einer Reise nach Schlesien abriete, da sollte er jetzt zur Hochzeit nach Paris kommen.

Er war nicht hingefahren.

Niemals zuvor hatte sich Montag als Jude gefühlt. Nach dem Arier-Nachweis, den er beim Oberlandesgericht hatte einreichen müssen, war er ein Halbjude, seine Tochter eine Vierteljüdin. Doch sie wußte ohnehin nichts davon, sie war getauft, sie war kommuniziert, sie hatte zwei katholische Heilige in ihren Vornamen: Agnes und Elisabeth. Jetzt aber brach etwas in ihm auf, ein kleiner Furunkel, und er kratzte und rieb und drückte so lange daran herum, bis es ein großes Geschwür war, eitrig und blutig, und er davor erschreckte.

Und unter allen katholischen Gebeten, Litaneien und Bekenntnissen, die er gelernt hatte, holte er jetzt Fragmente des Kaddisch zusammen, das er in seiner frühen Kindheit aus dem Zimmer seines Großvaters, durch die Wand hindurch, gehört hatte ... *jitgadal wejitkadasch schmej rabba ... be alma di wera chirute we jamlich malchute ...* Das kam aus einer noch tieferen Schicht und bewegte seinen Körper und brachte ihn zum Erzittern. Er blickte an sich herunter, auf die Hände, die er in die Taschen des Morgenmantels geschoben hatte, er wiederholte laut diesen Satz und wunderte sich, daß er nicht mit den Händen gestikulierte. Er blickte in einen Spiegel hinein und betrachtete sein Gesicht, in der Hoffnung, dort ein paar Linien oder Falten oder Merkmale zu entdecken, die nur den Juden zugehörig waren – es war ein Gesicht, das sich von andern Gesichtern nicht auf eine besondere Weise unterschied. Wenn er sich lange genug betrachtete, dann würde er vielleicht doch bemerken, daß seine Nase etwas mehr geschwungen war als bei den andern, und wenn er lange unterwegs wäre, würde er schon spüren, daß er einen Plattfuß hatte, und er könnte es sich durchaus angewöhnen, mit der Zeit beim Reden die Hände zu Hilfe zu nehmen.

So wollen sie einen Juden haben. Er war bereit, sich darin einzurichten. Mit etwas Verstellung würde es ihm vielleicht glücken.

Und er sagte zu sich selbst: Georg Montag, Sohn des Tuchhändlers Benjamin Montag aus Myslowitz, Enkel des fliegenden Zwirnhändlers Moischele Ponedjelnik aus Odessa, du bist ein Jude, von einer christlichen Mutter geboren und katholisch getauft, katholisch erzogen und katholisch kommuniziert, vom Kardinal Bertram mit Öl gefirmt – und doch ein Jude, erinnere dich daran, was dein Großvater einmal zu dir gesagt hat, als du noch ein Kind warst, vielleicht wirst du den Sinn dieses Satzes damals nicht verstanden haben, aber erinnre dich an diese Wortmelodie, klang das nicht so? Schma Jissraejl adonai elohejnu adonai echad. Jahwe, der Gott der Juden, ist auch dein Gott!

Und er schnitt aus einem weißen Seidentuch einen Tallit und aus einem Stück schwarzem Leder Teffilim, und er legte den Tallit über die Schultern, aber er wußte nicht, wie man die Teffilim-Schnüre an den Arm und am Kopf festbindet.

14

Valeska Piontek war mit ihrem Bruder Willi Wondrak schon eine Stunde früher in das Haus Oberschlesien gekommen, sie machte sich als erstes darüber her, die Tischkarten zu verteilen, während Willi Wondrak sich um die Dekorationen für den Bunten Abend und die Umkleideräume kümmerte. Als die ersten Gäste kamen, hatte er bereits alles organisiert, sie aber flatterte noch immer um die Tische herum, tauschte hier und da noch eine Karte aus oder verschob noch einmal eine ganze Sitzreihe, sie ordnete die Blumen, rückte das Besteck zurecht, das sie schon einmal zurechtgerückt hatte, und drückte sich den Knoten fester ins Haar, den sie schon so oft festgesteckt hatte. Das einzige, was Valeska im Augenblick eine gewisse Genugtuung bereitete, war ihr Einfall, den Erzpriester und den »wilden Mönch« an die äußersten Enden des Tisches, aber einander gegenüber, zu setzen. Auf die Tischkarte des »Mönchs« hatte sie nur B. F. (für Bruder Franz) geschrieben, um seine Anwesenheit nicht schon vorher zu verraten.

Ihr Bruder war in guter Laune, er scherzte mit einem Kellner, gab Anweisungen, zwei Tische neben der Tür aufzustellen, die die Geschenke der Gäste für das Brautpaar aufnehmen sollten, informierte dazwischen Valeska über den Verlauf des Bunten Abends und verstreute überall Zigarettenasche, es war das einzige sichtbare Zeichen seiner Unruhe, daß er, der Nichtraucher, sich heute eine Zigarette an der andern ansteckte; die Leere des Saales schien ihn nicht zu befremden und das Weiß der Tischtücher wie des Lichts nicht zu erschrecken. Valeska bewunderte das an ihm, sie setzte sich hin, sie puderte sich zum dritten Mal Nase und Wangen und hatte das Gefühl, aus ihrem Gesicht müßten Schweiß und Fett in dicken, blanken Kugeln heraustreten. Sie rieb ihre Hände rasch mit Eau de Cologne ein, ehe sie hinging und die ersten Gäste mit einer bei Willi abgeguckten gespielten Lässigkeit und einem künstlich aufgesetzten Lächeln begrüßte, ihre Sätze kamen dabei gequetscht heraus, und der Ton war ein wenig zu schrill, was in offensichtlichem Gegensatz zu ihrer Haltung stand, aber keiner der Gäste bemerkte das, sie waren selbst noch ganz verwirrt von den Prüfungen, die sie zu bestehen hatten, um überhaupt bis hierher in den Münzersaal zu gelangen, und der livrierte Türsteher, das dämmrige, alles Licht wie auch alle Geräusche verschluckende Foyer, der Treppenaufgang mit den weinroten Teppichen und goldblitzenden Stangen, waren nur einige davon, weitere lauerten schon auf sie: was man zum Beispiel mit dem mitgebrachten Hochzeitsgeschenk machen sollte, denn das Brautpaar war nicht zu sehen, man war also vielleicht zu früh gekommen und bewies damit nur wieder, wie zurückgeblieben man eben gegenüber den Pionteks war. Dann kamen auch schon Kellner herbeigeeilt und drängten einem eins von diesen ganz flachen Gläsern auf, bei denen man aufpassen mußte, daß man nichts verschüttete. Ein zäher, dickflüssiger klebriger Likör war darin, der nach Kratzbeere schmeckte und irgend etwas Schlesisches sein sollte. Nun hatte man beide Hände voll, also übergab man endlich das Geschenk der Valeska Piontek, es war ohnehin wichtiger, daß sie erfuhr, was man mitgebracht hatte, und für alle Fälle hatte man dem Geschenk eine Karte beigelegt, damit das Brautpaar auch noch am nächsten Tag den Urheber des Geschenks feststellen konnte. Vielleicht dachten nicht alle so, aber Fräulein Willimczyk, die Buchhändlerin, dachte so, und da jetzt noch etwas Zeit war, begann sie gleich das Päckchen aufzuschnüren und ihrer Freundin Valeska Piontek die Bücher zu erklären, die sie für ihre Tochter Irma aus der Neumannschen Buchhandlung mitgebracht hatte. Hier, sagte sie, und zählte auf, das ist der neue Scholtis ›Das Eisenwerk‹ und hier von Alexander Lernet-Holenia. ›Ein Traum in Rot‹ und ›Der große Janja‹ von Arnold Ulitz, spielt in Kattowitz, und sie redete weiter, auch als Valeska sich einmal entfernte, um das Ehepaar Kabella aus Biskupitz zu begrüßen, sie redete weiter, denn jetzt hatten sich ein paar andere Gäste um sie geschart, und ihr genügte es, einfach Zuhörer um sich zu haben . . . und das hier wird jetzt immer verlangt ›Der Tod von Reval‹ von Bergengruen. Und als Valeska zurückkam, fing die Willimczyk noch einmal bei dem Scholtis an. Valeska hörte aufmerksam zu, und in der Tat hatte sie sich noch niemals so lebhaft für Bücher interessiert wie in diesem Augenblick. Sie nahm eins in die Hand, blätterte darin und versuchte sich hinter den Wörtern zu verstecken, aber nur um den großen Saal mit seiner Leere und den hallenden, sich verflüchtigenden Stimmen zu vergessen.

Sie empfand diese Leere beinahe wie einen körperlichen Schmerz. So erging es ihr immer, ein großer leerer stiller Saal, in dem jede Person, die eintrat, die Leere nur noch leerer, und jedes Wort, das gesprochen wurde, die Stille nur noch stiller machte. Vielleicht war das nichts andres als die blasse und verschwommene Wiederkehr einer Angst, die sie einmal in der Kindheit überfallen hatte, als sie oben auf der Bühne am Klavier saß und unten in dem großen Saal waren vier, fünf, sechs Leute der Prüfungskommission zusammengekommen, und sie sollte beginnen, und sie konnte auf einmal nicht mehr ihre Hände heben, sie waren gelähmt, sie waren an ihren Schenkeln wie festgewachsen . . . Valeska wartete darauf, daß der Saal sich füllen würde, nicht so langsam, etwas rascher, mit Menschen, mit Stimmen, mit Lachen, mit Musik, mit Geräuschen, die sich an den Wänden brechen würden, um neue Geräusche hervorzurufen.

Die langsam wegtropfende Stille war erst überwunden, als Polensky und Michalek den Saal betraten. Sie schleppten eine Zinkwanne voller Blumen an, eine kunstvoll dekorierte Hochzeitskrone, die auf grünem Moos ruhte, geflankt von bunten Feldblumensträußchen, wie sie auf den Wiesen Oberschlesiens wuchsen. Es war ein Geschenk von Willi Wondrak, das von Valeska und Polensky bejubelt wurde, aber vielleicht nur deshalb, weil sie allein wußten, daß sich unter dem grünen Moos zehn Flaschen mit Schnapsik, mit selbstgebranntem Schnaps, befanden, der zur fortgeschrittenen Stunde den Gästen ausgeschenkt werden sollte. Besaufen wollen sich die Menschen im Oberschlesischen nun einmal, das war bei einer Gutsarbeiterhochzeit auf dem Lande oder einer Bergmannshochzeit in einer Mietskaserne nicht anders als im größten und vornehmsten Hotel der Stadt, ja sogar der ganzen Provinz, aber Willi Wondrak sah nicht ein, daß seine Schwester zu diesem unheiligen Zweck für achtzig Gäste den teuren Schnaps des Hotels Haus Oberschlesien bezahlen sollte.

Mit Polensky und Michalek waren endlich die von Valeska ersehnten neuen Geräusche hereingekommen. Als sie ihre Handtasche öffnete und zu ihrer Puderdose griff, war das Klicken nicht mehr zu hören und auch nicht das Tatschen mit der Puderquaste auf ihrem feuchten Gesicht. Valeska drückte den eintretenden Gästen die Hand und kramte in ihrem Kopf nach immer neuen Namen und Sätzen und versicherte allen, wie sehr sie sich darüber freue, daß sie gekommen seien. Auch wenn das falsch war.

Im Grunde freuten sie Feste erst dann, wenn sie vorbei waren, wenn die Gäste die Zimmer verlassen hatten und das Haus, wenn die Stille, die Nüchternheit, die Kälte einzogen, dann liebte sie es, durch die verlassenen, leeren, stummgewordenen Räume zu gehen, hier und da einen Stuhl umzuwerfen, an einem allzu glatten Tischtuch zu zupfen, einen Teller wegzuschieben, vielleicht eine Vase mit halbwelken Blumen umzustoßen, daß sich das Wasser über das Tischtuch ergoß und sich die Blumen verstreuten, aber die Vase nicht dabei zerbrach, oder mit dem Schuh ein Glas zu zertreten, das unter den Tisch gerollt war, sie tat das alles ganz sanft und vorsichtig und behutsam, nur um die Zeugenschaft des Festes noch etwas deutlicher zu machen. Sie liebte die kalten, gelben, ausdruckslosen Lichtkegel der Lampen über den Tischen, die Schweißspuren an den Gläsern, manche noch zur Hälfte mit einer eklen gelben Flüssigkeit angefüllt, die schmutzigen Teller und zerknüllten Servietten, die Weinflecke auf den Tischtüchern, die überladenen Aschenbecher und die Luschen* auf dem Boden, die einen beißenden Geruch nach schalem Bier und Urin verbreiteten. Sie liebte weniger die Feste, als die groben und sinnlichen und schmutzigen Spuren von Festen, nicht ihre laute gegenwärtige Fröhlichkeit, sondern die stummen Zeugen erlebter und vorbeigegangener Ausgelassenheit.

Jetzt trat die Wassermilka ein. Sie blieb einen Augenblick in der Tür stehen, so als wollte sie sich allen erst einmal zeigen, bevor sie sich unter die Menge mischte. Sie ließ ihre Augen neugierig über die Gäste und die Tische gleiten und genoß es offensichtlich, von den andern mehr und mehr angestaunt zu werden. Auch Valeska sah jetzt hin und war so überrascht von Milkas Erscheinung, daß sie erst einmal ganz rasch ihre Handtasche auf- und zuknipsen mußte, um sich über eine gewisse Verlegenheit hinwegzuretten. Die Wassermilka, so schien es jedenfalls Valeska, war um die Hälfte schlanker geworden. Die Haare trug sie in einem gewellten, aufgeblondeten Bubikopf, was ihrem sonst etwas grob wirkenden Gesicht eine (bisher ungewohnte) Keckheit gab, aber noch überraschender war, daß sie Hosen trug, eine richtige Glenscheck-Männerhose mit breitem Schlag, darüber eine dunkelblaue, gutsitzende Kostümjacke – und das Überraschendste war das NS-Frauenschafts-Abzeichen auf dem Revers. Valeska sah zu Willi hinüber, der ihre Gedanken mit einem Augenzwinkern bestätigte, ging dann rasch auf die Wassermilka zu und streckte ihr schon von weitem die Arme entgegen, ohne sich etwas von ihrem Staunen anmerken zu lassen.

Wie ich mich freue, sagte sie und umarmte ihre Schwä-

* Pfützen

gerin, und ihr Gesicht berührte dabei das Haar der Milka, und der schwere, dumpfe Geruch nach Zigarren und ungelüftetem Schrank vermischte sich mit der süßlichen Frische eines Haarwassers. Wir haben uns ewig lange nicht gesehn, sagte Valeska und hatte das Gefühl, nicht einmal zu lügen, denn das letzte Mal, als sie die Wassermilka sah, war es eine ganz andere gewesen. Wir freuen uns alle, daß du gekommen bist.

Mein Geschenk, sagte die Wassermilka und überreichte ein schwarzes Lederfutteral, das nicht eingepackt war. Sie selbst trug unterm Arm ein ähnliches von grauer Farbe, aber vielleicht war es nur etwas angeschabt.

Danke! sagte Valeska und nahm das Futteral in einer großen Geste an. Da wird sich Irma freuen! Und es war sie selbst, die ihre eigene Stimme, ihre eigenen Wörter, ihre eigenen Bewegungen als künstlich empfand.

Das ist vielleicht eher etwas für den Bräutigam, sagte die Wassermilka, mit dem ihr uns ja wirklich überrascht! Sie sagte es freundlich, ohne Nebentöne und zog jetzt Valeska zu sich heran, um mit ihrer Wange die andere Wange Valeskas zu berühren. Du hast Geschmack, sagte sie und ließ ihre Blicke über die Tische hinwegschweifen. Es wird ein großes Fest werden!

Glaubst du? fragte Valeska mit dünner Stimme zurück, als ob sie bis jetzt daran gezweifelt hätte.

Aber ja, sagte die Wassermilka und ging ein paar Schritte weiter, bis zu mir an die Klodnitz hat es sich herumgesprochen.

Valeska war ganz glücklich. Sie würde sich auch noch an eine Milka mit Bubikopf und Männerhosen gewöhnen. Sie winkte ihren Bruder heran, der schon darauf gelauert hatte.

Willi Wondrak machte der Milka erst einmal ein Kompliment zu ihrer neuen Frisur, die Kleidung erwähnte er lieber nicht, da mußte er sich noch erkundigen, ob das nicht vielleicht gerade jetzt in Mode kam; er konnte dabei das Auge nicht von dem NS-Frauenschafts-Abzeichen lassen. Daß die Wassermilka jetzt in die NS-Frauenschaft eingetreten war, würde ihn kaum berühren, aber daß sie das Abzeichen an ihrer Kostümjacke trug und noch dazu bei einer privaten Feier wie dieser Hochzeit, und daß sie in diesem zumindest ungewöhnlichen Aufzug hier erschien, beunruhigte ihn, er hatte das Gefühl, das würde noch mehr bedeuten. Er selbst war mit der Zeit beinahe allen NS-Vereinen und Organisationen beigetreten, die sich seit 1933 in der Stadt aufgetan hatten, freilich immer mit dem Gedanken, daß ihm dadurch das Letzte erspart bliebe, nämlich Mitglied der Partei zu werden. Er hatte sogar seinen Namen Wondraczek in Wondrak geändert.

Man muß mit der neuen Zeit mitgehn, sagte die Milka und ließ damit offen, ob sie ihre Frisur meinte oder ihre Mitgliedschaft in der NS-Frauenschaft.

Wir freuen uns sehr, daß Milka zur Hochzeit gekommen ist – auch Leo Maria wird glücklich sein, fügte Valeska etwas leiser hinzu. Er fühlt sich zu krank, um herzukommen. Aber er wünschte so sehr, daß du hier bist.

Jetzt war sie so leise, daß sie niemand mehr verstand. Es war auch mehr ihr eigener Wunsch, den sie ausdrückte.

Valeska hatte das Gefühl, sich mit Milka schon versöhnt zu haben. Sie berührte zum Zeichen ihres Vertrauens ganz leicht deren Arm – und Milka zog ihn nicht zurück. Das machte sie sicherer. Sie nahm sich vor, nachher ganz rasch zum Tisch hinüberzugehen und ihre Tischkarte auszuwechseln, Milka könnte zwei Plätze aufrücken. Wenn sie das Abzeichen abmachte, sogar drei. Später würde sie ihr das Angebot machen, in das Haus in die Strachwitzstraße einzuziehen.

Willi Wondrak sah das alles viel nüchterner. Kommen Sie, ich möchte Sie meiner Sekretärin Fräulein Heiduczek vorstellen.

Die Sekretärin war informiert und sollte später mit der Milka den Vertrag besprechen. Er holte sein Zigarettenetui hervor. Rauchen Sie? Es war mehr eine Routine-Frage nach allen Seiten.

Danke! sagte die Wassermilka, ich rauche meine Hausmarke. Sie nahm das Lederfutteral und klappte es auseinander. Eigenwuchs und Eigenprodukt! sagte sie leicht triumphierend und hielt den andern das Futteral hin. Vielleicht jemand von euch?

Oh, machte Valeska und schüttelte ihre Hände aus. Sie war gekränkt. Sie empfand das beinahe wie einen Rückfall. Fräulein Willimczyk, die gerade näherkam, hätte gern einmal eine Zigarre probiert, aber sie fürchtete, ihr Chef würde das noch am nächsten Tag riechen und sie rügen.

Willi Wondrak faßte sich rasch: einfach würde es mit ihr nicht werden, das sah er, aber er war zuversichtlich. Er sagte: Danke sehr! Vielleicht nach dem Essen, jetzt ist mir eine Zigarre zu stark. Er wollte ihr Feuer geben, aber die Wassermilka winkte ab. Da war ein Zeremoniell zu beachten, bevor man eine Zigarre anzündete, das war doch klar. Die andern sahen ihr jetzt stumm zu, wie sie die Zigarre über dem Handrücken rollte, wie sie mit einer winzigen Klinge ein Mundstück hineinschnitt, wie sie mehrere Male an der Zigarre saugte und danach mit der Zungenspitze prüfend an die Zähne stieß. Erst als der Geschmack der Luft und des Tabaks zu ihrer Zufriedenheit ausfiel, neigte sie sich nach vorn und nahm das Feuer an.

Als Milka die ersten Rauchwolken ausstieß, schüttelte sich Valeska, ganz hinten spürte sie einen bitteren Geschmack aufkommen, vielleicht sollte sie die Milka doch auf dem alten Platz lassen? Glücklicherweise konnte sie sich jetzt entfernen, der Präsident der Wasserwerke war mit seiner Gattin gekommen, er hielt einen Strauß lachsrosa Rosen in der Hand, und die Gattin schwenkte das firmenbedruckte Seidenpapier, damit man auch sehen konnte, daß sie die Rosen bei Szupek gekauft hatten, dem vornehmen Blumenladen in der Wilhelmstraße.

Willi Wondrak sah zu, wie die Milka paffte, er ließ es sich sogar gefallen, daß sie einen Rauchring auf seine Nasenspitze blies; er war entschlossen, alles zu tun, um Emilie Piontek für die neue Firma zu gewinnen.

Ich möchte Sie mit einigen Gästen bekannt machen, die Sie noch nicht kennen, sagte er und reichte ihr den Arm. Die Wassermilka hängte sich ein und ging neben ihm, als sei sie ihr ganzes Leben am Arm eines Mannes durch Ballsäle gegangen. Jedenfalls zeigte sich niemand über die zigarrenrauchende Milka überrascht, höchstens, daß hier oder da ein erstauntes oder spöttisches Wort, ganz leise, über ihre Kleidung geäußert wurde.

Frau Bohne, die vor noch nicht langer Zeit aus dem Reich hierhergekommen war, zu dem Bibliotheksdirektor Neumann: Vielleicht ist das eine neue Anordnung vom Führer, daß Frauen jetzt Zigarren rauchen sollen ... Das würde mich nicht wundern, er soll auch dagegen sein, daß sich Frauen schminken ... sagte sie und preßte ihre schmalen Lippen noch etwas schmaler zusammen.

Es war genau fünfzehn Minuten nach sieben (Valeska hatte ihren Bruder im Verdacht, auch das organisiert zu haben), da erschien das Brautpaar, angeführt von zwei blumenstreuenden Kindern. Irma in Arbeitsdienst-Uniform (und das gab Valeska noch mal einen Stich in die Brust), mit einem Strauß weißer Rosen im Arm, und Heiko in Soldaten-Uniform, den Kragen und die Ärmel mit grüner Myrte besteckt. Willi Wondrak versuchte ein paar umstehende Gäste zu einem Chorus zu animieren:

Hochsollnseläbn Hochsollnseläbn dreieiei maaaal hoch!

Valeska und Tante Lucie (Widera) gingen auf das Brautpaar zu, umarmten sie und küßten sie dreimal auf die Wangen. Valeska hatte sich vorgenommen, dabei ihr strahlendstes Lächeln aufzusetzen, das ihr heute nach diesem Tag überhaupt noch zur Verfügung stand, aber sie wußte nicht, ob ihr das gelang.

Die Gäste fingen an zu klatschen, und das verwirrte sie etwas, der Beifall wollte nicht aufhören, die meisten von ihnen waren ja zum ersten Mal in ihrem Leben in einem richtigen Hotel, in einem Ballsaal, und vielleicht legten sie in das ungelenke Klatschen auch etwas von ihren unklaren Gefühlen mit hinein, mit denen sie dieser Einladung gefolgt waren, etwas vom Dank, daß sie hier sein durften, etwas auch von der Überraschung, daß vorhin der Portier, dem sie etwas umständlich die vornehm gedruckte Einladung gezeigt hatten, sie nicht wieder rausgeschmissen hatte, aber auch etwas von der Furcht, das alles hier könnte eine Täuschung sein *und wenn sie aufwachten, säßen sie wieder in ihrem Topfe.*

Auch für Valeska war alles neu hier. Sie vergaß nicht, daß diese Hochzeitstafel im Hotel Haus Oberschlesien sie immerhin eine Menge Geld kosten würde. Eine ganze Woche lang hatte sie versucht, ihre Tochter von dieser Heirat abzubringen, aber als Irma sich in ihr Zimmer einschloß und es nur verließ, um sich freiwillig noch einmal zum Arbeitsdienst zu verpflichten, gab sie ihren Widerstand auf. Sie willigte ein, ja sie versprach Irma sogar eine Hochzeit, an die sich alle, die daran teilnehmen würden, noch Jahre danach erinnern sollten. Nicht eine Hochzeit im ausgeräumten Wohnzimmer mit geborgtem Geschirr und Tanz zur Ziehharmonika im Hausflur, nein, das beste in der Stadt wollte sie ihr bieten, den Ballsaal im Haus Oberschlesien. Sie hatte dafür zwei Grundstücke verkauft, die aufgelassene Ziegelei in der alten Ziegeleistraße und die Wiesen am Zerniker Wald. Aber sie war entschlossen, das Geld bald wieder reinzukriegen, und schon heute nacht wollte sie damit anfangen. Ihr Bruder hatte, wie sie sehen konnte, schon einiges dafür getan, der Graf Poremba war gekommen, der Direktor der Wasserwerke, die Polenskys von Polensky und Michalek, der Leiter des Sparkassenvereins, die Wassermilka, mit der sie einiges vorhatte, die Neumanns von der Stadtdruckerei, und vielleicht würde auch noch jemand von den Ballestrems kommen.

Jetzt fingen die andern Gäste an, nach den Tischkarten zu schielen, es gab Momente freundlichster Verwirrung, bis alle schließlich ihre Plätze gefunden hatten. Während die Suppe serviert wurde, stellte Valeska fest, daß bisher weder der Kaplan Mikas noch der »wilde Mönch« gekommen waren. Und die Stühle für Josel, Andreas und Ulla Ossadnik waren ebenfalls leer. Das beunruhigte sie.

Valeska führte den Löffel zum Munde, sie schöpfte aus dem Teller. Sie lauschte auf die Stimmen der andern, manchmal kam ein Gläserklirren zu ihr, ein aufsteigendes Lachen, es kam von weit her und schien sich langsam noch weiter von ihr zu entfernen.

Rechts von ihr saß der Bräutigam, er redete zur andern Seite hin, und es kam nur selten vor, daß er ihr sein Gesicht zuwendete, sie mußte ihn schon mehrfach fragen, irgendwas, und er gab ihr eine knappe Antwort, irgendeine. Sie sahen sich an und blickten danach jeder in eine andere Richtung weg.

Zu ihrer Linken war der Stuhl leer geblieben, er war symbolisch für Leo Maria reserviert, sie dachte daran, Josel dorthin zu setzen, wenn er käme. Sollte er doch zur Hajott gegangen sein? Vielleicht haben sie ihn geholt? Sie hätte ihn gleich mitnehmen sollen!

Valeska beugte sich weiter hinüber zu der Gräfin Poremba, die sie heute erst zum zweiten Male sah. Von ihrem Bruder hatte sie erfahren, daß die Porembas die letzten Jahre in Bayern gelebt hatten, bei irgendwelchen Vettern, und von dort hatten sie mit Hilfe ihres Bruders die Entschädigungen für ihre Güter im Ostoberschlesischen betrieben, seit vier Wochen waren sie nun in Gleiwitz, wohnten im Hotel Haus Oberschlesien und warteten auf den Ausbruch des Krieges, um ihre Ländereien wieder zu holen, für die Willi immerhin schon eine recht ansehnliche Summe kassiert hatte. Er hatte seiner Schwester freilich nicht gesagt, daß er für die Porembas bereits eine Hotelrechnung bezahlen mußte, da sie kein Geld mehr hatten. Der Silberfuchs auf ihrer Schulter versteckte beinahe ganz den gräflichen Kopf. Valeska suchte nach einer Frage, die auch über den Pelz hinweg verständlich sein würde: Wie geht es dem Fräulein Tochter?

Aber die Gräfin hatte keine Tochter. Sie war freilich so glücklich darüber, von Valeska zur Hochzeitsfeier eingeladen worden zu sein, daß sie sich rasch eine Tochter erfand. Danke, es geht ihr gut, sie schreibt bezaubernde Briefe aus London, pustete sie in ihr Fell.

In London! sagte Valeska. Sie ließ den Löffel einen Augenblick im Munde stecken und sinnierte diesem Namen nach. Eine Freundin aus ihrer Kattowitzer Zeit war nach London als Klavierlehrerin gegangen, sie hatte von ihr zwei Briefe bekommen. In dem einen schrieb sie, die Stadt sei so groß, daß man tagelang durch die Straßen gehen könne, ohne an ihr Ende zu kommen, und der Fluß sei an manchen Stellen so breit, daß man ein Fernrohr zu Hilfe nehmen müsse, um auf das andere Ufer zu sehen; und in dem zweiten Brief steckte ihre Heiratsanzeige. Seitdem verfolgte sie in der Zeitung, was über London geschrieben wurde, denn nun konnte sie sich die Stadt ziemlich gut vorstellen.

Ist das nicht eine zu große und gefährliche Stadt für ein junges Mädchen? fragte sie und tat den Löffel in die Suppe.

Die Gräfin Poremba mußte sich weit nach rechts beugen, um Valeska Piontek zu verstehen, sie hätte Linkshänderin sein müssen, um dabei weiter essen zu können, außerdem mußte sie aufpassen, daß sie nichts von der Suppe auf das Fell verschüttete. Aber die Suppe stehnzulassen, schien ihr ebenso gefährlich wie die erfundene Tochter in London, so sagte sie rasch: Im Augenblick ist unsre Tochter gerade in Wien, die Verhältnisse in England sind nämlich jetzt ziemlich ... Sie wußte nicht, wie sie es ausdrücken sollte (ach, hätte sie doch diese Tochter nicht erfunden), sie verhaspelte sich und sagte: so lá lá. Betonte es aber so, daß es eher gefährlich klingen sollte.

Was wird die Krone machen, wenn es Krieg mit Polen gibt? fragte Fräulein Willimczyk von der andern Seite herüber. Sie war stolz darauf, daß sie nicht England sagte. Irgendwo hatte sie gelesen, daß die Engländer ihr Land einfach »Die Krone« nennen.

Die Engländer werden sich heraushalten, die Engländer

sind feige, denken Sie an den Burenkrieg! meldete sich der Graf Poremba mit Nachdruck. Der Graf hatte da seine feste Meinung. Eine Zeitlang trug er sich mit dem Gedanken, nach Südafrika auszuwandern, deshalb hatte er viele Bücher über den Burenkrieg gelesen. Seitdem dachte er so, und wenn man ihn ansah, wie er ganz hingegeben den Teller ausleerte, wußte man, daran würde sich in naher Zukunft nichts ändern.

Aber die Franzosen? Was ist mit den Franzosen? fragte der Präsident der Wasserwerke herüber, der im übrigen damit beschäftigt war, ein Weinglas zu zerbeißen.

Die Gräfin Poremba kam ins Schwitzen. Sie machte die Pelzspange auf und ließ den Silberfuchs die Schultern herabgleiten und ordnete ihn dann quer über die Lehne, damit sie sich nicht später darauf setzte. Sogar für Valeska, die die Kämpfe der kleinen Frau unter dem Pelz beobachtet hatte, war das eine sichtliche Erleichterung.

Valeska machte sich Sorgen um Andreas, der mit Ulla Ossadnik nach Zernik gefahren war, um Tina Zoppas einzuladen. Sie hätten längst zurück sein müssen. Auch die Zoppas war nicht gekommen. Sie behielt die Stühle im Auge.

Erst beim Fleisch kam die Gräfin darauf zurück. Ich soag's Ihnen, die Franzosen werden stillhalten, ich weiß es, mir nehmen uns doch nur das bissel, was uns amal gehört hat, mir san nicht aggressiv. Die Gräfin Poremba liebte es, gelegentlich einen kaum vorhandenen österreichischen Akzent vorzuzeigen, um damit anzudeuten, daß hier alles einmal österreichisch gewesen war.

Valeska sah zu, wie die Gräfin Poremba sich mit dem Fleisch und den Wörtern abmühte. Sie sah häßlich aus, wenn sie aß, ihr Gesicht verschob sich dabei auf groteske Weise.

Wegen Kattowitz und Poremba wird es keinen Krieg geben, ergänzte ihr Gatte lachend und schob sich ein Stück Kloß in den offenen Mund.

Valeska lehnte sich zurück. Sie tupfte mit der Serviette

ihre Lippen ab, sie hoffte, sie würde beim Kauen nicht so aussehen wie die Gräfin.

Der Präsident der Wasserwerke saß ihr gegenüber, ein schwarzweißes robustes Viereck, und strahlte nach links und nach rechts eine vibrierende Fröhlichkeit aus, die sie ganz unsicher machte. Er brachte es fertig, mit seinem Stuhl hin und her zu rutschen, mit den Zähnen zu schmatzen, einen Witz zu erzählen und selbst darüber zu lachen. Jetzt machte er sich sogar über ein Likörglas her und ließ das angebissene Glas zum Beweis seiner Fähigkeit rumgehen. Und er wurde nicht müde, auf Valeska einzureden, die nur langsam seine merkwürdigen Sätze verstand: ... das ist es ja ... was ich sage ... das Fräulein Braut, eine reizende Braut, und alles so modern, ohne Weißkleid und ohne Weißschleier, einfach nur so, das ist es, wonach unsere neue Zeit verlangt. Er ließ seine Blicke zwischen Valeska und Irma hin und her pendeln und hob sein Glas in die Höhe und schwenkte es hin und her ... Und die Feier in diesem schönen Saal! Auf das Wohl der Braut!

Er stieß mit seinem Glas nach andern Gläsern in der Luft, manchmal klirrte es, manchmal nicht, er sah nicht hin – er war begeistert.

Valeska verfehlte das Glas, es war auch nur ein weißer Wein darin, dabei hatte sie sich einen roten italienischen bestellt. Sie sah zu ihrem Bruder hinüber, der ganz in das Gespräch mit Milka und in das Schneiden des Fleischs vertieft war.

Ein Geweb aus Stimmen war in ihrem Ohr, und gelegentlich wob auch Valeska einen klingenden Faden mit hinein, aber sie konnte nicht verhindern, daß auf ihrer rechten Seite, dort wo ihre Tochter saß, eine große Mauer heranwuchs aus Schweigen und Mißtrauen, und wenn Valeska ein paar Wörter dagegenwarf, prallten sie ab, und die Mauer wurde höher und höher, einen Moment lang schien es Valeska, als seien sie alle in einem Märchenspiel aufgegangen, und vielleicht habe sich Irma nur deshalb in einen alten Turm verwandelt, weil sie fürchtete, die

Königin habe dieses Fest nur aus dem Grunde so pompös veranstaltet, um sie alle am Ende in einem bösen Zauberspuk herniederfahren zu lassen . . .

Valeska zerriß diesen Vorhang. Sie sah wieder ganz klar, sie sah Irma, die sich gerade umdrehte und sich mit einem spitzen, provozierenden Lachen ihrem Soldaten zuwandte, sie sah die andern obszön in das braune Fleisch auf ihren Tellern hineinbeißen, sah ihre grauen Hände wie ältliche Hühner zwischen Tischtuch und Teller hin und her flattern, sah in die schwitzenden, roten, sich immer mehr aufblähenden Gesichter, und die direkte Frage des Kaplans Mikas, der nun auch eingetroffen war, über den leeren Stuhl des Erzpriesters Pattas hinweg, schmetterte gegen ihr Ohr: Wie haben Sie das alles nur geschafft, wie haben Sie das alles nur organisiert, liebe, verehrte Frau (er konnte sich natürlich, wie alle Priester, keine Namen merken, oder er vermied es, wie alle Priester, die Gläubigen allzuoft mit ihrem Namen anzurufen, waren sie nicht alle gleich vor Gott, alle eins?), jetzt, wo es doch schon Lebensmittelmarken gibt? Nun, ob Krieg oder nicht, überall sollte es Beschränkungen geben solange noch unsre Missionskinder in Indien und Afrika hungern, die haben dort jeden Tag Krieg, gegen Hunger und Elend, gegen Krankheit und die Tsetse-Fliege und gegen die Unwissenheit, das ist doch viel schlimmer, meinen Sie nicht auch, liebe Frau, vielleicht könnten wir sogar, ich meine am Ende, später, wenn der Erzpriester da ist, eine kleine Sammlung für unser Missionsgebiet in Rawalpindi, Sie wissen ja . . . liebe Frau.

Aber ja, aber ja, sagte Valeska und zeigte zu gleicher Zeit mit abwehrenden Händen und eisiger Miene an, daß sie das Gegenteil davon meinte. Da schickten sie jetzt die jungen Priester aus dem Reich hierher, die kein Wort Polnisch konnten und niemals aus der Stadt herauskamen, dabei könnten sie ihr Indien in der Huldschinsky-Siedlung, in Bobrek und Peiskretscham undwerweißsonstwo genausogut finden. Und von der anderen Seite des Tisches nickte ihr der Direktor der Wasserwerke zu, dessen Stirnadern so stark angeschwollen waren, daß sie bei jedem Kauvorgang wie kleine rote Schlangen zuckten. Seine kleinwüchsige Frau, die gewiß viermal in ihn hineingepaßt hätte, sagte mit leiser Stimme irgend etwas, das nicht verständlich war, sie hatte sich seit zwanzig Jahren angewöhnt, leise zu sprechen in der Hoffnung, ihren Mann, an dem alles dick, grob und laut war, darauf einzustimmen, aber es schien alles vergeblich zu sein. Er übersetzte ihre Worte sogleich, und seine Stimme war dabei wie ein Trompetenstoß: Meine Frau sagt, sie ist begeistert, alles mit so viel ... Geschmack und Kultur, der Wein von ... Auserlesenheit, das Essen von ... Köstlichkeit, meine Frau sagt, wenn unsre Tochter die ... Heiratsfähigkeit hat, dann wollen wir eine solche ... Feierlichkeit auch hier in dieser Umgebung veranstalten. Der Direktor der Wasserwerke machte aus allem Substantive und sprach sie wie ein Fremdwort aus, immer mit einem kleinen Zögern davor. Fräulein Willimczyk, die zugehört hatte, kicherte in ihre kleine Buchhändlerfaust.

Valeska nickte zurück. Sie wünschte sich sehnlichst einen Hut von der Art, wie sie noch vor gar nicht langer Zeit in Mode waren, mit einem Schleier herum, den man ins Gesicht ziehen konnte – oder vielleicht gleich eine Tarnkappe. Sie hatte gehofft, heute abend von Irma Abschied zu nehmen, mit dieser einen, vielleicht falschen, vielleicht sentimentalen, aber doch überlieferten und rituellen Umarmung, mit der einst ihre Mutter von ihr Abschied genommen hatte, und diese auf die gleiche Weise einstmals von ihrer Mutter, eine Umarmung, die einem im Augenblick vielleicht etwas seltsam, künstlich, ja lächerlich vorgekommen war, an die man sich aber später bis an sein Lebensende erinnern würde: Bei ihr war es damals in der Küche gewesen, zwischen dem Fenster zum Hof und dem Ausguß, der Wasserhahn tropfte laut, die am Vorabend gebackenen Hochzeitskuchen trieben einem ihren schweren, betäubenden Geruch von Zitronat und

Mandeln und Kardamom in die Augen, und dann noch einmal in einer stummen Umarmung das Aufgehn in dem Leib der Mutter, aus dem man einmal gekommen war, noch einmal den andern Atem im eigenen Atem zu spüren, die andere Wärme in der eigenen Wärme, den andern Geruch im eigenen Geruch, den andern Herzschlag im eigenen Herzschlag ... Sie sah Irma auf ihrem hohen Stuhl sitzen, direkt neben sich und doch zugleich weit entfernt, und ihr wurde langsam bewußt, schmerzlicher als jemals zuvor, daß sie schon seit langem von Irma Abschied genommen hatte. Vielleicht sogar schon am Tag ihrer Geburt.

Vor ihr, auf dem Tisch, blitzten die Gläser und das Besteck, Ringe funkelten an Händen, die wie Schaufeln auf- und abstiegen, die Teller zeigten ihre goldenen Ränder, die Dahlienköpfe, die nach einem nicht ganz durchschaubaren Muster die Tafel dekorierten, teilten die aufgespeicherte Sonne des letzten Augusttages nach allen Richtungen aus, und das Licht sprühte aus dem gewaltigen Kronleuchter da oben und versuchte, sich in allem, was glänzte, wieder und wieder zu wiederholen. Valeska blickte über die Köpfe hinweg auf die Wand ihr gegenüber, es war eine graue, schmucklose, kahle Wand – und das schien ihrer Stimmung eher angemessen.

Valeska wäre gern aus der Zeit herausgefallen. Wenigstens so lange, bis sie mit dem Essen fertig waren oder bis Josel da war, oder bis sie Irma gegenüberstand, Abschied von ihr nahm und sie ein letztes Mal umarmte, bevor sie dem Mann ganz gehörte, oder bis die Kapelle anfing zu spielen, oder bis ein Kohlenflöz einstürzte oder ein Gewitter losbrach, darauf wartete sie, und sie hoffte, so, in dieser Reihenfolge, müßte es eintreten. Aber sie selbst bewegte nichts, außer ihrer Gabel, auf die sie jetzt Fleisch, Erbsen und Soße häufte, und das machte ihre Ohnmacht noch größer.

Es war der Sommer der Königskerze, ein trockener Sommer des weißen Staubs und der schwarzen Schlackenhalden. Wohin man auch seine Füße setzte, überall schlugen einem die Stengel und Ranken die Haut, und der Geruch der gelben Glockenblüten setzte sich in den Kleidern fest und blieb dort bis zum nächsten Frühjahr haften. In den Gärten erstickten die Rosen und Dahlien unter den wuchernden Königskerzen, die Stachelbeerbäume und Johannisbeersträucher trugen nur die Hälfte an Frucht wie in anderen Jahren, und auf den Feldern draußen gab es jede Nacht einen lautlosen Kampf zwischen Weizen und Königskerze. Sie wuchs in diesem Jahr sogar bis ins Haus hinein, in den Fugen der Treppen, in den Rissen der Wände und in den Fensterstöcken, sie blühte sogar auf den Schlackenhalden, die so heiß glühten, daß man sie mit bloßen Füßen nicht betreten konnte. Es war ein trockener Sommer, der Sommer der Königskerze, der Sommer, in dem Josel eines Abends nicht nach Haus kam.

Es war bald Mitternacht, als Valeska aus dem Haus ging und dies bei der Polizei meldete, die aber mit einer Suchaktion bis zum nächsten Morgen warten wollte, und so ging sie allein aus, ihn zu suchen, mit ihrer Stimme und mit einer Stablaterne. Die Ulla Ossadnik wollte ihn zuletzt bei der Concordia-Grube gesehn haben, der Frantek im Labander Wald und der Janosch im wilden Kies an der Klodnitz. Valeska suchte nach ihm, die ganze Nacht, sie rief so lange seinen Namen, bis ihre Stimme versagte, und leuchtete mit der Stablaterne nach ihm, bis die Batterie verbraucht war. Erst im Morgengrauen entdeckte sie ihn, Josel, im Trockenbett der Klodnitz, die in diesem Sommer ein Rinnsal war und in der die Königskerze über die Ufer wuchs und wucherte, ein Königskerzenwald. Josel hatte sich im Dunkel verlaufen, war müde geworden und hatte sich mit dem Vertrauen des Kindes auf eine angeschwemmte Matratze zum Schlafen hingelegt.

Valeska sah auf das Kind im Königskerzenwald, und sie wußte, daß hier, an dieser Stelle, im Frühjahr die Hochwasser hinjagten, die Strudel und Wirbel kreisten und zur Zeit der Schneeschmelze die Eisschollen dahintrieben.

Immer noch hatte sie Angst vor dem Fluß, und als ihre Schwägerin Milka zurückkehrte und eine Wohnung in der Flüchtlingsbaracke an der Klodnitz bezog, verbot sie es ihren Kindern, dorthin zu gehen, und nur von weitem sahen sie ihrer Tante zu, die alle Wassermilka nannten, weil sie durch den Fluß ging und mit ihm redete und scherzte, weil sie ihn beschwor und verteidigte, ihn ausfragte und ihm lauschte, ihn anbetete und segnete, und sie erzählten davon zu Haus, und Valeska lachte sie aus, kein Mensch könne mit einem Fluß reden und ihn auch nicht ausfragen, aber sie konnte dabei die Kinder nicht ansehen, sie ging in die Küche und betete ein Vaterunser zum heiligen Nepomuk, sie vergaß niemals das, was sie einmal von der Brücke gesehn hatte.

Über diese Brücke war sie nicht mehr gegangen.

15

Der Himmel sah aus wie graublaues Papier, das irgend jemand in der Hand zerknüllt, dann geglättet und auf dem Firmament ausgebreitet hatte, ein paar Sterne versteckten sich darin, und der Mond bereitete sich hinter dem Zerniker Forst auf seinen Auftritt vor. Ulla radelte so rasch die Straße hinunter, als ob sie mit jedem Pedalstoß ein Stück der Dunkelheit zurückschieben wollte wie eine Bühnenkulisse, und Andreas hatte Mühe, ihr zu folgen. Sie waren in der Rentengut-Siedlung gewesen, bei Frau Zoppas, der sie von Valeska Piontek eine Einladung zum Hochzeitsfest im Haus Oberschlesien überbringen sollten, aber die noch junge Witwe Zoppas war gerade dabei, ihre eigene Verlobung mit dem bei ihr einquartierten Soldaten vorzubereiten. Sie hatten sich von ihr zum Kaffee überreden lassen, tranken auch ein paar Gläschen von dem selbstgemachten Himbeerlikör und waren viel zu spät zu ihrer Rückfahrt aufgebrochen.

Ulla hatte den Dynamo vorn an ihren Reifen gedrückt und war ohne zu zögern mit dem schwachen, gelben, zitternden Licht auf die Linnéstraße hinausgefahren. Sie hätte es vor Andreas niemals zugegeben, daß sie so etwas wie Angst hatte, den langen Weg bis nach Haus im Dunkeln zu fahren, und vielleicht war Angst auch ein zu großes Wort für ein eher unbestimmtes Gefühl von Hilflosigkeit, das sie am ehesten durch ein rasches Tempo zu überwinden versuchen wollte, und sie hoffte, mit der Zeit würden auch die spitzen Geräusche im Nacken und die kleinen weißen Blitze hinter ihren Augenlidern, die sie jetzt begleiteten, verschwinden.

Andreas wäre viel lieber langsam gefahren, ihm kam es jetzt auf eine halbe Stunde auch nicht mehr an, zum Essen im Haus Oberschlesien waren sie ohnehin zu spät, so wäre er gern neben ihr geradelt, ganz ruhig, und mit hin- und hergeworfenen Sätzen hätten sie die Finsternis durchsichtig machen können, und vielleicht, später, hätte er seinen Arm auf ihre Schulter legen können und sie ihren auf seine, und die Zeit und die Entfernungen wären geschrumpft. Jetzt mußte er krampfhaft hinter ihr herjagen, um nicht abgehängt zu werden. Sein Dynamo arbeitete so schlecht, er brauchte ihr Licht für seine Orientierung. Und beinahe wäre er in Ullas Hinterrad hineingefahren, wenn er nicht im letzten Moment den Lenker herumgerissen hätte, er kam fast ins Schleudern. Er hatte zu spät bemerkt, daß Ulla gebremst hatte, um in eine andere Straße einzubiegen.

Andreas! Ulla winkte ihn heran. Sie fuhr noch langsamer und blieb schließlich stehen. Hör zu, wir haben noch zwanzig Minuten mit dem Fahrrad, vielleicht auch fünfundzwanzig im Dunkeln zu fahren. Hast du Angst?

Andreas wehrte ab. Nein, nein. Er hatte an Angst nicht gedacht. Vielleicht hätte er Angst gehabt, wenn er daran gedacht hätte. Aber er hatte nicht dran gedacht. Mit Ulla zusammen, auf einer Landstraße, wäre ihm das nicht eingefallen. Nein, wirklich nicht, beteuerte er.

Da vorn auf der Tarnowitzer Landstraße fährt nämlich ein Bus in die Stadt. Wir könnten zurückfahren, unsre

Fahrräder bei Frau Zoppas lassen und den Bus nehmen, was meinst du?

Also, das überlasse ich dir, sagte Andreas. Ich kenne mich hier noch nicht aus. Angst habe ich jedenfalls keine.

Ulla wünschte sich, Andreas würde Angst haben, wenigstens etwas Angst, auch wenn er es nicht eingestehen wollte. Das würde ihren Entschluß, vielleicht doch mit dem Bus nach Haus zu fahren, leichter machen. Sie hatte sich selbst noch nicht entschieden.

Wir könnten aber auch durch das kleine Wäldchen drüben fahren, da kürzen wir den Weg ganz schön ab und kommen dann beim neuen Sender heraus, schlug sie vor.

Solange der Mond nicht aus dem Wolkenpapier oder dem Wald da hinten herauskam, war das freilich eine Sache, die ihr jetzt voller Ungewißheiten zu stecken schien, und sie bedauerte schon, diesen Vorschlag gemacht zu haben. Sie hoffte nur, Andreas würde sich darauf erst gar nicht einlassen, zumal er den Weg überhaupt nicht kannte.

Andreas, der schon eine ganze Weile darüber nachdachte, wie er näher an Ulla herankommen könnte, so nah, daß sich, wie zufällig, ihre Hände, ihre Arme, ihre Schultern, ihre Haut berühren müßten, ihm schienen sich auf diesem Weg ein paar Möglichkeiten zu eröffnen. Das war seine Art, sich über die Angst hinwegzumogeln.

Also jetzt noch mal zurück und dann zum Bus? Und wer weiß, ob da überhaupt ein Bus fährt? – da kommen wir ja erst zur Hochzeitsfeier wenn die schon beendet ist! Er spielte mit der Pedale. Er war bereit, ihr vorauszufahren durch den Wald.

Ulla sah zum Himmel. Sie hoffte jetzt auf den Mond. Natürlich fährt ein Bus, ich weiß es, sagte sie bestimmt. Und fügte schon weniger bestimmt hinzu: Aber ich glaub, um diese Zeit fährt er nur jede Stunde, wer weiß, wie lange wir da warten müssen . . . Sie entschloß sich rasch: Piernika, dann fahrn wir! Halt dich hinter mir, ich kenn mich hier ein wenig aus.

So fuhren sie aus der Dunkelheit in die Finsternis, und wenn sie gewußt hätten, daß die Finsternis nicht nur schwarz ist, sondern auch eng und holprig und ihnen die Luft wegnimmt, kleine Explosionen im Kopf verursacht und den Schweiß aus der Haut treibt, sie wären vielleicht doch noch umgekehrt. Aber als es so weit war, war es schon zu spät.

Der Weg wurde immer unebener, das Vorderrad schlug nach beiden Seiten aus, Ulla hatte Mühe, den Lenker im Griff zu behalten. Sie blieb stehen: Der Weg wird immer schlechter, klagte sie schwer atmend. Sie war sich nicht mehr so ganz sicher, ob die Fahrt sie so angestrengt hatte, oder ob es nicht doch die Angst war.

Soll ich voraus fahren? fragte Andreas. Komm, laß mich nach vorn! Der Weg war hier ziemlich schmal geworden, er mußte sich mit dem Fahrrad an Ulla vorbeizwängen. Darauf hatte er gewartet, jetzt könnte er sie berühren, vielleicht sogar anfassen; aber gerade jetzt verkrampfte sich alles in ihm, er drückte sich weit ins eigne Fahrrad hinein, damit er Ulla ja nicht zu nahe kam, und er strich sich mit der Zunge über die Lippen, die auf einmal ganz trocken geworden waren. Immer, wenn er sich etwas vornahm, bekam er Hemmungen. Jetzt war er an ihr vorbei. Er wollte nicht mehr daran denken, vielleicht würde es sich dann ganz von selbst ergeben.

Ich denke, ich meine . . . wir können nicht mehr weit vom Sender weg sein, sagte Ulla leicht verwirrt und zeigte damit, daß sie auf etwas gewartet hatte.

Wir können hier durchgehen, sagte er und wies auf einen Pfad, der weiter hinten auf ein freies Feld führte.

Ja, probieren wir's mal, sagte Ulla, da hinten muß ja gleich die Tarnowitzer Landstraße sein.

Himbeerranken streiften sie links und rechts, und es waren wohl Himbeerpflücker, die den Pfad festgetrampelt hatten. Der holprige Waldboden brachte sie beinahe zum Stolpern, in den Radspeichen verfingen sich Zweige und Grashalme und brachten sie zum Summen. Als sie endlich auf den Feldweg kamen und über die Straße hinweg im Hintergrund den Sendemast sehen konnten, entdeckten sie beide zu ihrer Verwunderung, daß sie sich schon eine ganze Weile an den Händen hielten, und jetzt, wo es leichter war, die Räder vor sich herzuschieben, legte Andreas sogar eine Hand auf Ullas Schulter.

Sie sagten beide nichts. Sie wagten sich nicht anzusehn. Es war ihnen genug, die Haut und die Wärme des andern zu spüren und im Geruch des andern gefangen zu sein, und je näher sie der Straße kamen, desto langsamer wurden ihre Schritte. Aber vielleicht war es nur der höckrige Boden, die aufgeworfene Erde, um die sie herumgehen mußten, denn entlang der Straße wurden neue Kanalröhren verlegt.

Andreas blieb stehen. Er ließ sein Rad umkippen. Er lehnte sich an eine der braunen Tonröhren, die hier zahlreich am Straßenrand aufgestellt waren. Wir ham's geschafft, sagte er. Er zog Ulla zu sich herüber. Sie stand jetzt neben ihm, hielt aber immer noch den Lenker ihres Fahrrads fest.

Sie sahen direkt vor sich auf der anderen Seite der Straße den Drahtzaun, der um das ganze Sendegelände gezogen war, dahinter das flache Betriebsgebäude und etwas seitlich davon den in den Himmel stoßenden Sendemast. Der Mond war über dem Zerniker Forst herausgetreten, ein dünner Wolkenschleier machte sein Licht fahl.

Wie schön der Mond ist, sagte Andreas. Er wollte eigentlich etwas anderes sagen, aber vielleicht war es dafür noch zu früh. Das mit dem Mond schien ihm neutraler und unverfänglicher. Also sagte er es rasch. Das andere, das würde er später folgen lassen.

Ulla stand etwas unschlüssig herum, sie wäre am liebsten gleich weitergefahren, sie dachte an das Hochzeitsessen, das im Hotel Haus Oberschlesien schon angefangen haben würde. Sie sah auf den Mond: Der Mond hat einen Hof. Ob das Wetter umschlagen wird?

Laß uns einen Moment ausruhn, sagte Andreas, nahm Ulla das Fahrrad aus der Hand und ließ es auf den Boden sinken. Das Hinterrad drehte sich noch eine Weile und machte ein summendes Geräusch. Er stellte sich wieder neben Ulla hin; die Kühle der Tonröhre spürte er angenehm im Rücken.

Ich habe in einem Buch gelesen, sagte Ulla, der Mond sieht aus wie eine abgewetzte Goldmünze. Kannst du dir das vorstellen, Andreas? Dichter sind manchmal komisch. Sie kickste leicht. Vielleicht, weil ihr insgeheim diese Beschreibung gefiel. Vielleicht auch, weil Andreas gerade in diesem Augenblick nach ihrer Hand gefaßt hatte.

Es war ganz still, nur ein heller durchgehender monotoner Summton kam vom Sender her.

Das ist schön gesagt, sagte Andreas. Er überlegte, ob er sich mit ihr ins Gras setzen und sie jetzt küssen sollte. Soweit kannte er sich schon trotz seiner 14 Jahre: wenn er erst einmal darüber nachdachte, würde er es nie tun. Das machte ihn traurig.

Ohne den Mond würde man jetzt nicht die Hand vor den Augen sehn. Es wird rapide dunkel, sagte sie. Sie ärgerte sich, daß sie immer so nüchtern an das Nächstliegende dachte, aber sie konnte nichts dafür, das fiel ihr zuerst ein. Wenigstens hatte sie *rapide* gesagt, das müßte Andreas vielleicht beeindrucken.

Andreas drückte ihre Hand fester und sagte: Der Mond ist wie ein Eidotter. Der Mond ist wie eine Raps-Dolde. Der Mond ist wie eine Eiterbeule. Der Mond ist wie eine reife gelbe Birne. Der Mond ist wie ein chinesischer Gong. Der Mond ist wie die Aule eines Sterbenden.

Zu allen Zeiten wäre Andreas stolz darauf gewesen, so schöne Sätze für den Mond gefunden zu haben, aber jetzt befriedigte ihn das gar nicht. Alles kam ihm auf einmal künstlich vor. Und außerdem, dachte er, ist das ja doch nur angelesen, und er fürchtete, Ulla könnte annehmen, er wolle sich bei ihr interessant machen.

Ulla dachte: Andreas findet für alles schöne und seltsame Wörter. Soll er nur weiterreden. Dann habe ich überhaupt keine Angst mehr.

Zwischen ihr und Andreas hüpfte ein Frosch im Gras. Auf seiner feucht-grünen Haut sammelte sich das Licht und strahlte zu ihnen zurück, direkt in ihre Augen. Beide schlossen die Augen. Zu ihrer Überraschung verwandelte sich der Frosch weder in einen Königssohn noch in eine Prinzessin. Der Frosch hüpfte an ihnen vorbei in ein anderes Kanalrohr hinein. Der Sendemast summte. Von weit hinten kam ein leises Motorengeräusch auf.

Wir kommen zu spät zur Hochzeitsfeier, sagte Ulla. Sie dachte daran, daß die Hochzeitsfeier von Josels Schwester Irma sie nicht im geringsten interessierte, sie hatte kein neues Kleid dafür, und zu einer Hochzeit, das wußte sie von ihrer größeren Schwester Hedel, gehört nun mal ein neues Kleid. Außerdem war es, genau besehen, keine richtige Hochzeit, so eine Feier im Hotel, bei der die Kinder (und sie war gerade in dem Alter, in dem sie sich selbst als Erwachsene fühlte, die Erwachsenen sie aber noch als Kind ansahen) frühzeitig nach Haus geschickt werden. Dies hier, mit Andreas, das war vielleicht mehr. Aber sie war sich noch nicht ganz im klaren, was dieses »mehr« bedeuten würde. Vielleicht sollte sie ihn einfach küssen.

Ach ja, die Hochzeit, sagte Andreas. Weißt du, daß ich die beinahe vergessen hätte, die Hochzeit meiner Cousine Irma. Eine seltsame Person, sie spricht mit niemandem, nicht einmal mit ihrer eigenen Mutter, und schließt sich dauernd in ihr Zimmer ein. – Du hast recht, sie werden auf uns warten.

Das Motorengeräusch wurde lauter, es kroch die Straße herauf auf sie zu.

Also, daß mir zum Feiern zumute ist, kann ich nicht rapide behaupten, sagte Ulla.

Ich möcht einmal in den Sender rein, mal sehn, wie es da drinnen aussieht. Andreas zeigte auf das Gebäude ihnen gegenüber, über die Straße hinweg.

Wir gehn da mit der Schule hin, die Klasse über uns,

die war schon da, sagte Ulla. Ich hab gehört, da ist nichts zu sehn, nur so Technisches.

Das Motorengeräusch wurde immer lauter, und aus den Chausseebäumen tauchten zwei schwarze, hintereinanderfahrende Autos auf. Sicher war es nichts Ungewöhnliches, daß gegen acht Uhr abends auf der Tarnowitzer Landstraße zwei schwarze Limousinen mit nur geringem Abstand hintereinander fuhren, auch nicht, daß ihre Scheinwerfer abgeblendet waren, schließlich war im Grenzbereich seit ein paar Tagen Verdunkelung angeordnet – und doch, Andreas wie auch Ulla spürten beide sofort das Ungewöhnliche dieses Vorgangs. Vielleicht weil die Autos so langsam fuhren, vielleicht auch, weil der Motor ein paarmal im Leerlauf hochjagte, vielleicht war es aber auch nur, weil sie sich jetzt so nahe waren, wie sie es sich seit einiger Zeit insgeheim gewünscht hatten.

Die beiden Autos blieben stehen. Ein Mann stieg aus und lief zu dem andern Auto, beugte sich zum Fenster hinunter, und ging dann wieder zurück. Beide Autos fuhren an und kamen langsam näher heran.

Andreas faßte auf einmal Ulla am Arm, bückte sich und kroch in das Kanalrohr hinein, das Mädchen hinter sich herziehend. Ulla taumelte, sie rutschte aus und stürzte auf die Knie, unter ihren Füßen war es weich und klebrig. Eine Zeitlang war Dunkelheit um sie beide, die sich noch dadurch verstärkte, daß die Autos draußen scharf bremsten und dieses Geräusch alle anderen Geräusche in ihrer Umgebung zudeckte, ihren Atem, ihre Schritte, das Rascheln ihrer Kleider.

Das Licht brach ein von vorn, von der Mündung der Röhre, und es bot ihnen das Bild einer kreisrunden Landschaft an: eine leere, mondzugeschüttete Straße, zwei schwarze Limousinen in der Mitte, die Sendestation und dahinter ein Stück des konischen Sendemastes.

Andreas hockte gekrümmt in dem Kanalrohr, er hatte den Kopf eingezogen und drückte mit der rechten Schulter gegen die obere Wand, Ulla kniete daneben, von Andreas gestützt, und der Geruch von Schimmel und Fäulnis stieg von unten zu ihnen auf.

Andreas sah durch den runden Bildausschnitt hinüber: Aus den Autos stiegen Leute, es waren nicht Soldaten, wie er gedacht hatte, sondern Zivilisten, sie fanden sich zusammen, vorn am ersten Auto, und es schien, als ob sie sich miteinander berieten. Andreas spürte wieder die Ader in seiner Stirn klopfen. Er überlegte, was er ihnen sagen würde, wenn sie sie hier in dem Kanalrohr entdeckten. Er konnte sich freilich nicht recht vorstellen, daß die beiden Autos ausgerechnet hierhergefahren waren, um an dieser Stelle auf dieser langen Tarnowitzer Landstraße sie beide, Andreas Pilgrim und Ulla Ossadnik, in einem Kanalrohr aufzustöbern.

Er sah jetzt, wie die Männer aus den beiden Autos hinübergingen zum Zaun und die Pforte öffneten, ja ganz deutlich konnte er sehen, wie eins, zwei, drei, vier, fünf Männer den schmalen betonierten Weg zum Sender gingen; zwei waren bei den Autos zurückgeblieben.

Andreas wollte in dem Kanalrohr ein Stück weiter nach vorn rücken, um seinen Bildausschnitt damit zu vergrößern. Das ganze Gewicht von Ulla hing an ihm. Er ließ sich einfach nach vorn fallen, Ulla fiel mit ihm, und so rutschten sie beide bis an die Schattengrenze, feucht und glitschig war es unter ihnen am Boden der Röhre, und es ekelte sie.

Jetzt war der Bildausschnitt größer geworden, rechts waren die beiden Autos, und genau in der Mitte, wie in einem Fadenkreuz, sah Andreas die fünf Männer den Weg entlanggehen zum Sendegebäude, er konnte deutlich erkennen, wie sie im Gehen Pistolen hervorholten und die Hand mit der Waffe in Hüfthöhe ausgestreckt hielten. Eine Tür wurde geöffnet und Licht drang nach draußen, die fünf Männer gingen durch diese Tür, und aus dem Innern knallten dumpf zwei oder drei Schüsse.

Jetzt, zum ersten Mal, bewegten sich die Köpfe der beiden Beobachter aufeinander zu, Andreas hörte den

Atem von Ulla und seinen eigenen, und das beruhigte ihn, obwohl ihm das Herz immer noch bis in die Augen hinein klopfte. Aber vielleicht kam das nur daher, weil er so angestrengt guckte. Ihre Wangen berührten sich wie unabsichtlich, und ihre Lippen verbissen sich ineinander, und der Blitz, der sich dabei entlud, hätte ihnen sagen müssen, daß sie mit zu viel Spannung aufgeladen waren.

Aus dem Gebäude drüben hörten sie drei aufeinanderfolgende trockene Schüsse. Einer der beiden Männer vorn machte sich an der Kühlerhaube des zweiten Autos zu schaffen. Andreas glaubte, in den hohen Fenstern des Sendegebäudes seien Lichter an- und ausgegangen. Aber es mußte sich um eine Täuschung handeln, denn gerade bei einem Rundfunksender würde man besonders streng die Verdunkelungsvorschriften beachten.

Ein neues Motorengeräusch kam auf, Andreas streckte seinen Kopf nach vorn, so weit er konnte. Es kam aus der gleichen Richtung wie die beiden andern Autos. Er richtete sich schon darauf ein, daß es vorbeirasen würde und er nicht einmal ein Zeichen geben könnte. Aber das Geräusch hörte auf einmal auf und in Andreas Blickfeld schob sich noch ein Auto hinein, ebenfalls eine schwarze Limousine, genau der gleiche Typ wie die beiden andern. Das Auto blieb stehen. Zwei Männer sprangen heraus und redeten mit den andern, dann gingen sie zurück zu ihrem Auto, zerrten etwas heraus, Andreas konnte es zunächst nicht so genau sehen, es war ein Mensch (ein Kranker? ein Toter?), sie schleppten ihn an den Achseln und an den Beinen durch die Pforte im Zaun den Weg entlang bis zum Sendegebäude, dort ließen sie ihn auf der Treppe liegen. Einer der Männer zog eine Pistole und zielte auf den, den sie da hingelegt hatten (Andreas drückte dabei ganz rasch den Kopf von Ulla herunter); es knallten drei Schüsse. Dann liefen die beiden Männer zurück, stiegen in das Auto ein und fuhren weg.

Andreas war der erste, der etwas sagte. Er flüsterte: Das ist unheimlich, unheimlich . . . Das ist ein Überfall . . .

Und Ulla, die sich mit einem Satz befreien wollte, sagte nur: mein Gott, mein Gott, mein Gott. Im Moment kam sie darüber nicht hinaus. Ihr schien es auf einmal, als ob der Hohlraum, in dem sie hockten, in dem sie gefangen waren, anfing zu flüstern. Aber es war nur der Frosch, der irgendwo herumsprang.

Wie kommen wir nur hier weg? fragte Andreas. Irgendwas is da nicht in Ordnung, das is ’ne falsche Kundgebung . . .

Wenn wir einfach unsre Räder nehmen und die Tarnowitzer herunterfahren . . .? flüsterte Ulla.

Und die beiden da? fragte Andreas. Die beiden bei den Autos da? Die knallen uns ab, das ist doch klar. Besser wir gehn zurück durch den Wald.

Nein! Ulla stieß das so laut hervor, daß sie beide danach erschrocken schwiegen. Lieber bleib ich hier, bis es hell wird oder bis ich . . . umkomme . . . nicht noch mal durch den Wald.

Andreas spürte in seinen Händen, wie sie zitterte.

Und wenn wir einfach hingehn und sagen, wir finden nicht mehr den Weg nach Gleiwitz, was werden sie tun? Sie können doch nicht einfach auf uns schießen?

Jetzt war es so ruhig draußen, daß es Andreas schien, als wäre überhaupt nichts geschehen, außer einer Sinnestäuschung vorhin. Aber da waren immer noch die beiden Autos in ihrem runden Blickfeld. Und er hatte acht Schüsse gezählt.

Mich wundert, flüsterte Ulla, daß nichts vorbeikommt, kein Auto, kein Motorrad, kein Bus.

Unheimlich ist das schon, wiederholte Andreas noch einmal. Aber wir müssen hier warten, bis das zu Ende ist. Nicht die Hand, nicht die Schulter, nicht ihren Kopf, er drückte Ullas ganzen Körper an sich: Ich bin bei dir, Ulla, also was kann dir schon passieren? Und Krieg, er strich ihr mit den Fingern über die Lippen, wird’s ja wohl heute nacht nicht geben. Er erinnerte sich an den Nachmittag. Er küßte sie auf das Haar, und sie ließ es sich gefallen. Wir fahren zusammen nach Warschau, zum Herzen von Chopin. Und überhaupt, wohin du willst. Andreas dachte, vielleicht würden sie hier immer so bleiben, in diesem Kanalrohr, versteckt, ineinander verschlungen. Und er konnte keine Schrecknis darin finden.

Da klappte die Tür des Sendegebäudes, das Licht meldete eine Veränderung an. Die Männer kamen zurück, Andreas zählte wieder fünf, genauso viel wie vorhin hineingegangen waren. Die beiden ganz vorn auf der Straße sprangen in ihre Autos, die Motoren heulten auf, und die andern, die rasch, aber nicht übereilt, durch die Pforte kamen, setzten sich dazu. Die Autos fuhren weg.

Andreas lauschte dem Motorengeräusch nach, das sich rasch entfernte und dann ganz vom Summen der Sendeanlage verschluckt wurde. Er wollte in dem Kanalrohr noch ein Stück nach vorn rutschen, aber Ulla klammerte sich an seinem Körper fest. Jetzt, wo die Stille wieder zu ihnen kam, konnte er hören, wie Ulla zitterte. Sie stürzte in einen Traum und riß ihn mit hinein, und weit davon entfernt, in einer anderen, geräuschvolleren Wirklichkeit, bohrten sich ihre Körper ineinander, immer tiefer, sie quälten und verwundeten sich und gingen schließlich ineinander auf ... und nichts blieb von diesem Traum als ihrer beider kurzer, rascher Atem, der immer feindlicher wurde, fast ihre Lippen zerriß und in einem langen stummen erschöpften Schrei endete, mit dem sie endgültig ihre Kindheit ausgestoßen hatten.

Andreas kroch erschöpft aus dem Kanalrohr heraus, er klopfte den Schmutz aus seiner Kleidung, die an manchen Stellen feucht geworden war und den Geruch von Fäulnis austeilte. Ein Frosch hüpfte an ihm vorbei. Er streckte die Hände zu Ulla hin, die aus dem Rohr herauskam, aber er sah sie nicht an, es war ihm, als wären sie beide, wie der Prinz und die Prinzessin, eine lange Zeit verwunschen gewesen.

Laß uns von hier abhaun, Ulla, nischte wie fort, sagte er mit einer Stimme, die ihm früher einmal gehört haben mußte. Er hob ihr Fahrrad auf und schob es ihr zu. Fahr du vor mir her, du kennst den Weg genauer!

Ja, weg und abtrimoo, sagte Ulla.

Der Dynamo schurrte, so fest trat Ulla in die Pedale. Die Straße rutschte hinter ihnen weg. Zwischen den Chausseebäumen, ganz in der Ferne, entdeckte sie ein blaues Licht. Dann zwei, drei blaue Lichter, ein Flackern, ein Schweben. Die Luft war blauer Samt. Samt streifte ihr Gesicht, ein leichter Wind kam auf, ein blauer Wind. (In einem blauen Mantel, ja, ineinemblauenmantel ist die Heilige Maria über der Stadt erschienen, ineinemblauenmantel.) Ulla spürte, wie die dünne Haut der Angst, die sich vorhin auf sie gelegt hatte, von der Luft, vom Wind, vom Licht abgestreift und zerfetzt wurde. Neben ihr, sie sah nicht hin, Andreas' schnelles knisterndes Fahrrad. Sie hörte nicht auf, in die Pedale zu treten, als die Polizeisirene aufheulte und ein Mannschaftswagen des Überfallkommandos näher kam und an ihnen vorbeiraste, mit blauem flackerndem Licht.

Erst jetzt fiel Andreas auf, daß dies das erste Fahrzeug war, das ihnen seit der Abfahrt auf der Tarnowitzer Landstraße entgegengekommen war.

16

Seit jener Nacht, da Montag den Rosenkranz zerrissen hatte, war in ihm eine Veränderung vorgegangen. Er konnte nicht genau sagen, worin sie bestand, ja, wenn er länger darüber nachdachte, hatte sich Nachweisbares nicht verändert, außer daß die Dunkelheit eine andere Konsistenz angenommen hatte. Sie kam ihm jetzt schwerer und undurchdringlicher vor, aber vielleicht hing das auch nur mit den dicken Vorhängen zusammen, die er jetzt vor den Fenstern hatte; und trotz zweier Tischlampen mit 40 Watt schien es ihm, als ob die Ecken seines Zimmers mit wispernder Schwärze angefüllt waren. Wenn er jetzt lange an seinem Tisch saß, die Hand auf dem Papier liegend, ohne etwas zu schreiben, ohne überhaupt an etwas zu denken (ja, das konnte er jetzt), bemerkte er, wie sich die feinen gebogenen Haare auf seinem Handrücken von Tag zu Tag immer stärker rötlich färbten und weiße Spitzen bekamen.

Seine Arbeit an der K.-Biographie ging jetzt nur noch langsam voran, er hatte verschiedene Kapitel angefangen, mit keinem wurde er fertig. Mal beschäftigte er sich mit K.s Wahlreden zum deutschen Reichstag im Jahre 1903, dann wieder mit den für K. so entscheidenden Tagen im Juli 1922, als er vom Hauptausschuß des Sejm mit der Bildung einer Regierung beauftragt wurde und scheiterte, was in den polnischen Publikationen nur selten Erwähnung fand, dann wieder mit K.s Verhaftung im September 1930 durch Pilsudskis Oberste. Manchmal saß er da, starrte auf das weiße Papier, und wiederholte in Gedanken immer wieder den letzten Satz, fand aber keinen Übergang zum nächsten. Einmal las er alles Erreichbare von und über Paderewski, als er von K.s Begegnung mit dem ehemaligen Staatspräsidenten im schweizerischen *Morges* erfuhr, an der auch General Haller und der ehemalige Ministerpräsident Witos teilnahmen. Dann wieder vertiefte er sich auf der Suche nach einer historischen Jahreszahl oder auf der Suche nach einem bestimmten Ort in irgendein Buch, in dem er sich dann festlas und darüber K.s Geschichte vergaß.

Er entdeckte, daß er einmal in einer Woche nicht mehr als eine Seite geschrieben hatte. Er redete sich selbst damit heraus, daß ihm mehr und mehr die Quellen fehlten. Nach Polen konnte er schon lange nicht mehr reisen, in der Korrespondenz mußte er jetzt auch vorsichtiger sein, es war schon einem Aushilfsbriefträger aufgefallen, daß er so viele Briefe mit ausländischen Marken erhielt. Eines Tages hatte ihm die Bibliothekarin in der Stadtbibliothek gesagt, er könne jetzt keine polnischen Bücher mehr ausleihen, das sei nur noch für wissenschaftliche Zwecke erlaubt und er müsse dazu einen Nachweis erbringen.

Deutsche lesen deutsch! hatte sie noch scharf hinzugefügt. Aber sie hatte ihn dabei nicht ansehen können.

Georg Montag war dabei nicht nur verlegen gewesen, auch etwas ängstlich; er hatte das Gefühl, bei einer ungesetzlichen Handlung ertappt worden zu sein, und er verließ rasch und ohne etwas zu sagen das Gebäude. Kaum auf der Straße, fiel ihm ein, daß er sich damit nur verdächtig machen mußte, außerdem hatte er seinen Hut liegen gelassen. Er ging noch einmal zurück und bestellte sich jetzt zwei Bücher von Hans Christoph Kaergel, der in der Parteizeitung ›Deutsche Ostfront‹ seit einiger Zeit gelobt wurde. Die Frau am Schalter war darüber so besänftigt und erfreut, daß sie ihm, hätte er danach gefragt, jetzt sogar die polnischen Bücher mitgegeben hätte.

Er ging jetzt weniger aus dem Haus, in die Kirche nur noch an hohen Feiertagen. Einladungen zu einem Konzert oder einem Varieté-Gastspiel in der Neuen Welt, was er früher geliebt hatte, die von Frau Valeska kamen oder von anderen Nachbarn, lehnte er ab. Er entschuldigte sich mit seinem schlechten Gesundheitszustand, vor allem mit einem hartnäckigen Fußleiden. Spaziergänge unternahm er fast nur noch im Garten, meist am Vormittag, wenn die Kinder in der Schule waren und es draußen still war, und nur die immergleichen Klavierübungen irgendeines bemühten Schülers mit allen falschen Tönen durch das Verandafenster zu ihm hinüberdrangen. Die Einkäufe erledigten für ihn Halina oder auch Valeska. Manchmal zog er schon am frühen Nachmittag die Vorhänge zu und machte das elektrische Licht an. Er ging in seinem Zimmer auf und ab. Er blätterte in den Zeitungen, las sich im Wirtschaftsteil fest, nachdem er die politischen Nachrichten nur überflogen hatte, als könnte er dort etwas erfahren, was er auf den ersten Seiten nicht gefunden hatte. Er las mal in diesem Buch, mal in jenem. Überall lagen die Bücher aufgeschlagen herum, nur die handgeschriebenen Seiten über K. verbarg er in Mappen und versteckte sie in der Speisekammer, aber *verstecken* war vielleicht viel zu bedeutungsvoll, er legte sie dort einfach in ein Regal, damit sie nicht gleich jedem Besucher auffielen. In den letzten Monaten hatte ihn freilich außer Valeska Piontek niemand mehr besucht. Nach jener Nacht, als die Synagoge brannte, hatte er die Klinke abmontieren lassen, seitdem hielt er die Tür verschlossen.

Valeska Piontek war in jener Nacht zu ihm gekommen und hatte ihn fiebrig im Bett gefunden. Es war eine kalte, frostige Nacht gewesen, und sie alle waren wahrscheinlich zu lange draußen auf der Straße geblieben. Feuer und Geräusche und der unerklärbare Drang nach Zeugenschaft hatte die Menschen aus den Wohnungen eilen lassen, aus allen Richtungen strömten sie in die Wilhelmstraße, um zu beobachten, wie die SA-Trupps Schaufensterscheiben zertrümmerten, in Läden eindrangen, Waren auf die Straßen schleuderten und Feuer anzündeten. Auch Montag war hingegangen und hatte zugesehn und auf diese Weise erfahren, welche Geschäfte Juden gehörten, er hatte es vorher nicht gewußt: das Kaufhaus Barrasch und das Seidenhaus Weichmann, Schuh-Wolff und das Textilhaus Karpe, das Wäschegeschäft Bielschowski, der Weinladen Troplowitz und das Bekleidungshaus Markus – und der Doktor Kapitzka kam mit dem Fahrrad an und brachte die Nachricht mit, sie hätten die Synagoge angezündet, und die Halle am neuen jüdischen Friedhof in der Leipziger Straße brenne wie eine Fackel.

Montag dachte jetzt noch manchmal daran, was wohl in dieser Nacht mit ihm geschehen wäre, wenn nicht Frau Valeska bei ihm gewesen wäre. Dabei hätte ihn das alles gar nicht so stark beschäftigen müssen. Er war in seinem Leben nicht ein einziges Mal in einer Synagoge gewesen, obwohl er sich das, einfach aus Neugier, mehrfach vorgenommen hatte. Aber da er sich nicht auskannte, wie man sich verhalten mußte, fürchtete er aufzufallen und unterließ es. Seine Trauer und seine Empörung wären vielleicht noch größer gewesen, wenn in dieser Nacht statt der Synagoge die Kirche zum Heiligen Kreuz oder die Peter-Pauls-Kirche gebrannt hätten. Doch warum bekam er gerade in dieser Nacht so hohes Fieber? Am Tag zuvor war er gesund gewesen, jetzt lag er im Bett und konnte nicht sprechen, so heftig schlugen ihm die Zähne aufeinander. Und wenn er gerade fror, dann brach ihm im nächsten Augenblick der Schweiß aus, und Valeska legte ihm abwechselnd ein nasses kaltes Tuch auf die Stirn oder häufte die Decken über seinen Körper. Montag hörte die Stimme seines Großvaters singen, und wenn Valeska den Umschlag im kalten Wasser auswrang, glaubte er dessen Seufzer zu vernehmen. Er halluzinierte die alte Wohnung in Myslowitz herbei, in deren dunklen Ecken der Großvater Flüchtlinge aus Odessa versteckt hatte, und dann war es ihm, als habe sich der Großvater vervielfacht und als verberge er sich in den dunklen Ecken des Gartenhauses.

Valeska versuchte Montag zu trösten, aber es war nicht viel, was sie an Trost aufbrachte: sie wand ihm ihren Rosenkranz zwischen die Finger.

Später entdeckte sie Montag etwas, was sie vorher keinem Menschen jemals anvertraut hatte, nicht einmal ihrem Mann: Wissen Sie, der erste Mann, den ich in meinem Leben hatte, war ein Jude, ich wußte es nicht, ich hab es erst viel später erfahren, als es schon vorbei war. Danach hab ich keinen Mann gewollt, der ihm ähnlich war, nein, ich wollte jemand, der radikal anders war und ihm in nichts gleichen, der erst gar keinen Gedanken an ihn in mir aufkommen lassen dürfte. So nahm ich mir den Piontek, der schon damals lungenkrank war, ich wußte es.

Frau Valeska, sagte Montag, und zum ersten Mal redete er sie mit dem Vornamen an, Sie müssen mir verzeihn – und er schämte sich, daß er diese Frau zu solchen Geständnissen veranlaßt hatte.

Er bat um ein Glas Wasser, aus Verlegenheit, vielleicht aber auch, weil er schon so viel Wasser ausgeschwitzt hatte, und es war ihm, als bäte er dabei noch jemand andern um ein Stück Gnade damit – und so trank er auch das Wasser, in kleinen Schlückchen.

Ich weiß nicht, sagte er nach einer Weile, ob ich meine Frau jemals geliebt habe, am Anfang gewiß nicht, mein Vater hat sie mir, sozusagen, zugeteilt. Ich weiß nicht, was geschehen war, aber er wollte von irgend etwas loskommen, was mit seiner Kindheit und mit seinem Glauben zusammenhing. Er hat eine Katholikin geheiratet und mich schon früh in eine katholische Schule gesteckt, er hat auch später für mich ein katholisches Mädchen ausgesucht, es war, als wollte er damit alles vergessen machen, was er einmal erlebt hatte, in Odessa und anderswo.

Beide hatten sich voreinander auf eine ihnen unbekannte Weise entblößt, konnten aber mit diesem Zustand nicht umgehen. Montag wälzte sich in seinem Bett, er schwitzte und versuchte, sich immer wieder aufzudecken, und Valeska zog ihm mütterlich und geduldig die Bettdecke bis unters Kinn. Er schwitzte in dieser Nacht so stark, daß sie ihn zweimal umbettete und ihm frische Hemden anzog. Einmal rief er: Benja; dann schrie er: nein, tötet nicht das Pferd, tötet nicht das Kind – aber er schwieg darüber, was er mit dem Pferd und was er mit dem Kind meinte, aber er zerriß dabei den Rosenkranz, die Perlen rollten aufs weiße Bett und auf den Boden.

Als die Sirenen draußen die erste Frühschicht ankündigten, begann er sich zu beruhigen. Er legte die Hände glatt und ruhig auf die Bettdecke, atmete regelmäßig und starrte unverwandt auf das Kruzifix ihm gegenüber, vielleicht auch nur auf die weiße Wand, als erhoffte er von dort eine Erleuchtung oder ein Zeichen, auf das er insgeheim schon lange gewartet, es dann aber wieder vergessen hatte.

Valeska schickte ihm Geschichten aus ihrer Kindheit nach: von dem Städtchen am Fluß, in dem sie aufgewachsen war, von den Kohlegruben ringsum, den Fördertürmen, deren rhythmisches Klappern der Wind herübertrug, von den mächtigen Schlackenhalden, die sich schwarz bis zum Himmel türmten und auf denen nachts die roten und blauen Feuergeister tanzten, von der Besetzung durch die Korfanty-Leute und schließlich davon, wie sie weggezogen waren, im Jahre 1921, mit geliehenen Erntewagen vom Gutshof, immer an den endlosen Wäldern entlang, und wie sie abends gemeinsam die alten Lieder gesungen haben.

Da fahr' ich still im Wagen,
Du bist so weit von mir,
Wohin er mich mag tragen,
Ich bleibe doch bei dir.

Oh ja, sagte Montag, ich kenne das, das haben wir auch gesungen, in Breslau, im Konvikt. Er richtete sich in den Kissen auf, und eine sanfte Röte kehrte in seine Wangen zurück. Er summte die zweite Strophe mit.

Da fliegen Wälder, Klüfte
Und schöne Täler tief,
Und Lerchen hoch in den Lüften,
Als ob dein' Stimme rief'.

Ob sie gewußt habe, fragte Montag, daß er im Matthias-Gymnasium und im St.-Josephs-Konvikt in Breslau erzogen wurde, in dem auch Eichendorff gewesen war?

Und ob er gewußt habe, fragte Valeska, daß ein Großonkel von ihr Verwalter auf dem Gut Lubowitz gewesen war, aber da hatte es schon längst nicht mehr den Freiherren von Eichendorff gehört.

Ob sie gewußt habe, fragte Montag, daß seine Tochter Elisabeth über Eichendorff, die deutsche Romantik und einen französischen Dichter mit Namen Gerard de Nerval ihre Doktorarbeit geschrieben habe, und daß in der Schlesischen Funkstunde daraus eine halbe Stunde vorgelesen wurde?

Und ob er gewußt habe, fragte Valeska, daß sie mit einem ihrer Schüler aus dem Liederkreis von Schumann opus 39 das erste Stück ›In der Fremde‹ einstudiert habe, das müßte er doch draußen bei seinen Spaziergängen im Garten gehört haben?

Ob sie, fragte Montag, Eichendorffs vielleicht schönstes und geheimnisvollstes Gedicht von den zwei Gesellen kenne? Es zogen zwei rüstge Gesellen zum erstenmal von

Haus, so jubelnd recht in die hellen, klingenden singenden Wellen des vollen Frühlings hinaus?

Sie redeten aufeinander ein, sie fielen sich ins Wort, sie lachten, ihre Stimmen gingen eine Weile nebeneinander her, vereinten sich zu einer einzigen Stimme und entfernten sich wieder, er machte dabei mit der Hand Zeichen in die Luft, und sie ließ ihre Finger über die Tischplatte trommeln, als wollte sie aus dem Holz eine imaginäre, noch nie gehörte Musik herausklopfen, und so vergaßen sie beide, was sie zusammengeführt hatte in dieser Nacht: nämlich die Feuer draußen.

Sie sagte: Am liebsten hab ich gesungen: ›Hörst du nicht die Quellen gehen‹, aber nur die erste Strophe, da haben sie alle hinterher geweint. Das liebe ich besonders, ich spiele es Ihnen mal vor . . . wenn Sie gesund sind.

Sie saß auf dem Stuhl vor Montags Bett, die Hände in den Schoß gelegt, die Schultern leicht nach vorn fallend, so wie sie jeden Tag vor Leo Marias Bett saß, und das blasse Gesicht in den Kissen verschwamm mit einem andern Gesicht vor ihren Augen, beide Gesichter gingen ineinander über wie in einem Film, vermischten sich, wurden zu einem Gesicht . . .

Hörst du nicht die Quellen gehen
Zwischen Stein und Blumen weit
Nach den stillen Waldesseen,
Wo die Marmorbilder stehen,
In der schönen Einsamkeit?
Von den Bergen sacht hernieder,
Weckend die uralten Lieder,
Steigt die wunderbare Nacht,
Und die Gründe glänzen wieder,
Wie du's oft im Traum gedacht.

Sie sang das ganz leise, mehr für sich als für den andern, und als sie eine Zeile nicht wußte, summte sie einfach die Melodie.

Ja, sagte Montag, natürlich kenne ich das. Nachtzauber. Warten Sie bitte, ich spreche die zweite Strophe.

Kennst die Blume du, entsprossen
In dem mondbeglänzten Grund?
Aus der Knospe, halb erschlossen,
Junge Glieder blühend sprossen,
Weiße Arme, roter Mund,
Und die Nachtigallen schlagen,
Und rings hebt es an zu klagen,
Von versunknen schönen Tagen –
Ach, vor Liebe todeswund,
Komm, o komm zum stillen Grund!

Valeska kannte nicht viele Gedichte auswendig, meist nur solche, die vertont waren und die sie im Klavierunterricht gelernt hatte. Von allen Liedern gefielen ihr die mit den Worten von Eichendorff freilich am besten.

Vor Liebe todeswund . . . sagte Valeska und sprang von ihrem Stuhl auf, als käme mit diesem Satz eine Erinnerung zu ihr zurück, bei der sie nicht einfach so ruhig dasitzen konnte. Das war eine Zeit, die hat uns alle aufgewühlt, sagte sie leise, . . . durcheinandergebracht . . . man ist hinterher . . . anders . . . Wissen Sie, ich spiele dieses Lied manchmal auf dem Klavier, wenn ich mich elend fühle und nur wenn ich allein bin . . . das ist ein Lied, das macht meine Seele wund.

Sie ging zum Fenster und zog den Vorhang beiseite, draußen war es inzwischen hell geworden, über der Stadt, in Richtung Niederwallstraße, hing ein dunkler Rauchschleier. Valeska setzte sich an den Bettrand, sie legte ihre Hände auf seine Hände, und sie hoffte, so würde langsam seine Ruhe und seine Stille in sie eindringen. Montag spürte, wie ihre Hände zitterten, ihre Arme, ihre Brüste, ihre Schultern, ihr ganzer Körper. Sie sagten jetzt beide nichts mehr. Nach einer Weile lösten sie sich voneinander, ganz rasch, wie Fremde, die durch Zufall in eine enge Berührung gekommen waren. Und schon kurze Zeit danach, als Valeska gegangen war (leicht fröstelnd den kurzen Weg vom Gartenhaus zu ihrem Schlafzimmer) und in dem Raum nur noch ihr Geruch, ihre Wärme und ihre gehäkelte Stola zurückgeblieben waren, versuchte Montag dies alles zu vergessen. Er wollte von dieser Nacht nur eine etwas vage und unbestimmte Erinnerung an Feuer, Tod und Eichendorff zurückbehalten. Was ihm freilich nicht gelang. Eines Nachts holte er die Bibel hervor, in der er schon lange nicht mehr gelesen hatte. Er schlug jetzt das Alte Testament auf und las im Buch Jona und im Buch Jesaja. Er las sehr lange darin.

Jetzt wußte er, was ihn so verändert hatte.

17

Der »Wilde Mönch« war gekommen. Valeska hatte es erst bemerkt, als er vor der Braut kniete und ihr ein Einmachglas mit einem Fisch überreichte. Irma stand auf und zog den »wilden Mönch« zu sich heran, sie setzte ihn demonstrativ auf ihren Stuhl. Als Kind war sie oft mit ihren Freunden beim »wilden Mönch« in der Waldhütte gewesen, er hatte ihnen gezeigt, wie man Binsen flicht und aus Feldblumen Kränze windet, wie man Wassermühlen schnitzt und im Bach aufstellt, wie man Schmetterlinge und Käfer präpariert, und indem sie das ihrem Bräutigam erklärte, ging sie ein paar Schritte hinein in die Kindheit, die näher war, als sie angenommen hatte, ja, sie war überrascht davon, wie schnell das ging: ein paar vertraute Laute, ein Gesicht und eine Kutte, die immer noch einige Geheimnisse bargen, Kornblumen, Bilsenkraut, die Königskerze, ein kleiner blauer Fisch, der im Zickzack schwamm und einen winzigen Schatten nachzog.

Das brachte ihr zurück, was sie im Jahr des Arbeitsdienstes von sich weggeschoben hatte. Sie hatte den Mönch lange nicht gesehn und nahm es für ein glückliches Zeichen, daß er da war (daß Mamuscha ihn eingeladen hatte, ohne ihr vorher etwas davon zu sagen!). Sie brach eine weiße Rose aus ihrem Strauß und steckte sie dem Mönch zwischen die Finger, der vor Verlegenheit über die weißgedeckten Tische, über die blitzenden Gläser, über die blanken Gesichter, die vor ihm in einem einzigen Lichtmeer verschwammen, seine Hände zusammenpreßte.

Valeska hätte ihn auf diesem Platz gelassen, aber sie fürchtete, wenn der Erzpriester käme, könnte es neben einer Irritation ernsthafte Konflikte mit der Kirche geben. So gab sie ihrem Bruder ein Zeichen, und beide begleiteten den »wilden Mönch« auf den Platz, wo für ihn schon gedeckt war. Valeska war glücklich, daß sie jetzt etwas tun konnte. Sie schlug dem Mönch die Ärmel um, damit er nichts umstieß oder irgendwo hängen blieb, sie winkte den Kellner heran, sie ordnete noch einmal das Besteck, sie legte die weiße Rose auf das weiße Tischtuch vor ihm hin, sie kramte etwas aus ihrer Erinnerung hervor, was nur sie beide allein anging, ja, sie lächelte, da gab es sogar etwas:

Damals, als seine Waldhütte abgebrannt war, war sie zu ihm gegangen, mit einem Topf voll Suppe und einer Tasche voller Lebensmittel, und er wollte ihr dafür aus Dankbarkeit etwas zeigen, was er noch nie einem andern Menschen gezeigt hatte. Er zog sie mit sich durchs Tannendickicht, bis sie auf eine Lichtung kamen, auf der ein Waldaltar stand, den der Mönch gebaut hatte, ein riesiges, rohbehaunes Andreaskreuz und davor der Altartisch aus weißen Birkenknüppeln, und in der Mitte eine gelbe, mächtige, strahlende Monstranz, aus Stroh geflochten. Sie war niedergekniet und hatte gebetet, und erst später, als sie schon zu Hause war, war ihr eingefallen, daß sie vor einem ungeweihten Altar gebetet hatte. Es war eine andere Zeit gewesen, eine andere Zeit, und vielleicht war es besser, man erinnerte sich nicht mehr daran. Vielleicht hatte sie nur deshalb den »wilden Mönch« eingeladen, weil er überall, wo er war, etwas von dieser Zeit mitschleppte.

Sie wußte nicht, daß der Mönch, nachdem er im Lager war, alles frühere vergessen hatte, daß er jetzt im Altersheim in der Rybnikerstraße die Säle scheuerte und in einer engen Stube beim Hausmeister, wo er untergekommen war, Zierfische züchtete, daß er abends durch die Wiesen ging und die Äste der Chausseebäume streifte und auf die Ablösungen der Jahreszeiten wartete, in der Hoffnung, mit der Zeit würden sie rascher ablaufen, der Herbst würde ohne den Sommer gleich aufs Frühjahr folgen, und am Ende würde nur noch Winter sein, ein langer Winter, aus dem er nicht mehr herauskommen wollte.

Sie hätte es ihm auch nicht geglaubt.

Der »wilde«, ganz sanft gewordne Mönch schwieg. Er trank einen Schluck Wein und noch einen Schluck. Er löffelte die Suppe. Wer weiß, vielleicht würde er nach ein paar weiteren Schlucken über den Hausmeister und das Altersheim anders denken. Jetzt schwieg er. Er hörte gern zu, wenn die Frau da neben ihm die alten Geschichten erzählte, er hatte sie alle vergessen. Er liebte diese fremde, vertraute Stimme, die eingerahmt war von so viel anderen, summenden Stimmen. Er hatte lange immer nur eine Stimme gehört, seine eigene.

Es beunruhigte Valeska, daß Josel noch nicht da war. Sie wollte zu Haus anrufen, ob Josel dort sei, und sich dabei gleich nach Leo Maria erkundigen, doch sie fürchtete, Halina würde wieder nicht ans Telephon gehen, wie schon so oft in der letzten Zeit. Der Apparat war erst seit kurzem im Haus, und Halina hatte immer noch Angst, ihn anzufassen. Sie könnte auch bei der Hajott anrufen, ja, aber sie wußte nicht genau, wen und wo sie da anrufen mußte.

Die Unruhe konnte ihr auch der Mönch nicht nehmen, der unter der Kutte ein grobgeschnitztes Holzkreuz hervorholte, es an seine Lippen drückte und dann zu Valeskas Mund führte. Sie schloß die Augen und fühlte, wie ihre Lippen das Holz streiften, das den Geruch und die Feuchtigkeit seiner Haut austeilte, sie dachte an den Waldaltar mit der Stroh-Monstranz. Sie war danach noch einige Male heimlich hingegangen, aber sie konnte ihn nicht wiederfinden, erst Jahre später entdeckte sie ihn, als sie den Wald für die Reichsautobahn rodeten. Da war der Altar zerstört.

Valeska sah über den Tisch hinweg, sie sah weiße, schwitzende, dampfende, aufgeblasene Gesichter über die

Teller gebeugt, sie stießen grunzende Laute aus, sie jonglierten mit den Messern in der Luft und schoben sich vollbeladne Gabeln in den Mund, es war, als ob jeder diesen Anblick, diese Erfahrung mitnehmen wollte in die Zeit, in der man für einen blauen Abschnitt beim Fleischer fünfzig Gramm Wurst abgewogen bekam; die Lebensmittelkarten hatten sie schon zu Haus in der Schublade.

Valeska hätte beinahe aufgelacht. Da saßen sie alle, die sie haßte, die sie verachtete, und wenn das zu große Worte waren, nun, dann würde sie sagen, die ihr herzlich gleichgültig waren, und stopften sich den Rinderbraten, gespickt und gesäuert à la polonaise, in den Bauch, und sie hatte dafür die alte Ziegelei verkauft ... Und die Tragik war, daß jene, die sie liebte, nicht dabei waren, nicht Leo Maria, nicht Josel, nicht Andreas, nicht Halina, ja nicht einmal der Erzpriester Pattas war dabei.

Sie sah dem Mönch zu, wie er hastig die Suppe löffelte. Und als ob er gerade jetzt den Schmutz an seinen Händen bemerkte, zog er die auf dem weißen Tischtuch ausgestreckte linke Hand langsam zurück und versteckte sie unterm Tisch, die rechte krümmte er so, daß man nur noch eine gerötete Faust sah. Valeska blickte weg. Sie genierte sich auf einmal, daß sie ganz weiße Hände hatte. Auch sie versteckte jetzt ihre Hände.

Da sah sie Andreas und Ulla eintreten und eilte ihnen gleich entgegen. Die Nachricht, daß Tina Zoppas nicht zur Hochzeitsfeier kommen könne, weil sie heute abend ihre eigene Verlobung feiere, nahm Valeska mit eisernem Gesicht entgegen. Sie führte die beiden an ihren Platz.

Ulla stieß Andreas an. Jetzt würde sie von ihm ein Spitzentaschentuch bekommen, er hatte nämlich mit ihr gewettet, Tante Valeska würde bei dieser Nachricht in ein lautes Gelächter ausbrechen.

Valeska fragte gar nicht, warum sie so spät kämen.

Habt ihr nichts von Josel gehört? Das war es, was sie wissen wollte. Und jetzt verstanden die beiden, warum sie so ernst war.

Wieso, ist etwas passiert? fragte Andreas besorgt.

Nein, nein, warum soll gleich etwas passiert sein? Er wird bei der Hajott sein ...

Draußen ist allerhand los, die Wilhelmstraße ist voll mit Menschen ... Wir sind so spät dran, weil wir dabei waren, wie der neue Sender überfallen wurde, sagte Ulla.

Valeska überlegte, ob sie nicht jemand zur Hajott schikken könnte.

Ist denn hier noch nichts bekannt vom Überfall auf den Sender? hakte Ulla nach.

Von was? fragte Valeska und war beinahe so laut wie die Musik. Ein Überfall auf den Sender? Was für ein Sender?

Na, der neue Sender, an dem mußten wir doch vorbei, als wir zur Frau Zoppas radelten, und auf dem Rückweg, da iss es eben passiert, sagte Ulla.

Valeska rief den Kellner, sie bestellte für die beiden das Essen. Sie hätte lieber nicht fragen sollen. Ist gutt, sagte sie. Eßt jetzt erst einmal. Und schon im Weggehen: Wenn der Josel bis zu den Lebenden Bildern nicht da sein sollte, ob da die Ulla vielleicht an seiner Stelle bei den »Wolgaschleppern« mitmachen könnte?

18

Angst hatte Josel nicht. Auch wenn die Schatten ganz unerwartet sich von den Bäumen lösten und auf ihn zukamen und immer länger wurden – er fürchtete sich nicht. Er begann mit den Schatten zu flüstern, und es dauerte nicht lange, da berührten sie sich, Josel öffnete die Baracke und ließ die Schatten hinein.

Josel saß auf der Holzbank, am Rande des Parkweges. Er fühlte das Geldstück in seiner Hand, das ihm der Soldat vorhin gegeben hatte, er wärmte es in seiner Faust. Der Soldat war schon ein paar Mal hier gewesen, drei oder viermal bestimmt, aber er könnte ihn immer noch nicht beschreiben, sein Äußeres, seine Haare, seine Augen, sein

Gesicht, er könnte nicht einmal sagen, ob er besonders dick oder dünn, groß oder klein war, immer war er überraschend aus dem Dunkel aufgetaucht, und nur im Dunkeln würde er ihn bestimmt (und überall) wiedererkennen: an seinem Atem, an seiner Stimme, an seinem Geruch, an seiner Art, wie er die Hand vorstreckte, am Geräusch, das seine Uniform bei jeder Bewegung machte. Er war der erste gewesen, von dem er Geld bekommen hatte, mit ihm hatte es überhaupt angefangen.

Es war schon länger als eine Woche her, da war er mit dem Fahrrad entlang der Wilden Klodnitz gefahren und hatte die Baubaracke unverschlossen gefunden, wie es ihm Ripkens beim letzten HJ-Dienst erzählt hatte, aber sie muß vorher ausgeplündert worden sein, es war nichts mehr da, was sich mitzunehmen gelohnt hätte. Nur zwei Feldbetten standen herum, ein Waschtisch mit einer mehrmals gesprungenen Marmorplatte, aufgebrochene Holzschränke, in einer Ecke ein Berg Lumpen: das hatte er im Schein der Taschenlampe entdeckt. Die Lumpen könnte er dem Lumpenhändler Podmanitzki bringen, viel würde er dafür nicht kriegen, vielleicht zwanzig Pfennig und ein paar Zigarettenbilder oder ein paar Stecknadeln mit bunten Köpfen oder japanische Papierblumen, die er Ulla schenken könnte. Josel war enttäuscht. Ripkens hatte ihm erzählt, daß sie Schuhe, Bücher, Brühwürfel und sogar volle Bierflaschen herausgeholt hatten – er war also zu spät gekommen.

Josel klemmte, als er wieder gehen wollte, den Keil in den Türrahmen. Plötzlich sah er, wie jemand über die Wiese direkt auf ihn zukam, ein Soldat in Uniform, und Josel wußte nicht, ob er weglaufen oder einfach losheulen sollte, soviel Angst war auf einmal in ihm. Aber da stand der Soldat schon ganz nah bei ihm und fragte mit leiser, ruhiger Stimme: ob denn die Baracke offen sei und ob man da rein dürfe, und ob man da ungestört sein könnte, vielleicht eine halbe Stunde, und ob er das nicht organisieren wolle ... das wäre ihm nämlich eine Silbermark wert.

Josel, immer noch starr vor Angst, hatte genickt und gestottert: eine halbe Stunde, ja, ja, vielleicht hier in der Baracke, da ist ein Feldbett, ich passe auf ... Und der Soldat war plötzlich verschwunden und ebenso plötzlich mit einem Mädchen wieder zurückgekommen, und Josel hatte den Keil wieder entfernt und die Barackentür aufgemacht, damit die beiden darin verschwinden konnten.

Josel wußte nichts anderes zu tun, als vor der Baracke stehenzubleiben und aufzupassen. Irgendwie fühlte er sich jetzt befreit. Obwohl die Barackentür von andern aufgebrochen worden war, war er sich doch ein bißchen wie ein Dieb vorgekommen, als er mit der Taschenlampe in der Baracke herumgesucht hatte. Jetzt konnte ihm nichts mehr passieren, ein Soldat, und wenn er im Dunkel die Schulterklappen richtig gesehn hatte, war das sogar ein Unteroffizier, hatte ihn, ausgerechnet ihn, um eine Gefälligkeit gebeten – und Josel wäre für ihn bis zum frühen Morgen vor der Baracke stehengeblieben.

Der Soldat war nach einer halben Stunde (so schätzte er) zusammen mit dem Mädchen wieder herausgekommen und hatte Josel angelacht: Mensch, prima, da komm ich morgen wieder und bring gleich ein paar Kameraden mit. Er hatte Josel die Hand gegeben und ihm dabei etwas Hartes, Metallisches zugesteckt, Josel fühlte gleich, daß es Geld war, das machte ihn verlegen, aber ehe er etwas sagen konnte, hatte ihm der Soldat die Hand zu einer Faust zusammengedrückt: Das kannst du dir jeden Tag verdienen ... also bis morgen. Und er hatte den Arm um das Mädchen gelegt und war mit ihm zwischen den Bäumen verschwunden.

Für die Hälfte des Geldes kaufte Josel am nächsten Tag ein Vorhängeschloß und montierte es an die Barackentür. Kaum war es dunkel geworden, erschien auch schon das erste Pärchen und steuerte direkt auf Josel zu; er nahm das Schloß herunter und ließ den Soldat mit seinem Mädchen in die Baracke ein: für eine Mark. An diesem Abend kamen noch zwei weitere Pärchen – der Unteroffizier mußte überall in der Kaserne davon erzählt haben. Josel hätte vielleicht noch mehr an diesem Abend einnehmen können, aber er konnte nicht so lange wegbleiben, es war ohnehin schon ziemlich spät, als er nach Hause radelte. Mamuscha wollte er etwas vom HJ-Dienst erzählen, sie würde ihm schon glauben. In Gedanken rechnete er sich aus, wieviel Tage er vor der Baracke Wache halten müßte, um das Geld für zwei Fahrkarten nach Warschau zusammenzukriegen.

Josel kassierte vorher. Einer hatte ihn nämlich und überhaupt schon am dritten Tag betrogen. Der kam mit einer dicklichen Person an, sprach ganz schnell und abgehackt, immer mit Pausen dazwischen, und wiederholte alles zweimal, dreimal: ob er jetzt gleich in die Baracke reinkönne, er habe nicht viel Zeit, denn er müsse um zwölf in der Kaserne sein, und die Kaserne sei etwas außerhalb der Stadt, und er müsse noch ein Stück mit der Straßenbahn fahren, und während er sprach, guckte er immer weg, so als ob er nicht wollte, daß ihm jemand ins Gesicht sehe.

Die beiden waren nicht länger als fünf Minuten in der Baracke, da wurde die Tür aufgerissen und Josel, der sich ein Stück entfernt hatte, sah, wie der Soldat wegrannte, und noch ehe er hinter ihm hereilen konnte, war der andere in der Dunkelheit und hinterm Gebüsch verschwunden. Josel ging zurück zur Baracke, wo die Dicke in der Tür stand und sich ihre Bluse untern Rock stopfte und mit gespreizten Fingern lose durch die Haare fuhr. Als sie Josel sah, fing sie an zu fluchen: *tako świnia, tako świnia**, den bring ich um, den bring ich um . . . schrie sie. Und Josel, der das Ganze nicht begriff, sagte nur: eine Mark bitte, ich bekomme eine Mark. Aber die Person stieß ihn beiseite und spuckte vor ihm aus: diese Sau, schrie sie, von hinten wollte der, von hinten, bin ich denn eine Kuh . . . ? So eine Swinia . . . !

* So ein Schwein

Josel versuchte sie zu beruhigen. Er fürchtete bereits um sein ganzes Unternehmen, denn wenn die Person hier noch länger herumschrie, würde sie nur Leute anlocken, und das ganze Barackengeheimnis würde länger keines mehr sein. Er überlegte schon, ob es nicht besser wäre, jetzt erst einmal zu verschwinden. Doch die Dicke fluchte jetzt schon leiser und tappte dann mit schweren Schritten über die Wiese, zum Fluß hinunter.

Aus dem Schatten der Bäume lösten sich ein Soldat mit seinem Mädchen, beide mußten dort schon eine Weile gewartet haben; Josel ließ sie in die Baracke ein, ohne nachzusehen, wie es darin aussah; ihm war das jetzt egal. Er staunte nur darüber, wie gut das System funktionierte.

Er dachte daran, daß er seinen Reichtum im Grunde dem Unteroffizier zu verdanken hatte. Wie das mal enden würde, darüber dachte er lieber nicht nach. Ihn hätte er jedenfalls auch ohne Geld in die Baracke gelassen, aber der zahlte immer vorher, immer auf die gleiche diskrete Weise, indem er ihm die Hand reichte und ihm dabei das Geld zusteckte. Außer beim ersten Mal hatte Josel auch kaum mit ihm gesprochen. Dabei hätte er sich gern einmal mit ihm unterhalten, zum Beispiel darüber, was er denn sonst mache, ohne Uniform, also als Zivilist. Und dann: in welcher Kaserne er stationiert sei? Und ob er ihn nicht einmal nach Haus einladen könnte, zu seinen Eltern? Und ob man bald mit Krieg rechnen müsse? Und wer ihn gewinnen wird, den Krieg? Ja, das hätte Josel gern gefragt. Er war schließlich ein Unteroffizier, er müßte Bescheid wissen.

Zu Haus sagten sie zwar alle, diesen Krieg werden die Deutschen gewinnen, daran kann überhaupt kein Zweifel bestehn. Aber Josel zweifelte insgeheim doch, denn Onkel Wondrak hatte ihm gesagt: die Polen sind schwach, das ist wahr, sie sind ein kleines Volk, aber die Engländer werden ihnen helfen, und das ist ein reiches und mächtiges Land, dagegen kommen wir nicht an. Und Josel glaubte Onkel Wondrak mehr als den andern. Ihm war nur nicht klar, wie die Engländer den Polen helfen könnten, denn nach der Landkarte war England ja ganz woanders, und dazwischen war auch noch ein Meer.

Ob er jetzt, wenn der Unteroffizier mit dem Mädchen herauskäme, versuchen sollte, ihn in ein Gespräch zu verwickeln? Josel hatte die Erfahrung gemacht, daß die Soldaten, die da mit ihren Mädchen ankamen, nichts anderes wollten, als ganz schnell rein in die Baracke und allein und ungestört sein. Und wenn sie herauskamen, wollten sie eigentlich noch schneller wieder weg, ohne sich einen Schritt lang aufzuhalten, ohne ein Wort zu verlieren, ja, es schien ihm so, als wollten sie, kaum waren sie auf dem Promenadenweg, nicht mehr daran erinnert werden, jemals in der Baracke gewesen zu sein. Der Unteroffizier war da nicht anders. Er war jedesmal mit einer andern Person gekommen, soweit das Josel in der Dunkelheit feststellen konnte, und Josel fragte sich jetzt, wo er die Mädel nur immer herbekam? An einem Abend war er sogar zweimal dagewesen, und beim zweiten Mal hatte er ihm ein Zweimarkstück zugesteckt und ihm dabei anerkennend, freundschaftlich auf die Schulter geklopft – seit der Zeit war von Josel auch der letzte Rest von Angst weggenommen, den er irgendwo noch immer mit sich herumgeschleppt hatte.

Ein paarmal hatte sich Josel an die Baracke gedrückt und sein Ohr unauffällig an das Holz gelegt, um etwas von den Geräuschen mitzukriegen. Einmal hatte er Stöhnen, Schluchzen und sogar Schreie gehört, das hatte ihn so aufgeregt, daß ihm ganz heiß geworden war, er hatte richtig gespürt, wie sein Kopf anfing zu glühen und sein Atem schneller ging. Vielleicht war es auch nur die Angst gewesen, von irgend jemand überrascht zu werden.

Damals war ihm auch der Gedanke gekommen, ein Loch in die Wand zu bohren. Er könnte das Feldbett näher an die Wand rücken und dann alles sehen! Josel erschrak vor seinem eigenen Gedanken, er versuchte ihn zu unterdrücken, aber er wurde ihn nicht mehr los. Und in der Erinnerung an die Geräusche, die er noch ganz deutlich im Ohr hatte, malte er sich dazu die unwahrscheinlichsten Bilder aus.

Jetzt, wo Andreas da war, mußte er immer häufiger daran denken, mit ihm zusammen würde er es vielleicht tun. Er dachte daran, Andreas noch heute abend in diese Geschichte einzuweihen, vielleicht ergab sich bei der Hochzeitsfeier im Haus Oberschlesien eine Gelegenheit, mit ihm darüber zu sprechen. Vielleicht könnte er Andreas sogar dazu bewegen, mit ihm noch einmal hierher zu kommen. Am späten Abend, in der Dunkelheit, würde es leichter sein, das Geheimnis der Baracke zu erklären. Er hatte es schon den ganzen Tag versucht, aber über ein paar Andeutungen war er nicht hinausgekommen, obwohl er mit Andreas am Vormittag während der Besichtigungstour zweimal an dieser Baracke vorbeigefahren war.

Jetzt öffnete sich die Holztür, und der Unteroffizier trat heraus, hinter ihm das Mädchen, das seltsam zögernd einen Fuß vor den andern setzte, als sähe es nichts; Josel ging ihnen über die Wiese entgegen, er spürte an seinen Füßen, daß das Gras sich bereits mit Tau anfüllte. Josel nahm seinen ganzen Mut zusammen: Herr Unteroffizier, sagte er, Herr Unteroffizier ... Aber der ging an ihm vorbei und sagte nichts. Er geleitete das Mädchen mit ausgestreckter Hand ganz vorsichtig zum Sandweg hin, als ob es tatsächlich blind wäre.

Und der Krieg, was ist mit dem Krieg ... Was meinen Sie dazu, Herr Unteroffizier? Josel ging ein Stück mit ihnen mit. Als sie auf dem Promenadenweg anlangten, knirschte der Sand unter ihren Füßen. Der Soldat legte den Arm um das Mädchen und sagte zu Josel: Gute Nacht, Kleiner, denk nicht an den Krieg. Der kommt bestimmt ...

Josel blieb stehen. Gute Nacht, hörte er noch einmal den Soldaten sagen, als der schon ein Stück weiter war.

Gute Nacht, Herr Unteroffizier, sagte Josel leise, fast zu sich selber. Er wartete, bis die beiden hinter einer Biegung verschwunden waren, dann ging er langsam zurück. Er spitzte die Lippen und machte zweimal den Ruf des Eichelhähers nach. Er lauschte; aus einer der Baumkronen echote ein glucksendes Signal. Josel ging in die Baracke, legte die Decken auf dem Feldbett zurecht, kippte das Wasser aus der Waschschüssel ins Gras und goß frisches Wasser hinein. Dann ging er draußen auf und ab und wartete auf Kunden. Er wunderte sich, daß niemand mehr kam, es war doch erst gegen neun. Ein Pärchen wollte er noch hereinlassen, dann würde es Zeit sein, sich im Haus Oberschlesien bei der Hochzeitsfeier sehen zu lassen. Ulla würde auf ihn warten und Mamuscha, natürlich. Er überlegte, ob er Ulla schon heute abend verraten sollte, daß er beinahe das ganze Geld zusammen hatte, um mit ihr nach Warschau fahren zu können, zur Kreuzkirche, in der in einem Pfeiler das Herz von Chopin begraben sein soll. Da niemand kam, holte Josel das Fahrrad aus der Baracke und hängte das Vorhängeschloß vor die Tür. Für heute wollte er Schluß machen. Hochzeitsfeiern, bei denen er dabei war, gab es ja nicht so oft – und außerdem hatte er sich vorgenommen, das Haus Oberschlesien etwas von innen auszuforschen. Er steckte den Schlüssel in die Tasche, schwang sich auf das Fahrrad und fuhr ohne Licht über den knirschenden Sandweg in Richtung Wilhelmstraße.

19

Josel war noch nicht ganze fünfzehn Jahre alt, das stimmt schon, aber seit mindestens fünf Jahren träumte er davon, einmal durch die Windfangtür in das Hotel Haus Oberschlesien einzutreten. Heute nachmittag noch hatte er, auf den Lenker seines Fahrrads gestützt, nur einen langen Blick durch die Scheiben geworfen. Und jetzt ging er bereits, ohne zu zögern auf das Gebäude zu, drückte kühn mit der linken Schulter gegen die Drehtür und wirbelte in die Hotelhalle hinein.

Das erste, was ihm auffiel, waren die vielen Soldaten, die in der Hotelhalle herumstanden, dann hinten im Gang, vor der Bar, ein großes sperriges Schild, auf dem in dicker Blockschrift stand: ZUTRITT FÜR ZIVILISTEN VERBOTEN; aber verwundert war er nur darüber, keinen Hotelboy zu sehen. Onkel Wondrak hatte ihm gesagt, in jedem »besseren Hotel gibt es Hotelboys wie Sand am Meer, weil das halbe Kinder sind, die nichts kosten«, und er hatte ja auch schon hin und wieder mal einen Hotelboy in der Wilhelmstraße gesehn, in einer schmucken Uniform und einem runden Käppi auf dem Kopf – und heute nachmittag erst einen durch die Scheibe dieses Hotels, doch jetzt war keiner da, so sehr er sich auch umguckte. Josel nahm sich vor, wenn er in der nächsten Stunde keinen Hotelboy finden sollte, einfach den Hotelportier zu fragen, wo er einen Hotelboy finden könne, denn so leicht würde er bestimmt nicht wieder Gelegenheit haben, mit einem richtigen Hotelboy ins Gespräch zu kommen. Denn heimlich, keiner wußte davon, nicht einmal Ulla Ossadnik, trug er sich immer noch mit dem Gedanken, eines Tages die Schule mit der Arbeit eines Hotelboys, irgendwo in einer fremden Stadt im Westen, zu vertauschen.

Der Portier kam hinter seinem Tresen hervor und fragte Josel in einer angelernten Höflichkeit, ob er dem »Jungen Mann« helfen könne. Das Wort »Junger Mann« gefiel, zugegeben, Josel sehr. Er sagte: Wie bitte, weil er wußte, daß »wie bitte« vornehm klang und weil er gern noch einmal die Anrede »Junger Mann« hören wollte. Und der Hotelportier sagte tatsächlich noch einmal sanft und höflich: Was wünschen der Junge Mann?

Josel ließ den Satz in der Luft zergehn, ordnete seinen weißen Schillerkragen sorgfältig über der Jacke und sagte betont lässig: Ja, wissen Sie, meine Schwester feiert heute hier im Hotel Haus Oberschlesien Hochzeit . . . Er machte eine deutliche Pause . . . Da möchte ich ganz gern dabei sein, was Sie verstehen werden, ich bin nämlich und überhaupt ihr Bruder . . .

Der Portier, der schon einmal unterbrechen wollte, jetzt etwas weniger höflich: Ist das die Piontek-Hochzeit?

Aber ja, sagte Josel sanft, genau, das isses. Die Braut Irma Piontek ist meine leibliche Schwester ...

Das ist oben im Münzersaal, sagte der Portier, jetzt schon ungeduldig, ja streng. (Vorhin hatten die im Saal soviel Krach gemacht, daß ich hinaufgehen und um Ruhe bitten mußte, schließlich hab ich lauter Offiziere im Hause ...)

Josel sah sich um, noch immer war kein Hotelboy zu sehn, nur die Uniformen der Soldaten im Foyer. In diesen Tagen gab es in Gleiwitz überall Soldaten, die Kasernen waren überfüllt, die Schulen besetzt, in den Privathäusern Einquartierungen; draußen auf dem Übungsgelände der Stadtwaldkaserne hatten sie sogar ein Zeltlager aufgebaut mit Flakgeschützen und Scheinwerfern und Gulaschkanonen. Aber hier im Hotel, das sah Josel gleich an den Uniformen, gab es hauptsächlich Offiziere. Einer ging gerade die Treppe hinauf, an Josel vorbei, dem dabei die roten Streifen an den Hosenbeinen auffielen. Guten Abend, Herr General, sagte er. Der General lächelte und sah ihn an, ohne ihn anzusehen. Er schien mit etwas beschäftigt zu sein, was offensichtlich weit weg von hier war, denn als er weiterging, wäre er beinahe über den Teppich gestolpert. Josel erinnerte sich, daß er irgendwo, wahrscheinlich beim Jungvolk, gelernt hatte, Soldaten im Generalstab, gleich welchen Ranges, tragen rote Streifen an den Hosen, auf den Schulterklappen und sogar an den Kragenspiegeln. Vielleicht war hier im Hotel der Generalstab untergebracht? Josel nahm sich vor, dies noch heute nacht auszukundschaften.

Ein General? fragte Josel leise.

Also, da geht's in den Saal, sagte der Portier, jetzt schon barsch, und wies Josel auf die andere Seite.

Der Saal war mit einem Vorhang aus Rauch, verschwitzter Luft und lärmender Musik verhängt. Josel blieb in der Tür stehen und sah über den langen Hochzeitstisch hin, bis er die Braut entdeckte – und daneben Mamuscha. Die meisten bemerkten ihn gar nicht, sie blickten nach vorn zum Podium hin, auf dem die Musiker saßen und einen Foxtrott spielten. Valeska guckte zur Tür, als erwarte sie jemanden, dabei entdeckte sie als ersten Josel und winkte ihn gleich heran. Sie drückte ihn fest an sich, zog seinen Kopf herunter und hauchte einen Kuß auf sein Haar.

Josel hatte sich schon eine Antwort zurechtgelegt auf die Frage, die nun unweigerlich kommen mußte (warum er denn erst so spät komme und wo er denn so lange gewesen sei) –, doch nein, die Mutter fragte nicht, es schien, als freute sie sich einfach, daß er da war. Sie sagte: Du hast doch gewiß noch nicht zu Abend gegessen, ja, komm, nimm doch da (sie sah sich um, wo noch ein Platz frei war; es war keiner frei) neben Andreas und Ulla Platz, ich lasse dir gleich etwas servieren. Sie winkte einen Kellner heran.

Zur Feier des Tages hättest du ja heute den blauen Anzug anziehen können, sagte sie, und die Bommeln dazu, die rotweißen, die stehn dir so gut.

Valeska fiel ein, daß sie Josels Uniform schon letzte Woche waschen ließ und danach versteckt hatte. Seitdem die Soldaten in der Stadt waren und alles auf den Krieg wartete, war es besser, Josel würde sich in dieser Hitlerjungen-Uniform nicht mehr in den Straßen zeigen. Man kann ja nie wissen.

Ach, der Josel ist da. Irma wandte sich ihm zu. Das ist ja eine ganz große Ehre für dein Schwesterlein, das heute Hochzeit macht . . . Unser Rumpelstilzchen ist da . . .

Josel sah Irma in der Arbeitsdienst-Uniform, mit den grünen Myrthen-Sträußchen am Kragen und auf der Brust. Sie glühte im Gesicht. Vielleicht hatte sie auch schon zuviel getrunken.

Schließlich hatte ich Dienst fürs Vaterland, sagte Josel halb pathetisch, halb ironisch. Hajott-Dienst.

Der Bräutigam beugte sich über den Tisch. Kommst du grade von draußen, Josel?

Wie, von draußen?

Wie sieht's in der Stadt aus? fragte Heiko.

Ich bin mit dem Fahrrad gekommen, von der Wilhelmstraße. Da geht's hoch her, wie sonst nur am Sonnabendabend. Von der Stille an der Wilden Klodnitz, wo er bis jetzt gewesen war, wollte er nichts erzählen.

Und hast du viele Soldaten auf der Straße gesehn?

Ja, jede Menge. Josel beugte sich zu Heiko hin. Die possiern alle mit unsern Mädels, flüsterte er. Aber habt ihr, und jetzt wendete er sich wieder allen zu, da draußen in der Hotelhalle die Offiziere gesehn? Die haben so rote Streifen an der Uniform. Wenn da nicht der Generalstab untergebracht ist!

Heiko machte eine wegwerfende Handbewegung. Das interessierte ihn nicht. Die sind nicht von meiner Kompanie, die haben mir nichts zu sagen.

Der Kellner kam und führte Josel ans Ende des Tisches. Dort saßen Andreas im Salonik (woher er nur den dunklen Anzug hatte, und tatsächlich trug er Bommeln am Hals, grau und blau, das machte ihn hübsch, das mußte er zugeben) und Ulla, sie trug ein grünes Kleid, das er schon kannte, nur die weiße Stola, die sie über die Schultern gehängt hatte, war neu für ihn. Ulla hielt gerade ein Glas in der Hand und redete auf Andreas ein, und Andreas war es, der ihn zuerst entdeckte: Da bist du ja endlich, sagte er, und er stand auf, um Josel formell zu begrüßen, so als hätten sie sich schon seit Tagen nicht mehr gesehn.

Josel gefiel es nicht, daß Andreas sich wie ein Fircyk* angezogen hatte. Ulla blieb sitzen, machte ihre Martha-Eggerth-Handbewegung und lächelte Josel dabei mit heruntergeklappten Augenwimpern an, und Josel küßte sie auf die Schulter wie Jan Kiepura. Beide mußten lachen.

Der Kellner schob für Josel einen Stuhl neben Ulla heran, dann fragte er: Wünschen Sie roten oder weißen?

Wie? Josel guckte ganz überrascht. Ach Sie meinen

* Stenz

Wein, nein, ich trinke keinen Wein. Josel war stolz, daß er das gleich herausbekommen hatte. Das Hotel Haus Oberschlesien war ja bekannt als das vornehmste in der ganzen Gegend weit und breit, da konnte man beim Essen natürlich auch zwischen einem weißen und einem roten Wein wählen. Aber ihm schmeckte Wein nicht, er hatte ihn schon mal probiert.

Der Kellner: Ich meine weißen oder roten *Traubensaft.* Für Kinder ... Er verbesserte sich betont auffällig ... Für Jugendliche dürfen wir nur Traubensaft servieren ...

Also, ich möchte heute ein Bier! Josel sah Ulla und Andreas an, er sah auf ihre Gläser; sie hatte etwas Rotes, er etwas Weißes im Glas. Herr Ober! Er legte seine ganze Strenge in die Stimme hinein. Ich bitte um ein Bier! Er wollte nicht wieder damit anfangen, daß er der Bruder der Braut sei und hier also gewisse Vorrechte habe. Aber wenn der Kellner Schwierigkeiten mit dem Bier machen sollte, dann müßte er es eben tun. Seit seiner Herfahrt hatte er sich auf ein Bier gefreut.

Der Kellner legte Besteck und Serviette vor Josel hin, er sagte nichts. Sein Gesicht war genauso entschieden zurückweisend wie vorher.

Josel mußte also. Er fing ganz langsam an. Ich gehöre zur Familie, die hier Hochzeit macht, und dort die Frau neben der Braut, das ist meine Mamuscha, die bezahlt hier nämlich alles, und zu der Frau gehen Sie bitte und fragen, ob ich, der Josel Piontek mit seinen pjerunnisch sechzehn Jahren zur Hochzeit seiner Schwester wohl noch ein Bier bekommen kann ...

Der Kellner schlurfte, trotz seiner vielen Berufsjahre, die sich wie Baumringe auf seiner Stirn abzeichneten, leicht eingeschüchtert davon.

Ulla kicherte. Dann sah sie Josel an und begann: Werbsen Orbsen Kiks Berbsen Irbsen Serbsen Terbsen Kiks Derbsen Urbsen Kiks Gerbsen Erbsen Werbsen Erbsen Serbsen Erbsen Nerbsen. Und in einem Tempo, daß Andreas sie nur mit großen Augen anstarren konnte.

Josel antwortete ebenso schnell: Irbsen Merbsen Kiks Kerbsen Lerbsen Orbsen. Und jetzt erst begriff Andreas, daß er nichts von ihrer Sprache begriff.

Ulla hatte gerade angefangen, von einem Besuch im Admiralspalast in Hindenburg zu erzählen, als Bernhard Eté gespielt und Rosita Serrano gesungen hatte – und jetzt war es aus damit, jetzt redete sie mit Josel in diesem blöden . . . Kauderwelsch. Er kippte den weißen Traubensaft herunter, als ob es Schnaps wäre, und verzog das Gesicht dabei.

Josel: Werbsen Arbsen Rerbsen Kiks Berbsen Erbsen Irbsen Kiks Derbsen Erbsen Nerbsen Kiks Serbsen Orbsen Lerbsen Derbsen Arbsen Terbsen Erbsen Nerbsen Kiks Herbsen Arbsen Berbsen Kiks Scherbsen Nerbsen Arbsen Perbsen Serbsen Kiks Ferbsen Ürbsen Rerbsen Kiks Serbsen Irbsen Erbsen Kiks Gerbsen Erbsen Kerbsen Arbsen Urbsen Ferbsen Terbsen Kiks. Herbsen Arbsen Berbsen Kiks Berbsen Arbsen Lerbsen Derbsen Kiks Derbsen Arbsen Serbsen Kiks Gerbsen Erbsen Lerbsen Derbsen Kiks Ferbsen Ürbsen Rerbsen Kiks Werbsen Arbsen Rerbsen Scherbsen Arbsen Urbsen Kiks Zerbsen Urbsen Serbsen Arbsen Merbsen Erbsen Nerbsen Kiks.

Er lächelte Ulla an. Ulla guckte weg.

Verstehst du uns nicht, Andreas? fragte er scheinheilig.

Nein, Andreas verstand nicht. Und außerdem war er gekränkt. Er zuckte nur mit den Schultern. Das brachte die beiden erst recht zum Lachen.

Der Kellner kam mit einem Glas Bier und einem Teller Suppe. Fantastitschnek, sagte Josel. Und zum Kellner: Danke. Er löffelte die Suppe. Iss nämlich und überhaupt ganz einfach, sagte er dazwischen. Ulla wird's dir mal beibringen, nich wahr, Ulla?

Andreas sah Ulla an, sie hatte wieder das gleiche ernsthafte Gesicht wie vorhin, das beruhigte ihn.

Du kennst nicht die Erbsensprache? Ulla hätte lieber etwas anderes gefragt. Die ist doch ganz einfach . . . Sie wollte die Erklärung rasch hinter sich bringen, denn im Grunde fand sie das mit der Erbsensprache albern.

Nein, erklär's nicht jetzt, unterbrach Josel sie. Ein bißchen lassen wir ihn noch zappeln. Was für Geheimsprachen habt ihr denn – in Breslau?

Andreas wußte nicht, was er antworten sollte. Darauf war er noch nicht gekommen. In der Schule hatten sie mal mit Galläpfel-Tinte geschrieben, das wurde erst ein paar Stunden später sichtbar. Dann gab es die Spiegelschrift, doch dahinter kam man ziemlich rasch. Aber von einer Geheim*sprache* wußte er nichts.

Wie gefällt dir überhaupt und nämlich mein Kusäng? Josel stieß Ulla in die Seite. Was habt ihr denn alles so unternommen?

Oooch. Andreas starrte auf das Tischtuch. Wir haben uns eine Platte von Gieseking angehört. Chopin.

Ulla dachte an den Nachmittag und an die Zeit im Kanalrohr, und sie konnte nicht verhindern, daß ihr die Röte ins Gesicht stieg, immer rascher ins Gesicht stieg, auch wenn sie ihren Kopf senkte, immer mehr senkte.

Josel löffelte und sah sie Gott sei Dank nicht an.

Gut ... sagte Ulla und ließ das Wort in der Luft stehen. Im Moment brachte sie nicht mehr heraus. Sie schluckte an ihrem Traubensaft. Jetzt wäre es ihr lieber gewesen, sie hätte Wein im Glas gehabt, da könnte sie ihre Röte auf den Wein schieben.

Die Suppe hätte auch kräftiger sein können, sagte Josel und schob den leeren Teller weg. Dann zog er das Bierglas zu sich heran, in dem sich jetzt der Schaum gesetzt hatte. Er steckte seine Nase tief hinein und roch daran wie ein alter Grubjosch*, dann machte er einen tiefen Zug. Wie iss das, sagte er, paßt Mamuscha auf oder kann man auch mal einen Schnaps kriegen?

Kann man, kann man, sagte Andreas ganz schnell. Aber für mich keinen Schnaps, ich würd gern mal einen Wein

* Bergarbeiter

probieren, also wie so ein Wein schmeckt ... Ich hab mal ein' getrunken, als wir verreist waren, der schmeckte wie Gurkenwasser sag ich euch, aber das war eben ein billiger Wein gewesen, es soll auch süße geben, die sind viel teurer. Die besten Weine gibt es in Italien ... Er wurde ganz eifrig. Vielleicht vergaßen die andern darüber die Erbsensprache.

Woher weißt du das? wunderte sich Josel. Er wußte nicht viel über Wein, über Schnaps schon etwas mehr. Der beste war zum Beispiel der polnische, der Zubrowka, Onkel Wondrak brachte ihn manchmal aus Krakau mit, und bei ihm schnorrte er auch schon hin und wieder mal heimlich ein Gläschen.

Also ein Glas Wein, vielleicht sogar einen italienischen, den organisier ich dir, sagte Josel ganz zuversichtlich.

Ulla war jetzt so weit, daß sie wieder etwas sagen konnte: Der Andreas ist ein Pierunnik, er ist gar nicht so wie die andern, die aus dem Reich kommen ... der könnte einer von uns sein.

Der Kellner brachte für Josel Backpflaumen mit Rauchfleisch.

Den kriegen wir schon so weit, daß er das R so schön rollen kann wie wir ...

Das schmeckt fantastitschnek, warf Josel mit vollem Mund ein. Hm. Wollt ihr mal probiern.

... der wird bald richtig *Pjä-rrunn-je* sagen können.

Ulla kam richtig ins Schwärmen.

Josel sah von seinem Teller auf. Das mit dem Pierunje, das war so ziemlich das größte Kompliment, das man einem Neuen machen konnte. Er dachte daran, wie er am besten mit Andreas allein sprechen könnte, vielleicht würde er ihn überreden können, mit ihm zusammen zur Baracke zu fahren. Es war wichtig herauszufinden, was er dazu sagen würde. Machte er mit, dann könnte man ihn ja in die Ferajna* aufnehmen. Josel sah hinüber zu

* Gruppe, Blase

den andern Tischen; um die Wassermilka herum saßen noch ein paar der älteren Mädchen in weißen Kleidern, die Blumen gestreut hatten. Für die wird es aber bald Zeit nach Hause, dachte Josel, denn er fühlte sich mit den zwei oder drei Jahren mehr schon als Erwachsener.

Andreas zu Ulla: Woll'n wir ihm die Geschichte mit dem Sender erzählen?

Die Musik hatte aufgehört. Die drei hatten das gar nicht bemerkt. Nur die Stimmen der andern ihnen gegenüber waren auf einmal lauter geworden.

Also ich kritisiere nicht, nein, das steht uns nicht zu, das wird schon alles richtig sein, was die da oben machen, ich meine nur, es ist ein Świnstwo*, weil daß sie schicken unsere Jungens an die Westgrenze, die werden dort von den lockeren Sitten verdorben, das ist doch klar . . .

Ach härn Se doch auf fon Pulitik zu redn, Frau Bortel strahlte dabei in die Runde: Diese Männer, die habn nichts wie Schnapspreise und Pulitik im Detz**, sagte sie und rückte dabei unauffällig ein Stückchen näher an den Mann heran.

Andreas ärgerte sich darüber, daß er einen Moment lang der Unterhaltung zugehört hatte, und sagte rasch zu Josel: Da gab's einen Überfall!

Was gibt's zum Nachtisch? fragte Josel und schob den Teller halbvoll zur Seite. Ich hab heut gar keinen Hunger. Aber naschen würde ich gern noch etwas.

Wir haben das gesehn, Josel, stell dir vor . . . den Überfall auf den Sender. Ullas Stimme ging scharf nach oben. Sie konnte nicht begreifen, daß Josel die Mitteilung vom Überfall auf den Sender nicht aufregte oder wenigstens neugierig machte.

Er fragte nur ungläubig: Was für'n Überfall? – 'n richtiger Überfall? Was habt ihr denn da am Sender gemacht?

Ja wir sind da vorbeigekommen . . ., sagte Ulla.

Also das war so, fing Andreas etwas umständlich und

* Schweinerei
** Kopf

mit ruhiger Stimme an und brachte Ulla damit zum Schweigen. Es war seine Art, aufregende Sachen runterzuspielen. Du weißt doch, erst solltest *du* zur Frau Zoppas nach Zernik fahren, um sie zur Hochzeitsfeier einzuladen, aber du mußtest ja zu deiner HJ, und da sind wir gefahren, auf dem Rückweg haben wir uns etwas verspätet . . .

Ja, denk dir nur, warf Ulla mit künstlicher Stimme ein, sie wollte sich gerade mit einem Soldaten verloben, unsere junge Witwe Zoppas. Sie wollte lachen, aber sie verstummte.

Also, auf dem Rückweg kamen wir am Rundfunksender vorbei, es war schon dunkel geworden . . . setzte Andreas fort.

Von der andern Seite unterbrach ihn die Stimme des Feldwebels: Aber das muß doch gefeiert werden, verehrte gnädige Frau, ich bitt' Sie!

Fräulein Willimczyk, die Buchhändlerin, flötete: Ach, Sie kommen aus dem Rheinland, dort soll es schön sein . . . landschaftlich! Sie sah den schwitzenden Feldwebel in einer Mischung aus Schwärmerei und Furcht an. Er zerrte an ihrer Hand, hielt sie vor den Mund und sang prustend: Ich küsse Ihren Fuß, Madame . . .

Also jetzt erzähl weiter, erzähl die ganze Geschichte, sagte Josel und rückte näher an Ulla heran. Und Andreas begann zu erzählen, aber er erzählte freilich nicht die ganze Geschichte. Ulla sah ins Glas oder auf die Tischdecke, sie begleitete seine Sätze gelegentlich mit kleinen Gesten und gedämpften Geräuschen. Sie sagte nichts. Einmal öffnete sie ihren Mund, als Andreas vom Kanalrohr erzählte, aber es entfuhr ihr kein unbedachter Satz, nur so etwas wie ein Seufzer.

Als Andreas mit der Erzählung am Ende war, waren sie nicht nur fünfmal durch das »Bunte Programm« unterbrochen worden, sie hatten auch, in kleinen Schlückchen, ihre Gläser leer getrunken.

Erste Unterbrechung: Fräulein Kunewicz, Verkäuferin bei DEFAKA, die aushilfsweise im Stadttheater als Choristin in der Operette auftrat und deshalb überall als »bekannt vom Stadttheater Gleiwitz« eingeführt wurde – man hatte rasch um drei Ecken eine verwandtschaftliche Beziehung konstruiert, damit man sie einladen, ihr aber nichts für den Auftritt zahlen mußte –, sang und tanzte die Juliska die Juliska aus Budabudapest.

Zweite Unterbrechung: Großtante Lucie (Lanolin) und ihr blinder Sohn Bert aus Kalinowitz bei Groß-Strehlitz sangen und zeigten die traurige Ballade von Eduard und Kunigunde.

Dritte Unterbrechung: Charlie Chaplin in der Maske des Bergassessors Rudnitzki sang: Ich geheut ins Maxiim, da bin ich sährrr intiiim ... und steppte dazu mit eisenbeschlagenen Schuhen wie Fred Astaire in den amerikanischen Filmen ..., die sie nun auch schon seit einiger Zeit nicht mehr in den Kinos zeigten.

Vierte Unterbrechung: Noch einmal Charlie Chaplin in der Maske des Bergassessors Rudnitzki. Er hielt eine Rede. Und am Ende der Rede sagte er: Vuala! Da ist sie! Unsere Zarah Oleander! (Er sagte das Z stimmhaft, wie Sarah!) Er nahm die Melone vom Kopf. Und jetzt erinnerte nichts mehr an Charlie. Der Bergassessor war nichts anderes als ein etwas komisch verkleideter Bergassessor. Was er immer war.

Ja, und das war sie, wie sie mit so langsamen, betont wiegenden Schritten aufs Podium stieg, etwas zu vorsichtig die Schleppe zur Seite zog und um ihre Füße drapierte, die Hände und Arme fast bis zu den Schultern in lange schwarze Handschuhe gesteckt, auf dem Kräuselkopf ein schwarzer Hut mit einem durchbrochenen Schleier, ganz über das Gesicht gezogen, und über den Schultern ein glockenförmiges, schwarzes, mit Flimmersternchen besetztes Cape – aus Krepp-Papier, Josel sah das ganz deutlich. Sie wehrte mit neckischen Handbewegungen den Beifall ab, und während die Kapelle anfing, streckte sie noch rasch einen Fuß etwas vor, das machte sie kleiner, dann setzte sie mit ihrer tiefen, rauchigen

Schnapsstimme ein: Der Winnnnt hat mirrr ein Lieth errrrrzählt . . .

Das ist ja Onkel Wondrak! Andreas stieß die andern an.

Ein paar Zuschauer gluckten. Die Wassermilka rückte unruhig auf ihrem Stuhl hin und her und redete immer noch auf Tante Lucie (Lanolin) ein, die ganz verzückt ihr Gesicht mit der dicken Brille zum Podium hinstreckte.

In den prasselnden Beifall hinein schnarrte der Feldwebel: Nach der Bohnensuppe auf dem Klo zu singen . . . Und da niemand um ihn herum lachte, lachte er für die andern mit, trotz der leicht pikierten Blicke des Fräulein Willimczyk.

Alle hatten längst in Zarah Oleander da oben Willi Wondrak, den Rechtsanwalt, erkannt, aber als die »Sängerin« sich mit einem Ruck den Schleier vom Gesicht riß, machten sie, wie in geheimer Verabredung, ein künstlich staunendes Aaaaahhhh und klatschten danach noch heftiger. Willi Wondrak als Zarah Oleander trat nach hinten ab. Die Kapelle schickte ihm einen Tusch hinterher und ging dann über in einen langsamen Foxtrott.

Also Jungs, Josel sang das beinahe, jetzt organisier ich für uns alle noch einen Bimber, klar! Und dann saufen wir einen! Der Feldwebel auf der andern Seite hob sein Glas und schrie hinüber: Hier für uns einen Suppenkessel voll Schnaps! Josel sah auf Ulla und Andreas, die mit ernsten Gesichtern auf ihren Stühlen saßen: Dann müßt ihr mir das zu Ende erzählen, ja! Seid doch lustig, Chłopcy!*

Josel kam mit einer Weinflasche an, die nicht mehr ganz voll war, er reichte sie schweigend herum und ließ das Etikett bestaunen: SONNTHALER PARADIES GRÜNBERG stand darauf, und als ihn die andern etwas ratlos anguckten, grinste er nur und legte den Zeigefinger an die Lippen. Dann nahm er die Flasche zurück, zog den Korken heraus und roch daran. Das Feinste vom Feinsten,

* Jungs

sagte er und ließ die andern ebenfalls riechen. Das is nämlich kein Wein, das ist Bimber, selbstgebrannter Schnapsik . . . Ich hab den getschuppelt!*

Und dann goß er ihnen ein.

Nicht so viel!

Doch, das Glas voll, es muß so aussehen, als sei das Wein! Oder Wasser! Komm her.

Ulla schwenkte das Glas vor der Nase hin und her, machte mhmh und tat, als würde sie schon vom Geruch betrunken werden. Andreas wehrte sich erst, denn er hatte sich in den Kopf gesetzt, heute abend Wein zu trinken, einen roten, einen süßen, einen aus Italien, den man eben nicht alle Tage kriegt, da muß es schon eine Hochzeit sein. Aber Josel sagte: Jetzt erst einmal einen ordentlichen Schnapsik, der Wein kommt später! Er goß auch dem Feldwebel ein, der sich quer über den Tisch legte und dabei zwei Gläser umwarf, was beinahe zu einem für Josel unliebsamen Aufsehen geführt hätte; und Fräulein Willimczyk, die Buchhändlerin, seufzte erst: O Gott, das ist doch verboten, bevor sie sich einschenken ließ, und der Graf Poremba, der Schnaps schon von weitem roch und Selbstgebrannten wohl noch von weiter, rückte mit einem Glas vom andern Ende der Tafel an, er sagte: ach nur ein bissel, Freunde, und hielt sein Glas am längsten hin.

Als Andreas den Schluß der Geschichte erzählt hatte, wurde gerade der »Zweite und ernsthafte Teil des Bunten Abends mit den Lebenden Bildern von Valeska Piontek« angekündigt.

Und ihr seid nicht in den Sender reingegangen, ich meine, als die Autos abgefahren sind? fragte Josel.

Piernika, antwortete Ulla für Andreas, und sie spürte die Kälte ihren Rücken hochklettern, du mußt dir das mal vorstellen, das war wie . . . wie eine Gespensterszene, also, ich hatte rapide Angst, nich wahr, Andreas?

Andreas hatte das Gefühl, genug geredet zu haben. Er

* getauscht

schwieg jetzt. Doch Josel bohrte weiter: Und du sagst, das war ein Überfall, ein richtiger Überfall?

Ja, es war ein Überfall! Und zu Ulla gewandt: Oder wie würdest du das bezeichnen? Er war sich auf einmal unsicher.

Doch, ich glaube schon, das kann man einen Überfall nennen. Ja, es war ein Überfall, klar. Ulla sagte das etwas zu deutlich, als daß man dahinter nicht ihre Unsicherheit gespürt hätte. Sie kniff ihre Augen zusammen und sah zur Tür, wo sich gerade eine Gruppe von Gästen angesammelt hatte, um den Erzpriester Pattas zu begrüßen.

Wir sollten die Nachrichten im Radio hören! sagte Josel.

Du meinst (Andreas zögerte) . . . sie werden das in den Nachrichten erwähnen, dieses . . . Gleiwitz? Das glaub ich nicht. Er erschrak jetzt ein wenig vor dem, was er erlebt haben sollte.

Du hast ja keine Ahnung! sagte Josel. Wir leben doch hier direkt an der Grenze, und warum, meinst du, sind seit Tagen so viele Soldaten da, das ist doch hier wie ein Pulverfaß . . .

Ulla sah mit verengten Augen auf die Tür, die Menschen dort wurden für sie zu kreisenden Schatten, und wenn sie die Augen zumachte, war es nicht etwa Schluß damit, sondern die Schatten kreisten weiterhin in ihrem Kopf, jetzt hinter den Augenlidern. Vielleicht war es kein Überfall, flüsterte sie, vielleicht war das nur unsere Einbildung, unsere Phantasie.

Andreas wollte aufbrausen. Es waren noch nicht zwei Stunden her, da war er zusammen mit Ulla im Kanalrohr gelegen, und die feuchte Erde auf dem Boden war durch seine Kleidung bis auf die Haut gedrungen.

Das ist doch Unsinn! Es war so! rief er aus, das haben wir erlebt!

Es lebe der Unsinn! schrie der Feldwebel von gegenüber. Er beugte sich quer über den Tisch, wobei wieder ein Glas umstürzte, und verlangte noch einen Schnaps. Josel zeigte ihm die leere Flasche. Fräulein Willimczyk rückte bei dieser Gelegenheit mit ihrem Stuhl noch ein Stück weiter zurück, denn der Feldwebel war, während er vorhin auf sie eingeredet hatte, immer näher an sie herangekommen und hatte scheinbar zufällig, in Wirklichkeit ganz bewußt, mit seinem Stiefel an ihren Schuh gestoßen, mit seinem Knie ihr Knie berührt, mit seinen Händen ihre Hände. Jetzt drehte er ihr sein schon etwas rot angelaufenes Säufergesicht zu und versuchte das langsam wegrutschende Fräulein festzuhalten.

Ulla hatte wohl zu lange den andern zugesehn (und sicher zu viel Schnaps getrunken), plötzlich drehte sich alles in ihrem Kopf. Es war schon so, wie du sagst, Andreas, sagte sie langsam, es war die Wirklichkeit. Nur – das blaue Licht, ich denk immer an das blaue Licht, was war denn mit dem blauen Licht, das war doch schon rapide, nicht wahr?

Ein Tusch. Und Charlie Chaplin in der Maske des Bergassessors Rudnitzki sprach über die Köpfe hinweg: Als erstes der *Lebenden Bilder* sehen Sie heute *Das Abendläuten* nach Millet, dargestellt von Frau Klavierlehrerin Valeska Piontek und ihrem Bruder, dem Herrn Rechtsanwalt Willi Wondrak.

Josel wußte, daß er sich gleich für das zweite *Lebende Bild* als Wolgaschlepper umziehen mußte. Er wollte sich nur noch den Anfang ansehn: Einer der Musiker schob einen Schubkarren aufs Podium, stellte einen Korb daneben und steckte weiter links eine Heugabel in einen dort aufgestellten Holzklotz. Mamuscha erschien in einem dikken weiten Bauernrock, darüber eine weiße lange Schürze, ein Tuch überm Kopf, hinten im Nacken zusammengebunden; im Vorbeigehen zupfte sie an dem ausgestopften Kartoffelsack in der Schubkarre, der inzwischen eingefallen war, setzte zwischen sich und der Schubkarre einen Korb ab, reckte den Kopf nach vorn und senkte ihn halb; sie faltete die Hände und setzte das nachdenklichste und reinste Gesicht auf, das Josel jemals an seiner eigenen Mutter gesehn hatte. Onkel Wondrak, der von der andern Seite gekommen war, in schweren Holzpantinen, die laut klapperten, wäre beinahe übers Podium gestolpert (irgend jemand am Tisch fing dabei an zu kichern, weil er wohl noch an Willi Wondrak als Zarah Oleander dachte, brach aber sofort ab, als habe ihn einer zurechtgestoßen). Er stellte sich neben die Heugabel auf, nahm den Hut vom Kopf und hielt ihn mit beiden Händen vor dem Bauch, er blickte dabei mehr auf den Rand des Hutes als auf den Boden. Nur der Hintergrund mit den Feldern fehlte auf diesem Bild, sonst war es jenem, das im Klavierzimmer zu Haus an der Wand hing, verblüffend ähnlich.

Josel ging leise aus dem Saal.

Mamuscha liebte diese *Lebenden Bilder*, sie sollen in ihrer Kindheit, wie sie immer erzählte, Mode gewesen sein, später waren sie in Vergessenheit geraten. Erst vor einiger Zeit, als sie in der Zeitung gelesen hatte, daß in einem Warschauer Theater *Lebende Bilder* aufgeführt wurden, hatte sie damit wieder angefangen, und Weihnachten waren die Nachbarn von überall gekommen und hatten das bestaunt, sogar der Ortsgruppenleiter Hanke meldete sich dazu an, er zeigte sich begeistert und versuchte Mamuscha zu überreden, das nächste Mal die *Drei Bäuerinnen* von Leibl oder irgend etwas aus der *Manessischen Liederhandschrift* darzustellen. Aber Mamuschas Ehrgeiz war darauf ausgerichtet, Rembrandts *Nachtwache* zu zeigen, sie hatte bereits angefangen, die ersten Kostüme aus Krepp-Papier anzufertigen, aber als ihr klar wurde, daß sie niemals so viele Männer in der Nachbarschaft zusammenkriegen würde – vielleicht nur mit Hilfe des Ortsgruppenleiters, der seine Parteigenossen dazu zwingen konnte –, gab sie es lieber auf. Aber Josel war sicher, sie würde Weihnachten noch einmal damit anfangen.

Valeska trat, schon ganz auf das *Lebende Bild* konzentriert, in den Saal ein, die Hände bereits gefaltet, den Kopf halb gesenkt, die Schultern leicht nach vorn gebeugt. Die Holzpantinen zog sie nach, was auf dem Parkett einen fürchterlichen Lärm machte, aber es war immer noch leiser, als wenn sie damit aufstapfen würde, das ergab jedesmal eine dumpfe Holz-Explosion, sie hatte es vorhin, im Korridor, ausprobiert. Gerade als sie sich neben die Schubkarre hinstellen wollte, entdeckte sie, daß der Kartoffelsack eingesunken war, im Vorbeigehen zupfte sie ihn hoch, dann trat sie auf die mit weißer Kreide markierte Stelle hin. Zur gleichen Zeit stolperte ihr Bruder von der anderen Seite aufs Podium und nahm seine Position neben der Heugabel ein. Die Stimmen der Gäste, die bei ihrem Eintreten unverändert waren, ebbten jetzt langsam ab, aber sie hörten nicht auf, und irgendwo war auch noch ein glucksendes Lachen zu hören. Valeska überlegte einen Augenblick, ob sie nicht rasch den Kopf heben und hinsehn sollte, aber damit hätte sie das Bild sozusagen verrutscht, und so stand sie still da und wartete, daß allmählich ein Schweigen einträte . . . Wie sie überhaupt die Übergänge von Geräuschen in eine vollkommene Stille liebte. Oft war sie als junges Mädchen durch eine blühende Sommerwiese in den Wald gegangen, in einen erst grünen, danach dunklen und dann schwarzen Tannenwald, und sie hätte die einzelnen Geräusche aufzählen können, die mit jedem Schritt aufhörten, das Summen der Insekten, das Zirpen der Grillen, das Knistern der Sonne in den Zweigen, das Vibrieren der Luft, das Wispern des Windes in den Grashalmen; und in den dichten schwarzen Wäldern, in die die Sonne nur noch als huschender Lichtreflex einfiel, war es so still, daß man allein den eigenen Atem hörte und das Atmen der Natur.

... Auf einmal fiel ihr ein, daß der Musiker vergessen hatte, wie vereinbart die Glocke zu schlagen, ohne die das Bild nicht verständlich war; sie wählte jedenfalls immer solche *Lebenden Bilder* aus, in denen auch das Akustische mitwirkte, als Mittel der Konzentration, und vielleicht hatte sie auch deshalb ihre Schwierigkeiten mit der *Nachtwache* von Rembrandt, weil sie nicht wußte, welche Musik dazu passen würde. Sie hatte zuerst an ein Glockenspiel gedacht, so wie man das aus Beschreibungen der Stadt Amsterdam kennt, aber das Largo von Händel, das man auf einem Grammophon abspielen konnte, wäre da sicher eindrucksvoller. Als die Glocke immer noch nicht kam und das Gesumm der Stimmen nicht aufhören wollte, entschloß sich Valeska nun doch, zu den Musikern zu sehen, mit einem hilflosen, zugleich aber gequälten Gesichtsausdruck. Sie machte mit der Hand ein Zeichen. Und sofort, als habe jemand nur auf dieses Zeichen gewartet, begann die Glocke zu läuten, und zwar ganz am Ende des Saales. Ein guter Einfall der Musiker, dachte Valeska, weil dadurch der Eindruck des fernen Kirchleins noch stärker war. Dieses rasche, ungeduldige, mahnende, helltönende Läuten in immer der gleichen Tonlage brachte nun auch die letzten Stimmen im Saal zum Verstummen, es wurde still, ganz still, so still, daß man sogar das Geräusch vernahm, mit dem der Feldwebel dem Fräulein Willimczyk in die Hüfte grabschte und dabei eine Naht zerriß. Es war dieses schnelle, ungeduldige, mahnende Läuten, das alle Nerven anspannte, nicht nur die von Valeska und Willi, die oben das Bild vorzeigten, sondern auch jene der Gäste, die auf eine ganz eigentümliche Weise davon angerührt, ja vielleicht sogar verstört wurden, und vielleicht war das erste zaghafte, leise, beinahe furchtsame Klatschen nur ein Ausdruck von Unsicherheit, vielleicht war es ein Verdrängen, ein Wegbeschwören dieses Glockenschreis, und wenn die andern in den Beifall einfielen, dann wollten sie damit vielleicht nur diese mahnende Glocke übertönen und zudecken.

Valeska stand da und rührte sich nicht. Sie registrierte mit einer gewissen Befriedigung den Beifall, der jetzt geradezu feierlich anschwoll, sie wußte, daß sie es mit den *Lebenden Bildern* schwer haben würde, vor allem, wenn sie nach dem sogenannten heiteren Bunten Programm kamen. Vorher hatte sie lange mit ihrem Bruder darüber diskutiert, ob man sie nicht an den Anfang, zur Einstimmung einsetzen sollte, sich schließlich aber für den Schluß entschieden. Vor allem weil der Erzpriester Pattas seine Teilnahme mit Verspätung zugesagt hatte, etwa gegen halb zehn – bis dahin, so dachte sie, würden die Späße des Bunten Abends vorbei sein, und der Erzpriester könnte dann dem besinnlicheren Teil der Vorstellung beiwohnen. Damit sollte keineswegs gesagt sein, daß der Erzpriester Pattas an den groben, wenn nicht vulgären Darbietungen des Bunten Abends, wie Valeska es ausdrückte, kein Vergnügen gehabt hätte, er war ein geborener Lublinitzer und jetzt schon an die dreißig Jahre lang in der Seelsorge in Oberschlesien tätig. Er liebte ein kräftiges Wort, auch in seinen Predigten, machte so manchen anzüglichen Scherz (der anderswo vielleicht eine bischöfliche Rüge zur Folge gehabt hätte) und lehnte bei Hausbesuchen nie einen Likör ab. Es gab Familien, die eigens für den Erzpriester Pattas ein Flasche Kroatzbeer-Likör in der Speisekammer aufbewahrten, und zur Kollende-Zeit geschah es nicht selten, daß der Kantor den Erzpriester auf dem Nachhauseweg stützen mußte.

Valeska selbst hatte auch nichts dagegen, wenn es bei Festen etwas laut und derb zuging, aus diesem Grunde hatte sie ja auch zum Abschluß des Programms das Bild der *Wolgaschlepper* ausgewählt, das würde die Leute heiter stimmen, und außerdem konnten alle das »hübsche kleine dazugehörige Liedchen«, wie sie sich ausdrückte, mitsingen. Aber das, was ihr Bruder Willi als »Kabarett-Szenen« bezeichnete und auch lobte, wollte sie dem Erzpriester besser nicht zumuten, vor allem, weil sie Irmas kirchliche Trauung zwar für den Sonntag angemeldet hatte, sie ihrer Sache aber nicht ganz sicher war. Valeskas Verhältnis zum Erzpriester Pattas war von einem gläubigen Vertrauen bestimmt, das sie ihm noch aus ihrer Kindheit und Jungmädchenzeit entgegenbrachte. Sie war bereits zu ihm zur Rosenkranzandacht gegangen, als er noch Kaplan in St. Stephan war, später hatte er sie getraut und ihre beiden Kinder getauft. Damals war es manchmal geschehen, daß sie ihn für die Kirche nahm und umgekehrt, und wenn er das Pfingsthochamt feierte in einem roten Gewand, mit einer silbergestickten Taube darauf, und seine Stimme orgelhaft durch die Kirche dröhnte, daß die Scheiben vibrierten, da bewunderte sie ihn sogar. Doch seitdem die Geschichte mit dem polnischen Arzt in den Beskiden geschehen war, ist sie nicht mehr zu ihm zur Beichte gegangen.

Sie hatten niemals darüber gesprochen, aber er machte den Eindruck, als wüßte er alles. Er konnte sie während der Messe bis in die zwölfte Kirchenbank hin ansehen – und sie mußte die Augen niederschlagen. Seither ging sie in die Kreuzkirche oder in die Allerheiligenkirche zur Beichte, dort wechselten die Kaplane häufig, und der freundliche Priester, dem sie ihre Verfehlung mit zittriger Stimme gebeichtet hatte, nahm ihr Bekenntnis zwar als eine schwere, aber nichtsdestoweniger häufige Sünde hin und befreite sie davon durch das Beten von fünf Vaterunsern und einem Glaubensbekenntnis.

Sie hatte die fünf Vaterunser gebetet und das Glaubensbekenntnis gleich zweimal, aber sie fühlte sich nicht davon befreit, und manchmal fragte sie sich, jedenfalls in der ersten Zeit danach, ob sie das überhaupt jemals von ihrer Seele wegwaschen könnte, trotz aller Buße. Zumal sie viele Jahre später noch einmal vor einer ähnlichen Situation stand. Leo Maria war schon seit langem gelähmt, und der Mann, der ins Haus gekommen war, um Zeitschriften-Abonnements zu verkaufen, hatte sie einfach berührt wie niemand zuvor, auf eine Weise, daß die Blitze aus ihr schlugen, und sie dachte: fünf Vaterunser und ein

Glaubensbekenntnis, ich bete fünfzigmal das Vaterunser, ich tu's! Und sie tat es. Im Flur und im Stehen, weil sie hören wollte, ob unten eine Tür ging und eines der Kinder nach Hause käme oder ob vielleicht Leo Maria nach ihr rufen würde. Sie abonnierte ›Westermann's Monatshefte‹ und betete danach fünfzigmal das Vaterunser und zehnmal das Glaubensbekenntnis (aber das Gefühl der Schuld wurde ihr damit nicht genommen); die Berührung war nicht mehr wegzuwischen, im dunklen Flur, als der Fremde sie an die Wand gedrückt und ihren Rock nach oben gezogen hatte und sie sich mit ihren vertrockneten, dünn und bitter gewordenen Lippen an seinem großen, fleischigen, nassen Mund festsaugte. Jedesmal wenn die Zeitschrift ›Westermann's Monatshefte‹ kam, wurde sie an diese Situation erinnert, deshalb ließ sie sie von Halina sofort und ungelesen auf den Boden bringen, damit sie nicht im Haus auf den Tischen herumlag und sie erinnerte. Sie hatte dreimal an den Verlag geschrieben, um sie abzubestellen, aber ein ganzes Jahr lang mußte sie dieses immer wie neu vorgewiesene Dokument ihrer Sinnesverwirrung – denn von Untreue hätte sie niemals gesprochen – ertragen.

Der Beifall schwoll an. Er war vielleicht nicht so laut und übermütig wie vorhin bei den andern Nummern, aber er war, sie glaubte es jedenfalls, intensiver und herzlicher. Jetzt war es an der Zeit abzutreten, noch ehe der Beifall zerrann; sie ging, ohne einen Blick auf die Gäste zu werfen oder sich gar vor ihnen zu verbeugen, einfach weg, aus dem *Bild*, den Rock ein wenig nach oben gezogen. Und ihr Bruder folgte ihr nach, die Heugabel in der Hand; die Glocke mahnte noch immer auf ihre ungeduldige Weise, so lange, bis sie beide den Saal verlassen hatten und hinter ihnen die Tür zuschlug. Willi ging gleich in den Gepäckraum des Hotels, wo sich die andern für das *Bild* der »Wolgaschlepper« umkleideten, sie in die Damentoilette nebenan.

Sie hatte darauf bestanden, sich im Damenklo umzuziehen, nachdem auf diesem Stockwerk nur ein einziger Raum zu finden war, darin sollten sich die Männer umziehen, das waren schließlich sieben Mann. Die oberen Etagen, auf denen Platz genug gewesen wäre, waren von der Wehrmacht gesperrt.

Sie war gerade dabei, in der Toilette ihren schweren, französischen Bauernrock herunterzulassen, als sie sich an der hervorragenden Klinke ausgerechnet den Ellenbogen stieß und einen elektrisierenden Schlag bekam. Sie zog vor Schmerz eine Grimasse. Die Luft hier in der engen Kabine war stickig und dumpf, es roch nach Chlor und faulem Laub und sie wußte nicht, ob der Gestank aus der weißen Kloschüssel vor ihr aufstieg oder dem schweren Kattunstoff entströmte.

Halina hatte den Stoff auf dem Speicher entdeckt und heruntergeholt, er war feucht gewesen und mußte erst einmal an der Sonne getrocknet werden. Valeska selbst weigerte sich, auf den Speicher zu gehen und dort herumzusuchen, seitdem sie einmal eine tote Braut dort hatte sitzen sehen, kahlköpfig und in einem weißen Kleid. Sie war vor diesem Bild so erschrocken, daß sie laut anfing zu schreien, bis die Leute aus dem Haus zusammenliefen und herausfanden, daß die unheimliche Braut vorher eine Schaufensterpuppe gewesen war, die Josel von einem Müllplatz heraufgeschleppt und ihr aus einer alten Gardine eine Art Brautkleid umgehängt hatte. Mit ihr hatte er auf dem Speicher, über den andern, das »Hochzeitsspiel« gespielt, so lange, bis er des Spiels und der stummen hölzernen Puppe überdrüssig geworden war und sie vergaß. (Josel, der inzwischen »erwachsen« war, sich jedenfalls so fühlte, erinnerte sich nicht gern daran, ja er genierte sich geradezu dieses kindlichen Hochzeitsspiels da oben in der Einsamkeit auf dem Boden, und es brauchte eine gewisse Zeit, bis er das zugab.)

Alle Geheimnisse, die Halina ihr bruchstückweise vom Boden herunterbrachte, alte Zeitungen, dumpfriechende Stoffe, kaputtes Spielzeug oder einfach nur einen leeren

Pappkarton oder eine hölzerne Apfelsinenkiste aus Afrika mit dunkelgebrannten Zeichen darauf, machten sie nur benommen und ärgerlich, wie auch dieser Rock, den sie gerade zusammenfaltete und der, wie sie jetzt sah, an vielen Stellen gebrochen war und bald auseinanderfallen würde.

In die Nebenkabine schloß sich jemand ein, um ein Bedürfnis zu verrichten. Es war die Frau des Druckereibesitzers Neumann, Valeska hörte das an den kurzen stöhnenden Lauten, die zu ihr herüberdrangen. Valeska zwängte sich wieder in ihr schwarzes Kleid hinein und zog die Schuhe an. Jetzt erst entdeckte sie, auf die Tür geschrieben: NIEDER MIT HITLER! ES LEBE DER KAISER! Valeska wunderte sich darüber. Weiter unten war mit rotem Stift hingeschrieben: THÄLMANN LEBT, darunter waren Hammer und Sichel gemalt. Sie öffnete mit einem Ruck die Tür und holte im Vorraum, wie befreit, erst einmal richtig Atem. Sie legte die zusammengefalteten Sachen auf den Hocker neben dem Waschbecken, auf dem eine Blechdose für Kleingeld hingestellt war, und vor dem Spiegel zog sie jetzt erst das Kopftuch ab und kämmte sich das Haar zurecht: sie sah sich wieder so, wie sie in Wirklichkeit war, und war glücklich darüber.

In der Kabine wurde das Stöhnen erst durch ein feuchtes Klatschen, dann ein trocken-blechernes Geräusch, schließlich durch ein immer stärker anschwellendes Wasserrauschen übertönt, das sich zuletzt so anhörte, als würde das Klosett, die Kabine, der Raum, der Korridor, ja das Hotel mit hinweggespült werden. Valeska nahm das zusammengefaltete Paket an sich, legte einen Tscheski* in die Blechdose und floh aus der Tür. Sie legte das Kleiderbündel vor den Gepäckraum hin, aus dem sie laute Stimmen hörte. Jemand mußte einen Witz erzählt haben, denn ein Gelächter drückte gegen die Tür, die plötzlich aufgerissen wurde und das vielstimmige Lachen freigab. *Ej uchnjem,* schrie einer, und die andern fielen ein, *E-ej*

* Ein Zehnpfennigstück

uch-njemmmm, das klang so übermütig, daß Valeska sich schon darauf einstellte, den Männern den nötigen Ernst wiederzugeben.

Die ersten Wolgaschlepper kamen heraus mit den auffallend hohen Kosackenmützen aus Kaninchenfell, aus Krimmer oder einfach nur aus Wolle. Die weiten Mäntel, die sie übergezogen hatten, waren von verschiedener Farbe und Länge, sie reichten meistens bis weit über die Knie; richtige Stiefel hatte nur ihr Bruder Willi an, und damit marschierte er jetzt an der Spitze in den Ballsaal hinein, als letzter Josel, dessen Mantel den Boden fegte, dafür aber seine Halbschuhe verdeckte. Valeska schlüpfte vorn durch die andere Tür und stellte sich unauffällig neben das Podium, auf dem inzwischen ein Wolgaschiff aus Pappe drapiert worden war, um die Musikkapelle herum, und sie sah zu, wie die Wolgaschlepper sich hanfene Stricke über die Schultern legten und die Haltungen einnahmen, die sie gestern mit ihnen nach dem *Bild* von Ilja Repin ›Die Wolgaschiffer‹ einstudiert hatte. Wieder war das Raunen da, und noch weniger als vorhin beim Angelus-*Bild* stellte sich unter den Gästen Ruhe ein. Valeska gab daraufhin das vereinbarte Zeichen an den Akkordeonisten, die Musik setzte ein – die Trompete etwas zu früh –, und die Wolgaschlepper bewegten sich choreographisch auf der Stelle, den Rücken beugend und aufrichtend, und in einem langsamen, zähen, monotonen, sich dumpf wiederholenden Rhythmus stießen sie hervor: *Ej uchnjem . . . ej uchnjem* . . . und Valeska saß da und sah zu, und sie rührte sich nicht.

Josel beugte sich unter dem Joch des Schiffstaus und sang: *Ej uchnjem, ej uchnjem*. Er sah hinüber zu Mamuscha, die sich jetzt auf ihrem Stuhl zurücklehnte und die Augen schloß. Josel hatte den Eindruck, auf ihrem Gesicht den Widerschein einer Kerze leuchten zu sehen.

Nur konnte er die Kerze nicht entdecken.

21

Bis zu dem Moment, als die kleine Musikkapelle auf dem Podium oben anfing, zum Tanz aufzuspielen, hatte Valeska, wo immer sie auch hinkam, überall nur Gespräche über den Krieg oder über den Frieden gehört, meist aber über den Krieg. Sie selbst sprach heute abend nicht viel, es schien, als ob das ihre Gäste, denen die Krankheit ihres Ehemannes seit langem bekannt war, respektierten. Sie setzte sich hin zu ihnen und ließ sich einkreisen von ihren Stimmen, und sie wartete darauf, daß jene eisige Kälte, die sie mitbrachte, sich langsam auch auf die andern legte. Aber kaum war sie weitergegangen, wurden die Gespräche lebhafter, ja fröhlicher und sogar ausgelassen. Jetzt vergnügte sich bereits die Hälfte ihrer Gäste auf dem Tanzparkett, die andern saßen in Trauben um die Tische und ihre Gesichter schwitzten vor Fröhlichkeit, Bier und gewöhnlicher Wonne, und hin und wieder stieg ein Lachen über ihnen auf. Die Wassermilka ging herum und verteilte aus ihrem abgeschabten Lederfutteral selbstgedrehte Zigarren, und wenn das Futteral leer war, zauberte sie auf irgendeine Weise neue Zigarren hinein. Die Gräfin Poremba hatte wieder den Silberfuchs um ihre Schultern gelegt, es war das Kostbarste, was sie vorzeigen konnte, auch wenn es ein warmer Augustabend war. Vielleicht müßte sie ihn schon nächste Woche zum Pfandhaus bringen, denn der Graf, der sich als Reserveoffizier zur Armee gemeldet hatte, war zurückgestellt worden, so blieb ihnen als einzige Hoffnung der Krieg.

Der Graf hatte den Feinkosthändler Schachtner an seinen Tisch gebeten, der sich dadurch besonders geehrt fühlte und überschwenglich seine beiden Töchter vorstellte. Er besaß vier davon, aber die zwei andern waren noch zu jung, um zu solchen Festen zu gehen, die einzig und allein dem Zweck dienten, den zukünftigen Ehemann kennenzulernen. Er schickte alle vier Töchter in den Klavierunterricht zu Valeska Piontek, nur deswegen wurde die Familie Schachtner (die eigentlich Szachniczek hieß) eingeladen. Begabt war keine der vier Töchter, und mehr als Wiener Walzer und Weihnachtslieder für den Hausgebrauch würden sie bei ihr auch nicht lernen. Das genügte wiederum dem Feinkosthändler, denn er sah die musikalische Ausbildung als einen Teil der Mitgift an. Wenigstens eine seiner Töchter hätte er allzugern adelig verheiratet, vielleicht würde er über den Grafen Poremba näher in die besseren Kreise hineinkommen. Einen Korb mit Delikatessen und Weinen würde er ihm jedenfalls morgen ins Hotel schicken, das hatte er bereits angeboten, ob die Rechnung nachkäme, das hing ganz vom weiteren Verhalten des Grafen Poremba ab. Der machte jedenfalls schon jetzt alle Anstalten dazu, diese Rechnung zumindest hinauszuzögern:

Wir könnten einmal zusammen zu unserer besten Freundin, der Gräfin von Krappitz herausfahren, zum Schloß Krappitz ... Unseren Wagen haben sie leider schon beschlagnahmt, aber Sie werden ...

Ja, strahlte der Feinkosthändler, ich stelle Ihnen gern meinen Opel zur Verfügung ... der läuft ja unter Versorgungsfahrzeug. Dabei lachte er wie über einen Witz, und seine Töchter drückten ihre Rücken gegen die Wand und lachten nicht. Er hatte ihnen vorher eingebleut: Ihr müßt einen guten Eindruck machen, geradesitzen, den Hals hochrecken, damit die Leute nicht sehen, wie klein ihr seid – und immer ernst sein! Nur Gänse kichern, und ihr wißt ja, die Männer wollen heute ernsthafte Frauen und kein Geflügel.

Dabei hätte die Jüngere sich ausschütten können über die komische Gräfin, die ständig nervös an ihrem aufgeplusterten Silberfuchs zupfte und offensichtlich an einer Lähmung des Halswirbels litt, denn sie drehte ihren Kopf in einem aufreizenden Rhythmus immer nur nach links. Und das sollte also eine Gräfin sein ...

Josel sah auf dem Tisch neben den Biergläsern noch andere, kleinere Gläser mit einer klaren Flüssigkeit. Er roch daran, es roch nach Selbstgebranntem. Er probierte es mit einem andern Glas, auch das roch nach Schnapsik, er ging weiter am Tisch entlang, bis hin zur Mitte, wo sich um das Brautpaar eine Traube gebildet hatte; auch dort sah er auf dem Tisch neben dem blaßgelben, schalgewordnen Bier die gleiche klare Flüssigkeit in einfachen Wassergläsern. Sogar im Glas von Mamuscha.

Schnapsik. Aber eine Schnapsflasche konnte er nicht entdecken, weder auf dem Tisch noch darunter. Nur Bierflaschen standen herum, Schultheiss-Patzenhofer. Ob die etwa das Zeug aus Bierflaschen ...? Er nahm sich jedenfalls vor, die Flaschen gelegentlich zu untersuchen, nach Schnapsik. Nach seiner Ansicht mußte das jemand im großen Stil organisiert haben; am Ende war es Mamuscha selbst, die einfach die teuren Schnapspreise im Haus Oberschlesien nicht bezahlen wollte. Es war sicher Mamuscha. Je länger er darüber nachdachte, um so weniger zweifelte er daran.

Ich kenne mich da nicht mehr aus, sagte der Obersteiger Kotulla, einmal sind wir Grenzland und Kampfland, dann sind wir Grenzland und Brückenland und jetzt wieder Grenzland und Kampfland ...

Ach hör doch auf damit! sagte der dicke Polensky, der auf der Suche nach einer Tanzpartnerin vorbeitorkelte. Er verachtete Szachniczek, weil der seinen Namen in Schachtner geändert und über seinem Laden in der Lindenstraße ein riesiges Emaille-Schild angebracht hatte: FEINKOST, was nichts anderes bedeutete, als daß er alle Waren erst einmal um durchschnittlich »feine« zwanzig Prozent erhöhte (aber die Leute wollen ja heute nicht mehr in einem einfachen Lebensmittelladen einkaufen, das fängt bei ihnen erst mit FEINKOST UND DELIKATESSEN an), und er hatte keine Lust, mit einer der Töchter, die ihn jetzt bleich und mit hingebungsvollen Augen ansahen, zu tanzen.

Was meinen Sie, Herr Landgerichtsrat? wandte sich der Obersteiger Kotulla jetzt dem schon seit langem schweigsam dasitzenden Landgerichtsrat a. D. zu. Montag hatte es sich angewöhnt, nur noch dann etwas zu sagen, wenn er dazu aufgefordert wurde. Jetzt fühlte er sich aufgefordert. Das mit dem Brückenland, sagte er, das fing doch an mit dem Nichtangriffspakt, den ausgerechnet Hitler mit Pilsudski geschlossen hat. Ein ganz schönes Verwirrspiel für unsere Selbstschutzler ...

Ja, da haben Sie recht. Aber nun hat er's aufgekündigt. Bedeutet das ...? Der Obersteiger sprach es nicht aus. Niemand mußte es aussprechen.

Aber wir müssen unsere Kolonien wiederkriegen, sagte der Graf Poremba, der unbemerkt herangekommen war. Entweder hatte er den Schnapsik gerochen oder er war tatsächlich daran interessiert, seine Stellungnahme abzugeben, die allerdings immer in seinem Satz: Wir-müssen-unsere-Kolonien-wiederkriegen gipfelte. Der Graf Poremba griff nach einem Glas und nahm einen kleinen Probeschluck, so als fürchtete er, es könnte vielleicht doch Wasser sein.

Der neue Direktor der Stadtbücherei, Doktor Kamenz, stritt mit Fräulein Willimczyk, der Buchhändlerin, sie war für August Scholtis, er für Arnolt Bronnen.

Doktor Kamenz war so ziemlich der einzige Parteigenosse bei dieser Hochzeitsfeier, und Valeska hatte ihn hauptsächlich eingeladen, um ihn mit dem Landgerichtsrat zusammenzubringen, vielleicht würde er eine Ausnahme machen und ihm Bücher in polnischer Sprache ausleihen, was seit einiger Zeit nicht mehr erlaubt war.

Wissen Sie, sagte Doktor Kamenz und wandte sich damit über Fräulein Willimczyk hinweg an Valeska Piontek, ja an eine vielleicht noch größere Gemeinde: Oberschlesien ist Grenzland, und so muß auch eine Literatur, die hier geboren wird, aussehn, engagiert, tendenziös, kämpferisch, wir, die Wächter und Verteidiger, aber auch die Anlieger und berufensten Vermittler, wir müssen uns die stämmische Vielfalt und Farbigkeit, die Eigenart unseres Volkstums in der deutschen Kultur, ja innerhalb des großschlesischen Kulturraumes erhalten. Auf ihr beruht ja die gesunde Eigentümlichkeit unserer Grenzlanddichtung und ihrer besonderen Sendung ... Und davon sehe ich bei Scholtis, bis jetzt jedenfalls, nicht viel ...

Valeska ging weiter und auch das Fräulein Willimczyk war bemüht, von Doktor Kamenz wegzukommen.

Die Wassermilka erschreckte die andern mit der Neuigkeit, daß bei Peiskretscham große Tabaksfelder angelegt werden, weil man damit rechne, daß kein Tabak mehr aus dem Ausland importiert werden könne, und sie prophezeite für die allernächste Zeit eine Tabakrationierung. Der Graf Poremba war betrübt, im übrigen war es ihm gleichgültig, der Feinkosthändler Schachtner enttäuscht, der Direktor der Stadtbücherei zeigte sich empört, aber vielleicht war er es nur deshalb, weil sogar die Buchhändlerin Willimczyk nicht bereit gewesen war, seinen Ausführungen über die oberschlesische Literatur zuzuhören. Dabei waren das Gedanken zu einem Vortrag, den er zum Erntedankfest in der Stadtbücherei halten wollte, und da müßte das Fräulein Willimczyk als Buchhändlerin ja schließlich hinkommen. Überhaupt war ihm diese Buchhandlung, in der sie arbeitete, zu katholisch, und er dachte daran, im nächsten Etatjahr dort keine Bestellungen mehr aufzugeben.

Auf den Lebensmittelkarten, erregte sich der Doktor Kamenz, die bereits alle deutschen Staatsbürger (und das betonte er) erhalten hätten, gäbe es keine Abschnitte für Zigaretten oder Tabak, da sei es doch logisch, daß man Tabak nicht rationieren werde, alles andere sei Schwarzmalerei oder Defätismus, wenn nicht Schlimmeres.

Die Wassermilka erstaunte die andern nicht nur damit, daß sie als einzige Frau Zigarren rauchte (das war bekannt, und trotzdem irritierend), sondern vor allem mit ihren wunderschönen, langsam aufschwebenden und magisch durch den Raum ziehenden Rauchringen, von denen sie zwei oder drei neben- oder gar übereinander paffen konnte. Schließlich konnte sie einen Finger in die Mitte eines solchen Ringes stecken und mit ihm eine Weile mitgehen, oder einer Person einen Rauchring wie einen Heiligenschein auf den Kopf setzen.

Jetzt dampfte sie drei Rauchringe in die Luft, drehte sich langsam um und sah in die Runde: Also darauf möchte ich jetzt einen milden weißen polnischen Wodka trinken!

Valeska wollte schon den Kellner rufen, aber Fräulein Lucie (Widera), die sich lieber an die süßen Kroatzbeerliköre hielt, schob ihren Schnaps der Wassermilka hin.

Die Wassermilka hätte das mit dem polnischen Wodka vielleicht besser nicht gesagt. Denn wieder fing der Doktor Kamenz an, der sowieso das Gefühl hatte, in dieser Provinzstadt seine Talente zu vergeuden: In diesem renommierten Hause, sagte er, so nahe an der Grenze, das sei doch schon eine nationale Frage, also das könne er sich gar nicht vorstellen, daß hier polnischer Schnaps ausgeschenkt würde. Schon stieß sein Arm in die Luft, um den Kellner zu rufen. Das allerdings konnten in gemeinsamer Aktion gerade noch die beiden Porembas verhindern, die fürchteten, es werde dann keinen Schnaps mehr geben, denn sie hatten gerade begonnen, hin und wieder ein Glas in eine Medizinflasche abzufüllen, die sie unterm Tisch deponiert hatten, um auch für die nächsten schwierigen Tage versorgt zu sein.

Inzwischen erklärte die Wassermilka triumphierend, daß in den nächsten Tagen eine Raucher- und eine Kleiderkarte ausgegeben würden – die seien nämlich schon gedruckt und sie habe sie bereits gesehn; braune Raucherkarten und gelbe Kleiderkarten, mit aufgedruckten Punkten. Zunächst solle es pro Tag fünf Zigaretten geben.

Was? Pro Tag nur fünf Zigaretten? Der Präsident der Wasserwerke wurde ganz luppelig. Sogar die Nichtraucher Wondrak und den Erzpriester Pattas interessierte diese Nachricht.

Aber wenn der Herr Bibliotheksdirektor mit fünf Zigaretten pro Tag auskommt, dann ist doch alles in poschundek*, sagte die Wassermilka höhnisch.

Im Krieg muß man sich einschränken, meldete sich der Feldwebel mit einer Stimme, die vom Krieg das Gegenteil erhoffte.

Worum geht es denn hier? fragte Tante Lucie (Lanolin) und zog ihren blinden Sohn hinter sich her.

Worum geht es schon in der Welt, sagte der Graf Poremba. Um unsre Kolonien. Er war schon besoffen, man merkte es an seiner Stimme.

Der Feinkosthändler holte unter dem Tisch eine Flasche hervor und goß erst sich, dann den andern die Gläser mit einer klaren weißen Flüssigkeit voll. Auch Josel hielt schnell ein leeres Glas unter die Bierflasche, dann roch er daran und probierte einen Schluck: Ja, es war tatsächlich Schnapsik, von der gleichen Qualität, wie er ihn vorhin bei Polensky für zwei Mark bekommen hatte.

Valeska, die alles mit angehört hatte, dachte daran, daß bei der Hochzeit von Hedwig Solanke, vor einem Jahr, die Gespräche neben Geburt und Tod hauptsächlich über die neue Mode und die Schnittmusterbogen von Bleyle gingen, und vielleicht noch über die neue Frisur, so wie das üblich war – heute war's ganz anders.

Valeska winkte Andreas heran. Sie legte ihm die Hand auf die Schulter und sagte laut in die Runde: Andreas fragt mich, warum unsre Emilie »Wassermilka« heißt, bitte, willst du ihm nicht einmal erzählen, wie du zu diesem Namen gekommen bist . . .

Die Wassermilka wollte nicht, aber die andern hätten es gern gewußt. Es gab eine lebhafte Diskussion darüber, und Valeska war froh, daß es ihr gelungen war, wenigstens einen Moment das Thema zu wechseln. Sie zog den Doktor Kamenz diskret zur Seite; sie wollte ihn mit dem Landgerichtsrat bekannt machen.

* Ordnung

Ein verrückter Name, Wassermilka, sagte der Präsident.

Weil sie doch im Wasser geht . . . sagte Lucie (Widera).

Sie kann das Hochwasser voraussagen! behauptete Frau Kulka.

Sie geht im Wasser wie wir auf der Landstraße, ja . . . sagte der Obersteiger Kotulla.

Sie liest im Wasser wie andere in der Bibel, sagte die Buchhändlerin Willimczyk.

Andreas stand da und fühlte sich alleingelassen mit einer Frage, die er niemals gestellt hatte.

Ich kenn mich eben aus mit der Klodnitz, sagte die Wassermilka mit einer Stimme, die von ganz woanders herkam und keine andern Stimmen daneben duldete. Ich bin am Fluß aufgewachsen, und ich hab ihn beobachtet, jahrelang. Alle Flüsse sind gleich. Ich verstehe mich ein wenig auf ihre Sprache, auf die Färbung des Wassers, die Strömung, das ist alles . . . Nichts weiter da. So und jetzt Schluß damit, *Ludzie*.* Sie legte ihre Zigarre weg.

Emilie Piontek, die Wassermilka, will jetzt tanzen. Sie zeigte mit dem Finger auf Andreas. Kannst du tanzen, Andreas? Also tanzen wir! Du hast doch nicht etwa Angst vor mir?

Aber nein, beeilte sich Andreas zu sagen. Wie sollte ich.

Aber er hätte viel lieber mit Ulla getanzt.

Wie alt bist du? So, fünfzehn. Und du sagst, du kommst aus Breslau, ja. Eine schöne Stadt, Breslau, nicht wahr. Und ein schöner Fluß, die Oder, nein, das ist schon ein Strom, ja, in Breslau ist die Oder schon ein Strom. Ich habe sie gesehn, sagte Milka leise.

Andreas verstand jedes Wort. Endlich jemand, der ihn nicht auslachte, wenn er von Breslau schwärmte. Das wollte er Josel und auch Ulla sagen. Oh, er könnte die Wassermilka mitnehmen und ihr flußaufwärts bis weit aus der Stadt hinaus alle Geheimnisse des Stromes zeigen.

Es war ein langsamer Tanz. Aber vielleicht tanzte ihn

* Leute

nur die Wassermilka so langsam. Andreas hing in ihrem Arm, und der Geruch von Tabak und Flußmoder erstickte ihn fast.

Ihm hätte sie die Geschichte erzählt, ihm ganz allein.

Ja, es ist so, ich liebe diesen Fluß, diesen schmutzigen, dreckigen, brackigen, trägen Fluß, meine Klodka, ein ruhiges, stillströmendes Wasser im Sommer, das mit den Weiden flüstert und das Flußgras kämmt, manchmal muß man schon ganz nahe herangehen, um zu sehen, in welche Richtung sich das Wasser bewegt. Nein, mächtig ist er nicht, der Fluß, man kann von einem Ufer zum andern mit Steinen werfen und in der Trockenzeit die Kleider heben und durch ihn hindurchgehen, ohne zu schwimmen. Aber in der Regenzeit oder im Frühjahr zur Schneeschmelze, da verwandelt sich der Fluß, da bäumt er sich auf, da steigt er hoch, da reißt er sich los aus seinem gezähmten Bett, da würde man nicht glauben, daß das der gleiche Fluß ist, dann ergießt er sich über die Wiesen, über die Felder, schwemmt die Erde und die schon hineingesenkte Frucht hinweg, manchmal auch die Gartenzäune, die Häuser und das Vieh, und er türmt Eisschollen aufeinander, zerdrückt die Boote am Ufer und zerreißt sogar Brücken.

Ich weiß, wann das Wasser kommt. Noch am Abend ist das Wasser stumm, nur ein kalter Südostwind geht, und weit weg, in den Beskiden, stürzen die Blitze, aber ich höre das Wasser schon singen, ich sage den Leuten, *Ludzie,* sage ich zu ihnen, der Fluß kommt, die Klodka wird zornig, aber sie glauben mir nicht, sie lachen, der Fluß solle nur kommen, sagen sie, es ist eine große Trokkenheit in diesem Jahr, und etwas Wasser können die Felder ruhig vertragen. Am nächsten Morgen dann ist das Wasser schon auf den Uferwiesen, und mittags hat es bereits die Gärten erreicht, und ein Regen ist aufgekommen, der kein Licht mehr hindurchläßt und keinen Trost, und die Stauden, die Sträucher und Bäume sind unter Wasser gesetzt, die Hühner flattern auf die Dächer, und die toten

Mäuse und Ratten schwemmen durch die Zaunlatten, und das Wasser drückt die Fenster ein . . . Und dann erst glauben sie mir.

Nein, ich bete nicht zu einer Wasserheiligen, nicht einmal zu Sankt Nepomuk, ich mache auch kein Abrakadabra und ritze keine geheimen Zeichen in die Flußpappeln, aber ich gehe barfuß durch das Hochwasser, bis hin zum Flußbett, und fühle die Kraft des Wassers, ich beobachte die Strömungen und den Mond, da ist es nicht schwer herauszufinden, ob das Wasser zu- oder abnehmen wird.

Und einmal ging ich zu den Leuten und sagte, habt keine Furcht, *Ludzie*, diese Nacht wird das Wasser noch einmal steigen, laßt einen von euch da draußen wachen, damit ihr nicht zu Schaden kommt, aber morgen in der Frühe schon wird das Wasser zurückgehen, in der Hohen Tatra hat es seit Tagen aufgehört zu regnen, da kommt nichts mehr. Und so geschah es auch, und die Leute holten ihr Vieh von den Dächern und streuten Sand in die Flure, und sie küßten mir die Hände.

Dabei ist das eine ganz einfache Sache, und ich habe es nicht gern, wenn man einen Zauber daraus macht.

Und viel später hörte ich die Leute sagen: Schaut, da kommt die Wassermilka! Und manche von ihnen bekreuzigten sich dabei. Da bin ich zu ihnen gegangen, *Ludzie*, hab ich gesagt, ich bin halt gern am Fluß, da bin ich aufgewachsen, und deswegen kenn' ich ihn genau, ich versteh mich eben auf seine Geräusche, auf seine Strömung und auf seine Farbe, so wie andere Leute den Wind oder den Wald verstehen. Das ist alles, sonst nichts. Verstanden!

Ja, das ist es also.

Nun hätte der Tanz zu Ende sein können. Aber die beiden tanzten weiter, wahrscheinlich, weil die Musik weiter spielte. Es gab keinen anderen Grund. Und aus der Musik herauszugehen, dazu bedurfte es einer Anstrengung, zu der sie beide jetzt nicht fähig waren.

Ganz vorn, am Hochzeitstisch, fing der Bergassessor Rudnitzki an zu singen:

Deutsch ist die Saar
Deutsch immerdar

Ja, laßt uns ein Lied singen, schrie Heiko von der anderen Seite. Er kannte das nicht. Er hätte lieber gesungen: Heil Herzog Widukinds Stamm! Aber die andern kannten das Lied, das nach der Melodie des Grubenliedes ›Glückauf‹ gesungen wurde, und ein paar stimmten mit ein.

Und Deutsch ist unsres Flusses Strand
Und ewig deutsch mein Heimatland

Sie hatten das Lied gesungen, als das Saarland noch französisch besetzt war, sie hatten es gesungen, als es wieder deutsch wurde und Treuekundgebungen abgehalten wurden, sie sangen es jetzt noch, wenn auch schon seltener. Sie hatten vieles gemeinsam, die beiden Provinzen, nicht nur die Kohle und die Grenze, aber hauptsächlich dies.

Wie wär's, rief auf einmal Josel, mit unserm Korfanty-Lied?

Und Onkel Wondrak fing schon an mit pom-pom-pom die Melodie einzustimmen. Und Tante Lucie (Lanolin) machte tamtaramtamtam. Also jetzt alle, rief Willi Wondrak und dirigierte mit der Linken den Einsatz:

Korfanty kam geritten
auf einem Ziegenbock
da dachten die Polacken
es wär der liebe Gott
sie knieten vor ihm nieder
und beteten ihn an
dabei war es Korfanty
der alte Leiermann

Alles was in der Nähe war, sang mit, sie waren so laut, daß man die Musikkapelle gar nicht mehr hörte.

So und jetzt die zweite Strophe, rief Josel kühn in die Runde. Und er fing an:

Korfanty kam geflogen
auf einer Flasch Benzin
da dachten die Franzosen

es wär der Zeppelin
sie holten die Kanonen
und schossen darauf los
und schossen dem Korfanty
die Unterhosen los

Es waren nicht viele, die diese Strophe kannten, hauptsächlich die jüngeren Leute, aber als sie damit zu Ende waren, klatschten die andern in die Hände, und es gab ein allgemeines Gelächter. Immer mehr Paare hörten auf zu tanzen und kamen heran. Auch die Wassermilka und Andreas.

Los weiter, wer kennt die dritte Strophe? heizte Willi Wondrak an. Nach einer Pause fing plötzlich jemand im Hintergrund an zu singen:

Korfanty kam aus Oppeln
und war total bankrott
er konnte nur verdoppeln
die Schulden und Kompott*

Das Weitere ging in einem lauten Lachen unter. Die Musik hörte auf zu spielen.

Am Ende des Tisches stand ein Mann auf, den Josel nicht kannte, er hob das Glas und schrie: Prost Korfanty! Viertelzwölf! Und dann knickte er in den Beinen ein und fiel um, wie in Zeitlupe. Willi Wondrak und der Obersteiger Kotulla liefen zu ihm hin, sie setzten ihn auf einen Stuhl, mit den Armen über der Lehne, und rückten ihn an die Wand, jetzt konnte er nicht mehr umfallen und kam auch nicht mehr an den Schnaps heran.

Kann jemand noch eine Strophe? rief Willi Wondrak in den langsam abebbenden Lärm hinein. Aber niemand kannte eine weitere Strophe. Dann die erste noch einmal! rief er, und es war, als hätte er damit alle Schleusen geöffnet. Sie sangen jetzt so laut, daß es durch die Türen bis in die Hotelhalle drang und zwei Offiziere ihren Kopf durch die Tür steckten.

* auch für Kompost, Mist.

Der Landgerichtsrat Montag war aufgestanden, er rückte langsam auf die Ausgangstür zu. Das Lied tat ihm in den Ohren weh. Wenn er jetzt ginge, würde er sogar noch eine Straßenbahn kriegen. Aber da kam schon Valeska auf ihn zu. Oh, Sie dürfen noch nicht gehen, Herr Landgerichtsrat, ach bitte bleiben Sie noch eine halbe Stunde! Sie nahm ihn unter den Arm und führte ihn einfach zurück.

. . . dabei war es Korfanty
der alte Leiermann.

22

Obwohl sie langsam und geplant zusammenkamen, waren sie am Ende doch wie zwei Bälle aufeinandergeprallt. Valeska steckte dabei unwillkürlich ihr Haarnetz fester. Endlich hatte sie Milka allein. Jetzt hoffte sie nur noch, es würde wenigstens die nächsten paar Minuten keiner kommen und sie stören. Es geht dir gut, Milka! Valeska setzte den Ton so ein, daß Milka begreifen mußte, daß es jetzt keinen Zweck mehr hatte, auszuweichen.

Da aber die Frage keine Frage war, sah Milka auch keinen Anlaß, darauf zu antworten. Sie ahnte, was kommen würde, die Sekretärin vom Rechtsanwalt Wondrak hatte vorhin schon Andeutungen gemacht. Nun hoffte sie, ihre Schwägerin Valeska würde rasch darauf zu sprechen kommen, dann hätten sie es bald hinter sich. Sie stieß Rauch aus, einfach so.

Ich hab dich tanzen gesehn, vorhin, mit Andreas, du bist wie ein junger Vogel, ja, weißt du das . . . schlank, rank, elegant . . . man kennt dich nicht wieder. Valeska forcierte ihre Künstlichkeit noch etwas mehr, damit Milka sie auch deutlich merkte.

Der Mensch ändert sich, sagte Milka ganz allgemein.

Valeska nahm diese Hilfe dankbar an. Ja, sagte sie, denkst du nicht auch daran, dich zu verändern? Ich meine, du kannst doch nicht immer da draußen in der Baracke wohnen?

Warum nicht?

Es gibt da vielleicht bessere Möglichkeiten – für dich, und auch für uns.

Milka legte die Zigarre auf den Teller und rückte ihre Bluse zurecht: Ich habe meine Möglichkeiten immer genutzt, gleichgültig, was die andern Leute dachten, und ich bin es bis jetzt zufrieden. Ich tanze, ich amüsiere mich, ich lache ... Übrigens, die Idee mit den *Lebenden Bildern*, phantastisch ...

Die *Lebenden Bilder* kommen jetzt wieder in Mode. Früher waren sie ja nur bei den ganz reichen Adligen üblich ... Valeska unterbrach sich selbst. Darauf kam es jetzt nicht an. Also Milka, sagte sie und nahm sich zusammen, es gab manchmal Spannungen zwischen uns, ich meine, du hast immer das getan, was du wolltest, und das war auch richtig, bloß für uns nicht immer ganz leicht zu verstehn ... Im Grunde – ihre Stimme bekam jetzt eine andere Energie, und vielleicht war das, was sie jetzt sagte, das einzige Wahrhaftige, was sie an diesem Abend sagte – im Grunde habe ich dich beneidet von Anfang an, und auch Leo Maria hat es, ja.

Milka sah überrascht auf. Da war ein Ton in Valeskas Stimme, der sie weit weg von ihren sonstigen Verstellungen rückte, und für sie war Valeska Piontek eine Frau, die ihre ganze Existenz mit Verstellungen zudeckte. Es wäre ihr auch alles gleichgültig gewesen, wenn Valeska und ihr Bruder nicht damals versucht hätten, sie in die Verrücktenanstalt nach Tost zu bringen.

Du hast als einzige von uns den Mut gehabt, dein Leben so einzurichten, wie du es wolltest, und du hast das verwirklicht, wovon wir immer nur geträumt haben ... Valeska nahm jetzt ihren ganzen Mut und auch ihre Hoffnung, daß andere Leute schneller vergessen als sie, zusammen und sprach weiter: Wir sind aber alle nicht mehr die Jüngsten, und du, denkst du nicht auch mal an Sicherheit? Willst du nicht zu uns ziehn? Wo Irma nun weggeht, ist genug Platz bei uns ... Willi möchte eine Immobilienfirma gründen, da wollen wir dich hineinnehmen ... Was meinst du, würde dir das nicht gefallen?

Milka drückte ihre Zigarre in einem Teller aus. Das war es also. Sie mußte zugeben, dieses seltsame Geschwisterpaar ließ sich nicht nur etwas einfallen, um sie aus der Baracke an der Klodnitz rauszukriegen, es ließ sich das sogar etwas kosten. Und daß sie es ernst damit meinte, das sah sie dem zerquälten Gesichtsausdruck von Valeska an.

Die Milka begann mit dem Ritual der Zigarre. Sie wollte Valeska nicht auf die Folter spannen, keineswegs, aber für sie war es an der Zeit für eine letzte Zigarre, und die bereitete sie sich jetzt in ritueller Sorgfalt zurecht, und freilich hatte sie gern dabei Zuschauer; die ein wenig ratlosverstörten Augen der Valeska Piontek genügten ihr fürs erste. Und Valeska versuchte sich in eine Rolle einzuüben, die sie wohl in Zukunft noch öfters spielen müßte. Sie konnte nicht beurteilen, ob sie's gut machte, aber wenn man Geduld mit der Nase einziehen kann, dann tat sie es. Sie könnte sich vorstellen, daß sie eines Tages auch einmal selbst eine Zigarre probieren, also eben *probieren* würde – wenn Emilie im Haus wohnte und die Wände, die Möbel und die Vorhänge ihren Geruch angenommen hätten, dann würde sie sich wohl auch an eine Zigarre gewöhnen.

Ihr seid zu spät, sagte Milka, nachdem sie den ersten Rauch in dichten Wolken ausgestoßen und ihm ganz fasziniert nachgeblickt hatte. Ich habe mich gestern anders entschieden. Ganz anders. Ihr Gesicht blühte auf, aber es war nicht auszumachen, ob der Grund die Zigarre war oder weil sie sich einfach *anders* entschieden hatte.

Valeska war plötzlich ganz in sich zusammengesunken. Sie war davon überzeugt, ihrer Schwägerin Milka Piontek den besten Vorschlag ihres Lebens gemacht zu haben, unter Zurücksetzung ihrer eigenen Interessen. Und da das nicht oft vorkam, war sie jetzt um so hilfloser.

Ich bin überzeugt, liebe Valeska, sagte Milka, daß ihr alle das beste für mich wollt. Zum ersten Mal war sie das wohl auch. Aber sie konnte einen kleinen Nachsatz nicht unterdrücken: Jedenfalls heute! – Aber du hast selbst vorhin gesagt, ich habe immer das getan, wozu ich Lust hatte. Und siehst du, ich habe manchmal Lust, etwas ganz *anderes* zu tun. Denkst du, es hat mir Spaß gemacht, aus diesem widerlich stinkenden feuchten Tabak Zigarren zu wickeln, schau dir mal meine Hände an, vom Tabaksaft vergilbt, geätzt, verdorben . . . Aber damals wollte mich ja niemand haben, du nicht und nicht dein Bruder, da hab ich damit angefangen, und ich hab mir selbst daran Lust gemacht, das war es, nichts weiter. Und jetzt will ich mal weg von hier. Die Gräfin Hohenlohe-Langwitz hat in der ›Oberschlesischen Volksstimme‹ annonciert, sie sucht eine Dame als Gesellschafterin und Reisebegleiterin. Gestern war ich auf dem Gut Langwitz – die Gräfin hat mich engagiert. Übermorgen reisen wir ab, nach Karlsbad.

Fräulein Willimczyk und der Erzpriester Pattas schlenderten wie zufällig heran.

So lange hockt ihr schon allein da, das ist ja ein richtiges Zwiegespräch, gackerte die Buchhändlerin. Kommen Sie, mein zukünftiger Kardinal, hören wir uns an, was uns unsere Freundinnen erzählen werden.

Ist das endgültig? beeilte sich Valeska zu fragen. Ich meine, läßt sich daran nichts ändern? Sie könnte ja immer noch Leo Maria ins Spiel bringen und seine Krankheit. Aber sie war sich jetzt nicht mehr so sicher wie noch vorhin, vor zwei Stunden, ob das bei der Milka Eindruck machen würde.

Weißt du, Valeska, ich möchte daran nichts ändern. Ich habe immer *meine* Möglichkeiten gesucht, und jetzt werde ich einer alten, reichen und sehr würdigen Dame, ja das ist sie schon, Fontane vorlesen, Hamsun und Hans Christoph Kaergel . . . Nicht zu vergessen den Lokalteil der ›Oberschlesischen Volksstimme‹.

Das war für Fräulein Willimczyk das Stichwort. Herr

Pfarrer, schrie sie, hören Sie, Herr Pfarrer, und es hörten sie alle, nicht nur der Erzpriester, Hans Christoph Kaergel, ein Schriftsteller ... sie tat so, als wollte sie sich davor ausspucken, so wie das üblich ist, wenn man vom Djobok spricht ... Na ja, ich will hier nichts dazu sagen, man bekommt ja heutzutage gleich Ärger.

Da sie aber den Doktor Kamenz nicht in der Nähe sah, redete sie doch weiter: Der Kaergel ist jetzt Pflichtlektüre bei der Hajott, und diese Jungs in den Uniformen, die stürmen unseren Laden, dabei sind wir doch eine katholische Buchhandlung ... Man sah es ihren Augen an, daß sie damit nicht ganz fertig wurde, auch jetzt nicht. Sie hätte am liebsten dem Erzpriester einige ihrer Versuche vorgestellt, wie sie die Jungs in den Hajott-Blusen von Kaergel weg zu Scholtis, zu Wiessalla oder wenigstens zu Gerhart Hauptmann bringen wollte. Aber da es schon in der Buchhandlung vergeblich gewesen war, schien es ihr hier noch aussichtsloser.

Der Erzpriester wäre ganz gern etwas näher zu den beiden Frauen herangerückt, aber noch versperrte ihm das Fräulein Willimczyk mit ihren Worten und mit ihrem Körper den Weg. Sie hatte vor sich einen Namen hingestellt wie einen Zaun, aber niemand hatte Lust, ihn zu übersteigen.

Willst du mich nicht nur einfach vom Fluß weghaben, Valeska? sagte die Wassermilka leise. Und nach einer Weile und fast beschwörend: Laß mich am Fluß, ich brauche ihn.

Valeska fühlte, daß es jetzt auch keinen Sinn mehr hatte, die Karte Leo Maria auszuspielen. Sie begann langsam sich selbst zu vereisen. Es paßte zur Milka: Sängerin an der Zoppoter Freilichtoper, Geliebte eines gastierenden Tenors, Platzanweiserin in einem Kino, Zigarrenwicklerin in einer Flüchtlingsbaracke am Klodnitz-Fluß und jetzt: Gesellschaftsdame! Einer halbtauben Gräfin Fontane vorlesend, durch Kurparks schlendern und irgendein jod- oder eisenhaltiges Wasser in kleinen Schlücken schlürfend. Aus diesem Zaubernetz, das wußte sie, würde sie die

Milka so bald nicht befreien können, und jetzt bestimmt nicht.

Sie sah sich nach ihrem Bruder Willi um. Ob er es noch einmal probieren wollte? Andererseits mochte sie ihre Niederlage nicht zugeben, jedenfalls jetzt noch nicht.

Beide spürten ganz stark, daß sie nicht zusammengehörten. Valeska küßte deshalb resigniert die Milka auf die Wange.

Willi Wondrak sah das mit Befriedigung: Die beiden Frauen hatten sich also geeinigt. Er sah leicht verschwitzt aus, die Krawatte hatte er abgenommen, sie hing halb aus seiner Jackentasche heraus, das Hemd war oben bis zum Ansatz der schwarzen gekräuselten Brusthaare offen. Er lächelte, als hätte er gerade den schönsten Tanz seines Lebens getanzt. Dabei hatte er nur den »wilden Mönch«, der nach seiner Gefängniszeit offensichtlich keinen Alkohol mehr vertrug und schon nach ein paar Gläsern Schnapsik umgekippt war, in den Gepäckraum des Hotels gebracht, wo er in Ruhe seinen Rausch ausschlafen konnte. Keiner wußte nämlich, wo der Mönch jetzt wohnte, und auch Wondrak, der ihn mit leichten Schlägen auf die Wangen wenigstens zeitweilig wachzumachen versuchte, bekam nichts aus ihm heraus. Im Gepäckraum des Hotels hatte er ihm zwischen Koffern, Reisetruhen und zusammengerollten Kostümen ein Lager zurechtgemacht, mit einer Reisetasche als Kopfkissen. Gerade als Wondrak gehen wollte, holte der Mönch unter der Kutte ein kleines selbstgeschnitztes Holzkreuz hervor und schenkte es ihm.

Wondrak nahm es und küßte es, bevor er es in einer Tasche versteckte. Trotzdem vergaß er nicht, den Gepäckraum hinter sich abzuschließen.

Sehen Sie, so ist unsre sündige Welt, sagte der Erzpriester Pattas beschwingt, sah auf die Tanzenden hin und hielt ein Schnapsglas in der Hand.

Valeska beeilte sich, ein Lächeln aufzusetzen, sie hob ebenfalls ihr Glas: Auf die wahre Welt!

Und was wäre die wahre Welt ohne die sündige Welt?

schmetterte Polensky hinein, an dessen Arm jetzt doch eine der Feinkost-Töchter hing, und sein Glas segelte nach oben.

Willi Wondrak sah mit Staunen zu, und dann tat er für seine Verhältnisse etwas ganz Kühnes. Er nahm ein kleines Schnapsglas vom Tisch, sagte Prost zur Valeska und zur Wassermilka, kippte den Schnaps herunter und schmiß, als er deren gefrorene Gesichter sah, das Glas in einem hohen Bogen hinter sich: Chłopcy, rief er laut, um die Scherbenexplosion zu übertönen, wie wär's mit einer rrrrrichtigen Polkaaaaa!

Schnaufend kam der Feldwebel mit Lucie (Widera) von der Tanzfläche zurück. Die Kapelle spielte einen Tango, das war ihm zu anstrengend, und außerdem hatte er dafür schon zuviel getrunken. Er schob Lucie vor sich her und drückte ihr die Hand in den Rücken, manchmal rieb er auch an ihrer Bluse entlang. Da ist ja der Herr Pfarrer! meldete er sich schon von weitem an. Er ließ die Hand herunterfallen, denn neben dem Pfarrer sah er Fräulein Willimczyk sitzen, die gerade ihr Schnapsglas in die Höhe hielt und rief: Ich möchte darauf trinken, daß, wie heißt es doch so schön in der Bibel, Herr Pfarrer, dieser Kelch des Kriegs an uns vorübergehen möge.

Milka war noch ganz befangen: Auf daß ich einmal die Welt sehen werde, in der alle Flüsse zusammenströmen in einem einzigen Fluß. Eines Tages fahr ich dorthin: zum Mississippi, flüsterte sie.

Herr Pfarrer, meldete sich der Feldwebel mit seiner kalten, fremden Stimme, es ist eine seltsame Welt. Helfen Sie mir! Ich tanze mit einem Mädel, das ist aus Biskupitz. Aus Biskupitz! Er zerrte Lucie (Widera) zu sich heran und zeigte sie vor wie ein Zirkusdirektor seine Abnormität: das Mädchen mit den zwei Köpfen. Aus Biskupitz, wiederholte er, haben Sie schon einmal so einen Namen gehört ...? Biskupitz! Ich tanze mit einer andern, die ist aus Schi ... schi ... also aus ... Schimischow, ich tanze mit einer Frau, die kommt aus Ujest ... Und jetzt redete er schon über den Pfarrer hinweg zu allen andern: Haben Sie schon einmal so ein Wort gehört: UJEST, das ist doch so, als ob man das Klo herunterrutscht, nichwa ... Er fing an zu lachen und sah sich in der Runde um, aber er war wie so oft der einzige, der lachte.

Das Fräulein Willimczyk maßregelte ihn mit einem Blick, weniger wegen seines Spotts über den Namen Biskupitz als darüber, daß er den Rücken von Lucie Widera gestreichelt hatte. Der Feldwebel dachte: also tanze ich das nächste Mal mit der Buchhändlerin.

Man muß sich erst daran gewöhnen, mischte sich der Präsident der Wasserwerke ein. Ich bin schon ein Jahr hier und habe immer noch Schwierigkeiten. Also da ist doch eine Staustufe im neuen Adolf-Hitler-Kanal in ... na wie heißt das wieder, in ... Sla-wen-tzitz, ja richtig, Slawentzitz, und eine andere, an der jetzt gebaut wird, heißt Nies-dro-witz, aber es kommt noch schlimmer, ich kann das gar nicht alleine aussprechen ... Luise! Er rief seine Frau. Ach ja, das heißt Wy-dzi-erow ... Jetzt fing auch er an zu lachen: Wydzierow!

Ich war neulich zur Inspektion in einem Ort, der heißt Krzidlowitz, und einmal war ich in Kottkrzidlowitz, nein, Kottlischowitz, blökte der Obersteiger Kotulla.

Und schließlich gab auch der Doktor Kamenz seinen Senf dazu. Er stammte aus Oberschlesien, aber von der linken Seite der Oder, der besseren Seite, weil hier die Leibeigenschaft dreißig Jahre früher aufgehoben wurde: Sie haben ja recht, meine Herren, aber das wird alles anders, die Orte kriegen jetzt alle deutsche Namen, Przeschlebic zum Beispiel heißt jetzt schon Sandwiesen und Niesdrowitz Niethammer ... Ich sitze in der Kommission, die die neuen Namen festlegt.

Die andern lachten immer noch. Lucie (Widera) entzog sich dem Arm des Feldwebels, sie wollte weg vom Tisch, weil sie es nicht gern hatte, wenn sich jemand über ihr Land oder über ihre Sprache lustig machte.

Aber ich war schon in Orten, der Direktor der Stadtbücherei redete weiter, wie Nie-wod-nik oder in Plaw-ni-o-witz, direkt an der Grenze, die wollten eine Außenstelle der Bücherei, als ob da jemand überhaupt Deutsch lesen könnte . . . Der Direktor prustete.

Die andern am Tisch lachten nicht. Sie ließen die Gläser wieder sinken und hielten sich daran fest, als sei es das einzige um sie herum, das sich lohnte festzuhalten. Sie starrten in das Bier oder in den Schnaps und manche versuchten, mit dem Schnaps ihren Zorn und ihre Wut hinunterzukippen oder auch nur ihre Bitterkeit.

Der Graf Poremba war beleidigt. Vor fünfundzwanzig Jahren, dachte er, hätte ich diesen Herrn da am frühen Morgen auf einer Lichtung in den Kopf geschossen. Aber er zog es jetzt vor, zu schweigen.

Valeska überlegte, ob sie sich nicht künftig weigern sollte, dem Sohn des Obersteigers Klavierunterricht zu geben. Daß er so reden konnte! Er war doch selbst ein Oberschlesier.

Die Wassermilka wünschte sich ein Hochwasser, das den Feldwebel und all die andern, die Fremden, hinwegschwemmen möge.

Setzen Sie sich, Herr Feldwebel, sagte der Erzpriester plötzlich mit einer Stimme, die von ungewöhnlicher Schärfe war. (Der Feldwebel dachte einen Befehl gehört zu haben und setzte sich rasch gerade hin, was ihm nur leidlich gelang.) Und hören Sie mir zu! Auch Sie, meine Herren, auch Sie und Sie und Sie! Er sah sich um. Sie haben dieses Land nicht begriffen, und Sie werden's nicht begreifen, und es wird Zeit, verzeihen Sie mir, wenn ich das sage, daß Sie dieses Land bald wieder verlassen.

Er stand auf. Nicht, weil er predigen wollte. Nein, seine Stimme war unversöhnlich.

Es wurde auf einmal ganz still. Sogar der Feldwebel, der sich wieder gefaßt hatte und zu einem neuen Witz ansetzen wollte, unterbrach sich, veranlaßt durch eine heftige Geste des Erzpriesters. Die Musik hörte sich jetzt lauter an, man nahm sogar das Scharren der Schuhe auf dem

Parkett wahr. Valeska schien es, als ob es in den Gläsern tickte. Irgend etwas. Irgend eine Verwünschung.

Sie machen sich lustig, fuhr der Pfarrer fort, über ein paar Orts- und Städtenamen, weil diese über Ihre schwerfällige Zunge nur schwierig hinüberkommen. Aber, meine Herren, denken Sie daran, das hier ist eine Landschaft, die geschichtlich gewachsen ist, zwischen Germanen und Slawen, Deutschen und Polen, und jeder dieser Namen zeugt davon ... Für einen, der hier aufgewachsen ist, der hier leben muß und auch gern hier lebt, Sie werden es sich vielleicht nicht vorstellen können, ist das wie Musik. Ich habe dreißig Priesterjahre hinter mir, alle in diesem Land Oberschlesien, und ich war überall, und überall habe ich die gleiche Liebe und Treue zur Heimat und zur heiligen Mutter Maria gefunden. Soll ich Ihnen sagen, wo ich überall war, o ja, hören Sie diese Wortmusik, ich war in Budtkowitz, in Jellowa, in Knurow und in Laurahütte, in Malapane, in Gogolin, Zaborze, Miechowitz und Groschowitz, in Maltschaw und in Leobschütz, in Deschowitz und in Krappitz, in Bobrek-Karf, in Potempa, in Kulisch, in Pitschen, in Bielitz ... Lassen Sie mich weiter überlegen, in Straduna, Rybnik, Niewodnik, in Leschnitz, Patschkau, Peiskretscham, in Zernitz, Jasten, Korkwitz, in Ostrosnitz, Nieborowitz, Wischnitz, in Zawada ... Es ist alles zufällig, wie es mir einfällt, aber hören Sie die Musik heraus ... aus diesen Wörtern ... Kottlischowitz und Schelitz, Collonowska und Tillowitz, Brolawitz und Poppelau, Markowitz und Tropplowitz, Schammerwitz und Steugerwitz, auch Steuberwitz, Miedar, Brynnek, Hanussek ... Tworog, Piltsch, Botzanowitz ...

Das sind keine Namen, das schreibt man nicht mit Buchstaben, das schreibt man mit Noten, und man müßte es singen ... rief Valeska dazwischen. In Gedanken saß sie bereits am Klavier und schlug die Tasten an. Ja, singen muß man diese Sprache!

Der Erzpriester nickte ihr zu ... Da gibt es Golkowitz und Kranowitz, da gibt es Katscher und Bleischwitz, da gibt es Rosenkrantz und Guttentag, Gwosdzian und Cziasnau, Alt-Schodnia und Tworkau, Skrzidlowitz und Karchowitz, Rudzinitz und Blechhammer und Turawa und Zabrze, ja so hieß mal Hindenburg, *Sabsche*, was für ein schöner weicher samtiger Klang ... Ja, das ist es, was mir gerade einfällt, aber ich könnte Ihnen noch eine halbe Stunde lang Namen aufzählen, keiner dieser Namen ist zufällig, jeder hat eine eigene lange Geschichte.

Sie werden sich wundern, verehrter Herr Bibliotheksrat – des Pfarrers Stimme wurde wieder so, wie man sie gewohnt war –, diese Namen haben oft sogar eine patriotische, eine deutsch-patriotische Geschichte, die unserem Land Preußen alle Ehre machte ... Ja, Herr Feldwebel, man muß dieses Land lieben, diese Sprache ... diese Menschen, um das alles zu begreifen.

Valeska sah den Erzpriester an und ihre Augen glänzten fiebrig. Vielleicht war das der Glaube; vielleicht war es auch nur der Schnaps.

Milka erinnerte sich, daß sie immer noch das Glas in der Hand hielt, mit dem sie vorhin anstoßen wollte. Sie sagte: Auf den Mississippi! Aber sie hob nur zögernd ihr Glas.

Auf den Mississippi! sagte Heiko, der gerade herankam, und dieses Wort wie ein großes schwebendes nachklingendes Rätsel aufnahm.

Fräulein Willimczyk preßte all ihre Kühnheit zusammen, so sehr, daß ihre Augen verschwammen: Auf unsern Pfarrosch, auf unsre schlesische Wortmusik! schrie sie.

Willi Wondrak ging um den Tisch herum, um mit Valeska anzustoßen: Auf unsre kleine enge Welt, und daß uns ein kleines Stück davon gehöre! Er zeigte dabei ein rebushaftes Lächeln, das nur die Schwester zu enträtseln vermochte.

Auf meine rote Himbeerwelt, sagte Josel, aber es hörte ihm niemand zu. Und so fügte er noch etwas an, was ihm ohnehin wichtiger erschien: Auf meine Baracke! Auch er hob sein Glas.

Auf diese gottverdammte, donnernde, überschwemmte, krachende, maschinengewehrzerfetzte Welt! schrie der Präsident der Wasserwerke und schwenkte als einziger ein Weinglas.

Der Landgerichtsrat schwieg. Auf die Welt der Lüge, sagte er bei sich, auf die Welt des Satans, die da kommen wird! Hinab mit ihr! Verflucht sei sie und wir alle mit ihr! Auch er stieß mit den andern an, aber in seinem versteinerten Gesicht veränderte sich nichts.

Der Feldwebel hielt sein Glas zwischen den Beinen. Das, was der Pfarrer gesagt hatte, hatte ihn nachdenklich gemacht. Jetzt sah er die Hände mit den Gläsern in die Luft gereckt, er stand auf und schrie: Auf diese stinkende Welt! Auf diese stinkende Welt! Auf diese stinkende Welt! Glücklicherweise wurde er bei jeder Wiederholung leiser. In seinem Zustand war es ziemlich wahrscheinlich, daß ihm heute nicht viel anderes mehr einfallen würde. Er war inzwischen zu Fräulein Willimczyk hinübergerutscht und hielt sich an ihr fest, und mit der rechten Hand stieß er so heftig nach den Gläsern der andern, daß er am Schluß nur noch blöde in sein leeres Glas stieren konnte.

Alle schwenkten ihre Gläser. Hoch, höher, am höchsten.

Kaiser, König, Edelmann.

Bauer, Bergmann, Bettelmann.

Der alte Krupniok kam erst jetzt zu ihnen. Heil Jesus! Er sagte es ganz leise, eher nebensächlich.

Aber selbst das hatte eine Explosion zur Folge. Der Feldwebel warf sein Glas in die Luft, andere machten es ihm nach, Polensky und Willi Wondrak ließen es auf den Boden fallen und traten auf den knirschenden Scherben herum. Andere schmissen ihre Gläser, nachdem sie ausgetrunken hatten, ganz einfach auf den Tisch. Aber sie ärgerten sich später darüber.

Die Kapelle spielte eine Polka.

Ulla und Andreas legten ihre Köpfe auf die Seite und sprangen in langen, schiebenden, schurrenden Schritten durch den Saal. Sie konnten keine Polka tanzen, sie guckten einfach zu, wie es die andern machten und versuchten deren Bewegungen nachzuahmen. Es war die erste Polka ihres Lebens.

Der Landgerichtsrat wollte gehen, unbemerkt von allen, auch unbemerkt von Valeska Piontek, er wollte noch etwas arbeiten. Aber wenn er jetzt aufstünde, würden alle zu ihm hersehen und ihn nicht weglassen, vielleicht sollte er doch noch die Geschichte erzählen, die ihm gestern, ganz plötzlich, eingefallen war. Er fing an:

Ich werde Ihnen eine Geschichte erzählen, die Ihnen, meine Freunde und ... er zögerte, aber dann, nach einem Blickwechsel mit dem Erzpriester, sprach er es aus ... und meine Feinde, dieses Land verständlicher machen wird, keine von diesen dummen Geschichten mit pierunnje, kein öder Witz mit Sprachverrenkungen, über die Sie so gerne lachen, sondern eine einfache, schöne alte Geschichte.

Er machte eine Pause.

In unserer Stadt gibt es drei Brücken über den Fluß Klodnitz, jeder kennt sie. Wenn man auf den Turm von Allerheiligen steigt, dort wo die mächtige Hedwigsglocke über die Stadt dröhnt, kann man sie alle drei mit einem Blick sehen, grün die eine, weiß die andere, schwarz die dritte.

Es wird eine Zeit kommen, da wird eine Brücke einstürzen, die andere gesprengt werden und die dritte, die grüne aus Holz, wird abbrennen. Also wird einer kommen und eine Brücke aus Papier bauen über den Fluß Klodnitz, und jene, die an dieser Brücke zweifeln, werden, wenn der Fluß steigt, im reißenden Wasser versinken, aber jene, die an diese Brücke glauben und darüber hinweggehen, werden das andere, sichere Ufer erreichen ...

Was redet er da? rülpste der Feldwebel vor sich hin.

Das ist ja ein kolossaler Unsinn, rief der Präsident der Wasserwerke. Ich fange gerade an, die Klodnitz zu regulieren, da wird überhaupt nichts mehr einstürzen, da kann noch soviel Hochwasser kommen.

Das ist ein Israelit! Wer so redet ist ein Jud! schrie der Doktor Kamenz hysterisch.

Ja, das ist wahr ... Die Wassermilka tat als prüfte sie noch einmal in Gedanken alle Brücken dieser Stadt auf ihre Sicherheit ... Wir haben drei Brücken in unsrer Stadt, eine aus Holz, eine aus Stein, eine aus Eisen ... Jässus, das bringt ein Unglück!

Das mit der Papierbrücke, das ist eine alte christliche Legende, sagte der Erzpriester Pattas mit feierlicher Milde zu Doktor Kamenz.

Valeska wurde es immer unheimlicher zumute. Und als sie den Landgerichtsrat a. D. in sich versunken dastehen sah, als horchte er der Brückenkatastrophe nach, schrie sie auf einmal: Musik! Musik! Kommen Sie, wir tanzen, Herr Landgerichtsrat!

Und als hätte die Kapelle nur auf diesen Einsatz gewartet, schmetterte sie auf einmal plötzlich los und begrub mit einem stampfenden Rhythmus jede noch mögliche Fortsetzung der Unterhaltung. Valeska zog den Landgerichtsrat von den andern weg, auf die Tanzfläche, sie fing an mit den Füßen den Boden zu traktieren, sie hoffte, mit der Zeit würde sie sich dem neuen, noch unbekannten Rhythmus anpassen. Sie nahm sich vor, den Landgerichtsrat später zu fragen, warum er diese Geschichte erzählt hatte.

Sie kam ganz außer Atem. Ihr wäre eine etwas langsamere Musik lieber gewesen. Vielleicht: *Ich tanze mit dir in den Himmel hinein* ... Das war eins von den neuen Liedern, das ihr gefallen hatte.

23

Nach der Musik und dem Lärm drinnen im Saal, kam Josel die Stille in der Hotelhalle jetzt beinahe beängstigend vor. Soweit er sehen konnte, war niemand mehr in der Halle, die Soldaten, die vorhin in Trauben herumstanden oder hin und her liefen, waren verschwunden, nur die rauchige Luft, in der die Wandlampen bläulich schwammen, erinnerten daran, daß sie überhaupt einmal hier gewesen waren. Josel ging ein paar Schritte weiter, unhörbar auf dem weichen Teppich, und hielt nach dem Portier Ausschau, ihm wollte er nicht gerade sofort in die Arme laufen. Neben der Windfangtür entdeckte er einen Mann in Hotel-Livrée, den Rücken ihm zugekehrt, ganz unbeweglich, als ob er durch die Tür nach draußen starrte, so wie Josel heute morgen, von der andern Seite, den Hotelpagen gesehn hatte. Aber es war nicht der Junge. Von der Statur, von der Größe her konnte das nur ein älterer Mann sein. An ihm würde er vielleicht vorbeikommen, aber wenn der Portier ihn von seiner Loge aus entdeckte, würde er ihn bestimmt nicht in die oberen Stockwerke lassen. Und den Fahrstuhl zu benutzen, traute er sich nicht. Vorsichtig, aber jetzt von keiner Säule mehr geschützt, ging Josel ein paar Schritte weiter. Er überlegte, was er dem Portier sagen könnte. Vielleicht: Ach, ich wollte nur einmal nach den Zimmern sehen, die meine Mutter im zweiten Stockwerk bestellt hat. Oder besser: Ich bin mit jemandem verabredet. (Mit wem, das würde er lieber nicht verraten.) Oder noch besser: Der General hat mich rufen lassen. In Gedanken entschied er sich dann doch für die banalste Ausrede: Ich suche das Klo. Ertappte ihn erst einmal der Portier, käme er sowieso nicht mehr in das obere Stockwerk, da ginge es ohnehin nur um einen schnellen und nicht allzu peinlichen Rückzug.

Josel hörte gedämpft, wie die Musik im Münzersaal wieder einsetzte. Er entschloß sich, es jetzt darauf ankommen zu lassen. Vorsichtig schlich er die beiden Stufen zur Halle hinunter und durchquerte sie an der schmalsten Stelle. Er riskierte einen raschen Blick in die Portiersloge: Ein Mann saß über einem Schreibtisch gebeugt und schrieb etwas, ein anderer, mit dem Rücken zu ihm, sortierte etwas in einem Karteikasten. Josel schlüpfte an dem Schild Für Zivilisten verboten vorbei, danach – das war die schwierigste Situation – rechts die Treppe hinauf, und schon war er aus dem Sichtfeld der Portiersloge! Er blieb einen Augenblick stehen und lauschte: Aus der Halle hörte er nichts, nicht einmal einen Wortwechsel zwischen den beiden Portiers, sie schienen ihn also nicht bemerkt zu haben.

Josel nahm die letzten Stufen immer gleich paarweise, bis er im Korridor des Obergeschosses angelangt war. Er zog sich die lange Hose glatt, die immer noch etwas ungewohnt war für ihn, und lehnte sich an das Geländer. Obwohl er nichts weiter sah als einen langen, leeren Korridor und links und rechts Zimmertüren, wußte er, er befand sich in einer geheimen, exklusiven, verbotenen Welt, und das benahm ihm etwas den Atem, nein, Angst war es nicht, vielleicht die Erwartung, jeden Augenblick könnte eine der vielen Türen aufgehen und irgend etwas ganz Unerwartetes, ja Wunderbares würde sich ereignen. Aber vielleicht kam es nur daher, weil er die Treppe so schnell hinaufgesprungen war.

Es ereignete sich nichts.

Josel ging den ganzen Korridor ab und zählte die Nummern auf den Türen. Er hatte in irgendeinem Film gesehn, wie die Leute in den Hotels ihre Schuhe am Abend vor die Tür stellen, aber hier sah er nirgendwo Schuhe, nicht einmal die Stiefel der Soldaten. Er hörte auch hinter keiner Tür ein Geräusch, und als er sich zweimal bückte, um durch Schlüssellöcher zu sehen, war da nichts als Dunkelheit und Schwärze.

Er hatte sich das anders vorgestellt: einen langen Korridor gewiß, und viele Türen mit Nummern von eins bis fünfzig, rechts die geraden, links die ungeraden Nummern, bis auf die 13, ja tatsächlich, die 13 fehlte auch hier. Aber zu einem Hotel gehört, daß man auch weiß, was hinter den einzelnen Türen geschieht. Hier wohnt eine Operndiva, dort ein Hochstapler, da ein Graf und da ein Handelsvertreter, ein Gruben- oder Waldbesitzer, da der Spieler, da der Selbstmörder . . . und durch die Korridore eilen die Kellner und Pagen und bringen Kaffee und Blumen und Briefe . . . So war das jedenfalls im Kino . . . Und hier nur verschlossene Türen in einem langen, nüchternen Korridor, der einen, je länger man sich in ihm aufhielt, mit seiner Stille, mit seinem diffusen Licht, mit seinem Gähnen verschluckte und der nichts von den Geheimnissen, die sich hinter diesen Türen verbergen mußten, preisgab. Josel hörte nicht einmal seine eigenen Schritte auf dem weichen Teppich, er hörte nur seinen Atem und das Klopfen seines Herzens, er steckte die Hände in die Taschen und fühlte seine Schenkel durch den Stoff hindurch, er fühlte, daß er da war, ja, daß er da war. Und wenn sie alle, wie in einem Märchen, den Ballsaal, die Korridore, die Hotelhalle, die Häuser, die Straßen, ja die ganze Stadt verlassen haben sollten: er war hier. Josel griff nach einem Türknopf, er fühlte das runde, glatte Holz, er lehnte sich gegen die Wand: er war hier!

Er ging die Stufen hinauf in das nächste Stockwerk.

Vor ihm wuchsen auf einmal in der Stille und durchs Geländer Stiefel hoch und höher, bis in zwei Soldaten hinein, und ehe er überlegen konnte, ob er vielleicht nicht doch besser umkehren sollte, zog ihn der eine Soldat schon am Arm, zog ihn zu sich heran und fragte mit einer Stimme, die weniger herrisch als verwundert klang: Was machst du denn hier?

Josel überblickte rasch, während er nach einer Antwort suchte, den Korridor nach beiden Seiten, niemand außer den beiden Soldaten, die hier rechts und links von der Treppe wohl so etwas wie Wache hielten, war zu sehen, am Ende des Korridors waren zwei gegenüberliegende Türen offen, das Licht fiel nach draußen, und man konnte gedämpftes Maschinengeklapper hören. Ich suche jemand, sagte Josel.

Wen suchst du hier? fragte der eine Soldat, der ihn immer noch festhielt.

Aus dem offenen Zimmer, hinten, trat ein anderer Soldat heraus, ein langes Papier in der Hand, und ging damit in das Zimmer gegenüber. Die Maschine klapperte weiter.

Hier ist für Zivilisten gesperrt! Hast du nicht das Schild unten gesehn?

Ich suche den General, sagte Josel kühn.

Den General? fragte der andere Soldat zurück. Den Generalmajor?

Ja, sagte Josel, jetzt mit etwas festerer Stimme, es war ihm gelungen, sich von der zupackenden Hand des Soldaten freizumachen. Den General und Major! sagte er.

Also, wer bist du? Und wie kommst du überhaupt hierher?

Josel war sich klar, daß er vielleicht zu weit gegangen war, er überlegte: Wenn er jetzt einfach die Treppe hinunterliefe, ganz schnell, und zwei oder drei Stufen auf einmal nehmen würde, käme er bestimmt nicht weiter als bis in die Hotelhalle – vielleicht würden sie sogar auf ihn schießen, sie hatten ja beide Pistolen im Gürtel. Immerhin waren sie hier an der polnischen Grenze, und die Mobilmachung war ausgerufen. Wenn Onkel Wondrak auch sagte, es gibt immer zwei Möglichkeiten, er wußte: Jetzt gab es für ihn nur noch eine, nämlich und überhaupt weiter zu schwindeln. Er sagte also: Ich bin Josel Piontek, ich bin der Bruder der Braut, die da unten im Münzersaal Hochzeit feiert, und ich soll und muß mit dem General und Major sprechen.

Ja, aber was willst' mit ihm reden? Mir könn' dich doch nicht so gradnaus neilassen? fragte der eine Soldat.

Hast du . . . vielleicht einen Ausweis bei dir? fragte der andere.

Josel überlegte schnell: Meine Mutter schickt mich, sie ist Klavierlehrerin und gibt den Kindern des Grafen Ballestrem Unterricht, jeder kennt sie hier . . . Und ich darf das, was ich mit dem General und Major bereden soll, nur mit dem General und Major bereden.

Der eine Soldat lachte: Ja, aber kennt dei Mutterl denn den Generalmajor?

Noch einen letzten Versuch wollte Josel machen: Meine Mutter Valeska Piontek hat eine Botschaft für den General und Major, die mit den Polern zusammenhängt und vielleicht etwas mit dem Krieg zu tun haben könnte ... Und wenn ich das nicht dem General und Major direkt sagen kann, dann muß ich wieder gehen ... Josel wäre es lieber gewesen, sie würden ihn jetzt abweisen und nicht zum General lassen und er könnte einfach verschwinden.

Hinten, am Ende des Korridors, ging der Soldat mit der langen Papierseite in der Hand in das Zimmer zurück, aus dem er gerade gekommen war.

Ja, dann meld ich ihn mal an, sagte der eine Soldat und ging, und Josel sah, daß auch er rote Streifen an den Hosen hatte. Der andere Soldat tastete ihn inzwischen ab, die Schultern, die Brust, die Taschen, die Hosenbeine runter bis zu den Schuhen. Josel fand das komisch, und beinahe hätte er aufgelacht, weil es ihn kitzelte, als der Soldat mit der Hand über sein Geschlecht streifte.

Dann rief jemand, der Kleine soll reinkommen!

Ich bin Josel Piontek, sagte er jetzt energisch, und nicht der Kleine. Was soll denn der General und Major davon halten?

Die beiden Soldaten lachten. Na geh mal rein, sagte der eine Soldat und machte die Tür von Zimmer 314 auf. Er pflanzte sich dabei im Türrahmen auf und schlug die Hacken zusammen.

Josel trat ein. Er erkannte sofort den Soldaten wieder, den er am Abend in der Hotelhalle für einen General gehalten hatte. Jetzt saß er allerdings auf dem Bett, im Hemd, der Kragen offen, die Ärmel hochgestreift; oben am Hals und an den Unterarmen ein auffallend schwarzgrauer Haarfilz. Neben ihm bauschte sich das zurückgeschobene Federbett hoch.

Links neben dem Bett sah Josel einen jungen Soldaten stehn, der sich dreimal in dem hinter ihm aufgestellten dreiflügeligen Frisierspiegel spiegelte. Guten Abend, Herr General und Major, sagte Josel. Dabei sah er auf den Soldaten im Spiegel. Er konnte seine Augen nicht von ihm abwenden. Der setzte sich, nachdem die Tür zugegangen war, auf einen Hocker, wodurch sein Spiegelbild noch größer wurde. Er trug die Uniform korrekt, bis zum Hals geschlossen, und auf den Schulterklappen waren zwei Sterne, also muß er mehr sein als ein Leutnant, dachte Josel. Das Gesicht erschien ihm ziemlich jung, er hätte ihn auf das gleiche Alter geschätzt wie seinen neuen Schwager Heiko. Dieser Leutnant oder auch Oberleutnant hier sah in dieser Uniform so elegant aus wie sonst nur die Männer in den Filmen, und das erinnerte Josel überhaupt nicht an Krieg, sondern eher an große Feste und Feierlichkeiten. Vielleicht konnte er ihn am Schluß bitten, an Irmas Hochzeit teilzunehmen, vielleicht würde er sogar einmal mit Irma tanzen – oder mit Ulla, oder mit Mamuscha, das wäre fantastitschnek. Wenn nur der Photograph noch da ist!

Du hast also eine Mitteilung für mich? fragte der General. Er hatte auf seinem Bett handgeschriebene Briefe und Fotos ausgebreitet.

Josel sagte: Verzeihen Sie, Herr General und Major (und wendete sich jetzt direkt dem General zu), meine Schwester Irma feiert ihre Hochzeit da unten im Hotel, mit dem Gefreiten und Offiziersanwärter der Artillerie Heiko Birkner aus Dings ... burg, der bei uns seit zwei Wochen in Einquartierung ist, und meine Mutter läßt fragen, wann es Krieg gibt? Josel merkte schon, als er diese Frage herausgebracht hatte, daß sie nicht besonders gut ausgedrückt war, aber er war zu aufgeregt. Er versuchte auch gleich, sich zu verbessern und sagte: Mein Kusäng Andreas war nämlich und überhaupt dabei, als der Sender überfallen wurde.

Der General auf dem Bett und der Leutnant vor dem Spiegel sahen sich an; ihr Lächeln war plötzlich verschwunden.

Was sagst du da? Der General griff nach einem Glas auf dem Nachttisch, es war Wasser drin oder irgendeine andere klare Flüssigkeit, nahm einen Schluck und schüttelte sich.

Der General wird doch nicht etwa auch Schnapsik da drin haben, dachte Josel.

Also erzähl mal, sagte der General. Dein Cousin war dabei, als sie den Sender überfallen haben, heute abend, ja?

Josel sagte: Ja, er hat es mir vorhin erzählt. Er war mit Ulla, das ist eine Freundin von uns, ein Kind noch – fügte er hinzu –, in Zernik, sie sind kurz vor acht mit dem Fahrrad zurückgefahren, und da kamen sie am Sender vorbei, und dort ist das gerade passiert . . .

Ja, was passiert?

Na ja, da kamen Leute in Zivil mit zwei Autos an und stürmten das Sendegebäude . . .

Notieren Sie, Werner, sagte der General zu dem Mann vor dem Spiegel. Und er fragte weiter: Waren da Offiziere dabei?

Wie? Josel erinnerte sich nur, von Andreas erfahren zu haben, daß die Leute in Zivil waren. Wie kommen Sie darauf? Verzeihung, Herr General, sagte Josel, als er auf einmal in das ratlose Gesicht des Generals sah. Das waren Zivilisten . . . Die waren in Zivil . . .

Hat dein Cousin gesagt . . .?

Ja, hat er gesagt.

Und der General zum Leutnant oder Oberleutnant: Geben Sie doch bitte mal das Fernschreiben darüber her.

Der Leutnant suchte in einer Mappe und holte ein langes Papier hervor, so wie es vorhin im Korridor hin und her getragen wurde. Er gab es dem General. Der überflog das noch einmal. Hier steht, sagte er: Es waren polnische Freischärler. Und zu Josel: Also wie heißt du?

Josel nannte seinen Namen.

Ist gut. Dein Cousin, der war also dabei, und du meinst, er sagt die Wahrheit? Wie alt ist er? Und ist er nicht etwa so ein halber Polack?

Josel spürte, wie ihm bei diesem Wort das Blut ins Gesicht schoß. Noch keiner hatte zu ihm Polack gesagt, auch nicht zu Papusch, zu Mamuscha, zur Wassermilka oder zu

Ulla, oder zu sonst jemand in seiner Familie, und er fühlte instinktiv, daß dieses Wort *Polack*, von einem ausgesprochen, der hier nicht aufgewachsen ist, so ziemlich die größte Beleidigung war, die man nicht ungesühnt lassen durfte. Aber was machte man mit einem General, mit einem richtigen, leibhaftigen General?

Josel stotterte seine Antwort heraus: Mein Kusäng Andreas Pilgrim ist aus Breslau, er besucht dort das Matthias-Gymnasium, er ist erst seit gestern zu Besuch bei uns ... Aber vielleicht erlauben mir der Herr General darauf aufmerksam zu machen, daß wie hier alle Deutsche sind, und da hinter der Grenze sind die Poler –, und die Polacken, die sind erst an der russischen Grenze.

Der junge Offizier vor dem Spiegel machte sich bemerkbar: So war das nicht gemeint ... Glaubst du, dein Cousin ist noch unten bei der Hochzeitsfeier? Und kannst du ihn heraufbringen?

Ja, natürlich ist er noch da unten. Er ist so alt wie ich, fünfzehn, und er tanzt dort zum ersten Mal in seinem Leben ... Aber das mit den Pol ...

Ja, sagte der Leutnant vor dem Spiegel, das tut uns leid ... Er stand auf. Jetzt geh aber runter und bring deinen Cousin mit ... Ein Soldat wird dich begleiten ... Er ging zur Tür und rief einen der Wachsoldaten herbei ... Und Josel ging, stolz und mit Absicht etwas langsamer als vorher, zusammen mit dem Soldaten zuerst an dem Schild FÜR ZIVILISTEN VERBOTEN und dann an den beiden Portiers vorbei, und am liebsten wäre er mehrmals die Treppe hinaufgegangen, einmal mit Andreas, einmal mit Ulla, einmal mit sonstwem, jedenfalls so oft, daß dem Portier die Augen übergehen müßten ...

Nachdem Josel den Andreas von der Tanzfläche und aus dem Tanzkreis von Ulla weggeholt hatte, bestätigte der vor dem Generalmajor, was Josel schon vorher erzählt hatte. Und obwohl er zunächst etwas aufgeregt war, gab er ganz sachlich die näheren Auskünfte.

Der junge Offizier ging weg und brachte neue bedruckte Papierseiten mit. Der Generalmajor überflog sie. Er sagte, mehr zu sich selbst: eine seltsame Geschichte. Eine ganz seltsame Geschichte!

Und dann gab er dem jungen Offizier ein Blatt: Lesen Sie das, bitte! Und während der las, redete er weiter: Um 15 Uhr wurde das Wachpersonal vom Sender abgezogen, auf ausdrückliche Anweisung aus Oppeln. Der Sendeleiter wird nach Oppeln zu einer Sitzung gerufen, das ist doch alles höchst seltsam. Und ich bin geneigt, eher unseren Jungs hier zu glauben ...

Ich erlaube mir anzumerken, ob da nicht eine Provokation dahintersteckt, sagte der junge Leutnant und hob seine Arme, und im Spiegel sah man gleich sechs Arme sich erheben.

Pscht, machte der General. Er kippte den Rest seines Glases herunter. Mich wundert nur, daß keine weiteren Nachrichten darüber gekommen sind, die sind dabei, das runterzuspielen, was ich nicht verstehe. Dabei wäre das der beste Vorwand, ganz eklatant, eklatant, sagte der General.

Ganz eklatant, wiederholte der junge Offizier. Soll ich das zum Generalstab nach Neiße funken lassen?

Der Generalmajor wehrte ab. Nein, nein, das ist ja soundso überholt. Und zu den beiden Jungs gewendet, die etwas unsicher an der Tür standen: Danke für eure Auskunft. Jetzt könnt ihr gehen.

Der junge Offizier brachte sie hinaus, und als sie schon auf dem Korridor waren und von dem einen der Wachsoldaten zur Treppe geleitet wurden, kam noch einmal der Generalmajor heraus und rief Josel zurück. Du wolltest doch eine Auskunft haben, sagte der Generalmajor, dem in diesem Augenblick ein anderer Soldat wieder eine Anzahl Blätter brachte. Du wolltest doch wissen, ob es Krieg geben wird? Er schaute flüchtig über die Papiere. Ja, es wird Krieg geben, sehr bald schon! Und als Josel, eingeschüchtert, nichts dazu sagte, sondern stumm auf die Blätter sah, die unter den Händen des Generals anfingen zu flattern, sagte der junge Offizier: Aber behalt das für dich, das ist ein Befehl vom Generalmajor! Ist das klar?!

Ja, sagte Josel, jetzt zum ersten Mal hier oben ängstlich, niemand wird was von mir erfahren. *Naturalnie.* Er dachte an seine Baracke, und blitzlichtartig erhellte sie sich in seinem Kopf, zusammen mit den Bäumen rings um sie herum und mit dem Fluß ganz in der Nähe. Die Baracke brauchte er nicht zu schließen. Neue Soldaten würden kommen, der Krieg würde anfangen, sehr bald, wie der General sagte, aber er würde wohl nicht *sehr bald* aufhören, so war es jedenfalls immer gewesen, Kriege hörten nicht so bald auf, das wußte er aus der Schule.

Da bist du ja, sagte er, als er im Korridor auf den immer noch wartenden Andreas traf. Alle Türen waren verschlossen, nur die beiden letzten, wie schon zuvor, weit geöffnet, und das Klappern der Maschinen hörte man bis hierher. Josel war sich nicht sicher, ob hier wirklich so etwas wie ein Generalstab einquartiert war und ob er überhaupt mit einem richtigen General gesprochen hatte. Jedenfalls waren an die zwanzig, dreißig Offiziere und Soldaten am Abend in der Halle gewesen, jetzt hatte er hier oben nicht mehr als sieben gesehn, und nur leere, stille, abweisende Korridore, stumme und verschlossene Türen – und keine Geheimnisse. Ja, nicht einmal einen Hotelpagen hatte er zu Gesicht bekommen. Dieses Haus gab, so schien es, keine Geheimnisse mehr her. Sie gingen hinunter in die Hotelhalle.

Da zupfte ihn Andreas an der Jacke. Mit der Hand bedeutete er ihm, stehenzubleiben. Er selbst ging ein paar Schritte weiter, geradewegs auf die Portiersloge zu. Dort standen zwei Männer, halb über die Brüstung gebeugt, und redeten auf den Portier ein. Andreas kam das Gesicht des einen Mannes bekannt vor, und er erinnerte sich auch gleich, wo er es schon gesehen hatte. Der müßte bei den Leuten gewesen sein, die den Sender überfallen hatten, ja, je länger er ihn von der Seite her ansah, um so sicherer war er sich, daß er dabei gewesen sein mußte, das war genau jener Mann, der die anderen eingewiesen hatte, ja, das war er. Andreas flüsterte das aufgeregt Josel zu.

... also zwei brauchten wir, sagte der Mann zu dem Portier, ja, am besten sie schicken die uns gleich aufs Zimmer. Er drückte dem Portier etwas in die Hand. Auch der andere steckte ganz unauffällig-auffällig dem Portier etwas zu. Wir haben nämlich schon was hinter uns heute, und da es morgen wieder weiter geht ... ein bißchen Vergnügen muß sein, lachte er meckernd.

Der Portier wählte eine Telephon-Nummer, dazwischen sagte er: Am besten, meine Herren, Sie gehen in die Bar, ich lasse Ihnen dann zwei Damen herein und Sie können sich ja entscheiden ...

Die sind doch auch sauber, die ... die Damen? fragte der, den Andreas wiederzuerkennen glaubte.

Na, junger Mann?! sagte der Portier lauernd und abweisend, als er Andreas entdeckte.

Wir wollten nur ..., sagte Andreas und prägte sich noch einmal das Gesicht ein. Ja, das war er. Er könnte jetzt noch einmal rauf zum General gehen und ihm das erzählen. Nur, der hier sprach fließend deutsch, wie er gerade gehört hatte. Warum sollte der einen deutschen Sender überfallen? Es verwirrte ihn. Wir wollten nur mal gucken, sagte er.

Josel war herangekommen. Wir sind nämlich zum ersten Mal hier in diesem Hotel. Das ist schon fantastitschnek! sagte er anerkennend und sah sich in der Halle um. Und er meinte es wirklich so.

Die Verbindung war zustandegekommen. Der Portier sagte etwas in die Muschel: ... also zwei, ja ... für zehn Emmchen, ja natürlich für jede, das iss klar, sagte er.

Die beiden Jungen wollten weitergehen, zum Ballsaal. Andreas brannte darauf, Ulla zu erzählen, daß er in der Hotelhalle einen der Leute gesehn hatte, die vorhin beim Überfall dabei waren, vielleicht sogar den Anführer.

Andreas hatte die Befragung durch den Offizier mehr aufgeregt, als er sich eingestehen wollte. Immerhin war es das erste Mal, daß er einem richtigen General gegenübergestanden hatte, ganz nahe. Und wenn er auch nur im Hemd dagesessen war und auf dem Bettrand, und nicht Dutzende von anderen Offizieren um ihn herumstanden, wie er sich das vorgestellt hatte, so war doch diese Situation für ihn ziemlich ungewöhnlich gewesen, und es schien ihm jetzt, daß er auf dessen Fragen zu knapp und vielleicht auch zu kühl geantwortet hatte. Er wußte nicht, ob er noch einmal hinaufgehen und dem General und Major sagen sollte: Da unten ist einer von denen, die dabei waren bei dem Überfall, am besten, Sie fragen ihn selbst. Dazu gehörte eine Menge Mut, und den würde er jetzt nicht aufbringen. Jedenfalls, was an Mut in ihm steckte, raffte er zusammen und brachte es in den Satz ein: Haben Sie schon etwas von dem . . . Überfall auf den Sender gehört? Ich war nämlich dabei! – Er sagte es laut und sah dabei die beiden Männer an der Portiersloge an. Aber die wendeten sich gerade ab und schlenderten auf die Bar zu. Ich hab das gesehn! Andreas sagte das so laut er konnte, aber die andern drehten sich nicht um. Ich war zufällig dabei! Die beiden redeten aufeinander ein. Vielleicht habe ich mich doch getäuscht, dachte Andreas jetzt.

Was für'n Überfall? Der andere Portier war hinzugekommen.

Ja, der auf unsern Gleiwitzer Sender. Haben Sie nichts davon gehört? Es wurde sogar geschossen.

Und wieso warst gerade du dabei? Der Portier legte in diese Frage so viel Skepsis hinein, wie sie ein Hotelportier nach dreißig Dienstjahren aufbringen konnte, und das war eine Menge.

Rein zufällig, antwortete Andreas gleichgültig. Ihn interessierte es nicht, den Portiers davon zu erzählen. Nachdem die beiden Männer in der Bar verschwunden waren, sah er auch keinen Anlaß mehr, irgend jemand etwas von seinem Geheimnis mitzuteilen. Sie werden's im Radio hören, sagte er und dachte: Wenn es ein Überfall war, dann würde es ja morgen in den Zeitungen stehen.

Ach bitte, sagte Josel und gab Andreas einen leichten Puff, ach bitte, wo ist denn der Hotelpage?

Welchen meinen Sie denn? Den Klaus? Oder den Hottek? Die Stimme des Portiers war jetzt sanfter und freundlicher, nachdem er Josel vorhin mit dem Soldaten hatte vorbeigehn sehen.

Josel zischte Andreas zu: Ich komme gleich nach, geh du schon! Und zu den Hotelportiers: Ich meine den Hottek, sagte er. Er kannte keinen mit Namen, aber der Name Hottek kam ihm einfach vertrauter vor.

Andreas ging nach oben.

Der Portier wischte mit dem Ärmel den Staub von der Holzplatte, obwohl kein Staub zu sehen war. Der Hottek, sagte er, hat Frühdienst, der muß schon um sechs raus; jetzt schläft der hoffentlich.

Ach so! Josel unterdrückte das »wie schade«, das er dranhängen wollte, noch rechtzeitig. Nach dem andern, nach diesem Klaus, traute er sich nun nicht mehr zu fragen.

Der Portier nahm ihm aber die Frage ab. Er sagte: Und der Klaus hat heute frei.

Haben Sie denn nur diese beiden? fragte Josel beinahe etwas ungläubig. Onkel Wondrak hatte immer behauptet, die großen Hotels haben eine Schar von Hotelpagen, die kosten ja fast nichts . . .

Der andere Portier mit dem Kopf einer Kaulquappe kam näher heran. Du bist ein ziemlich neugieriger Junge! sagte er, und in seiner Stimme mischten sich Anerkennung mit Mißbilligung.

Ich frage nur, sagte er, weil mein Freund vielleicht auch Hotelpage werden möchte. Gott sei Dank, Andreas war weg.

Ach, der Junge vorhin? Der Portier rückte die Prospekte zurecht und ordnete die Zeitungen, die aufgehäuft dalagen. Wie alt ist er denn?

Vierzehn, antwortete Josel. Jetzt wollte er lieber gehen.

Der soll sich mal bei uns melden! Jetzt, wo es bald Krieg

geben wird, können wir immer jemand gebrauchen ... Freie Kost und Logis gibt's bei uns! Das Telephon klingelte. Und'n Taschengeld. Er nahm den Hörer ab.

Josel dachte, das ist eine Gelegenheit, wegzugehen. Aber der andere Portier mit dem Kaulquappengesicht beugte sich zu ihm herüber: Was hast du denn da oben in der Kommandostelle ... bei den Offizieren gemacht? In dieser Frage steckte eine lauernde Ungeduld, die Josel von seiner Mutter kannte und die er ganz und gar nicht ausstehen konnte.

Das werde ich Ihnen nicht sagen!

Staatsgeheimnis! fügte Josel hinzu. Es freute ihn, daß der Portier sich darüber ärgerte. Er wandte sich um und ging davon. Die Lampen schwammen in der Hotelhalle immer noch in einem blauen Rauch, und der Boden kam ihm jetzt weich wie Watte vor. Die Musik aus dem Ballsaal drang gedämpft bis zur Haupttreppe. Josel fühlte sich überlegen. Er hatte nicht nur herausbekommen, daß oben im Hotel eine Befehlsstelle der Wehrmacht untergebracht war, vielleicht sogar eine Abteilung des Generalstabs, sondern auch, daß es bald Krieg geben würde, sehr bald sogar; und es logierte hier im Hotel einer der Männer, vielleicht auch zwei, die am Abend den Rundfunksender in der Tarnowitzer Landstraße überfallen hatten, falls Andreas sich nicht in den Gesichtern geirrt hatte; und das Rätsel, warum er gerade an diesem Abend im Hotel Haus Oberschlesien keinen Hotelpagen entdecken konnte, hatte er auch gelöst. Er wünschte sich noch ein paar Rätsel dazu.

24

Montag wunderte sich, wie leicht ihm auf einmal die Schritte fielen, er spürte gar nicht mehr, daß sich sein Körper vorwärtsbewegte. Es schien eher, als kämen das Straßenpflaster, die Häuserfassaden, die Bäume am Wegrand ihm entgegen, als strömte gleichsam alles an ihm vorbei. Er erlebte dies mit sanfter Verwunderung und mit einem leichten Glücksgefühl: Auf diese Weise würde es nur eine Zeit dauern, und er müßte zu Hause sein. Er hatte nicht viel getrunken bei der Hochzeitsfeier; nur ganz kleine Schlucke hatte er zu sich genommen, wenn ihm Frau Valeska über den Tisch hinweg zugeprostet hatte oder die Wassermilka oder der Rechtsanwalt Wondrak. Allein mit Krawutschke mußte er ein volles Glas Kartoffka* austrinken, der hatte ihm keine Ruhe gelassen mit seiner Geschichte von der Hanotschka, die mit dem Pferdekarussellbesitzer durchgebrannt war, eine Geschichte, die Krawutschke an diesem Abend oft wiederholte, in der Hoffnung, daß sie vielleicht auf diese Weise sich im Unwirklichen auflösen würde. Nach dem *Lebenden Bild* mit dem Angelus legte Krawutschke still seinen Kopf auf das Tischtuch, direkt vor Montag hin, und aus seinen roten Kaninchenaugen drückten sich zwei dicke Tränen, klar wie der Kartoffka, den er reichlich gekippt hatte.

Montag war schon lange nicht mehr in der Wilhelmstraße gewesen, jedenfalls nicht zu dieser Nachtstunde. Er erkannte alles nur langsam wieder: den niedrigen Eisenzaun vor dem Hotel, die Straßenquader, die Häuserfronten, die blaudunklen Schaufensterscheiben, die Brücke, die Lindenbäume, die aus dem Stein wuchsen und die er im Vorbeigehen berührte. Und doch schien ihm heute alles fremd. Es war nicht allein die Leere der Straße – am Abend, als er gekommen war, war sie überfüllt von Menschen, die die Neugier, die Unruhe, die Erwartung, daß irgend etwas geschehen würde, etwas ganz Ungewohntes, aus ihren Wohnungen nach draußen und zueinander getrieben hatten, – es waren nicht die Soldatenstreifen, die überall patrouillierten, als wäre Gleiwitz eine okkupierte Stadt, auch nicht das dumpfe, summende Geräusch, das in der Luft lag und sich kaum veränderte. Ein Motorrad mit

* Kartoffelschnaps

Beiwagen kam langsam vom Bahnhof heruntergefahren, die Soldaten hatten Stahlhelme aufgesetzt, und über der Brust trugen sie eine Metallkette. Sie fuhren ganz nah am Straßenrand, als wollten sie die nächtlichen Passanten kontrollieren.

Montag beugte sich über das Geländer der Brücke. Der Stein hatte die Hitze des Tages aufgenommen und gab sie nun stoßweise, wie in Atemzügen, wieder ab. Unten der Fluß war ein schwarzer Spiegel, der aufblinkte und zerfloß. Es war ein kleiner, schmutziger Fluß, aber er liebte ihn mehr als die mächtigen Flüsse, die er in seinem Leben gesehn hatte. Die alte Klodka war nur sie selbst, schmutzig und duldsam, manchmal auch wild (im Frühjahr, zur Schneeschmelze) und aufbäumend, wie die Menschen, die sich rings um den Fluß angesiedelt hatten. Er nahm einen Tschinker aus der Tasche und warf ihn ins Wasser, die Münze blinkte ein paarmal auf, bevor sie lautlos versank.

Und jetzt erst sah er, was heute anders war: Die Straßenlampen waren blau übermalt, und ihr getöntes Licht überzog die Landschaft wie mit einer blauen Lasur.

Montag ging weiter, von der Hauptstraße weg ins Dunkel. In der Niederwallstraße kam ihm ein Konvoi entgegen, Autos mit abgeblendeten Scheinwerfern, oben saßen Soldaten stumm und unbeweglich wie Puppen, der Geruch von Schweiß und Benzin zog hinter ihnen her und stieg Montag so scharf in die Nase, daß er sich noch umsah, als die Motorengeräusche schon zwischen den Mauern versickerten, er sah die schwarzen Geschützrohre obszön aufgerichtet, sah ihnen nach, bis sie von einer Biegung verschluckt wurden.

Der Platz vor den Schrebergärten, wo er am Nachmittag noch die Zelte und Flakgeschütze gesehn hatte, war leer. Das überraschte Montag so tief, daß er zunächst glaubte, ihn verwechselt zu haben. Aber er war es. Zurückgelassene Blechkanister, leere Bierflaschen und Papier bildeten eine grobe Zeugenschaft, die auch im Dunkeln deutlich sichtbar war. Er mußte seine Selbsttäuschungen aufgeben.

Er schritt jetzt rascher aus. Der Himmel war mit einer grauweißen Folie ausgeschlagen, die den Mond versteckte. Vielleicht würde es morgen regnen. Am Horizont konnte er den Labander Wald erkennen und davor, auf den Feldern, Getreidepuppen, die noch nicht eingefahren waren.

Es war kurz nach Mitternacht, als er zu Haus ankam. Das Haus lag im Dunkeln, nur aus dem Fenster von Leo Maria Piontek drang durch ein paar Ritzen der Verdunkelung etwas Licht. Er ging in die Küche, wusch sich unterm Ausguß die Hände, schüttete sich etwas Kölnisch Wasser auf seine Fingerspitzen und massierte sich damit die Schläfen ein. Das erfrischte ihn. Nun fühlte er sich nicht mehr so müde und beschloß, noch etwas zu arbeiten.

Aus der Schublade nahm er ein paar lose Blätter, ging dann in die Speisekammer und kehrte zurück mit zwei dicken Mappen, voll mit handgeschriebenen Blättern. Er setzte sich und sah sich den Manuskriptberg an. Hätte er jetzt sein Gesicht im Spiegel sehen können, wäre er gewiß über den Ausdruck der Selbstzufriedenheit überrascht gewesen, ein Ausdruck, der selten auf seinem Gesicht erschien. Er war von der Unvollkommenheit dessen, was er da in vielen Nächten aufgeschrieben hatte, überzeugt, aber daß da Zeit, eine Menge ausgefüllter Zeit, auf diesen Seiten fixiert war, das befriedigte ihn. Er schlug die erste Mappe auf und schob die Seiten so zusammen, daß sie wie ein dicker weißer Block aussahen, dabei mußte er mal hier, mal dort ein Blatt zurechtrücken, und seine Augen blieben an einem geschwungenen G oder einem zu kühn oder zu groß geratenen T hängen, oder auch an einer Stelle, wo besonders viele Ausstreichungen waren. Vielleicht tat er es nur, um die zahlreichen beschriebenen Blätter zwischen den Fingern zu fühlen.

Montag las den Schluß des siebten Kapitels:

Bei den schlesischen Sejmwahlen 1928 wurde der Kampf gegen das Deutschtum von der Regierungspartei ganz offen als Wahlparole ausgegeben, und alle Behörden unterstützten sie darin. Korfanty war jetzt bereits soweit in die

Opposition gedrängt, daß er sich im Wahlkampf wieder zum Teil der deutschen Sprache bediente. Der Wahlterror war so skandalös, daß Korfanty am 8. Februar 1928 von der Tribüne des schlesischen Sejm herab mit der oberschlesischen Regierung abrechnete. Er protestierte gegen die Knebelung der Gedankenfreiheit, der Versammlungsfreiheit, der Wahlfreiheit, gegen den von der Zentralregierung auf die Beamten ausgeübten Druck. Er warf dem Wojewoden vor, aus den Mitteln der örtlichen Staatshaushaltsgelder einen Bund gemeiner Verbrecher zu besolden, die unter dem Deckmantel des polnischen Patriotismus Räubereien und Morde begingen, er warf ihnen vor, gehässige Zeitungen auszuhalten, welche wahrhafte Schrittmacher des Bürgerkrieges seien, wie z. B. die ›Polska Zachodnia‹ (Das westliche Polen).

»Die Wählerlisten sind gefälscht«, so fuhr Korfanty fort, »die Staatsangestellten, namentlich die Lehrer werden nach den niedrigsten politischen Gesichtspunkten ausgesucht. Eine allgemeine Bestechlichkeit steht in Blüte; man spricht nur von Weingelagen, von politischen Gelderpressungen, von Mißbrauch der Amtsgewalt. Unsere Regierungsbehörden sind aus Dummköpfen und Nichtwissern zusammengesetzt. Und dabei ist Oberschlesien immerhin nicht Asien! Man entehrt hier unser Land, man entehrt Polen!«

Im Anschluß an diese Rede nahm der Sejm mit allen Stimmen gegen eine einzige einen Dringlichkeitsantrag an, in welchem der Wojewode aufgefordert wurde, jede Tätigkeit zugunsten einer Partei in der Wahlzeit zu unterlassen, den Beamten den Mißbrauch ihres Amtes zu verbieten und die Schuldigen zu bestrafen.

Grażyński antwortete damit, daß er die Verbreitung der Rede Korfantys vom 8. Februar 1928 verbot und alle Zeitungen, die sie abdruckten, beschlagnahmen ließ. Der Aufständischenverband aber erließ einen Aufruf, welcher die Beseitigung Korfantys mit folgenden, die ganze Brutalität dieses Verbandes kennzeichnenden Worten forderte:

»Wir müssen diesen Verbrecher aus dem öffentlichen Leben streichen, den Verbrecher, dessen Hände mit dem Blute der Aufständischen befleckt sind, und der für Judas-Silberlinge sich ein ungeheures Vermögen zu der Zeit geschaffen hat, wo der oberschlesische Arbeiter und Bauer die äußerste Not leiden mußten. Es ist Zeit, mit dieser Kanaille in Schlesien ein Ende zu machen, die hinter die Gitter des Gefängnisses gehört. Weg mit diesem Friedensstörer und dem Bundesgenossen des schlesischen Hakatismus!«

Der Wojewode Grażyński ist durch diesen Aufruf mitgekennzeichnet; denn er hat geduldet, daß diese Roheit in einem Regierungsblatte veröffentlicht wurde.

In der Festnummer der Kattowitzer Zeitung ›Polska Zachodnia‹ zum 11. November 1928 schrieb E. Krzemień in einem Aufsatz ›Aus der Umsturzzeit in Schlesien‹ mit deutlicher Spitze gegen Korfanty: »Der Verband der Aufständischen bekämpft aufs schärfste die staatsschädlichen separatistischen Tendenzen, die mit dem Polentum nichts zu tun haben.« Krzemień ging so weit, zu verlangen, daß Korfanty moralisch boykottiert werde, da er immer noch im Dienste der Deutschen stehe und in seiner Zeitung ›Polonia‹ den polnischen Interessen im Auslande durch Veröffentlichung falscher Nachrichten über die Zustände in Schlesien schade.

Im Jahre 1928 wird der politische Konflikt zwischen Korfanty und seinen Gegnern auch in den Verband der polnischen Frauenvereine hineingetragen. Es kommt zur Spaltung dieses Verbandes, welchem 110 Vereine mit 10 000 Mitgliedern angehörten. Die Mehrzahl der Vereine folgt der Abgeordneten Szymkowiak, der Rest der Frau Korfanty.

Beim nächtlichen Wiederlesen wurde Montag es zur Gewißheit: Er hatte die Arbeit über K. begonnen, weil er mit der Biographie K.s die Biographie eines skrupellosen, demagogischen, ehrgeizigen, nationalistischen Politikers schreiben wollte, aber je mehr er sich mit dem Material beschäftigte und je länger er daran schrieb, um so mehr entdeckte er hinter den geschichtlichen Fakten einen Menschen, und er entdeckte seine Sympathie für ihn. Aber die letzten Sätze gingen wohl zu weit. Er strich sie wieder aus. Sie waren ihm auch nicht sachlich genug.

Er ging noch einmal in die Speisekammer und holte sich eine Flasche Einfachbier. Als er sie öffnete, schäumte das Bier hoch, er konnte gerade noch die ausgebreiteten Blätter auf dem Tisch davor retten. Er dachte, während er sich langsam das Glas einfüllte, an die Weckgläser, die er vorhin auf dem Regal gesehn hatte.

Unter den Blättern fand er eine Liste von Wörtern, die er gesammelt hatte, oberschlesische Ausdrücke, *argot*, meist aus dem Wasserpolnischen.

Bieda – Armut, Geldnot
Bloblik – kleiner Junge
Dupa – Arsch; auch dummer, unbeholfener Mensch
duppen, dupsen – ficken
kascheln – auf Glatteis schlittern, rutschen
Karbidka – Grubenlampe, die mit Karbid brennt
Klapidudek – Herr Dingsda, Herr Sowieso
Krupniok – frische Graupenwurst
Labánder – langer, großer Mensch
Lusche – Wasserpfütze
Mohbabe – langsames, träges Mädchen
Potschen, Papuschen – Hausschuhe
Pierunie auch Pierunje – ein eher liebenswürdiger Fluch; richtig aussprechen kann das nur jemand, der in Oberschlesien geboren und aufgewachsen ist.
Pinjunse, Pinunze – Geld
Pitwok – Taschenmesser
Poler – ein Pole
Polack – Schimpfwort für einen Oberschlesier, der polnisch fühlte.
Polackei – verächtlich für das Land Polen
Poschundek – Ordnung

Pressufka – billiger Preßtabak
Skarbnik – Berggeist
Tepschlag – Tölpel
Tuleja – Dummkopf, Trottel
Schur – Mehlsuppe mit gerösteten Zwiebeln, Rauchspeck und Wurst zu gestampften Kartoffeln. Nationalgericht für den Oberschlesier wie für einen Pariser »soupe d'oignon«.
Gruchlik – lauter Mensch, Krachmacher
Metzka, Kaja – Mütze
Frela – Fräulein
staro frela – alte Jungfer
Tschutschmok – ein schüchterner Mensch
Schlimok – ein ungeschickter Mensch
Galoty – Hosen
Kapisder – Hut
Pschinzo, auch Pschintzo – nichts
Strach – Angst, Gespenst
Kapusta – Sauerkraut
Guwno – Scheiße
Pullok, auch Tschul, Tschulik – Schwanz, Penis
pullen, sechen – urinieren
Ujek – Onkel
Kartotschki – Kartoffeln
Klacken – gelbe Rübe
Kapudrok – Jackett
Salonik – Sonntagsanzug
Hadra – Lappen, Lumpen
Haderlok – Lumpensammler

Das hatte er schon vor ein paar Jahren aufgeschrieben. Er dachte daran, sich künftig systematischer damit zu beschäftigen. Er mußte lächeln über das Wort Tuleja. Das gefiel ihm besonders. Er sagte es noch einmal laut vor sich hin: Tuleja. Er schrieb es noch einmal auf: TULEJA. Er dachte, man müßte ein Gedicht machen oder ein Buch schreiben, nur um dieses eine Wort darin zu verstecken.

Montag legte den Federhalter aus der Hand und lehnte sich, durchatmend, in seinem Stuhl zurück. Die beschriebenen Blätter, eben noch ganz nah vor seiner Brille, waren jetzt auf einmal von ihm weggerückt, und je länger er sie aus dieser Entfernung betrachtete, um so fremder kamen sie ihm vor, als lägen sie schon lange auf dem Küchentisch, unberührt.

Seit Tagen, vielleicht schon seit Wochen spürte er diesen wachsenden Prozeß der Distanzierung. Seine eigenen Sätze, erst einmal niedergeschrieben, entfernten sich von ihm, kamen ihm ganz unpersönlich vor, er las sie wieder und wieder und er mußte lange in sich hineinhorchen, um sie an ihrem Echo als seine eigenen zu erkennen. Manchmal las er das, was er aufgeschrieben hatte, nicht noch einmal durch, das Interesse verschwand, kaum hatte er einen Punkt gesetzt und eine neue Seite angefangen.

Aber nicht nur die Sätze, auch die Dinge entfernten sich von ihm. Wenn er nach dem Rasierpinsel griff, der vor dem Spiegel auf der Konsole lag, mußte er ein, zwei Schritte weitergehen, bis er ihn anfassen konnte. Manchmal tappte er zweimal, auch dreimal nach dem Lichtschalter, es schien ihm, als würde in der Dunkelheit die Wand vor ihm zurückweichen. Wollte er in die Speisekammer gehen, um sich etwas zum Essen zu machen, brauchte es manchmal mehrere Anläufe. Ein Knopf, der ihm aus den Händen fiel und unters Vertiko rollte, erschien auf einmal so weit, daß er sich gar nicht erst danach bückte.

Auch K. rückte weiter weg.

Schloß er die Augen, gelang es ihm nicht mehr wie früher, K. in eine bestimmte Situation – die er gerade beschreiben wollte – hineinzustellen. Es war jetzt zuviel Dunkelheit um K., und nicht immer waren seine Umrisse in dieser Dunkelheit noch auszumachen.

Er begann sich auf einmal weniger für K.s Triumphe,

kaum noch für dessen Niederlagen zu interessieren, sondern mehr für Randepisoden. Er hätte zum Beispiel gern gewußt: Was für Bücher las K.? Hörte er gern Musik und welche? Von Sanicki hatte er erfahren, daß er besonders die Ouvertüre zu ›Ruslan und Ludmilla‹ von Glinka liebte. Keiner hat ihn jemals betrunken gesehn? Die »Weibergelage« im Hotel Lomnitz in Beuthen (während der Plebiszit-Vorbereitungen) waren Erfindungen der Kampfpresse, hauptsächlich des deutschsprachigen Witzblattes ›Der Pieron‹. War er photoscheu? Im Verhältnis zu seinem Bekanntheits- und Popularitätsgrad gab es nur wenige Photos von ihm.

Er hätte gern gewußt, was aus jenem Walerus geworden war, den die rebellischen polnischen Offiziere (während des dritten Aufstands) beauftragt hatten, K. zu verhaften. Als K. davon erfuhr, war er nämlich Walerus entgegengefahren und hatte ihn in einem persönlichen Gespräch von seinem Vorhaben abgebracht. Walerus verhaftete K. nicht, im Gegenteil, er und seine Leute brachen am Ende in Hochrufe auf K. aus. (Und K. sorgte später dafür, daß Walerus die einträgliche Schanklizenz für die Bahnhofswirtschaft in Kattowitz erhielt.)

Wosniak hatte ihm eine Aufzeichnung des Richters S., der vor dem Ersten Weltkrieg Zivilprozeßrichter in Kattowitz gewesen war, zugänglich gemacht, dort las er folgendes:

Zu meinem Dezernat gehörten u. a. die Beklagten mit dem Anfangsbuchstaben K. So ist Korfanty wiederholt als Beklagter vor meinem Forum erschienen. Es ging um kleine Schuldenfälle. Er wurde auch regelmäßig verurteilt, nur in einem Falle siegte er, weil der Prozeß auf seinen Parteieid hin entschieden werden mußte. Der Fall lag so: Korfanty, der Redakteur (und ich glaube auch Mitbesitzer mehrer Zeitungen) war, hatte einem armen polnisch-jüdischen Studenten aus Krakau die Übersetzung (ins Polnische) eines Kolportage-Romans ›Die Liebe der Negerin‹ gegen ein Honorar von 20 Mk. übertragen. Der Student hatte die Übersetzung abgeliefert und behauptet, das Geld nicht empfangen zu haben, während Korfanty, der persönlich erschienen war, Zahlung einwendete. Der Student bestritt entschieden, je einen Pfennig erhalten zu haben. Auf mein Befragen mußte Korfanty zugeben, daß er keine Quittung über die gezahlten 20 Mk. besitze. Der habe aus Vertrauensseligkeit auf diese verzichtet. Da er die Zahlung anderweit nicht beweisen konnte, belehrte ich ihn pflichtgemäß, daß er dem Studenten den Eid über den Nicht-Empfang des Geldes zuschieben könne. Das tat er darauf. Nun gehörte aber der Student zu jenen frommen Juden, welche es für eine Sünde halten, einen Eid zu leisten. Er schob daher den Eid an Korfanty zurück, und dieser leistete ihn in folgender Fassung: »Ich schwöre bei Gott dem Allmächtigen und Allwissenden: ich habe für ›Die Liebe der Negerin‹ 20 Mk. bezahlt, so wahr mir Gott helfe.« Ich konnte mich des Gefühls nicht erwehren, daß Korfanty die Unwahrheit beschworen hatte, aber das geltende Prozeßrecht gab mir keine Handhabe, meine richterliche Überzeugung irgendwie bei dem Urteilsspruch zu verwerten. Der Eid schuf einen unwiderleglichen Tatbestand. Also mußte ich den Kläger mit seiner Klage abweisen.

Bei der Untersuchung der Rolle von Nowina-Doliwa, dem polnischen Militärbefehlshaber beim dritten Aufstand, zu dem K. in heftiger Opposition stand, bekam er heraus, daß sich hinter diesem so seltsam klingenden Namen (deutsch: Neuigkeit) niemand anders als der Graf Matthias Mielżiński verbarg, der am Aufstand in Posen beteiligt war und zu jenen großpolnischen Aristokraten gehörte, die Paderewski im Hotel Bazar empfingen und damit den Grundstein für die neue polnische Republik legten. Ein Jahr vor dem Krieg war der Graf in einem Sensationsprozeß zu einer langjährigen Freiheitsstrafe verurteilt worden, weil er seine Frau, eine geborene Gräfin Potocka, und seinen Neffen erschossen hatte, die er bei einem Ehebruch ertappt hatte.

Ihn interessierten jetzt nicht die historisch bedeutsamen Querelen zwischen Nowina-Doliwa und K., zwischen dem militärischen und dem zivilen Führer im östlichen Oberschlesien zur Abstimmungszeit – sondern dieses eine grelle Schlaglicht, das mit der Tat des Grafen auf das Bild einer bestimmten Vorkriegsgesellschaft geworfen wurde. Montag erinnerte sich daran, denn er war damals junger Referendar in Lauban gewesen. Der Prozeß ging durch alle Zeitungen und wurde in den Amtszimmern wie in den Caféhäusern und auf den Straßen lebhaft diskutiert. Von K. hatte er damals noch nichts gewußt.

Er verlor sich jetzt gern in Einzelheiten und in Nebensächlichem.

Eine Rede von K., mit der er bei seinen Wahlversammlungen 1903 durch die oberschlesischen Städte und Dörfer zog (er war damals auf Anhieb als erster nationalpolnischer Abgeordneter in den preußischen Landtag gewählt worden), fing so an: »Gelobt sei Jesus Christus! Mit diesem Gruß unserer Väter auf den Lippen kommen wir zu euch, liebe Brüder und Schwestern, um zusammen mit euch in die Reihe der Kämpfer um unsere teuersten Schätze einzutreten, für Glauben und Volkstum!« Montag hatte diese Rede in einer alten Nummer des ›Polak‹ gefunden, und der erste Satz hatte ihm so gefallen, daß er ihn mehrfach las – und ihn gleich auswendig sagen konnte. Ein Satz, der mehr über K.s Psychologie, seine Intelligenz, sein politisches Bewußtsein, seine demagogischen Fähigkeiten verriet als manche spätere, oft nachgedruckte Sejm-Rede.

Montag ging zum Fenster und lüpfte den Vorhang. Das Haus der Pionteks war noch dunkel, sie schienen von der Hochzeitsfeier noch nicht zurückgekommen zu sein. Er holte aus der Speisekammer zwei hohe Weckgläser, stellte sie auf den Tisch, wobei sie klirrten, rollte von seinem Manuskriptberg ein paar Blätter zusammen und stopfte sie in das eine Glas hinein. Er legte den Deckel drauf. Montags Hand lag ruhig auf dem Tisch. Er zögerte noch. Vielleicht sollte er die Nachrichten abwarten. Aber das, wozu er sich entschlossen hatte, hatte mit der politischen Situation, wie sie sich zu dieser Stunde zeigen mochte, nichts mehr zu tun. Es war *seine* Situation. Seine ganz private.

Sorgfältig rollte er die Blätter der ersten Mappe zusammen und stopfte sie in das Weckglas, auf die gleiche Weise verfuhr er mit der zweiten Mappe. Die Blätter des elften Kapitels, an dem er gerade arbeitete, ließ er draußen. Er holte zwei Gummiringe und legte sie in die Rillen, dann drückte er die Deckel darauf und spannte sie mit den Blechklammern fest. Nicht einmal Luft würde in die Gläser eindringen, so fest hatte er sie verschlossen.

Mit beiden Weckgläsern im Arm ging er zur Tür. Er löschte überall das Licht. Draußen vergewisserte er sich, ob es bei Pionteks noch ruhig war. Er blieb in der Tür stehen und wartete, bis sich die Konturen deutlich abzeichneten. Die Luft war grauschwarz und jetzt schon etwas pelzig. Er ließ die Tür halboffen und ging nach hinten zu den Stachelbeersträuchern, dort setzte er erst einmal die Weckgläser auf den Boden, seine Augen hatten sich an die Dunkelheit gewöhnt. Er ging sicheren Schrittes zum Schuppen, der sich genau in der Mitte zwischen dem Gartenhaus und Pionteks Haus befand, am Drahtzaun, und holte einen Spaten. Zwischen den Stachelbeersträuchern begann er zu graben. Er dachte an die Kinder, die heute morgen vor seinem Fenster einen toten Vogel begraben und dazu erfundene Jammer-Litaneien deklamiert hatten. Auch er hätte jetzt, während er die Gläser in das aufgeschaufelte Loch versenkte, eine Klagelitanei singen können. Irgendwie belustigte es ihn, daß er, der Landgerichtsrat i. R. oder besser a. D., in seinem eignen Garten, unter den Stachelbeersträuchern, ein Manuskript vergrub, Fragmente zu einer Biographie, die ohnehin niemand haben wollte.

Er schüttete die locker aufgeworfene Erde über die Gläser und trat sie mit den Schuhen fest, dabei machte er das Kreuzzeichen, ganz rasch und beinahe verstohlen.

Niemand konnte ihn sehen und doch hatte er es heimlich getan. Er trampelte auf der Erde herum, die Hosen verfingen sich in den stachligen Zweigen der Sträucher, an den Schuhen klebte die Erde. Eine plötzliche, euphorische Heiterkeit überkam ihn, er hätte am liebsten noch lange die Erde gestampft, weil das Stampfen für ihn schon längst keine bloße Verrichtung mehr war. Er hätte vielleicht sogar ein Lied gepfiffen, aber er konnte nicht pfeifen, er hatte es nie in seinem Leben gekonnt und war als Junge deswegen von seinen Freunden gehänselt worden. Wie er die Lippen auch spitzte, es kam mehr ein Zischen als ein Pfeifen heraus. Er schlurfte zum Gartenhaus zurück, zog die Schuhe schon draußen aus und stellte sie im Flur neben die Tür. Angekleidet wie er war, legte er sich auf sein Bett. Er war noch nicht müde genug, um einzuschlafen, aber er hatte auch keine Lust mehr, etwas zu lesen. Auf dem Nachttisch lag aufgeschlagen: Bergengruen: ›Der Großtyrann und das Gericht‹.

Montag spürte jetzt die Luft schwer und stickig in seinem Raum, er war an den Rosen vorbeigekommen und hatte etwas von ihrem Duft in seinen Kleidern mitgebracht. Er dachte an Myslowitz, wo er aufgewachsen war, an die Mädchen in weißen Kleidern und die Knaben in schwarzen Anzügen, wie sie dem Brautpaar auf dem Weg vor der Kirche vorausgingen und aus kleinen Körben einen Blütenteppich streuten. Einmal war er mit ihnen gegangen, er hatte sich dafür den größten Korb besorgt und ihn überladen mit Rosenblättern, und manchmal, unterwegs, hatte er seinen Kopf tief hineingesteckt in die Blätter, und der Duft war in ihm hochgestiegen und hatte ihn fast taumeln gemacht – bis jemand zu ihm kam und ihm sagte, du hast hier nichts zu suchen, du weißt doch gar nicht, wie man ein Kreuzzeichen macht, und ihm den Korb aus der Hand nahm. Und er hatte das Kreuzzeichen gemacht, dreimal hintereinander, von links nach rechts, und schließlich den Korb wiederbekommen. Ich bin jetzt schon zu alt dafür, hatte er im nächsten Jahr zu seiner

Mutter gesagt, die ihn zu Fronleichnam schicken wollte. Er war ohne Korb gegangen und hatte den andern nur von weitem zugesehn.

Der Großvater hatte den Grund gewußt. Das ist nichts für dich! Das ist etwas für die andern. Und als eines Tages alle außer Haus waren, hatte er ihm gezeigt, wie man den weißen, seidenen Schal um den Hals legt und die schwarzen Riemen um den Arm schnürt, und er hatte ihm vorgemacht, wie man aus einer Seidenrolle singend etwas abliest und dabei den Oberkörper hin und her wiegt. Zuerst hatte er gelacht, aber als der Großvater nicht aufhörte damit und er in seinen Augen entdeckte, daß er mit dem Singen und dem Schaukeln in eine andere Welt geriet, wurde er ganz still. Er hatte ihm schweigend zugesehen. Anfangs hatte er nichts von dem behalten, was ihm der Großvater damals vorgesungen hatte, erst später, bei einer anderen Gelegenheit, war ihm eine Zeile in Erinnerung geblieben, *Schma Jissrael Adonai elohejnu Adonai echad* oder jedenfalls so ähnlich, es war das einzige, was er behalten hatte, aber er wußte nicht, was diese Zeile aussagte, er hatte sie behalten, wie man eine Melodie behält, die Noten, nicht die Wörter, und diese Melodie hatte ihm gefallen, er konnte die Zeile auch jetzt noch singen: *Schma Jissrael Adonai elohejnu Adonai echad.*

Montag ertappte sich gerade in der letzten Zeit häufiger dabei, wie er sich mehr und mehr an seine Kindheitsjahre erinnerte. Er lag manchmal da, starrte auf die weiße Decke und sah sich selbst als Kind von drei, vier Jahren: Hühner waren um ihn herum und pickten aus seiner Hand; er sah ein hellerleuchtetes Schloß in einem dunklen Wald, vor dem er zusammen mit seinen Eltern stand; er sah sich selbst neben einem jungen, weißen Zicklein; er sah sich in einem Clownskostüm, mit einer spitzen Mütze auf dem Kopf, unter einem blühenden Apfelbaum. Diese Bilder waren von einer eigentümlichen Starre, sie bewegten sich nicht, sie hatten keine Fortsetzung, keine Geschichte, sie waren nur Abbilder, so als käme ihm da nicht seine Kindheit in Erinnerung, sondern Photos aus dieser Kindheit, die er später wiedergesehen haben mußte. Er erinnerte sich daran, weil er sich schon früher daran erinnert hatte. Die Bilder der Erinnerung bewegten sich erst, als er in Breslau und dort in der Schule war.

Jetzt, wo er sich die kleine Stadt vorstellen wollte, in der er geboren wurde und die ersten vier Jahre verbracht hatte, war es immer nur die Postkarte mit dem Stadtpanorama, die sein Vater einmal von seinem Bruder geschickt bekam und die lange auf der Kommode an einem Zinnkrug gelehnt hatte. Es muß wohl in dieser Stadt gewesen sein, als ihn der Großvater zusammen mit der Ziege in den dunklen Keller gesperrt und ihm eingeschärft hatte, dort unten ruhig zu bleiben und darauf zu achten, daß das Tier keine Geräusche mache, wenn die Soldaten kämen. Er hatte lange mit der Ziege im Dunklen zugebracht, und als dann die Soldaten im Haus lärmten, hatte er sich auf die Ziege gelegt, damit man ihr Meckern nicht hörte. So wurde das Tier gerettet, aber er brachte den Geruch nicht mehr aus seinen Kleidern heraus, so oft sie auch gewaschen wurden. War das tatsächlich in dieser Stadt geschehen oder hatte er das nur in Erinnerung behalten, weil Großvater ihm davon erzählt hatte?

Auf der Postkarte war der Marktplatz des Städtchens zu sehen gewesen, das Stadthaus, zwei Kirchen, ein Brunnen. Er hätte – jetzt – gern gewußt, ob es dort auch eine Synagoge gegeben hat. An die Judenschule erinnerte er sich noch; einmal hatte ihn der Großvater mitgenommen, es waren viele Kinder dort, größer als er, sie waren über Bücher gebeugt und lasen laut etwas ab, andere redeten miteinander in einer fremden, ihm ganz unverständlichen Sprache, die eher wie ein etwas komplizierter Sing-Sang sich anhörte. Als sein Vater davon erfuhr, gab es eine heftige Auseinandersetzung zwischen ihnen, und er durfte nicht mehr dorthin gehen.

Aber vielleicht waren das alles nur Bilder, die er sich aus späteren Erzählungen zusammengesetzt hatte.

Es ist eine ganz andere Stadt, die jetzt auf ihn zukommt, andere Straßen, andere Menschen, oder ist es ein Traum, der den alten Montag auf seinem Bett überfällt . . . Es ist eine Kirche, in die er, zusammen mit andern, hineinströmt, und sich einreiht unter jene, die in einem Seitenschiff vor einer Bildtafel knien und Gebete flüstern, und der Priester in einem leuchtend-weißen Gewand, erhebt laut seine Stimme: *Und Jesus fällt zum dritten Mal unter dem Kreuze,* die andern wiederholen es, leiser, auch er spricht es nach, erst jetzt merkt er, es ist eine andere Sprache als die gewohnte, und er hat noch etwas Mühe damit.

Als sich seine Augen an das Dämmerlicht der Kirche gewöhnen und er den Betern ins Gesicht blickt, da kommt es ihm vor, als habe er sie alle irgendwo schon einmal gesehn, und wirklich, diese Frau da vorn, die neben der Säule kniet, ist das nicht die Hanna Dombrowska aus Trynnek und daneben der Wladi Waroschek, der Schnapshändler aus der Hüttenstraße, und da, der Einarmige, ist das nicht der Invalide Meier aus der Huldschinsky-Siedlung, der zusammen mit seiner Frau von Haus zu Haus für den DRITTEN ORDEN geworben hat, und Herr Fensterkreuz, der Bibliothekar der Stadtbücherei, den sie schon 33 entlassen haben, und da, die Lustigs, die ganze Familie, mit fünf Töchtern und zwei Söhnen, die jedes Jahr im Waldschlößchen die schönsten Kinderfeste veranstaltet haben, und Herr Kosinski, der sich 1932 bei der Wahl für die Kommunisten hatte aufstellen lassen, aber nicht durchgekommen war. Und da vorn, das könnte der Pfarrer Nemeczek sein, bei dem er einige Male zur Beichte gegangen war, den sie eines Tages abgeholt haben, das ist kaum zwei Jahre her, sie haben ihn eingesperrt, weil er irgend jemand versteckt haben soll, aber die Kirche hat ihn dann doch herausgekriegt aus den Fingern der Gestapo und hat ihn über die Grenze abgeschoben nach Polen, das erzählte man sich jedenfalls damals. Es waren alles Gesichter, die in den letzten Jahren aus seinem Blickfeld entschwunden waren, von einigen hatte er gehört, sie seien zu Verwandten nach Polen gezogen, von anderen, sie seien ausgewandert, weit weg, nach Palästina oder in die Vereinigten Staaten von Nordamerika.

Montag lag auf seinem Bett. Er hatte einen Zustand erreicht, in dem er selbst nicht mehr beantworten konnte, was Traum, was Erinnerung, was eine gedachte oder imaginierte Wirklichkeit war. Er war allein und keinem Rechenschaft schuldig.

Montag dachte daran, wie schon ein- oder zweimal vorher, ebenfalls über die Grenze zu gehen, nach Kattowitz, wo er bestimmt noch irgend jemand aus seiner Verwandtschaft auffinden müßte. Er wußte, daß er dazu nicht mehr allzuviel Zeit haben würde. Noch sind sie nicht zu ihm gekommen! Ja, er kannte ein paar Wege über die Grenze, bei Sosnitza zum Beispiel, das sie jetzt Öhringen nannten, an der Klodnitz entlang, oder durch die dichten großen Wälder hinter Rauden, oder bei der Scharley-Grube. Er könnte auch, einfacher, mit der Straßenbahn bis nach Beuthen fahren ... Am besten wäre es vielleicht, mit der Eisenbahn zu fahren, mit einem Koffer im Gepäcknetz, Mantel und Hut auf den Knien, und einen Rosenkranz in den Händen, so wie man eben nach Polen fährt ...

Und Jesus stirbt am Kreuze ruft der Priester, und das Scharren der Gläubigen, die zur nächsten Kreuzwegstation hinüberwechseln, ist so laut, daß sich Montag die Ohren zuhalten möchte – dabei war es das Geräusch eines heranfahrenden Autos.

Montag stand auf und knipste das Licht in seinem Zimmer aus, und mit dieser Bewegung wischte er zugleich auch die Gesichter weg und die Erinnerung. Stimmen waren von draußen zu hören und Lachen, eine Autotür schlug zu, wieder Stimmen und Rufe. Es waren die Pionteks. Auf einmal, ganz in seiner Nähe, ein platschendes Geräusch und ein Stöhnen, als ob jemand seine Notdurft im Garten verrichtete. Montag lauschte angestrengt nach draußen, einen Moment dachte er daran, vor die Tür zu gehen und nachzusehen, wer das war; er tat es nicht. Nicht weil er Angst hatte, nein, das war es nicht, Angst hätte er in diesem Augenblick sogar in der Ordnung gefunden, es war etwas anderes: Es war einfach Gleichgültigkeit. Es interessierte ihn auf einmal nicht mehr, was da draußen vorging, er spürte keine Lust darauf, zu erfahren, was sich da außerhalb seines Hauses ereignete, im Garten, in der Nacht, im Vorderhaus, auf den Straßen, in der Stadt. Er hatte seine beschriebenen Blätter vergraben. Jetzt war um ihn nur noch das, was wirklich um ihn war.

Er nahm die Geräusche an. Aber nicht mehr. Dies hier war jetzt seine Welt und sie war hier drin, in diesem Gartenhaus, das er ausgewählt hatte, auf fünfzig Quadratmetern.

K. war tot. Das Manuskript versteckt. Die Arbeit der letzten Jahre verwahrt und vergraben. Seine Ideen eingeschlossen. Und woran er immer dachte, an seine Tochter: sie war in Sicherheit.

Er beschloß, das Haus nicht mehr zu verlassen.

Er wollte es jedenfalls probieren. Ihm fiel auf, daß er seit heute nachmittag nicht mehr zum Detektor gegangen war, um Nachrichten zu hören, er hatte es vergessen, aber vielleicht war es mehr als Vergeßlichkeit gewesen. Vielleicht war es nur die Furcht, zu hören, was er nicht hören wollte, was sich ihm aber, seitdem er die Soldaten in Richtung Plesser Straße wegziehen sah, immer stärker aufdrängte. Jedenfalls glaubte er sich schon auf dem richtigen Wege, zu nichts anderem als zu sich selbst unterwegs zu sein.

Noch gestern hätte er sich nicht vorstellen können, ohne seine Zeitungen zu leben, aber jetzt, nachdem er das Manuskript vergraben hatte, wußte er, es würde ihm nichts mehr ausmachen.

Er stand auf, klappte alle Bücher, die offen herumlagen zusammen und stellte sie ordnungsgemäß in die Regale. Er rückte den Tisch zur Seite, verschob das Vertiko mehr an die Nordwand, ordnete die Stühle so, daß er jetzt damit einen breiten und langen Gang durch das Zimmer gewann, und wenn er die Tür zum Flur öffnete, verlängerte er ihn noch um ein paar Schritte. Er könnte seine Spaziergänge jetzt auch im Haus machen.

Montag atmete tief die Luft ein, er schnaufte, das Licht wurde langsam dünner, eine schwarze körnige Finsternis kam auf ihn zu; wenn er sich nicht am Tisch festgehalten und darübergelegt hätte, wäre er nach vorn auf den Boden gestürzt.

Als das Licht zurückflutete, tröstete er sich damit, daß es nur ein kurzer Schwächeanfall gewesen war. Er hätte ihn gleich vergessen, wenn ihn nicht das Zucken des Augenlids in beinahe regelmäßigen Abständen noch eine Weile daran erinnert hätte. Vielleicht hatte er vorhin bei der Hochzeitsfeier doch etwas zuviel getrunken, jedenfalls mehr als sein alter Körper vertragen konnte; vielleicht hatte er im Garten zu rasch gegraben; vielleicht hatte ihn das Rücken der Möbel zu sehr angestrengt. Er schob das jedenfalls allein auf seinen Körper, der versagt hatte. Sein Verstand hatte dabei nicht eine Sekunde ausgesetzt. Das beruhigte ihn – vor allem für das, was noch kommen würde.

Montag war schon in Schlaf versunken, als das Geräusch einer zuklappenden Autotür und das Aufheulen eines Motors, der sich mehr und mehr entfernte, in seinen Traum hineinfuhr.

25

Als Josel in den Saal eintrat, schlug ihm die Luft wie heißer Dampf entgegen, er sah die Leute am Tisch sitzen, wie sie mit großen Gebärden aufeinander einredeten, und weiter hinten, wie hinter einem Schleier, die Tänzer zu den Takten der Musik hin und her stampfen. Josel hatte auf einmal Lust zu tanzen, eine solche Lust, wie er sie den ganzen Abend noch nicht gespürt hatte. Und noch ehe er zu Mamuscha hinüberging, suchte er nach Ulla, mit der er den nächsten Tanz probieren wollte. Er kam an dem Mann vorbei, der vorhin Viertelzwölf gesagt hatte und danach umgefallen war, er hing immer noch reglos auf seinem Stuhl, und keiner kümmerte sich um ihn. Josel sagte laut: Dreiviertelzwölf, als ob das ebenso ein Zauberwort wäre wie Viertelzwölf, aber der Mensch rührte sich nicht. Josel entdeckte, daß sie den Mann mit seinen Hosenträgern an den Stuhl gebunden hatten, damit er nicht herunterfallen konnte.

Der Mann stank, er stank so sehr, daß Josel, ihn ansehend, sich mehr und mehr vor ihm ekelte, er stank nach Schnaps, nach Bier, nach Tabak, nach Urin, und zu seinen Füßen hatte sich eine Pfütze gebildet. Josel war allein mit ihm, hier in der Ecke, er nahm ein Glas vom Tisch und stellte sich so hin, daß die andern, wenn sie herblickten, nur seinen Rücken sehen konnten, er hob das Glas und schüttete dem Mann den Schnaps ins Gesicht, und mit einer ihm selbst unbekannten Befriedigung sah er zu, wie der Schnaps das Gesicht herunterlief, über die geschlossenen Augenlider, die Nase, am Mund vorbei bis zum Kinn. Josel ging langsam rückwärts, er sah dem Mann ins grobporige Gesicht, sah den Schnaps heruntertropfen vom Kinn auf den Hals, auf den Hemdkragen, und er fragte sich, ob er das auch getan hätte, wenn er ihm bekannt gewesen wäre ...

Die Musik hörte auf, und die meisten Tanzpaare gingen zu ihren Plätzen zurück. Nur ein paar Unentwegte blieben gleich auf der Tanzfläche stehen, sie ließen die Arme herunterhängen und warteten auf den nächsten Einsatz. Onkel Wondrak hatte einen bunten Papierhut aufgesetzt, er zog Mamuscha hinter sich her, und lachend fielen sie beide auf die Stühle.

Mamuscha, sagte Josel, er fühlte immer noch eine leise Erregung in sich, die auch seiner Stimme anzuhören war, ich muß dir was sagen!

Valeska richtete sich auf, sie ließ die Hand von Willi

Wondrak los, und drückte sich ihr festes Haarnest am Hinterkopf zurecht, wie üblich, wenn sie verlegen war.

Zum ersten Mal an diesem Abend hatte sie an nichts anderes gedacht, als an das, was sich gerade ereignete: wie der Feldwebel auf sie zukam und auf sie einredete und sie geradezu aufs Tanzparkett zerrte; wie sie ihrem Bruder Willi Wondrak hinterm Rücken des Feldwebels Zeichen machte; wie er endlich begriff und sie beim Tanz abklatschte; wie sie schließlich mit ihrem Bruder weiter tanzte, so lange, bis das Musikstück zu Ende war; und wie es ihr gefallen hatte, von ihm festgehalten und im Kreis gedreht zu werden, daß sie gar nicht an ein Ende dachte; und wie sie sich beide ansahen und in ein Lachen darüber ausbrachen, daß sie den Feldwebel losgeworden waren.

Komm, Josel, setz dich zu uns, sagte Valeska, deren Gesicht glühte. Verzeih, sagte sie, aber dein Onkel Willi Wondrak hat mich soeben vor dem Feldwebel gerettet ... Sie fächelte sich Luft zu mit dem Taschentuch. Daß ich auf meine alten Tage ...

Mamuscha, sagte Josel eindringlich, es wird Krieg geben, der General hat es mir gesagt.

Valeska fühlte mit beiden Händen nach ihren Schläfen. Dahinter klopfte es. Junge, sagte sie, du hast zuviel getrunken.

Aber wenn es doch der Herr General und Major gesagt hat, beharrte Josel.

Ja, natürlich wird es Krieg geben, mischte sich Onkel Wondrak mit sanft zuredender Stimme ein, Generale und ... wie sagst du? Majore, also, die müssen so etwas behaupten, es ist ihr Beruf ... Er wechselte seine Stimme: Geht es dir besser, Valeska? Was machen wir nur mit dem Feldwebel? Der ist voll, kanonenvoll, total besoffen, auf den müssen wir aufpassen. Der darf nicht mit dem Auto nach Haus fahren. Wenn sie den kriegen, kommt der nicht mehr zum Krieg zurecht ...

Und wieder zu Josel: Das ist doch alles Propaganda,

klar. Laß uns den Landgerichtsrat befragen, der liest vier deutsche und drei polnische Zeitungen, na ja, heute darf man das beinahe nicht mehr laut sagen (er sah sich um), aber der weiß als einziger unter uns Bescheid, glaub es mir, Josel.

Oh, sagte Valeska, es ist spät, es geht schon auf Mitternacht zu. Wir sollten langsam nach Haus. Die Jüngsten jedenfalls – sie sah auf Josel – und die Ältesten! Dabei schlug sie sich mit der flachen Hand auf die Brust.

Josel gab es auf. Es würde ihm ja doch niemand glauben, daß er mit einem richtigen General gesprochen hatte, gerade jetzt, vor einigen Minuten, dabei könnte Andreas, wenn er nur da wäre, das sogleich bestätigen. Und es ging nicht um irgendeinen General und um irgendeinen Krieg, sondern es ging um den General, der hier im Haus Oberschlesien einquartiert war und über die Soldaten von Gleiwitz befehligte, und es ging um den Krieg gegen Polen. Aber er wollte aufhören damit, denn sogar Onkel Wondrak, der ihn sonst immer wie einen Erwachsenen behandelte, legte jene reibende Sanftmut in die Stimme, die er sonst nur für seine schwerfälligen Klienten parat hatte. Und Mamuscha würde es vielleicht wahrmachen und mit ihm nach Haus fahren, ohne daß er ein einziges Mal mit Ulla getanzt hatte.

Es wird Zeit, daß wir uns um Papusch kümmern, sagte Valeska. Sie war immer noch ganz außer Atem.

Pschinzo, sagte Josel, ich habe heute abend nicht ein einziges Mal getanzt. Ich möchte wenigstens einmal tanzen, bitte, Mamuscha.

Die beiden ließen ihn gehn, nicht ohne ihm vorher eingeschärft zu haben, kurz nach Mitternacht wieder zurück zu sein, und zwar zusammen mit Ulla und Andreas. Valeska überlegte, wie sie an die Autoschlüssel des Feldwebels herankommen konnte. Es mußte auf jeden Fall verhindert werden, daß er mit dem Auto wegfuhr. Am besten wäre es, ihr Bruder Willi würde das übernehmen und zu allererst den Feldwebel und die Kinder nach Hause fahren.

Dann könnte er ja mit dem Auto die andern abholen, sie würden sich dabei sogar das Taxi sparen. Willi war der einzige, der mit einem Auto umzugehen verstand. Er hatte sich, nachdem er den spektakulären Prozeß der Poppitzer Bauern gegen Schaffgotsch in zweiter Instanz verloren hatte, einen gebrauchten schnellen BMW 328 in Oppeln gekauft (er sagte, damit ich meine Klienten auf dem Land schneller erreichen kann, aber in der Stadt wollten die Gerüchte nicht verstummen, daß er hohe Schmiergelder von Schaffgotsch bekommen habe, denn dieses Land hatten nur wenig später die Wasserwerke zum vierzigfachen Preis gekauft!) und war damit an den Wochenenden nach Krakau oder Breslau gefahren, an Feiertagen auch mal nach Marienbad oder Prag. Aber seitdem die Soldaten in Gleiwitz waren, hatte er ihn in einem Holzschuppen aufgebockt und die Räder abmontiert. Dem Kreisleiter, der sich schon ein paarmal nach dem Wagen erkundigt hatte, ließ er mitteilen, der Motor sei kaputtgegangen.

Josel suchte nach Ulla. Er kam dabei wieder an dem Betrunkenen vorbei, dem man inzwischen eine brennende Zigarette zwischen die Finger gesteckt hatte. Der Rauch kräuselte nach oben. Der Schnaps auf dem Gesicht war getrocknet, es glänzte jetzt wie eine Mondscheibe.

Josel dachte daran, vielleicht mit Hedel Zock zu tanzen, die zwar nicht viel älter war als er, höchstens drei Jahre, aber seitdem er ihr beim Schulsportfest gegen das Schienbein getreten hatte, wollte sie mit ihm nichts mehr zu tun haben. Außerdem war sie in diesem Moment gerade mit dem dünnen Michalek unterwegs. Und neben den beiden, tatsächlich, sah er Ulla mit Andreas tanzen, sie drehten sich beide im Kreis, dem Takt der Musik angepaßt, aber mit anderen Schritten, es war, als bewegten sie sich nach einer ganz anderen, nur für sie selbst hörbaren Melodie. Sie hatten ihre Gesichter ganz nahe zueinandergebracht und schienen nichts mehr von dem, was um sie herum vorging, zu bemerken.

Er entdeckte Hanna Borowtschik im Gespräch mit dem

Kaplan Mikas, er wußte, es würde vielleicht komisch aussehen, wenn er Hanna zum Tanz aufforderte, aber warum sollte er es nicht tun, sie würde ihm wahrscheinlich ein Leben lang dankbar dafür sein, daß er sie auf schickliche Weise dem Kaplan entführte, und er könnte beweisen, daß er keine Angst vor ihr hatte. Die Borowtschiks waren nämlich erst vor einem Jahr aus dem Gebiet von Kattowitz hergekommen. Man erzählte sich, der Vater soll sich bei einem Streik der polnischen Bergleute auf deren Seite geschlagen haben – außerdem hatte er mehrfach für den Anschluß von Ostoberschlesien an das deutsche Reich agitiert. Jedenfalls wurde er ausgewiesen. Die Borowtschiks zogen in die Strachwitzstraße und kurz darauf nannten sie sich Baron (auf der ersten Silbe betont), das war die Zeit, in der die Leute anfingen, ihre Namen zu ändern. Wenn der Bergbauingenieur Baron auch niemals in einer Parteiuniform gesehen wurde, so hielt sich doch das Gerücht, er sei ein Goldfasan. So wurde die Familie von allen gemieden, auch der Hanna, die das Lyzeum in der Teuchertstraße besuchte, gingen die gleichaltrigen Mädchen oder Jungens aus dem Wege. Erst als der Bergbauingenieur in der Wandzeitung der »Gleiwitzer Grube« gerügt wurde, weil er sich bei einer Betriebsversammlung angeblich für die deutsch-polnische Versöhnung ausgesprochen hatte, merkten die Leute im Trinnek-Bezirk, daß sie einer falschen Information aufgesessen waren. Valeska Piontek war die erste, die Frau Baron einlud, und sie zeigte sich hinterher bei den Nachbarn von ihr entzückt. Ach sie ist ja so *tollerant*, sagte sie immer und überall, denn tolerant war ein Modewort, und jeder, der etwas auf sich hielt, war *tollerant*.

Josel dachte, wenn ich mit der Hanna tanze, könnte ich Ulla ärgern, na, wenn nicht ärgern, dann doch wenigstens darauf aufmerksam machen, daß es hier in diesem Bezirk noch andere hübsche Mädchen gibt außer ihr. Er ging also auf Hanna zu und machte eine etwas übertrieben wirkende Verbeugung und sagte mit eingelernter

Tanzstunden-Betonung: Darf ich bitten, Fräulein Borowtschik, aber er konnte dabei nicht verhindern, daß er auf einmal entsetzliche Angst bekam, sie könnte ihn zurückweisen, einmal, weil er (pierunnje!) Borowtschik gesagt hatte und nicht Baron, und zweimal, weil er sie heute abend zwar schon einige Male gesehen, aber nicht förmlich begrüßt hatte.

Doch das Fräulein Borowtschik hörte darüber hinweg, sie errötete erst einmal, ganz so wie er es aus den Fortsetzungsromanen der ›Oberschlesischen Volksstimme‹ kannte, beugte ihren Kopf leicht nach vorn und ließ eine große gelbe Schleife auf ihrem Hinterkopf sehen, dann gab sie ihm, leicht verwundert, aber willig ihren Arm. Der Kaplan ließ seinen angefangenen Satz in der Luft hängen, er war keineswegs empört oder enttäuscht oder gekränkt, seine wäßrig-blauen Augen waren bereits auf ein anderes Opfer gerichtet, auf Franzek Fieber, der zwar evangelisch war, aber seit einiger Zeit, weil er sich auf den Junioren-Gaumeister im Kraulen vorbereitete, im katholischen Schwimmverein Don Bosco trainierte, und da war es wohl nur eine Frage der Zeit . . .

Josel steuerte mit Fräulein Borowtschik gleich auf Ulla und Andreas zu, aber es gelang ihm nur schwer, an sie heranzukommen, immer wieder schoben sich neue Paare dazwischen. Das Fräulein Baron war bestimmt nicht älter als fünfundzwanzig Jahre, aber sie hatte schon jetzt etwas von einer *staro frela* an sich. Nein, sie war nicht die alte Jungfer im üblichen Sinne, dazu war sie zu gut angezogen, ihre Bewegungen zu schnell und ihre Stimme zu seriös. Aber vielleicht war es das: alles an ihr war um ein Geringes zuviel! Das Kleid etwas zu eng, die Ohrringe ein bißchen zu auffällig, die Spange im Haar größer als gewohnt, jedenfalls ihrem Alter nicht ganz angemessen. Und das Rouge auf ihren Wangen zu stark, es war mit dem gleichen Lippenstift hingemalt, mit dem sie ihre Lippen geschminkt hatte, und die Warze rechts neben der Nasengrube war allzu deutlich mit dem Augenbrauenstift verstärkt. Drei dicke, schwarze, geradezu borstige Haare entsprossen dieser Warze und standen aufrecht, und Josel fürchtete, sie würden ihn kitzeln, falls er beim Tanzen näher käme – er konnte jedenfalls seine Augen nicht davon abwenden. Schönheitsfleck nannte man das jetzt, seitdem La Jana in einem Film damit aufgetreten war. Josel staunte immer wieder darüber, wie die Mädchen es verstanden, aus etwas Häßlichem einen Vorzug zu machen.

Diese neumodischen Tänze, sagte Fräulein Baron, ich liebe sie, aber man hat schon seine Mühe damit, nicht wahr? Und sie bemühte sich, mit ihren Schuhen nicht gleich bei jedem Tanzschritt auf die Füße von Josel zu treten. Es sind schöne Tänze, finden Sie nicht, fügte sie hinzu.

Josel brummte etwas und tanzte nur auf den Absätzen, damit die Spitzen seiner Schuhe nicht ganz abgetreten wurden. Wie finden Sie die Kapelle? fragte er, natürlich nur aus Verlegenheit.

Ich finde, sie ist sehr gut. (Sie sagte sehrrr gutt!) Haben Sie bemerkt, sie haben vorhin einen *lambeth walk* gespielt, das ist der neueste Tanz aus Amerika, aber ich glaube, der ist hier nicht erlaubt.

Wie bitte, sagte Josel.

Einen *lambeth walk*. Ach wissen Sie (Fräulein Baron legte ihre Hand auf den Hals von Josel und ließ sie heruntersegeln, daß es ein schlürfendes Geräusch ergab; unangenehm im Ton, dachte Josel, aber sehr angenehm im Gefühl), das fing gerade an in Kattowitz, als wir noch drüben waren, ich kann's auch nicht, aber ich habe gesehn, wie es getanzt wurde, ganz verrückt, so ganz quer mit den Beinen ... Sie müssen doch zugeben, diese Schieber hier sind doch ziemlich langweilig ...

Josel gab alles zu, auch das. Er war jedenfalls froh, mit Fräulein Baron keinen *lämbes wook* tanzen zu müssen, jedenfalls jetzt noch nicht, denn er hatte bei diesem Schieber schon genug damit zu tun, die Füße in Sicherheit zu bringen.

Ach wissen Sie, sagte Josel, ich tanze ganz gern einmal einen Schieber. Wenn er daran dachte, wann er schon mal tanzen durfte! Mehr als sechsmal hat er in seinem Leben noch nicht getanzt, und davon mindestens viermal heimlich, wo es niemand wissen durfte. Es war jedenfalls angenehm, von Fräulein Baron so hin und her geschoben zu werden. Er fing langsam an, sich darüber zu ärgern, daß Andreas nun schon den ganzen Abend mit Ulla zusammen war. Natürlich war das auch seine Schuld, er hatte sie beide am Nachmittag nach Zernik geschickt, weil er zu seiner Baracke gehen wollte. Es war nichts anderes als sein pierunischer Egoismus, dabei wollte er das Geld doch nur zusammenkriegen, um mit Ulla nach Warschau ...

Ulla und Andreas tanzten an ihm vorbei, und sie konnten es besser als er und das Fräulein Baron, das sah er. Typisch Breslauer, dachte er, kommt hierher, ist gerade zwanzig Stunden da, macht Fräulein Ulla Ossadnik schöne Augen und schon klebt dieses Mädchen an ihm. Nicht daß er eifersüchtig war, solche Eigenschaften (und noch ein paar ähnliche dazu), die wollte er ganz den Erwachsenen überlassen, das hatte er sich jedenfalls vorgenommen, und außer, daß er Ulla einmal beim Baden unter Wasser geküßt hatte (er war jetzt noch stolz darauf, wie er Ulla eingeredet hatte, nur Fische, nicht aber Menschen könnten sich unter Wasser küssen, bis sie es mit ihm einmal ausprobiert hatte), war zwischen ihnen nichts geschehen. Sie waren einfach dicke Freunde, nicht wahr, sonst: pschinzo! Doch Josel dachte jetzt, während er zwischen den Tanzpaaren hin und wieder Ullas Kopf auftauchen sah, wenn man mit jemand so lange *Dickfreund* ist, dann müßte nämlich und überhaupt doch etwas mehr dabei sein. Vielleicht würde er ohne Andreas nicht darüber nachgedacht haben, das mag sein. Er überlegte jedenfalls, wie er das Ulla beibringen könnte, ohne daß sie ihn dabei auslachte.

Fräulein Baron stolperte immer noch herum und hing schwer in seinen Armen, aber Josel fand, daß sie pierunisch gut roch, nach einem Parfüm, das von weit her sein mußte, aus Polen, nein, viel weiter, aus Frankreich, polnische Parfüms gebrauchten ja schon die Mädchen in der Volksschule. Er schnupperte an ihrem Kleid und sagte: Wie heißt doch noch dieser Tanz, wie sagen Sie, *lämbes woog?*

Ach, die alten Tänze, sagte Fräulein Baron, die sind doch immer noch schön, wenn sie jung getanzt werden ... ein Walzer, eine Polka, eine Polonaise ...

Man tanzt am Morgen anders als am Abend, fiel Josel das Gleiwitzer Sprichwort ein. Polka und Polonaise, die hatte er noch nie getanzt, und Walzer, das war nichts für ihn, da mußte man sich so schnell um sich selber drehn, daß einem der Kopf durcheinanderwirbelte. Er war mehr für die amerikanischen Tänze.

Josel war jetzt ganz nahe an Ulla und Andreas herangekommen und sah direkt in das verhängte Gesicht des Mädchens, ja, es war wirklich so, und sie mußte erst einen Vorhang vor ihrem (inneren) Gesicht hinwegziehen, bevor auch sie Josel neben sich entdeckte. Dann fing sie an zu lachen, und Andreas entließ sie aus seinen Armen und lachte mit, und ihre Gesichter waren so offen, daß Josel jeden Argwohn ganz tief in sich versenkte. Auch Josel lachte. Nur das Fräulein Baron lachte nicht, weil Josel auf der Stelle tanzte und damit ihr mühsam ausgeklügeltes Schrittsystem durcheinanderbrachte. Sie sah herunter auf ihre Füße, und das machte es nur noch schlimmer.

Mamuscha, rief Josel laut zu Ulla und Andreas hinüber, will uns jetzt gleich nach Haus schleppen. Er war sich dabei nicht sicher, ob die beiden das verstanden hatten.

Bei der nächsten Drehung, als sie wieder zusammenkamen, sagte er: Unsere Zeit läuft ab, Mamuscha will uns nach Haus fahren, mit dem Auto des Feldwebels.

Gerade jetzt, wo's lustig ist? schrie Ulla zurück.

Wo's lustig ist, echote Andreas und wirbelte Ulla herum.

Josel erkundigte sich nach dem Feldwebel. Andreas hatte ihn zuletzt gesehn, auf der Toilette, wo er abwechselnd kotzte und heulte, und das Fräulein Willimczyk, die Buchhändlerin, war draußen auf dem Korridor auf- und abgegangen und hatte jedem, der in das Männerklo hineinging, etwas für ihren Feldwebel mitgegeben, ein Handtuch, eine mit Eau de Cologne getränkte Serviette, eine Magentablette. Sie selbst traute sich nicht hinein.

Das nächste Mal gibt es eine Polka, sagte Andreas und stampfte mit einem Fuß auf. Und Ulla: Ja, der dünne Michalek hat der Musikkapelle eine Runde Schnaps gestiftet, ich hab's gesehn.

Josel bekam es plötzlich mit der Angst zu tun, die Polkamusik würde ihn zusammen mit dem Fräulein Baron treffen. Er hatte noch nie eine Polka getanzt. Wann tanzen *wir* zusammen, Ulla? rief er und warf dabei in Gedanken einen Rettungsring aus.

Andreas schwenkte Ulla herum – direkt in die Arme von Josel. Tanzt beide weiter! sagte er. Und zu Fräulein Baron gewandt: Darf ich zum Tanz bitten, verehrtes gnädiges Fräulein?

Und das Fräulein Baron, entzückt von dem jungen Mann und der so wohlgesetzten Redeweise, ließ sich nur allzugern auf einen Tausch ein. Und Josel bekam, ehe er sich's versah, Ullas Hände auf die Schulter gelegt und probierte mit ihr die ersten Schritte aus, angerempelt vom dicken Polensky, der gerade mit Helga Honisch an ihnen vorbeihetzte. Josel hätte jubeln mögen, noch vor zehn Minuten hatte er sich nicht vorstellen können, daß er mit Ulla im Arm und ganz ohne Komplikationen über die Tanzfläche wirbeln würde. Ach, er wünschte sich nur, Mamuscha würde das sehen und Ullas Vater, vielleicht würde dieser Tanz es ihm leichter machen, wenn er morgen um Ullas Hand anhalten würde. Ja, er war jetzt fest entschlossen dazu. Mit seinen fünfzehn Jahren war er vielleicht noch zu jung, und wenn er es genau nahm, war er erst vierzehneinhalb, aber Irma war mit ihren neunzehndreiviertel ebenfalls zu jung, und sie hatte es geschafft.

Auch wenn Mamuscha sich die letzten Tage die Augen aus dem Kopf geweint hatte.

Andreas' heiteres Gesicht und das lernbegierige von Fräulein Baron drehten sich um ihn herum, während er Ullas Körper dort festhielt, wo er am schmalsten war, und dort wollte er auch seine Hände lassen, so lange es ging. Und er schämte sich, vorhin auch nur den leisesten Verdacht gegen Andreas gehegt zu haben.

Die Musik war zu Ende.

Hast du was rausgekriegt, fragte Ulla neugierig.

Josel verstand nicht. Er hatte sich innerlich bereits ganz auf die Polka konzentriert. Beim Sommerfest im R. A. W. hatte er beobachtet, wie die Tänzer bei der Polka durch den Saal hopsten, es mußte ihnen ein großes Vergnügen bereiten, daß sie von Zeit zu Zeit kleine, spitze Schreie ausstießen. Josel sagte: Ich habe noch nie eine Polka getanz; du weißt, ich kann nur die einfachen Tänze.

Wird's Krieg geben? Du warst doch mit Andreas oben bei die Offiziere! Was sagen die da? Ulla schien sich nicht nur fürs Klavierspiel, für Tanz und für Musik zu interessieren.

In diesem Augenblick setzte die Musik mit einem furiosen Polka-Rhythmus ein, und wie von einer Feder abgeschnellt, stürmte die Sängerin vom Stadttheater mit ihrem Verlobten Werner Schalcha (ja so hieß er doch wohl?) über die noch leere Tanzfläche, Kopf und Hände nach unten gestreckt, und erst als sie am Ende angelangt waren, rissen sie in der Kehrtwendung Kopf und Hände hoch wie in einem Triumph. Keiner folgte ihnen; dieses Bild sah so vollkommen aus, daß niemand es zu zerstören wagte.

Josel hatte sich vorgenommen, nichts von dem, was er bei dem General erfahren hatte, weiterzuerzählen ... Jetzt hätte er es am liebsten getan. Ja, es war ein Überfall auf den Sender, ihr habt das schon richtig beobachtet, und man muß jetzt mit dem Schlimmsten rechnen, also mit Krieg, vielleicht schon in den nächsten vierundzwanzig Stunden. Das war es, was er Ulla eigentlich hätte sagen müssen. Aber jetzt wollte er mit ihr tanzen, mit Ulla Ossadnik tanzen, im Münzersaal des Hotels Haus Oberschlesien in Gleiwitz, und ist es eine Polka, dann also eine Polka!

Später, sagte Josel, halb wegwerfend. Woll'n wir?

Und Ulla echote zurück, nur etwas heller, singender: Woll'n wir?

Und da stürmten auch die andern Tanzpaare das Parkett, sogar Andreas und Fräulein Baron, und ihre Köpfe, ganz tief herabgebogen, fegten in Kniehöhe an ihnen vorbei, Fräulein Baron spitzte sogar ihren kleinen Rotmund, und wer weiß, vielleicht entstiegen ihm die kleinen spitzen Schreie, die nach und nach den Saal anfüllten.

Josels und Ullas Finger verschränkten sich, sie neigten ihre Köpfe zueinander und dabei berührten sich beinahe ihre Gesichter. Am Anfang mußte Josel noch hier und da einen Wechselschritt einlegen, aber im Grunde waren sie beide überrascht, wie schnell sie den Polka-Tanz begriffen hatten, es war ganz einfach, man mußte sich nur dem Rhythmus der Musik hingeben, bedingungslos. Ulla und Josel sahen sich fest an, mit einem angeschwemmten Lächeln, das in das Gesicht des andern überging, eine Weile dort verharrte – und erst sehr viel später zurückkehrte. Josel hatte Andreas vergessen, Fräulein Baron, den General und Mamuscha, ja sogar die Baracke am Klodnitz-Fluß.

Um so überraschter war er, als sich vor ihm ganz plötzlich eine Uniform aufpflanzte, die Ulla aus seinen Armen herauszog.

Nur eine Runde mit Ihnen, Fräuleinchen! Es war die röhrende Stimme des Feldwebels, der Ulla mit gespreizten Sprüngen in eine andere Ecke des Parketts zerrte. Und Josel, halb benommen, ging einen Schritt zurück, an den Rand. Die andern Tänzer wischten an ihm vorbei.

Ulla ließ sich von dem Feldwebel übers Parkett schleifen. Seit Stunden war sie eigentlich nur noch Reflex der andern. Jetzt spürte sie zum ersten Mal einen Widerstand in ihrem Körper wachsen, aber das geschah so langsam, daß es wohl noch eine ganze Weile dauern würde, bis sie die Kraft hätte, sich von ihrem jetzigen Partner zu befreien, sie tanzte mit Bewegungen, die ihr fremd waren, und sie lauschte einer Musik, die von sehr weit her kam.

Unterdessen stand das Fräulein Willimczyk am Rand der Tanzfläche, das Gesicht zu einer bösen Grimasse verzerrt. Sie hielt ein nasses Handtuch in ihren Händen aufgespannt, mit dem sie jedesmal, wenn sie die Uniform des Feldwebels im Gewühl der Tanzenden auftauchen sah, herumschwenkte, daß es nur so knatterte.

Da sprang ganz plötzlich Andreas vor, und mit dem Moment der Überraschung hatte er Ulla aus der Umklammerung des Feldwebels herausgewunden, und nun jagte er mit ihr, im Polkarhythmus, über die Tanzfläche, Josel sah das mit Schrecken, Erleichterung und triumphaler Freude, und auf seinem Gesicht wechselten diese Gefühle so rasch wie die Wolken vor einem Sommergewitter.

Der Feldwebel, allein auf der Tanzfläche, fing an zu taumeln, und Josel dachte schon, jetzt trifft ihn der Schlagfluß, was er ihm schon längst gewünscht hatte. Aber der Soldat fiel bloß in die gespreizten Arme der Buchhändlerin, die ganz schnell das nasse Handtuch auf sein Gesicht fallen ließ und es damit abrieb. Dabei stürzte der Feldwebel mit den Geräuschen eines ganzen Schweinekobens auf die Knie und tanzte so weiter, zwischen den anderen Tanzpaaren, bis er das Handtuch zu fassen kriegte und es dem kreischenden Fräulein Willimczyk zwischen die Beine schob, und immer noch drückte, als diese bereits mit beiden Fäusten und schreiend auf seinen Kopf einschlug.

Mit diesem Schrei war die Polka zu Ende. Andreas hüpfte mit Ulla zu Josel heran, sie waren ganz außer Atem. Die erste Polka! sagte Andreas und ließ die Hand von Ulla nicht mehr los. Meine erste Polka, flüsterte Ulla, und in Gedanken übte sie sie schon auf dem Klavier. Verrückt, sagte Josel, und man wußte nicht, ob er die Musik meinte oder den Feldwebel, der wie von Sinnen auf der Tanzfläche herumrutschte und jetzt auch noch begann, seine Uniformjacke aufzuknöpfen.

Das beleidigte Fräulein Willimczyk rannte inzwischen in die Hotelküche, sie griff nach irgendeinem Gegenstand – es war eine Geflügelschere – und wollte sich damit tatsächlich die Brustwarzen abschneiden. Sie war ganz still dabei, und die Köche, die das Blut heruntersickern sahen, liefen herbei und versuchten die Wunden zu stillen, indem sie eingeweichte Brötchen darauf legten.

26

Die Stadt war voll von Soldaten, von Geschützen und Panzern, Luftschutzübungen wurden abgehalten, und in den Grenzgebieten mußten die Fenster verdunkelt werden, überall wo man hinkam war vom Krieg und vom Feind die Rede, und vorhin, Valeska erinnerte sich nicht mehr, wie und wann das aufgekommen war, ging sogar das Gerücht um, ein polnischer Trupp Soldaten hätte versucht, die Rundfunkstation auf der Tarnowitzer Landstraße zu besetzen – und doch war alles auf eine seltsame Weise entrückt. Krieg würde es geben, irgendwo und irgendwann, aber niemand war bereit, auch Valeska nicht, sich die Wahrheit einzugestehen, daß der Krieg hier, ein paar Kilometer von diesem Hotel entfernt, anfangen müßte. Valeska erinnerte sich an einen Film, den sie vor langer Zeit gesehen hatte, da wurde auf einem Schiff oben in den Ballsälen getanzt, während unten das Wasser bereits in die Maschinenräume einbrach, und ein ähnliches Gefühl überkam sie jetzt, wenn sie den Tanzenden hier im Münzersaal zusah. Wieder winkte sie Josel und Ulla zu, diesmal energisch, denn es wurde langsam Zeit für die Fahrt nach Hause. Ihr Bruder Willi kam, aber nicht mit dem Feldwebel, sondern mit dem Geschäftsführer des Hotels, der ihr auf eine geflissentliche und etwas umständliche

Weise mitteilen wollte, daß die Musik um ein Uhr aufhören müsse, es sei eben eine offizielle Anordnung der Standort-Kommandantur gekommen, nach der sie sich richten mußten, denn oben im Hotel hätten sie eine Gruppe des Generalstabs im Quartier, in nächster Nähe, verstehen Sie. Und er hängte noch eine Girlande von Entschuldigungswörtern an, aber Valeska hörte nicht mehr richtig hin, ihr konnte es nur recht sein, dann würden die Gäste früher nach Haus gehn. Sie wollte jetzt sowieso damit den Anfang machen mit Josel und Ulla und Andreas, und dem besoffenen Feldwebel natürlich, und vielleicht noch mit Tante Lucie (Lanolin) und ihrem blinden Sohn, und dem alten Krupniok, wenn noch Platz war. Sie hatte ihren Bruder bei dieser Hochzeitsfeier immer nur flüchtig gesehn, in seinem blauseidenen Anzug flackerte er wie ein Irrlicht umher, er kümmerte sich um alles, beredete mit der Musikkapelle das Programm, sorgte rechtzeitig und unauffällig für genügend Schnapsik und brachte die zerfallenden, sich gegenseitig bespöttelnden Gruppen wieder zusammen. Er hatte der Gräfin Poremba den Silberfuchs gerettet, mit dem Präsidenten der Wasserwerke den Bau eines neuen Wasserturms (auf einem Valeska gehörenden Grundstück) in Gleiwitz-Petersdorf vereinbart, den »wilden Mönch«, der schon nach dem vierten Glas taumelte, im Gepäckraum des Hotels untergebracht, und gerade kam er von der Klinik zurück, wo er das Fräulein Willimczyk abgeliefert hatte. Der dicke Polensky war dortgeblieben und gab den Vorgang zu Protokoll. Willi war froh, daß bisher noch nichts davon aus der Küche in den Ballsaal gedrungen war, er wollte jedenfalls seine Schwester nicht damit beunruhigen. Jetzt machten sie sich beide auf den Weg, um den Feldwebel zu suchen, sie ging nach links, er wollte es rechts versuchen.

Der Graf Poremba sprang auf, als Valeska an ihm vorbeikam, und machte Anstalten, sie zum Tanz aufzufordern, aber sie schnitt seine vorausgeschickte tänzerische Bewegungsstudie gleichsam ab, indem sie beide Hände wie beschwichtigend ausstreckte und vorbeieilte. Sie dachte an Leo Maria und verneigte sich vor dem Präsidenten der Wasserwerke, sie dachte an das grüne Zimmer und küßte den Rubin des Erzpriesters Pattas, sie dachte an Halina und drängte sich durch die Tanzenden, sie dachte an Irma und Heiko, die schon auf ihr Zimmer im Hotel gegangen waren, ohne sich von ihr zu verabschieden, und suchte nach Ulla und Josel, sie dachte an die alte Ziegelei, die sie verkauft hatte. – Und auf der andern Seite traf sie wieder mit Willi Wondrak zusammen.

Er zuckte mit den Achseln. Sie hob die Schultern. Sie sagten nichts, die Musik war zu laut.

Sie gingen ein Stück weiter weg von der Kapelle. Willi Wondrak entdeckte ein paar Blutflecken auf seiner Manschette und zog rasch den Jackenärmel darüber. Was machen wir? fragte er Valeska. Er sah in ihren Augen den Schlaf wachsen. Am liebsten hätte er sie jetzt ganz allein nach Haus gefahren.

Muj Bosche, ich muß zu Leo Maria, es ist schon spät, sagte sie. Ich mache mir Sorgen! Und mit der Erinnerung an Leo Marias kranken Körper gruben sich langsam wieder jene Furchen in ihr Gesicht, die seit den *Lebenden Bildern* auf eine geheimnisvolle Weise daraus verschwunden waren.

Ja, du hast recht, sagte Willi Wondrak. Ich fahre dich jetzt erst einmal nach Haus. Er nahm sie mit solch einer Behutsamkeit bei der Hand, daß sie sich an ihre Kindheit erinnert fühlte, als er sie über selbstgebaute Holzbrücken, über Bäche und Chausseegraben geführt hatte.

Aber die Kinder? Die Kinder müssen nach Haus! Ich habe nur Andreas gesehn, ganz weiß im Gesicht, er hat wahrscheinlich auch zuviel getrunken, sagte Willi Wondrak.

Wo hast du ihn gesehn? Valeska wollte gleich zu ihm gehen. Vielleicht sind dort auch Josel und Ulla? Vorhin haben sie noch getanzt, jetzt sind sie auf einmal verschwunden.

Es war auf dem Männerklo. Bleib hier, ich hole erst mal

Andreas. Willi Wondrak drängte sich an den Tanzpaaren vorbei. Er sah gern zu, wie die andern tanzten, aber er selbst machte sich nichts draus.

Valeska kramte aus ihrer Handtasche das Kölnischwasser-Fläschchen hervor, tränkte das Taschentuch und rieb sich damit übers Gesicht. Hinter ihr entstand ein Streit, ob man jetzt *Krakowiak* tanzen könnte. Valeska wagte nicht sich umzudrehen, weil sie fürchtete, hineingezogen zu werden, unter Umständen sogar noch als Schiedsrichterin. Eine Stimme (es war die von Kotulla) behauptete: Krakowiak, Brüder, das ist ein russischer Tanz, gewiß doch, und jetzt nach dem Nichtangriffspakt ... eijei ... mit Rußland, jetzt Krakowiak ...! Die andere Stimme (Valeska bekam nicht heraus, wer das war): Das ist ein polnischer Tanz, ich hab das selbst gesehn, in Kattowitz, damals, in der Abstimmungszeit, da kamen sie doch, die Korfanty-Leute, mit Musik und Liedern und Krakowiak, damit wir für die Polen stimmen ... Und die Stimme von Verena: so viel Tschaikowski im Radio, als ob wir keinen Brahms hätten ... Valeska hörte so etwas wie ein Grunzen und sah jemand auf einem Stuhl sitzen und schnarchen, mit einer Serviette überm Gesicht, muj Bosche, auch das noch. Valeska ging hin und rückte ein wenig das Tuch zurück, es war der Tierarzt Wons, den sie an den Stuhl gefesselt und an die Wand gelehnt hatten, damit er nicht umkippte. Der muß sofort mit einem Taxi nach Haus gebracht werden! Valeska war empört, daß sich niemand um ihn kümmerte, nur ein paar Schritte davon entfernt saßen die anderen und redeten sich heiß über den Krakowiak.

Sie tupfte sich noch einmal mit dem Taschentuch über die Stirn, das Kölnischwasser war längst verdunstet, sie spürte Nervosität in den Fingern wachsen und in den Armen nach oben steigen. Wenn sie jetzt anfing, Willi Wondrak zu suchen, würden sie sich wahrscheinlich ganz verfehlen, wie vorhin schon einmal, deshalb blieb sie lieber sitzen. Direkt vor ihr prallten der Graf Poremba und der

Doktor Kamenz zusammen, doch bevor es weitere Verwicklungen gab, entdeckte Valeska ihren Bruder mit Andreas an der Hand, und stürzte auf die beiden zu. Nichts wie weg! Sie vergaß darüber sogar den schnarchenden Tierarzt Wons auf dem Stuhl, aber sie vergaß nicht, noch schnell in die Küche zu gehen, wo man ihr schon eine kleine Kasserole mit ein paar Kostproben zurechtgemacht hatte, die wollte sie mitnehmen, für Leo Maria und Halina. Und als sie endlich vorn in das Auto einstieg, verstaute Willi Wondrak gerade Tante Lucie (Lanolin) mit ihrem Sohn Albert, den alten Krupniok und Andreas auf dem Rücksitz.

Andreas fühlte sich elend. Er versuchte ständig den hochkommenden Speichel herunterzuschlucken, weil er fürchtete, sich übergeben zu müssen. Dennoch wäre er lieber wieder ausgestiegen und hätte noch einmal mit Ulla getanzt ... Er war sich nicht klar darüber, ob das Drehen im Kopf, wenn er die Augen zumachte – und es begann sich tatsächlich nur zu drehen, wenn er die Augen schloß – vom Schnapsik kam oder vom Tanzen ... Er lehnte sich an die Frau mit der dicken Brille, die sie TanteLucieinKlammernLanolin nannten (komisch, nichtwa), und fühlte ihr faltenreiches Kleid warm auf seinen Knien.

Valeska wollte den andern, die hinten dichtgedrängt saßen und bei jeder Kurve geradezu ineinanderrutschten, ein Scherzwort zurufen, aber vielleicht wollte sie sich damit auch nur selbst aufheitern, denn mit den Furchen in ihrem Gesicht waren auch wieder die Sorgen zurückgekommen, und sie machte sich Vorwürfe, Leo Maria überhaupt so lange alleingelassen zu haben. Wer weiß, in welchem Zustand sie ihn jetzt antreffen würde – und würde sie überhaupt Ruhe finden, bis nicht Josel nach Hause gekommen war, ja bis sie herausgekriegt hatte, warum zum Beispiel der Landgerichtsrat so früh weggegangen war – aber um ihn danach zu fragen, mußte sie wohl bis zum späten Morgen warten ... Wenn sie nur etwas Licht im Gartenhaus sähe, nur eine Ritze, und das müßte sie trotz der sorgfältigen Verdunklung, die der Landgerichtsrat immer vornahm, bemerken, das würde sie schon beruhigen. Aber am liebsten würde sie alles noch etwas hinausschieben, noch war sie unterwegs, und die Musik schwirrte in ihrem Kopf, und das Licht wärmte noch ihre Haut, und der Geruch des Ballsaals strömte unaufhörlich und stark aus ihrem Kleid . . . Valeska legte die Kasserole zwischen die Füße und warf übermütig die Hände in die Luft und dann in einer ausschwingenden Geste nach hinten, und die andern, die dort saßen, reckten sich ihr freudig entgegen, als hätten sie nur auf dieses Signal gewartet, als könnten sie damit aus ihrer kleinen, engen, finsteren Zelle wieder ausbrechen, ins Licht, in die Musik, zu den glänzenden Gesichtern, von denen man sie vorhin vertrieben hatte. Willi hatte alle Mühe, in der Dunkelheit mit abgeblendeten Scheinwerfern seine Richtung zu finden. Die andern drückten die Lippen zusammen und versuchten ein Stück von dem festzuhalten, was da immer mehr abbröckelte, je länger sie in die Dunkelheit hineinfuhren, und sie dachten noch einmal mit leisem Staunen, mit ratloser Bewunderung und langsam aufkeimendem Befremden an die Hochzeitsfeier im Ballsaal des Hotels Haus Oberschlesien zurück. Jeder dachte dabei an etwas anderes.

Aber das ist ja, da sich mal! Valeska hätte beinahe ihren Topf umgestoßen und sich wie ein Kind die Augen gerieben, weil ein Zauberer das Kaninchen hatte verschwinden lassen. Sie zerrte an Willis Arm und deutete auf die rechte Seite: Da ist nichts, niemand und nichts, sagte sie voll Verwunderung und Erschrecken: Heute mittag, der ganze Platz, er war doch voll mit Soldaten, Kanonen, Zelten und Pferden unter den Bäumen, erinnerst du dich . . . Oder ist das ein anderer Platz? Sie wurde plötzlich unsicher, denn in der Dunkelheit und nach diesem Fest sah alles anders aus, unwirklicher.

Ja, die sind abmarschiert, schrie Willi zu ihr hinüber. Er hatte trotz der Dunkelheit erkannt, daß es der Platz war, den Valeska meinte, aber er wollte jetzt nicht darüber rätseln, warum die Soldaten verschwunden waren.

Krieg! Willi, das bedeutet Krieg! Valeska beugte sich zu ihm hinüber und flüsterte ihm das zu. Willi Wondrak antwortete nicht. Auch die anderen schwiegen, bis das Auto hielt. Vielleicht blieben sie nur deshalb noch eine Weile draußen stehen, vor dem Haus, weil sie sich fürchteten, mit jedem Schritt weiter in ihren stumpfen, glanzlosen, gleichförmigen Alltag einzudringen, und sie sahen mit aufgesperrten Augen zu, wie Wondrak in einer Kreisfahrt, Straße, Fußweg und das Feld berührend, zum Fest zurückfuhr.

Gute Nacht, sagte der alte Krupniok. Er ging hinters Haus und entleerte sich. Und Tante Lucie (Lanolin) seufzte, während sie ihre Füße, die im Auto eingeschlafen waren, ausschüttelte: Was für eine Nacht! Und sie sog tief die Luft ein: Riecht ihr denn nicht diesen betäubenden Duft des Lavendels! Was für eine Nacht! Sie ging an die wilden Lavendelsträucher heran, und man hörte nur noch ihr Stöhnen, und dann kam sie zurück und balancierte ein paar Blütenköpfe auf ihren Händen, die sie zerrieb, um dann ihrem blinden Sohn die duftenden Hände unter die Nase zu halten. Was für ein Duft, nicht wahr, was für ein Duft . . . So duftet unser Land, wirklich, so duftet nur unser Land, sagte sie. Und Andreas merkte, daß diese Frau die Eigenschaft hatte, was sie sagte, zweimal zu sagen.

In der Ferne hörte man die Geräusche des Rangierbahnhofs, das Quietschen der Räder, das Zusammenknallen der Puffer, die kurzen und heftigen Ausstöße der Dampfloks.

In der Dunkelheit konnte man nicht weit sehen, aber soweit Valeska sehen konnte, gehörte ihr hier alles, das Haus, der Garten, und dahinter noch ein Stück Feld.

Phantastisch, sagte Valeska.

Fantastitschnek, sagte Andreas, der das Wort so von Josel gehört hatte. Dieses Wort gefiel ihm. Er dachte an Josel und Ulla, und die Schritte bis zum Haus kamen ihm ganz unwirklich vor, am liebsten hätte er jetzt noch einmal eine Polka hingelegt, mit Tante Valeska, mit Tante LucieinKlammernWidera, auch mit Fräulein Borowtschik oder Baron, es war ihm gleich. Die Musik vibrierte noch in seinen Gliedern, und er machte auf dem Gartenweg ein, zwei, drei, vier tänzelnde Schritte, das scharrte auf dem Boden und die andern lachten, er aber fand das gar nicht komisch. Er würde sehr gern hier draußen warten, bis die andern, bis Josel und Ulla und Irma und Heiko nachgekommen waren. Ulla hätte er gern noch einmal gesehn, um ihr etwas zu sagen, oder vielleicht würde er auch gar nichts mehr sagen, sie nur ansehen. Für heute würde das genug sein, und morgen, ja morgen, er wußte noch gar nicht, was er morgen alles anfangen wollte, er wußte nur, daß er in den paar Stunden, die er jetzt in Gleiwitz war, mehr vom Leben gelernt hatte, als in der ganzen bisherigen Zeit vorher, und daß er in Josel einen richtigen Freund gefunden hatte, dem er vertraute, und er wünschte sich irgendeine Situation herbei, in der er es auch Josel beweisen konnte. Und in Ulla, ja, da war er ganz verknallt. Er war sich nicht sicher, ob man das sogar Liebe nennen konnte, dazu war alles zu schnell gegangen, aber früher hatte er sich Liebe jedenfalls so vorgestellt. Wie dem auch sei, er hatte mit Ulla ein Geheimnis, so groß, daß es von hier bis zum Himmel reichen müßte, und das war doch schon so gut wie Liebe, vielleicht auch mehr. Und er nahm sich vor, aufzubleiben, bis Josel käme, um ihm davon zu erzählen.

Die Stille dieser Nacht umarmte sie alle noch einmal, bevor sie auseinandergingen, umarmte sie so fest, daß Valeska meinte, sie müßte ersticken, jedenfalls sagte keiner mehr ein Wort, sie standen vor der Treppe des Hauses und lauschten in die Stille. Daß hin und wieder näher oder ferner ein Schuß verhallte, änderte nichts daran, verstärkte eher nur die Stille, denn seitdem die Soldaten aus dem großen Reich gekommen waren, gehörten diese dumpfen, platzenden Geräusche dazu.

Valeska öffnete die Tür und ein blaues Licht fiel auf sie aus dem Flur. Sie wunderte sich, daß Halina noch nicht die Treppe heruntergekommen war, sie wird doch nicht etwa eingeschlafen sein? Sie zog Andreas ins Haus. Für den Jungen mußte ein solcher Tag wirklich verwirrend sein, sie strich ihm mit der Hand übers Haar, sie fühlte sich jetzt einfach zu müde und zu erschöpft, um die widerstreitenden Gefühle des Jungen, die sie aus seinem nachdenklichen Gesicht herauszulesen glaubte, zu ordnen. Sie ließ die Hand noch einen Moment auf seinem Haar liegen und hoffte, das würde ihn beruhigen, wie die Hand des Vaters ihr früher Vertrauen und Ruhe und Mut eingeflößt hatte. Merkwürdigerweise war es niemals die Hand ihrer Mutter gewesen, von der hatte sie sich eher abgestoßen gefühlt. Josel entzog sich ihrer Hand. Valeska wußte, auch dieses Rätsel würde sie heute nacht nicht mehr lösen können.

Die andern gingen in ihre Räume, Valeska begleitete Andreas bis zu seinem Zimmer. Ihr fiel ein, daß sie die Kasserole vorn, auf der ersten Treppenstufe, stehengelassen hatte, und sie hatte auch nicht nachgesehn, ob beim Landgerichtsrat noch Licht brannte. Sie wollte sich vorbeugen und Andreas einen Kuß auf die Wange geben, einen flüchtigen, hingehauchten Kuß, nicht mehr, aber dann zögerte sie. Andreas war es, der sie aus ihren Gedanken herausriß. Dankeschön, Tante Valeska, es war ein tolles Fest ... für mich, sagte er. Einfach fantastitschnek! (Na ja, so gut wie bei Josel kam es noch nicht heraus.) Und morgen werde ich doch Onkel Leo sehen, nicht wahr? Ja, sagte Valeska abwesend, denn sie wunderte sich immer mehr, daß Halina sie nicht gehört haben sollte, morgen kannst du Onkel Leo besuchen. Schlafe jetzt, Josel wird bald nachkommen ... Du mußt nicht auf ihn warten.

Valeska holte auf dem Weg zu Leo Maria schon all ihre blanken, glänzenden und freundlichen Sätze hervor, mit denen sie ihn erfreuen wollte. Von unten kamen die Geräusche der andern zu ihr, von oben war nichts zu hören, auch nicht Leo Marias Husten. Sie war sieben Stunden weg gewesen, und sie dachte daran, daß in dieser Zeit viel hätte geschehen können. Auch ein Unglück. Sie erschrak. Aber sie rannte nicht – ängstlich – die Treppe hinauf; sie blieb stehen, wie erstarrt. Sie spürte, daß sie sich ein Erschrecken nur vorstellte. Um sie zu erschrecken, bedurfte es anderer Dinge, aber welcher Dinge, darüber wollte sie jetzt nicht nachdenken, denn seit Jahren hatte sie in Wirklichkeit nichts mehr erschreckt, ihr Erschrecken war immer gekünstelt, es war gespielt, sie benutzte es, um des Effektes willen, aber sie hätte nicht sagen können, wann sie das letzte Mal wirklich erschrocken war, zu Tode erschrocken. Valeska war niemals zu Tode erschrocken gewesen, oder es mußte schon lange her sein. Vielleicht damals, als sie ihre Schwester aus dem Fluß herausgezogen hatten, mit aufgeblähtem Leib; oder nach dem Krieg, als die Aufständischen in der Bahnhofstraße geschossen hatten; oder als sie damals mit Erich im Gras lag, am Ufer der Klodnitz. Er hatte sie geküßt und dabei ihren Rock hochgeschoben, immer höher, und dann angefangen, an ihrem Schlüpfer zu zerren, und dann hat er etwas in sie hineingesteckt, etwas Kaltes, Nasses, Glitschiges, sie hatte danach gefaßt, es war ein lebender Fisch, der in ihr zitterte. Da hatte sie geschrien, lautlos geschrien. Und damals hatte sie geglaubt, sie müßte erstarren und niemals mehr würde sie davon befreit werden. Der Erich hatte lachend neben ihr gelegen und dann den Fisch genommen und ihn in seine Jackentasche gesteckt, in der er noch eine Weile zappelte.

Valeska wußte nicht, warum sie sich gerade jetzt daran erinnerte. Oben auf dem Korridor angekommen, entschloß sie sich, Halina zu rufen. Sie tat es zweimal, beim zweiten Mal so laut, daß sie fürchtete, Leo Maria damit zu wecken. Sie setzte sich auf einen Stuhl und streifte mit dem einen Schuh den andern ab und mit den bloßen Zehen den zweiten. Von der engen Hülle befreit, fühlte sie ihre Füße wachsen. Da klappte eine Tür, Halina war unterwegs, unterwegs zu ihr, und beide Frauen begegneten sich stumm im blauen Licht des Flurs. Halina trug in ihren Augen noch den Schlaf, und ihre Bewegungen, traumgefangen, waren langsamer als sonst.

Proszę, sagte Halina und stellte die Kasserolle auf das Fensterbrett.

Danke, sagte Valeska. Sie rieb die schwer gewordnen Füße aneinander. Wie geht es meinem Mann? Schläft er? Und ehe Halina antworten konnte: Hat das Telephon geklingelt?

Tak, telefon już trzy razy dzwonił, ale ile razy biegłam do aparatu, nikt się nie odzywał, tylko ti-ti-ti-ti-ti.*

In Wirklichkeit hatte Halina Angst vor diesem schwarzen Apparat, den es erst seit einiger Zeit in der Wohnung gab. Halina war schon drei Jahre in diesem Haus, und es gab nichts, was sie fürchtete, außer wenn der Pan seine Tobsuchtsanfälle bekam und alles, was in seiner Nähe war, gegen die Tür schmiß, da blieb sie in ihrem Zimmer, bis alles ruhig war. Später knieten sie alle zusammen auf dem Boden und weinten und räumten die Sachen wieder ein. Aber dieser schwarze, zu den unpassendsten Zeiten schrillende Apparat, der war ihr unheimlich.

Ach, wirst du es nie begreifen, klagte Valeska, du mußt gleich, beim ersten Klingeln den Hörer abnehmen, und dann sagst du einfach, die Pani ist nicht zu Hause, rufen Sie bitte später noch einmal an.

Pan viel Husten heut nacht, oh, sehrr schlecht ... Ich bekommen Angst, weil auch spucken immer Blut, ich wollen gehen zu Doktor, aber Pan mich hat festgehalten an Renka ... bis er eingeschlafen ...

Der Pan hatte tatsächlich zwei Hustenanfälle in dieser Nacht gehabt, das erste Mal schon kurz nachdem die Pana gegangen war. Irgend etwas mußte im Radio passiert sein, er hatte sie gerufen, doch sie hatte ihn nicht gehört, weil

* Ja, das Telephon hat dreimal geläutet, aber jedesmal wenn ich ranging, war niemand dran, immer nur dieses tü-tü-tü-tü.

sie in der Küche damit beschäftigt war, das Geschirr abzuwaschen, und da hat er wieder angefangen, mit Gegenständen gegen die Tür zu werfen, da ist sie schnell hinaufgegangen, der Pan war sehr aufgeregt gewesen wegen der Sache im Radio, das Programm soll auf einmal unterbrochen worden sein, und er hatte gehört, wie Polnisch gesprochen wurde im Radio. Hör doch, hatte er zu ihr gesagt, hör doch, es ist nichts im Radio, es knistert nur, es brummt nur, ich habe nicht daran gedreht. Und sie hatten beide eine Weile dagesessen und gelauscht, und Pan hatte am Knopf gedreht und einen anderen Sender eingeschaltet, da gab es lustige Musik, und wieder in einem andern wurde über Kunst geredet. Dann hatte er wieder zurückgeschaltet auf Gleiwitz, und da war es immer noch still, und auf einmal ging es los mit seinem Husten. Sie hatte ihm die Räucherkerzen angebrannt und vor seinem Gesicht geschwenkt, mehr konnte sie nicht tun, und immer wenn er mit einem pfeifenden Geräusch die Luft eingesaugt hatte, die für seinen mageren Körper nicht ausreichte, spannte sich eine Klammer um ihren Kopf und preßte ihn mehr und mehr zusammen. Der Pan hatte sie zum Landgerichtsrat geschickt, damit sie ihn frage, ob er das auch im Radio gehört habe, und sie war auch hingegangen zum Gartenhaus und hatte an das Fenster geklopft, aber niemand hatte ihr geöffnet. Sie hatte noch einmal gegen die Scheibe getrommelt, weil sie glaubte, hinter den Vorhängen einen Lichtschimmer entdeckt zu haben. Aber es blieb still, sie fürchtete sich auf einmal vor der Nacht, vor dem buckligen Haus, vor dem Landgerichtsrat, ja vor sich selbst. Sie lief so rasch sie konnte zurück. Wenn das wirklich so gewesen war, wie es der Pan da erzählt hatte, daß sie im Radio Polnisch geredet und die polnische Nationalhymne gesungen haben, dann war vielleicht der Krieg ausgebrochen und die Polen waren bereits über die Grenzen gekommen, und vielleicht war es da besser für sie, in einer solchen Situation zu Haus in Chlodno zu sein und sich dort in einem Schuppen zu verstecken, es gab so viele Schuppen draußen am Fluß, die langsam zerfielen und in denen einmal eine Zigeunerfamilie, dann wieder Landstreicher gewohnt hatten, immer nur ein paar Tage lang, dort könnte sie sich verbergen und warten, bis alles vorbei sein würde, und vielleicht würden die Leute auch wieder mit ihr reden, jetzt, nachdem das alles so lange her war, und sie hatte überlegt, ob sie für den hustenden Pan nicht den Doktor holen und dann vielleicht nicht mehr zurückkommen sollte, die Grenze war seit Tagen zu, doch sie würde schon einen Weg durch den Wald finden. Der Pan ließ sie nicht zum Doktor gehen, und bei seinem zweiten Hustenanfall wiederholte sich das noch einmal, er hielt ihre Hand so lange fest, bis sich sein Körper beruhigte und das Pfeifen beim Einatmen leiser wurde und dann ganz aufhörte, die Klammer an ihrem Kopf lockerte sich, und wenn sie jetzt überlegte, warum sie eigentlich hatte weggehen wollen, fiel ihr kein Grund mehr ein.

Ja, ich muß raufgehn zu ihm, sagte Valeska. Aber statt zur Tür zu gehen, ließ sie sich in den Sessel fallen. Sie drückte sich die Haarnadeln noch fester in das straffe Haarnest, sie knöpfte sich im Nacken das Kleid auf, was sie schon vorhin getan hatte, sie kratzte sich in der Achselhöhle, obwohl sie dort nichts juckte, sie beugte sich nach vorn und fing an, ihre Füße zu massieren, und sie überlegte dabei, was sie noch alles tun könnte, um die Zeit hier unten auszudehnen. Sie fürchtete den Gang nach oben.

Pan jetzt fest schlafen, seit einer Stunde . . . Ich machen immer kleine Feuer, neue Feuer, ganze Zimmer voll mit grüne Rauch . . . Und Pan einschlafen, fest . . .

Ja, sagte Valeska müde. Aber ihre Müdigkeit war keine körperliche, sie kam ganz von innen her.

Halina überlegte, ob sie die Geschichte mit dem Radio erzählen sollte, aber es war besser, der Pan würde es der Pana selbst sagen. Czy była fajna uczta?* fragte sie mit leiser Stimme auf polnisch.

* War es ein schönes Fest?

Muj Bosche, sagte Valeska, das hätte ich beinah vergessen. Das da, in dem Topf, das ist für dich. Und nach einer Pause fügte sie hinzu. Ja, ein schönes Fest war es, und es wäre das schönste Fest meines Lebens geworden, wirklich, Halina, das meine ich, wenn nur Leo Maria hätte dabei sein können, und auch du ... Ihr Stimme kippte vor Rührung leicht um. Sie war sich selbst nicht im klaren darüber, ob diese Rührung echt war oder nur aus ihren Worten kullerte. Vielleicht hätte sie Halina mitnehmen sollen aufs Fest, wenigstens für eine Stunde oder für zwei. Und Leo Maria im Rollstuhl.

Halina zog aus ihrer Rocktasche ein zusammengefaltetes Stück Papier hervor ... Das ich haben gefunden in Garten ... Sie faltete es auseinander und zeigte es Valeska. Es war ein Flugblatt, die Wörter darauf waren wie mit einem Stempel gedruckt:

> KATHOLIKEN! DEUTSCHE UND POLEN IN OBERSCHLESIEN! LASST EUCH NICHT GEGENSEITIG IN EINEN KRIEG HETZEN EUER FEIND IST NICHT JENSEITS DER GRENZEN DAS IST DER ATHEISMUS.

In unserm Garten, sagst du? sagte Valeska. Und viele! Muj Bosche! Verbrenn das nur gleich. Sonst kriegen wir mit der Partei Ärger. Sie zerriß selbst das Flugblatt in kleine Stückchen, aber so langsam, als wollte sie damit nur das Papier zerreißen, nicht aber das, was darauf stand.

Ach, Halina, sagte sie, es wird sich so vieles ändern. Sie schaute dem Mädchen lange ins Gesicht, es war das Gesicht eines jungen Mädchens, das man allzu rasch zu einer alternden Frau gemacht hatte. Valeska gestand sich ein, daß sie jetzt, wohl erst zum zweiten Mal, das Gesicht von Halina mit Interesse und Aufmerksamkeit betrachtete. Das erste Mal war es gewesen, als Halina vor etwa drei Jahren an ihrer Tür geklingelt hatte, da war ihr vor allem das Haar aufgefallen, sie erinnerte sich noch daran, ein flachsblondes, fast weißes Haar, das ihr einfach und glatt auf die Schulter fiel, eine Haarfarbe, die es hier in der Gegend nicht gab. Jetzt war Halina dunkler geworden, und sie trug die Haare ganz kurz, mit drei Locken in der Stirn, die sie sich jeden Morgen mit der Brennschere zurechtmachte. Ihre Augen waren von einem dunklen, tiefen Braun. Tante Jadwiga hatte sie herübergeschickt, sie mußte weg aus dem kleinen Dorf an der Birawka, weil sie sich mit einem Grubjosch eingelassen hatte, einem Volksdeutschen, von dem sie schwanger geworden war. Und obwohl ihr Bauch immer runder wurde, war sie jeden Tag in der Birawka baden gegangen, auch noch im November, bis sie eine Fehlgeburt bekam. Der Dorfpolizist war gekommen und hatte ein umständliches Protokoll aufgenommen, aber noch bevor nähere Nachforschungen angestellt wurden, steckte Tante Jadwiga ihren Schützling in einen Personenzug nach Gleiwitz, mit zweieinhalb Złoty und fünfzig deutschen Reichspfennig in der Tasche, und mit einem Brief an Valeska Piontek.

Valeska hatte sie gleich dabehalten. Halina sprach niemals über das, was in dem Dorf geschehen war, und Valeska, die die Geschichte aus dem Brief von Jadwiga erfahren hatte, tat alles, um sie nicht mehr an das Vergangene zu erinnern. Nur Josel hatte manchmal nach ihrer Herkunft gefragt, aber sie erzählte immer nur von der Birawka, an deren Ufer sie aufgewachsen war, und von dem kleinen Dorf, in dem die Frauen für das Gut des Hrabia Kotucil arbeiteten, der früher ein Graf Kottusch war, und die Männer in der Kohlengrube Swienta Barbara die Kohle schlugen, die früher Barbara-Grube hieß. Nur das Wasser in den Stollen, bis zu den Knien, ist geblieben. Josel ging ein paarmal mit Halina hinunter zur Klodnitz, und dann saßen sie da, ziemlich weit weg vom Ufer, in den Flußwiesen, und Halina zeigte Josel, wie man aus grünen, langen Wasserbinsen Aalreusen flechten konnte, aber sie ging niemals mit, wenn Josel die Reusen ins Wasser setzte, sie sah ihm von weitem zu, vielleicht fürchtete sie, eines Tages könnte sie im Schilf oder zwischen den Schaumkronen den

Kopf ihres Grubjosches entdecken, grün und wächsern und starr. Valeska schien es, als hätte sie in den Jahren vorher immer nur eine Maske gesehn und jetzt zum ersten Mal das wirkliche Gesicht von Halina. Hatte es nicht eine gewisse Ähnlichkeit mit ihr selbst, vielleicht sogar mit Irma? Du siehst blaß aus, *moje dziecko*, sagte sie. Warte! Setz dich hierher!

Sie drückte die überraschte Halina auf den Stuhl und ging in Strümpfen in das Waschzimmer und brachte eine Schublade des Wandschränkchens mit, in der sie ihre Schminksachen aufbewahrte. Sie schminkte sich kaum, nur bei besonderen Anlässen, wie etwa heute abend, und auch dann, wenn sie ihre Lippen mit etwas Rouge nachfärbte, war es fast nicht zu sehen. Die Wimpern zu tuschen, wie es jetzt anfing bei den jungen Mädchen Mode zu werden, wäre ihr wie eine Sünde vorgekommen. Das einzige, was sie täglich machte, war etwas Rouge auf ihren Wangen zu verreiben, weil sie das Gefühl hatte, sie komme viel zuwenig heraus an die Luft und sei deshalb immer so blaß. Dieses Gefühl begleitete sie schon seit ihrer Kindheit. Eine Zeitlang wurde sie in der Schule die »Blasse Wally» genannt; sie hatte daraufhin Hagebutten gegessen und Spitzwegerich und Vogelbeeren, die sie auf dem Weg in die Schule pflückte (»da iss file Eisen drin, und Eisen macht Blutt, hatte die Großmutter gesagt), und eine Lehrerin hatte ihr geraten, Kakao zu trinken, aber zu Haus gab es keinen Kakao, der war zu teuer, nur Kakaoschalen, und die kochte sie dreimal aus, aber all das hat nicht geholfen. Als sie 16 war, durfte sie sich Wangenrot kaufen: Rouge von Mouson. Sie sagte heute noch: Ruusch von Musonk.

Jetzt schüttelte sie über dem verschreckten Gesicht von Halina die Puderquaste aus, und auf den Wangen, die sich vor Überraschung von innen her leicht röteten, verrieb sie etwas von dem Rouge, das sie ihr jetzt auch dick auf die Lippen schmierte; mit einem schwarzen Stift strich sie Halina über die Augenbrauen. Valeska lief noch einmal hinaus und brachte eine weiße Bluse mit, mit lauter Rüschen am Hals. *Wdzij to!** ja, zieh's über, das wird dir schon passen. Sie streifte Halina die graue Strickweste herunter, und da Halina immer noch wie betäubt auf ihrem Stuhl saß und sich nicht rührte, fing sie bereits an, die Knöpfe von Halinas alter schwarzer Bluse aufzumachen. Wenn Irma und Heiko kommen, dann sollen sie dich schön sehen, sagte Valeska.

Da kehrte Halina, die bis eben noch die stille Magd gewesen war, zurück aus ihrer Birawka-Vergangenheit, und sie übernahm die weiße Bluse wie eine Fahne, zog sich das weiße, nach Kölnischwasser duftende Leinen über ihren Körper, und als der Kopf heraus war und die Arme herunterfielen und der Kragen zurechtgerückt war, sah sie so schön aus, wie sie Valeska noch niemals gesehn hatte. Und Valeska nahm ihre Bernsteinkette vom Hals und legte sie Halina an, um sie ihrem eigenen Bild noch etwas ähnlicher zu machen. Vielleicht wollte sie mit der Bluse, mit der Kette, mit dem Puder und mit dem Rouge auch nur sich selber schmücken.

Da nestelte Halina in ihrer Strickjacke und holte zwei Wachskugeln hervor und steckte sie in den Mund, verteilte sie mit der Zunge nach rechts und nach links und strahlte Valeska an. Valeska hatte erst etwas ungläubig zugesehn, dann, als die Wangen von Halina sich strafften und nach vorn wölbten, fing sie an zu lachen. Fantastitschnek, Halina, sagte sie (sie sagte tatsächlich fantastitschnek!), und zum ersten Male fiel ihr ein, daß sie etwas tun müßte, um Halina einen Mann zu besorgen.

Valeska näherte sich Halina und legte langsam ihre Arme um sie, sie zog sie näher an sich heran, bis sie ihren Körper spürte, auch ihren leisen Widerstand, den ganz sanften Widerstand von Halinas Körper, und der Geruch ihrer Haut stieg zu ihr auf, der Geruch ihres Haares, der Geruch ihres Atems, und langsam fiel ihr der andere Kör-

* Hier, zieh das an!

per zu. Halina gab sich hin, ganz langsam, und überwältigt von dieser Umschlingung lief über ihr Gesicht ein Zittern und preßte ihr das Wasser in die Augen, und das Zittern setzte sich fort, über den ganzen Körper, und ließ auch den Körper von Valeska erzittern.

Valeska hatte diese Umarmung, die mehr als nur eine Umarmung war, in der ein Mensch einen andern Menschen verläßt, seit zwei Tagen von Irma gewollt, und heute abend, vor dem Festessen, hatte sie noch einmal, zum letzten Mal, den Versuch gemacht, aber Irma hatte sich gewehrt und sie von sich gestoßen, ihr ganzer Körper hatte sich schon vorher gegen sie aufgelehnt, und Valeska hatte gefühlt, daß da etwas verlorengegangen war, was nicht wieder einzubringen war, auch nicht von *dieser* Umarmung, die sie nicht gewollt, die sie einfach überfallen hatte, und sie erinnerte sich jetzt daran, wie es damals gewesen war, als auch sie sich dagegen gewehrt hatte ... ja, es war bei ihrer eigenen Hochzeit gewesen, sie waren im Wohnzimmer versammelt, um das Klavier herum, das wie ein schwarzer Katafalk in der Mitte stand, niemand sagte etwas, nur die Seufzer der Frauen hingen im Raum und eine polnische Litanei, die die Großmutter vor sich herflüsterte, und dann war Leo Maria gekommen, zusammen mit seinen Cousin Ernst, der Brautführer und Trauzeuge zugleich war. Beide sahen sich ziemlich ähnlich in ihren schwarzen, steifen, feierlichen Anzügen, nur Leo Maria hatte an den Rockkragen und an den Ärmelaufschlägen Myrtenzweige aufgenäht, und sie selbst trug über dem Schleier einen Myrtenkranz ins Haar gedrückt, und einen kleinen, selbstgewundenen Kranz hatte sie an ihrem Kleid, über der Brust, angesteckt. Diesen Kranz und zwei Zweige von Leo Maria hatte sie dann, nach der Hochzeit, in eine leere Teebüchse gesteckt, immer würden sie darin grün bleiben, sagte man, so lange, bis einer der Eheleute die Treue bräche. Bevor Leo Maria sie aus dem Haus führte, mußte die Mutter von ihr Abschied nehmen. Sie war auf sie zugekommen, und Valeska fürchtete? ängstigte? genierte?

sich, vielleicht kam alles zusammen, sie wich vor ihr zurück, und erst in der Küche, wo Leo Maria ihnen nicht mehr zusehen konnte, ließ sie sich umarmen: Zum letzten Mal gehörte sie noch der Mutter an.

Und Valeska drückte Halina, die neuentdeckte Halina an sich, als wäre es ihre eigene Tochter und als müßte sie jetzt, in dieser Minute, von ihrem Körper, ihrer Jugend Abschied nehmen. Auf mehrfache Weise versuchte Valeska sich darüber hinwegzutäuschen, daß sie schon lange von ihrem Kind Abschied genommen hatte, und jedesmal war diese Täuschung ein Stück offenkundiger geworden. Ihr wäre es lieb gewesen, es hätte einen klaren Bruch zwischen ihnen gegeben, irgendein Ereignis, eine Situation, an der man diese Veränderung ablesen konnte, aber sie hatten sich langsam voneinander entfernt, und sie war überdies so beschäftigt gewesen, daß sie es nicht einmal bemerkt hatte.

Das Ritual bekam einen Sinn: es besiegelte einen Verlust, endgültig.

Die beiden Frauen befreiten sich aus ihrer Umklammerung und fielen erschöpft, ratlos, verwandelt in die Sessel, sie schwiegen und jeder blickte in eine andere Richtung. Das war vielleicht der Preis für diesen einen Augenblick, der sie vereinigte: daß sie sich von nun an noch fremder als bisher sein würden.

Lange saß Valeska so da, das Geräusch des Autos, auf das sie seit langem wartete, war nicht zu ihr gedrungen, dafür spürte sie jetzt den Geruch von Weihrauch, der aus dem Zimmer von Leo Maria hier einsickerte, überhaupt wurde die Luft schwerer, denn in der Nacht begannen die Sümpfe aufzusteigen. Valeska hätte noch lange so dasitzen und die Nacht über sich aufziehen und untergehen lassen können, sie hätte nicht bemerkt, daß sie umstellt war von Seufzern und Gegenständen, die sie (einmal) irgendwo gekauft und dann in ein Regal gestellt und vergessen hatte, von Spiegeln und Sehnsüchten, vor denen sie, wenn sie auf einmal als Bilder vor ihr aufstiegen, erschrecken müßte, von den Steinen ihrer Erinnerung, die sie mühsam aufeinanderschichtete und die immer wieder zusammenfielen; wenn sie sich umsähe, müßte sie bemerken, daß die Dinge schon Risse und Bruchstellen hatten, nur feine Äderchen zeigten das an, die man mit bloßem Auge vielleicht nicht gleich erkennen konnte, die aber nicht mehr wegzubringen waren.

Was mußte noch geschehen, damit alles zerbräche? Richtige Katastrophen, so sagte ein Gleiwitzer Sprichwort, meldeten sich durch den Ruf des Waldhähers an, und hatte sie nicht heute mittag, als sie vom Erzpriester zurückkam, unterwegs den Waldhäher gehört?

Ich gehe nach oben, zu Leo Maria, sagte Valeska fast tonlos, sie erhob sich aus dem Sessel und ruderte gegen ihre Vergangenheit und gegen ihre Zukunft an und kämpfte sich die Treppe hinauf. Und Halina, träumerisch, verwegen oder somnambul, räumte die Schublade mit den Schminksachen, räumte die alten Kleider weg, und nicht nur das, sie räumte die Hinterlassenschaft aller Menschen, denen sie jemals in ihrem Leben begegnet war, in diesen Minuten aus der Welt fort.

27

Als Valeska die Tür zum Zimmer von Leo Maria vorsichtig öffnete, sah sie ihn hinter einem Vorhang aus grünem Rauch, hochaufgerichtet, in einem Berg von grünen Kissen liegen. Es war, als hätte er sich, seitdem sie ihn am Abend verlassen hatte, überhaupt nicht mehr verändert in seiner Lage. Nichts in der Gleichmäßigkeit seiner ruhigen Atemzüge ließ darauf schließen, daß vor einiger Zeit der Husten in seiner Brust explodiert war und er einen geschickten, gleichwohl langsam ermüdenden und immer aussichtsloser werdenden Kampf gegen seinen Körper geführt hatte. Valeska war sich nicht sicher, ob er erst jetzt, vielleicht durch die Geräusche vorhin, die sie mitgebracht hatte, aufgewacht war oder ob er überhaupt nicht geschlafen hatte, ja den Bruchteil eines Sekundenbruchteils schoß es ihr durch den Kopf, daß diese offenen Augen sich vielleicht überhaupt nicht mehr schließen werden, es sei denn, man legte grüne Myrte darauf. Schnell sagte sie: Wie geht es dir?, und sie hatte Mühe, den Hustenreiz zu unterdrücken, den der grüne Rauch, der sich in ihrem halbgeöffneten Mund ansammelte, verursachte.

Danke, sagte Leo Maria mit der gleichen matten Stimme, die sie von ihm seit Jahren kannte, und rührte sich nicht. Es geht mir jetzt besser.

Wie gut, daß es dir wieder besser geht! Valeska war noch nicht ganz da. Sie beugte sich leicht nach vorn. Ach, Leo Maria, sagte sie, es war ein schönes Fest, vielleicht hätten wir dich doch mitnehmen sollen, in einem weichen Polsterstuhl, in Decken eingepackt, für eine Stunde oder für zwei . . .

Leo Maria zog eine Hand unter der Bettdecke hervor, aber nur, um damit eine abwehrende Geste zu machen.

Sie haben nach dir gefragt, und sie lassen dich grüßen, alle. Und sie ließ das Wort »alle« ausschwingen, als ob es die andern noch irgendwo unterwegs einholen könnte, damit sie das bestätigten. Ich habe dir Blumen mitgebracht, einen ganzen Arm voll, Halina wird sie gleich bringen, log sie.

Wieder kam die Hand hervor.

Ja, ich weiß, du sollst sie dir nur ansehen . . . seufzte sie. Sie setzte sich auf den Stuhl, und niemand in der Welt, sie selbst eingeschlossen, hätte sagen können, aus welchen Tiefen der halb unterdrückte Seufzer aufgestiegen war, aus den Tiefen der Angst oder der Befriedigung. Valeska nahm Leo Marias fast leblose Hand hoch und führte sie an ihre Lippen, lange hielt sie sie dort, bis der leise Pulsschlag sich ihr mitteilte und ihr etwas von einer Nacht aus Todesangst, Todessehnsucht und Todestraum erzählte.

Erzähl mir von dem Fest, sagte Leo Maria.

Valeska begann nur zögernd, denn sie wußte nicht, wie

sie anfangen sollte. Sie wußte nur, daß sie die wichtigen Dinge nicht gleich zu Anfang sagen konnte.

Leo Maria hörte ihr gern zu, nicht dem, was sie sagte, irgendwie hatte er das alles schon gehört, nein, das interessierte ihn jetzt auch nicht mehr, sondern einfach ihrer Stimme. Er hatte nur seine Schwierigkeit mit ihrer Routine-Frage: Wie geht es dir?, und immer noch wehrte sich in ihm alles dagegen, überhaupt darauf zu antworten. Sie hörte nicht auf, die immergleiche Frage zu stellen, manchmal zwanzigmal am Tag, und der Sinn dieser Frage muß ihr längst entglitten sein, es war nur noch eine Lautgeste, wie wenn man einen Arm in die Luft wirft oder sich mit dem Finger an der Stirn reibt. Aber dann, eines Tages, mißtrauisch oder vielleicht nur besorgt, fragte sie: Geht es dir nicht *etwas* besser? Denn sie hatte ihm eine neue, noch scheußlicher als gewöhnlich schmeckende Medizin eingeflößt, die sie bei einer Heilpraktikerin in Ratibor bestellt hatte, und ihm war davon ganz schwindlig geworden, er brauchte danach zwar eine ganze Weile nicht zu husten, aber er hatte das Gefühl, dieses Zeug würde nicht nur seine Lungen, sondern alle seine Glieder lähmen. Und wieder fragte sie: Geht es dir wirklich nicht besser? Es muß dir doch mal besser gehn! Da hatte er ihr geantwortet: Ja, es geht mir *besser*! Valeskas Gesicht hatte sich dabei aufgehellt und in ihre Stimme war ein optimistischer Beiklang hineingerutscht, als sie sagte: Von jetzt an wird es dir immer besser gehen, ich habe das richtige Mittel! Und Leo Maria hatte sich daran gewöhnt zu sagen: Es geht mir besser! Obwohl es auch diesmal nicht das richtige Mittel war.

Warum wollte sie eigentlich genau wissen, wie es ihm tatsächlich erging? Nicht einmal der Arzt wollte es wissen, jedenfalls jetzt nicht mehr, nachdem er es mit dieser Krankheit länger aushielt, als sich ein Arzt das vorstellen konnte. Im Grunde wollten sie doch alle nur wissen, ob er noch lebte oder ob es schon aufs Sterben zuginge, auch Valeska machte da keine Ausnahme. Für ihn war es jedenfalls nicht sehr wahrscheinlich, daß er noch einmal dieses Zimmer verlassen würde, es sei denn mit den Füßen zuerst, aber über eine so einfache und klare Sache konnte er mit niemandem reden, am allerwenigsten mit Valeska. Manchmal dachte er daran, wie es wohl wäre, wenn er sich ganz einfach davonschliche, während Valeska neben ihm saß und in einem stürzenden Wortschwall von ihren Aktivitäten im Laufe des Tages berichtete, oder während sie neben ihm saß und aus der Zeitung vorlas, oder während sie neben ihm saß und eigentlich gar nicht da war. Er jedenfalls würde sich nichts anmerken lassen, und wenn es so weit war, würde er sie unter irgendeinem Vorwand aus dem Zimmer schicken, denn er wollte auf keinen Fall, daß sie dabei war, niemand sollte dabeisein, er würde einfach alle Rauchkerzen, die in seinem Nachttischchen lagen, anzünden und hinter diesem dicken Vorhang aus grünem Rauch krepieren.

Valeska war mit dem Aufzählen der Personen, die alle zur Hochzeit in den Ballsaal des Hotels Haus Oberschlesien gekommen waren, fertig: Ich schwöre es dir, wenn du wieder gesund bist, dann miete ich den Ballsaal noch einmal, und wenn es mich meinen letzten Tscheski kosten sollte, und alle Lichter müssen brennen, bis hinaus auf die Straße, dann wird es mit der Verdunkelung wohl zu Ende sein – und nicht diese kleine Musikkapelle, nein, Bernhard Etté kaufe ich für uns, mit seinem ganzen Orchester, und dann tanzen wir beide, ganz allein, auf dem Parkett, ja, Leo Maria, das tun wir.

Sie gab ihren Worten so viel Glauben mit, wie sie überhaupt aufbringen konnte, aber sie mußte sich eingestehen, daß das recht wenig war.

Darauf freue ich mich schon jetzt, sagte sie. Und du . . .?

Ja, Valeska, sagte Leo Maria, das möchte ich wirklich noch einmal erleben. Und er versuchte, dieser Lüge durch ein etwas stärkeres Lächeln mehr Wahrheit zu verleihen.

Und getanzt haben sie alle, sagte Valeska, auch dein

Sohn Josel, stell dir vor! Sie sagte nichts davon, daß sie auch getanzt hatte, mit dem Grafen Poremba und mit dem Feldwebel und mit ihrem Bruder Willi.

Leo Maria konnte sich überhaupt nicht vorstellen, wie sein Sohn Josel tanzte.

Valeska drückte die Hand von Leo Maria: Gleich werden die andern kommen! Sie wußte nicht, wer die andern waren, weil das davon abhing, wen Willi Wondrak zur Heimfahrt hatte bewegen können. Die meisten, so schien es, wollten bleiben, bis man ihnen das Licht abschaltete und sie aus dem Saal herausschmiß ... Josel jedenfalls müßte bald kommen, für ihn war es weiß Gott Zeit.

Willi, weißt du, bringt sie mit dem Auto vom Feldwebel hierher, er hat auch uns hergebracht. Sie begann mit einem kleinen kullernden Lachen und hielt ihre Hand vor den Mund: Der Feldwebel, der war vielleicht besoffen, der war so beschikkert, daß er am Ende auf der Tanzfläche nur noch auf den Knien herumrutschte. Sie lachte etwas lauter, weil sie daran dachte, wie der Feldwebel mit ihr die Runden gedreht und sie einmal in die Brust gezwickt hatte.

Willi hat ihm den Autoschlüssel abgenommen, damit er sich erst gar nicht ins Auto setzte, der wäre sofort in den nächsten Baum reingefahren, und der Krieg wäre für ihn zu Ende gewesen, bevor er überhaupt losgegangen ist ... Sie lachte immer noch.

Leo Maria konnte nicht mitlachen, er mußte aufpassen, daß er seinen ruhigen Atem nicht durcheinanderbrachte, sonst müßte er wieder husten und dabei könnte er einen neuen Anfall bekommen. Und außerdem interessierte ihn der Feldwebel wenig, er hatte ihn nur zweimal gesehn, und seine polternde Art hatte ihm nicht gefallen; es störte ihn auch, daß er überall, wo er war, immer irgendwelche Lieder pfiff.

Valeska dachte daran, was sie mit Heiko verabredet hatte. Heiko kann das Vaterunser auswendig, sagte sie, immer noch etwas verwundert darüber, daß jemand, der nicht aus dieser Gegend stammte, so etwas wußte. Sie machte eine Pause, ihre Stimme wurde energisch: Ich hab Heiko rumgekriegt, sich am Sonntag vom Erzpriester trauen zu lassen. Er hat mir's versprochen.

Ach ja, staunte Leo Maria. Und was sagt Irma dazu? Er hätte seine Tochter ganz gern im weißen Kleid gesehn, schön war das ja immer, eine weiße Braut mit Schleier, lange würden das die neuen Herrn aber nicht mehr mit der kirchlichen Trauung erlauben, das war ihm klar, und die Jugend hatte sowieso ihre eigenen Ideen. Für ihn gab es drei wichtige Anlässe im Leben, und da sollte man weiß oder schwarz gekleidet sein, damit man auch begriff, wie wichtig sie waren: Erstkommunion, Hochzeit und Tod.

Valeska antwortete nicht darauf. Mit Irma wollte sie darüber nicht mehr reden, sie würde ohnehin das tun, was Heiko für richtig hielt. Und Heiko hatte doch wohl nur Angst gehabt, es könnte ihm bei der Beförderung schaden, wenn er sich katholisch in der Kirche trauen ließ. Sie wollte mit Heiko noch einmal darüber reden, morgen schon, wenn sie die beiden im Hotel abholte. Vielleicht hatte er bis dahin sein Versprechen schon wieder vergessen. Die jungen Leute waren heute unzuverlässig, und erst recht, wenn sie aus dem Reich kamen.

Ich hole Irma und Heiko morgen früh . . . also ich hole sie *heute* um elf Uhr im Hotel ab, ich soll mit ihnen dort frühstücken, haben sie gesagt, und dann bringe ich sie zu dir. Eine kleine Feier machen wir hier extra für dich! Ulla Ossadnik wird kommen und das zweite Scherzo von Chopin spielen. Die kann das inzwischen besser als ich. Und Milka wird auch kommen.

Jetzt war es heraus.

Leo Maria stützte sich leicht auf und bat darum, daß sie ihm die Kissen noch etwas mehr in den Rücken stopfte. Er lebte richtig auf.

Sei vorsichtig, du wirst wieder einen Husten kriegen! Soll ich eine Rauchkerze anzünden?

Nein, jetzt nicht, später, zum Einschlafen.

Und Valeska erzählte, daß die Wassermilka in einem

Herrenanzug erschienen sei (stell dir vor!), mit langen Hosen, und dann rauchte sie Zigarren, es fehlte eigentlich nur noch ein Monokel, und auf der Brust trug sie das NS-Frauenschafts-Abzeichen (stell dir vor!), und überall wo die Milka hingekommen war, hatte sie gute Laune verbreitet mit ihren Zigarren, die sie verteilte, und mit ihren Geschichten, die sie immer wieder aufs neue erzählte.

Sie sei mit ihr ganz zwanglos ins Gespräch gekommen, und Gott sei Dank habe es keinerlei Anspielungen auf die Sache mit der Nervenanstalt Tost gegeben, und auch über den Vorfall in Flußkretscham wurde nicht gesprochen. Sie ist *ebend tollerant*. Ja, und stell dir vor, sie hat uns abgesagt! Sie fängt morgen bei der Gräfin Hohenlohe-Sowieso als Gesellschaftsdame an, hast du das verstanden: als Gesellschaftsdame! Pttt!

Erst jetzt wurde ihr bewußt, was das bedeutete: Gesellschaftsdame. Dabei konnte die Milka nicht einmal Klavier spielen, und ob sie überhaupt richtig mit Betonungen lesen kann, na, daran würde sie auch noch zweifeln.

Jedenfalls kommt sie nicht zu uns, sagte Valeska heiser. Sie hat abgelehnt! Einfach abgelehnt! Ich hab ihr das Gehalt verdoppelt, stell dir vor, Leo Maria! Und sie hat abgelehnt! Sie habe Geld genug, meinte sie, jetzt wolle sie durch die Welt reisen. Ja, stell dir vor, sie ist Reisebegleiterin, also Gesellschaftsdame *und* Reisebegleiterin bei der Gräfin Hohenlohe-Sowieso – aber daß diese Gräfin jedes Jahr ein paar Wiesen oder ein Stück Wald verkaufen muß, um überhaupt nach Karlsbad fahren zu können, das zispern sich ja schon die Feldmäuse zu.

Die Milka, das hab ich von den Mainkas gehört, hat die Flußwiesen am Klausbach-Wasser gekauft, und jetzt will sie dort Tabakpflanzen ziehen, jetzt kommt ja nicht mehr so viel aus dem Ausland wegen der Devisen; und das Gelände um den Wasserturm hat sie für einen Spottpreis erworben, weil doch dort nicht gebaut werden darf, jetzt aber soll dort die Reichsautobahn hinkommen . . . die braucht, *naturalnie*, jetzt nicht mehr unser Geld.

Sie spürte selbst, wie in ihre Stimme etwas von Staunen hineingeriet. Sie hatte schon vorher solche Gerüchte vernommen, sie aber nur halb geglaubt. Die Sache mit dem Tabak-Anbau, die hat sie von ihr selbst gehört. Vielleicht könnte man das mal alles zusammenlegen, also das, was sie selbst besaß, und das, was ihrem Bruder Willi Wondrak gehörte, und mit dem Eigentum von Milka Piontek kam da auch noch einiges hinzu – das würde sich ganz stattlich ausnehmen. Einige Leute würden darüber erschrecken. Valeska selbst war auch schon ganz verwirrt davon.

Ich bin froh, sagte Leo Maria, daß kein Krach mehr zwischen euch ist. Mir hat es immer sehr wehgetan, glaub mir, daß die Milka mich immer nur dann besuchen kam, wenn du nicht zu Hause warst.

Ich bin auch sehr froh, sagte Valeska. Und es machte ihr nichts aus, noch einmal zu schwindeln. Sie hat mich sogar umarmt, deine Schwester, als wir uns verabschiedeten!

Danke! sagte Leo Maria und drückte noch einmal ihre Hand. Seit der Beerdigung von Leo Marias und Milkas Mutter hatten sie sich nur noch selten gesehn, es lag nicht allein am Tod der Mutter, es lag daran, daß Milka ihre immerhin recht gut bezahlte Stellung in der Gräflich Ballestrem'schen Güterverwaltung aufgegeben hatte und sich ihr Geld mit Heimarbeit verdiente, indem sie Zigarren für die Firma Weiß & Co wickelte. Nicht einmal Leo Maria hatte herausgekriegt, wie sie auf einmal zu diesem Entschluß gekommen war, sie war jedenfalls in eine der Flüchtlingswohnungen an der Klodnitz eingezogen, und manchmal konnte man sie sehen, wie sie am Uferhang saß und mit ihren Brettern und Tabakblättern hantierte. Ihr Bruder Leo Maria fand das auf eine liebenswürdige Weise leicht verrückt, seine Frau Valeska hingegen schon unverständlich und skandalös, und der Schwager Willi Wondrak sogar berufs- und geschäftsschädigend.

Leo Maria war ein geschätzter Photograph in der Stadt, auch wenn er schon seit einiger Zeit nicht mehr photographierte. Valeska hatte es immerhin zu einer *Klavier-*

lehrerin staatl. gepr. gebracht, wenngleich ihre Schülerzahl sich in Grenzen hielt, und ihr Bruder Willi war schließlich einer der angesehensten Rechtsanwälte in Gleiwitz – ihnen schien es mehr oder weniger anstößig, daß Emilie Piontek ihren Lebensunterhalt ausgerechnet mit Zigarrenwickeln verdiente.

Für Valeska kam eine solche Tätigkeit gleich nach der Prostitution. Sie hatte jedenfalls gemeinsam mit ihrem Bruder alles versucht (Leo Maria sollte sich da lieber heraushalten), Milka zu überreden, eine andere Stellung anzunehmen oder ins Kloster einzutreten, denn da sie mit 37 Jahren noch immer nicht verheiratet war, konnte sie ohnehin gleich als Nonne gehen.

Milka hatte alles abgelehnt und sich überhaupt jede Einmischung in ihre Lebensverhältnisse verbeten, und Valeska war überrascht davon, mit welcher Sicherheit und Selbständigkeit Milka ihren armseligen Lebensentwurf verteidigte. Ihr Bruder Willi Wondrak hatte jedenfalls erreicht, daß sie zu einer Zwangsuntersuchung in die ›Verrücktenanstalt‹ nach Tost gebracht wurde, wo man sie allerdings am sechsten Tag wieder entlassen mußte. Seither hatte sie jeden Umgang mit ihrer Schwägerin Valeska Piontek und mit Willi Wondrak abgebrochen, und um ihren Bruder zu sehn, war sie in die Strachwitzstraße nur gegangen, wenn Valeska nicht zu Hause war.

Seitdem Valeska herausgekriegt hatte, daß Milka mit ihrem Erbteil und ihren Verdiensten bei der Firma Weiß & Co hier und dort ein Grundstück kaufte, da wieder mal eines verkaufte, um dort ein größeres zu erwerben, war sie mit Hilfe ihres Mannes auf eine Versöhnung aus. Vielleicht könnte man Milka auf diese Weise eher aus dieser Flüchtlingsbaracke herauskriegen, sie könnte ins Haus ziehen und die Verwaltung der Liegenschaften übernehmen, inzwischen war schon so viel damit zu tun, daß sie eine Person beschäftigen konnten. Ihr Bruder hatte außerdem daran gedacht, der Milka ein Fahrrad zu kaufen, damit sie, wann sie auch Lust hatte, zum Fluß fahren konnte.

Valeska wunderte sich, daß ihr Bruder nicht noch einmal mit dem Auto gekommen war. Oder sollte sie es überhört haben? Vielleicht war Josel schon in seinem Zimmer? Und auch der betrunkene Feldwebel? Sie sah zum Fenster hin, es war geöffnet, das schwarze Stoffrollo hing davor, das Josel am Sonntag wegen der Verdunkelung angebracht hatte, weil in diesem Zimmer die ganze Nacht über ein schwaches Licht brannte. Nein, das Autogeräusch hätte ihr nicht entgehen können. Sie lauschte. Draußen war es still. Genauer gesagt war da ein Teppich von leisen explodierenden Geräuschen, aber so gleichmäßig verwoben, daß es eine andere Art von Stille war. Dazwischen, lauter, das trockene, metallisch klingende Geräusch, wenn auf dem entfernten Rangierbahnhof die Waggons mit den Eisenpuffern aneinanderprallten. Und drinnen die rasselnden Atemzüge von Leo Maria.

Vielleicht war es Valeska zu still. Oder sie war noch nicht müde genug.

Was besondres in den Nachrichten? Sie fragte so, als erhoffte sie wirklich nichts besonderes. Und da fiel ihr die Sache mit dem Sender ein. Ja, sagte sie, da war doch etwas im Radio, mit polnischen Stimmen, die soll'n gesungen haben *Jeszcze Polska nie zginęła*.

Das mit dem Radio, das hatte er ihr gleich, als sie kam, erzählen wollen. Ja, sagte er, das wollte ich dir doch gleich sagen: Da muß was im Gleiwitzer Sender passiert sein. Was weißt du darüber?

Valeska vermied jeden Anflug von Ungeduld. Sie sagte: Irgend jemand hat das Gerücht mitgebracht, die Polen wollten den Sender besetzen, den neuen, in Zernik, aber niemand hat das geglaubt, es wimmelt doch überall von Soldaten, wie sollten die da über die Grenze kommen? – Das ist alles, was ich weiß.

Ja, ich will dir sagen, was da im Radio war, sagte Leo Maria, und er merkte, daß die ganze Sache ihn doch mehr aufgeregt hatte, als er es zugeben wollte, vielleicht weil es ihn wieder an die Abstimmungszeit erinnerte. Ich lag da und trank meinen Tee, den mir Halina gebracht hatte. Im Reichssender Breslau war irgendeine Plauderei über neue Bücher, ich hörte nicht genau hin, ich wartete nur auf die Nachrichten um acht Uhr, danach wollte ich umschalten zum Deutschland-Sender, da ist donnerstags immer das Hörbild, und du weißt doch, wie sehr ich diese Hörbilder liebe, und heute war wieder diese . . . diese Reihe dran ›Die großen Deutschen‹, diesmal über *Tilman Riemenschneider – Bildschnitz und Rebell* – ich hab mir das im Programm angestrichen . . . Er machte eine Pause, um seinen Atem wieder in ein Gleichmaß zu bekommen.

Also, es muß so zehn vor acht gewesen sein, ja, so ungefähr, auf einmal gab es ein Knacken im Radio, das hab ich gleich gehört, denn danach war der Ton weg, eine richtige Unterbrechung, und in dieser Stille kam immer wieder das Knacken. Auf einmal war da eine polnische Stimme, lauter als sonst, als ob da jemand in das Mikrophon hineinschrie . . . An den Anfang erinnre ich mich noch genau, weil es vorher doch so still war, und zwar eine ganze Weile still war, und du weißt doch, da kommt doch meistens gleich eine Ansage, wir bitten die Unterbrechung zu entschuldigen oder so, aber die kam nicht, und dann war es ja auch leicht verrückt, plötzlich diese aufgeregten Stimmen zu hören.

Leo Maria schnappte nach Luft.

Die Stimme sagte ganz deutlich: Achtung, Achtung, hier ist Gleiwitz. Der Sender befindet sich in polnischer Hand . . . Ich hab gleich nach Halina geschrien. Und dann ging das weiter: Oberschlesische Aufständische sind zur Selbsthilfe angetreten, weil . . . weil wir keinen Krieg gegen Polen wollen, den die Nationalsozialisten aus dem Reich gegen unsere Brüder vorbereiten . . . Laßt euch von ihnen nicht aufhetzen . . .

Oh, machte Valeska. Sie begriff erst jetzt, daß an der Sache etwas Wahres dran sein mußte, und daß die Hochzeit ihrer Tochter Irma eine Seite war, der Krieg die andere.

Also so ähnlich, sagte Leo Maria. Es ging so schnell,

halb war das Deutsch und halb Polnisch, ich hab nicht jedes Wort verstanden, aber *oberschlesische Aufständische* und *wir wollen keinen Krieg gegen Polen,* das war dabei, und auch Schüsse hörte ich ... Zum Schluß jedenfalls rief eine Stimme: *Hoch lebe Polen!* Das hab ich genau verstanden. Und dann wieder ein Knacken, danach war es still, nur ein Brummen im Radio. Also die polnische Hymne hat niemand gesungen ... Er machte eine Pause.

Als Halina endlich kam, war alles schon vorbei. Sie hat aber mitgekriegt, daß im Radio diese Unterbrechung war. Ich hab dann an den Knöpfen gedreht, auf der Troppauer Welle waren gerade die Nachrichten aus Breslau, sie brachten aber nichts über Gleiwitz, konnten sie ja wohl noch nicht, das war ja eben erst passiert ... Ich hab Halina zum Landgerichtsrat geschickt, es war doch Nachrichtenzeit, das müßte er auch gehört haben, aber Halina kam zurück und sagte, der Landgerichtsrat mache nicht auf.

Leo Maria hatte sich beim Sprechen so angestrengt, daß der Atem kürzer und die Pfeifgeräusche lauter wurden. Valeska befürchtete schon einen neuen Hustenanfall. Sie versuchte ihn zu einem langsameren Sprechen zu bewegen, indem sie ihre Hand beschwichtigend auf seine Brust legte – unterbrechen wollte sie ihn freilich nicht.

Ich hab dann noch ein paarmal am Radio gedreht, über Breslau und Troppau kamen die Volkslieder und übern Deutschland-Sender das Hörbild, und erst um halbzehn, glaub ich, war wieder die Gleiwitzer Welle eingeschaltet. Aber nichts wurde dazu gesagt oder erklärt ...

Und in den Nachrichten ...?

Ja, hör zu, setzte Leo Maria fort, ich hab die Nachrichten um zehn Uhr dreißig gehört, um zwölf, nichts darüber, nichts.

Vielleicht war das nur ein ... (Valeska wußte nicht, wie) sie das ausdrücken sollte) ein Schaltfehler, also ein Störung? Sie glaubte selbst nicht daran, aber vielleicht würde das Leo Maria beruhigen.

Doch Leo Maria wollte gar nicht beruhigt sein. Er hatte das alles aufregend gefunden, auch wenn es ihm bei dem Hustenanfall danach beinahe die Lunge zerriß. Ihm gefielen die Hörbilder mehr als diese gedudelte Musik, keinen Donnerstag ließ er das Hörbild aus. Und jetzt war das ein Hörbild aus der Wirklichkeit gewesen!

Ich hab Kattowitz abgehört, später, auch da wurde nichts davon erwähnt. Aber die Nachrichten sind ja immer zur gleichen Zeit, und wenn ich rüberschaltete, vielleicht war's da schon vorbei, ich weiß nicht . . .

Valeska kam ein Gedanke. Wir haben doch ein Telephon, sagte sie. Ob ich mal einfach beim Polizeirevier anrufe und frage, was da los war?

Leo Maria hatte lange seinen Husten unterdrückt, jetzt fing er von neuem an, er setzte sich aufrecht und versuchte den Husten klein zu halten.

Valeska sah ihm zu. Sie nahm vom Nachttisch den Tiegel mit den Räucherkerzen. Soll ich dir eine anzünden? fragte sie.

Leo Maria beruhigte sich. Er schüttelte den Kopf. Nein, sagte er mit leiser Stimme, vielleicht später. Falls es schlimmer kommen sollte. Er fühlte sich jetzt erschöpft.

Soll ich die Polizei anrufen? wiederholte Valeska.

Jetzt, um diese Zeit? fragte Leo Maria ungläubig. Wenn er sich vorstellte, es würde gegen zwei Uhr nachts das Telephon in seinem Haus schellen, das würde doch alle durcheinanderbringen, nein, dann müßte man das Telephon wieder wegbringen lassen. Er sagte: Jetzt kann man doch nicht mehr telephonieren!

Aber ich könnte doch sagen, zeigte sich Valeska hartnäckig, meine Freundin Tina Zoppas wohne direkt in der Nähe des Senders und wir hätten Angst, es könnte ihr etwas zugestoßen sein . . . dann müßten sie doch irgend etwas . . . verraten.

Laß mich's noch mal mit den Nachrichten probieren, in zehn Minuten ist es zwei Uhr, da bringt der Deutschland-Sender noch einmal Nachrichten.

Leo Maria bat Valeska um den Detektor, der im Regal einstaubte, er benutzte ihn nur noch selten, seitdem ihm Valeska dieses Saba-Radio gekauft hatte, nur wenn er etwas von ganz weit her über Kurzwelle hören wollte, wie damals den Boxkampf Max Schmeling gegen Joe Louis in Amerika, oder die deutschen Reden aus London nach der Kristallnacht, und die polnischen Kommentare nach dem Einmarsch in Prag.

Er legte sich die Kopfhörer über die Ohren und drehte langsam am Apparat. Der Nachteil beim Detektor war, daß der Ton mit den Ätherwellen wegging und wiederkam, und man immer nur Bruchstücke hörte.

Valeska sah ihm zu: ein spinnenhafter Mensch, weiß in weißen Kissen, der pfeifend die Luft ein- und sie rasselnd ausatmete, mit runden schwarzen Hörmuscheln auf den Ohren, hinstarrend auf ein zylinderförmiges Glas, in dem sich, wenn man genau hinsah, ein feiner filigraner Draht um einen kleinen blanken Kristall bewegte. Was hatte das alles mit ihr zu tun? Sollte sie nicht besser hinuntergehn in das Zimmer von Josel und nachsehen, ob er schon in seinem Bett lag? Oder sollte sie sich nicht endlich in ihr Zimmer nebenan zurückziehen, um in ihrem eigenen Bett und ihrer eigenen selbstgemachten Einsamkeit zu versinken?

Valeska lehnte sich in ihrem Stuhl zurück. Sie könnte auch hier bleiben und warten, bis alles vorbei wäre. Sie wußte nur nicht, *was* dann vorbei wäre. Die Nachrichten würden nichts Neues bringen. Seit Tagen warteten sie schon auf den Krieg, von dem überall die Rede war, abends um acht fanden sie sich ein, um es endgültig zu erfahren, und um zwölf Uhr, wenn die letzten Nachrichten kamen, waren es immer noch ein paar, die zusammenkamen, sie verscheuchten den Schlaf oder stellten sich den Wecker oder schütteten sich kaltes Wasser übers Gesicht, um wach zu bleiben, für zehn Minuten, um nicht den Krieg zu verpassen, er könnte ja losgehen und sie würden's nicht merken oder erst zu spät, und so standen sie da und hörten der fremden Radiostimme zu und gingen danach wieder leise auseinander. Es gab keinen Jubel in diesen Tagen wie im August 1914, es gab keine Angst wie bei der Abstimmung im Mai 1921, was es gab, war eher Gleichgültigkeit und Fatalismus. Noch vor zehn Jahren konnte man die Leute dazu bringen, auf dem Reichspräsidentenplatz zu schreien: Kattowitz bleibt deutsch, heute war es ihnen egal, sie spürten einfach, nicht wir werden diesmal gefragt, was zu uns gehören soll, und auch nicht die andern, und nicht zwischen uns wird es ausgemacht. Diesmal ist es eine Sache, die über uns alle hinweggeht.

Valeska ärgerte sich, daß sie sich überhaupt auf solche Gedanken einließ. Das war etwas, was den Landgerichtsrat a. D. beschäftigte, der hatte dafür fünf Zeitungen abonniert, der wußte mehr als sie alle, der wußte so viel, daß er seit einiger Zeit nicht mehr darüber redete.

Leo Maria streifte sich die Bettdecke etwas höher, als frierte es ihn. Er drehte weiter am Detektor und sein Gesicht verriet, daß er noch nichts gefunden hatte.

Draußen explodierte eine Granate, ziemlich weit entfernt, nur ein trockener, hohler Knall war zu hören, aber das Geräusch war lauter als alles vorher. Solche Geräusche gab es auch schon mal am Tag, doch da gingen sie in den andern Geräuschen unter. Dieses Geräusch, dachte Valeska, hat nichts Furchtbares an sich, eher etwas Unwirkliches, wie wenn man das Ohr ganz nah an einer Rosenknospe hat, die gerade aufspringt. Valeska überkam eine enorme Müdigkeit, es schien ihr, als ob der grüne Rauch, der jetzt ganz verschwunden war, sich in ihrem Körper festgesetzt hatte und ihn nun langsam, von innen her, betäubte, sie spürte, daß sie nicht mehr die Kraft haben würde aufzustehen, um in das Zimmer von Josel zu gehen und nachzusehn, ob er schon gekommen war, nicht einmal in ihr Zimmer nebenan. Sie richtete sich schon darauf ein, die Nacht hier im Stuhl neben Leo Maria zu verbringen. Das Kleid hatte sie gelockert, die Schuhe ausgezogen, jetzt löste sie noch ihren Haarknoten auf, der Zopf fiel ihr lang und dick auf den Rücken hinunter. Er befreite sie von irgendwas, sie wußte nur noch nicht genau, wovon. Daß sie der lange Zopf alt machte, darauf wäre sie nicht gekommen.

Nach den Tänzen, die Leo Marias linke Hand jetzt auf der Bettdecke aufführte, mußte er gerade unter seinen schwarzen Ohrmuscheln etwas Wichtiges hören, er drehte eine Ohrmuschel zur Seite und deutete an, daß sie mit einem Ohr auch mithören könnte, aber sie machte keine Anstalten dazu. Er würde ihr schon das Wichtigste mitteilen. Außer in diesen Tagen interessierten sie politische Nachrichten nur wenig, es genügte ihr, wenn sie morgens in der »Oberschlesischen Volksstimme‹ die Schlagzeilen sah, dann überflog sie die Lokalnachrichten und auf der dritten Seite die Kritik über eine Theaterpremiere im Stadttheater oder ein Klavierkonzert, Boschedank waren die immer recht kurz, dafür war nicht viel Platz, sie konnte das also schnell herunterlesen, bevor sie Leo Maria das Frühstück brachte. Denn was sie da nicht schaffte, das war für sie verloren, später fand sie keine Zeit mehr, in die Zeitung hineinzusehn. Und am Abend, vor dem Einschlafen, da gab es für sie nur zwei Bücher, die Bibel und der ›Pfaffenspiegel‹, in beiden las sie abwechselnd. Die Bibel lag auf ihrem Nachttisch, den ›Pfaffenspiegel‹ hatte sie mit Zeitungspapier eingeschlagen und im Wäscheschrank versteckt. Da sie meistens müde war und gleich einschlief, kam sie selten über zwei Seiten hinaus, beide Bücher würde sie also niemals zu Ende lesen. Dabei gab es interessante illustrierte Zeitschriften im Haus, Leo Maria bekam sie jede Woche vom Lesezirkel, seine Mitbrüder vom Josefs-Verein hatten ihm ein Jahres-Abonnement geschenkt, aber sie guckte niemals hinein. Die Kreuzworträtsel waren bereits aufgelöst, viele Photos und die Romanseiten ausgeschnitten, überall gab es Einrisse, von den Fett- und Kaffeeflecken nicht zu reden. Leo Maria bekam sie nämlich als letzter wegen seiner »Lungenkrankheit«, da waren sie schon acht Wochen alt.

Valeska war auf dem Weg in die Dunkelheit oder in den Schlaf, ihre Augenlider fielen herab.

Leo Maria setzte die Kopfhörer ab. Das Lauschen auf die kratzende, immer wieder entschwindende Stimme, das Jaulen und Summen und Pfeifen im Ohr hatte ihn wacher gemacht. Vielleicht gibt es keinen Krieg. Hörst du, Wally! Vielleicht einigen die sich noch.

Valeska hörte zu, aber sie war nicht imstande (sie hatte auch keine Lust dazu), die Augen zu öffnen. Jetzt, um diese Zeit, bedurfte es schon größerer Sensationen. Sie nickte nur.

Also in Berlin waren heute noch Verhandlungen. Im polnischen Radio sagten sie, England und Frankreich haben noch einmal den Beistandspakt mit Polen bekräftigt, ein Angriff auf Polen würde auch einen Krieg mit England und Frankreich bedeuten. Leo Maria dachte darüber nach. Er sagte laut: Das werden die nicht wagen!

Er legte die Kopfhörer und den Detektor auf den Nachttisch, der schon vollgestellt mit andern Sachen war, und er mußte die zusammenrücken, um Platz zu bekommen.

Aber hör zu, im Deutschland-Sender haben sie Gleiwitz erwähnt, warte mal, ob ich das noch zusammenkriege. Er überlegte und versuchte, aus dem Chaos von Stimmen und Geräuschen den einen Satz zusammenzusetzen, auf den es ihm jetzt ankam. Also: die polnischen Grenzprovokationen lassen nicht nach, heute abend haben polnische ... er suchte nach einem Wort.

Valeska warf ein: Insurgenten, weil sie sich daran noch erinnerte.

Leo Maria sah auf das Gerät, als würde er dort das fehlende Wort finden. Es war ein anderes Wort! Ja, jetzt hab ich's: Freischärler ... polnische Freischärler haben einen Überfall auf den Gleiwitzer Rundfunksender verübt, alle ... wurden festgenommen, einer getötet ... Nichts von einem Aufruf, nichts.

Valeska sagte, ohne ihre Augen zu öffnen – und ihre

Stimme war beinahe so schwankend wie vorhin jene im Detektor –: Ich verstehe nur nicht, wie die über die Grenzen gekommen sind, es wimmelt doch überall nur so von Soldaten . . .

Vielleicht waren sie in Zivil?

Aber du hast doch gesagt, sie haben gesagt: polnische Soldaten!, beharrte Valeska.

Nein, ich hab nichts von polnischen Soldaten gesagt, ich hab Insurgenten gesagt, nein, es war dieses komische Wort: Freischärler. Ja, die könnten auch in Zivil gewesen sein.

Aber wie sollten die rübergekommen sein? Valeska bequemte sich dazu, die Augen aufzumachen und sich auf dem Stuhl zurechtzusetzen. Ihr wollte es nicht in den Kopf. Überall, wo man hinguckte waren Soldaten, wie konnten dann trotzdem die Polen eindringen, um den Sender in die Luft zu sprengen oder es jedenfalls zu versuchen und vielleicht auch das Gaswerk und das Wasserwerk, das könnte ja alles passieren. Heute mittag hatte sie mit einem Soldaten draußen gesprochen, und der hatte gesagt, es kann jeden Tag losgehen, vielleicht sogar schon heute nacht, die Polacken kriegen von uns eine auf die Goschen, sagte er. Von überall kommen die her, nur aus unserer Gegend sind keine dabei; die sie hier eingezogen haben, die schicken sie gleich ins Reich oder weiter in den Westen, dabei wäre es doch besser gewesen, sie hier ganz vorn an der Grenze zu lassen, die können doch wenigstens Polnisch.

Fast wäre es ihr auch lieber gewesen, es würde bald losgehen, die Grenzen ein Stück weiter, das würde sie doch alle beruhigen. Nicht, daß sie sich fürchtete, die Stadt könnte von den Polen besetzt werden und sei es auch nur für kurze Zeit, daran glaubte niemand hier, und sogar der Herr Koschniczek, der früher mal ein Sozi war oder gar ein Kommunist und bei der Abstimmung für ein freies Oberschlesien geworben hatte, sagte: Die Reichsregierung wird schon dafür sorgen, daß kein Franzuski kommt ins

Ruhrgebiet und kein Poler nach Oberschlesien, das ist doch die Waffenschmiede Deutschlands.

Neugierig war sie. Sie sagte: Wenn der Feldwebel nüchtern ist, dann laß ich mich vormittags schnell von ihm mit dem Auto bei Tina Zoppas vorbeifahren, die weiß bestimmt Genaueres, meinst du nicht auch?

Du kennst doch das Gleiwitzer Sprichwort, je näher du am Korn bist, desto weniger weißt du, wie es wächst, sagte Leo Maria. Es war ihm klar, daß das keine Antwort war. Das Ganze war wahrscheinlich gar nicht so wichtig, nicht mehr als ein Satz in den Nachrichten, und morgen würde es schon vergessen sein, vielleicht kam es nicht einmal in die Zeitungen, jedenfalls nicht in die hauptstädtischen, und einen Krieg würde es deshalb nicht geben.

Valeska schien es, als habe sie die Tür des Gartenhauses knarren gehört. Der alte Landgerichtsrat war also noch wach. Sie wollte morgen bei ihm vorbeigehen und ihm etwas aus der Kasserole bringen, ja, sie hatte auch an ihn gedacht, als sie sich das übriggebliebene Fleisch mitgeben ließ. Ob er so lange gearbeitet hat, vielleicht immer noch an seiner Biographie? Seit jener Novembernacht hatte er mit ihr nicht mehr darüber gesprochen, und als sie ihn einmal direkt danach fragte, ist er ihr ausgewichen. Er sprach seitdem überhaupt nicht mehr über Politik, auch nicht, wenn er bei Leo Maria im Krankenzimmer saß, er sprach nur von seiner Tochter in Paris, und daß sie ihn demnächst besuchen werde, aber das sagte er schon seit über einem Jahr, und gekommen war sie nicht. Auch seine Besuche wurden immer seltener, das letzte Mal, ja das war im März gewesen, als er ins Haus kam. Jetzt sah sie ihn nur, wenn er zum Gartentor ging, um seine Zeitungen zu holen, und sie mußte es schon so einrichten, daß sie dabei »wie zufällig« vorbei kam, wollte sie mit ihm reden. Und gestern hatte sie ihn eingeladen zu der Hochzeit von Irma, und er hatte erst alle möglichen Ausreden vorgebracht, von Krankheit bis zum fehlenden schwarzen Anzug, aber sie hatte keine gelten lassen, sie wollte ihn sogar mit dem Taxi abholen lassen, aber dagegen wehrte er sich, ja, das schien ihn geradezu zu verstören. Er hatte plötzlich doch zugesagt und war auch gekommen, aber sie hatte keine Zeit gefunden, mit ihm zu reden. Er muß auch ziemlich früh gegangen sein, ganz allein, nachdem er die Legende von den drei Brücken erzählt hatte. Eine schöne Legende, ja, aber etwas seltsam war ihr doch zumute gewesen. Valeska versuchte diese Erinnerung mit den Geräuschen draußen in Übereinstimmung zu bringen, aber es gelang ihr nicht.

Vielleicht ist es so, daß einem die klarsten Gedanken kommen zwischen Wachen und Schlafen, wenn der Körper einem schon nicht mehr gehört und der Geist unterwegs ist in andere, tiefere, unbewußtere Schichten und dort Abenteuer erfährt, von denen uns im Schlaf nur noch ein paar vordergründige, banale, bildhafte Symbole übrigbleiben, die wir dann, beim Erwachen, Traum nennen. Valeska machte sich jedenfalls gerade auf diesen Weg.

Vielleicht hätte sie gestern noch darüber gelacht, aber heute war ihr alles klar. Sie wußte jetzt hellsichtig, wie einsam Leo Maria in seiner Welt der Photographien gewesen war, und daß ihm nichts anderes übriggeblieben war, als seine Einsamkeit in der Krankheit noch stärker zu machen. Und Irma, die ihr Leben so lebte, wie alle Kinder es leben, dumm und getäuscht und betäubt, und die plötzlich in ihrem neunzehnten Jahre sich entschlossen hatte, einen Soldaten, der seit fünf Tagen im Haus war, zu heiraten und sich durch nichts von ihrer eigenen Vereisung aufhalten zu lassen, und Josel, ein Kind noch, der seine eigene Einsamkeit in immer neuen Lügen der andern erfahren und doch noch gehofft hatte, ihr mit eigenen und größeren Lügen zu entkommen, und sie selbst, die hier am Bett von Leo Maria saß, ganz nah und doch weit von ihm entfernt, waren das nichts anderes als Fluchten vor der Einsamkeit, und diese Fluchten, wurden sie nicht immer größer, weil auch die Einsamkeit immer gigantischer um sie wuchs?

Dabei hatte sie ein ganzes Leben lang versucht, ihr zu entkommen. Sie hatte Freundinnen gehabt, als Kind, als junges Mädchen, aber im Grunde galt sie schon damals, wie ihre Lehrerin, Fräulein Ruthenbeck, sagte, als Einzelgeherin (sie sagte Einzelgeherin, aber da sie ein wenig nuschelte und ihr ohnehin niemand genau zuhörte, machten die andern daraus Einzelgängerin), und sie wollte auch nichts anderes, es war ihr bis zum Schweißausbruch unangenehm, wenn sich eine Mitschülerin oder eine Handarbeitsfreundin an sie drängte und sie körperhaft berührte, wenn sie gar damit anfing, von ihrem ersten Liebesabenteuer zu erzählen. Erich war es, der sie, als er ihr den Fisch reinsteckte, noch ein Stück weiter wegtrieb. Der einzige, mit dem sie eine echte und tiefe Beziehung gewollt hatte und von dem sie hoffte, er würde die Einsamkeit von ihr wegnehmen, war Leo Maria, das ist wahr, und davon würde sie sich, auch wenn manche rasch vergessenen und immer neu aufkommenden Träume ihr etwas anderes erzählen wollten, nicht abbringen lassen. Doch ehe ihre Bindung einer ernsthaften Prüfung standhalten mußte, war das Ganze schon vorbei. Leo Maria hatte sich in seine Krankheit hineingeflüchtet und sie in ihre Grundstücksspekulationen, vielleicht war es dazu gekommen, weil sie nie den Mut dazu gefunden hatte, mit Leo Maria darüber zu sprechen. Sie saß manchmal an seinem Bett, so wie jetzt, sah ihm ins grüne Gesicht und sah durch ihn hindurch, sie dachte darüber nach, wie es geschehen konnte, daß ein an sich gesunder Mensch von einem Tag zum andern Asthma bekommen konnte und später gelähmte Füße. Und sie erinnerte sich daran, daß sie einmal, ganz plötzlich, rote Flecken auf ihrem Körper entdeckt hatte, über der ganzen Brust, und so erschrocken gewesen war, daß sie mit niemandem darüber sprechen konnte, auch nicht mit einem Arzt. Sie wünschte, ja sie betete die Flecken hinweg – und tatsächlich, nach anderthalb Tagen waren sie verschwunden, von ganz allein. Warum sollte man nicht auf diese Weise andere, schlimmere Krankheiten wegbekommen. Sie hatte Glück gehabt, weil sie sich, zugegeben, mit aller Kraft gegen die Krankheit gewehrt hatte. Das war es wohl: Leo Maria hatte nicht die Kraft, sich dagegen zu wehren.

Sie hatte sich danach gesehnt, Kinder zu gebären und in ihrem auf- und abschwellenden Leib eine andere Zeit zu bestimmen, das war ihr zweimal gelungen, danach kam noch eine Totgeburt, mehr konnte sie aus dem Körper von Leo Maria nicht herausholen.

Irma war so ganz anders geworden als sie selbst, und dabei hatte sie immer, bis heute nacht, bis zu diesem Hochzeitsfest, in Irma sich selber gesucht, in der Farbe ihrer Augen, in einer Locke, in einer trotzigen Geste, oder wenigstens in der Art, wie sie beim Sprechen die Lippen schürzte. Nein, Irma war ganz und gar nach Leo Maria geraten, und so fremd, wie er ihr bis zuletzt geblieben ist, so fremd war auch Irma für sie, und vielleicht war es deshalb, daß sich Irma immer wieder dieser einen ritualen Umarmung entzog, ja verweigerte, weil sie nicht in ihren Körper aufgenommen werden wollte, aus dem sie einmal, vor zwanzig Jahren, ausgestoßen worden war. Und Josel war ihr von Anfang an, schon in ihrem Bauch, als etwas Fremdes vorgekommen, sie hatte fast zehn Monate gebraucht, um ihn auszutragen, und damals, in den Tagen, da sie ängstlich darauf wartete, daß er sich endlich aus dem Fruchtwasser befreite, kam in ihr der absurde, aber nicht mehr wegzubringende Gedanke auf, daß das Kind nicht hinaus wollte in das, was man so Leben nennt, und als die Blutungen nicht aufhörten, fürchtete sie schon, dieser Klumpen Fleisch würde sie mitschleppen ins Dunkel. Später aber entdeckte sie sich in Josel mehr als in Irma, in seinem versteckten Lächeln, in manchen Bewegungen, in seiner Energie, recht zu behalten, in seinem Eifer, Lügen zu erzählen, in seiner Art, Gefühle zu verbergen, und sie sah ihm zu, wie er, als Kind schon, die Täuschungen ausprobierte und sich mit der Einsamkeit arrangierte. Einmal beobachtete sie ihn, wie er oben auf dem Wäscheboden onanierte, sie sah das durch ein offnes Fenster, und sie spürte nur, wie sie dabei von einer langsamen Erstarrung befallen wurde, in der sie ihn weder hindern wollte noch ihre Augen von diesem gequälten, zuckenden Kinderleib loslassen konnte. Aber seitdem fühlte sie sich in seiner Gegenwart auf eine nicht recht erklärbare Weise schuldig.

Damals muß Leo Maria herausbekommen haben, daß sie ihn im Grunde nur geheiratet hatte, weil ein anderer Mann sie allein gelassen hatte, jener Erich Stroheim, dessen Eltern früher ein Hutgeschäft in der Bahnhofstraße hatten und später nach Wien gezogen sind, und der hier, bei seinen Großeltern, den Sommer verbrachte. Sie hatte niemals mit Leo Maria darüber gesprochen, aber es war ihr klar, daß ihm, nachdem er es erfahren hatte, nur zwei Möglichkeiten blieben: sie entweder zu verlassen oder sie noch enger an sich zu binden. Er hatte in einem Wutanfall den Photoapparat zerschlagen, war weggelaufen und erst nach drei Tagen wieder gekommen, mit einer Lungenentzündung. Seitdem hatte er sich geweigert, das Bett zu verlassen.

28

Das Schweigen, das eingetreten war, umarmte sie beide. *Er* konnte sich vorstellen, daß einmal nichts anderes um ihn sein würde, eine lange, nicht mehr schätzbare Zeit, in der es keine Fragen, keine Antworten, keine Erzählungen und kein Klaviergeklimper mehr für ihn gäbe, nur ein weicher, dämmriger Zustand, in dem man einfach dahintriebe und in dem gerade noch die Konturen des andern zu erkennen waren. Um einen herum würden vage, wolkenhafte, durchsichtige Inseln von Vergangenem oder auch von Zukünftigem schwimmen. Das war ja das Besondere daran, daß in einem solchen Zustand die Erinnerung nicht nur die eigene Erinnerung war, sondern sich mit der Erinnerung aller mischte, und die Vergangenheit zugleich auch etwas Werdendes vor sich herschob. Es war so etwas wie Träumen und doch etwas ganz anderes, denn es geschah vor dem Einschlafen, bevor die wirklichen Träume kamen, und war auch viel unbestimmter und bildloser, und es blieb später nichts davon übrig als ein paar Schweißkristalle auf der Haut. Niemand von den andern hatte die Geduld, dazusitzen und zu warten, bis dieser Zustand sich einstellte, vielleicht mußte man auch krank sein oder so lange krank sein wie er, vielleicht mußte man das auch erst lernen, er war jedenfalls immer allein dahin unterwegs gewesen und richtig angekommen war er auch nie, wie also hätte er Valeska da hinüberziehen können oder Irma oder Josel.

Er war dankbar dafür, daß Valeska nicht gegangen war. Hinter den geschlossenen Augenlidern nahm er ihre Umrisse wahr, ein schwarzes Viereck, das einen Geruch von Schweiß, abgestandenem Fest und Erschöpfung absonderte, und er wußte, dieses Bild würde noch lange bleiben, auch wenn sie sich schon nebenan im Bett wälzte oder vor dem Hausaltar ihre Gebete flüsterte oder, am Morgen, die Treppe hinunterging. Er hatte sie geliebt, er liebte sie vielleicht immer noch, und er bedauerte es jetzt, daß er es ihr nicht oft genug gesagt hatte. Dabei hatte er es oft gesagt: Wenn sie mit strenger Stimme einen Schüler unterwies und ihn dann, am Schluß der Stunde, mit ein paar Ermahnungen nach draußen geleitete, stand er manchmal an der Tür und sagte es ihr, ganz leise, bevor sie den Klavierschemel höherdrehte für den nächsten Schüler, oder wenn sie ihm eine Urkunde zeigte, mit der sie ein Stück Wiese, drüben am Wasserturm, gekauft hatte (dabei zeigte sie ihm nur jede dritte oder vierte Erwerbung, das wußte er), drückte er ihre Hand und flüsterte es, oder wenn sie sich schon am Sonnabend das Sonntagskleid anzog und mit ihm ins

Arena-Kino ging oder in die Neue Welt oder ins Stadttheater, da wiederholte er es. Und wenn sie zu ihm kam ins Atelier und sich seine neuen Photos ansah und ihn sogar lobte, dachte er es.

So viele Gelegenheiten gab es, ihr diesen einfachen, schönen, banalen Satz zu sagen, und er versäumte sie nicht, aber vielleicht hatte er nur jedesmal damit gemeint: Ich bewundere dich, Valeska! Sie hatte ihn abgewehrt, manchmal lächelnd, manchmal dankbar, manchmal huldvoll, manchmal verärgert, manchmal hochmütig, manchmal lästig, manchmal hatte sie diesen Satz auch einfach weggewischt. Bis er dann, später, nicht mehr den Mut hatte, ihn zu sagen und er auf andere Weise das auszudrücken versuchte, z. B. in den Pausen, die er jetzt in manchen Satz einschob, in einer Gebärde, die er ausdehnte, in einem Hustenanfall, den er wiederholte – aber sie hatte das nicht begriffen, sie war von Anfang an damit beschäftigt, die Pausen in ihrem eigenen Leben auszufüllen und auch die Pausen der andern. Sie war so praktisch, sie war so vernünftig, und alles, was sie in die Hände nahm, mußte ihr glücken, auch die Ehe. Er mußte seine Stellung im Laboratorium bei Ballestrem aufgeben, und gleich nach der Hochzeit hatte sie ihm einen Raum zum Photographieren eingerichtet und ein Schild draußen befestigt:

ATELIER FÜR
LICHTBILDNEREI
L. M. PIONTEK

Sie zeigte ihn überall vor, denn er hatte es weit gebracht bei ihr, wenn er auch am Anfang nicht viel zu tun hatte, es gab genügend Photographen in der Stadt, und seitdem es überall diese neuen Photomaton-Apparate für Paßbilder gab, waren nur noch einmal im Jahr am Weißen Sonntag die Kommunionskinder zu photographieren, hier und da mal eine Hochzeit, hier und da mal ein Kindergesicht, hier und da mal ein frisch eingezogener Soldat und Scheinaufträge von seinem Schwager, dem Rechtsanwalt. Das Geld brachte Valeska zusammen, mit dem Klavierunterricht und irgendwelchen Grundstücksachen, in die sie ihn nur selten einweihte, und weil er sich langweilte zu Haus, in seinem großspurig »Atelier« genannten Raum, fing er an, draußen zu photographieren: Burgen, Ruinen und Türme, die Türme der Stadt, die Türme in der Umgebung, die Türme in Oppeln, in Beuthen, in Ratibor, die Türme in ganz Oberschlesien, denn viele Türme, vor allem auf dem Lande, waren dem Verfall preisgegeben und würden in einigen Jahren oder Jahrzehnten nur noch auf seinen Photos existieren. Die Presse begann sich dafür zu interessieren, die ›Oberschlesische Volksstimme‹ brachte jede Woche ein Turm-Photo von ihm, mit einer Beschreibung des Standorts, der Situation, des Zustands; in den ›Schlesischen Monatsheften‹ wurde seine Arbeit von Karl Szodrok gelobt, die Neumannsche Buchdruckerei wollte sogar ein Buch daraus machen.

Auf diese Weise war er manchmal tagelang, manchmal auch eine Woche lang unterwegs gewesen, und einmal, als er nach Hause gekommen war, hatte er entdeckt, daß Valeska in seiner Abwesenheit die Hochzeiter, die Kinder und all die Leute, die inzwischen gekommen waren, photographiert hatte, und da sie selbst die Platten nicht entwickeln konnte, hatte sie Josel damit zu einem andern Photographen nach Hindenburg geschickt, der sie nicht kannte. Als er sah, daß Valeska ihm auch noch das Photographieren wegnehmen wollte, hatte er in einem Wutanfall den Photoapparat kaputtgemacht und sich drei Tage lang in sein »Atelier« eingeschlossen. Damals fing sein Asthma an und wurde schlimmer und schlimmer, später kam das mit den Füßen dazu.

Er haßte Valeska deswegen schon lange nicht mehr, es war ganz und gar seine eigene Schuld, sie wollte damals wohl nicht die Kunden verlieren, das war alles, und sie hat ihm später einen neuen Apparat gekauft, der immer noch in dem verschlossnen »Atelier« aufgestellt war und dort verstaubte und veraltete. Einmal war er auf den Knien in das »Atelier« gerutscht und hatte sich vorgestellt, wie er damit photographieren würde, ja, jetzt würde er nur noch draußen photographieren, in der Natur, mit dem Licht des Himmels, auch die Hochzeitspaare, die Kommunionkinder und natürlich alle Türme, die Schloßtürme und die Kirchtürme, die Stadttürme und die Wassertürme, die Kühltürme und die Fördertürme, die Burgtürme und die Leuchttürme, die Kontrolltürme und die Aussichtstürme, die Grenztürme und die Wachtürme . . . Und dabei hatte er sich hingestellt vor den Apparat und den Selbstauslöser gedrückt und wieder und wieder sich selbst photographiert, tagelang, immer nur sich selbst, in der lächerlichen Hoffnung, aus diesen Photos mehr über sich selbst zu erfahren . . .

Er überlegte, ob er nicht wieder mit dem Photographieren anfangen sollte, er könnte sich im Rollstuhl ins »Atelier« fahren lassen, er könnte auch wieder die Registratur der Türme fortsetzen, Josel könnte ihn begleiten und dabei sein, wenigstens in den Ferien, es würde alles etwas langsamer gehen, aber er könnte es probieren, er müßte das Valeska nur klarmachen.

Er öffnete die Augen und sah immer noch auf das gleiche, im diffusen Licht etwas flache Bild vor ihm: Valeska auf dem Stuhl, nach hinten gelehnt, den Kopf halb gesenkt, die Hände im Schoß übereinandergekreuzt, den Körper unverrückt, erstarrt, als ob es nicht sie, Valeska, wäre, nicht dieser Raum, sondern nur eine Photographie davon.

Du bist eingeschlafen, Valeska, sagte Leo Maria leise . . .

Ja, sagte Valeska, und diesmal war eine lange Pause dazwischen.

An der Photographie veränderte sich nichts.

29

Noch ehe Montag richtig wach war, hatte er das Gefühl, daß jemand ums Gartenhaus schlich. Er hatte über Monate hinweg so viele Nächte in diesem Zimmer mit den ihm vertrauten Geräuschen zugebracht, daß jedes neue, fremde und unvertraute Geräusch ihm sofort auffiel. Vor allem, wenn es aus der Nähe kam. Geräusche aus der Nähe machten ihn mißtrauisch, wenn er sie nicht selbst verursachte. Dabei war ihm jetzt noch nicht klar, was für ein Geräusch das gewesen war, das ihn geweckt hatte. Vielleicht war nur ein Windstoß in den alten Birnbaum gefahren und hatte ein paar Äste gegen die Hauswand gedrückt; er hatte schon am Abend gespürt, das Wetter würde umschlagen.

Montag lag auf seinem Bett, noch mit dem Morgenmantel bekleidet, er lauschte nach draußen, er wartete auf die Geräusche und ihre Wiederholungen. Jetzt vernahm er ein deutliches Schurren an der Hauswand, ein Kratzen an der Tür. Dann fing das Glas an zu singen. Da wußte er, das sich jemand an seinem Fenster zu schaffen machte.

Klopfgeräusche. Tropfgeräusche. Das Klopfen wurde eindringlicher, aber nicht lauter, es hörte sich an, als ob jemand draußen mit der Fingerkuppe an die Fensterscheibe schlug, langsam und leise, als ob sie geheime Signale übermitteln wollte.

Herr Montag! Herr Montag! hörte er jetzt plötzlich. Herr Montag, bitte machen Sie auf!

Montag erkannte die Stimme, sie gehörte Josel. Sie schien ihm von weit her zu kommen. Er wußte nicht gleich, ob er sich noch in einem Zustand des Halbschlafs befand, der ihn von der Wirklichkeit abrückte, oder ob sein Entschluß, nur noch seine Innenwelt aufzunehmen, ihn von den Geräuschen draußen entfernt hatte.

Ich bin's, Herr Montag, der Josel Piontek!

Montag konnte nicht heraushören, ob die Stimme des Jungen durch die dicken Vorhänge so gequetscht zu ihm kam oder ob sie sich mit so viel Angst aufgeladen hatte, daß sie ständig zischende Nebengeräusche abgab: Isch binsch der Schoschel Pschonschek, so jedenfalls klang es.

Erst jetzt stand er auf und tastete sich im Dunkeln zum Fenster. Er schob den Samtvorhang ein wenig zur Seite, er wollte sich vergewissern, ob Josel allein war. Draußen war es dunkel, so dunkel, daß er niemand erkennen konnte, nur einen schwarzen vibrierenden Punkt. Das könnte er jedenfalls sein, dachte Montag.

Ich komme, sagte er leise, ohne darüber nachzudenken, ob der Junge ihn draußen überhaupt hören konnte. Montag drückte auf den Knopf der Tischlampe und das Licht sprang so plötzlich und milchig-weiß ins Zimmer, daß er erst einmal die Augen beschatten mußte, weil es ihn schmerzte. Benommen wandte er sich ab und ging zum Flur. Als er den Schlüssel im Schloß einmal zurückdrehte, fiel ihm etwas ein. Er fragte: Bist du allein, Josel? Und als er von draußen ein Geräusch vernahm, ganz verwischt und so leise, daß er nicht sicher war, ob dies eine bejahende Antwort von Josel war, drehte er den Schlüssel zum zweiten Mal um und öffnete die Tür. Für ihn war es schon Beruhigung genug, daß er überhaupt gefragt hatte.

Josel taumelte fast herein. Er lehnte sich erschöpft an die Wand im Flur, als ob er jegliche Kraft verloren hätte, allein dazustehn. Aber vielleicht wäre er in diesem schmalen Flur auch nicht an dem alten Mann vorbeigekommen. Danke, sagte er.

Montag schloß die Tür sorgfältig wieder ab. Im Halbdunkel des Flurs – er hatte mit Absicht hier kein Licht gemacht – sah er dem Jungen ins Gesicht, und der verstörte Ausdruck, den er durch die Schatten hindurch wahrnahm, ließ ihn jede Frage unterdrücken. Er faßte Josel am Arm und zog ihn ins Zimmer, und dabei spürte er, wie der Junge unter der Jacke zitterte.

Komm rein, Josel, sagte er und versuchte so viel Vertrauen und Sanftheit in seine Stimme zu legen, wie es ihm die Überraschung und die Müdigkeit noch gestatteten. Komm rein und setz dich. Du zitterst ja, mein Junge? Montag führte Josel, der von der Lampe geblendet schien, bis zum grünen Sessel und drückte ihn hinein. Er setzte sich ihm gegenüber auf den Bettrand und sah sich den Jungen genauer an, der da in seinem dunklen Anzug von dem dunklen Grün des Sessels fast verschluckt wurde, seine kauernde Haltung verstärkte das noch. Josel hatte den Kopf zur Seite gewandt, weil das Licht seinen Augen wehtat, vielleicht aber auch, weil er fürchtete, man könnte das, was er eben getan hatte, allzu deutlich aus seinen Zügen ablesen. Montag nahm ein weißes Tuch und hängte es über den Lampenschirm, das Licht tauchte jetzt alles in ein weiches, seidiges Dämmer, das beiden wohltat.

Beide sahen sich nun an, stumm, und beide spürten, wie die Angst sich von ihnen entfernte.

Josel, der noch vor einigen Minuten geglaubt hatte, er könne die Nacht nicht überstehen, wenn er nicht mit irgend jemand, am besten mit dem alten Landgerichtsrat Montag, über das gerade Erlebte sprechen könnte, er brachte auf einmal kein einziges Wort hervor. Nicht, weil er so erschöpft war, er wußte jetzt einfach nicht, wie er alles erklären und womit er anfangen sollte. Und vielleicht hoffte er auch, daß in der Gegenwart des alten Mannes, in der wachsenden Vertrautheit mit den Gegenständen um ihn herum, in dem langsam sich drehenden Licht und in dem Austausch ihrer Blicke das Vergangene schließlich sich als ein schwerer, tiefer und häßlicher Traum herausstellen würde.

Montag kam diese Stille beklemmend vor. Und wie er den Jungen da so vor sich sitzen sah, die Haare verschwitzt und ungeordnet, das Hemd geöffnet und der Kragen zerknittert, im Gesicht ein tiefes Erschrecken, spürte er, wie ihn eine Welle des Mitleids und der Mitfurcht durchströmte. Da wußte er, er würde es niemals schaffen, sich nur in seiner Innenwelt einzurichten.

So lange ihn jemand fragte, würde er antworten. Also müßte sein erster Weg sein, die Fragen zu verhindern. Es war nicht damit geschehen, daß er sich vornahm, sich der Welt draußen zu verweigern, er mußte auch ihren immer neuen Versuchungen entgehen. Der Junge war nichts anderes als eine Versuchung für ihn gewesen, und schon die erste Versuchung hatte genügt, seine mühsam zurechtgedachte Konstruktion zu zerstören. Vielleicht war sie ihm geschickt, um ihn zu prüfen. Er könnte jetzt zu Josel hingehen, ihn an die Hand nehmen und ihn hinausführen. Er trat auch auf ihn zu, strich ihm mit der Hand über die verklebten Haare, ließ sie dann aber auf der Schulter ruhen.

Erzähl, mein Junge. Kann ich dir helfen? Er beugte sich zu ihm herunter. Der Geruch nach Erbrochenem war so stark, daß er zum Waschtisch ging, einen Lappen mit Wasser anfeuchtete und dann ein paar Spritzer Eau de Cologne darauf tat. Hier, sagte er, wisch dir das Gesicht ab.

Der Junge rieb sich mit dem Lappen übers Gesicht, über den Nacken und über die Haare; das erfrischte ihn. Und der angenehme Geruch erinnerte ihn daran, daß er nicht mehr auf dem Karussellplatz und nicht mehr auf der Flucht war. Er gab dem Alten den Lappen zurück, und als er dessen Hand spürte, zog er sie mit einer raschen Bewegung zu sich an seine Lippen und küßte sie.

Montag, verwirrt von der Gefühlsaufwallung des Jungen, entzog ihm rasch die Hand. Er ging zum Waschtisch, goß Wasser in die Schüssel und legte den Lappen hinein. Dann rieb er sich selbst die Schläfen mit Eau de Cologne ein. Auf der Hand spürte er ein Brennen.

Ich hab jemand umgebracht, sagte der Junge.

Montag drehte sich um. Er hatte sich bereits auf eine unerfreuliche Sache eingerichtet, die Umstände deuteten darauf hin. Aber *das* hatte er nicht erwartet. Die Außenwelt war jetzt eingedrungen zu ihm, mit allen ihren Verwicklungen. Alles andere waren Täuschungen.

Ich hab jemand umgebracht, wiederholte der Junge trotzig, auch leiser. Er war sich nicht sicher, welche Reaktion er bei andern zu erwarten hatte: ein Staunen, ein Aufschrei des Entsetzens oder Schweigen.

Weiß jemand, daß du hier bist? fragte Montag. Er ging zum Vertiko, zog eine Schublade auf und nahm eine Pfeife und einen Tabaksbeutel heraus. Er hatte schon seit Monaten nicht mehr geraucht.

Nein, sagte der Junge.

Was Montag jetzt tat – den Tabaksbeutel langwierig zu öffnen und die Pfeife mit aller Sorgfalt zu stopfen – war nichts anderes als eine leere Zeremonie, mit der er die Zukunft hinausschieben wollte. Denn wenn es tatsächlich wahr war, was Josel ihm da mit vier Wörtern entgegengeschleudert hatte, dann mußte er warten und ihn reden lassen, bis er zu Ende war mit seiner Geschichte. Jede Frage würde sie nur verändern.

Beim Anzünden der Pfeife brummte er einige Male vor sich hin, das konnte der Junge als Ausdruck des Behagens, als eine Reaktion der Ungläubigkeit, konnte er auch als Aufforderung weiterzureden, verstehen.

Der Junge wartete, bis die Pfeife gleichmäßig brannte (auch er hatte sich von der bedächtigen Zeremonie einfangen lassen), dann rückte er im Sessel auf die äußerste Kante.

Ich hab wirklich jemand umgebracht. Ich hab ihm einfach mit der Flasche übern Kopf gehaun, und er hat sich nicht mehr gerührt. Mein Gott, ich wollte es nicht. Josel sah dem Alten ins Gesicht, das von gelbem Licht und blauem Rauch beschienen war. Da er keine Veränderung darin entdecken konnte, redete er weiter. Er lag da und schnaufte ziemlich laut, und dann ging ein kurzes Zittern durch seinen ganzen Körper und er fiel zusammen. Das Blut lief ihm vom Hinterkopf herunter auf die Erde. Ich hab ihn noch umgedreht, der Körper war schwer wie ein nasser Sack, ich wollte nur seinen Kopf umdrehen, um sein Gesicht zu sehen, aber das ging nicht, ich hätte ihm den Kopf dabei abgedreht, so hab ich den ganzen Körper zur Seite gewälzt, und ich hab gesehn, wie ihm das Blut auch übers Gesicht lief. Seine Augen zeigten nur das Weiße.

Josel überfiel ein Schüttelfrost. Jedenfalls spürte er ihn in den Schultern und am Hals. Auch sein Kinn zitterte, er mußte die Zähne zusammenbeißen. Dabei war es ganz schwül im Zimmer, fast heiß. Der Alte hatte in dieser warmen Nacht kein einziges Fenster offen.

Josel hätte jetzt am liebsten geheult.

Wer war das? fragte Montag.

Na, der Feldwebel. Er sagte es so, als ob es jeder längst wüßte. Dann fügte er hinzu: Der Feldwebel Metzmacher, der bei uns einquartiert ist. Sie haben ihn doch gekannt?

Montag rieb ein neues Streichholz an und versuchte aufs neue, die erloschene Pfeife anzuzünden; vielleicht hatte er es verlernt, eine Pfeife richtig zu stopfen oder der Tabak war in dem Vertiko zu feucht geworden. Er hoffte nur, der Junge hatte ihm seine Überraschung nicht allzusehr angesehen.

Ich kann's Ihnen erzählen, wie das passiert ist. Josel sagte das nicht als eine Frage, er sagte es als eine Einleitung.

Erzähl mir's, Junge, erzähl mal erst. Ich kann dir vielleicht helfen. Montag schämte sich, so einen blöden Satz gesagt zu haben. Er gestand sich damit ein, gar nicht daran zu glauben, daß der Junge da mit seinen vierzehn Jahren einen Mord begangen haben könnte, wie nämlich sollte er ihm dann helfen?

Der Junge schluckte. Ich sag's nur Ihnen, verstehn Sie! Ich sag's nur Ihnen. Seine Stimme wurde schrill. Ich muß es jemand sagen, wissen Sie ... Und dann hau ich von hier ab, abtrimo ... Die werden mich nicht kriegen, ich verschwinde einfach hier aus dieser Pierunnje-Gegend und komm nie wieder her, nie mehr ... in dieses verfluchte Stück Erde ... Jetzt fing der Junge doch noch an zu schluchzen.

Montag rutschte mit seinem Stuhl näher an Josel heran. Er legte ihm die Hand aufs Knie, und als der Junge nicht aufhörte zu weinen, zog er ihn an sich und hielt ihn fest, bis er sich beruhigt hatte. Dann schickte er ihn zum Waschbecken. Als der Junge sich die Jacke auszog, sah er am rechten Ärmel seines Hemdes mehrere rote Blutflekken.

Zieh das Hemd aus! sagte Montag.

Der Junge beeilte sich damit. So streng war die Stimme des Alten noch nie gewesen.

Montag nahm das Hemd und tastete nach den Flecken. Das Blut war getrocknet, aber es war noch frisch in der Farbe. Montag roch daran. Es roch sauer. Er ließ das Hemd fallen. Es war, als hätte er erst jetzt, mit der Berührung dieses sanften, schwarzroten Zeichens, die Bedeutung der Worte begriffen, die Josel vorhin gesagt und wiederholt hatte.

Sie werden Mamuscha nicht sagen ... daß ich *danach* (und er verharrte auf diesem *danach*, als ob es tatsächlich die Zäsur in seinem Leben bedeutete) bei Ihnen gewesen bin, nicht wahr?

Und wenn sie dich kriegen?

Von mir erfahren die nichts, sagte Josel. Seine Stimme war fester. Er fühlte sich jetzt besser, seitdem er das Hemd ausgezogen hatte. Er hatte vorhin gekotzt, den ganzen Schnapsik und alles, was er am Abend gegessen hatte, hatte er ausgekotzt, und weil er kein Taschentuch bei sich hatte, hatte er sich mit dem Hemd das Gesicht saubergewischt. Vielleicht war es dieser Geruch, der ihn so schwach und elend und weich gemacht hatte.

Von mir erfahren die auch nichts! Montag ging zum Schrank und suchte ein Hemd heraus, und wie zur Bestätigung seiner Worte gab er es dem Jungen.

Hier, zieh das an. Es wird ein bißchen groß für dich sein, du mußt es fest in die Hosen reinstecken, mit der Jacke darüber wird es niemand merken.

Beide spürten, daß sie im Begriff waren, sich Gesten und

Blicke anzugewöhnen, wie sie zwischen Vätern und Söhnen üblich waren.

So, jetzt setz dich her und erzähl der Reihe nach. Montag sagte es mit einer nebensächlichen Betonung, als wollte er von Josel wissen, was er heute vormittag in der Schule getrieben habe.

Und Josel vergaß, daß er von einem Mord, den er erst vor einer Stunde begangen hatte, erzählen mußte.

Könnt' ich noch etwas von dem Parfüm kriegen?

Er roch das gern. So etwas müßte man immer in der Tasche haben, dachte er.

Montag nickte. Willst du eine Zigarette? fragte er. Er hatte seine Pfeife ausgehen lassen. Sie hatte ihm nicht geschmeckt. Aber wenn der Junge einen ... Mord begangen hatte, dann könnte er auch eine Zigarette rauchen. Vielleicht würde ihn das beruhigen. Soll ich dir eine drehen?

Montag holte aus der Schublade Zigarettenpapier, er legte ein weißes Blättchen in eine Fingergrube. Er nickte Josel aufmunternd zu.

Und der Junge sagte: Ich hab Sie gesehn im Hotel, bei der Hochzeitsfeier ... Sie haben immer mit dem Krawutschke geredet. Sie sind ziemlich früh weggegangen, nichwa? ... Da war einer so besoffen, daß sie ihn mit seinem eigenen Gurt an einem Stuhl festgebunden haben, damit er nicht umkippte, er hat in einer Ecke geschlafen, bis sie ihn untern Tisch geschoben haben ... Und Mamuscha wollte uns auch schon um zwölfe mitnehmen, aber wir wollten noch eine Polka tanzen, die Ulla und ich, und auch der Andreas ... Er wiederholte den Namen noch einmal, als müßte er mit diesem Namen eine Person ins Gedächtnis rufen, der er vor langer Zeit einmal begegnet war ... Den Andreas hat aber Mamuscha noch erwischt und mitgenommen. So hab ich mit Ulla getanzt, bis es auch für uns Zeit war zu gehen, aber wir wollten nicht mit den andern weg; jeder hoffte noch auf ein Erlebnis, ein Abenteuer oder sonstwas, im Auto bei Onkel Willi würde es keines geben, das wußte man. So bin ich mit Ulla zu Fuß gegangen, und in der Bahnhofstraße, gar nich weit weg vom Hotel, haben wir den Feldwebel getroffen, ja, der war so beschikkert, daß er sich kaum noch auf den Beinen halten konnte.

Montag hatte zwei Zigaretten gedreht, er hatte sie beide angezündet und reichte eine dem Jungen rüber. Josel nahm sie und paffte daran, in seinem Mund sammelte sich Hitze und beißende Schärfe.

Wir sind also zu dritt nach Hause gegangen. Der Feldwebel hatte 'ne ganz schöne Schlagseite, er stellte sich hin und kotzte, er kotzte einfach in die Gegend. Wir ließen ihn stehen, aber dann gingen wir doch wieder zurück und nahmen ihn zwischen uns, wir konnten ihn doch nicht einfach draußen stehen lassen, der wäre wahrscheinlich irgendwo zusammengeknackst und liegengeblieben. Schließlich kamen wir an dem Karussellplatz vorbei, die Soldaten waren abgezogen, alles leer, nur das Karussell stand da am Rande, mit seinen weißen Pferden, und ein Wohnwagen . . .

Josel schluckte Rauch und mußte husten. Er dachte an Papusch und sah ihn jetzt vor sich, wie er sich im Bett aufrichtete, wie er im Gesicht rot anlief, und wie Mamuscha die grünen Rauchkerzen vor ihm schwenkte . . . Er legte die Zigarette auf einen Teller vor sich auf den Tisch. Er wußte auf einmal nicht mehr, warum er dies alles so ausführlich erzählte. Das ging ihn doch jetzt nichts mehr an. Er hatte ihn umgebracht und mußte weg von hier, das war es. Er sagte: Es iss ja alles wschistko jedno: umgebracht hab ich ihn.

Montag fiel ein: Nein, du mußt das schon etwas genauer erzählen – wenn du willst, daß ich dir helfe!

Also wir haben den Feldwebel dann zwischen uns genommen, die Ulla und ich, setzte Josel fort, und er hat sich dabei auf unsre Schultern gestützt. Natürlich konnten wir ihn nicht so bis nach Haus schleppen. Sie setzten sich dann auf die Treppe zum Karussell, der Feldwebel und die Ulla, und der Feldwebel gab mir sein Schiffchen und sagte, er hätte einen ungeheuren Brand, den er jetzt, ja jetzt, löschen müsse, ich solle ihm da drin Wasser holen, dann würde es ihm schon besser gehen und er könnte wieder weiter. Der Wohnwagen neben dem Karussell war dunkel, da konnte ich nicht klopfen, also mußte ich zu den Schrebergärten auf der andern Seite gehen, da gab es Wasserleitungen in den Gärten. Ulla redete mir zu, das zu tun. So bin ich mit dem Schiffchen in der Hand losgerannt und hab die beiden auf der Holztreppe sitzengelassen.

Und jetzt kommt's, Herr Montag. Als ich zurückkam mit meinem Schiffchen in der Hand, voll mit Wasser, und drauf bedacht, nichts zu verschütten, da sah ich sie beide neben dem Karussell im Gras liegen. Ich ließ vor Schreck das Schiffchen mit dem Wasser fallen: da lag der Feldwebel auf der Ulla, er hielt ihr mit einer Hand den Mund zu, und mit der andern hat er ihr unten alles weggerissen. Ich glaub', da hab ich etwas gesagt, ich weiß nicht mehr was, aber es war ziemlich laut, vielleicht hab ich sogar geschrien ... doch der Feldwebel hörte mich nicht und auch die Ulla nicht, da sah ich eine Flasche im Rinnstein liegen, ich nahm sie und schlug sie dem besoffenen Schwein auf den Kopf.

Er machte eine Pause.

Und Montag sagte sinnierend, doch ganz unvermittelt: ein Stein, ein Blatt, eine nicht gefundene Tür.

Diese Worte schienen sich wie Watte auf die Erregung des Jungen zu legen. Josel machte eine Pause, dann sprach er weiter: Also ich schlug ihm damit übern Kopf und er sackte zusammen. Die Ulla kroch unter ihm hervor, sie schob seinen Körper nur ein wenig zur Seite, nicht einmal, daß sein Gesicht dabei zur Seite rutschte. Die Ulla sagte nichts. Sie hat nicht geschrien dabei, sie hat nicht einmal hingesehn auf seinen Kopf, von dem jetzt das Blut runterlief.

Sie standen beide wie erstarrt da, sie hatten nicht den Mut, sich zu berühren, sie warteten, daß etwas geschähe, irgend etwas: daß sich der Feldwebel umdrehte und aufstand und wegging, daß irgend jemand von der Straße her zu ihnen kam und fürchterlich schrie, daß auf einmal die Lichter des Karussells angingen, ja, daß es anfing sich zu drehen, schneller und immer schneller und dazu die Klappermusik der alten Orgel, aber nichts geschah.

Und wissen Sie, was sie dann sagte, Herr Montag? Sie sagte: Hau jetzt ab nach Haus, wenn das rauskommt, bist du geliefert, ein Feldwebel, das iss heute schon was. Das sagte sie! – Bei mir, verstehn Sie, fing alles an sich zu drehen, das war hier oben im Kopf wie bei dem Pferdekarussell. Verstehen Sie, Herr Landgerichtsrat, der wollte ihr was antun, der Feldwebel, und ich hab sie gerettet, und da hat sie mir *das* gesagt! Ich glaub, sie hat gar nicht begriffen, was da los war! Plötzlich kam von irgendwo ein Licht, wahrscheinlich aus dem Wohnwagen auf dem Platz, und die Ulla rannte weg. Ich hab den Feldwebel noch umgedreht, weil ich sein Gesicht sehen wollte. Ich hab Ihnen ja schon gesagt, wie mich das Weiß seiner Augen erschreckte. Dann dachte ich: weg, nichts wie weg! Ich bin Ulla nachgelaufen, aber es war so, als ob die Nacht sie verschluckt hätte, ich hab sie gesucht, ich bin an ihrem Haus vorbeigegangen, alles dunkel ... Und jetzt denk ich immer, wenn sie ihn finden, den Feldwebel, dann kommen sie zu uns, da gibt's doch Fingerabdrücke auf den Flaschenscherben, also ich bin geliefert ...

Über Montag kam eine leichte Erregung. Jetzt kannte er die ganze Geschichte, und er zweifelte nicht, daß er sie genauso erfahren hatte, wie sie geschehen war. Er hätte den Jungen gern ein paarmal unterbrochen in seiner Erzählung, aber er wußte, daß er zwar seine Erzählung unterbrechen konnte, aber nicht die Wirklichkeit. Unsinn, sagte er. Was redest du da für ein Zeug! Wie alt bist du, Josel?

Fünfzehn, sagte Josel.

Du bist doch noch ein Kind! Ein Kind mit fünfzehn Jahren schlägt einen andern nicht mit der Flasche tot. Du Tuleja!

Aber ich hab's getan! Der Junge bestand darauf.

Ich glaub nicht, daß der Feldwebel tot ist. Der war so besoffen, daß er einfach nicht mehr aufstehen konnte, vielleicht hat er einen Schock bekommen, das ist alles.

Er wußte, wie hilflos diese Sätze waren. Aber er konnte ihm nicht sagen, was bereits durch seinen Kopf ging, nämlich: welche mildernden Umstände man dem Angeklagten in diesem Fall zubilligen könnte.

Herr Montag! Josel stand auf. Sie haben nicht begriffen, was ich Ihnen gesagt habe. Ich erzähle Ihnen das nicht so einfach daher. Es ist ein Mord geschehen. Daß ich daran beteiligt bin, ist doch nur ein Zufall. Aber ich bin es jedenfalls. Und deshalb hau ich ab . . .

Montag merkte, er mußte eine andere Taktik einschlagen. Er sah dem Jungen zu, der sich jetzt an den Tisch lehnte, er entdeckte erst jetzt, wie hübsch er war, sein Gesicht war nicht älter geworden, aber vielleicht etwas härter, fester, männlicher, es verriet jetzt keine Angst mehr und keine Verstörtheit, wie noch vorhin, als er mit der Erzählung begonnen hatte.

Ich glaub nicht, daß der Feldwebel tot ist. Aber gut, Josel, lassen wir das mal außer acht. Keiner wird darauf kommen, daß du es gewesen sein könntest. Euch ist doch niemand unterwegs begegnet, oder doch? Und Ulla wird den Mund halten . . . Du sagst, er liegt auf dem Karussellplatz. Dort kann ihn jeder umgebracht haben . . .

Montag fühlte, während er das sagte, wie er sich hoffnungslos in eine falsche und unwürdige Argumentation verrannte. Er hörte auf. Er schwieg.

Auch deswegen bin ich zu Ihnen gekommen, Herr Montag. Wenn die einen von den Leuten vom Karussellplatz verdächtigen, dann müssen Sie hingehen und ihnen sagen, daß ich es war . . . Ich bin ja dann schon weg.

Montag fühlte sich beschämt. Er hätte wissen müssen, daß der Junge so und nicht anders reagieren würde. Am besten wäre es, sie gingen beide hin zum Platz und sähen sich den Feldwebel einmal an, falls er noch da wäre, vielleicht war er gar nicht tot. Man kann ihn doch nicht einfach da liegen lassen. Aber diesen Gedanken wagte er nicht auszusprechen, das würde nicht nur neue Verwicklungen mit der Außenwelt bedeuten, es würde den Jungen und auch ihn selbst gefährden. Erst jetzt wurde es ihm bewußt, daß er von Satz zu Satz immer tiefer in Mitschuld versank.

Vielleicht gibt es sowieso bald Krieg, alle reden ja schon davon ... sagte der Junge. Er zerrte an dem Hemdkragen, der ihm zu weit war und unterm Jackenkragen nach innen knickte.

Montag stellte sich jetzt neben den Jungen an den Tisch. Geh weg vom Krieg, sagte er, geh nach Breslau oder Berlin, geh in den Westen. Und mit einer andern, mahnenden Stimme, der man die Künstlichkeit freilich gleich anmerkte, sagte er: Was werd ich nur deiner Mutter sagen, wenn sie zu mir kommt und nach dir fragt – und sie wird zu allen Leuten gehen, und nach dir fragen! Die andern können sie billig trösten, denn sie wissen von nichts, was aber soll ich ihr sagen? – Du willst einfach abhaun, aber du denkst nicht daran, daß das für deinen todkranken Vater vielleicht das Ende sein kann ...

Es war Montags letztes Aufgebot an Wörtern, er wußte es, er wollte sich jedenfalls später nicht selbst den Vorwurf machen, das versäumt zu haben.

Aber Josel ließ sich davon nicht beeindrucken. Es schien, als hätte der Junge auf dem Weg vom Karussellplatz nach Hause schon über dies alles nachgedacht.

Sie brauchen Papusch davon nichts zu erzählen, ja, ich bitte Sie sogar, darüber zu schweigen. Keiner wird erfahren, daß ich bei Ihnen gewesen bin. Ich bin einfach weg. Weg. Irgendwann werde ich von unterwegs schreiben, klar. Die wollen ja nur wissen, daß ich lebe. Mamuscha hat so viel zu tun mit ihren Klavierstunden und ihren Grundstücken, daß sie mich gar nicht vermissen wird.

Josels Kindergesicht kam Montag jetzt viel älter vor.

Hast du Geld? fragte er.

Der Junge schüttelte den Kopf.

Montag zog eine andere Schublade auf und kramte einen Papierschein hervor: Nimm das. Setz dich in den Zug. Damit kommst du bis nach Breslau. Oder nach Berlin. Und dort gibt es so viele Menschen, glaub mir, da fragt keiner nach dir. Nimm irgendeine Arbeit an, da fällst du nicht auf . . . Und dann schreib nach Hause, verstanden!

Montag schob den Geldschein auf dem Tisch ganz nahe an den Jungen heran; er hatte eine Scheu, ihn direkt dem Jungen in die Hand zu geben. Er spürte plötzlich ein schmerzhaftes Klopfen in den Schläfen, und er hatte die Empfindung, mit jedem Schlag einen Teil seiner Kraft zu verlieren. Das Licht begann sich langsam zu drehen. Er wünschte jetzt, daß Josel schon aus dem Haus wäre.

Josel steckte das Geld ein. Sie sind ein guter Mensch, Herr Montag. Und wieder wollte er die Hand nehmen und sie küssen, aber Montag hatte schon vorher beide Hände in die Taschen seines Morgenmantels gesteckt.

Sie sind auch kein Jude, nichwa? fragte Josel.

Montag bekam einen Schlag auf den Kopf. Das Licht drehte sich schneller. Er hielt sich jetzt mit beiden Händen an der Tischkante fest. Es dauerte etwas Zeit, bis er wieder sprechen konnte, mehr Zeit, bis er seine Hände, seinen Kopf, seine Glieder bewegen konnte, noch mehr Zeit, bis ihm ein schmerzhaftes Lächeln gelang.

Wie kommst du darauf? fragte er den Jungen.

Ich hab's immer gesagt, der alte Montag ist kein Jude. Die Ulla hat's mal mitgebracht, ich weiß nicht, woher. Sie sagte, deshalb hätten Sie Ihre Tochter nach Paris geschickt und sich selbst hier im Gartenhaus versteckt . . . Er sah auf den Alten, der jetzt die Augen zusammengekniffen hatte und ganz verzerrt aussah.

Mamuscha, die das gehört hatte, iss richtig böse geworden, sie hat gesagt, darüber dürfe man überhaupt nich reden und das stimme alles gar nicht, sie kenne den Landgerichtsrat schon seit vielen Jahren . . .

Josel bückte sich dabei und hob sein schmutziges Hemd auf. Er rollte es zusammen.

Also, ich wußte, daß es nicht stimmte. Ich danke für das Geld. Sie werden es zurückkriegen.

Es war an der Zeit für ihn zu gehen.

Jetzt schwiegen sie beide.

Der Alte, weil er noch ganz betäubt war.

Der Junge, weil er nach draußen lauschte.

In diese Stille explodierte ganz fern ein Schuß.

Ich hab ihm nicht alles erzählt, dachte der Junge.

Ich müßte ihm jetzt alles sagen, dachte der Alte.

Beide sagten nichts.

Ich wünschte, ich wäre schon aus dieser Gegend weg, dachte der Junge.

Ich hätte ihm nicht aufmachen sollen, dachte der Alte.

Nochmal am Haus vorbei, das ist das Schlimmste. Ich geh am besten hinten über das Stoppelfeld, dachte der Junge. Ich will mir nur vorher das versteckte Geld holen, aus dem Blumentopf.

Wenn er weg ist, nagel ich die Fenster und die Tür von innen zu, dachte der Alte.

Ich glaub, ich geh jetzt, sagte der Junge. Er ging zum Fenster und schob den Vorhang zurück, er drückte das Gesicht gegen die Scheibe. Draußen war es noch dunkel. Es mußte bald dämmern, aber da wollte er schon am Bahnhof sein. – Ja, sagte Montag.

Das Hemd nehme ich mit, das schmeiße ich unterwegs in die Klodka, sagte der Junge, aber er wandte sich noch immer nicht zum Gehen. Wenn die Tür hinter mir zuschlägt, dachte er, ist etwas verschwunden, auf immer weg. Irgend etwas, das spürte er, hörte auf, wenn er den Raum hier verließ, das Haus, den Garten. Und wenn Sie die Ulla sehn . . . Er machte eine Pause, und in diese Pause hinein tat er den ersten Schritt zur Tür . . . sagen Sie ihr, eines Tages werde ich nach Warschau gehen und das Herz von Chopin berühren . . . Ach, sagen Sie ihr besser gar nichts.

Sie gingen durch den Flur, an so viel Stein und eingetrockneten Erwartungen vorbei. Als Montag schon die Hand zur Klinke ausgestreckt hatte, hielt er noch einmal inne. Er hörte seine eigene Stimme sagen: Komm, laß uns für dich beten! Er legte dem Jungen die Hand auf das Haar und sagte: ein Stein, ein Blatt, eine nicht gefundene Tür. Dann drehte er den Schlüssel zweimal um.

Der Alte und der Junge standen im Flur ganz nah beisammen, jede ihrer Bewegungen hatte in der Enge eine körperhafte Berührung zur Folge, die Geräusche, die sie verursachten, waren unheimlich laut. Josel holte aus einer Tasche eine kleine weiße Kugel heraus, die er den ganzen Tag bei sich getragen hatte und eigentlich Ulla schenken wollte. Hier, nehmen Sie das, flüsterte er. Das ist eine japanische Papierblume, wenn Sie die ins Wasser tun, geht sie wunderbar auf ... Wenn ich in Breslau bin oder in Berlin, schicke ich Ihnen eine zweite mit der Post, zum Zeichen, daß alles in Poschundek ist.

Josel machte selbst die Tür auf und ging hinaus, ohne sich noch einmal umzusehen. Er ging noch einen Schritt, dann war er von der Dunkelheit aufgesogen.

Er war älter geworden in dieser Nacht, aber noch nicht alt genug. Er wußte plötzlich, er hatte seine Kindheit hinter sich gelassen, und er drehte sich rasch um, als könnte er sie noch einmal mit einem Blick zusammenfassen und von ihr Abschied nehmen, aber sie hatte sich in tausend kleine Teile der Trauer, der Melancholie, des Schmerzes und der Finsternis aufgelöst. Er stieg über den Zaun und ging über das abgeerntete Weizenfeld, die Stoppeln knackten unter seinen Schuhen.

Montag stand im Türrahmen und horchte in die Nacht. Ein monotones Motorengeräusch aus der Ferne war zu hören, sonst nichts. Er ging einen Schritt vor die Tür. Ganz weit hinten am polnischen Himmel sah es aus, als ob jemand mit einem breiten Pinsel graue Striche auf den dunklen Horizont zu malen begann. Von dort waren leise Detonationen zu hören, es war wie ein sanfter Donner, der auf weichen Rädern daherrollte.

Montag ging zurück ins Haus und schloß zweimal die Tür. Er spürte die Papierblume in seiner Hand. Ein Stein,

ein Blatt, eine nicht gefundene Tür; von einem Stein, einem Blatt, einer Tür.

30

Draußen trommelte jemand an die Haustür. Die *Photographie* war zerstört. Valeska und Leo Maria schreckten hoch. *Aufmachen! Feldpolizei! Aufmachen!* Eine fremde scharfe Stimme von unten! Valeska sprang vom Stuhl auf, stürzte zum Fenster und riß das Verdunkelungsrollo herunter: Wer ist da? Die Tür ist doch offen, bei uns ist die Tür immer offen, warum dieser Lärm mitten in der Nacht? Aber das alles sagte sie nur zu sich selbst, sie saß da in ihrem Stuhl und rührte sich nicht, die scharfe Stimme von draußen verwundete ihr Ohr: *Feldpolizei! Aufmachen!*

Dann fiel ein Schuß, auf der anderen Seite, im Garten, ein trockener Knall, ganz ohne Nachhall. In diesem Augenblick befreite sich aus der Kehle von Valeska der Schrei, der dort seit dem ersten lauten Geräusch an der Tür eingeschlossen war. Sie ließ die Tür offen und lief die Treppe hinunter, und noch im Laufen schrie sie: nicht schießen! Bosche kochane! Nicht schießen! Was ist denn los?! Bis sie unten angekommen war und die Haustür aufriß.

Vor ihr stand ein Soldat, das konnte sie in der grauen Dämmerung erkennen, eine graue deutsche Wehrmachtsuniform, an der nichts auffiel, nur die breite, graublinkende Metallkette über der Brust. Die Pistole senkte sich.

Sind bei Ihnen ein Feldwebel Metzmacher und ein Gefreiter Birkner in Quartier? fragte der Soldat, und seine Stimme war vollkommen ruhig. Hinten aus dem Garten kamen Geräusche, die sich wie Axtschläge anhörten.

Was ist hier los? fragte Valeska, und sie spürte, wie ihre Erregung wuchs, es war auch Angst dabei, aber das würde sie nicht zugeben. Sie wollte in den Garten hinaus, aber der Uniformierte stellte sich ihr in den Weg.

Keine Angst! sagte der Soldat. Feldwebel Metzmacher und Gefreiter Birkner haben sich bis Mitternacht nicht bei ihrer Einheit gemeldet. Wir sind beauftragt, sie abzuholen. Und als Valeska ihn staunend ansah, weil sie das alles immer noch nicht begriff, nur die Geräusche im Garten wahrnahm, fügte er hinzu: Das ist alles.

Warum dann dieser Lärm mitten in der Nacht? Ich hab einen todkranken Mann oben! Valeska spürte die Ohnmacht in ihrer Stimme, nicht nur, weil der Himmel ein graues, muschelfarbenes Licht ausschüttete (sie hatten es oben gar nicht bemerkt, hinter dem schwarzen Stoffrollo, daß die Nacht zu Ende ging), sondern weil sie immer noch dastand, vor der Haustür, während in ihrem eigenen Garten Geräusche aufkamen, die sie erschreckten. Es hörte sich an, als ob jemand gewaltsam in das Gartenhaus eindringen wollte. Der Feldwebel ist hier einquartiert, das stimmt, sagte sie mit einer Stimme, die sich dieser Behauptung gar nicht so sicher war.

Bringen Sie mich zu ihm! schnarrte der Soldat jetzt streng, und der Tonfall machte Valeska unmißverständlich deutlich, daß dies ein Befehl war. Sie wehrte sich, wenn auch nur schwach: Was geht da vor? Es ist mein Gartenhaus! sagte sie.

Hinterher! sagte der Soldat. Knapper ging's nicht.

Valeska ging langsam die Treppen hinauf, so langsam, daß es nicht gerade auffiel. In ihrem Kopf legte sie sich ein paar Sätze zurecht, die sie dem Soldaten sagen wollte, wenn der Feldwebel nicht in seinem Zimmer sein sollte, womit sie jetzt schon rechnete. Der Gefreite Birkner, sagte sie, das müßten Sie doch wissen (sie sah sich dabei um), hat gestern meine Tochter Irma geheiratet und deswegen drei Tage Sonderurlaub bekommen – sie drehte sich um und blieb auf der Treppe stehn –, das müßten Sie doch wissen!

Den Geräuschen nach zu urteilen, die von draußen bis hierher drangen, brach jetzt jemand in das Gartenhaus ein.

Valeska ging weiter: Und der Feldwebel war dabei, bei

der Hochzeitsfeier, er war sogar Trauzeuge ... Aber ich weiß nicht, wann er zurückgekommen ist, ich bin früher gegangen, ich habe einen kranken Mann ... Valeska sprach laut, vielleicht weil alle Geräusche jetzt so laut waren, oder weil sie wollte, daß alle sie hörten, in ihren Zimmern, hinter den Türen, vielleicht auch, weil sie zeigen wollte, daß sie keine Angst hatte.

Frau Hupka stand an der Zimmertür und lauschte nach draußen, ihre Kinder schliefen fest; da sie keinen Schlüssel fand, mit dem sie sich hätte einschließen können, drückte sie die Klinke nach oben, entschlossen, niemand in das Zimmer hereinzulassen. Lucie (Lanolin) klammerte sich an ihren blinden Sohn, was auch geschähe, sie würde sich nicht von ihm trennen lassen. Halina kroch noch tiefer unter die Bettdecke, sie würde erst aufstehen, wenn die Pani sie riefe. Andreas war weniger vom Lärm, der ihn geweckt hatte, als davon überrascht, daß Josel immer noch nicht in seinem Bett lag. Er stand auf, zog sich die Hose über und streckte vorsichtig seinen Kopf in den Flur.

Valeska klopfte an die Tür des Feldwebels, wartete aber keine Antwort ab, sondern drückte sofort die Klinke hinunter und knipste innen das Licht an. Aber noch bevor das Licht aufflammte, merkte sie am Geruch, daß das Bett des Feldwebels leer war. In diesem Augenblick versetzte ihr der Gedanke einen Schlag, daß auch das Bett von Josel leer sein würde. Sie lehnte sich an den Türpfosten und ließ den Soldaten vorbei. Er ist nicht da, sagte sie. Sie meinte Josel.

Sie ging auf die andere Seite des Flurs, wo der Kopf von Andreas aus der Tür lugte, und fragte mit einer Stimme, der man die unterdrückte Skepsis gleich anmerkte: Ist der Josel da? Sie wartete die Antwort nicht ab, zu deutlich war das Nein im Gesicht von Andreas geschrieben. Valeska ging zurück.

Also wo, sagen Sie, sollen der Feldwebel und der Gefreite sein? Der Soldat hatte wieder die ruhige Stimme von vorhin.

Im Hotel Haus Oberschlesien, das ist das größte Hotel hier in der Stadt, direkt an der Hauptstraße ... Ich könnte Sie dorthin bringen ... Wir haben dort Hochzeit gefeiert ... die ganze Nacht ... im Großen Ballsaal ... nur, ich bin früher weggegangen wegen meinem kranken Mann. Valeska stotterte, aber nur deshalb, weil sich immer wieder hartnäckig in ihre Gedanken die Frage: Wo ist Josel? drängte, die jetzt keiner beantworten konnte. Sie ging mit dem Soldaten die Treppe hinunter, vor die Tür, um das Haus herum, in den Garten.

Heiko hat für die Hochzeit Sonderurlaub bekommen, drei Tage, das sagte er, und bei einer Hochzeit, da bekommt man doch Sonderurlaub, nicht wahr? fragte sie unterwegs. Sie denken doch nicht etwa ... Valeska sprach es nicht aus. Und der Soldat sagte nicht, was er dachte.

Sie standen vor dem Gartenhaus, dessen Tür aufgebrochen war, das gelbe Flurlicht fiel schräg nach draußen. Die Tauben, die vorhin, als der Schuß fiel, aufgeflogen waren, kamen aufgeregt gurrend zurück. Die Bäume füllten sich mit grauem Licht und rückten näher heran. Aus der Tür des Gartenhauses traten zwei Soldaten heraus, auch sie trugen – Valeska bemerkte es sofort – jeder eine Metallkette über der Uniform; sie flüsterten miteinander. In Valeska stieg ein furchtbarer Verdacht auf: der Schuß vorhin, das waren die gewesen, die haben ihn umgebracht, den Landgerichtsrat. Sie wollte durch die zertrümmerte Tür ins Gartenhaus hinein, aber die beiden Uniformierten hatten keine Mühe, sie zurückzuhalten.

Sie haben den Mann gekannt? fragte der Soldat.

Valeska trat einen Schritt zurück. Jetzt wußte sie genau, daß sie ihn getötet hatten. Warum haben Sie das getan? fragte sie.

Die Soldaten tauschten Blicke aus. Der Mann hat sich selbst erschossen, sagte der Soldat leise. Wir haben einen Schuß gehört, als wir bei Ihnen vorne an die Tür klopften, erst dann sind wir hierhergegangen. Und der andere Soldat sagte: Wir wußten doch nichts von dem Gartenhaus hier.

Nein, nein, nein, nein, stammelte Valeska. Lassen Sie mich rein. Und als sich keiner rührte: Bitte lassen Sie mich doch rein! Ich will ihn nur sehen. Ist er wirklich tot?

Ja, er ist tot, sagte der Soldat. Wer war dieser Mann?

Mein Untermieter, der Landgerichtsrat a. D. Montag! Jeder kannte ihn hier, ein alter, harmloser Pensionär ... Warum haben Sie das nur getan? Es ging nicht darum, daß sie die Selbsttötung nicht glauben wollte, der Vorgang war so weit weg von ihrer Vorstellung, daß sie es auch nicht geglaubt hätte, wenn sie dabei gewesen wäre.

Der eine Soldat wurde ärgerlich. Er riß grob an Valeskas Arm und stieß sie in die Tür hinein. Hier, sehen Sie selbst, sagte er. Er schob Valeska durch den Flur ins Zimmer, hielt sie aber dort weiter fest.

Valeska schrie nicht, sie zitterte nicht, sie hatte auch keine Angst mehr. Der wirkliche Tod macht stumm und hilflos ... Der Körper des Landgerichtsrats lag ausgestreckt zwischen dem mit Papieren und Büchern überladenen Tisch und dem Fenster, bedeckt von seinem braunen Morgenmantel. Sie sah einen aufgerissenen, zerfetzten, blutigen Kopf, ohne Gesicht, die Hand direkt davor, und in der Hand eine Pistole. Seine Brille lag unversehrt auf dem Tisch, als habe er sie vorher abgelegt. Valeska beugte sich nicht einmal nach vorn, obwohl das Licht dieses Bild nur schwach aufzeichnete, sie könnte so stehen bleiben, lange, sehr lange, und sie würde sich nicht um einen Zentimeter rühren. Vielleicht kam es daher, weil sie sich wünschte, sie möchte tot sein und so daliegen wie er.

Valeska ließ sich herausführen aus dem Gartenhaus. Danke, sagte sie, lassen Sie mich. So langsam wie sie jetzt zu ihrem Haus ging, hätte niemand gehen können.

Der Soldat, den sie zuerst gesehn hatte, rief hinter ihr her, niemand dürfe das Haus verlassen und keiner das Gartenhaus betreten, bis die Polizei gekommen sei, aber sie hörte kaum noch zu.

Mein Sohn Josel, sagte Valeska tonlos, ist nicht von der Hochzeitsfeier zurückgekommen ... Er ist erst fünfzehn.

Wir fahren jetzt in das Hotel, sagte der eine Soldat, und klemmte eines der herausgerissenen Bretter quer in die Tür. Sollten der Feldwebel oder der Gefreite vorher hier sein, sollen sie sich sofort bei der Einheit melden, sagen Sie ihnen das als Befehl!

Nehmen Sie mich mit! sagte Valeska. Vielleicht sind sie noch alle im Hotel, vielleicht tanzen sie noch ... Sie sagte es ganz leise, weil sie schon wußte, daß auch diese Hoffnung mit dem aufgehenden Licht zerreißen würde.

Wir haben keinen Platz. Die Soldaten lachten, sie stiegen auf ein Motorrad, das versteckt vorn an der Straße abgestellt war, der Motor heulte auf und winkend fuhren sie davon. Wenn die eingeschlagene Tür im Gartenhaus nicht wäre und nicht dieses ungekannte, stumpfe, fasrige Licht, hätte sie denken können, es sei nichts geschehen, sie sei nur spät, sehr spät, von der Hochzeit zurückgekommen. Aber da war dieses verrückte Licht. Sie erinnerte sich nicht mehr, seit ihrer Kindheit je wieder so früh draußen unter dem Himmel gewesen zu sein.

Sie trat ins Haus und ging die Treppe hinauf, ganz langsam. Jeder Schritt nahm von ihr ein Stück Leben, und sie fürchtete, bis sie zu Leo Marias Zimmer käme, würde ihr Vorrat an Leben verbraucht sein. Sie hockte sich zitternd auf eine Stufe und schloß Andreas in die Arme, der aus seinem Zimmer gekommen war und sich stumm an sie drängte, als wollte sie etwas festhalten, was ihr heute verlorengegangen war.

Joselek, mein Joselek, flüsterte Valeska.

Und nach einer endlosen Weile noch einmal: Joselek, mein Joselek.

31

Leo Marias Husten drang plötzlich durchs Haus. Valeska schob die Arme von Andreas zurück und erhob sich. Es war gut, daß sie irgend etwas an ihre Pflicht erinnerte oder auch nur daran, daß andere hinter ihren Türen weiterlebten. Das Licht drang von draußen durch alle Ritzen herein und malte seltsame geometrische Figuren an die Wände. Erst jetzt entdeckte Valeska, wie schlecht die Fenster abgedunkelt waren. Sie zog die Rollos hoch und freute sich daran, wie das Licht hereinstürzte und die Räume füllte, die Gegenstände gewannen ihre Plastizität zurück, die Farben ihre Leuchtkraft, und am Treppengeländer, das vorher flach wie eine Zeichnung gewirkt hatte, konnte man sich jetzt, beim Hinaufgehen, wieder festhalten.

Sie hatte Leo Marias Tür in der Eile halb offen gelassen, jetzt sah sie ihn schon vom Flur aus aufgerichtet im Bett sitzen, die Kissen in den Rücken gestopft, und der Husten bebte in seinem Körper. Valeska ließ auch hier erst einmal das Licht herein, um das, was die Nacht und sie selbst in diesem Raum angesammelt hatten, hinauszuspülen. Dann ging sie zu Leo Maria und legte ihre Hand auf seine Stirn, um das Fieber zu prüfen (er hatte keines), aber auch, um ihm etwas von ihrer Wärme und Ruhe vorzutäuschen. Sie ließ die Hand so lange auf seiner Stirn liegen, bis sie den Schweiß darunter spürte. Ein paarmal blieb dem Kranken die Luft weg und der Körper bäumte sich auf, wobei das Gesicht rot anlief und sich verzerrte, sie merkte schon, daß ihn diesmal ein besonders starker Hustenanfall befallen haben mußte. In seiner Hand hielt er eine Schüssel aus durchsichtigem Glas, in die er, wenn der Husten etwas nachließ, hineinspuckte. Valeska sah oben eine rote Schaumschicht, er spuckte also wieder Blut. Aus dem Nachttischkasten nahm sie Zellstoffwatte und wischte ihm damit das schweißnasse Gesicht ab, wie zufällig deckte sie dann das Glas damit zu. Sie schloß das Fenster, holte vom Nachttisch den Kupfertiegel und zündete eine grüne Rauchkerze an. Sie legte noch drei weitere dazu und schob sie so eng zusammen, daß sie sich nach einer Weile gegenseitig entzünden mußten, dazwischen streute sie ein paar Weihrauchkörner und sah zu, wie der Rauch langsam hochkräuselte. Sie tat alles mit einer Sorgfalt und Konzentration, als ob dies die einzige Sache in der Welt wäre, die sie für wichtig hielt. Sie selbst war unwichtig geworden, auch der tote Herr Montag, nur auf Josel kam es noch an – aber wo war Josel?

Valeska schwenkte den Tiegel vor dem Gesicht von Leo Maria, sie blies darauf, um den Rauch stärker wachsen zu sehen. Leo Maria atmete ihn ein, mit einem pfeifenden, ganz unwirklichen Ton, und jedes Ausatmen war von einem leichten Stöhnen begleitet. Sie hatte das Gefühl, dahinter bereite sich ein neuer Hustenanfall vor, und sie überlegte, ob sie nicht den Arzt anrufen sollte, vielleicht sogar den Erzpriester.

Leo Maria rutschte tiefer in die Kissen hinein, erschöpft reichte er ihr das Spuckglas. Sein Atem wurde ruhiger, der Körper entspannte sich, das Gesicht glättete sich langsam unter dem grünen Rauchschleier, die Augen wurden größer und gewannen etwas von der satten braunen Farbe zurück. Vielleicht würden sie sich bald mit grünem Rauch anfüllen.

Leo Maria atmete so schwer, als ob nicht genug Luft für ihn da wäre, er hielt eine Hand von Valeska fest, und sie spürte, wie seine Wärme sich auf sie übertrug.

Geht es dir besser? fragte Valeska besorgt.

Ja, es geht mir besser. Er sprach leise, aber es klang anders als sonst, als ob er von nun an niemals mehr würde laut sprechen können.

Halina stand in der Tür, ihre Augen noch verengt vom Schlaf; weil sie ihre Haare nicht gekämmt hatte, trug sie einfach ein weißes Tuch darüber. Sie lehnte sich an den Türrahmen, als brauchte sie ihn als Stütze.

Ach ja, Halina, sagte Valeska, du bist schon auf. Bosche, wie spät ist es? Niemand gab ihr eine Antwort. Bring doch das Spuckglas weg, es ist hier unterm Bett, und tu diesmal zwei Löffel von diesem Desinfektionszeug hinein. Valeska dachte daran, aufzustehn und das Verdunkelungsrollo wieder herunterzuziehen, um das Licht nicht mehr eindringen zu lassen. Vielleicht war das grelle Licht schuld an ihrem Kopfschmerz.

Was war da los, draußen? fragte jetzt Leo Maria.

Valeska schwenkte den Tiegel vor seinem Gesicht hin und her, als ob sie damit die Frage nach dem Schuß verhindern könnte. Soldaten sind gekommen, sagte sie, sie suchten den Feldwebel, weil er sich heute nacht nicht bei seiner Einheit gemeldet hat, das ist wohl Vorschrift.

Was haben sie mit ihm gemacht? Leo Maria versuchte die Worte immer zwischen zwei Atemzüge einzuschieben, dann kosteten sie ihn fast keine Luft.

Nichts. Er ist noch gar nicht von der Hochzeit zurückgekommen. Sie suchen ihn jetzt im Hotel.

Halina brachte das Spuckglas zurück.

Komm hilf mir, ihn umzuziehn, sagte Valeska. Sie schob den Rauchtiegel auf den Nachttisch und holte aus dem Schrank frische Wäsche. Dann fingen die beiden Frauen an, den weißen, mageren, schweißnassen Körper mit Handtüchern abzureiben.

Leo Maria ging es sichtlich besser, sein Körper, abgetrocknet, frottiert, in ein frisches und noch nach Stärke und Eau de Cologne riechendes Nachthemd eingepackt, beruhigte sich, seine Lungen wurden mehr und mehr von dem grünen Rauch betäubt. Jetzt könnte es auch wieder von Interesse für ihn sein, was der Schuß vorhin zu bedeuten hatte und was da Gewaltsames im Gartenhaus geschehen war. Die Geräusche hatte er bis hierher gehört, obwohl sein Fenster auf die andere, auf die Straßenseite hinausging.

Halina, sieh doch mal nach, wie spät es ist, sagte Valeska. Es ist draußen schon ziemlich hell, aber muj Bosche, ich weiß nicht, wann es um diese Jahreszeit hell wird. Sie wollte nicht zum Fenster gehen und hinaussehen, ob die Sonne schon aufgegangen war, sie fürchtete den weiten weißen Horizont. Es war ihr lieber, hier im Zimmer zu sitzen und sich vom grünen Rauch einspinnen zu lassen. Valeska streute weitere Weihrauchkörner auf den Tiegel.

Vielleicht sind sie gekommen, weil es jetzt bald los geht, sagte Leo Maria.

Was soll losgehn? fragte Valeska.

Der Krieg, sagte Leo Maria.

An den Krieg hatte Valeska nicht mehr gedacht, sie hatte im Moment nicht einmal eine genaue Vorstellung davon, was ein Krieg sein könnte. Irgendwann müßte sie Leo Maria erzählen, daß im Gartenhaus der Landgerichtsrat a. D. ausgestreckt auf dem Boden liegt, zwischen Fenster und Tisch, und ganz ohne Gesicht. In seinem seidenen Morgenmantel, den er immer trug, wenn er sich an den Tisch setzte und schrieb. Er mußte also vorher noch etwas geschrieben haben, vielleicht ein Testament oder einen Abschiedsbrief, ja, das hat er bestimmt getan, er war doch so *akkurat*.

Valeska dachte daran, das Brett aus der Tür zu nehmen und ins Gartenhaus hineinzugehen, wer wollte denn schon feststellen, ob inzwischen jemand im Haus gewesen war. Sie könnte auf dem Tisch nachsehen, wo die vielen Papiere, Zeitungen und Bücher herumgelegen hatten, auch seine Brille. Freilich, allein würde sie niemals den Mut aufbringen, in das Gartenhaus zu gehen, mit Toten ist man nicht gern allein. Aber mit ihrem Bruder zusammen würde sie hingehn, ja, sie könnte ihn anrufen, er würde schon irgendwie zu einem Taxi kommen, vielleicht fuhr er auch noch mit dem Auto des Feldwebels herum. So gegen sechs Uhr, da könnte sie ihn anrufen, oder um halb sieben, wenn bis dahin noch nicht die Polizei hier gewesen war.

Ja, und daß Josel noch nicht zu Haus war, das müßte sie Leo Maria auch erzählen, es sei denn, Josel würde plötzlich die Treppe heraufstürmen.

Wo Halina nur bleibt? sagte Valeska.

Es war jetzt ganz hell im Zimmer. Valeska knipste die Nachttischlampe aus, in deren blassem Licht sich die grünen Rauchschwaden angesammelt hatten.

Ich seh mal nach Halina, sagte sie, ich bin gleich wieder zurück. Vielleicht solltest du versuchen, einzuschlafen. Sie legte die Hand auf seine Stirn, die sich jetzt ganz heiß anfühlte.

Valeska wollte nach Halina sehen, aber zugleich auch nach Josel, oder ob der Feldwebel schon da war, oder die Polizei, die die Soldaten herschicken wollten. Sie traf Halina unten im Wohnzimmer bei der Uhr zwischen Uhrwerk und geöffneter Glasscheibe, an deren Zeigern sie drehte. Und jedesmal, wenn zur halben oder vollen Stunde die Glocke schlagen mußte, hielt sie das Pendel fest, damit die Schläge nicht durchs Haus hallten. Halina erschrak, als sich Valeska plötzlich im Uhrglas spiegelte; sie blickte sich nicht um. Die Uhr ist stehengeblieben, sagte sie.

Ist Josel noch nicht da? fragte Valeska.

Nein, sagte Halina. *Andrzej mówi, że nie może zasnąć, nie chce być sam w pokoju.**

Vielleicht sollte ich in die Stadt gehn und Josel suchen, was meinst du, Halina?

Halina wußte, daß diese Meinung eine Aufforderung an sie war, in die Stadt zu gehn und Josel zu suchen. *Dobra*, sagte sie, *wyciągnę rower i jadę do hotelu.***

Valeska wehrte ab. Sie hätte Halina gern in die Stadt geschickt, aber wenn sie irgend jemand kontrollierte, würde man sie bei ihrem schlechten Deutsch vielleicht noch als Polin verdächtigen, vielleicht als Spionin, davon reden sie doch jetzt überall, nein, sie würde telephonieren, später. Valeska betrachtete sich im Uhrenglas, und sie fand, daß der Zopf, der ihr über die Schulter hing, dieses Bild komisch, lächerlich, ja grotesk aussehen ließ. So hatte sie sich

* Andreas sagt, er kann nicht einschlafen, er will nicht allein sein im Zimmer.

** Gut, ich hole das Fahrrad und fahr damit ins Hotel.

bisher noch niemals gesehn. Es ging nicht darum, daß sie der Zopf älter machte, das war ihr gleichgültig, aber er machte sie zu einer Spottfigur. Valeska stürzte in den Waschraum, und hier, vor dem Spiegel, schnitt sie sich einfach den Zopf ab, direkt im Nacken, und kämmte sich das Haar mit den Fingerspitzen auseinander.

Halb fünf ist es schon, sagte Valeska, als sie im Vorbeigehn einen Blick auf die Uhr warf, die Halina immer noch aufzog. Morgen wollte sie zu einem Friseur gehen, der ihr die Haare etwas sorgfältiger schnitt und ihr vielleicht ein paar Wellen hineinbrannte, so wie das jetzt Mode war. Warum sollte sie es nicht tun, Hanna Sedlaczek war neulich mit Dauerwellen erschienen, und die hatte sechs Kinder! Die Kinder verlangten das von ihr, hatte sie gesagt, man müsse eben mit der Zeit mitgehen. Valeska begriff jetzt schon nicht mehr, warum sie sich eigentlich den Zopf abgeschnitten hatte, aber sie hatte es getan, und so wird es wohl auch richtig gewesen sein.

Halina schloß die Uhrtür wieder zu und beobachtete das goldene Pendel, wie es hin und her schlug, ganz regelmäßig von links nach rechts. Das Ticken begleitete Valeska auf ihrem Weg ins Zimmer von Leo Maria, und selbst hier war es noch zu hören, so daß sie sich fragte, ob es vielleicht besser gewesen wäre, Halina hätte die Uhr nicht aufgezogen.

Es ist halb fünf, Leo Maria, du solltest versuchen, etwas zu schlafen, sagte Valeska mit einer leeren, ausdruckslosen Stimme.

Leo Maria nickte ihr langsam zu, er war schon froh, daß sie nicht wieder gefragt hatte, ob es ihm besser ginge. Er nahm ihre Hand und hielt sie fest in der seinen, und er wußte, es war nicht nur die Hand, die ihm gehörte, Valeska gehörte ihm, so sehr, wie man überhaupt nur einen Menschen besitzen konnte. Dieses Gefühl machte seinen Husten weniger schlimm, ja, wahrscheinlich hätte er das Krankenlager und die häufigen Asthmaanfälle nicht durchgehalten, wenn ihm nicht bewußt gewesen wäre, daß sie nur dazu da waren, um Valeska noch enger an sich zu binden. Seine Haut spannte sich; er fröstelte. Er zog die Decke bis ans Kinn, ohne dabei ihre Hand loszulassen.

Leo Maria ging in Gedanken die alten Wege, den Weg zur Schule in der Hüttenstraße, den Weg zur Concordia-Grube, den Weg nach Przeschlebie zu den ausgebaggerten Seen, oder den Weg den Fluß hinunter, abertausend Male war er diese Wege gegangen, er wußte, wo die Löcher und Luschen* waren, die Steine und Aufrisse, wo in der Sonne zuerst der Teer schmolz, er hatte sich das alles erfühlt mit den eigenen Füßen, denn vom Frühjahr bis zum späten Herbst war er sie barfüßig gegangen. Er erinnerte sich noch genau, an welchen Straßen Kirschbäume standen und wo die Apfelbäume oder Birnenbäume oder Vogelbeerbäume. Am liebsten war ihm der Weg zum Fluß hinunter, der nicht geteert und nicht gepflastert war, wo im Frühjahr das Wasser stand und im Sommer der Staub unter den Füßen knirschte. Damals gab es noch eine Menge Straßen, die nichts weiter waren als über Jahrhunderte hinweg durch Bauernkarren ausgefahrene Wegspuren, erst später waren die Straßenbauer aus dem Reich gekommen und hatten hier ihren Goldrausch erlebt mit preußischen Staatsgeldern, denn als der Kaiser auf dem Weg zum Fürsten von Pless im Lehm steckengeblieben war, wurde ein hohes Staatsbudget für den Wegebau in Oberschlesien ausgesetzt, und zugleich gab es irgendeine preußische Verordnung, die neuen Chausseen mit Obstbäumen zu bepflanzen, vielleicht um die arme und zum Teil auch unterernährte Bevölkerung mit Obst zu versorgen. Da aber diese Bäume niemand pflegte und düngte, brachten sie nur kümmerliche Früchte hervor, die zu ernten es sich nicht lohnte, denn die Bauern konnten sie auf dem Markt nicht verkaufen, und die ganz armen Leute klauten das Obst sowieso in den schwieriger zugänglichen, aber ungleich lohnenswerteren Gutsplantagen.

* Pfützen

Dieser Weg zum Fluß war mit alten Lindenbäumen gesäumt, die (im Sinne der preußischen Verordnung) ganz unnütz waren, die nur ihren Duft verströmten, der so süß, so stark, so sinnenhaft, so verführerisch war, daß Leo Maria manchmal auf die Bäume hinaufkletterte, bis in die Kronen hinein und sich von diesem Geruch einkreisen und betäuben ließ. Da war die Straße nach Myslowitz mit dem Flammenmeer des Klatschmohns, die Apfelbäume auf der Kattowitzer Chaussee, der Feldweg am Bahndamm entlang, und auf der Straße nach Königshütte links der goldsprühende Raps und rechts das grüne Gewitter der Sommergerste. Er liebte diese Wege seiner Kindheit und fand sich in ihnen immer noch besser zurecht als in den Gesichtern seiner Kinder.

Sie haben also getanzt, sogar Polka getanzt, recht haben sie getan, auch wenn der Josel dafür noch etwas jung ist, wer weiß, wie lange sie noch tanzen können. In der Zeitung heute hatte er gelesen, die Behörden erwägen in Anbetracht der ernsten Lage ein Verbot aller »Lustbarkeiten«, vorläufig jedenfalls; wie gut, daß Irma so auf ihre Hochzeit gedrängt hatte, hätte sie auf Valeska gehört, vielleicht wäre es schon zu spät gewesen. Warum war er nicht mitgegangen zum Hochzeitsfest, schlimmer als vorhin, bei seinem Hustenanfall, hätte es auch dort nicht kommen können, und er hätte noch einmal zugesehn, wie die andern lustig waren und tanzten!

Er legte seine Hand auf die Brust, tastete sie ab, weil er dort ein leichtes Stechen spürte, er fürchtete, ein neuer Hustenreiz könnte dort anfangen und ihm einen neuen Anfall bereiten, aber vielleicht tat er das auch nur, um sich selbst zu beweisen, daß es jetzt nicht darauf ankam, lustig zu sein. Im Grunde wollte ihn keiner dabei haben, er war ihnen doch nur lästig in seiner Hinfälligkeit, auch Valeska wollte es nicht, wenn sie auch davon redete, sie wußte, daß es für ihn zu anstrengend und zu umständlich sein würde. Von seiner Verwandtschaft hatten sie nur seine Schwester Rosalka und ihren Mann eingeladen, die im Ruhrgebiet wohnten, und seine Schwester Milka, und die auch nur deshalb, weil er Valeska klarmachen konnte, daß dies vielleicht die günstigste Gelegenheit sei, sich mit ihr zu versöhnen. Rosalka war nicht gekommen, sie hatte am Nachmittag ein Telegramm aus Berlin geschickt, so weit waren sie also gekommen, aber es schien aussichtslos, noch rechtzeitig in Gleiwitz zu sein, alle Züge hatten Verspätungen und viele würden ausfallen, wegen der Truppenverschiebungen, und je weiter sie nach dem Osten kamen, um so schlimmer.

Valeska hatte die Leute eingeladen, mit denen sie jetzt verkehrte. Den Präsidenten der Wasserwerke, der allerdings, wie er von Milka erfuhr, gar kein Präsident war, sondern nur ein einfacher Direktor, aus dem Reich hierher versetzt, am Ende nicht einmal katholisch, und den Grafen Poremba, der in dubiose Wiedergutmachungsprozesse verwickelt war und von dem die Leute klatschten, daß er weder ein Graf sei noch Güter im anderen Teil besessen habe, und den Nowak von der Straßenbaufirma, und Polensky von Polensky & Michalek, und den Erzpriester und den Gutsbesitzer Przygoda, mit denen ihr Bruder Geschäfte machte, in denen auch sie ihre Finger drin hatte; es war wohl auch besser, daß er nicht dabei war. Sie hatte immer über ihn bestimmt und ihn auf diese Weise nach und nach jeder eigenen Entscheidung enthoben, aber vielleicht war das alles schon früher so gewesen und sie hatte nur etwas getan, was er im Grunde von ihr erwartete.

Immer hatten in seiner Familie die Frauen entschieden, was getan werden mußte. Fünf Töchter hatte die Mutter geboren und als sechsten ihn, Leo Maria, den einzigen Sohn, danach wollte sie keine Kinder mehr haben, und mit diesen fünf Töchtern unterdrückte sie ihren Mann und den heranwachsenden Sohn, alles Geld wurde für die Mädchen ausgegeben. Leo Maria mußte die kürzer und enger gemachten Hemden und Anzüge seines Vaters tragen, am liebsten hätte die Mutter ihn in Mädchenkleider gesteckt, um nichts Neues kaufen zu müssen. Alle konnten sich zum Geburtstag oder zu Weihnachten ein Geschenk *wünschen,* über ihn und den Vater wurde entschieden, was sie Nützliches brauchten. Er wurde zuerst aufs Realgymnasium geschickt, als er gar nicht wollte, und dann, als das Geld knapp war, von dort wieder weggenommen, als es ihm gerade gefiel und er sich auf die Matura vorbereiten wollte. Dann hatte er Lust, das Photographieren zu erlernen, aber die Mutter brachte ihn als Lehrling in einem Laboratorium bei Ballestrem unter, das sei ein Beruf mit Zukunft, da man doch jetzt so allerhand aus der Kohle mache, und dann, als er Valeska heiratete, mußte er auf einmal Photograph sein, weil er sich das früher einmal gewünscht hatte. Er bewunderte seine Schwester Milka: Sie hatte stets getan, was sie wollte, sie ging aufs Konservatorium und ließ ihre Stimme ausbilden, und als die Stimme nichts mehr taugte, wurde sie die Geliebte eines Sängers, später Platzanweiserin in einem Kino in Neiße, danach Zigarrenwicklerin, jedenfalls waren das immer ihre eigenen Entscheidungen gewesen, während er stets dazu gedrängt wurde. Sein Vater war nicht anders gewesen. So lange er sich erinnern konnte, hatte sein Vater ihm von seinem Plan erzählt, die »ganze Weiberfabrik«, wie er sich ausdrückte, zu verlassen und mit ihm allein nach dem Westen zu fahren, ins Ruhrgebiet, wohin damals seine Schwester und sein Schwager gezogen waren, wo die Menschen mehr Geld verdienen, die Städte größer, die Kirchen höher und die Winter wärmer sind, aber immer war irgend etwas dazwischen gekommen. Und schließlich wurde seine Mutter krank, sie hatte ein Krebsgeschwür, und der Vater wußte, daß sie bald sterben würde. Da ist er eines Tages mit seinem Sohn in den Wald gegangen,

wo wir ganz allein waren, und er hat mir das Geld gezeigt, das er heimlich gespart hatte, im Futter seiner Jacke eingenäht, es würde gerade ausreichen für zwei Fahrkarten nach Köln, eine Erwachsenen- und eine Kinderkarte, er hatte den Preis bei der Bahn erfragt. Er würde mir die

Haare kurzschneiden und ich dürfte unterwegs nicht aufstehen, so würde er mich schon durch die Zugkontrolle kriegen, für jeden also eine Fahrkarte nach Köln, nur die Hinfahrt, denn es war klar, daß er niemals mehr zurückkehren würde, und den Rest bis nach Bottrop, wo der Schwager wohnte, das könnten wir zu Fuß machen, dort ist alles nicht mehr weit. Die Muttel quälte sich noch zwei Jahre mit ihrer Krankheit, doch eines Tages schickte sie den Arzt weg, stand auf und arbeitete in der Küche und auch im Garten, sie interessierte sich wieder dafür, was in der Welt vorging und in den Zeitungen geschrieben wurde, sie freute sich, daß der junge Korfanty die Wahlen gewonnen hatte und in den deutschen Reichstag einziehen sollte, was eine vielberedete Sensation war, kein Adliger, nein, der Sohn eines armen Häuslers aus Zawadze bei Königshütte, ganz aus unserer Nähe, der bei seiner ersten Wahlkampagne gleich mit großer Mehrheit von seinen Oberschlesiern gewählt wurde. Muttel ging in die Kirche und ließ eine Messe für ein freies Oberschlesien lesen, und Vater war ganz verzweifelt, weil er gegen Korfanty gestimmt hatte, und am Sonntag, sagte er, wolle er mit mir zum Bahnhof gehen und einfach in einen Zug einsteigen, erst nach Kattowitz und von dort weiter, irgendwohin. Aber vorher noch legte sich die Muttel ins Bett und sagte ganz einfach, man solle den Pfarrosch holen, sie sei jetzt bereit zu sterben, und es war niemand im Haus, nur der Vater und ich, der ich gerade von der Schule nach Haus gekommen war, und der Vater sagte zu mir, bleibe da sitzen und weine nicht, und ich lauschte auf ihren Atem und dachte, so lange sie atmet, kann sie nicht tot sein, aber ich weiß nicht mehr, war es ihr Atem, war es mein Atem, war es Vaters Atem, dem ich nachhorchte.

Der Vater stand auf, holte einen Taschenspiegel aus der Jackentasche und hielt ihn der Mutter vor den Mund, er beugte sich herunter, ein leiser Seufzer war zu hören, Herr, dein Wille ist geschehn, sagte der Vater, ich glaube, der Pfarrer ist zu spät. Da wußte ich, daß etwas ganz

Schreckliches geschehn war, ich versuchte es von mir abzuhalten, ich stellte mich tot. Der Vater ging zum Fenster, zog die Vorhänge zurück und öffnete sie, dann verhängte er den Spiegel mit einem Bettlaken und hielt das Pendel der Uhr an, er tat alles sehr langsam, als sei eine Verzögerung eingetreten zwischen den Befehlen seines Gehirns und den Ausführungen seiner Glieder. Muttel war tot. Sie hatte einfach aufgehört zu atmen und war tot. Ich konnte es nicht begreifen, ich hatte mir das ganz anders vorgestellt, viel lauter, bewegter, dramatischer, es gab keinen Schrei, kein Stöhnen, kein Flüstern, keine letzten Worte, nicht einmal ein Seufzer – der war von ihm gekommen. Sie war ja schließlich seine Frau. Und ich war von draußen hereingekommen, noch die Sonne im Gesicht und auf der Haut den Geruch von wilder Gerste.

Das Licht flutete herein und ertränkte alles in einem diffusen, konturenlosen Grauweiß, nur ihr Kopf ragte wächsern und plastisch aus dem Kissen. Vater brach von der grünen Fenstermyrte ein paar Zweige ab, ging zu ihr hin und streute sie über das magere, gelbe, entspannte Gesicht. Komm, Leo, sagte er zu mir, leg ihr das auf die Augen, und ich bedeckte ihre Augenlider und füllte die Höhlen aus mit immergrüner Myrte. Sieh sie dir noch einmal an, deine Mutter! Laß uns dieses Bild bewahren. Er nahm das Handtuch, das neben ihrem Kopfkissen lag und mit dem sie sich wohl zuletzt den Schweiß abgetrocknet hatte, und legte es über ihr Gesicht.

Der Vater sah mich an. Es ist gut, sagte er, daß du dir schon früh das Weinen abgewöhnt hast, du siehst, ich weine auch nicht! In dieser Gegend muß man sonst immer weinen. Das Weinen ist etwas für Frauen. Warte hier in der Küche, sagte der Vater und packte das Brot in die weiße Blechschachtel. Der Pfarrer wird jeden Moment kommen. Ich muß mich beeilen, eine Viertelstunde zu spät und der letzte Förderkorb ist runtergegangen, man würde mir die Schicht streichen, und wir brauchen jetzt das Geld. Gleich nachdem er gegangen war, hörte ich das kleine Glöckchen bimmeln, das der Ministrant ununterbrochen schwenkte, wenn er mit dem Pfarrer unterwegs war, um einem Sterbenden die letzte Ölung zu geben. Die Glocke kam immer näher, und jetzt fing ich doch an zu heulen ...

Am nächsten Tag holte Vater seine Jacke aus dem Schrank und trennte mit einer Rasierklinge das Futter auf. Mit dem Geld kaufte er den billigsten Sarg, den er bekommen konnte, aber er ließ darauf Berge von Gladiolen häufen, lachsfarbene Gladiolen, die sie geliebt hatte, und auf der Kopfseite lilafarbene, es war im August, als sie starb, und die Gladiolen blühten in den Gärten und waren nicht teuer. Beliebt war sie gewesen, die Frau Piontek, von überallher waren die Leute gekommen, und einen Schnaps mußte man ihnen schon geben, ein belegtes Brötchen dazu, und die beiden Männer weinten am Grab, der eine, weil er seine Mutter verloren hatte, der andere, weil das ganze Geld ausgegeben war, und er wußte, niemals mehr würde er noch einmal so viel Geld zusammenkriegen, um mit seinem Sohn nach dem Westen zu fahren. Dabei hatte er seit zehn Jahren für nichts anderes gelebt und gearbeitet. Er war danach noch ein paarmal mit seinem Sohn zum Bahnhof gegangen und mit der Kleinbahn nach Kattowitz gefahren, und hier, auf dem großen Bahnhof, haben sie die Schilder auf den Zügen studiert, Warszawa, Berlin, Kraków, Łódź, Praha, Breslau, Brześć n. B., Poznań, aber nirgendwo haben sie einen Zug gefunden mit einem Schild nach Köln, es mußte sehr weit sein.

Der Traum, den sein Vater in ihn gepflanzt hatte, verblaßte, aber er hatte ihn niemals ganz vergessen. Leo Maria versuchte ihn auf eine andere Weise zu verwirklichen. Er ließ sich, nachdem er bei Ballestrem Arbeit gefunden hatte, versetzen, erst nach Beuthen, dann nach Gleiwitz, und er hatte gehofft, mit der Zeit würde es ihm gelingen, nach Oppeln oder nach Breslau, vielleicht sogar nach Berlin zu kommen, Ballestrem gab es überall. Aber dann hatte ihn Valeska Wondraczek geheiratet und zum Photographen gemacht, und er hoffte nun, daß sein Sohn, daß der Josel diesen Traum vielleicht einmal verwirklichen würde, noch bevor er heiratete. Denn die Frauen dieser schwarzen Erde waren es, die noch aus dem lehmigsten Boden Kartoffeln und Rüben zogen, in den schmutzigsten Flüssen badeten, die häßlichsten Kirchen mit ihren Gebeten in Kathedralen verwandelten, und diese schwarze Erde, die ihre Männer zu Sklaven machte, segneten: *Darz Panboczek tej czornej ziemi!* oder: Gesegnet sei diese Erde!, sie konnten es in beiden Sprachen sagen. Er haßte dieses Land, ja, er haßte es, und er war froh, daß es bald seinen Kadaver aufnehmen würde, zu nichts anderem war es wert. Die Armen gruben ihre Leichen hinein und die Reichen gruben die Kohle und das Erz heraus, so war es, ja so war es.

32

Valeska zog behutsam ihre Hand aus der heißen, schweißfeuchten Hand von Leo Maria und legte sie in ihren Schoß. Sie sehnte sich nach irgend etwas, war aber noch auf der Suche nach dem, was es sein könnte, vielleicht war es etwas so Einfaches wie Schlaf, vielleicht aber auch so etwas Gefährliches wie ein Traum, vielleicht war es nur die Nähe eines Menschen, nicht jenes Mannes, dessen Haut sie eben noch berührt hatte. Sie rieb ihre Hände aneinander, und es kam ihr vor, als würde Papier rascheln. Sie spürte, daß er aus allem, was er berührte, die Kraft in sich hineinsaugte, vielleicht konnte er, der schon seit drei Jahren im Bett lag, überhaupt nur so uberleben, daß er sie alle festhielt und ihre Energien aufbrauchte, ihre und Irmas, Josels und Halinas, und auch die seiner Schwester Milka. Wie eine Krake lag er da, die Brust blähte sich auf und fiel herab, und die Fangarme tasteten unter der Bettdecke nach allen Richtungen, und obgleich sie fürchtete, er könnte nach Josel fragen, wunderte sie sich doch, daß er es nicht längst getan hatte. Er war damit beschäftigt, sich auf seine neuen Opfer zu präparieren, Milka und Willi, oder den neuen Pfarrosch, den sie schon zweimal herbeigerufen hatte und der ihren Mann erst mit Öl salbte und ihm dann ein ziemlich langes Leben voraussagte. Valeska konnte sich nicht vorstellen, wie sie ohne ihn auskommen würde, aber vielleicht konnte sie ihn dazu bringen, daß er wieder aufstand und sich in das Photo-Atelier tragen ließ, jetzt, wo sie so viele Männer zum Militär einziehen, wird man Photographen suchen, sie würde ihm sogar das Gartenhaus, nachdem nun einmal der Landgerichtsrat tot war, umbauen, er könnte dort seine Photoexperimente fortsetzen. Sie hatte es längst bereut, was sie damals mit seinen Photos gemacht hatte, aber jedesmal, wenn sie mit ihm darüber sprechen wollte, täuschte er einen Hustenanfall vor, und jetzt, glaubte sie, würde wohl auch nicht der richtige Zeitpunkt dafür sein.

Er war damals unterwegs gewesen, wie so oft, um seine Türme zu photographieren, und sie hatte irgendwelche Leute im Atelier photographiert, als sie hinter der Leinwand vergrößerte Photos entdeckte, so groß, wie sie noch niemals welche gesehn hatte, und auf allen diesen Photos war nichts anderes drauf als er selbst, Leo Maria. Valeska drängte erst einmal die Leute heraus, sie brauchten nicht zu bezahlen, sie drängte sie hinaus und schloß sich ein und sah sich immer wieder von neuem diese Photos an. Immer und überall nur Leo Maria, dreißig, vierzig, fünfzig Mal, sein Gesicht in immer anderem Licht, in verschiedenen Ausschnitten, dann nur die Augen, auch eines allein, nur die Nase, nur der Mund, einmal nur die kleine Warze, die er unten links am Kinn hatte, und dann sein Körper, in zahlreichen, jeweils veränderten Stellungen, die Schultern im Ausschnitt, die Brust, der Nabel, die Knie, die Füße, der Rücken, das Geschlecht. Sie versuchte sich immer wieder vorzustellen, warum er das getan hatte. Warum hatte er nicht sie oder eines der Kinder oder einen toten Vogel, einen aufgespießten Schmetterling, eine Blume photographiert, warum immer nur sich selbst? Sie konnte es nicht verstehen, sie konnte es sich nicht vorstellen, dazu reichte ihre Phantasie nicht aus, Phantasie war etwas für reiche oder ganz arme Leute, sie hatte ihr Leben lang immer an das Nächstliegende denken müssen, sonst wäre sie nicht weitergekommen.

Valeska saß da und hatte um sich herum die Photographien ausgestreut, ihre Gefühle taumelten zwischen Faszination, Scham, Erregung, Entsetzen, Entzücken, Erschrecken, Zorn, Neugier, Enttäuschung, Verzweiflung, sie wußte nicht, warum er das getan hatte, aber sie wußte jetzt, daß sie diesen Körper niemals besessen hatte. Sie hatte aus der Küche ein spitzes Messer geholt und in jedes Photo hineingestochen und sie dabei zerfetzt oder zerschnitten, und sie hatte sich über sich selbst gewundert, daß sie am Ende nicht in sich selbst hineingestochen hatte,

als Leo Maria nach Haus kam, hab ich mich versteckt. Ich wartete, bis er in seinem Atelier verschwunden war, ich bin ins Nebenzimmer gegangen, habe eine Tasse an die Wand gehalten und gelauscht. Es war ganz still in dem Raum, er rief nicht nach mir, er betete nicht, er weinte nicht, er schrie nicht. Nach einer Weile fing er an, den Photo-Apparat kaputtzumachen, ich begriff es sofort nach den Geräuschen, die er dabei verursachte, aber ich wußte nicht, wie ich ihn daran hindern sollte. Vielleicht wollte ich ihn auch nicht daran hindern. Später, erst sehr viel später, bin ich zu ihm ins Atelier gegangen, als es schon wieder ruhig darin war, ich wollte ihn fragen, warum hast du das gemacht, ganz ruhig, ganz überlegen, ohne meine Gefühle zu zeigen, statt dessen fragte er mich mit seiner ruhigen, kalten, neutralen Stimme: Warum hast *du* das gemacht, und er fügte ebenso sachlich hinzu: Du hast das nicht begriffen, es war kein Grund vorhanden . . . Du hast mich nicht verstanden . . .

Er ging an mir vorbei, er schlug mich nicht, was ich erwartet, ja, erhofft hatte, vielleicht hätte uns das gerettet, aber er tat es nicht, er ging vorbei an mir, ohne ein Wort.

Seit dieser Zeit betrat er nicht mehr das Atelier, später legte er sich ins Bett und stand einfach nicht mehr auf, er ließ es mich spüren, daß ich *nichts* an ihm begriffen hatte . . .

Vielleicht war es so. Valeska ging zum Erzpriester Pattas und beichtete ihm, und der Erzpriester verpflichtete sie dazu, zehn Vaterunser zu beten. Sie tat es, aber niemals vorher war es ihr je so bewußt geworden, daß es Dinge gab, auch in ihrem Leben, die nicht mit Beichte und Buße und Reue aus dem Gedächtnis zu schaffen waren.

33

Valeska und Leo Maria fielen zurück in einen Traum, in dem sie zusammenstießen und sich voneinander entfernten, sie waren, vielleicht, jeder auf einem andern Planet, als der weiße Himmel explodierte. Zuvor waren ein paar Schüsse gefallen, kurz und trocken, als ob sie die Stille noch etwas stiller machen wollten, dann brach der Lärm der Geschütze aus, dumpfe, schwerfällige Explosionen, die lange nachhallten, bis sie von neuen abgelöst wurden, dazwischen das schnelle, metallische Belfern der Flak. Valeska stieß das Fenster auf, der weiße Himmel zeigte sich unverletzt. Sie fürchtete sich nicht, die Geräusche kamen von weit her, wie auf Watte. Aus den Bäumen vor dem Haus kamen heute keine Vogelstimmen.

Das ist der Krieg, sagte Leo Maria.

Valeska starrte hinaus, sie wollte irgendwo Feuer oder Rauch oder Trost entdecken, aber sie sah nichts. Dieser Krieg kam mit Geräuschen.

Dem Lärm nach zu urteilen, wird entlang der ganzen Grenze geschossen, sagte Valeska.

Sind das die Poler? fragte Leo Maria.

Wo denkst du hin? Das sind die Unsrigen. Es klang beinahe stolz aus ihrem Munde.

Sind alle im Haus? fragte Leo Maria. Er war sich nicht so sicher, daß es nur die »Unsrigen« waren; vielleicht jetzt noch, aber es könnte bald anders sein, hier war ja schließlich alles nur ein paar Kilometer weit voneinander entfernt. Mach das Fenster zu, sagte er zu Valeska. Ich muß jetzt aufpassen mit meinem Husten. Vielleicht wollte er damit auch nur die Geräusche ausschließen oder weiter von sich wegschieben.

Valeska horchte dem Geschützfeuer nach. Deshalb also wollten sie den Feldwebel abholen, sagte sie, die wußten schon, daß es Krieg geben wird.

Von Josel sagte sie nichts. Sie rechnete damit, daß er jeden Augenblick auftauchen würde, sie rechnete schon ziemlich lange damit. Aber jetzt, wo es draußen hell war und der Krieg anfing, müßte er doch nach Hause kommen. Sie überlegte, ob sie nicht vielleicht doch anfangen sollte, den Rosenkranz für Josel zu beten, selbstverständlich heimlich. Oder für den Landgerichtsrat. Das mit dem Landgerichtsrat wollte sie lieber nicht erzählen. Sie hatte sich da schon eine Antwort für Leo Maria zurechtgelegt. Eines Tages, sehr bald schon, würde sie ihm sagen: Er ist weggezogen. Nach Zernik. Oder nach Sosnitza. Oder nach Ratibor.

Es klopfte an die Tür. Halina kam herein, ihr Kopftuch war heruntergerutscht, die Haare hingen strähnig nach beiden Seiten, sie zitterte am ganzen Körper und drängte sich an Valeska heran. Wojna, sagte sie, muj Bosche, *to jest wojna. Oni się powyrzynajom. Zdrowaś Maryja, Matko Boża, módl się za nami, grzesznymi, teraz i w godzinie śmierci naszej. Amen.**

Komm, laß uns beten, für alle, sagte Valeska und ging mit Halina in ihr Schlafzimmer. Dort knieten die Frauen vor dem kleinen Hausaltar mit der Schwarzen Mutter Maria darin. Laß uns beten für alle, die in diesem Krieg ihr

* Mein Gott, das ist der Krieg. Sie werden sich gegenseitig umbringen, heilige Maria Mutter Gottes bitte für uns arme Sünder jetzt und in der Stunde unsres Todes. Amen.

Leben lassen müssen, sprach Valeska laut, daß es Leo Maria durch die Wand hörte.

Halina formte die Hände zu einer Schale und legte sie vors Gesicht: *Oszczędz, o Panie, naszą wieś Chlodno w tej wojnie, zachowaj nas wszystkich!**

Valeska dachte an Josel, sie dachte an den Landgerichtsrat, sie dachte an Irma, sie dachte an Heiko, sie dachte an ihren Bruder. Und was sie jetzt ihrem Gott zu sagen hatte, das sagte sie lieber so leise, daß es niemand verstand.

Durch die Wand hörte sie einen bellenden, auf- und abschwellenden Husten. Sie machte das Kreuzzeichen, von links nach rechts, und erhob sich, sie ließ Halina allein in ihrer Andacht. Sie wollte sich eigentlich umziehn, verschob das aber auf später. Im Vorbeigehn sah sie Leo Maria durch die offene Tür, er hatte sich halb aus dem Bett gebeugt, sein Kopf hing herunter, über der Spuckschüssel. Andreas kniete am Fußende des Bettes und drückte sein Gesicht in die Zudecke, als wollte er alle Geräusche, die im Zimmer und die draußen, von sich abhalten. Andreas wird es ihm gesagt haben, daß Josel nicht nach Haus gekommen ist, dachte sie gleich. Er konnte es ja nicht wissen, daß sie es Leo Maria verschwiegen hatte. Muj Bosche, sie wußte nicht, was sie ihm antworten sollte, würde er sie danach fragen. Einen Moment dachte sie daran, einfach aus dem Haus zu gehn und Josel zu suchen, und ihr fiel ein, daß sie in dieser Nacht schon mehr als zehnmal daran gedacht hatte, doch sie würde wohl auch jetzt nicht die Kraft aufbringen, allein wegzugehn. Vielleicht mit ihrem Bruder Willi zusammen. Valeska ging zur Treppe und die Treppe hinunter, und eine seltsame Musik begleitete sie auf ihrem Weg ins Klavierzimmer.

Sie hätte vorhin auch für Leo Maria beten sollen, daran hatte sie nicht gedacht. Aber es war besser, sie würde statt IHN jetzt den Arzt anrufen und vielleicht auch den Erz-

* Verschone o Herr mein Dorf Chlodno in diesem Krieg verschone uns alle!

priester, jetzt waren sowieso alle Menschen in der Stadt wach.

Im Klavierzimmer hatten sich inzwischen die übrigen Gäste des Hauses versammelt, sie sprangen auf und drängten sich um Valeska und bestürmten sie mit Fragen. Als sie merkten, daß Valeskas Antworten nicht die Unruhe von ihnen nehmen konnten, kehrten sie wieder auf ihre Plätze und in ihre Ängste zurück. Lucie (Lanolin) versank in dem großen Sessel und beruhigte ihren blinden Sohn, Frau Hupka setzte sich steif auf die Couch, die Kinder kletterten ihr nach und erstarrten dort zu Porzellanpuppen, der alte Krupniok blieb an der Wand angelehnt stehen. Sie alle horchten den Explosionen nach, sie wollten Gefangene sein in einem Traum, der Krieg hieß, und nur allmählich gewöhnten sie sich daran, daß dieser Traum schon Wirklichkeit geworden war.

Valeska ging zum Telephon und nahm den Hörer ab. Sie zögerte noch einen Moment, es schien ihr, als verletze sie dieses Geweb aus künstlichen Geräuschen, wenn sie jetzt laut und mit natürlicher Stimme ins Telephon spräche. Sie öffnete die Terrassentür, um die Geräusche von draußen herein zu lassen.

Valeska rief zuerst bei ihrem Bruder an. Sie ließ das Telephon lange klingeln, denn sie war entschlossen, auf niemanden mehr Rücksicht zu nehmen, aber keiner hob ab. Sie wußte nicht, ob sie das beruhigen oder verstören sollte. Im Hotel Haus Oberschlesien sagte man ihr, in Anbetracht der Lage ... werde keine fernmündliche Auskunft erteilt, keinerlei Auskunft. Valeska grübelte über diese Auskunft nach: Sollten die Polen in die Stadt eingedrungen sein? Sie konnte es nicht glauben. Außerdem hatte der Führer immer gesagt, kein feindlicher Soldat werde jemals deutschen Boden betreten. Es wurde ihr trotzdem heiß. Aber vielleicht auch nur, weil alle andern sie anstarrten.

Valeska wählte die Nummer des Arztes. Sie ließ lange läuten, länger als bei ihrem Bruder, ein Arzt *muß* schließlich zu Haus sein. Sie wartete, bis sich eine verschlafene Stimme meldete. Valeska war davon überrascht, sie konnte sich nicht vorstellen, daß der Doktor noch nichts vom Krieg gemerkt haben sollte. So fing sie an, auf eine etwas wirre Weise sich zu entschuldigen, aber die Stimme unterbrach sie und erklärte, daß die Praxis geschlossen sei und der Herr Doktor verreist, als Vertreter sei der Herr Doktor Sedlaczek ... Valeska bedankte sich und hängte auf. Auffällig viele Leute waren in diesen Tagen verreist oder hatten ihre Kinder weggebracht, der Graf Ballestrem hatte seine Frau mit den Kindern, kaum waren sie von der Ostsee zurückgekommen, gleich danach zu einem Badeaufenthalt nach Bad Reinerz geschickt. Und die Thonks, die sie zur Hochzeit eingeladen hatte, waren gerade zu einer »Bildungsreise« nach Sachsen aufgebrochen, die sie angeblich schon seit vier Jahren geplant hatten – ausgerechnet jetzt.

Valeska entschloß sich, im Pfarrhaus anzurufen. Auch hier dauerte es eine Weile, bis sie jemand am Apparat hatte, es war der Hilfspfarrer Jarosch, der sich beinahe geflissentlich nach den Krankheitssymptomen erkundigte. Aber Valeska ließ sich nicht darauf ein, sie erwartete von der Kirche einen anderen als einen ärztlichen Beistand, der nicht davon abhängig sein dürfte, ob ihr Mann nun Blut spuckte und wieviel. Auch jetzt war sie überrascht darüber, daß der Hilfspfarrer Jarosch ihr mitteilte, er wolle den Erzpriester Pattas in dieser Herrgottsfrühe nicht stören.

Valeska konnte sich nicht vorstellen, daß noch irgendwo ein Mensch in dieser Stadt ungestört sein wollte, nicht einmal der Erzpriester der Gemeinde von Peter und Paul.

Deshalb forderte sie nun den Besuch bei ihrem todkranken Mann Leo Maria, sie ertappte sich dabei, wie sie mit immer bewegteren Worten die Krankheit dramatisierte, und als der Hilfspfarrer ihr schließlich unter diesem Eindruck den Besuch des Erzpriesters versprach, überkam sie auf einmal das Gefühl, daß es ihr im Grunde gleichgültig war, ob nun der Erzpriester Pattas, der Hilfspfarrer Jarosch oder der Kaplan Mikas kämen. Sie hängte auf.

Valeska ging nach oben.

34

Halina hatte inzwischen ihren Platz am Bett von Leo Maria eingenommen. Sie bemühte sich darum, eine Rauchkerze anzuzünden, mit einem ersten Streichholz, mit einem zweiten, bis sie schließlich anfing zu glühen. Halina spitzte die Lippen und blies in die Glut hinein und sah mit angestrengten Augen zu, wie der grüne Rauch aufkräuselte. Sie tat dies alles mit einer Sorgfalt und Hingabe, in der man erkannte, es ging ihr nicht allein darum, die Rauchkerze anzuzünden.

Leo Maria stützte sich auf und tupfte sich mit dem Handtuch den Schweiß vom Gesicht. Der Hustenkrampf ließ etwas nach.

Valeska war an der Tür stehengeblieben. Er wird gleich kommen, sagte sie. Sie sagte es so leise, daß es niemand hörte. Außerdem wußte sie selbst nicht, wer zuerst kommen würde, der Arzt oder der Pfarrer. Vielleicht waren beide nötig. Sie sah, wie Leo Maria eine Flasche aus dem Nachttisch nahm, den Verschluß abschraubte und den Flaschenhals an die Nase hielt. Er sog den Salmiakgeist ein, erst mit dem linken Nasenloch, indem er das rechte zuhielt, dann mit dem anderen. Leo Maria lag jetzt ruhig und müdegekämpft da, er atmete tief, und seine Lungen füllten sich mit Luft und mit grünem Rauch. Und auch Halina richtete ihren Atem so ein, daß er in den Rhythmus von Leo Marias Atem überging.

Valeska war zu müde für dieses Spiel. Sie sagte, an der Tür stehenbleibend: Wann hat das angefangen? Ich meine, der Krieg?

Halina antwortete erst nach einer Weile: Es war zehn vor fünf. Ich weiß es genau, ich habe auf die Uhr gesehn.

Unten sind alle wach, sagte Valeska, sie sind im Klavierzimmer versammelt. Vielleicht solltest du ihnen einen Tee machen. Ja. Geh und mach ihnen einen Tee! Zwei gehäufte Löffel! Und die Teekanne vorher mit kochendem Wasser ausspülen! Ach, vielleicht sollte sie ihn doch selbst machen, niemand verstand sich in diesem Haus so gut aufs Teekochen wie sie.

Halina wußte, daß dies nur ein Vorwand war, um sie von diesem Platz zu verdrängen, sie glaubte inzwischen mehr Anrecht darauf zu haben als die andere. Sie wäre gern dageblieben, noch eine Weile, vielleicht bis zum Ende. Zumindest wollte sie so lange sitzen bleiben und warten, bis sich der Protest in ihrem Innern gegen diesen Befehl aufgelöst hatte. Dann räumte sie, ohne ein Wort zu sagen, diesen bevorzugten Platz.

Halina wird immer geisterhafter, dachte Valeska. Und sie fragte Leo Maria laut: Geht es dir besser?

Leo Maria lag da, sein Atem ging schwer, war aber jetzt ruhiger.

Wo ist Josel? fragte er.

Valeska hatte diese Frage erwartet; sie hatte sich vorhin, beim Heraufgehn, schon eine Antwort zurechtgelegt.

Er ist bei meinem Bruder, log Valeska, und streichelte dabei das Haar von Andreas. Der saß immer noch da, am Fußende des Bettes. Valeska ergänzte ihre Antwort: Ich habe gerade Willi antelephoniert, ich hatte einfach keine Ruhe mehr. Es war so spät geworden, daß er Josel mit nach Haus genommen hat.

Leo Maria war nicht fromm, er war katholisch, und er glaubte ihr. Aber ihn ärgerte, daß sein Schwager Willi auch hier eine Rolle mitspielte. Wann wird er hier sein?

Ich denke, sagte Valeska, sobald es draußen ruhiger ist. Sie nahm den Rauchtiegel in die Hand und blies darauf. Aber vielleicht nur deshalb, weil sie Leo Maria jetzt nicht ansehen wollte.

Schalt doch mal das Radio ein, jetzt könnten Nachrichten kommen, vielleicht bringen die was.

Andreas sprang auf und drehte den Volksempfänger an. Zuerst kam ein Brummen, dann ein Rauschen, ziemlich lange, dann Musik, Marschmusik. Laß an, sagte Leo Maria zu Andreas, laß es ganz leise an, vielleicht gibt es dazwischen Sondernachrichten. Er machte eine Pause. Also etwas Besonderes muß schon sein, sonst bringen sie doch nicht um diese Zeit Marschmusik.

Ohne es zu wollen, hörten sie alle eine Weile einer Musik zu, die überhaupt nicht mit ihrer Stimmung übereinstimmte.

Wir wissen gar nichts, sagte Valeska, diesmal aus tiefster Überzeugung. Seit einer Viertelstunde wird geschossen, also müßte es Krieg sein. Wo doch alle darauf gewartet haben, auf einen richtigen Krieg, da wird es wohl auch einer sein . . .

Man konnte es an ihrem Gesicht ablesen, wie enttäuscht sie sein würde, falls das Schießen sich vielleicht nicht doch zu einem richtigen Krieg entwickeln würde.

Das Radio und die Zeitungen hatten die Menschen hier seit Wochen in eine Stimmung hineingetrieben, in der sich jeder vom Krieg die Lösung seiner Probleme erhoffte. Und jeder dachte, das ist ein Krieg, der nur die andern was angeht.

Ich hab am Abend die polnischen Nachrichten gehört, sagte Leo Maria, die haben alle ihre Truppen im Raum von Posen konzentriert . . . Von dort sind es nur 240 km bis nach Berlin . . . Vielleicht lassen sie hier unsre Truppen rein und stellen uns eine Falle . . . Er sprach mit Unterbrechungen. Er fühlte sich sehr schlapp und fing auch wieder an zu schwitzen.

Valeska sagte: Unsre haben angefangen, unsre sind im Vorteil. Das ist immer so. Es schien ihr so leicht wie eine einfache Rechenaufgabe.

Im Tiefflug jagten Flugzeuge über das Haus hinweg, die Fenster klirrten, und der Lärm brach sich an den Wänden.

Das Kinn des Kranken zuckte nach oben, als ob ihm jemand einen Schlag versetzt hätte. Das war ein Lärm, donnernd und aufpeitschend zugleich, das konnte einen schon erschrecken – aber er war gleich wieder verebbt. Bis Andreas das Fenster geöffnet hatte und hinaussah, waren nur noch winzige Silbervögel über dem Tarnowitzer Wald zu sehen.

Sie sind schon über die Grenzen ... sinnierte Valeska dem in Richtung Polen abebbenden Geräusch nach. Um Mitternacht müssen unsre Truppen an die Grenze marschiert sein. Ich hab's doch gesehn, als wir herfuhren, da war der Platz ganz leer, du weißt doch, Andreas, wo die Flakgeschütze mit den Tarnnetzen waren, und die Zelte, und die Gulaschkanonen, es war alles leer, ganz leer.

Sollten wir nicht in den Luftschutzkeller gehn? fragte Andreas auf einmal. Wir haben das in Breslau in den letzten Tagen geübt.

Valeska erinnerte sich ebenfalls daran. Sie hatten Sandsäcke vor die Kellerfenster gepackt und draußen ein weißes L hingemalt; sie hatten an das Ende eines Besenstiels mit Draht Lumpen gewickelt und darüber einen alten Sack gezogen, und in jedes Stockwerk eine solche Feuerpatsche gestellt; sie hatten auf dem Wäscheboden eine alte Blechwanne mit Wasser aufgefüllt und eine Kiste mit Sand daneben gestellt; sie hatten unten im Treppenhaus eine Blechschachtel deponiert, mit Mull- und Brandbinden darin, mit Pflaster und Jod, und darauf ein großes rotes Kreuz gemalt. Das alles lag so lange zurück; ihr schien es jedenfalls so. Wir gehn erst wenn die Sirenen heulen, sagte Valeska. Sie war glücklich, daß ihr das noch eingefallen war.

Ich denke an Tante Wera in Königshütte, sagte Leo Maria. Er hatte keine Angst. Er würde sich auch nicht in den Luftschutzkeller bringen lassen. Aber er dachte daran, was die jetzt für Angst ausstehen würden, wenn die Flugzeuge über sie hinweg donnerten, Königshütte ist ja nicht weit. Wera war die Schwester seiner Mutter, und er war mit ihren Kindern bekannt, auch wenn sie schon nicht mehr deutsch sprachen; er hatte sie ein paarmal in Königshütte besucht, und der Enkel Tadeusz war ein Sommer in den Schulferien hergekommen.

Sobald es *Frieden* ist, werden wir rüberfahren, sagte Valeska. Es ist ja nicht weit. Kannst Du Dich noch erinnern, sagte sie, früher ging die Straßenbahn durch bis Königshütte.

Sie hatte dieses Wort ausgesprochen. Dabei hätte sie selbst gern gewußt, was Frieden ist. Bei der Hochzeit, sagte sie, wurde auch davon gesprochen, was wohl mit denen geschehen wird, die von hier weggegangen sind. Du weißt doch, der Pfarrer Nemeczek zum Beispiel, der gegen die Partei gepredigt hat und den sie deswegen eingesperrt hatten ... Mir hat der Erzpriester einmal erzählt, daß sie ihn in einer Pfarrei in Kattowitz untergebracht haben, die Kirche hilft sich doch da gegenseitig. Und die Lustigs, die sind nicht nach Amerika gegangen wie die andern. Du weißt doch noch, wie Eva Lustig immer sagte, das dauert nicht lange mit dem Führer und sie wollten die oberschlesische Erde nicht verlassen, nur auf die andere Seite gehen, damit sie gleich in der Nähe sind, wenn es vorbei ist ... Wir haben nichts mehr von ihnen gehört, nicht wahr. Valeska wollte sich damit bestätigen, daß es vielleicht nicht so schlimm war, so lange an die Lustigs nicht mehr gedacht zu haben. Das waren auch Sachen, die sie jetzt, in ihrem übermüdeten Zustand, besser nicht zu Ende denken wollte.

Es ist ein verfluchtes Stück Erde ... Oh, eine verfluchte Erde ... Leo Maria stieß das leise, aber heftig hervor. Wird es denn nicht mal aufhören, daß sich die Menschen wegen dieser verfluchten Erde gegenseitig umbringen ... Die Armen haben die Saat in die harte trockene oberschlesische Erde gesteckt und sie mit ihrem Schweiß gedüngt, und die Reichen haben die Frucht genommen. Die Armen sind unter die Erde gegangen, haben gegraben in der Erde des Herrn und die Kohle herausgeschaufelt mit Methan in den Lungen, und die Reichen haben sie verkauft. Und die Armen haben sich übern Fluß hinweg oder über die Straße oder von einem Wald zum andern die Köpfe eingeschlagen, und die Reichen haben sich Flüsse und Straßen und Wälder miteinander geteilt und an einem Tisch gesessen. Und jetzt zerpflügen die Armen die Erde des Herrn mit den Kanonen der Reichen ...

Valeska faßte nach dem Rosenkranz in ihrer Tasche. So hatte sie Leo Maria noch nie reden gehört, muj Bosche, sie war etwas erschrocken. Aber die Worte gefielen ihr, wenn sie auch nicht alles verstanden hatte; es kam ihr ganz biblisch vor.

Sie legte ihre Hand auf die seine, vielleicht würde ihn das beruhigen.

Leo Maria stützte sich mit den Ellenbogen auf und redete weiter: Und trotzdem – lieben wir nicht dieses Land, dieses rohe, brache, geprügelte Land, die schmutzigen Flüsse und die klaren Bäche, die finstergrünen Wälder und die dreckigen, stinkenden, häßlichen, traurigen Städte, die heißen dürren ächzenden Sommer und die kalten frostklirrenden Winter, und im Frühjahr die wilden Hochwasser und den salzigen eisigen klirrenden Wind, der aus Rußland kommt, und die stürzenden Wasser aus den Beskiden, der Tatra und dem Altvater, mit den weißen, leuchtenden, unendlichen Birkenwäldern, dieses Land mit den alten Burgen und Schrotholzkirchen, mit den Wallfahrtsorten, Kalvarienwegen und Prozessionen, wo aus jedem Hügel ein Golgatha gemacht wird, was da heißt Schädelstätte ...

Also doch, dachte Valeska, er spricht aus der Bibel, und das beruhigte sie, denn sonst hätte sie annehmen müssen, er sei übergeschnappt. Andreas starrte seinen Onkel an; in seine Augen kam ein schwärmerisches Glotzen.

Und Leo Maria fiel mehr und mehr in den Predigerton der oberschlesischen Landpfarrer, und er wußte nicht mehr, was aus seiner Erinnerung aufstieg und was er sich in der letzten Zeit an Sätzen zurechtgelegt hatte: Mein Klodnitzland, mein Oderland, immer haben wir sehnsüchtig in den Westen gesehn, das ist wahr, aber unsre Seele, o Herr, unsre Seele ist tief im Osten geblieben ...

Leo Maria war sich bewußt, daß Valeska das, was er sagte, ganz künstlich erscheinen mußte, und wenn das ein anderer herausgeschrien hätte, wäre es ihm ebenfalls so ergangen; jetzt war das für ihn ein anfänglich stockender, dann aber natürlicher, später ganz organischer Ablauf gewesen, dessen Ursprung und Antrieb aus einer Tiefe kamen, die seine Kindheit betraf, als er als Ministrant mit dem Kaplan und dem Küster zur Kollende von Haus zu Haus gegangen war und respondiert hatte: O du dreimal gesegnete Erde!

Du dreimal verfluchte Erde!

Leo Maria hustete. Valeska rüttelte am Rauchtiegel, daß die Asche zusammenfiel und der grüne Rauch sich verstärkte und verdichtete. So reden konnte nur jemand im Fieber. Sie legte die Hand auf seine Stirn, sie war glühend heiß. Der Schweiß lief ihm am Hals herunter. Valeska wartete ab, bis er sich beruhigt hatte.

Ich geh jetzt und hole den Arzt, sagte sie. Es war das einzige, was ihr noch einfiel. Aber sie stand nicht auf und ging auch nicht aus dem Zimmer. Vielleicht wär es doch besser gewesen, Halina würde an ihrer Stelle hier sitzen. Sie fühlte sich auf einmal ganz hilflos, verloren und überflüssig.

Irma war weit weg, sie hatte sich in dieser Nacht von ihr für hundert Jahre entfernt, sie konnte sich gar nicht mehr vorstellen, daß es einmal ihr Kind gewesen war. Alles, was sie mit ihr erlebt hatte, rann in zwei, drei Anekdoten zusammen, an die sie besser nicht mehr denken wollte. Wichtig war ihr jetzt nur noch Josel. Und vielleicht ihr Bruder Willi.

Gib mir den Stein, sagte Leo Maria nach einer Weile zu Valeska mit veränderter Stimme. Sie blickte überrascht auf, soviel Strenge hatte sie nicht mehr erwartet. Nicht von seiner Stimme.

Andreas unterbrach: Achtung, da redet jemand im

Radio. Soll ich lauter machen? Und er wartete die Antwort erst gar nicht ab, sondern drehte lauter. Eine blecherne Stimme kam aus dem Lautsprecher.

Das Oberkommando der Wehrmacht gibt bekannt: Auf Befehl des Führers und Obersten Befehlshabers hat die Wehrmacht den aktiven Schutz des Reiches übernommen. In Erfüllung ihres Auftrages, der polnischen Gewalt Einhalt zu gebieten, sind Truppen des deutschen Heeres heute früh an der polnischen Grenze zum Gegenangriff angetreten. Gleichzeitig sind Geschwader der Luftwaffe zum Niederkämpfen militärischer Ziele in Polen gestartet. Die Kriegsmarine hat den Schutz der Ostsee übernommen. Der dem Reich aufgezwungene Kampf für das Recht und die Freiheit seiner deutschen Brüder jenseits der Grenzen hat begonnen. Den polnischen Grenzprovokationen ist damit ein Ende bereitet. Der deutsche Angriff wird entlang der ganzen polnischen Grenze ins Feindesland hineingetragen ...

Gib mir den Stein, wiederholte Leo Maria.

Der Führer und Reichskanzler Adolf Hitler wird heute um zehn Uhr im Reichstag zum deutschen Volk sprechen. Die Rede wird von allen deutschen Sendern in Direktsendung übertragen ...

Leo Maria schaltete selbst das Radio aus.

Valeska trocknete ihm den Schweiß ab. Sie wußte nichts von einem Stein.

Er schob ihre Hand weg, heftiger, als er es eigentlich gewollt hatte.

Der Stein da in der Schublade. Er zeigte auf den Nachttisch.

Valeskas Hand zitterte ein wenig, als sie die Schublade herauszog.

Nein, nicht da oben, ganz unten, die letzte ist es, sagte Leo Maria.

Valeska zog die unterste Schublade heraus, in der, wie sie wußte, nur Zellstoff war.

Dahinter, sagte Leo Maria ungeduldig.

Valeska schob die Watte nach vorn, und zum ersten Mal entdeckte sie in dem Nachttisch noch etwas anderes, Marmeln und getrocknete Wurzeln, adressierte, aber nicht abgeschickte Briefe, grüne trockene Myrthe, eine blaue Kinderschleife, ein paar bunt angemalte Zinnsoldaten und viele Buchstabenstempel, darunter ein Stoß Handzettel, lila bestempelt:

WIR BETEN ZUM GLEICHEN GOTT
WEN ABER BETEN DIE NAZIS AN!
KATHOLIKEN LASST EUCH NICHT
GEGEN EURE BRÜDER AUFHETZEN!

Dahinter! sagte Leo Maria mit heiserer Stimme.

Valeska war verwirrt. Das hatte sie nicht erwartet. Sie legte rasch die Zellstoffwatte auf die Flugzettel. Sie kramte nervös und planlos in der Schublade. Sie entdeckte einen tropfenförmigen schwarzen faustgroßen Stein, der wie polierte Kohle aussah, aber beim Hinfassen spürte sie schon das Gewicht. In den Stein war etwas ungelenk ein Kreuz eingeritzt. Die Stempel, die Flugblätter, sie konnte es noch nicht begreifen.

Der Kranke formte seine rechte Hand zu einer Muschel, und da hinein legte sie den schwarzen Stein.

Den hab ich auf dem Weg nach Königshütte gefunden, das Kreuz war schon eingeritzt, damals war ich zehn Jahre alt. Seitdem hab ich ihn bei mir, und er gehört mir ganz allein, ich hab ihn versteckt vor allen, vor meiner Mutter, vor meinem Vater, vor meinen Schwestern. Sogar vor dir.

Gib ihn Josel! sagte er.

Und nach einer Weile: Ich glaub nämlich, ich krepier bald. Es war, als hätte er diesen Satz von ganz weit hergeholt und als hätte es ihm Mühe gemacht, ihn unbeschädigt und verständlich bis hierher zu bringen. Leo Maria lag da, und kleine grüne Bläschen bildeten sich an seinem Mund.

Valeska kehrte aus ihrer Verwirrung zurück, in die sie

eine einfache hölzerne Schublade gestürzt hatte. Sie hielt sich fest an den alten Wörtern: Es wird schon besser, Leo Maria, sagte sie. Diesmal wußte sie wirklich nicht, was sie ihm anderes sagen sollte.

Ja, sagte Leo Maria, seit Monaten hast du mir nichts anderes zu sagen. Das ist deine einzige Medizin! ... Du hast meine Krankheit nicht begriffen, du dachtest immer, es ist eine künstliche Krankheit, die ich mir eingebildet habe, damit du dich weiter mit dem Leben beschäftigen konntest ... Nur deshalb hab ich mich ins Bett gelegt ... Er wollte noch einiges, er wollte noch vieles sagen, aber ein erneuter Hustenkrampf erstickte seine Worte.

Valeska hielt die Faust vor ihrem offenen Mund. Sie sah, wie dieser weiße, magere, fremde Körper vor ihr sich aufbäumte. Sie wagte nicht mehr, ihn anzurühren.

Andreas saß da, auf dem Boden, und starrte den Kranken an. In sein Gesicht kam eine Klarheit, als wüßte er endlich, warum er hierher nach Gleiwitz gekommen war, aber das konnte auch eine Täuschung sein.

Leo Maria spuckte Blut in die Schale. Er fiel zurück. Sein Atem ging etwas ruhiger. Mein schwarzer Stein, röchelte er. Von dieser schwarzen Erde.

Die Explosionen draußen hörten nicht auf. Es schien fast, als gehörten sie zu der Stille, auf die sie jetzt warteten. Vielleicht würden sie nie aufhören.

Ich will versuchen, etwas zu schlafen, sagte Leo Maria plötzlich so gleichgültig, wie es ihm überhaupt nur möglich war. Laßt mich jetzt allein ... Weckt mich, wenn Josel kommt ... Um zehn Uhr möchte ich gern die Rede hören ... Ihr doch auch, nicht wahr?

Valeska nahm Andreas bei der Hand und ging mit ihm langsam aus dem Zimmer. Es war ganz einfach. Sie drehte sich nicht einmal um. Sie hatte sich das schwieriger vorgestellt. Sie verhielt an der Tür noch einmal in ihrem Schritt, sie wartete auf ein Zeichen, aber nichts kam, kein Laut, nicht einmal ein Stöhnen. Sie hätte jetzt stolpern müssen oder in Ohnmacht fallen oder schreien, um das noch aufzuhalten. Sie tröstete sich damit, daß er sie rausgeschickt hatte. Sie würde bald wieder zu ihm hineingehen, wenn der Erzpriester käme. Es wäre gut, wenn er bald käme.

Warum hat er mir nie den schwarzen Stein gezeigt?

Das Motto zu diesem Buch stammt aus Truman Capotes Roman ›Other Voices Other Rooms‹, 1948; deutsch 1961.
Die in Kursiv gesetzten Korfanty-Zitate sind entnommen: E. Sontag: Adalbert (Wojciech) Korfanty. Beiheft zum Jahrbuch Königsberg Band VII. 1954. Mit freundlicher Erlaubnis des »Göttinger Arbeitskreises«.
Das hommagehafte Zitat *Ein Stein, ein Blatt, eine nicht gefundene Tür; von einem Stein, einem Blatt, einer Tür* auf S. 341/342 stammt aus »Schau heimwärts, Engel« von Thomas Wolfe.

sonderreihe dtv

sr5301 Else Lasker-Schüler: Helles Schlafen – dunkles Wachen. Gedichte. Ausgewählt von Friedhelm Kemp
sr5311 Heinrich Böll: Hierzulande. Aufsätze
sr5314 Ingeborg Bachmann: Der gute Gott von Manhattan / Die Zikaden. Zwei Hörspiele
sr5320 Deutsche Lyrik. Gedichte seit 1945. Herausgegeben von Horst Bingel
sr5322 Ramón del Valle-Inclán: Tyrann Banderas. Roman des tropischen Amerika
sr5323/5324 Karl Kraus: Die letzten Tage der Menschheit. Mit Vorspiel und Epilog. Teil I und II
sr5352 Absurdes Theater. Stücke von Ionesco, Arrabal, Tardieu, Ghelderode, Audiberti
sr5368 Heinrich Böll: Frankfurter Vorlesungen
sr5384 Helmut Heißenbüttel: Über Literatur. Aufsätze und Frankfurter Vorlesungen
sr5387 Peter Handke: Begrüßung des Aufsichtsrats. Prosatexte
sr5404 Wolfgang Bauer: Magic Afternoon / Change / Party for Six. Drei Stücke
sr5410 Isaak Babel: Geschichten aus Odessa und Autobiographische Erzählungen
sr5414 Schwarzer Orpheus. Moderne Dichtung afrikanischer Völker beider Hemisphären. Neue Sammlung. Ausgewählt und übertragen von Janheinz Jahn
sr5420 Chaim Bermant: Tagebuch eines alten Mannes
sr5425 Ludwig Harig: Sprechstunden für die deutsch-französische Verständigung und die Mitglieder des Gemeinsamen Marktes, ein Familienroman
sr5428 Brasilianische Poesie des 20. Jahrhunderts. Herausgegeben und übertragen von Curt Meyer-Clason
sr5430 Alfred Kolleritsch: Die Pfirsichtöter. Seismographischer Roman
sr5431 Wolfgang Georg Fischer: Möblierte Zimmer. Roman
sr5432 Gerhard Amanshauser: Satz und Gegensatz. Essays
sr5433 Walter Helmut Fritz: Die Beschaffenheit solcher Tage. Roman
sr5434 Dieter Wellershoff: Literatur und Lustprinzip. Essays
sr5435 Peter Rosei: Bei schwebendem Verfahren. Roman
sr5436 Wystan Hugh Auden: Gedichte. Poems (zweisprachige Ausgabe)
sr5437 Yvan Goll: Gedichte 1924–1950. Ausgewählt von Horst Bienek
sr5438 Christoph Meckel: Bockshorn. Roman
sr5439 Samuel Beckett: Gedichte (zweisprachige Ausgabe)
sr5440 Albrecht Haushofer: Moabiter Sonette